Vladimir Nabokov

O dom

TRADUÇÃO
José Rubens Siqueira

Copyright © 1963 by Vladimir Nabokov
Todos os direitos reservados.

Grafia atualizada segundo o Acordo Ortográfico da Língua Portuguesa de 1990, que entrou em vigor no Brasil em 2009.

Título original
The Gift

Capa
Retina 78

Imagens de capa
Gotas: Aleksandr Belugin/ 123RF
Caneta: goldnetz/ 123RF
Tinteiro: Dmitri Stalnuhhin/ 123RF

Foto da p. 1
Album/ Fine Art Images/ Fotoarena

Preparação
Marluce Faria

Revisão
Clara Diament
Renata Lopes Del Nero

Dados Internacionais de Catalogação na Publicação (CIP)
(Câmara Brasileira do Livro, SP, Brasil)

Nabokov, Vladimir, 1899-1977
O dom / Vladimir Nabokov ; tradução José Rubens
Siqueira. — 1ª ed. — Rio de Janeiro: Alfaguara, 2017.

Título original: The Gift
ISBN: 978-85-5652-054-8

1. Ficção russa 1. Título.

17-07644   CDD-891.7

Índice para catálogo sistemático:
1. Ficção : Literatura russa   891.7

[2017]
Todos os direitos desta edição reservados à
EDITORA SCHWARCZ S.A.
Praça Floriano, 19, sala 3001 — Cinelândia
20031-050 — Rio de Janeiro — RJ
Telefone: (21) 3993-7510
www.companhiadasletras.com.br
www.blogdacompanhia.com.br
facebook.com/alfaguara.br
twitter.com/alfaguara_br

A Véra

Prefácio

A maior parte de *O dom* (em russo, *Dar*) foi escrita entre 1935 e 1937 em Berlim; o último capítulo foi terminado em 1937 na Riviera Francesa. A importante revista emigrada *Sovremennye Zapiski*, editada em Paris por um grupo de ex-membros do Partido Socialista Revolucionário, publicou o romance em partes (*63-67*, 1937-8), omitindo, porém, o capítulo quatro pelas mesmas razões que a biografia nele contida foi rejeitada por Vasiliev no capítulo três: um belo exemplo da vida se vendo obrigada a imitar a própria arte que condena. Só em 1952, quase vinte anos depois de iniciado, apareceu uma edição completa do romance publicada pela samaritana organização Chekhov Publishing House, em Nova York. É fascinante imaginar o regime sob o qual *Dar* pode ser lido na Rússia.

Eu vivia em Berlim desde 1922, portanto sincronicamente com o jovem do livro; mas nem esse fato, nem o fato de eu compartilhar alguns de seus interesses, como a literatura e os lepidópteros, deve fazer alguém dizer "aha" e identificar o criador com a criação. Não sou e nunca fui Fyodor Godunov-Cherdyntsev; meu pai não é o explorador da Ásia Central que eu ainda posso vir a ser um dia; nunca cortejei Zina Mertz e nunca me preocupei com o poeta Koncheyev nem com qualquer outro escritor. De fato, é mais em Koncheyev, assim como em outro personagem incidental, o romancista Vladimirov, que distingo uma ou outra coisa de mim como eu era por volta de 1925.

Na época em que trabalhei neste livro, não tive a habilidade de recriar Berlim e sua colônia de expatriados tão radical e impiedosamente como o fiz a respeito de certos ambientes em minha ficção posterior, em inglês. Aqui e ali a história aparece através da criação artística. A atitude de Fyodor em relação à Alemanha reflete, talvez tipicamente demais, o cru e irracional desprezo que os emigrados russos tinham pelos "nativos" (em Berlim, Paris e Praga). Meu jovem é, além disso, influenciado pela ascensão da repulsiva ditadura pertencente ao período em que o livro foi escrito e não àquele que reflete aos pedaços.

Hoje, o tremendo fluxo de intelectuais que formou uma parte importante do êxodo geral da Rússia soviética nos primeiros anos da revolução bolchevique parece a migração de alguma tribo mística cujos signos-aves e signos-lua recupero agora da poeira do deserto. Permanecemos desconhecidos dos intelectuais norte-americanos (que, enfeitiçados pela propaganda comunista, nos viam simplesmente como generais perversos, magnatas do petróleo e damas magras com *lorgnettes*). Esse mundo já se foi. Foram-se Búnin, Aldanov, Remizov. Foi-se Vladislav Khodasevich, o maior poeta russo que o século xx produziu. Os velhos intelectuais agora estão morrendo e não encontraram sucessores entre as chamadas Pessoas Deslocadas das últimas duas décadas, que levaram para o exterior o provincianismo e a ignorância de sua pátria soviética.

Como o mundo de *O dom* é atualmente um fantasma tanto quanto a maioria de meus outros mundos, posso falar deste livro com certo grau de distanciamento. Foi o último romance que escrevi e que jamais escreverei em russo. Sua heroína não é Zina, mas a literatura russa. A trama do capítulo um tem como centro os poemas de Fyodor. O capítulo dois é uma aproximação a Púchkin durante o progresso literário de Fyodor e contém sua tentativa de descrever as explorações zoológicas do pai. O capítulo três direciona o foco para Gógol, mas o seu centro de fato é o poema de amor dedicado a Zina. O livro de Fyodor sobre Chernishevski, uma espiral dentro de um soneto, domina o capítulo quatro. O último capítulo combina todos os temas precedentes e prenuncia o livro que Fyodor sonha escrever um dia: *O dom*. Pergunto-me até onde a imaginação do leitor acompanhará os jovens amantes depois de terem sido dispensados.

A participação de tantas musas russas dentro da orquestração do romance torna sua tradução especialmente difícil. Meu filho Dmitri Nabokov completou o primeiro capítulo em inglês, mas foi impedido de continuar pelas exigências de sua carreira. Os outros quatro capítulos foram traduzidos [para o inglês] por Michael Scammell. No inverno de 1961, em Montreux, eu revisei minuciosamente a tradução dos cinco capítulos. Sou responsável pela versão dos vários poemas e trechos de poemas espalhados pelo livro. A epígrafe não é uma invenção. O poema do epílogo mimetiza uma *stanza* de "Eugene Onegin".

Vladimir Nabokov
Montreux, 28 de março de 1962

O carvalho é uma árvore. A rosa é uma flor. O veado é um animal. O pardal é uma ave. A Rússia é nossa pátria. A morte é inevitável.
P. Smirnovski, *Um manual de gramática russa*

Capítulo um

Num dia nublado, mas luminoso, por volta das quatro da tarde de 1º de abril de 192... (um crítico estrangeiro observou certa vez que muitos romances, como a maioria dos alemães, começam com uma data, mas só os autores russos é que, fiéis à sinceridade peculiar de nossa literatura, omitem o dígito final), uma caminhonete, muito comprida e muito amarela, rebocada por um trator também amarelo, com rodas traseiras hipertrofiadas e uma anatomia descaradamente exposta, parou na frente do número sete da rua Tannenberg, na parte oeste de Berlim. A caminhonete trazia em sua fronte um ventilador em forma de estrela. Ao longo de toda a lateral, havia o nome da empresa de mudanças em letras azuis de um metro de altura, cada uma (inclusive um ponto quadrado) com um sombreado lateral em tinta preta: uma desonesta tentativa de escalar até a próxima dimensão. Na calçada, diante da casa (na qual eu também irei morar), duas pessoas paradas que obviamente saíram para receber sua mobília (na *minha* mala há mais manuscritos que camisas). O homem, vestido com um sobretudo áspero marrom-esverdeado ao qual o vento atribuía um ondular de vida, era alto, de sobrancelhas hirsutas e velho, com o grisalho da barba cor de ferrugem na área da boca, na qual prendia impassivelmente um toco de charuto meio desfolhado. A mulher, atarracada e não mais jovem, com pernas em arco e um rosto pseudochinês bastante atraente, usava casaco de astracã; o vento, ao rodeá-la, trouxe um vestígio de perfume bastante bom, embora ligeiramente mofado. Os dois estavam imóveis, olhando fixamente e com tamanha atenção que pareciam a ponto de ser ludibriados pelos três sujeitos rudes, de pescoço vermelho e aventais azuis que batalhavam com sua mobília.

Algum dia, pensou ele, devo usar essa cena para começar um bom romance antiquado e volumoso. A ideia fortuita vinha tocada por uma ironia displicente; ironia, porém, bastante desnecessária, porque alguém dentro dele, em seu nome, independente dele, havia absorvido isso tudo, registrado e arquivado. Ele próprio só havia se mudado para ali hoje, e agora, pela primeira vez, na condição ainda desacostumada de residente local, saíra para comprar algumas coisas. Conhecia a rua e, de fato, todo o bairro: a pensão de onde se mudara não ficava longe; até agora, porém, a rua havia girado e deslizado para um lado e outro, sem nenhuma conexão com ele; hoje, ela de repente havia parado; de agora em diante, ia assentar como uma extensão de seu novo domicílio.

Margeada com tílias de tamanho médio, com gotículas da chuva distribuídas entre seus intrincados ramos negros segundo um futuro arranjo de folhas (amanhã cada gota conteria uma pupila verde); acompanhada por uma superfície lisa de asfalto de uns dez metros de largura e calçadas variegadas (feitas à mão e lisonjeiras aos pés), subia em ângulo quase imperceptível, começando num correio e terminando numa igreja, como um romance epistolar. Com olhar treinado, ele examinou a rua em busca de algo que pudesse se tornar um ponto desagradável todos os dias, uma tortura diária para seus sentidos, mas parecia não haver nada desse tipo à espreita, e a luz difusa do dia cinzento de primavera estava não apenas acima de qualquer suspeita como prometia suavizar qualquer detalhe que em tempo mais brilhante inevitavelmente apareceria; podia ser uma variedade de coisas: a cor de uma casa, por exemplo, que provocava de imediato um gosto desagradável na boca, um gosto de aveia, ou mesmo de *halvah*; um detalhe arquitetônico que captasse efusivamente a atenção da pessoa cada vez que se passava por ele; a irritante falsidade de uma cariátide, uma figura ociosa, não um suporte que, mesmo debaixo de um peso menor, desmoronaria em poeira de gesso; ou, num tronco de árvore, preso por uma tachinha enferrujada, um inútil, mas eternamente preservado canto de cartaz escrito à mão (com a tinta escorrida, azul, cachorro perdido) que sobreviveu a sua utilidade, mas não foi inteiramente arrancado; ou então um objeto numa vitrina, ou um cheiro que se recusava no último momento a revelar uma lembrança que parecia prestes a gritar, e em vez disso permanecia numa esquina, um mistério recolhido em si mesmo. Não, não havia nada assim (não ainda, pelo menos); ele pensou que seria uma boa ideia estudar, em algum momento, com calma, a sequência de três ou quatro tipos de lojas e ver se tinha razão em conjeturar que tal sequência seguia sua própria lei de composição, de forma que, tendo encontrado o arranjo mais frequente, ele pudesse deduzir o ciclo médio para as ruas de determinada cidade, por exemplo: tabacaria, farmácia, quitanda. Na rua Tannenberg essas três estavam dissociadas, ocorrendo em esquinas diferentes; talvez, porém, o enxame rítmico ainda não tivesse se estabelecido e, no futuro, cedendo a esse contraponto (quando os proprietários falissem ou mudassem), elas gradualmente começassem a se juntar de acordo com o padrão adequado: a quitanda, com um olhar para trás, atravessaria a rua, de forma a estar primeiro sete, depois três portas antes da farmácia — mais ou menos do mesmo jeito que as letras embaralhadas encontram seus lugares num comercial; e no fim uma delas sempre faz uma espécie de salto e, apressada, assume sua posição (um personagem cômico, o inevitável Jack the Sack, o incompetente entre os novos recrutas); e assim esperarão até um local adjacente se esvaziar, quando ambas piscarão para a tabacaria como para dizer: "Depressa, para cá"; e antes que se perceba estão todas enfileiradas, formando uma linha típica. Nossa, como detesto isso tudo — as coisas nas vitrinas, a cara obtusa das mercadorias, e, acima de tudo, o cerimonial da transação, a troca de enjoativas lisonjas antes e depois! E aqueles cílios baixos de preço modesto... a nobreza do desconto... o altruísmo dos anúncios... toda essa perversa imitação do bem, que tem um estranho jeito de atrair boas pessoas: Alexandra Yakovlevna, por exemplo, me confessou que quando vai fazer compras em lojas conhecidas é moralmente transplantada para um mundo especial onde fica embriagada pelo vinho da honestidade, pela doçura dos favores mútuos, e corresponde ao sorriso encarnado do vendedor com um sorriso de radioso arrebatamento.

O tipo de loja berlinense em que ele entrava pode ser adequadamente determinado pela presença, num canto, de uma mesinha com um telefone, um catálogo, narcisos num vaso e um grande cinzeiro. Essa loja não tinha os cigarros russos com filtro que ele preferia, e teria ido embora de mãos vazias se não fosse pelo colete salpicado com botões de madrepérola do dono da tabacaria e sua careca cor de abóbora. Sim, a minha vida inteira receberei aquele pequeno pagamento extra em espécie para compensar o constante sobrepreço das mercadorias impingidas a mim.

Ao atravessar para a farmácia da esquina, ele involuntariamente virou a cabeça por causa de uma explosão de luz que ricocheteou em sua têmpora e viu, com aquele sorriso rápido com que saudamos um arco-íris ou uma rosa, o ofuscante paralelogramo branco de céu sendo descarregado da caminhonete: uma penteadeira com espelho no qual, como numa tela de cinema, passou o reflexo impecável de ramos deslizando e ondulando não arboreamente, mas com uma vacilação humana, produzida pela natureza daqueles que carregavam esse céu, esses ramos, essa fachada deslizante.

Continuou a andar na direção da loja, mas o que acabara de ver — fosse porque lhe dera um prazer conhecido ou porque o tivesse pegado de surpresa e sacudido (como crianças no palheiro caem na escuridão resiliente) — liberou nele aquele algo agradável que havia vários dias já se achava no fundo obscuro de todo pensamento seu, tomando posse dele à menor provocação: minha coletânea de poemas foi publicada; e quando, como agora, sua mente dava um tranco como aquele, isto é, quando se lembrava dos cinquenta e poucos poemas que tinham acabado de sair, ele repassava num instante o livro todo, de forma que na névoa instantânea de sua música loucamente acelerada não se podia encontrar nenhum sentido legível no relampejar dos versos — as palavras conhecidas passavam correndo, girando em meio à violenta espuma (cuja ebulição se transformava em um poderoso fluxo se alguém fixasse nela os olhos, como costumávamos fazer, há muito, olhando para baixo de uma vibrante ponte de moinho até a ponte se transformar na popa de um navio: adeus!) — e essa espuma e esse relampejar e um verso separado que passava correndo sozinho, gritando em louco êxtase de longe, provavelmente o chamando para casa, tudo isso, ao lado do branco cremoso da capa, fundia-se numa sensação de plenitude de excepcional pureza... O que estou fazendo!, ele pensou, caindo em si abruptamente e se dando conta de que a primeira coisa que fizera ao entrar na loja seguinte fora jogar seu troco da tabacaria na ilhota de borracha que ficava no centro do balcão de vidro, através do qual viu de relance o tesouro submerso de frascos de perfumes, enquanto o olhar da vendedora, condescendente com seu comportamento estranho, acompanhava com curiosidade essa mão que, distraída, pagava a compra que ainda não havia sido enunciada.

"Uma barra de sabonete de amêndoas, por favor", ele disse com dignidade.

Em seguida, voltou com o mesmo passo rápido para a casa. A calçada diante dela estava agora vazia, a não ser por três cadeiras azuis que pareciam ter sido juntadas por crianças. Dentro da caminhonete, um pequeno piano marrom deitado de costas, amarrado para não se levantar e com as duas pequenas solas metálicas no ar. Na escada, encontrou os carregadores descendo com ruído, joelhos voltados para fora e, quando estava tocando a campainha de sua nova morada, ouviu vozes e marteladas no andar de cima. A senhoria o deixou entrar e disse que havia deixado as chaves no quarto dele. Aquela mulher alemã, grande e predadora, tinha um nome engraçado: Klara Stoboy — que, para o ouvido russo, soava com sentimental firmeza como "Klara está contigo (*s toboy*)".

E ali está o quarto retangular, a mala a esperar pacientemente... e a essa altura seu bom humor se transformou em repulsa: Deus nos livre que alguém conheça o horrendo, degradante tédio, a recorrente recusa de aceitar o jugo vil de recorrentes novas instalações, a impossibilidade de viver cara a cara com objetos totalmente estranhos, a inevitabilidade da insônia naquele sofá-cama!

Ficou parado algum tempo à janela. No céu de coalho e soro formavam-se de quando em quando buracos opalinos por onde o sol cego circulava e, em resposta, no convexo da capota cinza da caminhonete, as sombras esguias das tílias apressavam-se rumo à substanciação, mas se dissolviam sem se materializar. A casa diretamente em frente estava semiencoberta por andaimes, enquanto a parte boa de sua fachada de tijolos se achava coberta por hera que invadia as janelas. Na extremidade do caminho que cortava seu jardim de entrada, ele distinguiu a marca negra de um porão de carvão.

Em si mesmo, tudo isso era uma paisagem, assim como o quarto era em si uma entidade independente; mas agora um intermediário aparecera, e agora aquela paisagem se tornara a paisagem de seu quarto e nenhuma outra. O dom da visão que ela agora recebera não a melhorava. Seria difícil, ele pensou, transformar o papel de parede (amarelo pálido com tulipas azuladas) em uma estepe distante. O deserto da escrivaninha teria de ser cultivado durante um longo tempo antes de brotarem dele as primeiras rimas. E muita cinza de cigarro teria de cair debaixo da poltrona e em suas dobras antes de ela estar apta a viajar.

A senhoria veio chamá-lo para o telefone, e ele, baixando os ombros polidamente, acompanhou-a até a sala de jantar. "Em primeiro lugar, meu caro senhor", disse Alexander Yakovlevich Chernishevski, "por que em sua antiga pensão relutam tanto em divulgar seu novo número? Saiu de lá às pressas, foi? Em segundo lugar, quero lhe dar os parabéns... Ora, ainda não soube? Sinceramente?" ("Ele ainda não sabe de nada", Alexander Yakovlevich falou, voltando o outro lado de sua voz para alguém fora do alcance do telefone.) "Bom, nesse caso prepare-se bem e escute o seguinte, vou ler para você: 'A recém-publicada coletânea de poemas do até então desconhecido autor Fyodor Godunov-Cherdyntsev nos impressiona como um fenômeno brilhante, e o talento poético do autor é tão indiscutível...'. Sabe de uma coisa: não vou continuar, mas você vem até nossa casa hoje à noite. Então pode ler o artigo inteiro. Não, Fyodor Konstantinovich, meu bom amigo, não vou dizer nada agora, nem quem escreveu a crítica, nem em qual jornal emigrado em língua russa ela apareceu, mas se quiser minha opinião pessoal, não se ofenda, acho que o sujeito está sendo gentil demais com você. Então, vem? Excelente. Estaremos esperando."

Ao desligar o aparelho, Fyodor quase derrubou da mesa o suporte com haste de aço flexível e lápis anexado; tentou pegá-lo e aí é que derrubou mesmo; depois bateu o quadril na ponta do aparador; depois deixou cair um cigarro que estava tirando do maço ao caminhar; e finalmente calculou errado o giro da porta que se abriu tão sonoramente que *frau* Stoboy, que ia passando pelo corredor com um pires de leite na mão, emitiu um gélido "Opa!". Ele sentiu vontade de dizer que o vestido dela, amarelo pálido com tulipas azuladas, era lindo, que o repartido de seu cabelo frisado e as bolsas trêmulas de suas faces eram dotados de uma nobreza george-sandesca; que sua sala de jantar era o ápice da perfeição; mas limitou-se a um grande sorriso e quase tropeçou nas listras de tigre que não haviam acompanhado o gato quando ele pulou de lado; afinal de contas, pensou, ele nunca duvidara que iria ser assim, que o mundo, na pessoa de algumas centenas de amantes da literatura que haviam deixado São Petersburgo, Moscou e Kiev, iria imediatamente apreciar o seu dom.

Temos diante de nós um volume fino intitulado *Poemas* (uma libré simples com cauda de andorinha, que em anos recentes se tornara tão *de rigueur* quanto os galões de não muito tempo atrás — de "Quimeras lunares" a latim simbólico), contendo cerca de cinquenta poemas de doze versos, todos dedicados a um único tema: a infância. Ao compô-los ardorosamente, o autor procurou, por um lado, generalizar reminiscências, selecionando elementos típicos de qualquer infância bem-sucedida — daí sua aparente obviedade; e por outro lado ele permitiu que apenas sua genuína essência penetrasse nos poemas — daí sua aparente minúcia. Ao mesmo tempo, ele fez um grande esforço para não perder nem o controle do jogo, nem o ponto de vista da brincadeira. A estratégia de inspiração e as táticas da mente, a carne da poesia e o espectro da prosa translúcida — esses são os epítetos que nos parecem caracterizar com bastante acuidade a arte desse jovem poeta... E, tendo trancado a porta, ele pegou seu livro e se atirou no sofá — tinha de relê-lo imediatamente, antes que a excitação tivesse tempo de esfriar, a fim de conferir a superior qualidade dos poemas e saborear todos os detalhes da alta aprovação a eles dada pelo inteligente, encantador, no entanto anônimo crítico. E agora, ao escolher e testar os poemas, fazia exatamente o oposto do que havia feito há pouco, quando repassara o livro em um pensamento instantâneo. Agora leu em três dimensões, por assim dizer, explorando cuidadosamente cada poema, erguido como um cubo no meio dos outros e banhado por todos os lados com aquele ar campestre maravilhoso, leve, depois do qual sempre se fica tão cansado ao anoitecer. Em outras palavras, ao ler, ele novamente fez uso de todos os materiais que já havia reunido uma vez em sua memória para a extração dos atuais poemas e reconstruiu tudo, absolutamente tudo, como um viajante de retorno vê nos olhos de um órfão não apenas o sorriso da mãe, que ele conheceu na juventude, como também uma avenida que termina numa explosão de luz amarela e aquela folha avermelhada sobre um banco, tudo, tudo. A coletânea abria com o poema "A bola perdida", e sentia-se que estava começando a chover. Uma daquelas noites pesadas de nuvens, que combinam tão bem com nossos pinheiros do norte, havia se condensado em torno da casa. A avenida voltara do parque para passar a noite, e sua entrada estava envolta em crepúsculo. Agora as venezianas brancas desdobradas separam o quarto do escuro exterior, para onde as partes mais brilhantes de vários objetos domésticos já atravessaram para assumir posições experimentais em níveis diferentes do jardim desamparadamente negro. Está quase na hora de dormir.

As brincadeiras ficam desanimadas e um tanto empedernidas. Ela está velha e geme dolorosamente ao se ajoelhar em três laboriosos estágios.

> Minha bola rolou debaixo da cômoda da babá.
> No chão uma vela
> luta com as beiras das sombras
> para cá e para lá, mas a bola sumiu.
> Então vem o atiçador de ponta curva.
> Bate e retine em vão,
> puxa um botão
> depois meia torrada.
> De repente pula para fora a bola
> para o escuro tremulante,
> atravessa todo o quarto e prontamente se enfia debaixo
> do inexpugnável sofá.

Por que o epíteto "tremulante" não me satisfaz inteiramente? Ou é a mão colossal do titereiro que aparece aqui por um instante entre as criaturas cujo tamanho o olho passou a aceitar (de forma que a primeira reação do espectador ao final da apresentação é "Como eu cresci!")? Afinal o quarto estava *mesmo* tremulando, e aquele movimento das sombras como um carrossel pela parede quando a luz vai sendo levada embora, ou o sombreado camelo no teto com suas corcovas monstruosas ofegando quando a babá luta com o volumoso e instável biombo de vime (cujo alcance é inversamente proporcional a seu grau de equilíbrio) — essas são minhas primeiras lembranças, as mais próximas da fonte original. Meu inquisitivo pensamento muitas vezes se volta para essa fonte original, para esse avesso do nada. Por isso o estado nebuloso da criança sempre me parece uma lenta convalescença depois de uma doença horrível, e o afastamento da não existência primal se torna uma aproximação dela quando forço a memória até o limite, de modo a experimentar aquela escuridão e usar suas lições para me preparar para a escuridão que virá; mas quando viro minha vida de cabeça para baixo, de forma que o nascimento se torna morte, deixo de ver, no limiar desse morrer ao contrário, algo que corresponderia ao terror sem limite que, dizem, mesmo um centenário experimenta ao enfrentar o fim definitivo; nada, exceto talvez as sombras antes mencionadas, que, subindo de algum lugar de baixo quando as velas partem para deixar o quarto (enquanto a sombra do adorno esquerdo dos pés de minha cama passa como uma cabeça negra inchando ao se mover), assumem seus lugares costumeiros acima de meu berço,

e em seus cantos crescem ousadas
apenas semelhantes
a seus modelos naturais.

Em todo um conjunto de poemas, que desarmam por sua sinceridade... não, isso é bobagem — por que "desarmar" o leitor? Ele é perigoso? Em todo um conjunto de excelentes... ou, para colocar com ainda mais força, notáveis poemas, o autor canta não apenas essas sombras assustadoras, mas momentos mais alegres também. Bobagem, eu digo! Ele não escreve assim, meu anônimo, desconhecido elogiador, e foi apenas por ele que poetizei a lembrança de dois preciosos e, acredito, antigos brinquedos. O primeiro era um amplo vaso pintado que continha uma planta artificial de uma terra ensolarada, na qual se empoleirava uma ave canora tropical empalhada, tão assombrosamente verossímil que parecia a ponto de sair voando, com plumagem preta e peito ametista; e, quando a grande chave era arrancada com lisonjas da governanta Yvonna Ivanovna, colocada na lateral do vaso e girada várias vezes com força vivificadora, o pequeno rouxinol malaio abria o bico... não, ele nem mesmo abria o bico, porque alguma coisa estranha acontecera com o mecanismo desgastado, com alguma mola ou outra, que, porém, guardava sua ação para mais tarde: a ave não cantava então, mas, se a gente se esquecesse dela e uma semana depois passasse por acaso diante do alto guarda-roupa onde ficava empoleirada, algum misterioso tremor a fazia de repente emitir seu mágico trinado — e que maravilha de trinado, tão longo, enchendo seu peitinho arrepiado; e terminava; então, ao sairmos, alguém pisava uma outra tábua do soalho e numa resposta especial ela dava um pio final, silenciando no meio da nota. O outro dos meus brinquedos poetizados, que ficava em outro quarto, também numa alta estante, se comportava de maneira semelhante, mas com uma tola sugestão de imitação — como o espírito da paródia sempre segue ao lado da poesia genuína. Era um palhaço de calção largo de cetim até abaixo dos joelhos, pendurado de duas barras paralelas caiadas e que se punha em movimento com um tranco acidental,

Ao som de uma miniatura musical
com uma cômica pronúncia

tilintando debaixo de sua pequena plataforma, conforme erguia as pernas de meias brancas, com pompons nos sapatos, mais alto e mais alto com solavancos quase imperceptíveis — e abruptamente tudo parava e ele ficava paralisado numa atitude angular. E talvez seja a mesma coisa com meus poemas? Mas a verdade de justaposições e deduções é, às vezes, mais bem preservada do lado de cá da cerca verbal.

Das peças poéticas acumuladas no livro obtemos gradualmente a imagem de um menino extremamente receptivo, vivendo em ambiente extremamente favorável. Nosso poeta nasceu em 12 de julho de 1900, no solar Leshino, que há séculos era a propriedade rural dos Godunov-Cherdyntsev. Mesmo antes de atingir idade escolar, o menino lera um número considerável de livros da biblioteca do pai. Em suas interessantes reminiscências, Fulano de Tal relembra com que entusiasmo o pequeno Fedya e sua irmã Tanya, dois anos mais nova, se empenhavam no teatro amador, e como chegavam até a escrever eles mesmos peças para as apresentações... Isso, meu bom homem, pode ser verdade para outros poetas, mas no meu caso é mentira. Sempre fui indiferente ao teatro; embora lembre que realmente tínhamos um teatro de bonecos com árvores de papelão e um castelo com ameias e janelas de celuloide cor de geleia de framboesa, através das quais chamas pintadas, como aquelas do quadro de Vereshchagin sobre o incêndio de Moscou, tremulavam quando se acendia uma vela lá dentro — e foi essa vela que, não sem nossa participação, acabou causando a conflagração de todo o edifício. Ah, mas Tanya e eu éramos exigentes quando se tratava de brinquedos! De indiferentes doadores externos ganhávamos muitas vezes coisas bem infames. O que quer que viesse numa caixa de papelão chata com capa ilustrada era um mau sinal. A uma dessas capas tentei dedicar minhas doze linhas estipuladas, mas de alguma forma o poema não surgiu. Uma família, sentada em torno de uma mesa circular, iluminada por um lampião: o menino vestido numa impossível roupa de marinheiro com gravata vermelha, a menina de botinas de amarrar, também vermelhas; ambos, com expressão de agradável deleite, estão enfiando contas de várias cores em hastes que parecem de palha, fazendo pequenos cestos, gaiolas e caixas; e, com entusiasmo similar, seus pais simplórios participam do mesmo passatempo — o pai com uma bela barba no rosto satisfeito, a mãe com seu seio imponente; o cachorro também está olhando a mesa, e a invejosa vovó pode ser vista escondida no fundo. Essas mesmas crianças agora cresceram e eu muitas vezes cruzo com elas em anúncios: ele, com suas faces brilhantes, lisas, queimadas de sol, fuma voluptuosamente um cigarro ou segura na mão musculosa, com sorriso carnívoro, um sanduíche que contém algo vermelho ("coma mais carne!"); ela sorri para uma meia-calça que ela própria está vestindo ou, com prazer depravado, serve chantilly sobre frutas enlatadas; e com o tempo eles se tornarão velhos vivazes, rosados, empanzinados — e ainda terão diante de si a infernal beleza negra de ataúdes de carvalho numa vitrina decorada com palmeiras... Assim um mundo de belos demônios se desenvolve lado a lado conosco, em um relacionamento alegremente sinistro com nossa existência cotidiana; mas no belo demônio há sempre alguma falha secreta, uma verruga vergonhosa por trás de sua aparência de perfeição: o glamoroso glutão do anúncio, se ingurgitando de gelatina, jamais conhecerá as alegrias tranquilas do gourmet, e suas modas (presas a outdoors enquanto avançamos) estão sempre um pouco atrás das modas da vida real. Algum dia voltarei a uma discussão sobre essa nêmese, que encontra um ponto fraco para seu golpe exatamente onde parecem estar todo o senso e poder da criatura que ataca.

Em geral, Tanya e eu preferíamos brincadeiras suadas a brincadeiras tranquilas — correr, esconde-esconde, batalhas. É maravilhosa a forma como a palavra "batalha" (*srazhenie*) sugere o som da compressão da mola quando se enfiava o projétil na arma de brinquedo — um bastão de quinze centímetros de madeira colorida, sua ventosa de borracha removida a fim de aumentar o impacto com que batia na lata dourada da armadura (usada por um cruzamento entre um couraceiro e um pele-vermelha), deixando nela uma respeitável depressão.

> ... você recarrega até o fundo o tambor,
> com um ranger de molas
> apertando no chão, bem comprimido,
> e vê atrás da porta, meio escondido,
> que seu duplo parou no espelho,
> na fita da testa penas espetadas
> de cores variadas.

O autor teve ocasião de se esconder (estamos agora no solar Godunov-Cherdyntsev no cais inglês do Neva, onde se encontra até hoje) entre cortinas, debaixo de mesas, atrás das almofadas eretas de divãs de seda, num guarda-roupa, onde cristais contra traças crepitavam sob os pés (e de onde alguém podia observar sem ser visto um criado passando devagar, que pareceria estranhamente diferente, vivo, etéreo, com cheiro de maçãs e chá) e também

> debaixo de uma escada helicoidal
> ou atrás de um bufê solitário
> esquecido numa sala nua

em cujas prateleiras vegetavam objetos como: um colar feito de dentes de lobo; um pequeno ídolo com a barriga de fora, esculpido em agalmatólito; outro, de porcelana, com a língua preta para fora em saudação nacional; um jogo de xadrez com camelos no lugar de bispos; um dragão de madeira articulado; uma caixa de rapé do povo soyot de vidro fosco; idem, de ágata; um tamborim de xamã e uma pata de coelho acompanhando; uma bota de couro de uapiti com palmilha feita da casca de madressilva azul; uma moeda ensiforme do Tibete; um cálice de jade de Kara; um broche de prata com turquesas; um lampião dos lamas; e uma porção de bobagens semelhantes — como poeira, como o postal de um spa alemão com a saudação "Gruss" em madrepérola — que meu pai, que não tinha estômago para etnografia, de alguma forma trouxe de suas viagens fabulosas. Os tesouros de verdade — sua coleção de borboletas, seu museu — estavam preservados em três salas trancadas; mas este livro de poemas não contém nada a esse respeito: uma intuição especial alertou o jovem autor que algum dia ele iria querer falar de outro jeito bem diferente, não em verso miniatura com canto e encanto, mas de um jeito muito, muito diferente, com palavras viris, sobre seu famoso pai.

Mais uma vez algo sai errado e se escuta a vozinha verbosamente monótona do crítico (talvez mesmo do sexo feminino). Com cálida afeição, o poeta relembra as salas da casa familiar onde passou (sua infância). Conseguiu imbuir de muito lirismo as descrições poéticas de objetos entre os quais ela foi passada. Quando se ouve com calma... Nós todos, atentamente, e piamente... Os ecos do passado... Assim, por exemplo, ele descreve abajures, litografias nas paredes, sua escrivaninha de escola, a visita semanal das enceradeiras (que deixam para trás um odor composto de "neve, suor e resina de mástique") e a verificação dos relógios:

Às quintas-feiras vem da relojoaria
um velho cortês que passa
a dar corda com mão tranquila
em todos os relógios da casa.
Dá uma olhada ao próprio relógio
e acerta o relógio da parede.
Sobe numa cadeira e espera
o relógio descarregar seu meio-dia
completamente. E então, tendo cumprido
bem sua agradável tarefa,
devolve silenciosamente a cadeira
e, chiando de leve, o relógio tiquetaqueia.

Dando um ocasional estalo de língua com seu pêndulo e fazendo uma estranha pausa, como para ganhar forças, antes de soar. Seu tique-taque, tal qual uma fita desenrolada dividida por listras em centímetros, servia como infindável medida para minhas insônias. Para mim, era tão difícil dormir quanto espirrar sem estímulo ao interior de uma narina, ou cometer suicídio recorrendo a meios disponíveis no corpo (engolir a língua ou algo assim). No começo da noite agonizante, eu ainda conseguia ganhar tempo subsistindo de conversas com Tanya, cuja cama ficava no quarto ao lado; apesar das regras, abríamos ligeiramente a porta e então, quando ouvíamos nossa governanta indo para seu quarto, que era vizinho ao de Tanya, um de nós a fechava delicadamente: uma corrida relâmpago de pés descalços e um mergulho na cama. Enquanto a porta estivesse entreaberta trocávamos enigmas de um quarto para outro, às vezes ficando em silêncio (posso ouvir ainda o tom desse silêncio gêmeo no escuro), ela para adivinhar o meu, eu para pensar em outro. Os meus eram sempre para o lado do fantástico e da bobagem, enquanto Tanya apegava-se aos modelos clássicos:

mon premier est un métal précieux,
mon second est un habitant des cieux,
et mon tout est un fruit délicieux.

[meu primeiro é um metal precioso,
meu segundo, morador do céu,
e o todo é um fruto delicioso.]

Às vezes, ela adormecia enquanto eu esperava pacientemente, pensando que ela estava batalhando com minha charada, e nem meus pedidos nem minhas imprecações conseguiam revivê-la. Depois disso, eu viajava por mais de uma hora pelo escuro de minha cama, arqueando as cobertas em cima de mim, de modo a formar uma caverna, em cuja saída distante eu via de relance um pouco de luz azul oblíqua que nada tinha em comum com meu quarto, com a noite do Neva, com os ricos e sombriamente translúcidos babados das cortinas da janela. A caverna que eu explorava guardava em suas dobras e fissuras uma realidade tão sonhadora, orlada com mistério tão opressivo, que uma pulsação, como de um tambor abafado, começava a soar em meu peito e em meus ouvidos; ali, em suas profundidades, onde meu pai havia descoberto uma nova espécie de morcego, eu podia discernir os malares altos de um ídolo talhado na rocha; e quando eu por fim adormecia, uma dúzia de mãos fortes me revirava e, com um horrível som de seda rasgando, alguém me descosturava de alto a baixo, depois do que uma mão ágil deslizava para dentro de mim e com muita força me apertava o coração. Ou então eu era transformado num cavalo, gritando com voz mongólica: xamãs puxavam seus jarretes com laços, de forma que as pernas quebravam com um estalo e cediam em ângulos retos com o corpo — meu corpo — que caía, o peito pressionado no chão amarelo, e, como sinal de extrema agonia, a cauda do cavalo subia feito uma fonte; voltava a baixar e eu acordava.

> Hora de levantar. O aquecedor acaricia
> as placas brilhantes
> da estufa para determinar
> se o fogo chegou até em cima.
> Chegou. E a seu cálido cantarolar
> a manhã responde com o silêncio da neve,
> azul rosado
> e branco imaculado.

Estranho como uma lembrança se transforma numa figura de cera, como o querubim fica suspeitamente mais bonito à medida que sua forma escurece com a idade — estranhos, estranhos os percalços da memória. Emigrei há sete anos; esta terra estrangeira agora já perdeu sua aura de amplidão, assim como a minha deixou de ser um hábito geográfico. O Ano Sétimo. O fantasma errante de um império imediatamente adotou este sistema de avaliação, parente de um anteriormente introduzido pelo ardente cidadão francês em honra da recém-nascida liberdade. Mas os anos passam e a honra não consola; lembranças se dissolvem, ou então adquirem um brilho mortal, de modo que, em vez de maravilhosas aparições, nos resta um leque de cartões-postais. Nada pode ajudar aqui, nenhuma poesia, nenhum estereoscópio — esse aparelho que, em horrendo silêncio de olhos saltados, costumava dotar uma cúpula com tal convexidade e cercar os transeuntes de Karlsbad com suas canecas na mão com uma aparência de espaço tão diabólica que eu era atormentado por pesadelos depois dessa diversão ótica, muito mais que depois das histórias de tortura dos mongóis. A específica câmera estereoscópica de que me lembro adornava a sala de espera de nosso dentista, um americano chamado Lawson, cuja amante francesa, mme. Ducamp, uma harpia de cabelo grisalho, sentada à sua mesa entre frascos do colutório Lawson vermelho-sangue, fazia um bico com os lábios e nervosamente coçava a cabeça tentando encontrar o horário para Tanya e eu, e finalmente, com um esforço e um grito, conseguia empurrar sua caneta gotejante entre a *princesse* Toumanoff, com um borrão no fim, e monsieur Danzas, com um borrão no começo. Eis a descrição de uma visita ao dentista, que havia alertado no dia anterior que "este aqui vai ter de sair"...

> Como será estar sentado
> daqui a meia hora nesta carruagem?
> Com que olhos devo olhar estes flocos de neve
> e ramos negros das árvores?
> Como acompanhar de novo com meu olhar
> aquela pedra cônica
> com sua touca de algodão? Como lembrar
> na minha volta meu caminho até aqui?
> (Enquanto, com repulsa e ternura,
> apalpo constantemente o lenço
> dentro do qual, dobrado com cuidado, há algo
> como um pingente de marfim para relógio.)

Essa "touca de algodão" não só é ambígua, como nem mesmo começa a expressar o que eu queria dizer — ou seja, a neve empilhada como uma touca nos cones de granito ligados por uma corrente em algum lugar próximo à estátua de Pedro, o Grande. Em algum lugar! Ai!, já é difícil para mim reunir todas as partes do passado; já começo a esquecer relacionamentos e conexões entre objetos que ainda vicejam em minha memória, objetos que portanto condeno à extinção. Nesse caso, que insultuosa zombaria é afirmar que

Assim uma impressão anterior continua viva
dentro do gelo da harmonia.

O que então me compele a compor poemas sobre minha infância se, apesar de tudo, minhas palavras passam ao largo do alvo, ou matam ao mesmo tempo o leopardo e a corça com a bala explosiva de um epíteto "acurado"? Mas não nos desesperemos. O homem disse que sou um poeta de verdade — o que significa que a caçada não foi em vão.

Eis mais um poema de doze versos sobre tormentos da infância. Trata das dificuldades do inverno na cidade quando, por exemplo, meias caneladas esfolam atrás dos joelhos, ou quando a vendedora calça uma luva de criança impossivelmente chata em sua mão, posta sobre o balcão como num cepo de carrasco. Há mais: o segundo beliscar do colchete (da primeira vez ele escapou) quando você está parado de braços abertos para prenderem sua gola de pele; mas, em compensação, que divertida mudança de acústica, como ficam arredondados todos os sons quando a gola está levantada; e, já que tocamos em ouvidos, que música sedosa, firme, murmurante, quando os cadarços das orelhas de seu boné são amarrados (levante o queixo).

Para cunhar uma expressão, alegremente as crianças desfrutam da frigidez do dia. Na entrada do parque público temos o vendedor de balões; acima da cabeça dele, três vezes o seu tamanho, um enorme cacho rumorejante. Olhem, crianças, como ondulam e roçam uns contra os outros, todos cheios do sol de Deus em tons de vermelho, azul e verde. Uma bela visão! Por favor, tio, quero o maior (o branco com o galo pintado e o embrião vermelho flutuando dentro que, quando a mãe for destruída, escapará para o teto e um dia depois descerá, todo enrugado e bem manso). Agora as crianças felizes compraram seu balão de um rublo e o vendedor gentil o puxou da penca ondulante. Um minutinho, meu rapaz, não puxe, deixe eu cortar o fio. Depois do que ele volta a calçar as luvas, confere o fio em torno da cintura, do qual está pendurada a tesoura, e, empurrando com o calcanhar, lentamente começa a subir em posição vertical, mais e mais alto no céu azul: olhe, a penca agora não é maior do que um cacho de uvas, enquanto debaixo dele se espalha enevoada, dourada, cantada em versos, São Petersburgo, um pouco restaurada aqui e ali, ai, de acordo com os melhores quadros de nossos pintores nacionais.

Mas, brincadeiras de lado, era mesmo tudo muito bonito, muito tranquilo. As árvores do parque mimetizavam seus próprios fantasmas e todo o efeito revelava imenso talento. Tanya e eu zombávamos dos trenós de nossos contemporâneos, principalmente se eram cobertos com tapetes franjados e tinham assento alto (equipados até com encosto) e rédeas que o piloto segurava ao brecar com as botas de feltro. Esse tipo nunca chegava até o final de uma pista de neve, mas sim saía de curso quase imediatamente e começava a girar desamparado enquanto descia, levando uma criança pálida, concentrada, que, quando o trenó perdia impulso, precisava trabalhar com os pés para chegar até o fim do percurso gelado. Tanya e eu tínhamos pesados trenós de barriga da Sangalli: esse trenó consistia simplesmente em uma almofada de veludo retangular com deslizadores de ferro curvados em ambas as extremidades. Não era preciso puxar na direção da pista — ele deslizava com tão pouco esforço e tão impacientemente pela neve, desnecessariamente coberta de areia, que batia contra nossos calcanhares. Cá estamos na montanha.

Subia-se até uma plataforma respingada de rebrilho... (A água, levada para cima em baldes para despejar na descida, *respingava* nos degraus de madeira de forma que ficavam cobertos com uma camada de gelo a *rebrilhar*, mas a bem-intencionada aliteração não foi capaz de captar tudo.)

> Subia-se a uma plataforma respingada de rebrilho,
> caía-se vivamente de barriga primeiro
> sobre o trenó e ele sacudia
> azul abaixo; e então.
> quando a cena sofria uma dura mudança,
> e sombriamente se queimava de febre no quarto,
> escarlatina no Natal,
> ou na Páscoa difteria,
> despencava-se pela brilhante, quebradiça,

exagerada montanha de gelo
numa espécie de parque meio tropical,
meio Tavricheski

onde, por força do delírio, o general Nikolay Mihailovich Przhevalski era transferido, junto com seu camelo de pedra, do parque Alexandrovski próximo de nós, onde ele imediatamente se transformava numa estátua de meu pai, que estava naquele momento em algum lugar entre Kokand e Ashkhabad, por exemplo, ou então numa encosta da cordilheira Tsinin. Quantas doenças Tanya e eu superamos! Ora juntos, ora alternadamente; e como eu sofria quando ouvia, entre o bater de uma porta distante e o som baixo e contido de outra, o passo e o riso dela explodindo, soando celestialmente indiferente a mim, inconsciente de mim, infinitamente distante de minha gorda compressa com seu recheio de oleado pardo, minhas pernas doloridas, meu peso e constrição corporal; mas, se era ela quem estava doente, como eu me sentia terreno e real, tão semelhante a uma firme bola de futebol quando a via deitada na cama com um ar remoto como se ela tivesse virado para outro mundo, com apenas o murcho forro de seu ser voltando para mim! Descrevamos o último momento antes da capitulação quando, não tendo desviado ainda do curso normal do dia, escondendo de nós mesmos a febre, a dor nas juntas, nos embrulhando à maneira mexicana, disfarçamos a imposição do calafrio de febre como exigência do jogo; e quando, meia hora depois, a gente se rendeu e acabou na cama, o corpo não acredita mais que um minuto antes estava brincando, andando de quatro pelo chão da sala, pelo parquete, pelo carpete. Vamos descrever o sorriso interrogativo de alarme da mãe logo que pôs o termômetro em minha axila (tarefa que não confiava nem ao valete nem à governanta). "Bom, você se meteu num boa enrascada, não é?", diz ela, ainda tentando brincar a respeito. E um minuto depois: "Ontem eu já sabia. Sabia que estava com febre, você não me engana". E depois de mais um minuto: "Quanto você acha que está?". E por fim: "Acho que já podemos tirar". Ela leva o tubo de vidro incandescente até perto da luz e, franzindo as adoráveis sobrancelhas de pelo de foca — que Tanya herdou —, observa por um longo tempo... e então, sem dizer nada, sacode lentamente o termômetro e o enfia de volta no estojo, olhando para mim como se não me reconhecesse inteiramente, enquanto meu pai monta seu cavalo num passeio por uma planície primaveril toda azul de íris; descrevamos também o estado delirante em que se sente imensos números crescerem, inflando o cérebro, acompanhados pela fala incessante de alguém sem nenhuma relação com a gente, como se, no escuro jardim vizinho ao hospício do livro de contas, vários de seus personagens, meio saídos (ou mais precisamente saindo cinquenta e sete cento e onze avos) de seu terrível mundo de juros crescentes, aparecessem no papel de uma vendedora de maçás, quatro cavadores de fossas e uma Certa Pessoa que legou a seus filhos uma caravana de frações, e tagarelassem, ao acompanhamento do murmúrio noturno de árvores, sobre algo extremamente doméstico e tolo, mas por isso mesmo mais horrível, mais condenado a se transformar naqueles mesmos números, naquele universo matemático que se expande infindavelmente (uma expansão que para mim lança uma estranha luz nas teorias macrocósmicas dos físicos de hoje). Descrevamos, por fim, a recuperação, quando não faz mais nenhum sentido sacudir o termômetro para baixar o mercúrio, e o objeto é descuidadamente deixado na mesa de cabeceira, onde um conjunto de livros que veio congratular a gente e alguns brinquedos (passivos observadores) se acotovelam com frascos semivazios de poções turvas.

> Um estojo de escrita com meu papel
> é o que vejo mais vívido:
> as folhas adornadas com uma ferradura
> e meu monograma. Eu me tornara
> um perito e tanto em iniciais retorcidas,
> selos de entalhe, flores secas prensadas
> (que uma menininha me enviava de Nice)
> e lacre de selar, vermelho e brônzeo brilhante.

Nenhum dos poemas do livro alude a certa coisa extraordinária que me aconteceu quando estava me recuperando de um caso particularmente severo de pneumonia. Quando todo mundo havia se reunido na sala de estar (para usar um clichê vitoriano), um dos

convidados que (para combinar) ficara em silêncio toda a noite...
A febre cedera durante a noite e eu havia finalmente me arrasta-
do até terra firme. Estava, permita que eu diga, fraco, caprichoso e
transparente — tão transparente quanto um ovo de vidro lapidado.
Mamãe tinha ido comprar para mim — eu não sabia exatamente o
quê — uma daquelas coisas esquisitas que de vez em quando eu co-
biçava com a avidez de uma mulher grávida, esquecendo depois delas
completamente; mas minha mãe fazia listas desses desejos. Deitado
entre camadas azuladas de penumbra interior, senti desenvolver uma
incrível lucidez, como quando uma faixa de radiante céu pálido se
estende entre longas nuvens vespertinas e dá para divisar o cabo e
as águas rasas de sabe-se lá quais ilhas remotas — e parece que, se
liberarmos nosso olhar volátil só um pouquinho, adiante se discerne
um barco reluzente puxado para a areia úmida, e marcas de passos
cheios de água brilhante. Naquele minuto, acho, atingi o limite mais
elevado da saúde humana: minha mente havia sido mergulhada e
lavada muito recentemente numa perigosa escuridão de limpeza sobrenatural; e agora, deitado imóvel e mesmo sem fechar os olhos, eu
mentalmente via minha mãe, de casaco de chinchila e véu de pintas
pretas, subindo ao trenó (que sempre pareceu, na velha Rússia, tão
pequeno comparado ao tremendo traseiro estofado do cocheiro) e
levando o regalo cinza-pombo ao rosto, deslizando depressa atrás de
uma parelha de cavalos pretos cobertos com uma rede azul. Rua após
rua se desdobrava sem esforço de minha parte; fragmentos de neve
cor de café se chocavam com a frente do trenó. Ele parou. Vasiliy o
lacaio desce de seu estribo, soltando no mesmo movimento o cobertor
de pele de urso para pernas, e minha mãe caminha depressa a uma
loja cujo nome e placa não tenho tempo de identificar, uma vez que
justamente nesse instante meu tio, irmão dela, passa e a chama (porém
ela já desapareceu), e o acompanho vários passos involuntariamente,
tentando divisar o rosto do cavalheiro com quem ele está conversando ao se afastarem, mas me controlo, volto, e apressado deslizo, por
assim dizer, para dentro da loja, onde minha mãe já está pagando
dez rublos por um lápis Faber absolutamente comum, o qual é então
amorosamente embrulhado em papel pardo por dois atendentes e
entregue a Vasiliy, que já o leva atrás de minha mãe até o trenó, que

agora corre ao longo de ruas anônimas de volta à nossa casa, agora avançando para encontrá-la; mas aqui o curso cristalino de minha clarividência foi interrompido pela chegada de Yvonna Ivanovna com caldo e torrada. Precisei da ajuda dela para sentar na cama. Ela deu uma pancada no travesseiro e colocou a bandeja de cama (com seus pés anões e uma área perpetuamente pegajosa perto do canto sudoeste) sobre o animado cobertor à minha frente. De repente, a porta se abriu e mamãe entrou, sorrindo e segurando um pacote de papel pardo, comprido como uma alabarda. Dele emergiu um lápis Faber de um metro de comprimento e grossura correspondente: um display gigante que fora pendurado horizontalmente numa vitrina como anúncio e um dia despertara meu caprichoso desejo. Eu devia estar ainda naquele estado abençoado em que qualquer estranheza baixa entre nós feito um semideus para se misturar, incógnito na multidão de domingo, uma vez que naquele momento não senti nenhuma surpresa pelo que me acontecera, mas apenas observei para mim mesmo como havia me enganado quanto ao tamanho do objeto; mas depois, quando estava mais forte e havia preenchido com pão certas fissuras, ponderei com pontadas de superstição sobre meu momento de clarividência (o único que jamais experimentei), do qual sentia tanta vergonha que até de Tanya o escondi; e quase caí em prantos de constrangimento quando encontramos por acaso, em minha primeira excursão à rua, um parente distante de mamãe, um Gaydukov, que disse a ela: "Seu irmão e eu vimos você outro dia perto da Treumann".

Nesse meio-tempo, o ar dos poemas ficou mais quente e estamos nos preparando para voltar ao campo, para onde chegávamos a nos mudar já em abril nos anos antes de eu começar a escola (que comecei apenas aos doze anos).

> A neve, não mais nas encostas, espreita nas ravinas,
> e a primavera de Petersburgo
> está cheia de excitação, de anêmonas
> e das primeiras borboletas.
> mas não preciso das Vanessas do ano passado,
> aquelas hibernantes descoradas,

ou aquelas Luteolatas absolutamente alquebradas,
através de florestas transparentes voando.
Não devo deixar, porém, de detectar
as quatro adoráveis asas de gaze
da mais macia mariposa geometrídea do mundo
achatada entre as manchas pálidas de uma bétula.

Esse poema é o favorito do autor, mas ele não o incluiu na coletânea porque, mais uma vez, o tema tem ligação com o de seu pai, e a economia da arte o aconselhara a não tocar em tal tema antes que chegasse a hora certa. Em vez disso, reproduziu essas impressões de primavera como a primeira sensação imediata ao sair da estação: a maciez do solo, a familiar proximidade que tem com seu pé, e em torno da cabeça o fluxo de ar totalmente livre. Disputando uns com os outros, esbanjando furiosos convites, de pé em seus boxes, acenando a mão livre no ar e misturando seus gritos a exagerados "eias", os cocheiros de *droshki* chamavam os primeiros viajantes a chegar. Um pouco mais adiante, um automóvel aberto, carmesim por dentro e por fora, estava a nossa espera: a ideia de velocidade já deixara o volante inclinado (árvores de rochedos marítimos entenderão o que quero dizer), enquanto sua aparência retinha ainda — por uma falsa sensação de decoro, suponho — um vínculo servil com a forma de uma caleche; porém, se isso era de fato uma tentativa de imitação, acabava totalmente destruída pelo rugido do motor com o silencioso do escapamento aberto, um rugido tão feroz que, muito antes de estarmos visíveis, um camponês com uma carroça de palha vindo do lado oposto saltaria e tentaria cobrir a cabeça do cavalo com um saco — depois do que ele e a carroça provavelmente acabariam na vala ou mesmo no campo; onde, um minuto depois, tendo já se esquecido de nós e de nossa poeira, a quietude rural se recuperaria, fresca e suave, com apenas uma mínima abertura para o canto de uma cotovia.

Talvez um dia, com solas de confecção estrangeira e saltos há muito gastos, me sentindo um fantasma apesar da idiota substancialidade dos isoladores, eu venha a sair de novo daquela estação e, sem companheiros visíveis, seguir pelo caminho que acompanha a rodovia as dez verstas e tanto até Leshino. Um depois do outro, os postes de telégrafo zumbiriam à minha aproximação. Um corvo pousaria numa pedra — pousaria e estenderia uma asa que havia dobrado errado. O dia provavelmente seria mais para o lado cinzento. Mudanças na paisagem em torno que eu não consigo imaginar, assim como alguns dos marcos mais antigos que de alguma forma esqueci, me saudariam alternadamente, até mesclando-se de quando em quando. Acho que, enquanto estivesse andando, emitiria algo como um gemido, em sintonia com os postes. Quando chegasse aos locais onde cresci e olhasse isso e aquilo — ou então, devido a incêndios, reconstrução, operações madeireiras ou a negligência da natureza, olhasse nem isso nem aquilo (mas ainda discernisse algo infinita e firmemente fiel a mim, mesmo que só porque meus olhos são, a longo prazo, feitos da mesma matéria do cinzento, da claridade, da umidade desses locais), então, depois de toda excitação, experimentaria certa saciedade de sofrimento — talvez na trilha da montanha para um tipo de felicidade que ainda é muito cedo para eu conhecer (sei apenas que, quando atingi-la, será com a caneta na mão). Mas há uma coisa que definitivamente não estaria lá à minha espera — aquilo que, de fato, fez valer a pena cultivar toda essa história de exílio: minha infância e os frutos de minha infância. Seus frutos — aqui estão eles, hoje, já maduros; enquanto minha infância em si desapareceu numa distância ainda mais remota que aquela do nosso Norte russo.

O autor encontrou palavras efetivas para descrever suas sensações ao fazer a transição para o campo. Que divertido é, diz ele, quando

> Não é mais preciso pôr
> uma touca, nem trocar os sapatos leves,
> a fim de correr de novo na primavera
> pela areia cor de tijolo do jardim.

Aos dez anos, acrescentou-se uma nova diversão. Ainda estávamos na cidade quando rodou a maravilha. Durante um bom tempo eu a conduzi por seus chifres de carneiro de cômodo em cômodo; com que tímida graça ela se movia pelo piso de parquê até se autoempalar em uma tachinha! Comparada ao meu pobre, velho, trepidante e pequeno triciclo, cujas rodas eram tão finas que atolavam até na areia do jardim do terraço, a recém-chegada possuía uma celestial leveza de movimento. Isso é bem expresso pelo poeta nos seguintes versos:

Ah, aquela primeira bicicleta!
Seu esplendor, sua altura,
"Dux" ou "*Pobéda*" escrito no chassi,
o silêncio de seus pneus firmes!
Os embalos e abalos pela verde avenida
onde máculas de sol deslizam pulso acima,
e onde morros de toupeira assomam negros
e ameaçam com um tombo!
Mas no dia seguinte se passa em cima deles
e o apoio do país dos sonhos está ausente
e confiando em sua simplicidade de sonho
a bicicleta não tomba.

E no dia seguinte vêm inevitavelmente ideias de "rodar por aí" — uma expressão que até hoje não consigo ouvir sem ver uma faixa de solo liso, em declive, pegajoso, acompanhada por um audível murmúrio de borracha e um muito tênue cecear de aço. Ciclismo e equitação, remo e nado, tênis e croqué; piqueniques debaixo dos pinheiros; o chamado do moinho d'água e do palheiro — eis uma lista geral de temas que comovem nosso autor. Que dizer de seus poemas do ponto de vista da forma? Esses, claro, são miniaturas, mas são executados com um domínio incrivelmente delicado que revela com clareza cada fio de cabelo, não porque tudo seja delineado com um toque excessivamente seletivo, mas porque a presença dos menores traços é involuntariamente passada ao leitor pela integridade e confiabilidade de um talento que garante a observância do autor a todos os artigos da convenção artística. Pode-se discutir se vale a pena ressuscitar a poesia tipo álbum, mas não se pode negar que, dentro dos limites que ele se impôs, Godunov-Cherdyntsev resolveu corretamente seu problema de prosódia. Cada um de seus poemas é iridescente com as cores de arlequim. Quem gosta do gênero pitoresco irá apreciar esse pequeno volume. Ao cego na porta da igreja ele nada terá a dizer. Que visão tem o autor! Ao acordar cedo de manhã, ele sabia que dia ia fazer só de olhar a fresta da janela, que

mostrava um azul mais azul que o azul
e nada inferior em azulidade
à minha atual lembrança dele.

E ao anoitecer ele observa com os mesmos olhos entrecerrados o campo, um lado do qual já está em sombra, enquanto o outro, o mais distante

está iluminado, desde a grande rocha central
até o limiar da floresta mais além
e brilha como de dia.

Talvez fosse não à literatura, mas à pintura que ele estava destinado desde a infância, e embora nada saibamos do atual estado do autor, podemos mesmo assim visualizar claramente um menino de chapéu de palha, sentado muito incomodamente em um banco de jardim com sua parafernália de aquarela e pintando o mundo legado a ele por seus antepassados:

Favos de porcelana branca
contêm azul, verde, vermelho mel.
Primeiro, com linhas a lápis,
no papel áspero um jardim toma forma.
As bétulas, o balcão do anexo,
tudo malhado de sol. Embebo
e giro, firme, a ponta do pincel
em rico amarelo alaranjado;
e enquanto isso, dentro do copo cheio,
na radiância de seu vidro lapidado,
que cores se acenderam,
que arrebatamento floresceu!

Esse, então, é o pequeno volume de Godunov-Cherdyntsev. Para concluir, acrescentemos... Que mais? Que mais? Imaginação, me ajude! Será verdade que todas as coisas encantadoramente pulsantes que sonhei e ainda sonho através de meus poemas não se perderam neles e foram notadas pelo leitor, cuja crítica verei antes que o dia termine? Será mesmo que ele entendeu tudo, entendeu que além do bom e velho "pitoresco" eles contêm também um sentido poético especial (quando a mente, depois de girar pelo labirinto subliminar, volta com uma música recém-descoberta que sozinha faz dos poemas o que devem ser)? Ao lê-los, ele os leu não só como palavras, mas como frestas entre palavras, como se deve fazer ao ler poesia? Ou ele simplesmente passou os olhos por eles, gostou e elogiou, chamando a atenção para a importância de sua sequência, um traço da moda em nosso tempo, em que o tempo está na moda: se uma coletânea começa com um poema sobre "A bola perdida" deve terminar com "A bola encontrada".

> Só quadros e ícones ficaram
> em seus lugares aquele ano
> em que acabou a infância, e algo
> aconteceu na velha casa: depressa
> todos os quartos uns com os outros
> trocavam de mobília,
> armários e biombos, e uma porção
> de canhestras coisas grandes:
> e foi então que de baixo de um sofá,
> no parquê repentinamente desmascarado,
> viva e incrivelmente querida,
> ela se revelou num recanto.

A aparência externa do livro é agradável.

Tendo espremido dele a última gota de doçura, Fyodor se espreguiçou e levantou-se do sofá. Estava com muita fome. Os ponteiros de seu relógio tinham começado a se comportar mal, de quando em quando giravam em sentido contrário, de forma que não podia confiar neles; a julgar pela luz, porém, o dia, a ponto de partir numa jornada, sentara-se com sua família para uma pausa pensativa. Quando Fyodor saiu para o ar livre, sentiu-se imerso em uma friagem úmida (que bom que vesti isso): enquanto ele divagava sobre seus poemas, a chuva havia envernizado a rua de ponta a ponta. A caminhonete sumiu e, no ponto em que o trator estacionara recentemente, restou junto à calçada um arco-íris de óleo, com o roxo predominante e um formato de pluma. Periquito do asfalto. E como era o nome da empresa de mudança? Max Lux. *Mac's luck*.

Peguei a chave? Fyodor pensou de repente, parou e enfiou a mão no bolso da capa de chuva. Ali localizou um punhado tilintante, pesado e tranquilizador. Quando, três anos antes, ainda durante sua existência aqui como estudante, sua mãe fora morar com Tanya em Paris, ela havia escrito que simplesmente não se acostumava com a ideia de estar liberada dos grilhões perpétuos que acorrentam um berlinense à fechadura de sua porta. Fyodor imaginava a alegria dela ao ler um artigo sobre o filho e por um instante sentiu orgulho materno de si mesmo; não só isso, como uma lágrima materna queimou a borda de suas pálpebras.

Mas que me importa se recebo ou não atenção durante minha vida, se não estou certo de que o mundo lembrará de mim até seu mais escuro inverno, deslumbrando-se como a velha de Ronsard? E no entanto... ainda estou bem longe dos trinta anos e aqui, hoje, algum reconhecimento já me encerra. Encerra! Meu obrigado, minha terra... Uma possibilidade lírica passou num átimo, cantando bem perto de seu ouvido. Meu obrigado, minha terra, por seu mais precioso... Não preciso mais do som "erra": a rima deu origem à vida, mas a rima em si é abandonada. E ao mais louco presente devo meu agradecimento... Creio que "ioso" estava esperando na coxia. Não tive tempo de divisar meu terceiro verso naquele relâmpago de luz. Pena. Tudo se foi agora, perdi a deixa.

Numa loja de alimentos russa, que era uma espécie de museu de cera da culinária do velho país, comprou alguns *piroshki* (um de carne, outro de repolho, um terceiro com tapioca, um quarto com arroz, um quinto... não tinha dinheiro para um quinto) e depressa acabou com eles no banco úmido de um pequeno jardim público.

A chuva começou a cair mais forte: alguém de repente entornara o céu. Teve de se proteger no abrigo circular no ponto do bonde. Ali, no banco, dois alemães com pastas estavam discutindo um contrato e dotando-o de tamanhos detalhes dialéticos que a natureza da mercadoria se perdia, como quando olhamos um artigo na Enciclopédia Brockhaus e perdemos o assunto, indicado no texto apenas pela inicial. Sacudindo o cabelo curto, uma moça entrou no abrigo com um pequeno buldogue resfolegante que parecia um sapo. Ora, que estranho: "terra" e "encerra" estavam juntos de novo e uma certa combinação soava, persistente. Não me deixo tentar.

A chuva parou. Com perfeita simplicidade — sem drama, sem truques — todas as luzes da rua se acenderam. Ele resolveu que já podia começar a caminhada até os Chernishevski para chegar lá às nove, se move, chove. Assim como acontece com bêbados, alguma coisa o protegeu quando ele atravessou a rua nesse estado. Iluminado pelos raios úmidos da luz de um poste, havia um carro na esquina com o motor ligado: cada gota em cima do capô tremendo. Quem poderia ter escrito aquilo? Fyodor não conseguia tomar uma decisão final entre vários críticos emigrados. Esse era escrupuloso, mas sem talento; aquele, desonesto, mas dotado; um terceiro escrevia apenas sobre prosa; um quarto, apenas sobre seus amigos; um quinto... e a imaginação de Fyodor invocou esse quinto: um homem da mesma idade que ele ou até, pensou, um ano mais novo, que havia publicado durante aqueles mesmos anos naqueles mesmos jornais e revistas emigrados, não mais que ele (um poema aqui, um artigo ali), mas que, de alguma forma incompreensível, parecendo tão fisicamente natural quanto algum tipo de emanação, havia discretamente se revestido com uma aura de fama indefinível, de modo que seu nome era pronunciado não com especial frequência necessariamente, mas de maneira bem diferente de todos os outros nomes jovens; um homem do qual cada linha abrasadora ele, Fyodor, se odiando por isso, devorara depressa e avidamente numa esquina, tentando, pelo simples ato de ler, destruir a maravilha daquilo — depois do que, durante dois dias ao menos, não conseguiu se livrar nem do que havia lido, nem de sua própria sensação de debilidade ou de uma dor secreta, como se ao lutar com um outro ele tivesse ferido sua própria partícula mais íntima e sacrossanta; um homem solitário, desagradável, míope, com algum tipo de defeito desagradável na posição recíproca de suas escápulas. Mas eu perdoo tudo se for você.

Ele achou que estava andando lentamente, mas os relógios com que cruzou pelo caminho (os gigantes emergentes das relojoarias) avançavam ainda mais devagar, e quando, quase no destino, ele ultrapassou num passo Lyubov Markovna, que seguia para o mesmo lugar, entendeu que fora levado o tempo todo da jornada por sua impaciência, como por uma escada rolante que transforma até o homem mais imóvel em um velocista.

Por que aquela mulher flácida, não amada, mais velha, ainda maquiava os olhos quando já usava pincenê? As lentes exageravam a irregularidade e crueza da ornamentação amadora e, como resultado, seu olhar perfeitamente inocente ficava tão ambíguo que não se conseguia desviar dele: a hipnose do erro. De fato, quase tudo a respeito dela parecia baseado em um infeliz equívoco — e fazia pensar se não seria uma forma de insanidade ela acreditar que falava alemão como uma nativa, que Galsworthy era um grande escritor ou que Georgiy Ivanovich Vasiliev sentia patológica atração por ela. Era uma das mais fiéis frequentadoras das festas literárias que os Chernishevski, junto com Vasiliev, um velho jornalista gordo, organizavam sábado sim, sábado não; hoje era apenas terça-feira; e Lyubov Markovna ainda estava vivendo suas impressões do sábado anterior, compartilhando-as generosamente. Era fatal que homens virassem rústicos distraídos em sua companhia. O próprio Fyodor sentiu que estava deslizando também, mas felizmente eles já se encontravam à porta, onde a criada dos Chernishevski esperava, chaves na mão; na verdade, ela fora mandada para receber Vasiliev, que sofria de uma doença extremamente rara nas válvulas do coração — ele, aliás, transformara isso num hobby, e às vezes chegava à casa de amigos com um modelo anatômico do coração e demonstrava tudo de maneira muito clara e amorosa. "*Nós não precisamos de elevador*", disse Lyubov Markovna, e começou a subir a escada com um passo forte e pesado que virou um balanço curiosamente silencioso e suave nos patamares; Fyodor teve de ziguezaguear atrás dela a ritmo reduzido, como se vê às vezes um cachorro fazer, costurando e avançando o focinho nos calcanhares do dono, ora à direita, ora à esquerda.

A própria Alexandra Yakovlevna os recebeu. Fyodor mal teve tempo de notar sua expressão desusada (como se censurasse algo ou quisesse evitar depressa alguma coisa), quando o marido entrou correndo no hall com as pernas grossas e curtas, sacudindo um jornal.

"Aqui está", ele exclamou, o canto da boca virando violentamente para baixo (tique adquirido desde a morte do filho). "Veja, está aqui!"

"Quando casei com ele", observou mme. Chernishevski, "esperava que seu humor fosse mais sutil."

Fyodor viu com surpresa que o jornal que pegou com mão incerta de seu anfitrião era da Alemanha.

"A data!", exclamou Chernishevski. "Vá em frente, olhe a data, meu jovem!"

"Primeiro de abril", disse Fyodor com um suspiro, e inconscientemente dobrou o jornal. "Claro, eu devia ter lembrado."

Chernishevski começou a rir ferozmente.

"Não fique zangado com ele, por favor", disse a esposa em tom tristonho e indolente, rolando ligeiramente os quadris e pegando o jovem pelo pulso.

Lyubov Markovna fechou a bolsa com estalo e partiu para a sala.

Era uma sala mais para pequena, com mobília de mau gosto e iluminação ruim, com uma sombra pousada num canto e um vaso pseudo-Tanagra em cima de uma estante inacessível, e quando por fim chegou o último convidado e mme. Chernishevski, tornando-se por um momento — como sempre acontece — incrivelmente parecida com seu bule (azul, brilhante), começou a servir o chá, o cômodo atulhado assumiu um ar de certa intimidade tocante, provinciana. No sofá, entre almofadas de tons variados — todos insossos e borrados —, uma boneca de seda com as pernas moles de um anjo e olhos amendoados de um persa era apertada alternadamente por duas pessoas confortavelmente sentadas: Vasiliev, imenso, barbado, usando meias xadrez de antes da guerra acima dos tornozelos; e uma frágil garota, encantadoramente debilitada, com pálpebras rosadas e a aparência geral mais próxima de um rato branco; seu primeiro nome era Tamara (que seria mais adequado para a boneca) e o último lembrava uma daquelas paisagens montanhosas alemãs penduradas em lojas de moldura. Fyodor sentou-se junto à estante e tentou simular bom humor, apesar do nó na garganta. Kern, um engenheiro civil que se orgulhava de ter sido próximo do falecido Alexander Blók (o célebre poeta), produzia um som viscoso ao extrair uma tâmara de uma caixa retangular. Lyubov Markovna examinou cuidadosamente os doces em uma grande bandeja com uma mamangava mal desenhada e, abandonando de repente sua investigação, contentou-se com um pãozinho — daquele tipo polvilhado com açúcar que sempre exibe uma impressão digital anônima. O anfitrião estava contando uma velha história sobre a brincadeira de primeiro de abril feita por um estudante de medicina em Kiev... Mas a pessoa mais interessante da sala estava sentada a certa distância, junto à escrivaninha, e não participava da conversa, a qual, no entanto, acompanhava com calada atenção. Era um jovem algo semelhante a Fyodor — não tanto nos traços faciais (que no momento eram difíceis de distinguir), mas na aparência geral: a cor ruivo-acinzentada da cabeça redonda de cabelos curtos (um estilo que, segundo as regras do romantismo atual de São Petersburgo, era mais adequado a um poeta do que fartos cachos); a transparência das orelhas largas, delicadas, ligeiramente salientes; a finura do pescoço com a sombra de uma reentrância na nuca. Estava sentado na mesma posição que Fyodor às vezes assumia — a cabeça ligeiramente baixa, as pernas cruzadas, braços não tanto cruzados, mas abraçando um ao outro, como se sentisse frio, de forma que o repouso do corpo era expresso mais pelas projeções angulares (joelho, cotovelo, ombros magros) e pela contração de todos os membros do que pelo descanso geral da postura quando uma pessoa está relaxada, ouvindo. As sombras de dois volumes em cima da mesa imitavam um punho e um canto de lapela, enquanto a sombra de um terceiro volume, encostado aos outros, podia passar por uma gravata. Ele devia ser cinco anos mais novo que Fyodor, e, quanto ao rosto em si, a julgar pelas fotografias nas paredes da sala e no quarto vizinho (sobre a mesinha que chorava à noite entre duas camas), talvez não houvesse nenhuma semelhança, se descontássemos certo alongamento de silhueta combinado a ossos da testa proeminentes e à profundidade escura em torno dos olhos — bem ao estilo Pascal, segundo os fisiognomistas — e também podia haver algo em comum na largura das sobrancelhas... mas não, não era uma questão de semelhança comum, mas sim de uma similaridade espiritual genérica entre dois rapazes angulares e sensíveis, cada um estranho à sua maneira. Esse rapaz estava sentado de olhos baixos e com um traço de zombaria nos lábios, numa posição modesta, não muito confortável, numa poltrona em torno de cujo assento brilhavam tachas de cobre, à esquerda da escrivaninha coberta de dicionários; e Alexander Yakovlevich Chernishevski, com um esforço convulsivo, como para se reequilibrar, desviou o olhar daquele jovem sombreado, e continuou com a animada brincadeira atrás da qual tentava esconder seu desequilíbrio mental.

"Não se preocupe, haverá resenhas", ele disse a Fyodor, piscando involuntariamente. "Pode ter certeza de que os críticos vão espremer seus cravos."

"A propósito", perguntou a esposa, "o que aqueles 'embalos e abalos' significam exatamente, no poema sobre a bicicleta?"

Fyodor explicou, recorrendo mais a gestos que a palavras: "Sabe quando a pessoa está aprendendo a andar de bicicleta e meio que vacila de um lado a outro?".

"Expressão dúbia", observou Vasiliev.

"O meu favorito é aquele sobre doenças infantis, é", disse Alexandra Yakovlevna, balançando a cabeça para si mesma, "esse é bom: escarlatina no Natal e difteria na Páscoa."

"Por que não o contrário?", Tamara perguntou.

Ah, como o rapaz amara poesia! No quarto, a estante com portas de vidro estava cheia de livros seus: Gumilyov e Hérédia, Blók e Rilke — e o quanto ele sabia de cor! E os cadernos... Um dia ela e eu teremos de sentar e conferir tudo. Ela tem força para isso, eu não. Estranho como a gente fica protelando as coisas. É de se supor que seria um prazer — o único, o amargo prazer — conferir os pertences do morto, no entanto as coisas dele continuam ali, intocadas (a prudente preguiça da nossa alma?); é impensável que um estranho possa tocá-las, mas que alívio seria se um incêndio acidental destruísse aquele pequeno gabinete precioso. Chernishevski abruptamente se levantou e, como por acaso, mudou sua cadeira para perto da escrivaninha de tal forma que nem ela, nem as sombras dos livros podiam servir como tema para o fantasma.

A essa altura a conversa havia se voltado para algum político soviético esquecido que perdera o poder após a morte de Lênin. "Ah, nos anos em que convivi com ele, estava no 'ápice da glória e das boas ações'", dizia o jornalista Vasiliev, citando errado Púchkin (que fala de "esperança" não de "ápice").

O rapaz que parecia com Fyodor (a quem os Chernishevski ficaram tão ligados justamente por essa razão) estava agora perto da porta, onde parou antes de sair da sala, meio voltado para o pai — e, apesar de sua natureza puramente imaginária, era muito mais substancial que todos sentados naquela sala! Dava para ver o sofá através de Vasiliev e da moça pálida! Kern, o engenheiro, era representado apenas pelo brilho de seu pincenê; assim como Lyubov Markovna; e o próprio Fyodor existia apenas por causa de uma vaga congruidade com o falecido — enquanto Yasha era perfeitamente real e vivo, e apenas o instinto de autopreservação impedia as pessoas de darem uma boa olhada em seus traços.

Mas talvez, pensou Fyodor, talvez esteja tudo errado, talvez ele [Alexander Yakovlevich Chernishevski] não esteja imaginando seu filho morto nesse momento como imagino que faça. Pode estar realmente ocupado com a conversa, e, se o seu olhar está vago, pode ser apenas porque sempre foi inquieto, coitado. Estou infeliz, estou entediado, nada soa verdadeiro e não sei por que continuo sentado aqui, ouvindo bobagens.

Porém continuou sentado ali, fumando, mexendo suavemente a ponta do pé — e, enquanto os outros falavam e ele falava, tentou, como tentava sempre e em toda parte, imaginar o movimento interno, transparente, dessa ou daquela pessoa. Ele se sentava cuidadosamente dentro do interlocutor como numa poltrona, de modo que os cotovelos do outro serviam como braços para ele e sua alma se encaixava confortavelmente na alma do outro — e então a luz do mundo mudava de repente e, por um minuto, ele se transformava realmente em Alexander Chernishevski ou Lyubov Markovna ou Vasiliev. Às vezes, uma empolgação estimulante se somava à efervescência gasosa da transformação, e ele se sentia lisonjeado quando uma palavra ao acaso confirmava devidamente a linha de raciocínio que estava adivinhando no outro. Ele, para quem não significava nada o que chamavam de política (aquela ridícula sequência de pactos, conflitos, provocações, atritos, discórdias, colapsos e a transformação de cidadezinhas perfeitamente inocentes em nomes de tratados internacionais), às vezes mergulhava com um arrepio de curiosidade e repulsa nas vastas entranhas de Vasiliev e vivia por um instante ativado pelo mecanismo interno dele, Vasiliev, onde ao lado do botão "Locarno" havia outro para "Lockout", e onde um jogo pseudointeligente, pseudodivertido, era conduzido por símbolos mal combinados como "Os Cinco Líderes do Kremlin" ou "A Rebelião Curda" ou sobrenomes individuais que tinham perdido toda a conotação humana: Hindenburg, Marx, Painlevé, Herriot (cuja inicial macrocefálica em russo, o E invertido, havia se tornado tão autônoma nas colunas da *Gazeta* de Vasiliev a ponto de ameaçar uma ruptura completa com o francês original); era um mundo de pronunciamentos proféticos, pressentimentos, misteriosas combinações; um mundo que era, de fato, cem vezes mais espectral que o sonho mais abstrato. E, quando Fyodor mudou para dentro de mme. Chernishevski, viu-se numa alma onde nem tudo lhe era alheio, mas na qual se deslumbrou com muitas coisas, assim como um viajante recatado se maravilha com os costumes de uma ilha distante: o bazar ao amanhecer, as crianças nuas, a balbúrdia, o tamanho monstruoso das frutas. Aquela mulher indolente, simples, de quarenta e cinco anos, que dois anos atrás perdera seu único filho, havia subitamente renascido: o luto lhe dera asas e as lágrimas a rejuvenesceram — ou pelo menos foi o que disse quem a conhecia antes. A lembrança de seu filho, que no marido se tornara uma doença, queimava dentro dela com acelerado fervor. Seria incorreto dizer que esse fervor a preenchia completamente; não, ele excedia em muito os limites de sua alma, parecendo mesmo enobrecer o absurdo daqueles dois cômodos alugados para os quais, depois da tragédia, ela e o marido se mudaram ao sair do amplo apartamento de In den Zelten (onde o irmão dela vivera com a família nos anos anteriores à guerra). Agora ela olhava todos os seus amigos apenas à luz da receptividade deles à sua perda e também, para maior precisão, lembrava ou imaginava a opinião de Yasha sobre esse ou aquele indivíduo com que ela precisava manter relacionamento. Era dominada pela febre de atividade, por uma sede de respostas abundantes; seu filho crescia dentro dela e lutava para sair; o círculo literário recém-fundado por seu marido ao lado de Vasiliev, a fim de dar a ele e a ela algo para fazer, lhe parecia a melhor honra póstuma a seu filho poeta. Foi só nesse momento que a vi pela primeira vez, e fiquei perplexo quando de repente aquela mulher pequena, roliça, terrivelmente animada, com olhos azuis incríveis, caiu em pranto no meio da nossa primeira conversa, como se um cálice de cristal cheio até a borda tivesse se rompido sem nenhuma razão aparente, e, sem tirar os olhos dançarinos de mim, rindo e soluçando, começou a repetir e repetir: "Nossa, como você lembra ele!". A franqueza com que, durante nossos encontros subsequentes, ela falou de seu filho, de todos os detalhes de sua morte e de como agora sonhava com ele (como se crescesse com ele, translúcida como uma bolha) me parecia vulgar e desavergonhada; me aborreceu ainda mais quando soube, indiretamente, que ela estava "um pouco magoada" por eu não reagir com vibrações correspondentes e mudar de assunto no momento em que ela mencionava minha própria dor, minha própria perda. Logo, porém, notei que esse arrebatamento de tristeza em que ela conseguia viver sem morrer de um rompimento de aorta estava, de alguma forma, me sugando e fazendo exigências. Sabe aquele movimento característico em que alguém lhe entrega uma fotografia preciosa e observa você em expectativa... e você, tendo demorada e piedosamente olhado o rosto na foto, que sorri inocente e sem nenhuma ideia de morte, finge demorar para devolvê-la, finge retardar a própria mão, e com um olhar intenso entrega a foto, como se tivesse sido rude livrar-se dela antes. Essa sequência de movimentos ela e eu repetimos incessantemente. O marido sentava-se à sua escrivaninha muito iluminada no canto, trabalhando, com um pigarro ocasional: estava compilando um dicionário de termos técnicos russos, encomendado por uma editora alemã. Era tudo tranquilo e errado. Os restos de geleia de cereja se misturavam a cinza de cigarro em meu pires. Quanto mais ela contava de Yasha, menos atraente ele ficava: oh, não, ele e eu tínhamos pouca semelhança um com o outro (muito menos do que ela supunha, projetando para dentro a similaridade coincidente de traços externos, sendo que encontrava ainda outros que não existiam — na realidade, o pouco que havia por dentro de nós correspondia ao pouco que havia por fora), e duvidei que ele e eu fôssemos amigos se tivéssemos nos conhecido. A melancolia dele, interrompida pela súbita alegria estridente das pessoas sem humor; o sentimentalismo de seus entusiasmos intelectuais; sua pureza, que sugeriria fortemente timidez dos sentidos, não fosse pelo mórbido super-refinamento de interpretação; seu sentimento pela Alemanha; a falta de gosto em seus espasmos espirituais ("Durante uma semana inteira", ele disse, "fiquei no ar" — depois de ler Spengler!); e por fim sua poesia... em resumo, tudo o que enchia de encantamento sua mãe apenas me causava repulsa. Como poeta ele era, em minha opinião, bem fraco; não criava, meramente se aventurava na poesia, como faziam milhares de jovens inteligentes de seu tipo; mas, se não encontravam algum tipo de morte mais ou menos heroica — não tendo nada a ver com as letras russas, que, porém, conheciam meticulosamente (ah, aqueles cadernos de Yasha, cheios de diagramas de prosódia expressando modulações de ritmo em tetrâmetros!) —, acabavam por abandonar inteiramente a literatura; e, se demonstravam talento em algum campo, era na ciência ou na administração, ou então simplesmente numa vida bem ordenada. Os poemas, repletos de clichês da moda, exaltavam seu "doloroso" amor pela Rússia — cenas de outono *à la* Esenin, o azul enfumaçado de pântanos como em Blók, a neve em pó sobre os blocos de pavimentação do neoclassicismo mandelstamiano e o parapeito de granito do Neva, no qual hoje se pode discernir levemente a marca do cotovelo de Púchkin. A mãe dele os lia em voz alta para mim, tropeçando em sua agitação, com uma estranha entonação de colegial nada adequada àqueles trágicos iambos apressados; o próprio Yasha devia recitá-los com absorta monotonia, dilatando as narinas e oscilando às chamas bizarras de um tipo de orgulho lírico, depois do que imediatamente afundava de volta, tornando-se outra vez humilde, débil e recolhido. Os epítetos sonoros que viviam em sua garganta — *neveroyatnyy* (incrível), *hladnyy* (frio), *prekrasnyy* (belo) —, epítetos avidamente empregados pelos jovens poetas de sua geração sob a ilusão de que arcaísmos, prosaísmos ou simplesmente palavras descartadas, tendo completado seu ciclo de vida, agora, quando usadas em poemas, ganhavam uma espécie de inesperado frescor, voltando da direção oposta — essas palavras na dicção trôpega de mme. Chernishevski faziam, por assim dizer, outro semiciclo, apagavam-se de novo e de novo revelavam sua decrépita pobreza — expondo, assim, a enganação de estilo. Além de elegias patrióticas, Yasha tinha poemas sobre os baixos antros de marinheiros aventureiros, sobre gim e jazz (que ele pronunciava à maneira alemã como "yatz") e poemas sobre Berlim, nos quais tentara dotar nomes próprios alemães com uma voz lírica, da mesma maneira, por exemplo, que nomes de ruas italianas ressoam na poesia russa com uma voz curiosamente eufônica de contralto; ele também tinha poemas dedicados à amizade, sem rima e sem métrica, cheios de emoções turvas, vagas e tímidas, de alguns conflitos espirituais internos, e apóstrofes a um amigo na forma polida (o "*vy*" russo) com que um francês enfermo se dirige a Deus, ou uma jovem poetisa russa a seu cavalheiro favorito. E tudo isso era expresso de modo pálido, fortuito, com muitos vulgarismos e tonicidades incorretas peculiares a seu ambiente de classe média provinciana. Iludido pelo sufixo aumentativo, ele achava que "*pozharishche*" (o local de um incêndio recente) queria dizer "grande incêndio", e me lembro também de uma referência bastante patética aos "afrescos de Vrublyov" — um divertido cruzamento entre dois pintores russos (Rublyov e Vrubel) que só servia para provar nossa dissimilaridade: não, ele não podia ter amado pinturas como eu amava. Minha verdadeira opinião sobre sua poesia eu ocultava de sua mãe, enquanto meus sons forçados e polidos de desarticulada aprovação eram tomados por ela como indícios de incoerente arrebatamento. No meu aniversário, ela me deu, sorrindo entre lágrimas, a melhor gravata de Yasha, uma coisa antiquada de seda moiré, recém--passada, com a etiqueta ainda discernível de uma loja bem conhecida, mas não elegante: não creio que o próprio Yasha a tenha usado jamais; e em troca de tudo o que ela havia compartilhado comigo, por ter me dado uma imagem completa e detalhada de seu falecido filho, com sua poesia, sua neurastenia, seus entusiasmos, sua morte, mme. Chernishevski exigia imperiosamente de mim certa dose de colaboração criativa. O marido dela, que tinha orgulho de seu nome centenário e passava horas entretendo os convidados com sua história (o avô havia sido batizado no reino de Nicolau I — em Volsk, creio — pelo pai do famoso escritor político Chernishevski, um sacerdote ortodoxo-grego firme e enérgico que gostava de fazer trabalho missionário entre os judeus e que, além da bênção espiritual, agraciava seus convertidos com o bônus extra de seu sobrenome), me contou em numerosas ocasiões: "Olhe, você devia escrever um livrinho na forma de uma *biographie romancée* sobre nosso grande homem dos anos 1960... Ora, ora, desfranza a testa, antevejo todas as suas objeções, mas acredite, existem, afinal, casos em que a beleza fascinante da vida dedicada de um bom homem redime inteiramente a falsidade de suas posições literárias, e Nikolay Chernishevski era de fato uma alma heroica. Se resolver escrever a vida dele, posso contar muitas coisas curiosas". Eu não tinha nenhuma vontade de escrever sobre o grande homem dos anos 1960 e menos ainda de escrever sobre Yasha, como a mãe, por seu lado, insistentemente me aconselhava a fazer (de forma que, juntando as duas coisas, aí havia uma ordem para uma história completa da família deles). Porém, enquanto me divertiam e irritavam esses esforços de canalizar minha musa, eu sentia, no entanto, que não ia demorar muito para mme. Chernishevski me encostar na parede e, assim como eu era forçado a usar a gravata de Yasha em minhas visitas a ela (até me ocorrer a desculpa de que queria guardá-la para ocasiões especiais), eu teria de escrever um longo conto apresentando o destino de Yasha. A certa altura, tive até a fraqueza (ou ousadia, talvez) de ponderar como abordaria o assunto, se por acaso... Qualquer banal homem de ideias, qualquer romancista "sério" de óculos de aro de armação escura — médico de família na Europa e sismógrafo de seus tremores sociais — sem dúvida teria encontrado nessa história algo altamente característico da "mentalidade dos jovens nos anos pós-guerra" — uma combinação de palavras que, em si (mesmo apartada da "ideia geral" que transmitia), me deixava pasmo e cheio de desdém. Sentia náuseas de repulsa quando ouvia ou lia o último disparate, o disparate vulgar e sem humor sobre os "sintomas da época" e a "tragédia da juventude". E, como a tragédia de Yasha não me inflamava (embora sua mãe achasse que eu estava ardendo), mergulharia involuntariamente em um romance "profundo" e de interesse social, marcado por um desagradável odor freudiano. Meu coração parou quando exercitei minha imaginação, tocando com a ponta do pé, por assim dizer, o gelo fino como mica em cima da poça; cheguei ao ponto de me ver fazendo uma cópia de meu trabalho e trazendo para mme. Chernishevski, sentando-me de tal forma que a luz iluminaria da esquerda minha via fatal (obrigado, enxergo muito bem assim) e, depois de uma breve introdução sobre o quanto havia sido difícil, sobre a responsabilidade que eu sentia... mas então tudo escurecia na névoa rubra da vergonha. Felizmente não cumpri a ordem — não sei bem o que me salvou: por um lado, fiquei postergando muito tempo; por outro, certos abençoados intervalos ocorreram entre nossos encontros; e talvez a própria mme. Chernishevski tenha se entediado comigo como ouvinte; de todo modo, a história não foi usada pelo escritor — uma história que era de fato muito simples e triste.

Yasha e eu havíamos entrado na Universidade de Berlim quase exatamente ao mesmo tempo, mas eu não o conheci, embora devamos ter nos cruzado muitas vezes. A diversidade de matérias — ele estudava filosofia; eu, infusórios — diminuía a possibilidade de nossa associação. Se eu voltasse agora àquele passado, enriquecido ao menos sob um aspecto — consciência do tempo presente —, e retraçasse todos os meus passos interligados, certamente teria notado seu rosto, agora tão familiar para mim através das fotografias. É uma coisa engraçada, quando nos imaginamos voltando ao passado com o contrabando do presente, como seria estranho encontrar lá, em lugares inesperados, os protótipos dos relacionamentos de hoje, tão jovens e frescos que, numa espécie de lúcida sandice, não nos reconhecem; assim, uma mulher, por exemplo, que se começou a amar ontem aparece como uma jovenzinha, parada praticamente a nosso lado num trem cheio, enquanto o transeunte fortuito que quinze anos atrás pediu orientações na rua agora trabalha na mesma sala que você. Dentre esse tropel do passado, apenas uma dúzia de rostos adquiriria tal importância anacrônica: cartas baixas transfiguradas pelo fulgor do trunfo. E então com que confiança se poderia... Mas, ai, mesmo quando efetivamente acontece de, num sonho, se fazer essa jornada de volta, então, na fronteira do passado, seu intelecto presente é completamente invalidado, e em meio ao ambiente de uma sala de aula reunida apressadamente pelo atrapalhado contrarregra do pesadelo de novo não sabemos a lição — com todos os tons esquecidos daqueles espasmos escolares de antigamente.

Na universidade, Yasha ficou amigo próximo de dois colegas, Rudolf Baumann, um alemão, e Olya G., uma compatriota — os jornais em língua russa não apresentam o nome dela completo. Era uma garota da mesma idade e classe, e acho que até da mesma cidade que ele. As famílias, porém, não se conheciam. Só uma vez tive a chance de vê-la, num serão literário uns dois anos depois da morte de Yasha — me lembro de sua testa incrivelmente larga e límpida, os olhos cor de água-marinha e a boca larga e vermelha, com uma penugem preta sobre o lábio superior e uma verruga saliente na base; ela estava parada com os braços dobrados ao peito macio, despertando imediatamente em mim todas as associações literárias adequadas, como a poeira de um belo anoitecer de verão e a porta de uma taverna de estrada, e o olhar entediado de uma moça observadora. Quanto a Rudolf, eu nunca o vi e só posso concluir pelas palavras de outros que tinha o cabelo loiro claro penteado para trás, era rápido de movimentos e bonito — de um jeito firme, vigoroso, que lembrava um cão de caça. Uso, assim, um método diferente para estudar cada um dos três indivíduos, o que afeta tanto a sua substância como sua coloração, até que, no último momento, os raios de um sol que é meu e no entanto é incompreensível para mim os banham e equalizam na mesma explosão de luz.

Yasha mantinha um diário, e nessas anotações definiu com clareza a relação entre ele, Rudolf e Olya como "um triângulo inscrito num círculo". O círculo representava a amizade normal, simples, "euclidiana" (como ele mesmo a chamou) que unia os três, de tal forma que, se só aquilo existisse, sua união teria permanecido feliz, despreocupada e intacta. Mas o triângulo inscrito dentro dele era um sistema diferente de relacionamentos, complexo, torturante e lento para se formar, que tinha uma existência própria e independente da sua moldura comum de amizade uniforme. Era o banal triângulo da tragédia formado dentro de um círculo idílico, e a mera presença de tal estrutura suspeitamente organizada, para não falar do elegante contraponto de seu desenvolvimento, nunca me teria permitido fazer dela um conto ou um romance.

"Estou ferozmente apaixonado pela alma de Rudolf", Yasha escreveu em seu estilo agitado, neorromântico. "Adoro suas proporções harmoniosas, sua saúde, a alegria que tem de viver. Estou ferozmente apaixonado por essa alma nua, bronzeada de sol, flexível, que tem resposta para tudo e segue pela vida com a segurança de uma mulher atravessando um salão de baile. Só posso imaginar da maneira mais complexa e abstrata, ao lado da qual Kant e Hegel seriam brincadeira de criança, o feroz êxtase que experimentaria se... Se o quê? O que posso fazer com a alma dele? É isso que me mata — essa ânsia por algum instrumento misterioso (assim Albrecht Koch ansiava por uma 'lógica dourada' no mundo de loucos). Meu sangue pulsa, minhas mãos ficam frias como as de uma colegial quando estou sozinho com ele, e ele sabe disso e eu me torno repulsivo para ele, que não esconde sua aversão. Estou ferozmente apaixonado por sua alma — e isso é tão infrutífero quanto estar apaixonado pela lua."

Os escrúpulos de Rudolf são compreensíveis, mas, se olhamos a questão mais de perto, suspeitamos que a paixão de Yasha talvez não fosse tão anormal no fim das contas, que sua excitação era afinal muito semelhante à de muitos jovens russos de meados do século passado, a tremer de felicidade quando, erguendo os cílios sedosos, o professor de testa pálida, um futuro líder, um futuro mártir, voltava-se para ele; e eu me recusaria a ver um desvio incorrigível em Yasha se Rudolf fosse no mais mínimo grau um professor, um mártir ou um líder; e não o que realmente era, o chamado *Bursch*, um "alemão comum", apesar de certa propensão para poesia obscura, música ordinária, arte capenga — o que não afetava nele aquela sanidade fundamental pela qual Yasha estava cativado, ou achava que estava.

Filho de um tolo professor respeitável e da filha de um funcionário público, ele havia crescido em um maravilhoso ambiente burguês, entre um bufê que parecia uma catedral e as lombadas de livros adormecidos. Era agradável, embora não fosse bom; sociável, no entanto um pouco arisco; impulsivo e ao mesmo tempo calculista. Ele se apaixonou por Olya definitivamente depois de um passeio de bicicleta com ela e Yasha na Floresta Negra, uma expedição que, como declarou mais tarde no inquérito, "abriu os olhos de nós três"; ele se apaixonou por ela no nível mais baixo, primitivo e impaciente, mas recebeu uma recusa firme, ainda mais forte pelo fato de Olya, uma moça indolente, ávida, morosamente caprichosa, ter, por sua vez (naquela mesma floresta de pinheiros, junto ao mesmo lago redondo e negro), "se dado conta de que estava apaixonada" por Yasha, que se sentiu tão oprimido por isso quanto Rudolf se sentia pelo ardor de Yasha, e ela própria pelo ardor de Rudolf, de forma que a relação geométrica de seus sentimentos diagramados estava completa, lembrando as tradicionais e um tanto misteriosas interconexões das *dramatis personae* dos dramaturgos franceses do século xviii, quando X é a *amante* de Y ("a apaixonada por Y") e Y é o *amant* de Z ("o apaixonado por Z").

No inverno, o segundo inverno da amizade deles, estavam plenamente conscientes da situação; passaram esse inverno estudando sua desesperança. Na superfície, tudo parecia ir bem: Yasha lia incessantemente; Rudolf jogava hóquei, lançando com perícia o disco pelo gelo; Olya estudava história da arte (o que, no contexto da época, soa — assim como o tom de todo o drama em questão — como uma nota insuportavelmente típica, e portanto falsa); internamente, porém, crescia um tormento oculto e doloroso que se tornou formidavelmente destrutivo no momento em que esses três jovens desafortunados começaram a sentir prazer na tortura tripla.

Durante longo tempo mantiveram o acordo tácito (cada um sabendo, abertamente e sem esperança, tudo sobre os outros) de nunca mencionar seus sentimentos quando estivessem os três juntos; mas sempre que um se ausentava, os outros dois inevitavelmente se punham a discutir sua paixão e seu sofrimento. Por alguma razão, comemoraram o Ano-Novo no restaurante de uma das estações ferroviárias de Berlim — talvez porque em estações de trem o armamento do tempo é particularmente impressionante — e foram voltando, relaxados, pela neve suja das coloridas ruas festivas, e Rudolf ironicamente propôs um brinde à exposição da amizade deles — a partir desse momento, primeiro discretamente, mas logo com todo o arrebatamento da franqueza, passaram a discutir em conjunto seus sentimentos. Foi então que o triângulo começou a erodir a circunferência.

Os Chernishevski mais velhos, assim como os pais de Rudolf e a mãe de Olya (uma escultora obesa, de olhos negros e ainda bonita, com uma voz grave, que havia enterrado dois maridos e costumava usar colares compridos que pareciam correntes de bronze), não só não perceberam que alguma coisa terrível estava crescendo como teriam seguramente respondido (se algum curioso sem rumo surgisse entre os anjos que já convergiam, já se juntavam e se agitavam profissionalmente em torno do berço onde dormia um pequeno revólver escuro recém-nascido) que tudo estava bem, que estavam todos felizes. Depois, porém, quando tudo aconteceu, suas memórias trapaceiras fizeram todo esforço para encontrar, no curso passado e rotineiro de dias com colorido idêntico, traços e provas do que estava por vir — e, supreendentemente, os encontraram. Assim mme. G., em uma visita de condolências a mme. Chernishevski, acreditava piamente no que dizia ao insistir que tivera pressentimentos da tragédia durante um longo tempo — desde o dia em que entrara na sala de estar em penumbra onde, com poses imóveis num sofá, nas diversas tristonhas inclinações de alegorias de baixo-relevo em túmulos, Olya e seus dois amigos sentavam em silêncio; não foi mais que uma passageira harmonia de sombras, mas mme. G. afirmava ter marcado esse momento, ou, mais especificamente, o tinha deixado de lado para voltar a ele meses mais tarde.

Na primavera, o revólver havia crescido. Pertencia a Rudolf, mas durante longo tempo passou inconspicuamente de um para outro, como um anel morno deslizando de mão em mão numa brincadeira de criança, ou uma carta marcada de baralho. Por estranho que pareça, a ideia de desaparecerem os três juntos, a fim de que — já em outro mundo — pudesse ser restaurado um círculo ideal e sem falhas, era desenvolvida mais ativamente por Olya, embora agora seja difícil determinar quem a propôs primeiro e quando. O papel do poeta nessa história foi assumido por Yasha — sua posição parecia a mais desesperada, uma vez que, afinal de contas, era a mais abstrata; existem, porém, tristezas que não se curam com a morte, já que podem ser muito mais simplesmente tratadas pela vida e suas ânsias cambiantes: uma bala sólida nada pode contra elas, enquanto, por outro lado, lida perfeitamente bem com paixões mais grosseiras de corações como os de Rudolf e Olya.

Haviam encontrado uma solução e passou a ser especialmente fascinante discuti-la. Em meados de abril, no apartamento que os Chernishevski tinham então, aconteceu uma coisa que aparentemente serviu como impulso final para o *dénouement*. Os pais de Yasha tinham ido pacificamente ao cinema do outro lado da rua. Rudolf ficou inesperadamente bêbado e se deixou levar, Yasha o afastou de Olya e tudo isso aconteceu no banheiro, onde Rudolf, em prantos, agora recolhia o dinheiro que de alguma forma caíra dos bolsos de sua calça, e que opressão os três sentiam, que vergonha, e como era tentador o alívio oferecido pelo final marcado para o dia seguinte.

Depois do jantar, na quinta-feira, 18, que era também o décimo oitavo aniversário da morte do pai de Olya, eles se equiparam com o revólver, que por essa altura já era bem robusto e independente e, no tempo fino e frágil (com um vento oeste úmido e o roxo dos amores-perfeitos em todos os jardins), partiram no bonde 57 para a floresta Grunewald, onde planejavam encontrar um local solitário e se matar um após o outro. Ficaram em pé na plataforma dos fundos do bonde, os três usando capa de chuva, com rostos pálidos e inchados — e o boné de aba grande de Yasha, que ele não usara por cerca de quatro anos e por alguma razão colocara hoje, lhe dava um estranho ar plebeu; Rudolf estava sem chapéu e o vento agitava seu cabelo loiro, jogado das têmporas para trás; Olya estava apoiada no parapeito de trás, agarrada à grade preta com uma mão branca, firme, que tinha um anel proeminente no dedo indicador — e olhava com olhos entrecerrados as ruas passando, pisando o tempo todo por engano no pedal da campainha no chão (destinado ao pé imenso, pétreo, do motorneiro quando a traseira do bonde se tornava a frente). Esse grupo foi notado de dentro do carro, através da porta, por Yuliy Filippovich Posner, ex-tutor de um primo de Yasha. Debruçando para fora rapidamente — era uma pessoa alerta, segura —, gesticulou para Yasha, que o reconheceu e entrou.

"Que bom que encontrei com você", disse Posner e, depois de explicar em detalhes que estava indo com sua filha de cinco anos (sentada ali perto junto a uma janela, o nariz mole como borracha apertado contra o vidro) visitar sua esposa numa maternidade, tirou a carteira e da carteira seu cartão de visita, e então, aproveitando uma parada acidental do bonde (as hastes tinham escapado dos fios numa curva), riscou o endereço velho com uma caneta-tinteiro e escreveu o nome acima. "Olhe aqui", disse, "dê isso para seu primo assim que ele voltar da Basileia e diga, por favor, que ainda está com vários livros meus de que estou precisando, precisando muito."

O bonde estava correndo pela Hohenzollerndamm e, na plataforma dos fundos, Olya e Rudolf continuavam tão firmes como antes no vento, mas certa mudança misteriosa havia ocorrido: pelo simples fato de deixá-los sozinhos, mesmo que apenas por um minuto (Posner e a filha logo desceram), Yasha havia, por assim dizer, quebrado o pacto e iniciado sua separação deles, de forma que quando voltou para a plataforma, embora tão sem consciência disso quanto eles, já estava sozinho, e a brecha invisível, seguindo a lei que governa todas as brechas, continuou irresistivelmente a se abrir e a ficar mais larga.

Na solidão da floresta de primavera, onde as bétulas pardas e molhadas, sobretudo as menores, se achavam eretas, inexpressivas, com a atenção voltada inteiramente para elas próprias; não longe do lago cinza-pombo (em cujas vastas margens não havia vivalma a não ser por um homenzinho atirando um pau na água a pedido de seu cachorro), eles acharam com facilidade um lugar isolado e imediatamente partiram para a ação; para ser mais exato, Yasha partiu para a ação: ele tinha aquela honestidade de espírito que atribui aos atos mais temerários uma simplicidade quase cotidiana. Ele disse que ia se suicidar primeiro por direito de idade (era um ano mais velho que Rudolf e um mês mais velho que Olya), e essa simples observação tornou desnecessário um sorteio, coisa que, em sua áspera cegueira, provavelmente cairia mesmo para ele; e, jogando a capa e sem se despedir dos amigos (o que era apenas natural em vista da destinação idêntica dos três), silenciosamente, com desajeitada pressa, desceu a encosta escorregadia, coberta de pinheiros, até uma ravina cheia de moitas de carvalho e arbustos espinhosos, que, apesar da limpidez de abril, o escondia totalmente dos outros.

Esses dois ficaram um longo tempo esperando o tiro. Não tinham cigarros, mas Rudolf teve a boa ideia de procurar na capa de Yasha, onde encontrou um maço fechado. O céu ficara encoberto, os pinheiros farfalhavam cautelosos, e, de baixo, parecia que seus ramos cegos buscavam alguma coisa. Lá no alto, fabulosamente rápidos e com os longos pescoços estendidos, passaram voando dois patos selvagens, um ligeiramente atrás do outro. Depois, a mãe de Yasha sempre mostrava o cartão de visitas, DIPL. ING. JULIUS POSNER, em cujo verso Yasha escrevera a lápis, *Mamãe, papai, ainda estou vivo, estou com muito medo, me desculpem.* Por fim, Rudolf não aguentou mais e desceu para ver qual era o problema com ele. Yasha estava sentado num tronco em meio às folhas ainda não respondidas do ano anterior, mas não se virou; disse apenas: "Daqui a um minuto estou pronto". Havia algo tenso em suas costas, como se estivesse controlando uma dor aguda. Rudolf voltou para perto de Olya, mas assim que chegou os dois ouviram o som seco do tiro, enquanto no quarto de Yasha a vida continuava por mais algumas horas como se nada tivesse acontecido — a casca de banana num prato, o volume dos poemas de Annenski, *A arca de cipreste,* e o de Khodasevich, *A lira pesada,* na cadeira ao lado da cama, a raquete de pingue-pongue no sofá; ele morreu instantaneamente; para revivê-lo, porém, Rudolf e Olya o arrastaram pelos arbustos até os juncos e ali o borrifaram desesperadamente e esfregaram, de forma que estava todo sujo de terra, sangue e lama quando a polícia encontrou o corpo mais tarde. Então, eles começaram a gritar por socorro, mas ninguém atendeu: o arquiteto Ferdinand Stockschmeisser tinha ido embora há muito com seu setter molhado.

Eles voltaram para o lugar onde haviam esperado o tiro, e, nesse ponto, começa a baixar o escuro sobre a história. A única coisa clara é que Rudolf, fosse porque uma certa vaga terrestre havia se aberto para ele, fosse porque simplesmente era um covarde, perdeu toda a vontade de se matar, e Olya, mesmo persistindo em sua intenção, não conseguiu fazer nada pois ele imediatamente escondeu o revólver. Na floresta, que ficara fria e escura, com uma garoa cega crepitando em torno, eles permaneceram longo tempo até uma hora insensatamente tardia. Corre o boato de que foi então que se tornaram amantes, mas isso seria muito banal. Por volta da meia-noite, na esquina de uma rua com o poético nome de alameda Lilás, um sargento da polícia ouviu, cético, sua história horrível e volátil. Há um certo estado histérico que assume o aspecto de tagarelice infantil.

Se mme. Chernishevski tivesse encontrado Olya logo depois do evento, talvez pudessem ter achado alguma espécie de sentido sentimental para ambas. Infelizmente, o encontro só ocorreu vários meses depois porque, em primeiro lugar, Olya foi viajar e, em segundo, a dor de mme. Chernishevski não assumiu imediatamente aquela forma industriosa e mesmo arrebatada que Fyodor encontrou quando entrou em cena. Em certo sentido, Olya não teve sorte: aconteceu que Olya voltou para a festa de noivado do meio-irmão e a casa estava cheia de convidados; quando mme. Chernishevski chegou sem avisar, debaixo de um pesado véu de luto, com uma seleção de seu triste arquivo (fotografias, cartas) dentro da bolsa, tudo preparado para o arrebatamento de lágrimas compartilhadas, encontrou apenas uma moça morosamente polida, morosamente impaciente num vestido semitransparente, com lábios vermelhos como sangue e um nariz largo empoado de branco, e da salinha lateral para onde levou sua hóspede dava para ouvir o lamento de um fonógrafo, e é claro que não houve nenhuma comunhão de almas. "Tudo o que fiz foi dar uma boa olhada nela", mme. Chernishevski contou — depois do que ela cuidadosamente recortou de muitas pequenas fotografias tanto Olya quanto Rudolf; este último, porém, a visitara imediatamente, rolara a seus pés e batera a cabeça no canto macio do divã, então foi embora com seu maravilhoso passo balouçante pela Kurfürstendamm, que brilhava após uma chuva de primavera.

A morte de Yasha teve seu efeito mais doloroso no pai. Ele precisou passar todo o verão em um sanatório e nunca se recuperou de fato: a divisória que separava a razão, com sua temperatura ambiente, do mundo infinitamente feio, frio e fantasmagórico para o qual Yasha passara de repente desmoronou sem que houvesse possibilidade de restauração, de forma que o buraco teve de ser tapado por um véu provisório e tentava-se não olhar para as dobras ondulantes. Desde aquele dia, o outro mundo começou a se infiltrar em sua vida; mas não havia como resolver esse constante relacionamento com o espírito de Yasha, e ele finalmente contou tudo a sua mulher, na vã esperança de que pudesse assim tornar inofensivo um fantasma que o segredo alimentara: o segredo deve ter crescido de volta, pois logo ele teve de voltar a procurar a tediosa ajuda dos médicos, essencialmente mortal, feita de vidro e borracha. Assim, vivia apenas metade do tempo em nosso mundo, ao qual se agarrava faminta e desesperadamente, e, quando se ouvia seu discurso vivaz e se olhavam seus traços comuns, era difícil imaginar as experiências extraterrenas daquele homenzinho gorducho, de aparência sadia, com uma calva e o cabelo fino em ambos os lados, mas, ao mesmo tempo, mais estranha ainda era a convulsão que de repente o desfigurava; também o fato de, às vezes durante semanas seguidas, usar na mão direita (sofria de eczema) uma luva cinzenta de algodão que insinuava sinistramente um mistério, como se, repelido pelo toque impuro da vida, ou queimado por outra vida, ele reservasse o toque da mão nua para encontros inumanos, dificilmente imagináveis. Nesse meio-tempo, nada parou com a morte de Yasha e muitas coisas interessantes estavam acontecendo: na Rússia, observavam-se a proliferação de abortos e o renascimento das casas de verão; na Inglaterra, havia greves de um tipo ou de outro; Lênin encontrou um fim dramático; Duse, Puccini e Anatole France morreram; Mallory e Irvine pereceram perto do pico do Everest; e o velho príncipe Dolgorukiy, com sapatos de tiras de couro trançado, visitou secretamente a Rússia para ver de novo o trigo-sarraceno em flor; enquanto isso, em Berlim apareciam táxis de três rodas, que desapareceram logo depois, e o primeiro dirigível lentamente atravessou o oceano e os jornais falavam muito de Coué, Chang Tso-lin e Tutancâmon, e, num domingo, um jovem comerciante de Berlim e seu amigo chaveiro partiram numa viagem para o campo numa carroça grande, de quatro rodas, que tinha apenas o mais leve cheiro de sangue, alugada do vizinho, um açougueiro: duas criadas gordas e os dois filhos pequenos do comerciante sentavam-se em poltronas de plush colocadas na carroça, as crianças choravam, o comerciante e seu companheiro bebiam cerveja e tocavam forte os cavalos, o tempo estava lindo, de modo que, em sua animação, eles deliberadamente atingiram um ciclista espertamente encurralado, o espancaram violentamente no fosso lateral, rasgaram em pedaços o seu portfólio (ele era um artista plástico) e seguiram, muito felizes, e quando recuperou os sentidos o artista os alcançou num jardim de taverna, mas o policial que tentou conferir as identidades deles também foi espancado, depois do que continuaram alegremente rodando pela estrada e, quando viram que iam ser alcançados pelas motocicletas da polícia, abriram fogo com revólveres, e na troca de tiros subsequente uma bala matou o filho de três anos do alegre comerciante.

"Olhe, vamos mudar de assunto", mme. Chernishevski falou mansinho. "Tenho medo de que meu marido escute coisas assim. Você tem um poema novo, não tem? Fyodor Konstantinovich vai ler para nós um poema", ela proclamou em voz alta, mas Vasiliev, meio reclinado, tendo em uma mão uma piteira monumental com um cigarro sem nicotina, e acariciando distraidamente com a outra a boneca, que executava todo tipo de evoluções emocionais em seu colo, mesmo assim continuou durante um bom meio minuto falando sobre como aquele alegre incidente fora investigado no tribunal no dia anterior.

"Não tenho nada comigo, e não sei nada de cor", Fyodor repetiu diversas vezes.

Chernishevski virou-se depressa para ele e pousou a mão pequena e peluda em sua manga. "Tenho a sensação de que você ainda está zangado comigo. Não está? Palavra de honra? Depois eu percebi que a piada tinha sido cruel. Você não parece bem. Como vão as coisas? Você nunca me explicou por que mudou de endereço."

Ele explicou: para a pensão onde havia morado um ano e meio mudaram-se de repente pessoas que ele conhecia, muito gentis, chatos inocentemente invasores que ficavam "aparecendo para bater um papo". O quarto deles ficava perto do seu, e não demorou para Fyodor sentir que a parede que os separava havia caído e ele estava indefeso. Claro, no caso do pai de Yasha nenhuma mudança de residência poderia ajudar.

Vasiliev se levantara. Assobiando baixinho, as costas imensas ligeiramente curvadas, estava examinando os livros da estante; tirou um, abriu, parou de assobiar e, ofegando, começou a ler para si mesmo a primeira página. Seu lugar no sofá foi tomado por Lyubov Markovna e sua grande bolsa: agora que seus olhos cansados estavam nus, sua expressão ficou mais suave à medida que, com uma mão raramente bem recebida, ela acariciava a cabeça dourada de Tamara.

"É!", Vasiliev disse, de repente, fechando o livro com ruído e colocando-o no primeiro espaço livre. "Tudo no mundo tem de terminar, camaradas. Quanto a mim, tenho de levantar às sete amanhã."

O engenheiro Kern deu uma olhada no pulso.

"Ah, fique mais um pouco", disse mme. Chernishevski, os olhos azuis brilhando em súplica, e, voltando-se para o engenheiro que se levantara e estava atrás de sua cadeira vazia, a qual ele moveu ligeiramente para um lado (da mesma forma que um comerciante russo que tivesse bebido todo o seu chá emborcaria o copo no pires), ela começou a falar sobre a palestra que ele concordara em fazer na reunião do sábado seguinte — o título era "Alexander Blók na guerra".

"Nos anúncios eu pus por engano 'Blók e a guerra'", disse ela, "mas não faz nenhuma diferença, faz?"

"Ao contrário, é claro que faz diferença", replicou Kern com um sorriso nos lábios finos, mas ódio assassino por trás dos óculos grossos, sem soltar as mãos entrelaçadas sobre a barriga. "'Blók na guerra' transmite o sentido adequado, a natureza pessoal das próprias observações de quem fala, enquanto 'Blók e a guerra', se me desculpe, é filosofia."

E agora todos começaram a ficar gradualmente menos distintos, a ondular com a agitação fortuita de uma névoa, e então desapareceram inteiramente; seus contornos, trançando no padrão de nós em oito, estavam evaporando, embora aqui e ali ainda se acendesse um ponto de luz — o brilho cordial de um olho, o cintilar de uma pulseira; houve também uma momentânea reaparição da testa intensamente sulcada de Vasiliev, que apertava a mão já a se dissolver de alguém, e por último houve um relance flutuante de palha cor de pistache, decorada com rosas de seda (o chapéu de Lyubov Markovna), então tudo sumiu e na saleta enfumaçada, sem nenhum som, com seus chinelos de quarto, entrou Yasha, pensando que seu pai já havia se retirado, e, com um tilintar mágico, à luz de lanternas vermelhas, seres indistintos consertavam o pavimento no canto da praça e Fyodor, que não tinha dinheiro para o bonde, estava indo a pé para casa. Tinha se esquecido de pedir emprestado aos Chernishevski aqueles dois ou três marcos que o manteriam à tona até receber de uma aula ou tradução: por si só, essa ideia não o teria afligido, mas estava dominado por uma sensação geral de desventura que consistia naquela maldita decepção (ele imaginara tão vividamente o sucesso de seu livro), em um vazamento gelado no sapato esquerdo e no medo da noite iminente em um lugar novo. Estava cansado, estava insatisfeito consigo mesmo por ter desperdiçado o macio começo da noite, e atormentado pela sensação de que havia alguma linha de pensamento que ele não levara a termo naquele dia e que agora nunca concluiria.

Caminhava pelas ruas que há muito já haviam se insinuado em seu conhecimento — e, como se isso não bastasse, elas esperavam afeto;

tinham até comprado com antecedência, em suas futuras memórias, espaço ao lado de São Petersburgo, um túmulo vizinho; ele caminhava por essas ruas escuras, reluzentes, e as casas cegas se retiravam, recuavam ou se evadiam no céu marrom da noite de Berlim, que, mesmo assim, tinha seus pontos mais brandos aqui e ali, pontos que se dissolviam diante do olhar, permitindo obter umas poucas estrelas. Aqui, por fim, estão a praça onde jantamos, a alta igreja de tijolos e o ainda bem transparente álamo, parecendo o sistema nervoso de um gigante; aqui está também o banheiro público, que lembra a casa de biscoito de Baba Yaga. Na escuridão do pequeno jardim público, atravessado obliquamente pela tênue luz de um poste, uma linda moça, que durante os últimos oito anos se recusava a se encarnar (tão vívida era a lembrança de seu primeiro amor), estava sentada num banco cinza de cimento, mas, quando ele se aproximou, viu que apenas a sombra torta do tronco do álamo estava sentada ali. Ele virou em sua rua, mergulhando nela como em água fria — relutava em voltar, tamanha a melancolia que seu quarto lhe prometia, aquele guarda-roupas malévolo, aquele sofá-cama. Localizou a porta da frente (disfarçada pelo escuro) e pegou as chaves. Nenhuma delas abria a porta.

"O que é isso...", murmurou, irritado, olhando a chave um pouco e depois girando-a de novo. "Que diabo!", exclamou, e recuou um passo para erguer a cabeça e ver o número da casa. Sim, era a casa certa. Estava a ponto de se curvar sobre a fechadura outra vez quando uma súbita verdade lhe ocorreu: aquelas eram, claro, as chaves da pensão, que tinha levado por engano no bolso da capa ao se mudar hoje, e as novas deviam ter ficado no quarto em que ele agora queria entrar muito mais que um momento atrás.

Naquela época, os senhorios de Berlim eram, em sua maioria, brigões opulentos que tinham mulheres corpulentas e pertenciam, por mesquinhas considerações burguesas, ao Partido Comunista. Inquilinos russos-brancos se encolhiam diante deles: acostumados à sujeição, em toda parte apontamos sobre nós mesmos a sombra da supervisão. Fyodor entendeu perfeitamente bem como era idiota ter medo de um velho tolo com um pomo de adão agitado, mas ainda assim não ousava acordá-lo depois da meia-noite, convocá-lo de sua gigantesca cama de plumas, para realizar o ato de apertar o botão (muito embora o mais provável fosse que ninguém atendesse, por mais que tocasse); não conseguia fazer aquilo, principalmente porque não tinha uma moeda de dez *pfennig*, sem a qual era impensável passar pela mão estendida à altura do quadril, confiante de receber seu tributo.

"Que confusão, que confusão", ele murmurou, recuando um passo e sentindo, por trás, o peso de uma noite insone pousando sobre ele da cabeça aos pés, um gêmeo de chumbo que teria de carregar para um lugar ou outro. "Que idiota, *kak glupo*", acrescentou, pronunciando o russo *glupo* com o "ι" macio francês, como seu pai costumava fazer de um jeito distraído e jocoso quando surpreso.

Perguntou-se o que fazer em seguida. Esperar que alguém saísse? Procurar o vigia noturno de capa preta que zelava pelas fechaduras das ruas residenciais? Se forçar, afinal, a explodir a casa tocando a campainha? Fyodor começou a andar pela calçada até a esquina e voltar. A rua ecoava, completamente vazia. Acima dela, lâmpadas leitosas suspensas, cada uma em seu fio transversal; debaixo da mais próxima, um círculo fantasmagórico oscilava com a brisa pelo asfalto molhado. E aquele movimento oscilatório, que não tinha nenhuma relação aparente com ele, mesmo assim, com um sonoro ritmo de tamborim, empurrou algo para fora do limiar de sua alma, onde aquele algo estivera repousando, e agora, não mais com o chamado distante de antes, mas reverberando alto e próximo, soou "Meu obrigado, minha terra, por teu mais afastado...", e imediatamente, numa volta da onda, "por sua névoa eu agradeço...". E novamente, voando em busca de uma resposta: "... que me encerra...". Estava, como um sonâmbulo, falando consigo mesmo ao caminhar por uma calçada não existente; seus pés eram guiados por uma consciência local, enquanto o Fyodor Konstantinovich principal, e de fato o único Fyodor Konstantinovich que importa, já espiava a próxima estrofe sombria, que oscilava alguns metros adiante e estava destinada a se resolver numa harmonia ainda desconhecida, mas especificamente prometida. "Meu obrigado, minha terra...", começou de novo, em voz alta, ganhando impulso outra vez, mas de repente a calçada virou pedra debaixo de seus pés, tudo em torno dele começou a falar ao mesmo tempo e, instantaneamente sóbrio, ele correu para a porta de sua casa, pois agora havia uma luz acesa atrás dela.

Uma mulher de meia-idade, com malares altos, um casaco de astracã sobre os ombros, se despedia de um homem e havia parado com ele à porta. "Então não se esqueça de fazer isso, querido", ela dizia numa voz apagada e cotidiana, quando Fyodor chegou sorrindo e imediatamente a reconheceu: naquela manhã, ela e o marido estavam recebendo sua mobília. Mas ele reconheceu também o visitante que estava saindo — era o jovem pintor Romanov, com quem ele encontrara algumas vezes no escritório editorial do *Palavra Livre*. Com uma expressão de surpresa no rosto delicado, cuja pureza helênica era desequilibrada por dentes feios, tortos, ele cumprimentou Fyodor; este inclinou desajeitadamente a cabeça para a senhora, que ajeitava o casaco a escorregar do ombro, e então subiu depressa a escada com passos enormes, tropeçou horrivelmente na curva e continuou subindo apoiado ao corrimão. *Frau* Stoboy com seus olhos turvos e seu penhoar era uma visão assustadora, mas não durou muito. Em seu quarto, ele procurou o interruptor e o encontrou com dificuldade. Na mesa, viu as chaves cintilantes e o livro branco. Já está tudo acabado, pensou. Tão pouco tempo antes estava dando exemplares a amigos com dedicatórias pretensiosas ou triviais, e agora tinha vergonha de se lembrar dessas dedicatórias e de como todos os últimos dias haviam sido alimentados pela alegria de seu livro. Mas, no fim das contas, nada de mais acontecera: a decepção de hoje não excluía a gratificação de amanhã ou de depois de amanhã; de alguma forma, porém, o sonho tinha começado a enjoar e agora o livro estava sobre a mesa completamente fechado dentro de si mesmo, delimitado e concluído, e não irradiava mais os raios alegres, poderosos de antes.

Um momento depois, na cama, quando seus pensamentos tinham começado a assentar para a noite e seu coração a afundar na neve do sono (ele sempre tinha palpitações quando adormecia), Fyodor se aventurou imprudentemente a repetir para si mesmo o poema inacabado — simplesmente para saboreá-lo uma vez mais antes da separação do sono; mas estava fraco e o poema era forte, vibrando com vida ávida, de forma que num momento o dominara, eriçara sua pele em arrepio, enchera sua cabeça com um zunido celestial, então ele acendeu a luz outra vez, pegou um cigarro e, deitado de costas, o lençol puxado até o queixo e os pés expostos, como o Sócrates de

Antokolski (um artelho perdido na umidade de Lugano), abandonou-se a todas as exigências da inspiração. Era uma conversa com mil interlocutores, apenas um dos quais genuíno, e esse genuíno devia ser pego e mantido a distância audível. Como era difícil aquilo, e que maravilhoso... E nessas conversas entre gongos, gongos que meu espírito mal conhece...

Depois de umas três horas de concentração e ardor perigosos para a vida, ele finalmente esclareceu a coisa toda, até a última palavra, e resolveu que amanhã ia escrever o poema. Ao se separar dele, tentou recitar delicadamente as boas, quentes, linhas recém-colhidas:

Meu obrigado, minha terra;
por sua névoa eu agradeço,
que me ignora e que me encerra,
falo de ti com grande apreço.
E em tais sonâmbulas conversas
meu ser mais visceral nem sabe
se são demências dispersas
ou o teu canto é que descabe.

E só então, se dando conta de que aquilo continha um certo sentido, ele continuou com interesse e aprovou. Exausto, feliz, com os pés gelados (a estátua se encontra seminua em um parque tristonho), ainda acreditando na qualidade e importância do que havia realizado, ele se levantou para apagar a luz. Em sua camisa de dormir rasgada, que expunha o peito magro e as pernas peludas longas, com veias cor de turquesa, ele foi até o espelho para, ainda com aquela mesma solene curiosidade, examinar e não reconhecer inteiramente a si mesmo, aquelas sobrancelhas largas, aquela testa com sua ponta projetada de cabelo curto. Um pequeno vaso havia se rompido em seu olho esquerdo, e a vermelhidão que o invadia do canto interno atribuía certa qualidade cigana ao brilho escuro da pupila. Nossa, como a barba crescera naquelas faces fundas depois de umas poucas horas noturnas, como se o calor úmido da composição tivesse estimulado a barba também! Ele girou o interruptor, mas a maior parte da noite havia se dissolvido, e todos os objetos pálidos e frios do quarto pairavam como pessoas à espera de alguém em uma plataforma de trem enfumaçada.

Durante longo tempo não conseguiu dormir: cascas de palavras descartadas obstruíam e esfolavam seu cérebro, picavam suas têmporas, e não havia modo de se livrar delas. Nesse meio-tempo, o quarto ficara bastante claro, e em algum lugar — mais provavelmente na hera — loucos pardais, todos juntos, sem ouvirem uns aos outros, chilreavam ensurdecedoramente: grande recesso num pequeno bando.

Assim começou a vida em sua nova toca. A senhoria não se acostumava com seu hábito de dormir até meio-dia, almoçando ninguém sabia como ou onde, e jantando coisas embrulhadas em papel gorduroso. Seu livro de poemas não recebeu nenhuma crítica afinal (de alguma forma ele achara que isso aconteceria automaticamente, e não se dera ao trabalho de mandar nenhum exemplar para exame), exceto uma breve nota na *Gazeta* de Vasiliev, assinada pelo correspondente financeiro, que expressou uma opinião otimista quanto a seu futuro literário e citou uma estrofe com um mortal erro tipográfico. Ele veio a conhecer melhor a rua Tannenberg e ela lhe entregou seus mais caros segredos: como o fato de no subsolo da casa vizinha morar um velho sapateiro com o nome de Kanarienvogel, canário, e de haver realmente uma gaiola, embora sem o seu prisioneiro amarelo, em sua vitrina cega, entre amostras de sapatos consertados; mas, quanto aos sapatos de Fyodor, o sapateiro olhou para ele por cima dos óculos de aro metálico de sua guilda e se recusou a consertá-los; então Fyodor começou a pensar em comprar um par novo. Ficou sabendo também o nome dos moradores do andar de cima: tendo corrido por engano até o último piso, leu numa placa de latão *Carl Lorentz, Geschichtsmaler*, e um dia Romanov, que ele encontrou numa esquina e que tinha um estúdio em outra parte da cidade com os *Geschichtsmaler* [pintores de quadros históricos], contou a Fyodor algumas coisas sobre ele: era um trabalhador, misantropo e conservador, que passara a vida inteira pintando desfiles, batalhas, o fantasma imperial com sua estrela e faixa, assombrando o parque Sans-Souci — e que agora, na república sem farda, estava empobrecido e apagado. Antes de 1914, gozara de distinta reputação, visitara a Rússia para pintar o encontro do Kaiser com o Tsar e, durante o inverno em São Petersburgo, conhecera sua atual mulher, Margarita Lvovna, que era na época uma jovem e encantadora diletante que passeava por todas as artes. Em Berlim, sua aliança com o pintor emigrado havia começado por acaso, como resultado de um anúncio de jornal. Esse Romanov era de um estilo bem diferente. Lorentz desenvolvera uma enfarruscada ligação com ele, mas, desde o dia da primeira exposição de Romanov (na qual mostrou seu retrato da condessa d'X, completamente nua com marcas do espartilho na barriga, abraçando uma versão de si mesma reduzida a um terço do tamanho natural), o considerara um louco e enganador. Muitos, porém, ficaram cativados com o dom ousado e original do jovem artista; previram para ele um extraordinário sucesso, e alguns chegaram a considerá-lo o originador de uma escola neonaturalista: depois de passar por todas as provas do chamado modernismo, diziam que havia chegado a uma arte narrativa renovada, interessante e um tanto fria. Em suas primeiras obras, certo traço do estilo cartum ainda era visível — por exemplo, naquela coisa dele chamada "Coincidência", em que, num painel de anúncios, entre cores vivas e incrivelmente harmoniosas de cartazes, nomes estelares de cinema e outras variedades transparentes, podia-se ler uma notícia sobre um colar de diamantes perdido (com recompensa para quem o achasse), colar esse que estava caído bem ali, na calçada, ao pé mesmo do painel, com seu brilho inocente a cintilar. Em seu "Outono", porém, o negro manequim de alfaiate com a lateral arrancada, jogado num fosso entre magníficas folhas de bordo, já expressava uma qualidade mais pura; especialistas encontraram nele um abismo de tristeza. Mas sua melhor obra até agora continuava sendo uma pintura adquirida por um magnata de visão, já amplamente reproduzida, chamada "Quatro Cidadãos Pegando um Canário"; os quatro estavam de preto, ombros largos, cartolas (embora, por alguma razão, um estivesse descalço), e colocados em estranhas poses, ao mesmo tempo exultantes e circunspectas, debaixo de uma folhagem incrivelmente ensolarada de uma tília bem podada na qual se escondia o pássaro, talvez aquele que escapara da gaiola do sapateiro. Fiquei obscuramente fascinado pela estranha, bela, porém venenosa arte de Romanov; percebi nela tanto antecipação como precaução: estando muito à frente de minha arte, ela simultaneamente iluminava os perigos do caminho. Quanto ao homem em si, eu o achava chato até a náusea — não suportava seu discurso extremamente rápido, extremamente ciciante, acompanhado por um rolar de olhos brilhantes totalmente irrelevante e automático. "Escute", ele disse, soltando um perdigoto em meu queixo, "por que não me deixa apresentar você a Margarita Lorentz... ela me disse para levar você lá qualquer noite... venha, fazemos pequenos serões no estúdio... sabe, com música, sanduíches, lanternas vermelhas... uma porção de gente jovem vai... a Polonski, os irmãos Shidlovski, Zina Mertz..."

Esses nomes me eram desconhecidos; não senti nenhuma vontade de passar noites na companhia de Vsevolod Romanov, tampouco a cara achatada da esposa de Lorentz me interessava de alguma forma — de maneira que não só não aceitei o convite como, a partir daquele momento, passei a evitar o artista.

De manhã, o grito do vendedor de batatas *"Prima Kartoffel!"* soava na rua, num cantarolar agudo e disciplinado (mas como pulsa o coração dos jovens vegetais!), ou então um baixo sepulcral proclamava *"Blumenerde!"*, vasos de flor. Ao baque de tapetes sendo batidos juntava-se às vezes um realejo, pintado de marrom e montado sobre esquálidas rodas de carroça, com um desenho circular na frente mostrando um idílico ribeirão; e girando a manivela ora com a mão direita, ora com a esquerda, o organista de olhos vivos puxava um vacilante "O sole mio". Aquele sol já me convidava à praça. Em seu jardim, uma castanheira jovem, ainda incapaz de andar sozinha e portanto sustentada por uma estaca, de repente produziu uma flor maior que ela mesma. Os lilases, porém, não floriram durante longo tempo; mas quando finalmente se decidiram, então, em uma noite, que deixou um número considerável de pontas de cigarro debaixo dos bancos, circundaram o jardim com uma crespa riqueza. Numa alameda sossegada atrás da igreja, alfarrobeiras derrubavam suas pétalas num cinzento dia de junho, e parecia que tinham derramado creme de trigo no asfalto escuro junto à calçada. Nos canteiros de rosas que cercavam a estátua em bronze de um corredor, Glórias Holandesas desenrolavam os cantos de suas pétalas vermelhas, seguidas pelo general Arnold Janssen. Num dia feliz e sem nuvens de julho, ocorreu um voo de formigas muito bem-sucedido: as fêmeas lançaram-se ao ar e os pardais, também voando, as devoravam; e, em lugares onde ninguém se importava com elas, continuaram andando pelo cascalho e derrubando suas pobres asas de adereço. Os jornais reportavam que na Dinamarca, como resultado de uma onda de calor, observavam-se numerosos casos de loucura: as pessoas arrancavam a roupa e pulavam nos canais. Machos de mariposas ciganas voavam em loucos zigue--zagues. As tílias passaram por todas as suas intrincadas, aromáticas, confusas metamorfoses.

Fyodor, de camiseta e tênis sem meias, passava a maior parte do dia em um banco azul no jardim público, um livro nos dedos bronzeados; e, quando o sol estava forte demais, pousava a cabeça no encosto quente do banco e fechava os olhos por longos períodos; as rodas fantasmagóricas do dia na cidade rolavam pelo escarlate interior sem fundo, e as fagulhas das vozes das crianças passavam, e o livro, aberto em seu colo, ficava mais pesado e parecia menos livresco; mas então o escarlate escurecia com a passagem de uma nuvem e, erguendo o pescoço suado, ele abria os olhos e mais uma vez via o parque, o gramado com suas margaridas, o cascalho recém-molhado, a menina pequena pulando amarelinha sozinha, o carrinho com o bebê que consistia em dois olhos e um chocalho rosado, e a jornada do disco cego, arfante, radioso por entre as nuvens — então tudo se incendiava uma vez mais e pela rua manchada, ladeada de árvores inquietas, um caminhão de carvão passava trovejando com o motorista encardido em seu banco alto sacolejante, com a haste de uma folha verde-esmeralda brilhando entre os dentes.

No fim da tarde, ele ia dar uma aula — para um empresário de cílios cor de areia, que olhava para ele com um ar vazio de malévola perplexidade enquanto Fyodor, indiferente, lia Shakespeare para ele; ou para uma colegial de macacão preto, que ele às vezes sentia vontade de beijar na nuca amarela curvada; ou para um alegre sujeito encorpado que havia servido na Marinha imperial, que falava *est'* (sim, capitão) e *obmozgovat* (saquei) e estava se preparando para *dat' drapu* (se mandar) para o México, a fim de escapar em segredo de sua amante, uma velha de cem quilos, apaixonada e triste que por acaso fugira para a Finlândia no mesmo trenó que ele e, desde então, em perpétuo desespero de ciúme, o alimentava com tortas de carne, pudim de creme, picles de cogumelo... Além dessas aulas de inglês, havia lucrativas traduções comerciais — relatórios sobre a baixa condutividade sonora dos pisos de ladrilhos ou tratados sobre rolamentos; e por fim um modesto, mas particularmente precioso, rendimento vinha de seus poemas líricos, que ele compunha em uma espécie de transe bêbado e sempre com aquele mesmo fervor nostálgico, patriótico; alguns não se materializavam na forma final, dissolvendo-se, fertilizando as profundezas mais íntimas, enquanto outros, completamente polidos e equipados com todas as suas vírgulas, eram levados ao escritório do jornal — primeiro via metrô, com reflexos cintilantes subindo rapidamente por seus apoios de latão, depois no estranho vazio de um enorme elevador até o nono andar, onde, ao final de um corredor cor de argila cinza de modelar, em uma salinha estreita com cheiro "de corpos em decomposição das atualidades" (como costumava brincar o piadista número um do escritório), sentava-se a secretária, uma pessoa fleumática, lunar, sem idade e praticamente sem sexo, que mais de uma vez salvara o dia quando, enfurecidos por alguma matéria do jornal liberal de Vasiliev, apareciam valentões ameaçadores, trotskistas alemães contratados localmente ou algum robusto fascista russo, um malandro e um místico.

O telefone tocava; provas onduladas passavam ventando; o crítico de teatro continuava lendo um extraviado jornal russo de Vilna. "Ora, nós devemos dinheiro a você? Nada disso", a secretária dizia. Quando a porta da sala da direita se abria, ouvia-se a voz saborosa de Getz ditando, ou Stupishin pigarreando, e entre o metralhar de diversas máquinas de escrever distinguia-se o rápido rá-tá-tá de Tamara.

À esquerda ficava a sala de Vasiliev; o paletó lustroso apertava seus ombros gordos quando, parado diante do púlpito que usava como mesa de trabalho e bufando como uma máquina poderosa, escrevia o artigo principal em sua caligrafia irregular com borrões escolares, intitulada: "Nenhuma melhora à vista" ou "A situação na China". Parando de repente, perdido em pensamentos, fez um ruído como de metal raspando ao coçar a grande face barbada com um dedo e entrefechou um olho, pendendo sob uma desordenada sobrancelha negra sem um único fio branco — lembrada na Rússia até hoje. Junto à janela (fora da qual havia um prédio similar, de múltiplos escritórios, sendo reformado até tão alto no céu que um reparo no rasgo da camada de nuvens cinzentas parecia nos planos) havia uma tigela com uma laranja e meia e um apetitoso pote de iogurte, e na estante, no compartimento inferior trancado, eram preservados charutos proibidos e um grande coração azul e vermelho. Havia uma mesa coberta com o lixo de velhos jornais soviéticos, livros baratos com capas sensacionalistas, cartas — solicitando, lembrando, censurando — e metade da laranja espremida, uma página de jornal com uma janela cortada e uma fotografia da filha de Vasiliev, que morava em Paris, uma moça com um encantador ombro nu e um ar nebuloso: era uma atriz sem sucesso, e havia frequentes menções a ela na coluna de cinema da *Gazeta*: "... nossa talentosa compatriota Silvina Lee..." — embora ninguém nunca tivesse ouvido falar da compatriota.

Vasiliev aceitava de bom grado os poemas de Fyodor e os publicava, não porque gostasse deles (em geral nem os lia), mas porque para ele era absolutamente indiferente o que adornava a parte não política do jornal. Tendo garantido definitivamente o nível de alfabetização abaixo do qual nenhum colaborador podia cair, Vasiliev lhe dava carta branca, mesmo que o citado nível mal ficasse acima de zero. E poemas, uma vez que eram bagatelas apenas, passavam quase inteiramente sem controle, escorrendo por aberturas nas quais porcarias de maior peso e volume teriam parado. Mas que festivos e excitados gritos soavam de todos os poleiros de pavões de nossa poesia emigrada, da Letônia até a Riviera! Publicaram a minha! E a minha! O próprio Fyodor, que sentia ter apenas um rival — Koncheyev (que, por sinal, não era colaborador da *Gazeta*) —, não se preocupava com seus vizinhos de página e se alegrava por seus poemas tanto quanto os outros. Às vezes mal podia esperar pelo correio da tarde que trazia seu exemplar e comprava um meia hora antes na rua, e, sem nenhuma vergonha, mal saindo da banca, pondo-se debaixo da luz avermelhada perto da barraca de frutas onde montanhas de laranjas brilhavam ao começo do crepúsculo, abria o jornal — e às vezes não encontrava nada: alguma outra coisa empurrara seu poema para fora; mas, se o encontrava, arrumava melhor as folhas e, retomando o passo pela calçada, lia o poema diversas vezes, variando a entonação interna; isto é, imaginando um a um os vários modos mentais como o poema podia ser lido, talvez estivesse sendo lido agora, por aqueles cuja opinião considerava importante — e com cada uma dessas diferentes encarnações, sentia quase fisicamente uma mudança na cor de seus olhos e também na cor por trás de seus olhos, no gosto da boca, e quanto mais gostava da *chef-d'oeuvre du jour*, mais perfeita e mais suculenta era sua leitura através dos olhos dos outros.

Tendo assim passado ociosamente o verão, tendo dado à luz, educado e parado de amar para sempre umas duas dúzias de poemas, ele saiu num dia claro e frio, um sábado (a reunião é nessa noite), para fazer uma compra importante. As folhas caídas não estavam achatadas no chão, mas arqueadas e bem enrugadas, de forma que da parte inferior de cada uma sobressaía um canto azul de sombra. Levando uma vassoura, a velha miúda, de avental limpo, com um firme rosto pequeno e pés desproporcionalmente grandes, saiu de sua casa de biscoito com janelas de doce. Sim, era outono! Ele caminhava alegre; estava tudo bem: a manhã trouxera uma carta de sua mãe que planejava visitá-lo no Natal, e, através do calçado de verão estropiado, ele tocava o chão com extraordinária sensibilidade ao caminhar pela parte não pavimentada, depois pelos desertos canteiros de hortas com seu odor ligeiramente queimado, por entre casas que viravam para elas próprias o escuro fatiado de suas paredes externas, e ali, em caramanchões rendilhados, cresciam repolhos pontilhados com grandes gotas brilhantes, e as hastes azuladas de cravos secos, e girassóis com seus pesados rostos de buldogue inclinados. Durante um longo tempo, ele quis expressar de alguma forma que era nos pés que possuía a sensação da Rússia, que podia tocar e reconhecer toda ela com as solas dos pés, como um cego sente com as mãos. E foi uma pena chegar ao fim daquele trecho de rica terra marrom e mais uma vez pisar na ressoante calçada.

Uma moça de vestido preto, com testa brilhante e olhos rápidos e agitados, sentou-se aos pés dele pela oitava vez, de lado no banquinho, habilmente tirou o sapato estreito do farfalhante interior da caixa, afastou os cotovelos para alargar as laterais, olhou abstratamente de lado ao afrouxar os cadarços e então, tirando do peito uma calçadeira, dirigiu-se ao pé de Fyodor, grande, tímido, mal remendado. Miraculosamente o pé coube dentro, mas ao fazê-lo ficou completamente cego: mexer os dedos não amaciava em nada o couro preto apertado. Com rapidez fenomenal, a vendedora amarrou os cadarços e tocou o bico do sapato com dois dedos. "Perfeitos", disse ela. "Sapato é sempre um pouco...", continuou rapidamente, levantando os olhos castanhos. "Claro que se quiser podemos fazer algum ajuste. Mas serviram com perfeição, veja você mesmo!" Levou-o até o aparelho de raios X e mostrou como colocar o pé. Olhando por uma abertura de vidro, contra um fundo luminoso, ele viu suas próprias falanges escuras, nitidamente separadas. Com isso, com isso eu desembarco. Da barca de Caronte. Calçando também o outro pé, ele caminhou pelo carpete até o fim da loja e voltou, olhou de lado no espelho que ia até a altura do tornozelo e refletia tanto seu passo embelezado quanto a perna da calça, agora parecendo o dobro da idade que tinha. "É, está bom", ele disse covardemente. Quando criança, costumava raspar a sola preta brilhante com um gancho para não escorregar. Levou-os debaixo do braço para sua aula, voltou para casa, comeu, calçou-os, admirando-os com receio, e saiu para a reunião.

Eles parecem bons afinal — para um começo torturante.

A reunião era no apartamento bastante pequeno, pateticamente enfeitado, de alguns parentes de Lyubov Markovna. Uma moça ruiva de vestido verde terminando acima dos joelhos ajudava a criada estoniana (que conversava com ela num murmúrio alto) a servir o chá. Entre a multidão conhecida, que continha poucas caras novas, Fyodor avistou de imediato Koncheyev, que comparecia pela primeira vez. Ele olhou os ombros arredondados, a figura quase corcunda, desse homem desagradavelmente calado, cujo misterioso e crescente talento só poderia ser detido com um anel de veneno em um cálice de vinho — aquele homem completo com quem nunca tivera ainda a oportunidade de ter a boa conversa que sonhava ter um dia e em cuja presença ele, estremecendo, queimando e invocando inutilmente os próprios poemas em seu socorro, se sentia um mero contemporâneo. Aquele rosto jovem era típico da Rússia Central e parecia um pouco comum, comum de um jeito estranhamente antiquado; estava limitado em cima por cabelo ondulado e embaixo por colarinho engomado, e de início, na presença desse homem, Fyodor experimentou um sombrio desconforto... Mas três damas estavam sorrindo para ele do sofá, Chernishevski o cumprimentava de longe, e Getz erguia como bandeira uma revista que havia comprado para ele, contendo o "Começo de um longo poema", de Koncheyev, e um artigo de Christopher Mortus intitulado "A voz da Mary de Púchkin na poesia contemporânea". Atrás dele, alguém pronunciou com entonação de uma resposta explanatória: "Godunov-Cherdyntsev". Não importa, não importa, Fyodor pensou depressa, sorrindo para si mesmo, olhando em torno, batendo a ponta do cigarro contra sua cigarreira com emblema de águia, não importa, um dia ainda vamos tilintar nossos ovos, ele e eu, e veremos qual deles quebra.

Tamara indicou a ele uma cadeira vaga, e quando estava se encaminhando para ela achou de novo ter ouvido as notas sonoras de seu nome. Quando jovens de sua idade, amantes de poesia, o acompanhavam com aquele olhar especial que paira como uma andorinha sobre o coração espelhado de um poeta, ele sentia o arrepio de um orgulho acelerado e estimulante; era o prenúncio de sua fama futura; mas havia também uma outra fama mundana — o eco fiel do passado: ele ficava orgulhoso com a atenção de seus jovens coetâneos, mas não menos orgulhoso da curiosidade de pessoas mais velhas, que viam nele o filho do grande explorador, do corajoso excêntrico que havia descoberto animais novos no Tibete, na Pamir e em outras terras azuis.

"Olhe", disse mme. Chernishevski com seu sorriso orvalhado, "quero que conheça..." Ela o apresentou a um Skvortsov, que escapara recentemente de Moscou; era um sujeito amigável, tinha rugas como raios em torno dos olhos, nariz em forma de pera, barba fina e uma esposa vivaz, jovem, melodiosamente falante, com um xale de seda — em resumo, um daqueles casais mais ou menos acadêmicos, tão familiares a Fyodor por sua lembrança de gente que costumava circular em torno de seu pai. Skvortsov começou, em termos corteses e corretos, expressando sua surpresa diante da total falta de informação no estrangeiro acerca das circunstâncias que envolviam a morte de Konstantin Kirillovich: "Nós pensamos", sua esposa falou, "que se ninguém sabia de nada em nossa terra, era de se esperar". "É", Skvortsov continuou, "me lembro muito claramente que um dia eu estava num jantar em honra de seu pai, e que Kozlov — Pyotr Kuzmich —, o explorador, observou que Godunov-Cherdyntsev via a Ásia Central como sua reserva de caça particular. É... Isso foi há muito tempo, acho que você nem tinha nascido."

Nessa altura, Fyodor notou de repente que mme. Chernishevski lhe dirigia um olhar tristonho, significativo, carregado de compaixão. Interrompendo francamente Skvortsov, ele começou a questioná-lo sobre a Rússia, sem muito interesse. "Como eu posso explicar...", replicou este último. "Sabe, é assim..."

"Ora, ora, caro Fyodor Konstantinovich!", um gordo advogado que parecia uma tartaruga superalimentada exclamou por cima da cabeça de Fyodor, embora já apertando sua mão enquanto se acotovelava pela multidão, e de repente já estava cumprimentando outra pessoa. Então, Vasiliev se levantou de sua poltrona e, apoiando-se ligeiramente na mesa por um momento, com os dedos abertos, numa posição peculiar a balconistas e oradores, anunciou que estava aberta a reunião. "O senhor Busch", acrescentou, "vai agora ler para nós sua nova tragédia filosófica."

Herman Ivanovich Busch, um velho cavalheiro de Riga, tímido, encorpado, simpático, com uma cabeça que parecia a de Beethoven, sentou-se à mesinha império, emitiu um ruído gutural e desdobrou seu manuscrito; suas mãos tremiam perceptivelmente e continuaram a tremer durante a leitura.

Desde o começo ficou claro que o caminho levava ao desastre. O sotaque farsesco do homem e os solecismos bizarros eram incompatíveis com a obscuridade de seu sentido. Quando, já no prólogo, apareceu um "Companheiro Solitário" (*odinokiy sputnik* em vez de *odinokiy putnik*, viajante solitário) caminhando por aquela estrada, Fyodor ainda esperou, contra todas as possibilidades, que fosse um paradoxo metafísico e não um lapso traiçoeiro. O Chefe da Guarda da Cidade, ao não admitir o viajante, repetia diversas vezes que ele "não passaria de forma alguma" (rimando com "noturna"). Era uma cidade costeira (o companheiro solitário vinha do interior) e a tripulação de um navio grego estava se divertindo ali. Na rua do Pecado, se dava a seguinte conversa:

PRIMEIRA PROSTITUTA
Tudo é água. É o que diz meu cliente Tales.

SEGUNDA PROSTITUTA

Tudo é ar, me disse o jovem Anaxímenes.

TERCEIRA PROSTITUTA

Tudo é número. Meu calvo Pitágoras não pode estar errado.

QUARTA PROSTITUTA

Heráclito me acaricia sussurrando "Tudo é fogo".

COMPANHEIRO SOLITÁRIO (*entra*)

Tudo é destino.

Havia também dois coros, um dos quais de alguma forma conseguia representar as ondas de De Broglie e a lógica da História, enquanto o outro coro, o bom, questionava isso. "Primeiro Marinheiro, Segundo Marinheiro, Terceiro Marinheiro", continuava Busch, enumerando os personagens a conversar em sua voz grave nervosa e tocada com umidade. Apareceram também três vendedoras de flores: a "Mulher dos Lírios", a "Mulher das Violetas" e a "Mulher de Diferentes Flores". De repente, alguma coisa cedeu: pequenos desmoronamentos começaram na plateia.

Não demorou muito, formaram-se linhas de força em diversas direções por toda a sala — uma rede de troca de olhares entre três ou quatro, depois cinco ou seis, depois dez pessoas, o que representava um terço da reunião. Konchevev pegou devagar e cuidadosamente um grande volume de uma estante perto de onde estava sentado (Fyodor notou que era um álbum de miniaturas persas) e, com a mesma lentidão, virando o livro para cá e para lá em seu colo, começou a examiná-lo com olhos míopes. Mme. Chernishevski fez uma expressão surpresa e dolorida, mas, obedecendo a sua ética secreta, de alguma forma ligada à memória do filho, fazia um esforço para ouvir. Busch estava lendo depressa, as bochechas brilhantes giravam, a ferradura de sua gravata preta cintilava, enquanto abaixo da mesa seus pés tinham as pontas voltadas para dentro — e, à medida que o bobo simbolismo da tragédia ficava cada vez mais profundo, mais elaborado e menos compreensível, a hilaridade dolorosamente reprimida, espalhando-se pelos subterrâneos, precisava mais e mais desesperadamente de uma via de escape, e muitos já estavam se curvando, temendo olhar, e quando começou na praça a Dança dos Mascarados, alguém — foi Getz — tossiu e junto com a tosse emitiu um certo ruído a mais de celebração, diante do que Getz cobriu o rosto com as mãos e depois de um momento emergiu outra vez com um rosto brilhante sem expressão e a cabeça calva, úmida, enquanto no sofá Tamara simplesmente se deitara e se embalava como se em trabalho de parto, enquanto Fyodor, desprovido de proteção, derramava rios de lágrimas, torturado pela imposição de silenciar o que acontecia dentro dele. Inesperadamente, Vasiliev virou-se em sua cadeira com tanto ímpeto que uma perna cedeu com um estalo e Vasiliev precipitou-se para a frente com expressão transformada, mas não caiu, e esse acontecimento, não engraçado em si, serviu de pretexto para uma elemental, desenfreada explosão que interrompeu a leitura e, enquanto Vasiliev transferia seu volume para outra cadeira, Herman Ivanovich Busch, franzindo suas magníficas e bastante infrutíferas sobrancelhas, marcou alguma coisa no manuscrito com um toco de lápis, e no alívio da calma uma mulher não identificada emitiu algo como um gemido final independente, mas Busch já estava continuando:

MULHER DOS LÍRIOS
Você está toda perturbada hoje por alguma coisa, mana.

MULHER DE DIFERENTES FLORES
Estou. Uma cartomante me disse que minha filha vai casar com o passante de ontem.

FILHA
Ah, eu nem o notei.

MULHER DOS LÍRIOS
E ele nem a notou.

"Ouçam, ouçam!", soou o Coro, como no Parlamento britânico. Mais uma vez houve uma ligeira comoção: uma caixa de cigarros vazia, na qual o advogado gordo havia escrito alguma coisa, começou uma jornada pela sala toda e todo mundo acompanhava os estágios de sua viagem; devia estar escrito algo extremamente engraçado, mas ninguém lia e a caixa era passada religiosamente de mão em mão, destinada a Fyodor, e quando finalmente chegou a ele Fyodor leu: *Depois, quero discutir um certo assunto com você.*

O último ato estava quase concluído. O deus do riso impercepti-velmente abandonou Fyodor e ele olhava, meditativo, o brilho de seu sapato. Da barca para a margem fria. O direito apertava mais que o esquerdo. Koncheyev, a boca meio aberta, estava folheando as últimas páginas do álbum. "*Zanaves*" [cortina], exclamou Busch, acentuando a última sílaba em vez da primeira.

Vasiliev anunciou que haveria um intervalo. A maior parte da plateia tinha um ar amassado e abatido, como depois de uma noite num vagão de terceira classe. Busch tinha enrolado sua tragédia num tubo grosso e estava num canto isolado, e parecia-lhe que no alarido de vozes formavam-se e se espalhavam constantes ondas de admira-ção; Lyubov Markovna lhe ofereceu chá e então seu rosto poderoso assumiu uma expressão delicada, indefesa, e umedecendo os lábios bem-aventuradamente, curvou-se para o copo que lhe era entregue. Fyodor observou isso de longe com certa sensação de assombro, en-quanto ouvia, vindo de trás dele:

"Por favor, me dê alguma explicação!" (A voz furiosa de mme. Chernishevski.)

"Bom, você sabe, essas coisas acontecem..." (Vasiliev, culpada-mente cortês.)

"Pedi uma explicação."

"Mas minha cara senhora, o que eu posso fazer agora?"

"Bem, você não leu antes? Ele não levou para você no escritório? Achei que você tinha dito que era um trabalho sério, interessante. Uma obra significativa."

"É verdade, uma primeira impressão, sabe?, folheei o texto... não levei em conta como iria soar... me deixei enganar! É realmente desconcertante. Mas vá até ele, Alexandra Yakovlevna, diga alguma coisa para ele."

O advogado pegou Fyodor acima do cotovelo. "Você é exatamente a pessoa que eu estava procurando. De repente me ocorreu que existe algo para você aqui. Um cliente veio me ver — ele precisa de uma tradução para o alemão de alguns papéis dele, um caso de divórcio, sabe? Os alemães que estão cuidando do caso para ele têm uma moça russa no escritório, mas parece que ela é capaz de fazer só uma parte, e eles precisam de alguém que ajude com o resto. Você faria isso? Olhe, deixe eu lhe passar o número do telefone. *Gemacht*."

"Senhoras e senhores, sentem-se por favor", soou a voz de Vasiliev. "Agora teremos uma discussão do trabalho que foi lido. Quem quiser participar por favor levante a mão."

Só então Fyodor viu que Koncheyev, curvado e com as mãos atrás da lapela, estava fazendo um caminho serpenteante em direção à saída. Fyodor foi atrás, quase esquecendo a revista. Na antessala, reuniu-se a eles o velho Stupishin; ele mudava frequentemente de um quarto alugado para outro, mas vivia sempre tão longe do centro da cidade que essas mudanças, importantes e complicadas para ele, pareciam aos outros acontecer em um mundo etéreo, além do horizonte das preocupações humanas. Enrolando um mesquinho cachecol listrado de cinza no pescoço, ele o segurou no lugar com o queixo, à maneira russa, enquanto, também à maneira russa, vestia o sobretudo por meio de diversos espasmos dorsais.

"Bom, ele sem dúvida nos deu um banquete", disse, enquanto desciam, acompanhados pela criada com a chave da porta.

"Confesso que não ouvi com muita atenção", comentou Koncheyev.

Stupishin foi esperar um bonde raro, quase legendário, enquanto Godunov-Cherdyntsev e Koncheyev partiam na direção oposta para andar até a esquina.

"Que tempo horrível", disse Godunov-Cherdyntsev.

"É, está bem frio", Koncheyev concordou.

"Horrendo... De que lado você mora?"

"Charlottenburg."

"Ora, ora, é bem longe. Vai a pé?"

"Ah, sim, a pé. Acho que aqui eu tenho de..."

"É, você vira à direita, eu vou reto."

Despediram-se. "Brr, que vento!"

"Mas espere, espere um minuto... vou com você até sua casa. Você com certeza é uma coruja como eu, e não vou ter de expor a você o sombrio encantamento de passear pelo calçamento. Então você não ouviu nosso pobre palestrante?"

"Só no começo, e só com meia atenção. Mas não acho que tenha sido assim tão ruim."

"Você estava olhando miniaturas persas num livro. Você notou uma que... uma incrível semelhança!... da coleção da Biblioteca Pública de São Petersburgo, feita, acho, por Riza Abbasi, uns trezentos anos atrás, talvez: aquele homem ajoelhado, lutando com dragões bebês, de nariz grande, bigode: Stálin!"

"Acho que *essa* é a mais forte de todas. Por sinal, li a sua muito boa coletânea de poemas. Claro que, na verdade, eles são apenas modelos para seus futuros romances."

"É, algum dia eu vou produzir prosa em que 'pensamento e música se juntam como as dobras da vida no sono'."

"Obrigado pela cortesia da citação. Você tem um genuíno amor pela literatura, não é?"

"Acredito que sim. Sabe, a meu ver, só existem dois tipos de livro: da mesa de cabeceira ou da lata do lixo. Ou adoro ardentemente um escritor ou jogo fora de uma vez."

"Um pouco severo, não acha? E um pouco perigoso. Não esqueça que toda a literatura russa é a literatura de um século e, depois da mais tolerante das eliminações, não chega a mais de três a três mil e quinhentas páginas impressas, e dificilmente metade disso é digna da estante, para não falar da mesa de cabeceira. Com tamanha escassez quantitativa, temos de nos resignar ao fato de que nosso Pégaso é heterogêneo, que nem tudo de um mau escritor é ruim e nem tudo de um bom é bom."

"Talvez possa me dar alguns exemplos que eu possa refutar."

"Claro: se abrir Goncharov ou..."

"Pode parar! Não me diga que tem algo positivo a dizer de *Oblomov* — aquele primeiro 'Ilyich' que foi a ruína da Rússia — e a alegria da crítica social? Ou você quer discutir as miseráveis condições higiênicas das seduções vitorianas? Crinolina e banco de jardim molhado? Ou talvez o estilo? E aquele *Precipício* em que, em momentos pensativos, Rayski é mostrado com 'rósea umidade luzindo entre os lábios'? O que me lembra um pouco dos protagonistas de Pisemski, que, todos, sob o estresse de uma emoção violenta, 'massageiam o peito com a mão'."

"Vou pegar você nessa. Não existem bons momentos nesse mesmo Pisemski? Por exemplo, aqueles criados no vestíbulo durante um baile, jogando de um para o outro a botinha aveludada de uma dama, horrivelmente suja e rasgada. Aha! E, já que estamos falando de autores de segunda linha, o que acha de Leskov?"

"Bom, deixe eu ver... Anglicismos engraçados aparecem no estilo dele, como '*eto byla durnaya veshch*' [isso foi uma coisa ruim] em vez de simplesmente '*plokho delo*'. Quanto às forçadas distorções com jogos de palavras que ele inventa... Não, me poupe, não acho nada engraçadas. E a verbosidade dele... Minha nossa! Seu *Soboryane* podia facilmente ser condensado em dois *feuilletons* de jornal. E não sei qual é pior: seus virtuosos britânicos ou seus virtuosos clérigos."

"E no entanto... que tal a imagem de Jesus que ele faz: 'O fantasmagórico galileu, sereno e gentil, com um manto cor de ameixa madura'? Ou sua descrição da boca de um cachorro a bocejar com 'seu palato azulado como se untado com pomada'? Ou aquele relâmpago dele que à noite ilumina a sala em detalhe, até o óxido de magnésio deixado numa colher de prata?"

"Certo, admito que ele tem certo sentido latino pelo azulado: *lividus*. Liev Tolstói, por outro lado, prefere os tons violeta, e a bênção de pisar descalço com as gralhas no rico solo escuro de campos arados! Claro, eu nunca devia ter comprado esses aqui."

"Tem razão, eles apertam insuportavelmente. Mas passamos para o primeiro time. Não me diga que não consegue encontrar pontos fracos aí também? Em contos como 'A tempestade de neve'..."

"Deixe Púchkin em paz: ele é a reserva de ouro da nossa literatura. E mais adiante se tem o cesto de Tchékhov, que contém comida suficiente para anos futuros, um cachorrinho chorando, e uma garrafa de vinho da Crimeia."

"Espere, vamos voltar aos ancestrais. Gógol? Acho que podemos aceitar seu 'organismo integral'. Turguêniev? Dostoiévski?"

"Bedlam retransformado em Belém: isso é Dostoiévski para você. 'Com uma observação', como diz nosso amigo Mortus. Nos *Karamázov* existe em algum lugar uma marca circular deixada por um copo de vinho molhado numa mesa ao ar livre. Vale a pena preservar isso se é para usar a sua abordagem."

"Mas não me diga que está tudo bem com Turguêniev? Não esqueça aqueles ineptos tête-à-têtes em pérgulas de acácia. Bazarov rosnando e tremendo? Sua agitação pouquíssimo convincente com aqueles sapos? E, no geral, não sei como você suporta a entonação particular de Turguêniev com sua fileira de pontos ao final de uma 'frase morrendo' e os finais sentimentais dos seus capítulos. Ou será que temos de perdoar todos os pecados dele por causa do brilho acinzentado das sedas negras de madame Odintsev e das longas patas traseiras de suas frases mais graciosas, aquelas posturas, à imagem de um coelho, assumidas por seus cães em repouso?"

"Meu pai encontrava todo tipo de erro nas cenas de caça de Turguêniev e de Tolstói e nas descrições da natureza, e quanto àquele infeliz Aksakov, não vamos nem discutir os equívocos dele nesse campo."

"Agora que os corpos mortos foram removidos, talvez a gente possa passar para os poetas? Tudo bem. A propósito, falando de corpos mortos, alguma vez já ocorreu a você que no poema curto mais famoso de Lermontov o 'cadáver familiar' do final é extremamente cômico? O que ele queria realmente dizer era 'o cadáver do homem que ela um dia conhecera'. O conhecimento póstumo é injustificado e sem sentido."

"Ultimamente, é Tyutchev que reparte minhas acomodações noturnas com maior frequência."

"Um hóspede digno. E o que você acha dos iâmbicos de Nekrasov... ou não gosta dele?"

"Ah, eu gosto. Os melhores versos dele têm um som de violão, um choro, um suspiro, que Fet, por exemplo, um artista mais refinado, de alguma forma não tem."

"Eu tenho a impressão de que a fraqueza secreta de Fet é sua racionalidade e a ênfase na antítese... Isso não escapou a você, escapou?"

"Nossos bobos escritores da escola-de-intenções-sociais o criticam pelas razões erradas. Não, posso perdoar a ele tudo em troca de 'soou no campo a escurecer', de 'gotas de orvalho arrebatado vertidas pela noite', da 'borboleta respirando' no abanar das asas."

"E então passamos para o século seguinte: cuidado com onde pisa. Você e eu começamos a delirar com poesia ainda crianças, não é? Refresque minha memória, como foi?, 'Como palpitam as bordas das nuvens'... Pobre Balmont!"

"Ou, iluminado pelo lado de Blók, 'nuvens de quimérico conforto'. Ah, mas seria um crime ser seletivo aqui. Naqueles dias, minha mente aceitava extática, grata, completamente sem crítica, todos os cinco poetas cujos nomes começam com 'B', os cinco sentidos da nova poesia russa."

"Eu gostaria de saber qual dos cinco representa o paladar. É, é, eu sei, há aforismos que, como aeroplanos, se mantêm no ar só quando estão em movimento. Mas estávamos falando do amanhecer. Como começou com você?"

"Quando abri os olhos para o alfabeto. Desculpe, isso soa pretensioso, mas o fato é que desde a infância me angustiava com a mais intensa e elaborada *audition colorée*."

"De forma que você também, como Rimbaud, podia ter..."

"Escrito não um mero soneto, mas um gordo volume, com tonalidades auditivas que ele nunca sonhou. Por exemplo, para mim os diversos *a*s das quatro línguas que eu falo diferem de tonalidade, vão de preto-laca a cinza irregular — como diferentes tipos de madeira. Recomendo a você meu "*m*" de flanela rosa. Não se lembra do algodão isolante que era retirado com as janelas de tempestade na primavera? Bom, isso é o meu "*y*" russo, ou melhor, "ugh", tão sujo e sem graça que as palavras têm vergonha de começar com ele. Se tivesse tintas aqui, misturava siena queimada e sépia para conseguir o tom de guta-percha do som "*ch*"; e se você apreciar meu radiante "*s*", posso verter nas suas mãos um pouco dessas safiras luminosas que toquei quando criança, tremendo e sem entender quando minha mãe, vestida para um baile, chorando descontroladamente, permitia que seus tesouros perfeitamente celestiais fluíssem do abismo da palma de suas mãos, de seus estojos, para o veludo negro, e depois, subitamente, trancava tudo de novo e acabava não indo a lugar nenhum apesar da apaixonada persuasão do irmão dela, que ficava andando para lá e para cá nas salas, dando piparotes na mobília e encolhendo suas dragonas, e, se puxava ligeiramente a cortina da sacada envidraçada, dava para ver, ao longo do rio que se afastava, fachadas no negrume-azulado da noite, a magia imóvel de uma iluminação imperial, o funesto brilho de monogramas de diamante, bulbos coloridos em forma de diadema..."

"Em resumo, *Buchstaben von Feuer*... É, já sei o que vem em seguida. Devo terminar essa história banal e dolorosa para você? Como você se deliciava com qualquer poema que aparecesse. Como, aos dez anos, você estava escrevendo dramas e aos quinze, elegias, e todos sobre o crepúsculo, o crepúsculo... A 'Incógnita' de Blók que 'entre bêbados passava devagar'. A propósito, quem era ela?"

"Uma mulher jovem, casada. Durou pouco menos de dois anos, até eu escapar da Rússia. Ela era adorável, doce, sabe, de olhos grandes e mãos ligeiramente ossudas, e de alguma forma permaneci fiel a ela até hoje. Seu gosto por poesia se limitava à lírica cigana da moda, ela adorava pôquer e morreu de tifo... sabe Deus onde, sabe Deus como."

"E o que vem agora? Você diria que vale a pena continuar escrevendo poesia?"

"Ah, sem dúvida! Até o fim. Neste momento mesmo estou contente, apesar da dor degradante nos artelhos apertados. Para dizer a verdade, sinto de novo aquela turbulência, aquele frenesi... Mais uma vez vou passar a noite inteira..."

"Me mostre. Vamos ver como funciona: é com *isto*, que da lenta barca negra... Não, vamos tentar de novo: pela neve que cai sobre a água que nunca congela... Continue tentando: debaixo da nevasca vertical no clima do cinzento enjambement do Lete, na estação de sempre, com *isso* eu descerei à margem algum dia. Assim está melhor, mas cuidado para não esbanjar o frenesi."

"Ah, tudo bem. Só digo que não se pode deixar de ser feliz com essa sensação de formigamento na testa..."

"... como o causado por excesso de vinagre da beterraba cortada. Sabe o que acaba de me ocorrer? Que o rio não é o Lete, mas sim o Estige. Não importa. Vamos continuar: e agora um ramo torto paira próximo à barca, Caronte com seu gancho, no escuro, o alcança, o prende e muito..."

"... lentamente a casca gira, a casca silenciosa. Para casa, para casa! Hoje sinto vontade de compor com a caneta na mão. Que lua! Que cheiro negro de folhas e terra detrás daquela cerca."

"E que pena ninguém ter ouvido o brilhante colóquio que eu gostaria tanto de ter com você."

Não importa, não se perderá. Aliás, estou contente de ter acontecido assim. Quem tem algo a ver com o fato de que, na realidade, nos separamos na primeira esquina, e de que fui recitando um diálogo fictício comigo mesmo conforme consta de um manual autodidata de inspiração literária?

Capítulo dois

A chuva ainda caía, leve, mas, repentino e esquivo como um anjo, um arco-íris já aparecera. Em langorosa perplexidade consigo mesmo, rosa-esverdeado com um extravasamento arroxeado no limite interno, pendia suspenso sobre o campo ceifado, acima e adiante de uma floresta remota, uma trêmula porção da qual aparecia através dele. Flechas de chuva dispersas, que haviam perdido tanto o ritmo quanto o peso e a capacidade de produzir qualquer som, lampejavam a esmo, aqui e ali, ao sol. No céu lavado de chuva, por trás de uma nuvem negra, uma nuvem de arrebatadora brancura estava se libertando e brilhando com todos os detalhes de um molde monstruosamente complicado.

"Bom, bom, parou", ele disse em voz baixa e saiu de baixo do abrigo de faias aglomeradas, onde a estrada *zemskaya* [rural distrital] — e que baque essa designação! — descia untuosa e barrenta para uma depressão, juntando ali todos os seus sulcos num buraco retangular, cheio até a borda de grosso café com leite.

Minha querida! Mancha de tonalidades elísias! Uma vez, em Ordos, meu pai, subindo uma encosta depois de uma tempestade, inadvertidamente entrou na base de um arco-íris — ocorrência das mais raras! — e se viu no ar colorido, um jogo de luzes como se no paraíso. Deu mais um passo — e deixou o paraíso.

O arco-íris já estava se apagando. A chuva havia quase parado, estava torridamente quente, uma mutuca de olhos acetinados pousou em sua manga. Um cuco começou a cantar num matagal, lânguido, quase interrogativo: o som inchou como uma cúpula e mais uma vez, como uma cúpula, incapaz de encontrar uma solução. O pobre pássaro gordo provavelmente voou para mais longe, porque tudo se repetia desde o começo à maneira de um reflexo reduzido (ele buscava, quem sabe, um lugar para obter um efeito melhor, mais triste). Uma imensa borboleta, achatada no voo, preto-azulada com uma faixa branca, descreveu um arco sobrenaturalmente perfeito, pousou na terra molhada, fechou as asas e com isso desapareceu. Essa é daquelas que de vez em quando um rapaz camponês ofegante traz, presa com ambas as mãos dentro de seu boné. Essa é daquelas que erguem voo de debaixo das patas massacrantes do cavalo bem-comportado do doutor, quando o doutor, segurando as rédeas quase superfluamente no colo ou simplesmente amarrando-as à prancha da frente, roda pensativamente pela estrada sombreada até o hospital. Às vezes, se encontram quatro asas brancas e pretas, com a parte inferior cor de tijolo, espalhadas como cartas de baralho numa trilha da floresta: o resto devorado por algum pássaro desconhecido.

Ele pulou uma poça onde dois besouros rola-bosta tinham grudado numa haste de palha, um no caminho do outro, e imprimiu a forma de sua sola na beira da estrada: uma pegada altamente significativa, sempre olhando para cima e sempre vendo aquele que desapareceu. Ao caminhar pelo campo sozinho, debaixo das nuvens em magnífica corrida, ele lembrou que, com os primeiros cigarros em sua primeira cigarreira, ele havia se aproximado de um velho ceifador ali e pedido fogo; o camponês tirara do peito magro uma caixa que lhe entregara sem sorrir, mas o vento soprava e fósforo após fósforo se apagavam logo que acendiam, e depois de cada um ele ficava mais envergonhado, enquanto o homem assistia com uma espécie de distanciada curiosidade os dedos impacientes do desregrado jovem cavalheiro.

Ele penetrou mais na floresta; tinham posto pranchas no caminho, pretas e escorregadias, com amentilhos marrom-avermelhados e folhas que haviam grudado nelas. Quem derrubara um cogumelo russula, rompendo seu leque branco? A resposta veio num som de ulular: havia moças colhendo cogumelos e mirtilos, estes últimos tão mais escuros na cesta do que em seus ramos! Entre as bétulas havia uma velha conhecida, com tronco duplo, uma lira-bétula, e ao lado dela uma estaca com uma placa em cima; não dava para ver nada além de marcas de balas; uma vez, uma Browning fora disparada contra ela por seu tutor inglês — também chamado Browning — e então o pai pegara a pistola, rápida e habilmente enfiara balas no pente e marcara um *K* nítido com sete tiros.

Mais adiante, uma orquídea de pântano florescia sem cerimônia num trecho de solo encharcado, atrás do qual ele tinha de cruzar uma estrada secundária, e à direita brilhava um portão de vime branco: a entrada do parque. Guarnecido com samambaias por fora, com alas luxuriantes de jasmim e madressilva do lado de dentro, escurecido em certas partes por agulhas de pinheiros, em outras iluminado por folhas de bétula, esse imenso parque, denso e de múltiplos caminhos, pairava num equilíbrio de sol e sombra, que formava de uma noite para outra uma harmonia variável, mas de características únicas em sua variabilidade. Se círculos de luz cálida palpitavam sob os pés na avenida, então uma grossa faixa de veludo se estenderia com certeza na distância, atrás da qual vinha aquela fulva peneira, enquanto mais adiante, no fundo, aprofundava-se um rico negrume que, transferido para o papel, só satisfaria o aquarelista enquanto a tinta permanecesse molhada, para que ele pudesse colocar camada sobre camada e assim conter sua beleza — que imediatamente se apagaria. Todos os caminhos levavam à casa, mas, apesar da geometria, parecia que o caminho mais rápido não era pela avenida reta, estreita e lisa com uma sombra sensível (subindo como uma mulher cega ao seu encontro para tocar sua face) e com uma explosão de luz esmeralda no final, mas sim por qualquer de suas tortuosas vizinhas cobertas de mato. Ele seguiu a sua favorita na direção da casa ainda invisível, passou o banco no qual, segundo a tradição estabelecida, seus pais costumavam sentar na véspera das viagens regulares do pai: o pai, joelhos separados, rodando os óculos ou um cravo nas mãos, tinha a cabeça baixa, com uma palheta inclinada para a nuca e um sorriso taciturno, quase zombeteiro, em torno dos olhos enrugados e nos cantos macios da boca, em algum lugar nas raízes mesmas da barba aparada; e a mãe dizia algo a ele, de lado, de cima, de debaixo de seu grande chapéu branco, tremulante; ou fazia crepitantes buraquinhos na areia neutra com a ponta do guarda-sol. Ele passou por uma pedra, na qual escalavam brotos de sorveira (um havia se voltado para estender a mão a outro mais novo), passou por um pequeno canteiro gramado que fora um tanque na época de seu avô, e passou por uns pinheiros meio baixos que ficavam bem redondos no inverno sob a sua carga de neve: a neve costumava cair reta e lenta, podia cair assim durante três dias, cinco meses, nove anos — e já então, à frente, num espaço aberto atravessado por manchas brancas, via-se um tênue borrão amarelo se aproximando, que de repente entrava em foco, estremecia, engrossava e se transformava num bonde, e a neve úmida caía inclinada, encobrindo a face esquerda de uma coluna de vidro, a parada do bonde, enquanto o asfalto permanecia negro e nu, como se incapaz por natureza de aceitar qualquer coisa branca, e entre as placas acima das farmácias, papelarias e quitandas, que nadavam diante dos olhos e, a princípio, eram até incompreensíveis, só uma parecia ainda estar escrita em russo: Kakao. Nesse meio-tempo, em torno dele tudo o que acabara de ser imaginado com tamanha clareza pictórica (o que em si era suspeito, assim como a nitidez dos sonhos na hora errada do dia ou depois de um soporífero) empalideceu, corroeu-se, desintegrou, e se alguém olhasse à volta, então (como num conto de fadas em que a escada desaparece atrás de quem está subindo) tudo desmoronava e desaparecia, uma configuração de árvores em despedida, paradas como pessoas assistindo a alguém ir embora e logo eliminadas, um resto de arco-íris desbotado na aguada, o caminho, do qual restava apenas o gesto de uma curva, uma borboleta num alfinete com apenas três asas e sem abdome, um cravo na areia, à sombra do banco, a ultimíssima das mais persistentes trivialidades, e no momento seguinte tudo isso levava Fyodor sem esforço para seu presente, e direto da reminiscência (rápida e indolor, comparecendo para ele como um ataque de doença fatal a qualquer hora, em qualquer lugar), direto do paraíso estufa do passado, ele embarcou num bonde de Berlim.

Estava indo para uma aula, atrasado como sempre, e como sempre cresceu dentro dele um vago, perverso e pesado ódio pela desajeitada lentidão daquele que era o menos dotado dos métodos de transporte, pelas ruas desalentadoramente conhecidas, desalentadoramente feias a passar pela janela molhada e, acima de tudo, pelos pés, corpos e pescoços dos passageiros nativos. Sua racionalidade sabia que entre eles havia indivíduos genuína e completamente humanos com paixões generosas, tristezas puras, até mesmo com lembranças brilhando pela vida, mas, por algum motivo, tinha a impressão de que todos aqueles olhos frios, escorregadios, olhando para ele como se estivesse levando um tesouro ilegal (coisa que o seu dom era, em essência), pertenciam apenas a megeras maliciosas e mascates desonestos. A convicção russa de que o alemão é em pequenos grupos vulgar e em grandes grupos insuportavelmente vulgar era, ele sabia, uma convicção indigna de um artista; mesmo assim foi tomado por um tremor, e só o melancólico cobrador de olhos acuados e esparadrapo no dedo, eterna e dolorosamente procurando equilíbrio e espaço para passar entre os solavancos convulsivos do bonde e a manada de passageiros em pé, parecia externamente se não um ser humano, ao menos um parente pobre de um ser humano. Na segunda parada, um homem magro de casaco curto com gola de pele de raposa, usando chapéu verde e polainas esfarrapadas, sentou-se na frente de Fyodor. Ao se acomodar, tocou nele com o joelho e o canto de uma grossa pasta com alça de couro, e essa coisa trivial transformou a irritação de Fyodor em uma espécie de pura fúria, de forma que, olhando fixamente o passageiro, lendo seus traços, concentrou de imediato nele todo o seu ódio pecaminoso (por aquela pobre, lamentável, moribunda nação) e entendeu precisamente por que o odiava: por aquela testa baixa, por aqueles olhos pálidos, por *Vollmilch* e *Extrastark*, leite integral e extraforte, sugerindo a existência legal do diluído e do artificial; pelos gestos *à la* Polichinelo (ameaçando crianças não como nós fazemos — com um dedo em riste, um lembrete permanente do Juízo Divino —, mas com um dedo horizontal que imitava o movimento de um bastão); pelo apreço a cercas, fileiras, mediocridade; pelo culto do escritório; pelo fato de que, se ouvirmos sua voz interior (ou qualquer conversa na rua), inevitavelmente ouviremos quantias, dinheiro; pelo humor escatológico e a risada grosseira; pela gordura do traseiro de ambos os sexos, mesmo que o resto do sujeito não seja gordo; pela falta de rigor; pela visibilidade da limpeza — o brilho do fundo das panelas na cozinha e a bárbara imundície dos banheiros; pelo fraco por pequenos truques sujos, pelo empenhar-se em truques sujos, pelo abominável objeto enfiado cuidadosamente nas cercas dos jardins públicos; pelo gato de alguém, perfurado, vivo, com arame, numa vingança contra um vizinho e o arame espertamente entortado numa ponta; pela crueldade em tudo, satisfeita consigo mesma, tida como permitida; pela inesperada, arrebatada solicitude com a qual cinco transeuntes ajudam a pessoa a pegar algo que foi derrubado; por... Ele assim entreteceu os pontos de sua comprometida acusação, olhando o homem sentado à sua frente, até este último tirar do bolso um exemplar do jornal de Vasiliev e tossir, despreocupado, com entonação russa.

Que maravilha, pensou Fyodor, quase sorrindo de prazer. Como é esperta, como é graciosamente furtiva e essencialmente boa a vida! Então ele divisou nos traços do leitor do jornal tal suavidade compatriota — nos cantos dos olhos, nas narinas largas, no corte russo do bigode —, que ficou ao mesmo tempo engraçado e incompreensível como alguém podia ter se enganado. Seus pensamentos se alegraram com esse alívio inesperado e já haviam tomado um rumo diferente. O aluno que ia visitar era um velho judeu com pouca instrução, mas interessado, que no ano anterior concebera um súbito desejo de aprender a "conversar em francês", o que pareceu ao velho ao mesmo tempo mais desejável e mais adequado a sua idade, personalidade e experiência de vida do que o estudo árido da gramática de uma língua. Invariavelmente no começo da aula, gemendo e misturando uma multidão de palavras russas e alemãs com uma pitada de francês, ele descrevia a exaustão após um dia de trabalho (era gerente de uma grande fábrica de papel) e passava dessas prolongadas queixas a uma discussão — em francês! — sobre política internacional que mergulhava imediatamente, até as orelhas, em desencantada escuridão e com isso exigia milagres: que toda essa história louca, viscosa, pesada, comparável ao transporte de pedras por uma estrada arrasada, se transformasse de repente em discurso filigranado. Completamente desprovido da capacidade de memorizar palavras (e gostando de falar disso não como uma limitação, mas como uma interessante característica de sua natureza), ele não progredia e ainda conseguia, mesmo em um ano de estudo, esquecer todas as poucas frases francesas que Fyodor encontrara para ele, com base nas quais o velho pensara construir em três ou quatro noites sua animada, leve e portátil Paris. Ah, o tempo passava infrutífero, provando a inutilidade do esforço e a impossibilidade do sonho — e então o instrutor revelou-se inexperiente e completamente perdido quando o infeliz gerente de fábrica de repente precisou de uma informação exata (como se diz "tambor rotativo" em francês?), da qual, por delicadeza, o aluno imediatamente desistiu, e ambos ficaram um momento embaraçados, como um jovem e uma donzela de algum idílio antigo que inadvertidamente se tocam. Pouco a pouco foi ficando insustentável. Como o aluno se referia mais e mais desanimadamente a seu cansaço mental e mais e mais frequentemente desmarcava as aulas (a voz celestial da secretária ao telefone era a melodia da felicidade!), a Fyodor pareceu que ele havia finalmente se convencido da inaptidão do professor, mas que prolongava o tormento mútuo por pena de sua calça rasgada, e continuaria a fazê-lo até morrer.

E agora, sentado ali no bonde, ele viu com inefável vivacidade como dentro de sete ou oito minutos ia entrar no escritório conhecido, mobiliado com luxo animal berlinense, sentaria na macia poltrona de couro junto à mesa baixa de metal, com sua caixa de vidro de cigarros aberta para ele, seu abajur em forma de globo terrestre, acenderia um cigarro, cruzaria as pernas com alegria barata e se poria frente a frente com o olhar agoniado, submisso de seu desesperado aluno, ouviria muito claramente seu suspiro e o inerradicável *Nu, voui* com que intercalava suas respostas; mas de repente a sensação desagradável de estar atrasado foi substituída, na alma de Fyodor, por uma nítida e um tanto indigna decisão alegre de não ir à aula — de descer na próxima parada, voltar a seu livro lido pela metade em casa, ao desapego de seus cuidados, à abençoada névoa em que sua vida real flutuava, ao trabalho complexo, feliz, devoto que o ocupava já havia quase um ano. Ele sabia que hoje ia receber o pagamento por diversas aulas, sabia que, não fosse isso, teria de fumar e comer fiado outra vez, mas estava bastante conformado com aquilo por conta da enérgica ociosidade (aí se encontra tudo, nessa combinação), por conta da altiva vadiagem que estava se permitindo. E estava se permitindo não pela primeira vez. Tímido e exigente, vivendo sempre nas alturas, empenhando toda sua força na busca dos seres inumeráveis que relampejavam dentro dele, como se, no alvorecer de um bosque mitológico, ele não pudesse mais se forçar a misturar-se com pessoas por dinheiro ou por prazer, e portanto era pobre e solitário. E, como para irritar o destino comum, era agradável lembrar que uma vez, no verão, ele deixara de ir a uma festa numa "mansão de subúrbio" unicamente pois, segundo alertaram os Chernishevski, estaria lá um homem que "talvez pudesse ajudá-lo"; ou como, no outono anterior, ele não encontrara tempo de se comunicar com um escritório de divórcios que precisava de um tradutor — pois estava compondo um drama em versos, pois o advogado que lhe prometia esse rendimento era importuno e estúpido, pois, afinal, ele postergou demais e depois não foi capaz de tomar uma decisão.

Ele abriu caminho até a plataforma do bonde. Então o vento o atingiu cruelmente, levando Fyodor a apertar mais o cinto da capa de chuva e a ajustar o cachecol, mas o bocadinho de calor do bonde já havia sido tirado dele. A neve parara de cair, mas para onde foi ninguém sabia; restava apenas uma ubíqua umidade que era evidenciada tanto no som chiado dos pneus dos carros como na agudeza porcina, torturante do guincho irregular da buzina dos carros, e na escuridão do dia, tremendo de frio, de tristeza, de horror em si, no tom específico de amarelo das vitrinas das lojas já iluminadas, nos reflexos e refrações, nas luzes líquidas, em todo aquele doentio despejamento de luz elétrica. O bonde deu numa praça e, freando dolorosamente, parou, mas era apenas uma parada preliminar, porque à frente, junto à ilha de pedra tomada por uma multidão em pé na plataforma, dois outros bondes haviam empacado, ambos com carros acoplados, e essa inerte aglomeração era também, de alguma forma, prova da desastrosa imperfeição do mundo em que Fyodor continuava residindo. Ele não podia aguentar mais, saltou e atravessou a praça escorregadia para outro bonde no qual, burlando, podia voltar para seu bairro com o mesmo bilhete — válido para uma viagem, mas não para ida e volta; porém o cálculo oficial, honesto, de que um passageiro viajaria apenas numa direção ficava comprometido em certos casos pelo fato de, conhecendo as rotas, ser possível transformar imperceptivelmente uma viagem direta em um arco, voltando assim ao ponto de partida. Esse sistema esperto (prova agradável de certa falha puramente alemã no planejamento das rotas de bonde) era deliberadamente seguido por Fyodor; por distração, contudo, por uma incapacidade de apreciar uma vantagem material por qualquer período, e já pensando em alguma outra coisa, ele pagou automaticamente o novo bilhete que pretendera economizar. E mesmo assim o engano prosperou, mesmo assim não ele, mas o departamento de transporte urbano mostrou prejuízo financeiro, e por uma soma muito, muito maior (o preço de um bilhete do Expresso Norte!) do que se podia esperar: ao atravessar a praça e virar numa rua lateral, na direção do ponto, ele passou pelo que era, à primeira vista, um pequeno bosque de pinheiros, reunidos ali para serem vendidos por causa do Natal próximo; formavam uma espécie de pequena avenida; balançando os braços ao caminhar, ele roçou a ponta dos dedos pelas agulhas molhadas; mas logo a minúscula avenida se expandiu, o sol explodiu e ele emergiu para um jardim onde, na areia vermelha macia, podia-se distinguir a sigla de um dia de verão: as pegadas das patas de um cachorro, as contas da trilha de um pássaro caminheiro, as faixas que o pneu Dunlop da bicicleta de Tanya deixara no chão, dividindo-se em duas numa curva, e a marca de um calcanhar onde, com um movimento leve e silencioso, tentando talvez um quarto de pirueta, ela descera da bicicleta por um lado e começara a caminhar sem soltar o guidão. Uma velha casa de madeira no chamado estilo "abeteano", pintada de verde-claro, com calhas da mesma cor, desenhos entalhados debaixo do teto e um alto alicerce de pedra (onde, na argamassa cinzenta, podia-se imaginar as garupas rosadas e redondas de cavalos emparedados), uma casa grande, sólida, excepcionalmente expressiva, com sacadas à altura dos galhos dos limoeiros e varandas decoradas com vidro precioso, veio ao encontro dele numa nuvem de andorinhas, com vastos toldos estendidos, seu lampejante condutor fendendo o céu azul e as nuvens brancas estendendo-se num abraço infinito. Sentados nos degraus de pedra da primeira varanda, diretamente iluminada pelo sol, estão: o pai, que evidentemente acabava de voltar de um mergulho, uma toalha felpuda como turbante de forma que não dá para ver — e como seria bom ver! — seu cabelo escuro, riscado de grisalho, formando um bico na testa; a mãe, toda de branco, olhando para a frente e abraçando os joelhos de modo tão juvenil; ao lado dela — Tanya, com uma blusa ampla, a ponta da trança negra pousada na clavícula, o repartido liso inclinado, segurando nos braços um fox terrier cuja boca está marcada por um grande sorriso de calor; mais acima — Yvonna Ivanovna, que por alguma razão não saiu, os traços borrados, mas a cintura fina, o cinto e a corrente do relógio claramente visíveis; de um lado, mais abaixo, reclinado e com a cabeça apoiada no colo da moça de rosto redondo (fita de veludo no pescoço, laços de seda) que dava aula de música para Tanya, o irmão de seu pai, um forte médico do Exército, um homem brincalhão e muito bonito; mais abaixo ainda, dois colegiais carrancudos e pequenos, primos de Fyodor: um com boné escolar, o outro sem — o que está sem seria morto sete anos depois na batalha de Melitopol; abaixo de todos, na areia, exatamente com a mesma pose da mãe, o próprio Fyodor, como era então, embora tenha mudado pouco desde essa época, dentes brancos, sobrancelhas pretas, cabelo curto, de camisa aberta. Ninguém se lembra quem a tirou, mas essa fotografia transitória, desbotada e insignificante no geral (quantas outras havia, e melhores), inútil até para copiar, havia sido a única salva por milagre e se tornara inestimável, chegando a Paris entre os pertences de sua mãe e trazida a Berlim por ela no último Natal; pois agora, ao escolher um presente para seu filho, ela se guiava não por aquilo que era mais difícil de encontrar, mas pelo que era mais difícil de renunciar.

Tinha vindo passar com ele duas semanas, depois de três anos de separação, e no primeiro momento quando, empoada numa palidez mortal, usando luvas pretas e meias pretas, um velho casaco de pele de foca aberto, ela desceu os degraus de ferro do carro, olhando com igual rapidez para ele e em seguida para o que estava a seus pés, e, no momento seguinte, seu rosto se contorceu com a dor da felicidade, lá estava ela apertada contra ele, gemendo de felicidade, beijando-o em qualquer parte, orelha, pescoço, pareceu-lhe que a beleza da qual ele tanto se orgulhara havia fenecido, mas quando sua visão se ajustou à penumbra do presente, tão diferente da luz da memória, a recuar, distante, ele novamente reconheceu nela tudo o que amara: o contorno puro do rosto, se estreitando para o queixo, o jogo cambiante daqueles olhos verdes, castanhos, amarelos, fascinantes debaixo do veludo das sobrancelhas, o porte alongado, leve, a avidez com que acendeu um cigarro no táxi, a atenção com que olhou, de repente — imune, portanto, à euforia do encontro como ninguém mais ficaria —, a cena grotesca que ambos notaram: um motociclista imperturbável levando um busto de Wagner em seu *sidecar*; e já quando chegavam à casa a luz do passado havia dominado o presente, o empapara até a saturação, e tudo se tornou igual ao que tinha sido naquela mesma Berlim três anos antes, como tinha sido na Rússia, como tinha sido e seria para sempre.

Encontrou-se um quarto na casa de *frau* Stoboy e ali, na primeira noite (um nécessaire aberto, anéis tirados e deixados na pia de mármore), deitada no sofá e logo comendo passas, sem as quais não passava um só dia, ela falou do que lhe voltava constantemente durante quase nove anos, repetindo e repetindo — incoerente, melancólica, envergonhada, desviando os olhos como se confessasse algo secreto e terrível — que acreditava mais e mais que o pai de Fyodor estava vivo, que seu luto era ridículo, que a vaga notícia de sua morte nunca havia sido confirmada por ninguém, que ele estava em algum lugar do Tibete, da China, em cativeiro, na prisão, em algum desesperado atoleiro de problemas e privações, convalescendo depois de alguma doença muito prolongada — e que de repente, abrindo a porta com ruído, pisando forte, ele ia entrar. E, num grau ainda maior do que antes, essas palavras fizeram Fyodor se sentir ao mesmo tempo mais feliz e mais assustado. Acostumado a acreditar, por força dos fatos, que seu pai estava morto todos esses anos, ele sentia algo grotesco na possibilidade de sua volta. Seria admissível que a vida realizasse não apenas milagres, mas milagres necessariamente desprovidos (caso contrário seriam insuportáveis) do mais mínimo toque de sobrenatural? O milagre dessa volta consistiria em sua natureza terrena, em sua compatibilidade com a razão, na rápida introdução de um evento incrível na trama aceita e compreensível dos dias comuns; no entanto, quanto mais a importância dessa naturalidade crescia com os anos, mais difícil ficava para a vida ir ao encontro dela, e agora o que o assustava não era simplesmente imaginar um fantasma, mas imaginar um que não fosse assustador. Certos dias, parecia a Fyodor que de repente na rua (em Berlim há pequenos becos sem saída onde, ao entardecer, a alma parece dissolver-se) seria abordado por um velho de setenta anos, em farrapos de conto de fadas, amortalhado até os olhos pela barba, que piscaria e diria, como um dia se acostumara a dizer: "Olá, filho!". Seu pai sempre lhe aparecia em sonhos, como se acabasse de voltar de alguma monstruosa servidão penal, tendo experimentado torturas físicas que era proibido mencionar, agora vestido de linho limpo — era impossível pensar no corpo por baixo — e com uma expressão pouco característica de melancolia desagradável e portentosa, com a testa suada e os dentes ligeiramente à mostra, sentado à mesa no círculo de sua família silenciosa. Mas quando, superando a sensação de ilegitimidade do próprio estilo imposto ao destino, ele se forçava a imaginar a chegada de um pai vivo, envelhecido, mas indubitavelmente seu, e a mais completa, mais convincente explicação para sua ausência silenciosa, ele era tomado não por felicidade, mas por um nauseante terror — que, no entanto, desaparecia imediatamente e dava lugar a um sentimento de satisfeita harmonia quando ele removia esse encontro para além do limite da vida terrena.

Mas por outro lado... Acontece de por um longo período lhe ser prometido um grande sucesso, no qual desde o começo você não acredita, tão diferente é do restante das ofertas do destino, e de vez em quando você realmente pensa nisso, e o faz por assim dizer para embarcar numa fantasia — mas quando, por fim, num dia muito comum, com o vento oeste soprando, vem a notícia — destruindo simples, instantânea e decisivamente qualquer esperança —, então você de repente se surpreende com a descoberta de que, embora não acreditasse, viveu com aquilo esse tempo todo, sem se dar conta da presença constante, próxima, do sonho, que há muito se tornou gordo e independente, de modo que agora você não consegue tirá-lo de sua vida sem fazer um buraco nessa vida. Assim tinha Fyodor, apesar de toda lógica e sem se atrever a visualizar sua realização, vivido com o sonho familiar da volta do pai, um sonho que havia misteriosamente embelezado sua vida, de alguma forma a elevado acima do nível das vidas circunstantes, de maneira que ele podia ver toda sorte de coisas remotas e interessantes, assim como, quando pequeno, seu pai o levantava pelos cotovelos, permitindo que visse o que havia de interessante por cima de uma cerca.

Depois da primeira noite, quando ela havia renovado sua esperança e se convencido de que a mesma esperança estava viva em seu filho, Elizaveta Pavlovna não se referiu mais ao assunto em palavras, mas, como sempre, aquilo estava presente em todas as conversas deles, principalmente porque não conversavam muito em voz alta: com frequência, após vários minutos de animado silêncio, Fyodor de repente notava que o tempo todo ambos sabiam muito bem do que se tratava, esse discurso duplo, quase subterrâneo que emergia num fluxo único, como uma palavra entendida pelos dois. E às vezes eles brincavam assim: sentados lado a lado e imaginando silenciosamente que cada um estava fazendo o mesmo passeio em Leshino, saíam para o parque, pegavam o caminho ao longo do cemitério sombreado, onde cruzes manchadas pelo sol mediam algo terrivelmente grande com os braços, e onde era um tanto estranho colher amoras silvestres, iam para o outro lado do rio, subindo outra vez, através da floresta, até outra curva do rio, para a Pont des Vaches e mais adiante através dos pinheiros, ao longo do Chemin du Pendu — apelidos familiares, que não arranhavam seus ouvidos russos, mas que foram criados quando seus avós eram crianças. E de repente, no meio desse caminhar silencioso de duas mentes, usando, de acordo com as regras do jogo, a medida de um passo humano (embora pudessem ter voado sobre todo seu domínio em um só instante), ambos paravam e diziam onde estavam, e quando acontecia de, como era comum, nenhum dos dois haver ultrapassado o outro, tendo parado no mesmo matagal, o mesmo sorriso reluzia na mãe e no filho, brilhando através da lágrima compartilhada.

Rapidamente eles entravam de novo no ritmo interno de seu intercâmbio, porque pouca novidade havia que os dois já não soubessem através de cartas. Ela descrevera em grande detalhe o recente casamento de Tanya, que tinha ido para a Bélgica em janeiro com um marido ainda desconhecido para Fyodor, um cavalheiro agradável, calado, muito polido e completamente imperceptível "que trabalhava na área de rádio"; e que, quando voltassem, ela ia morar com eles num apartamento novo em uma enorme casa perto de um dos portões de Paris: ela estava contente de deixar o pequeno hotel com a escada íngreme e escura, onde vivera com Tanya em um quarto minúsculo mas cheio de cantos, completamente engolido por um espelho e visitado por percevejos de vários calibres — dos bebês rosados e transparentes até os gordos marrons coriáceos — que se congregavam primeiro atrás do calendário de parede com uma paisagem russa de Levitan, e depois mais perto do campo de ação, no bolso interno do papel de parede rasgado sobre a cama de casal; mas a perspectiva agradável de uma casa nova não deixava de vir misturada a temor: ela sentia uma antipatia pelo genro e havia algo forçado na alegria animada e vistosa de Tanya — "Sabe, ele não é exatamente do nosso mundo", ela confessou, acentuando a frase com certo enrijecimento do maxilar e os olhos baixos; mas isso não era tudo, e de qualquer forma Fyodor já sabia daquele outro homem que Tanya amava, mas que não a amava.

Eles saíam muito; como sempre, Elizaveta Pavlovna parecia estar procurando alguma coisa, varrendo rapidamente o mundo com uma mirada fugaz de seus olhos cintilantes. O feriado alemão mostrou-se úmido, poças faziam a calçada parecer cheia de furos, as luzes da árvore de Natal brilhavam neutras nas janelas, e aqui e ali, nas esquinas, um Papai Noel comercial com sobretudo vermelho e olhos famintos distribuía folhetos de publicidade. Nas vitrinas de uma loja de departamentos, algum gozador tivera a ideia de colocar bonecos esquiadores na neve artificial sob a Estrela de Belém. Uma vez, eles viram uma modesta passeata comunista caminhando na lama de neve — com bandeiras molhadas —, a maior parte dos manifestantes abatida pela vida, alguns de costas curvas, outros mancos ou doentes, uma porção de mulheres de aspecto comum e vários pequeno-burgueses plácidos. Fyodor e a mãe foram dar uma olhada no prédio onde os três tinham morado durante dois anos, mas o zelador não era mais o mesmo, o antigo proprietário morrera, cortinas estranhas pendiam das janelas familiares e, de alguma forma, não havia nada que seus corações pudessem reconhecer. Visitaram um cinema, onde exibiam um filme russo que mostrava, com *brio* particular, os glóbulos de suor rolando pelos rostos brilhantes dos operários de fábrica — enquanto o dono da fábrica fumava um charuto o tempo todo. E é claro que ele a levou para conhecer mme. Chernishevski.

A apresentação não foi um sucesso total. Mme. Chernishevski recebeu a convidada com uma ternura tristonha, pretendendo demonstrar que a experiência da dor havia ligado as duas há muito tempo; mas Elizaveta Pavlovna estava mais interessada no que a mulher pensava dos versos de Fyodor e por que ninguém escrevia sobre eles. "Posso abraçar você antes de ir?", mme. Chernishevski perguntou, preparando-se para se pôr na ponta dos pés — ela era uma cabeça mais baixa que Elizaveta Pavlovna, que se inclinou com um sorriso inocente e radioso que destruiu totalmente o sentido do abraço. "Tudo bem, precisamos ser valentes", disse a dama, acompanhando os dois à escada e cobrindo o queixo com a ponta do xale felpudo com que se agasalhava. "Precisamos ser valentes; aprendi a ser tão valente que poderia dar aulas de resistência, mas acho que você também se saiu bem nessa escola."

"Sabe", disse Elizaveta Pavlovna, descendo cuidadosamente a escada e sem voltar a cabeça inclinada para o filho, "acho que vou comprar papel de cigarro e tabaco, senão sai tão caro", e imediatamente acrescentou, no mesmo tom: "Nossa, que pena sinto dela". E de fato era impossível não ter pena de mme. Chernishevski. Seu marido estava havia já três meses numa instituição de doentes mentais, no "semimanicômio", como ele próprio expressava bem-humorado nos momentos de lucidez. Ainda em outubro passado, Fyodor o havia visitado lá uma vez. Na ala mobiliada com bom senso, sentava-se Chernishevski, mais gordo, mais rosado, lindamente barbeado e completamente insano, com chinelos de borracha e um manto impermeável com capuz. "Ora, você morreu?", foi a primeira coisa que perguntou, mais descontente que surpreso. Em sua posição de "Presidente da Sociedade pela Luta com o Outro Mundo", ele estava constantemente projetando métodos para impedir a infiltração de fantasmas (seu médico, empregando um novo sistema de "conivência lógica", não se opunha a isso), e agora, provavelmente com base em sua qualidade não condutiva em outra esfera, estava experimentando borracha, mas evidentemente os resultados conseguidos até então eram sobretudo negativos, uma vez que, quando Fyodor foi pegar uma cadeira que estava ao lado, Chernishevski disse, irritado: "Deixe isso aí, está vendo muito bem que já tem dois sentados nela", e esses "dois", aliados à capa farfalhante que fazia ruído a cada movimento, à presença muda do atendente, como se aquilo fosse uma visita de prisão, e à conversa toda do paciente, pareceu a Fyodor uma insuportável vulgarização caricaturada daquele estado de espírito complexo, transparente e ainda nobre, embora meio insano, no qual Chernishevski havia recentemente se comunicado com o filho perdido. Com as inflexões de comédia pastelão que anteriormente reservava a piadas — mas que agora usava a sério —, ele partiu para extensas lamentações, todas, por algum motivo, em alemão, pelo fato de as pessoas gastarem dinheiro inventando armas antiaéreas e gases venenosos, sem se importar em nada com a condução de uma luta milhões de vezes mais importante. Fyodor tinha um arranhão já curado na têmpora

— naquela manhã havia batido a cabeça contra uma das costelas do radiador, enquanto tentava pegar apressadamente a tampa do creme dental que rolara para baixo dele. De repente, interrompendo seu discurso, Chernishevski apontou, nauseado e ansioso, sua têmpora. "*Was haben Sie da?*" [O que tem aí?], perguntou com uma careta de dor e então deu um sorriso desagradável, e, ficando cada vez mais zangado e agitado, começou a dizer que não dava para enganá-lo: ele reconhecera imediatamente, disse, um recente suicida. O atendente foi até Fyodor e pediu que ele fosse embora. Ao atravessar o jardim funereamente luxuriante, passando por untuosos canteiros em que dálias de cor pesada, vermelho escuro, desabrochavam em sono abençoado e eterno repouso, na direção do banco onde mme. Chernishevski esperava por ele (ela nunca ia ver o marido, mas passava dias inteiros na proximidade imediata de suas acomodações, preocupada, áspera, sempre com pacotes) —, caminhando pelo cascalho variegado entre arbustos de murta semelhantes a um mobiliário, e tomando por paranoicos os visitantes por quem passava, o perturbado Fyodor refletia que o infortúnio dos Chernishevski parecia ser uma variação gozadora do tema de sua própria dor misturada a esperança, e só muito mais tarde entendeu o pleno refinamento do corolário e todo o impecável equilíbrio de composição com que esses sons colaterais haviam sido incluídos em sua própria vida.

Três dias antes de sua mãe partir, num grande salão que era bem conhecido dos russos em Berlim e pertencia a uma sociedade de dentistas, a julgar pelos retratos de respeitáveis doutores que espiavam das paredes, ocorreu um serão literário aberto do qual Fyodor Konstantinovich participou. Apareceram poucas pessoas e estava frio; junto às portas, os mesmos representantes da intelligentsia russa já vistos mil vezes estavam fumando e, como sempre, ao ver alguns rostos familiares e amigos, Fyodor correu até eles com sincero prazer, que foi substituído por tédio depois das primeiras frases de conversa. A Elizaveta Pavlovna, na primeira fila, juntou-se mme. Chernishevski; e, pelo fato de sua mãe virar a cabeça de vez em quando para um lado e outro ao arrumar o cabelo, Fyodor, circulando pelo salão, concluiu que ela estava pouco interessada na proximidade com sua vizinha. Por fim, o programa começou. O primeiro a ler foi um escritor que, em seu auge, aparecera em todas as críticas russas, um velho de cabelo grisalho, rosto barbeado, mais parecendo um pássaro poupa, com olhos que eram bondosos demais para a literatura; com voz sensata e cotidiana, leu uma história da vida em Petersburgo na noite da revolução, com uma vampe que cheirava éter, espiões chiques, champanhe, Rasputin e crepúsculos apocalipticamente apopléticos sobre o Neva. Em seguida, um certo Kron, que escrevia sob o pseudônimo de Rostislav Strannyy (Rostislav, o Estranho), nos alegrou com uma longa história sobre uma aventura romântica na cidade de mil olhos, debaixo de um céu desconhecido; em função da beleza, seus epítetos eram colocados depois dos substantivos, seus verbos também voavam para um lugar ou outro, e, por alguma razão, a palavra *storozhko*, "cautelosamente", era repetida ao menos uma dúzia de vezes. ("Ela deixou brotar cautelosamente um sorriso"; "As castanheiras cautelosamente irromperam em flor"). Após o intervalo, os poetas vieram em hordas: um jovem alto com um rosto de botão, outro, baixote, mas de nariz grande, uma senhora usando pincenê, outro mais jovem — e finalmente Koncheyev, que, em contraste com a triunfante precisão e brilho dos outros, resmungou seus versos com voz baixa e cansada; mas independente disso havia neles tal música, no verso aparentemente sombrio tamanho abismo de significados se abria aos nossos pés, tão convincentes eram os sons, e tão inesperadamente, das mesmíssimas palavras que todos os poetas enfileiravam, brotava, brincava e deslizava sem nunca saciar a sede do ouvinte uma perfeição única que não guardava nenhuma semelhança com palavras, nem carecia de palavras, que, pela primeira vez nessa noite, o aplauso não foi falso. O último a aparecer foi Godunov-Cherdyntsev. Dos poemas escritos durante o verão, ele leu aqueles de que Elizaveta Pavlovna tanto gostara — sobre a Rússia:

Bétulas amarelas, mudas no céu azul...

e sobre Berlim, começando com a estrofe:

As coisas aqui estão em triste estado;
até a lua é por demais grosseira

embora se murmure que venha direto
de Hamburgo onde se fazem as coisas...

e o que mais a emocionara, embora ela não tivesse o conectado à
memória de uma moça morta há muito, que Fyodor amara aos dezesseis anos:

Uma noite, entre o crepúsculo e o rio
na velha ponte paramos, você e eu.
Você um dia esquecerá, perguntei,
— aquele martinete que voou pelo céu?
E você respondeu, tão sincera: nunca!

E em soluços estremecemos de repente,
que grito deu a vida voando no horizonte!
Até morrermos, até amanhã, eternamente,
você e eu, uma noite, na velha ponte.

Mas estava ficando tarde, muita gente já ia para a saída, uma
senhora vestia o casaco de costas para a plataforma, o aplauso foi
esparso... A noite úmida brilhava negra na rua, com um vento feroz:
nunca, nunca chegaremos em casa. Mas ainda assim o bonde veio, e
pendurado de uma alça na plataforma, acima de sua mãe sentada à
janela, Fyodor pensou com pesada repulsa nos versos que havia escrito
aquele dia, as palavras-fissuras, o vazamento de poesia, e ao mesmo
tempo, com energia orgulhosa, alegre, com apaixonada impaciência,
estava já ansiando por criar algo novo, algo ainda desconhecido, genuíno, que correspondesse plenamente ao dom que sentia como um
fardo dentro de si.

Na noite em que ela partiu, os dois ficaram sentados até tarde na
sala, ela na poltrona, cerzindo e remendando as pobres coisas do filho
com facilidade e perícia (quando antes não era capaz de pregar um
botão), enquanto ele, no sofá, roendo as unhas, lia um grosso livro
gasto; antes, em sua juventude, ele pulara algumas páginas — "Ange-
lo", "Jornada a Arzrum" —, mas nos últimos tempos era precisamente
nessas que ele encontrava especial prazer. Tinha acabado de topar com

as palavras: "A fronteira tinha algo misterioso para mim; viajar era meu sonho favorito desde criança", quando de repente sentiu uma pontada doce, forte, de algum lugar. Ainda sem entender, deixou de lado o livro e deslizou os dedos cegos para uma caixa cheia de cigarros feitos em casa. Nesse momento sua mãe disse, sem levantar a cabeça: "O que eu acabo de lembrar! Aquelas rimas engraçadas sobre borboletas e mariposas que você e ele fizeram juntos quando estávamos caminhando, se lembra? 'Sua listra azul, catocala, aparece debaixo de sua cinzenta tala'". "Me lembro", Fyodor respondeu, "alguns eram épicos mesmo: 'Uma folha morta não é mais grisalha que uma arbórea recém-nascida'." (Que surpresa tinha sido! O pai acabara da trazer o primeiro espécime de suas viagens, tendo-o encontrado durante a caminhada inicial pela Sibéria — nem tivera tempo de descrevê-la ainda — e no primeiro dia depois da volta, no parque Leshino, a dois passos da casa, sem nada pensar em lepidópteros, enquanto passeava com a esposa e os filhos, jogando uma bola de tênis para os fox terriers, gozando o retorno, o tempo ameno, a saúde e alegria da família, mas notando inconscientemente com o olhar experimentado de um caçador todos os insetos em seu percurso, ele subitamente indicara com a bengala a Fyodor uma gorda mariposa *Epicnaptera* cinza-avermelhada, com margens sinuosas, do tipo que mimetiza folhas, pendurada adormecida de uma haste sob um arbusto; estava a ponto de se afastar (os membros desse gênero são muito parecidos), mas abaixou-se, franziu a testa, inspecionou o achado e de repente disse com voz clara: "*Mas que droga!* Eu não precisava ter ido tão longe!". "Eu sempre lhe disse isso", a esposa interpôs com uma risada. O monstrinho peludo em sua mão pertencia à nova espécie que ele acabara de trazer — e agora ele a recolhia ali, na província de São Petersburgo, cuja fauna havia sido tão bem investigada! Mas como sempre acontece, o impacto da poderosa coincidência não termina aí, valia para mais um estágio: apenas alguns dias depois, seu pai descobriu que sua mariposa nova já havia sido descrita a partir de espécimes de São Petersburgo por um colega cientista, e Fyodor chorou a noite inteira: tinham passado à frente de seu pai!

Agora, Elizaveta Pavlovna estava prestes a voltar para Paris. Ficaram um longo tempo na estreita plataforma esperando o trem, ao lado do elevador de bagagem, enquanto nas outras linhas os tristes trens urbanos paravam por um momento, batendo apressadamente suas portas. O expresso de Paris entrou depressa. Sua mãe embarcou e imediatamente enfiou a cabeça por uma janela, sorrindo. No opulento vagão-dormitório vizinho, despedindo-se de uma velha despretensiosa, havia um casal: uma beldade pálida, de lábios vermelhos, casaco de seda preta e alta gola de pele, e um famoso piloto acrobata; todo mundo olhava para ele, para seu cachecol, para suas costas, como se esperassem encontrar asas ali.

"Tenho uma sugestão para você", disse-lhe a mãe ao se despedirem. "Sobraram uns setenta marcos que não me servem de nada e você precisa comer melhor. Não posso nem olhar para você magro assim. Olhe, pegue." "*Avec joie*", replicou ele, visualizando de imediato um passe de um ano para a biblioteca do estado, chocolate ao leite e alguma moça alemã mercenária que, em seus momentos mais básicos, ele planejava conseguir para si.

Pensativo, abstraído, vagamente atormentado pela ideia de que de alguma forma, em suas conversas com a mãe, deixara de dizer o principal, Fyodor voltou para casa, tirou os sapatos, partiu a ponta de uma barra de chocolate junto com o papel prateado, puxou para mais perto o livro que ficara aberto no sofá... "A seara amadureceu, à espera da foice." De novo a pontada divina! E como chamava, como o *exigia*, a frase sobre o Terek ("Juro, o rio era impressionante!") ou — ainda mais adequada, mais íntima — sobre as mulheres tártaras: "Estavam sentadas a cavalo, envoltas em véus *yashmak*: tudo o que se via eram seus olhos e os saltos dos sapatos".

Assim ele ouvia o som mais puro do diapasão de Púchkin — e já sabia exatamente o que esse som exigia dele. Duas semanas após a partida da mãe, escreveu a ela sobre o que havia concebido, o que o ritmo transparente de "Arzrum" o ajudara a conceber, e ela respondeu como se já soubesse:

Há muito tempo eu não era tão feliz como fui ao estar com você em Berlim, mas cuidado, essa é uma realização nada fácil. Sinto em meu coração que você vai conseguir lindamente, mas lembre-se de que precisa de uma grande quantidade de informações exatas e muito pouco sentimentalismo familiar. Se precisar de alguma coisa, contarei tudo o que puder, mas cuidado com a pesquisa especial em que se encontra, e isso é muito importante, pegue todos os livros dele e os de Grigoriy Efimovich, os do Grão-Duque e muitos mais; você sabe, claro, como obter tudo isso, e mantenha contato com Vasiliy Germanovich Krüger, procure por ele se ainda estiver em Berlim, eles uma vez viajaram juntos, me lembro, e procure outras pessoas, você sabe quem melhor do que eu, escreva a Avinov, a Verity, escreva àquele alemão que costumava nos visitar antes da guerra, Benhaas? Banhaas? Escreva a Stuttgart, a Londres, a Tring, em Oxford, a toda parte, *débrouille-toi* porque eu não sei nada desses assuntos e todos esses nomes simplesmente soam em meus ouvidos, mas que certeza tenho de que vai conseguir, meu querido.

Ele, porém, continuou a esperar — o trabalho planejado era uma rajada de plenitude e tinha medo de estragar essa plenitude por pressa, e além disso a complexa responsabilidade do trabalho o assustava, ainda não estava pronto para ela. Ao continuar seu programa de treinamento durante toda a primavera, ele se alimentou de Púchkin, respirou Púchkin (o leitor de Púchkin fica com a capacidade pulmonar expandida). Estudou a precisão das palavras e a pureza absoluta de sua conjunção; levou a transparência da prosa aos limites do verso branco e então o dominou: nisso se serviu do exemplo vivo na prosa puchkiniana da *História da Rebelião Pugachev*:

Deus nos ajude a não ver um tumulto russo
sem sentido ou piedade...

Para fortalecer os músculos de sua musa, ele levava em suas perambulações páginas inteiras de *Pugachev* sabidas de cor como um homem que usa uma barra de ferro em vez de uma bengala. Saída de uma história de Púchkin veio a seu encontro Karolina Schmidt, "uma moça pesadamente maquiada, de aparência mansa e modesta", que adquiriu a cama em que morreu Schoning. Além da floresta de Grunewald, um agente de correio que parecia com Simeon Vyrin (de outra história) estava acendendo o cachimbo junto à janela e havia também vasos com flores de bálsamo. Dava para vislumbrar o *sarafan* azul-celeste da donzela que virou camponês entre os arbustos de amieiro. Ele estava com a sensação daquele estado mental em que "a realidade, dando lugar a caprichos, os funde em nebulosas visões de primeiro sono".

Púchkin penetrou em seu sangue. Com a voz de Púchkin misturada à voz de seu pai. Ele beijou a mãozinha quente de Púchkin, tomando-a por outra mão grande com cheiro de *kalach* de café da manhã (um pão aloirado). Lembrou que a babá dele e de Tanya vinha do mesmo lugar que a Arina de Púchkin — Suyda, logo depois de Gatchina: ficava a uma hora da região deles —, e ela também falava "como quem cantarola". Numa manhã fresca de verão, quando desciam para a casa de banho do rio, em cuja parede de tábuas brilhava o reflexo dourado da água, ele ouvira seu pai repetir com clássico fervor o que considerava os versos mais lindos não apenas de Púchkin, mas de todos os versos já escritos: "*Tut Apollon-ideal, tam Niobeya-pechal*" [Aqui está o ideal-Apolo, lá a dor-Níobe], e a asa ruiva e madrepérola de uma Argynnis Niobe lampejou sobre as escabiosas do campo à margem do rio, onde, durante os primeiros dias de junho, apareciam esparsamente pequenas Parnassius Apollo.

Infatigável, em êxtase, ele realmente preparava seu trabalho agora (em Berlim, com um ajuste de treze dias, também estavam nos primeiros dias de junho), coletava material, lia até de madrugada, estudava mapas, escrevia cartas e encontrava as pessoas necessárias. Da prosa de Púchkin tinha passado para sua vida, de forma que no começo o ritmo da era de Púchkin mesclava-se ao ritmo da vida de seu pai. Livros científicos (com o carimbo da Biblioteca de Berlim sempre na página 99), como os familiares volumes de *As viagens de um naturalista*, em uma encadernação preta e verde nada familiar, ficavam lado a lado com velhos diários russos nos quais ele procurava a luz refletida de Púchkin. Lá, um dia, topou com o notável *Memórias do passado*, de A. N. Suhoshchokov, no qual havia, entre outras coisas, duas ou três páginas referentes a seu avô, Kirill Ilyich (seu pai um dia se referira a elas — com desprazer), e o fato de que o escritor dessas memórias o mencionava incidentalmente ligado a seus pensamentos sobre Púchkin agora parecia ter uma importância particular, muito embora ele retratasse Kirill Ilyich como um cachorro alegre e um inútil. Suhoshchokov escreveu:

Dizem que um homem cuja perna foi cortada à altura do quadril pode senti-la por um longo tempo, mexendo artelhos inexistentes e flexionando músculos inexistentes. Assim a Rússia continuará a sentir por longo tempo a presença viva de Púchkin. Existe algo sedutor, como um abismo, em sua sorte fatal, e de fato ele próprio sentia que tivera, e teria, um ajuste de contas especial com o destino. Além de extrair poesia do passado, o poeta também a encontrava em pensamentos trágicos sobre o futuro. A fórmula tripla de existência humana: irrevocabilidade, irrealizabilidade, inevitabilidade — era bem conhecida dele. Mas como ele queria viver! No álbum já mencionado de minha tia "acadêmica", ele escreveu pessoalmente um poema de que me lembro até o dia de hoje, tanto mental como visualmente, de modo que posso até ver sua posição na página:

Oh, não, minha vida não ficou tediosa,
A quero ainda, a amo ainda.
Minh'alma, mesmo acabada a juventude,
não está completamente finda.
A sorte inda me confortará; um romance
de gênio ainda vou apreciar,
inda verei um maduro Mickiéwicz,
com algo que eu mesmo possa tentar.

Não creio que se possa encontrar nenhum outro poeta que tenha olhado com tanta frequência o futuro — ora com humor, ora com superstição, ou com inspirada seriedade. Nos dias de hoje vive na província de Kursk, chegando aos cem anos, um ancião de que me lembro já velho, idiota e malicioso — mas Púchkin não está mais entre nós. No curso de minha vida, encontrando com talentos notáveis e vivendo eventos notáveis, muitas vezes meditei como ele teria reagido a isso ou àquilo: ora, ele podia ter visto a emancipação dos servos e podia ter lido *Anna Kariênina!*... Voltando agora a essas minhas divagações me recordo que uma vez, na juventude, tive algo da natureza de uma visão. Esse episódio psicológico está intimamente ligado à lembrança de um personagem vivo até hoje, que chamarei de Ch. — Creio que ele não me culpará por reviver um passado distante. Nos conhecíamos por intermédio de nossas famílias — meu avô tinha sido um dia amigo do pai dele. Em 1836, quando no exterior, esse Ch. que era então bastante jovem — dezessete anos mal completos — discutiu com sua família (e ao fazê-lo, dizem eles, apressou a morte de seu pai, um herói da guerra napoleônica), e na companhia de alguns comerciantes de Hamburgo partiu tranquilamente para Boston, de lá pousando no Texas, onde passou a criar gado com sucesso. Dessa maneira, vinte anos se passaram. A fortuna que havia feito ele perdeu jogando *écarté* num barco do Mississippi, ganhou-a de volta nas casas de jogo de New Orleans, dissipou-a de novo e, após um daqueles escandalosamente prolongados, ruidosos, enfumaçados duelos em locais fechados que então estavam na moda na Louisiana — e após muitas outras aventuras —, sentiu saudades da Rússia, onde, convenientemente, havia uma propriedade à sua espera, e, com a mesma facilidade despreocupada com que deixara a Europa, voltou a ela. Uma vez, num dia de inverno de 1858, ele nos visitou inesperadamente em nossa casa no Moyka, em São Petersburgo; meu pai não estava e o hóspede foi recebido por nós, jovens. Ao vermos aquele janota de outro mundo com seu chapéu preto mole e roupa preta, cujo tom romântico fazia a camisa de seda com babados suntuosos e o colete azul, lilás e rosa com botões de diamante parecerem tão especialmente chamativos, meu irmão e eu quase não conseguimos conter o riso e resolvemos, na mesma hora, tirar vantagem do fato de durante esses anos ele não ter ouvido absolutamente nada de sua terra natal, como se tivesse caído por um alçapão e agora, como um Rip van Winkle de quarenta anos despertando na São Petersburgo transformada, Ch. tinha fome de qualquer notícia, as quais passamos a dar a ele em grande quantidade, misturadas a nossas absurdas invenções. Por exemplo, ao perguntar se Púchkin estava vivo e o que estava escrevendo, respondi, blasfemo: "Ah, ele publicou um novo poema outro dia". Nessa noite, levamos nosso hóspede ao teatro. Não deu muito certo, porém. Em vez de levá-lo a uma comédia russa recente, mostramos a ele *Otelo* com o famoso trágico negro Aldridge. De início, nosso plantador americano pareceu divertir--se grandemente com a aparição de um negro genuíno no palco. Mas ficou indiferente à maravilhosa força de sua interpretação, mais interessado em examinar a plateia, sobretudo nossas damas de São Petersburgo (uma das quais ele desposou em seguida), que naquele momento se roíam de inveja de Desdêmona.

"Olhe quem está sentado a nosso lado", meu irmão disse de repente a Ch. em voz baixa. "Ali, à sua direita."

No camarote vizinho, sentava-se um velho... De baixa estatura, a casaca usada, compleição combalida e escura, desordenadas suíças cinzentas e cabelo esparso, tosado e riscado de grisalho, estava entregue ao mais excêntrico prazer com a atuação do africano: seus lábios grossos moviam-se, as narinas estavam dilatadas, e em certos momentos ele até pulava na cadeira e batia com deleite no parapeito, os anéis rebrilhando.

"Quem é esse?", Ch. perguntou.

"O quê? Não reconhece? Olhe melhor."

"Não reconheço."

Então meu irmão arregalou os olhos e sussurrou: "Pois é o Púchkin!".

Ch. olhou de novo... e depois de um minuto se interessou por alguma outra coisa. Parece engraçado lembrar agora a estranha sensação que baixou sobre mim no momento: a brincadeira, como acontece de quando em quando, ricocheteou e aquele fantasma frivolamente invocado não queria desaparecer: fui totalmente incapaz de desviar os olhos do camarote vizinho; olhei aquelas rugas ásperas, o nariz largo, as orelhas grandes... arrepios me percorreram as costas e nem todo o ciúme de Otelo conseguia tirar minha atenção. E se de fato fosse Púchkin, divaguei, Púchkin aos sessenta anos, Púchkin poupado vinte anos antes da bala do janota fatal, Púchkin no rico outono de seu gênio... Esse é ele; essa mão amarela que segura os binóculos teatrais femininos escreveu *Anchar, Graf Nulin, As noites egípcias...* O ato terminou; trovejou o aplauso. O Púchkin grisalho levantou-se de repente e, ainda sorrindo, com um brilho a cintilar nos olhos jovens, saiu depressa do camarote.

Suhoshchokov erra ao descrever meu avô como um libertino de cabeça vazia. O que ocorria, na verdade, era que os interesses deste último estavam num plano diferente das características intelectuais de um jovem diletante, membro do ambiente literário de São Petersburgo como era nosso memorialista na época. Mesmo que Kirill Ilyich tivesse sido bem desvairado na juventude, uma vez casado ele não só assentou como entrou para o serviço público, simultaneamente duplicando a fortuna herdada através de operações bem-sucedidas e depois se retirando para sua casa de campo, onde manifestou excepcional capacidade na agricultura, produziu paralelamente um novo tipo de maçã, deixou um curioso "Discurso" (fruto do lazer de inverno) em "Igualdade perante a lei no reino animal", mais uma proposta para uma lúcida reforma com o típico título intrincado que estava na moda: "Visões de um burocrata egípcio", e, quando velho, aceitou um importante posto consular em Londres. Ele era bom, valente e verdadeiro, e tinha suas idiossincrasias e paixões — de que mais poderia precisar? Em família persistia uma tradição de que, tendo jurado não jogar, ele era fisicamente incapaz de permanecer na mesma sala que um baralho. Um velho revólver Colt que o servira bem e um medalhão com o retrato de uma dama misteriosa atraíam indescritivelmente meus sonhos de menino. A vida dele, que até o fim preservou o frescor de seu começo tormentoso, terminou pacificamente. Ele voltou à Rússia em 1883, não mais um duelista da Louisiana, mas um dignitário russo, e num dia de julho, no sofá de couro do cantinho azul onde eu depois guardava minha coleção de borboletas, ele expirou sem sofrer, falando o tempo todo de seu delírio sobre um grande rio, música e luzes.

Meu pai nasceu em 1860. O amor por lepidópteros lhe foi inculcado por seu tutor alemão. (Por sinal: o que aconteceu com aqueles esquisitões que costumavam ensinar história natural a crianças russas — rede verde, lata numa correia, chapéu com borboletas espetadas, nariz comprido, sabido, olhos cândidos por trás de óculos — onde estão todos eles, onde estão seus frágeis esqueletos — ou seriam uma casta especial de alemães, exportados para a Rússia, ou não estou olhando como devia?) Depois de completar cedo os estudos em São Petersburgo (em 1876), meu pai recebeu educação universitária na Inglaterra, em Cambridge, onde estudou biologia com o professor Bright. Sua primeira viagem ao redor do mundo ele fez quando meu avô ainda estava vivo, e daí em diante, até 1918, toda a sua vida consistia em viajar e escrever trabalhos científicos. Os principais são: *Lepidópteros asiáticos* (oito volumes publicados em partes, de 1890 a 1917), *As borboletas e mariposas do Império Russo* (os primeiros quatro de seis volumes propostos saíram entre 1912 e 16) e o mais conhecido do público em geral, *As viagens de um naturalista* (sete volumes, 1892-1912). Essas obras foram unanimemente reconhecidas como clássicos, e ele ainda era jovem quando seu nome passou a ocupar um dos primeiros lugares no estudo da fauna russo-asiática, lado a lado com os nomes de seus pioneiros, Fischer von Waldheim, Menetriés, Eversmann.

Trabalhou em contato próximo com seus notáveis contemporâneos russos. Kholodkovski o chamava de "conquistador da entomologia russa". Ele colaborou com Charles Oberthur, com o grão-duque Nikolai Mihailovich, com Leech e Seitz. Há centenas de seus trabalhos espalhados em jornais de entomologia, dos quais o primeiro — "Das peculiaridades da ocorrência de certas borboletas na província de São Petersburgo" (Horae Soc. Ent. Ross.) — é datado de 1877, e o último — "*Austautia simonoides* n. esp., Uma mariposa geometrídea que mimetiza a pequena Parnassius" (Trad. Soc. Ento. Londres) — é datado de 1916. Ele se envolveu numa pesada e amarga polêmica com Staudinger, autor do notório *Katalog*. Era vice-presidente da Sociedade de Entomologia Russa, Membro Pleno da Soc. de Investigadores da Natureza de Moscou, membro da Soc. Imperial Geográfica Russa e membro honorário de uma porção de sociedades significativas no estrangeiro.

Entre 1885 e 1918, cobriu uma extensão incrível de território, fazendo avaliações de sua rota numa escala de cinco quilômetros ao longo de uma distância de muitos milhares de quilômetros e formando assombrosas coleções. Durante esses anos, realizou oito grandes expedições que duraram no total dezoito anos; mas, em meio a elas, houve também uma porção de jornadas menores, "desvios" como ele as chamava, considerando como parte dessas minúcias não só suas viagens a países menos pesquisados da Europa, mas também a volta ao mundo que fez na juventude. Atacando com empenho a Ásia, pesquisou a Sibéria Oriental, Fergana, a cordilheira Pamir, a China Ocidental, "as ilhas do mar de Gobi e seu litoral", a Mongólia e "o continente incorrigível" do Tibete — e descreveu suas viagens em palavras precisas, de peso.

Esse é o esquema geral da vida de meu pai, copiado de uma enciclopédia. Ainda não ressoa, mas posso ouvir uma voz viva dentro dele. Resta dizer que em 1898, aos trinta e oito anos, ele se casou com Elizaveta Pavlovna Vezhin, de vinte anos, filha de um conhecido estadista; que teve dois filhos com ela; que no intervalo de suas viagens...

Uma questão torturante, um tanto sacrílega, dificilmente exprimível em palavras: a vida dela com ele foi feliz, juntos e separados? Devemos perturbar esse mundo interior ou nos limitar a uma mera descrição de rotas — *arida quaedam viarum descripto*? "Querida mamãe, tenho de pedir agora um grande favor a você. Hoje são 8 de julho, aniversário dele. Em qualquer outro dia, eu não seria capaz de fazer esse pedido. Me conte alguma coisa sobre você e ele. Não o tipo de coisas que posso encontrar em nossas memórias comuns, mas o tipo de coisa que só você viveu e preservou." E aqui está parte da resposta:

... imagine — uma viagem de lua de mel, os Pireneus, a bênção divina de tudo, do sol, regatos, flores, picos nevados, mesmo as moscas nos hotéis — e estar juntos a todos os momentos. E então, uma manhã, tive uma dor de cabeça ou algo parecido, ou o calor foi demasiado para mim. Com estranha clareza me lembro de estar sentada numa sacada de hotel (em torno de mim paz, as montanhas, os maravilhosos rochedos de Gavarnie), lendo pela primeira vez um livro não destinado a moças, *Uma vida*, de Maupassant. Lembro que gostei muito dele na época. Olho meu relógio e vejo que já é hora do almoço, que se passou mais de uma hora desde que ele saiu. Espero. De início, fico um pouco irritada, depois começo a me preocupar. O almoço é servido no terraço e não consigo comer. Saio para o gramado da frente do hotel, volto a meu quarto, saio de novo. Dentro de mais uma hora eu estava em um indescritível estado de terror, agitação, sabe Deus o quê. Era a primeira vez que eu viajava, inexperiente, fácil de assustar, e então ali estava *Uma vida...* Concluí que ele havia me abandonado, as ideias mais idiotas e terríveis ficavam me passando pela cabeça, o dia correndo, parecia que os criados caçoavam de mim — ah, não consigo descrever como foi! Cheguei a jogar alguns vestidos numa mala a fim de voltar imediatamente para a Rússia, e então, de repente, decidi que ele tinha morrido, corri e comecei a resmungar alguma loucura, que chamassem a polícia. De repente, o vi atravessando o gramado, um passo mais alegre do que eu jamais vira antes, embora ele estivesse alegre o tempo todo; lá vinha, acenando a mão para mim como se nada tivesse acontecido, a calça leve tinha manchas verdes úmidas, o chapéu panamá desaparecera, o paletó com um rasgo do lado... Creio que você já adivinhou o que acontecera. Agradeço a Deus que ele tenha ao menos conseguido pegá-la afinal — com seu lenço, num precipício — senão ele teria passado a noite nas montanhas, como me explicou calmamente... Mas agora quero contar uma outra coisa, de um período ligeiramente posterior, quando eu já sabia o que podia ser realmente uma boa separação. Você era bem pequeno na época, chegando aos três anos, não vai se lembrar. Naquela primavera, ele partiu para Tashkent. De lá, devia seguir viagem até primeiro de junho e ficar longe não menos de dois anos. Já era a segunda longa ausência dele durante nosso tempo juntos. Agora, penso muitas vezes que todos os anos que ele passou sem mim desde o dia do nosso casamento corresponderiam a nada mais que a atual ausência dele. E penso também no fato de que, na época, às vezes me parecia que eu era infeliz, mas agora sei que fui sempre feliz, que aquela infelicidade era uma das cores da felicidade. Em resumo, não sei o que deu em mim naquela primavera, eu sempre ficava meio perturbada quando ele ia embora, mas naquele momento fiquei demais. Resolvi de repente que ia ao encontro dele e viajaria com ele pelo menos até o outono. Secretamente juntei mil coisas; não fazia a menor ideia do que era necessário, mas me parecia que estava estocando tudo muito bem, da maneira adequada. Me lembro de binóculos, um cajado de alpinista, uma cama de campanha, um chapéu para o sol, uma pele de coelho saída diretamente de *A filha do capitão*, um pequeno revólver de madrepérola, algum grande encerado de que eu tinha medo, um complicado cantil de água que eu não conseguia destampar. Em resumo, pense no equipamento de Tartarin de Tarascon: como eu consegui me despedir de vocês pequenos, como me despedi de você — isso está envolto numa espécie de névoa, e não me lembro mais como escapei da vigilância de tio Oleg, como cheguei à estação. Mas estava ao mesmo tempo assustada e alegre, me sentia uma heroína, e nas estações todo mundo olhava minha roupa de viagem inglesa com a saia xadrez curta (*entendons-nous*: até o tornozelo), os binóculos pendurados de um ombro e uma espécie de bolsa do outro. Era assim que eu estava quando saltei da carruagem *tarantas* nos arredores de Tashkent, quando, no sol brilhante, avistei seu pai a cem metros da estrada: ele estava parado com um pé apoiado numa pedra branca, um cotovelo numa cerca, conversando com dois cossacos. Corri pelo cascalho, rindo e gritando; ele se voltou devagar e, quando parei de repente na frente dele como uma idiota, ele me olhou de alto a baixo, entrecerrou os olhos e, com uma voz horrivelmente inesperada, falou três palavras: "Volte para casa". E eu virei imediatamente, voltei para a carruagem, subi e vi que ele havia posto o pé exatamente no mesmo lugar, apoiado o cotovelo de novo e continuava a conversa com os cossacos. E eu então estava voltando, num transe, petrificada, e só em algum lugar lá no fundo de mim começara a preparação para uma tempestade de lágrimas. Mas depois de alguns quilômetros [e aqui um sorriso irrompeu entre as linhas escritas] ele me alcançou, numa nuvem de poeira, num cavalo branco, e dessa vez a despedida foi bem diferente, de forma que retomei meu caminho para São Petersburgo quase tão alegre quanto havia partido, só preocupada com vocês dois, imaginando como vocês estariam, mas não precisava, vocês estavam bem.

Não — de alguma forma parece que me lembro disso tudo, talvez porque depois o fato era mencionado com frequência. No geral, toda nossa vida diária era permeada por histórias sobre meu pai, por preocupações com ele, expectativas de seu retorno, tristeza oculta por suas despedidas e louca alegria por suas voltas. A paixão dele se refletia em todos nós, colorida de diferentes maneiras, apreendida de diferentes maneiras, mas permanente e habitual. Seu museu doméstico, no qual havia fileiras de gabinetes de carvalho com gavetas envidraçadas, cheias de borboletas crucificadas (o resto — plantas, besouros, pássaros, roedores e répteis — ele dava para seus colegas estudarem), com o cheiro que provavelmente é o cheiro do paraíso, onde os assistentes de laboratório trabalhavam em mesas ao longo de uma janela única, era uma espécie de misteriosa lareira central, iluminando desde dentro toda a nossa casa de São Petersburgo — e só o rugido do canhão da fortaleza de Petropavlovsk ao meio-dia conseguia invadir sua quietude. Nossos parentes, amigos não entomologistas, os criados e a submissa e melindrosa Ivonna Ivanovna falavam de borboletas não como algo que existisse de fato, mas como um certo atributo de meu pai, que existia apenas na medida em que ele existisse, ou como uma indisposição que todo mundo há muito se acostumara a suportar, de forma que entre nós a entomologia se tornou uma espécie de alucinação rotineira, como um inofensivo fantasma doméstico que toda noite se senta, sem assustar mais ninguém, junto à lareira. Ao mesmo tempo, nenhum de nossos incontáveis tios e tias tinha qualquer interesse na ciência dele e dificilmente terão lido sua obra popular, lida e relida por dezenas de milhares de russos cultos. Claro que Tanya e eu tínhamos aprendido a apreciar meu pai desde a mais tenra infância, e ele nos parecia ainda mais encantador que, digamos, Harold, sobre quem ele nos contava histórias, Harold que lutou com leões na arena bizantina, que perseguiu salteadores na Síria, que se banhou no Jordão, que dominou oitenta fortalezas na África, "a Terra Azul", que salvou da fome os islandeses e que era famoso da Noruega à Sicília, de Yorkshire a Novgorod. Então, quando fui tomado pelo encanto das borboletas, algo se abriu em minha alma e revivi todas as jornadas de meu pai, como se eu próprio as tivesse feito: em meus sonhos via a estrada serpenteante, a caravana, as montanhas de muitas cores, e invejava loucamente meu pai, atormentado, a ponto de chorar — lágrimas quentes e violentas que, de repente, jorravam de mim à mesa quando discutíamos suas cartas da estrada, ou mesmo à simples menção de um lugar muito, muito distante. Todo ano, com a chegada da primavera, antes de mudarmos para o campo, eu sentia dentro de mim uma ridícula fração do que sentiria antes de partir para o Tibete. Na avenida Nevski, durante os últimos dias de março, quando os blocos de madeira do espaçoso pavimento da rua brilhavam um azul escuro de umidade e de sol, dava para ver, voando alto sobre a carruagem, ao longo das fachadas das casas, passando pela prefeitura, passando pelas tílias da praça, passando pela estátua de Catarina, as primeiras borboletas amarelas. Na sala de aula, a janela grande ficava aberta, pardais pousavam no peitoril e os professores deixavam rolar as lições, no lugar delas quadrados de céu azul, com bolas de futebol caindo do alto. Por alguma razão, eu sempre tive notas baixas em geografia, e que expressão tinha nosso professor de geografia quando mencionava o nome de meu pai, como os olhos inquisitivos de meus colegas viravam para mim nessa hora, e como dentro de mim o sangue subia e descia de arrebatamento contido e de medo de expressar esse arrebatamento — e agora penso como sei pouco, como é fácil para mim cometer algum erro idiota ao descrever as pesquisas de meu pai.

No começo de abril, para abrir a temporada, os membros da Sociedade de Entomologia Russa faziam uma viagem tradicional ao outro lado do rio Negro, a um subúrbio de São Petersburgo onde, num bosque de bétulas ainda nuas e molhadas, ainda mostrando trechos de neve esburacada, apareciam no tronco, com as frágeis asas transparentes achatadas sobre a casca de papel, nossa raridade favorita, uma especialidade da província. Uma ou duas vezes me levaram com eles. Entre esses membros mais velhos da família, praticando tensa e cautelosamente a bruxaria em uma floresta de abril, havia um velho crítico de teatro, um ginecologista, um professor de direito internacional e um general — por alguma razão, consigo ver com especial clareza a figura desse general (X. B. Lambovski — havia algo de pascal nele), as costas gordas bem curvadas, com um braço para trás, ao lado da figura de meu pai, que havia se acocorado com uma facilidade quase oriental — ambos examinando cuidadosamente, em busca de pupas, um punhado de terra avermelhada desencavado com uma colher de pedreiro — e até hoje eu me pergunto o que o cocheiro que esperava à beira da estrada achava de tudo aquilo.

Às vezes, no campo, minha avó deslizava para dentro de nossa sala de estudos, Olga Ivanovna Vezhin, gorda, a pele fresca, meias-luvas de renda: "*Bonjour les enfants*", ela entoava sonoramente e então, acentuando pesadamente as preposições, nos informava: "*Je viens de voir DANS le jardin, PRÈS du cèdre, SUR une rose, un papillon de toute beauté: il était bleu, vert, pourpre, doré — et grand comme ça*". [Bom dia, meus filhos. Acabo de ver NO jardim, PERTO do cedro, SOBRE uma rosa, uma borboleta muito bela: era azul, verde, púrpura, dourada — e grande assim]. "Depressa, pegue sua rede", ela continuava, virando-se para mim, "e vá para o jardim. Quem sabe ainda consegue capturá-la." E deslizava para fora, completamente alheia ao fato de que, se um tal inseto fabuloso viesse em minha direção (não valia nem a pena imaginar qual banal visitante do jardim a imaginação dela havia enfeitado dessa forma), eu morreria de angústia. Às vezes, para me fazer um agrado especial, nossa governanta francesa escolhia certa fábula de Florian para eu decorar, sobre uma outra borboleta *petit-maître* impossivelmente espalhafatosa. Às vezes, uma tia ou outra me dava um livro de Fabre, cujos trabalhos populares, cheios de tagarelice, observações inexatas e erros crassos, meu pai tratava com desprezo. Me lembro também do seguinte: um dia, dando pela falta da minha rede, saí para procurá-la na varanda e encontrei o criado de meu tio voltando de algum lugar com ela ao ombro, todo afogueado, com um sorriso bondoso e tímido nos lábios rosados: "Veja só o que eu peguei para você", proclamou com voz satisfeita, jogando a rede no chão; a rede estava presa junto à moldura com um barbante, de modo que se formava um saco no qual uma variedade de figuras vivas se agitava e mexia — e nossa!, quanta bobagem se achava ali: uns trinta gafanhotos, uma margarida, duas libélulas, espigas de trigo, um pouco de areia, uma borboleta do repolho esmagada, irreconhecível, e finalmente um cogumelo comestível encontrado no caminho e acrescentado por precaução. O povo comum da Rússia conhece e ama a natureza de seu país. Quanta caçoada, quantas conjeturas e perguntas tive ocasiões de ouvir quando, superando meu embaraço, atravessei a aldeia com minha rede! "Ora, isso não é nada", disse meu pai, "devia ver a cara dos chineses quando eu fiz uma busca em alguma dessas montanhas sagradas, ou a cara que uma progressista professora de uma cidade do Volga fez para mim quando expliquei o que estava fazendo naquela ravina."

Como descrever a plenitude de nossas caminhadas com meu pai pela floresta, pelos campos e turfeiras, ou a lembrança constante dele no verão quando estava longe, o sonho eterno de fazer alguma descoberta e esperar por ele com essa descoberta — Como descrever a sensação que experimentei quando ele me mostrou todos os pontos onde, em sua infância, havia pegado essa ou aquela — a viga de uma ponte meio apodrecida onde capturara sua primeira borboleta pavão em 71, o declive da estrada junto ao rio onde uma vez caíra de joelhos, chorando e rezando (ele errara o golpe, ela voara para sempre!). E que fascínio havia em suas palavras, naquela espécie de fluência e graça especial de seu estilo quando falava sobre um assunto, que afetuosa precisão nos movimentos de seus dedos girando os parafusos de um esticador ou de um microscópio, que mundo realmente encantador se desdobrava com suas lições! Sim, eu sei que isso não é jeito de escrever, essas exclamações não vão me tornar muito profundo, mas minha caneta ainda não está acostumada a seguir os contornos de sua imagem, e eu próprio abomino esses arabescos acessórios. Ah, não olhe para mim, para minha infância, com olhos tão grandes e assustados.

A doçura das lições! Num entardecer quente, ele me levou a certa lagoazinha para observar um esfingídeo girando acima da água, molhando a ponta do corpo. Ele me mostrou como preparar armaduras genitais para determinar espécies externamente indistinguíveis. Com um sorriso especial, chamou minha atenção para as borboletas argolinhas pretas em nosso parque, as quais, misteriosas e elegantes, apareciam inesperadamente apenas em anos pares. Misturou cerveja com melado para mim em uma noite de outono horrivelmente chuvosa para pegar, nos troncos besuntados que brilhavam à luz de um lampião de querosene, uma multidão de mariposas grandes, listradas, mergulhando e correndo silenciosamente para a isca. Ele alternava frio e calor para as crisálidas douradas de minhas pequenas-tartarugas, de modo que pudesse obter delas formas córsicas, árticas e inteiramente incomuns, parecendo que tinham sido banhadas em piche e carregavam uma sedosa penugem grudada. Ele me ensinou a desmantelar um formigueiro e encontrar a lagarta de uma grande borboleta azul que havia celebrado um pacto bárbaro com seus habitantes, e vi como uma formiga, estimulando vorazmente o segmento posterior do corpinho dessa lagarta, desajeitado e parecido com o de uma lesma, a forçava a excretar uma gota de um suco intoxicante que era engolido imediatamente. Em compensação, oferecia as próprias larvas a ela como comida; era como se vacas nos dessem Chartreuse e nós lhes déssemos nossos filhos para comer. Mas a forte lagarta de uma espécie exótica de borboleta azul não se curva a essa troca, devora descaradamente os bebês de formiga e, em seguida, se transforma em uma crisálida impenetrável que finalmente, na hora de nascer, está cercada de formigas (essas falhas na escola da experiência) esperando a borboleta desamparadamente amassada emergir para atacá-la; elas atacam — e mesmo assim ela não perece: "Nunca ri tanto", disse meu pai, "como no momento em que percebi que a natureza a tinha dotado de uma substância pegajosa que fazia as antenas e pés das ávidas formigas grudarem, de forma que rolavam e se debatiam em torno dela, enquanto ela própria, calma e invulnerável, esperava as asas ficarem fortes e secarem."

Ele me falou sobre os odores das borboletas — almíscar e baunilha; das vozes das borboletas; do som penetrante emitido pela monstruosa lagarta de uma eupanacra malaia, um aperfeiçoamento ao chiado de rato da nossa mariposa-caveira; do pequeno tímpano ressonante de certas mariposas-tigre; da esperta borboleta da floresta brasileira que imita o trinar de um pássaro local. Falou sobre a incrível inteligência artística do disfarce mimético, que não se explicava pela luta por sobrevivência (a rústica pressa das forças pouco hábeis da evolução), refinado demais para meramente enganar predadores eventuais, com penas, escamas ou de outro tipo (não muito exigentes, mas também não muito chegados a borboletas), e que parecia ter sido inventado por algum artista brincalhão precisamente para os olhos inteligentes do ser humano (uma hipótese que pode levar muito longe um evolucionista que observe macacos se alimentando de borboletas); falou sobre essas máscaras mágicas do mimetismo; sobre a enorme mariposa que em estado de repouso assume a imagem de uma cobra olhando para a gente; sobre uma geometrídea tropical colorida que era uma imitação perfeita de uma espécie de borboleta infinitamente distante dela no sistema da natureza, a ilusão do abdome alaranjado que uma possuía reproduzida na outra, bem-humoradamente, pelas margens internas cor de laranja das secundárias; e sobre um curioso harém daquela famosa rabo-de-andorinha africana, cujas fêmeas de disfarce variado copiam em cor, forma e mesmo em tipo de voo uma dúzia de espécies diferentes (aparentemente não comestíveis), que são também os modelos de numerosos outros mimetismos. Ele me falou sobre as migrações da longa nuvem que consistia em miríades de pierídeas brancas se deslocando pelo céu, indiferentes à direção do vento, sempre niveladas com o chão, subindo delicadas e constantes acima de montanhas e baixando de novo sobre os vales, encontrando talvez outra nuvem de borboletas amarelas, se infiltrando por ela sem parar e sem sujar sua brancura — e flutuando ainda mais longe, para pousar, ao anoitecer, em árvores que até de manhã ficariam cobertas como por neve — depois partindo de novo para continuar sua jornada — para onde? Por quê? Uma história ainda não terminada pela natureza ou então esquecida. "Nossa vanessa-dos-cardos", disse ele, "a *painted lady* dos ingleses, a *belle dame* dos franceses, não hiberna na Europa como espécies correlatas fazem; ela nasce nas planícies africanas; lá, ao amanhecer, o viajante de sorte pode ouvir toda a estepe, cintilante aos primeiros raios, estralejar com um número incalculável de crisálidas se abrindo." Dali, sem demora começam sua jornada para o norte, atingindo as costas da Europa no começo da primavera, dando vida repentina aos jardins da Crimeia e terraços da Riviera; sem se deter, mas deixando indivíduos por toda parte para o acasalamento de verão, ela prossegue mais para o norte e, ao final de maio, agora em espécimes individuais, atinge a Escócia, Heligoland, nossas terras e mesmo o extremo norte da terra: já foram encontradas na Islândia! Com um estranho voo louco diferente de tudo, a borboleta branqueada, dificilmente reconhecível, escolhe uma clareira seca, "roda" para dentro e para fora dos pinheiros de Leshino, e ao final do verão, sobre cardos, ásteres, seus adoráveis filhotes rosados já estão festejando a vida. "O mais comovente", meu pai acrescentou, "é que nos primeiros dias frios se observa um fenômeno inverso, o recuo: as borboletas se apressam para o sul, para o inverno, mas é claro que perecem antes de chegar ao calor."

Simultaneamente ao inglês Tutt, que observou nos Alpes suíços a mesma coisa que ele observou na cordilheira Pamir, meu pai descobriu a verdadeira natureza da formação córnea sob o abdome das fêmeas fecundadas das Parnassius, e explicou como o parceiro, trabalhando com dois apêndices espatulados, coloca e molda nela um cinto de castidade de sua própria manufatura, que tem formas diferentes para cada espécie desse gênero, sendo às vezes um barquinho, às vezes uma concha helicoidal, às vezes — como no caso da excepcionalmente rara *orpheus* Godunov cinza escuro —, a réplica de uma minúscula lira. E como frontispício de meu trabalho atual acho que gostaria de uma ilustração precisamente dessa borboleta — pois posso ouvir como ele falava dela, como pegava os seis espécimes que tinha trazido de seus seis grossos envelopes triangulares, como baixava os olhos com a lupa de campo até o abdome da única fêmea — e com que reverência seu assistente de laboratório relaxava num frasco úmido as asas secas, brilhantes, fortemente fechadas, a fim de depois passar um alfinete pelo tórax do inseto, espetá-lo na fenda de cortiça do esticador, mantendo achatada, por meio de largas fitas de papel transparente, sua graciosa beleza expandida, aberta, indefesa, para então deslizar um pouquinho de algodão debaixo do abdome e endireitar as antenas pretas — a fim de que secasse assim para sempre. Para sempre? No museu de Berlim se encontram muitas das capturas de meu pai, e estão hoje tão frescas como nos anos 1880 e 1890. Borboletas da coleção de Linnaeus, hoje em Londres, subsistem desde o século XVIII. No museu de Praga, pode-se ver esse mesmo exemplo na vistosa mariposa-atlas que Catarina, a Grande, admirava. Por que então fico tão triste?

Suas capturas, suas observações, o som de sua voz nas palavras científicas, tudo isso, acho, eu preservarei. Mas isso ainda é tão pouco. Com a mesma relativa permanência gostaria de reter o que eu, talvez, mais amasse nele: sua viva masculinidade, inflexibilidade e independência, o frescor e o calor de sua personalidade, seu poder sobre todas as coisas que empreendia. Como se jogasse um jogo, como se desejasse imprimir em tudo a sua força, ele escolhia aqui e ali algo de um campo externo à entomologia, e, assim, deixou sua marca em quase todos os ramos da ciência natural: existe apenas uma planta descrita por ele de todas as que coletou, mas é uma espécie espetacular de bétula; uma ave — o mais fabuloso faisão; um morcego — mas o maior do mundo. E em todas as partes da natureza nosso nome ecoa um número incontável de vezes, pois outros naturalistas deram o nome dele seja a uma aranha, ou a um rododendro, ou a uma cadeia de montanhas — esta última, por sinal, o deixou furioso: "Garantir e preservar o nome nativo antigo de uma trilha", escreveu, "é sempre mais científico e mais nobre do que atrelá-lo ao nome de um conhecido".

Eu gostava — só agora entendo o quanto — daquele jeito fácil e especial que ele demonstrava ao lidar com um cavalo, um cachorro, uma arma, uma ave ou um menino camponês com uma farpa de cinco centímetros nas costas: estavam sempre lhe trazendo gente ferida, mutilada, mesmo enferma, até mulheres grávidas, que provavelmente tomavam sua misteriosa ocupação pela prática de vodu. Eu gostava do fato de, ao contrário da maioria dos viajantes não russos, como Sven Hedin, por exemplo, ele nunca trocar sua roupa por roupas chinesas em suas viagens; em geral se mantinha distanciado, era severo e resoluto ao extremo em suas relações com os nativos, sem demonstrar nenhuma indulgência por mandarins e lamas; e no campo ele praticava tiro, o que servia de excelente precaução contra qualquer inoportuno. Era absolutamente desinteressado por etnografia, fato que por alguma razão irritava muito certos geógrafos, e seu grande amigo, o orientalista Krivtsov, quase chorou ao repreendê-lo: "Se você tivesse trazido ao menos uma canção matrimonial, Konstantin Kirillovich, se tivesse descrito uma roupa local!". Havia um professor em Kazan que o atacava especialmente; partindo da mesma espécie de premissa humanitário-liberal, ele o condenava de aristocratismo científico, de um altivo desprezo pelo Homem, de desdém pelos interesses dos leitores, de perigosa excentricidade e de muito mais. E uma vez, num banquete internacional em Londres (e este é o episódio que mais me agrada), Sven Hedin, sentado ao lado de meu pai, perguntou a ele como foi que, viajando com liberdade sem precedentes pelas partes proibidas do Tibete, na proximidade imediata da Lhasa, ele não tinha ido dar uma olhada na cidade, ao que meu pai respondeu que não quis sacrificar nem uma hora de coleta para visitar "mais uma cidadezinha imunda" — e consigo ver muito claramente como deve ter estreitado os olhos ao falar.

Ele era dotado de temperamento sereno, autocontrole, grande força de vontade e um vívido senso de humor; mas, quando ficava zangado, sua raiva era como um gelo repentino (minha avó dizia pelas costas dele: "Todos os relógios da casa pararam") e me lembro muito bem dos súbitos silêncios à mesa e do ar absorto que aparecia imediatamente no rosto de minha mãe (as más línguas entre nossas parentas afirmavam que ela "tremia diante de Kostya"), e de como, na ponta da mesa, uma das governantas punha depressa a mão na boca do copo que estava a ponto de se partir. A causa de sua ira podia ser um erro de alguém, um equívoco do administrador (meu pai era bem versado em administração das propriedades), uma observação impertinente a respeito de algum amigo íntimo, opiniões políticas triviais no espírito de patriotismo piegas manifestado por algum hóspede malfadado, ou, finalmente, um ou outro deslize meu. Ele, que em seu tempo havia abatido multidões incontáveis de aves, ele que uma vez levara a Berg, um botanista recém-casado, a cobertura vegetal *completa* de um variegado campo montanhoso em um único pedaço, sua área do tamanho de uma sala (imagino que veio enrolada dentro de um tubo como um tapete persa), a qual encontrara em alguma fantástica altitude entre rochedos nus e neve — não me perdoou um pardal de Leshino morto injustificadamente com um rifle Montecristo, ou o jovem álamo da beira da lagoa que estraçalhei com uma espada. Ele não suportava procrastinação, hesitação, o piscar de olhos de uma mentira, não suportava hipocrisia ou pieguice — e tenho certeza de que, se me pegasse num ato de covardia física, teria me amaldiçoado.

Eu não falei tudo ainda; estou chegando ao que talvez seja mais importante. Dentro e em torno de meu pai, em torno dessa força clara e direta, havia algo difícil de expressar em palavras, uma névoa, um mistério, uma reserva enigmática que se fazia sentir às vezes mais, às vezes menos. Era como se esse homem genuíno, muito genuíno, possuísse uma aura de algo ainda desconhecido, mas que era talvez a coisa mais genuína de todas. Não tinha nenhuma ligação direta com nenhum de nós, ou com minha mãe, ou com os aspectos externos da vida, ou mesmo com borboletas (a coisa mais próxima dele, eu diria); não era nem taciturnidade nem melancolia — e não tenho meios de explicar o impacto que seu rosto me causava quando eu olhava pela janela de seu estúdio e via como, tendo esquecido repentinamente o trabalho (eu sentia dentro de mim que ele havia esquecido, como se algo tivesse fracassado ou desvanecido), a cabeça grande e sábia virada ligeiramente para longe da mesa, apoiada na mão, de forma que uma longa ruga se formava da face até a têmpora, ele ficava sentado por um minuto sem se mexer. Hoje em dia, às vezes me parece que — quem sabe — ele pudesse partir para suas viagens não tanto para buscar algo, mas para fugir de algo, e que, ao voltar, se dava conta de que ainda estava com ele, dentro dele, inevitável, inexaurível. Não consigo precisar um nome para seu segredo, mas só sei que era a fonte daquela solidão especial — nem alegre, nem morosa, não tendo de fato nenhuma conexão com a aparência externa de emoções humanas —, à qual nem minha mãe, nem todos os entomologistas do mundo, tinham qualquer acesso. É estranho: talvez o vigia da propriedade, um velho torto que havia sido atingido duas vezes por raios noturnos, o único de todos os nossos funcionários rurais que havia aprendido sem ajuda de meu pai (que ensinara todo um regimento de caçadores asiáticos) a capturar e matar uma borboleta sem machucá-la (o que, evidentemente, não o impedia de me aconselhar, com um ar metódico, a não ter pressa em capturar borboletas pequenas, "girinos", como dizia, na primavera, mas sim esperar até o verão, quando elas teriam crescido), talvez ele especificamente, que, com franqueza e sem surpresa, considerava que meu pai sabia uma ou duas coisas que ninguém mais sabia, estivesse certo à sua maneira.

Seja como for, estou convencido agora de que nossa vida estava realmente imbuída de uma magia desconhecida para outras famílias. Das conversas com meu pai, das divagações em sua ausência, da proximidade com milhares de livros cheios de desenhos de animais, do precioso brilho de suas coleções, dos mapas, de toda a heráldica da natureza e canibalismo dos nomes latinos, a vida tirava uma espécie de enfeitiçada leveza que me fazia sentir como se minhas próprias viagens estivessem prestes a começar. Disso tomo emprestadas hoje as minhas asas. Entre as velhas e tranquilas fotografias de família, emolduradas com veludo no estúdio de meu pai, há uma cópia do quadro: Marco Polo partindo de Veneza. Ela era rosada, essa Veneza, e a água de sua laguna era de um azul intenso, com cisnes duas vezes maiores que os barcos, dentro de um dos quais minúsculos homens roxos desciam por uma prancha, a fim de embarcar em um navio que esperava um pouco adiante com as velas enfunadas — e não consigo me desligar dessa misteriosa beleza, dessas cores antigas que nadam diante dos olhos como se procurassem novas formas, quando imagino agora a caravana de meu pai sendo equipada em Przhevalsk, aonde ele costumava ir de Tashkent com cavalos de viagem, tendo despachado com antecedência, por lento comboio, suprimentos suficientes para três anos. Seus cossacos percorriam as aldeias à volta comprando cavalos, mulas e camelos; preparavam os baús e as bolsas (o que não havia naquelas *sartish yagtans* e bolsas de couro usadas há séculos, de conhaque a ervilhas em pó, de lingotes de prata a cravos para as ferraduras dos cavalos); e, após um réquiem à beira de um lago junto à pedra funerária do explorador Przhevalski, coroada por uma águia de bronze — em torno da qual os intrépidos faisões locais costumavam pernoitar —, a caravana pegava a estrada.

Depois disso, vejo a caravana, antes que seja sugada pelas montanhas, serpenteando entre colinas de um tom paradisíaco de verde, dependendo tanto da cobertura vegetal como da rocha epídota vermelho-vivo da qual são compostas. Os compactos e resistentes cavalos *kalmuk* seguem em fila indiana formando esquadrões: os fardos duplos de carga com mesmo peso são presos duas vezes com laços para que nada se desloque, e um cossaco conduz cada esquadrão pelo arreio. Na frente da caravana, com um rifle Berdan ao ombro e uma rede de borboleta de prontidão, com óculos e camisa de nanquim, meu pai segue em seu trotador branco acompanhado por um cavaleiro nativo. Fechando o destacamento vem o geodesista Kunitsyn (é assim que eu vejo), um velho majestoso que passou metade da vida em imperturbáveis perambulações, carregando seus instrumentos em estojos — cronômetros, compassos de avaliação, um horizonte artificial —, e quando ele se detém para checar sua localização ou para anotar azimutes em seu diário o cavalo é seguro por um assistente, um pequeno alemão anêmico, Ivan Ivanovich Viskott, ex-químico em Gatchina, a quem meu pai um dia ensinou a preparar peles de aves e que desde então participou de todas as expedições, até morrer de gangrena no verão de 1903 em Dyn-Kou.

Mais além, vejo montanhas: a cadeia Tyan-Shan. Em busca de trilhas (marcadas no mapa de acordo com registros orais, mas exploradas pela primeira vez por meu pai), a caravana subiu íngremes encostas e estreitas plataformas, deslizou para baixo na direção norte, a estepe fervilhando de antílopes saiga, escalando de novo para o sul, aqui vadeando torrentes, ali tentando atravessar água profunda — e subindo, subindo, ao longo de caminhos quase intransitáveis. Como brincava a luz do sol! A secura do ar produzia um incrível contraste entre luz e sombra; na luz havia tanto relampejar, tal abundância de brilhos, que às vezes era impossível olhar para uma rocha, para um riacho; e na sombra uma escuridão que absorvia todo detalhe, de forma que cada cor vivia uma vida magicamente múltipla e a pelagem dos cavalos mudava quando entravam no frescor dos álamos.

O trovejar da água no desfiladeiro era suficiente para atordoar um homem; a cabeça e o peito se enchiam de uma agitação elétrica; a água corria com força assombrosa — mas muito lisa, como chumbo derretido —, depois, de repente, inchava monstruosamente ao atingir as corredeiras, as ondas variegadas subindo e caindo sobre as testas lustrosas das pedras com um rugido furioso; e então, despencando da altura de seis metros, de um arco-íris para a escuridão, corria mais adiante, já transformada: borbulhando, azul-fumaça e nevada de espuma, batia primeiro de um lado depois do outro do cânion conglomerado, levando a crer que a solidez reverberante da montanha jamais a suportaria; em suas margens, enquanto isso, em abençoada quietude, as íris estavam floridas — e, de repente, um rebanho de marabus saía de uma negra floresta de pinheiros para o brilhante campo alpino e parava, tremendo. Não, era apenas o ar tremendo... eles já haviam desaparecido.

Consigo evocar com especial clareza — nesse cenário transparente e cambiável — a ocupação principal e constante de meu pai, em função da qual ele empreendia essas tremendas jornadas. Eu o vejo inclinado de uma sela em meio a um metralhar de pedras roladas, tentando capturar, com um movimento da rede na ponta do cabo longo (um giro do pulso faz o saco de musselina, rumorejante e pulsando, prender-se ao anel, impedindo a fuga), algum parente real de nossas Apollos, que num voo flutuante percorria o perigoso barranco de cascalho; e não só ele, mas também outros cavaleiros (o cabo cossaco Semyon Zharkoy, por exemplo, ou o Buryat Buyantuyev, ou então algum representante de mim que enviei atrás de meu pai ao longo de toda a minha infância) escalam destemidamente as rochas, em busca da branca borboleta, ricamente ocelada, que capturam afinal; e ali está ela nos dedos de meu pai, morta, o corpo felpudo amarelado e curvo parecendo um amentilho de salgueiro, o lado inferior lustroso de suas finas asas fechadas mostrando a mácula vermelho-sangue de suas raízes.

Ele evitava ficar em estalagens chinesas de beira de estrada, principalmente para passar a noite, pois não gostava de seu "ruído desprovido de sentimento", que consistia apenas em gritos sem o menor sinal de riso; mas estranhamente, em sua memória posterior o cheiro dessas hospedarias — aquele ar especial pertencente a qualquer lugar onde habitem chineses, uma mistura acre de vapores de cozinha, de fumaça de estrume queimado, ópio e estábulo — lhe falava mais da caçada que amava do que a lembrança do aroma dos campos montanhosos.

Deslocando-me através da Tyan-Shan com a caravana, posso ver agora o anoitecer se aproximando, lançando uma sombra sobre as encostas da montanha. Postergando até a manhã a difícil travessia (uma ponte periclitante foi estendida sobre o rio turbulento, consistindo em placas de pedra em cima de gravetos, mas a subida do outro lado é íngreme e, além disso, lisa como vidro), a caravana se acomoda para passar a noite. Com as cores do pôr do sol ainda pairando nas camadas aéreas do céu e o jantar em preparação, os cossacos, tendo primeiro removido as toalhas de suor e as mantas dos animais, lavam as feridas causadas pela carga. No ar que escurece, o tinir claro das ferraduras ressoa acima do ruído amplo da água. Ficou bem escuro. Meu pai subiu em uma rocha e procurou um lugar adequado para sua lâmpada de acetileno de capturar mariposas. Assim pode-se enxergar em perspectiva chinesa (do alto), no desfiladeiro profundo, a vermelhidão da fogueira do acampamento, transparente no escuro; pelas bordas de sua chama que respira, parecem flutuar as sombras de ombros largos de homens, mudando incessantemente seus contornos, e um reflexo vermelho estremece, sem sair do lugar, na água borbulhante do rio. Mas, acima, tudo é quietude e escuridão, só raramente um tilintar de sino: os cavalos, que se ergueram para receber sua porção de forragem seca, estão agora vagando em meio ao cascalho de granito. No céu, assustadoras e fascinantes de tão próximas, as estrelas apareceram, cada uma conspícua, uma esfera viva, revelando sua essência globular. Mariposas começam a chegar à atração da lâmpada: elas descrevem loucos círculos em torno da luz, batendo no refletor com um ping; caem, rastejam sobre o lençol estendido para dentro do círculo de luz, cinzentas, os olhos como carvões em brasa, vibrando, voando e caindo de novo — e uma grande mão, muito iluminada, sem pressa e hábil, com unhas amendoadas, recolhe noctuídea após noctuídea para o frasco de abate.

Às vezes, ele ficava bastante sozinho, sem nem mesmo essa proximidade de homens dormindo em barracas, em colchões de feltro, em volta do camelo acomodado junta às cinzas da fogueira. Aproveitando as longas paradas em locais com comida abundante para os animais da caravana, meu pai se afastava durante vários dias em reconhecimento, e ao fazê-lo, atraído por alguma pierídea, mais de uma vez ignorava a regra de caça na montanha: nunca siga uma trilha sem volta. E agora me pergunto continuamente no que ele pensava na noite solitária: no escuro, tento ardentemente adivinhar a corrente de seus pensamentos, e tenho muito menos sucesso com isso do que com minhas visitas mentais a lugares onde nunca estive. No que ele pensava? Numa captura recente? Em minha mãe, em nós? Na inata estranheza da vida humana, uma sensação que ele transmitiu misteriosamente para mim? Ou talvez eu esteja errado em lhe impor retrospectivamente o segredo que ele carrega agora, quando, novamente preocupado e melancólico, escondendo a dor de alguma mágoa desconhecida, escondendo a morte como algo vergonhoso, ele aparece em meus sonhos, mas que na época ele não tinha — mas simplesmente era feliz naquele mundo de nome incompleto, no qual a cada passo ele nomeava o que não tinha nome.

Depois de passar todo o verão nas montanhas (não um verão, mas vários, em anos diferentes, que se sobrepõem uns aos outros em camadas translúcidas), nossa caravana seguiu para leste por uma ravina num deserto de pedra. Vimos desaparecer gradualmente tanto o leito do rio, que se separou e expandiu em leque, como aquelas plantas que até o final permanecem fiéis aos viajantes: raquíticos *ammodendrons*, grama *lasiagrostis* e efedráceas. Tendo carregado os camelos com água, mergulhamos nos sertões espectrais onde, aqui e ali, grandes pedregulhos cobriam completamente o barro maleável marrom-avermelhado do deserto, manchado em alguns lugares com crostas de neve seca ou afloramentos de sal, os quais ao longe tomamos pelos muros da cidade que procurávamos. O caminho estava perigoso como resultado de terríveis tempestades, responsáveis por deixar, ao meio-dia, tudo coberto por uma neblina salgada marrom; o vento rugia, grânulos de pedrisco arranhavam o rosto, nossos camelos sentaram e nossa tenda de encerado ficou esfarrapada. Por causa dessas tempestades, a superfície da terra mudava inacreditavelmente, apresentando fantásticos contornos de castelos, colunatas e escadas; ou então os furacões ocorriam numa depressão, como se ali, naquele deserto, as forças elementais que moldaram o mundo ainda estivessem furiosamente em ação. Mas também tínhamos dias de maravilhosa calmaria, quando calhandras-cornudas (meu pai as chamava adequadamente de "risonhas") despejavam seus trinados miméticos e bandos de pardais comuns acompanhavam nossos animais emaciados. De vez em quando, passávamos o dia em assentamentos isolados que consistiam em duas ou três casas e um templo arruinado. Outras vezes, éramos atacados por tangutes com casacos de carneiro e botas de lã vermelhas e azuis: um breve episódio colorido no trajeto. E depois havia as miragens — miragens onde a natureza, essa sofisticada enganadora, conseguia absolutos milagres: visões de água tão claras que refletiam as pedras *de verdade* em torno!

Mais adiante, vieram as areias tranquilas do Gobi, duna após duna como ondas revelando curtos horizontes ocre, e tudo o que se ouvia no ar veludoso era a respiração trabalhosa e acelerada dos camelos e o raspar de seus pés largos. A caravana prosseguiu, ora subindo a crista de uma duna, ora descendo, e ao anoitecer sua sombra adquiriu gigantescas proporções. O diamante de cinco quilates de Vênus desapareceu no oeste junto com o brilho do sol, que tudo distorcia com sua luz branca, laranja, violeta. E meu pai adorava lembrar como uma vez, num pôr do sol assim, em 1893, no centro morto do deserto de Gobi, ele encontrou — tomando-os de início por fantasmas projetados pelos raios prismáticos — dois ciclistas com sandálias chinesas e chapéus de feltro redondos, que no fim eram os americanos Sachtleben e Allen, atravessando a Ásia até Pequim por diversão.

A primavera estava à nossa espera nas montanhas de Nan-Shan. Tudo preconizava isso: o resmungar da água nos ribeirões, o trovejar distante dos rios, o assobio das aves que viviam em buracos nas encostas molhadas e escorregadias, o delicioso canto das cotovias locais e "uma massa de ruídos cuja origem é difícil de explicar" (frase das anotações de um amigo de meu pai, Grigoriy Efimovich Grum-Grzhimaylo, que se fixou em minha mente para sempre, cheia da incrível música da verdade, porque escrita não por um poeta ignorante, mas por um naturalista de gênio). Nas encostas do sul já havíamos encontrado nossa primeira borboleta interessante — a subespécie de Potanin da pierídea de Butler —, e no vale ao qual descemos por meio de um leito d'água encontramos o verão de verdade. Todas as encostas estavam bordadas com anêmonas e prímulas. A gazela de Przhevalski e o faisão de Strauch tentavam os caçadores. E que nascer do sol havia lá! Só na China a névoa da manhã é tão encantadora, fazendo tudo vibrar, o fantástico contorno das choupanas, os penhascos da alvorada. Como que rumo a um abismo, o rio corre para a escuridão da penumbra pré-matinal que ainda paira nos desfiladeiros, enquanto mais para o alto, ao longo do fluxo das águas, tudo brilha e cintila, e um grande bando de gralhas azuis já acordou nos salgueiros junto ao moinho.

Escoltados por quinze soldados de infantaria chineses, armados com alabardas e carregando enormes estandartes absurdamente coloridos, atravessamos passos na cordilheira uma porção de vezes. Apesar de ser o meio do verão, a geada noturna era tão severa que de manhã as flores tinham uma película de gelo, tão quebradiças que estalavam sob os pés com um surpreendente e delicado tilintar; mas duas horas depois, assim que o solo começava a esquentar, a maravilhosa flora alpina resplandecia de novo, de novo perfumava o ar com resina e mel. Escorados por barrancos íngremes, seguimos debaixo do quente céu azul; grilos saltavam debaixo de nossos pés, cachorros corriam com a língua pendurada, buscando abrigo do calor nas curtas sombras projetadas pelos cavalos. A água dos poços tinha cheiro de pólvora. As árvores pareciam um delírio de botânico: uma sorveira com frutas de alabastro ou uma bétula com casca vermelha!

Colocando um pé num fragmento de rocha, ligeiramente apoiado no cabo de sua rede, meu pai olha de um alto esporão, dos rochedos do glaciar de Tanegma, para o lago Kuka-Nor — uma vasta extensão de água azul-escuro. Bem lá embaixo, na estepe dourada, um bando de asnos kiang passa correndo e a sombra de uma águia tremula nos rochedos; no céu há paz perfeita, silêncio, transparência... e mais uma vez me pergunto no que meu pai pensa quando não está ocupado coletando e para assim, imóvel... aparecendo por assim dizer na crista de minha lembrança, me torturando, me arrebatando, a ponto de doer, a ponto de parecer uma loucura de ternura, inveja e amor, atormentando minha alma com sua inescrutável solidão.

Houve momentos em que, subindo o rio Amarelo e seus tributários, em alguma esplêndida manhã de setembro, nas moitas de lírios e depressões das margens, ele e eu capturávamos a rabo-de-andorinha de Elwes — uma maravilha negra com cauda na forma de cascos de cavalo. Em noites inclementes, antes de dormir, ele lia Horácio, Montaigne e Púchkin, os três livros que havia trazido. Num inverno, ao atravessar o gelo de um rio, notei à distância uma linha de objetos escuros enfileirados, os grandes chifres de vinte iaques selvagens que, no meio de sua travessia, ficaram presos pelo gelo subitamente formado; através do grosso cristal, a imobilização de seus corpos em atitude de nado era claramente visível; as belas cabeças erguidas acima do gelo pareceriam vivas se as aves já não tivessem bicado seus olhos; e por alguma razão me lembrei do tirano Shiusin, que costumava cortar e abrir mulheres grávidas por curiosidade e que, numa manhã fria, vendo alguns criados vadeando um rio, ordenou que suas pernas fossem amputadas na canela a fim de inspecionar a condição da medula dos ossos.

Em Chang, durante um incêndio (a madeira preparada para a construção de uma missão católica estava queimando), vi um velho chinês a distância segura do fogo jogando água assiduamente, determinado e sem se cansar, sobre o *reflexo* das chamas nas paredes de sua casa; convencidos da impossibilidade de provar a ele que sua casa não estava queimando, nós o deixamos em sua infrutífera ocupação.

Com muita frequência, tínhamos de forçar a passagem, ignorando a intimidação e as proibições chinesas: habilidade no tiro é o melhor passaporte. Em Tatsien-Lu, lamas de cabeça raspada perambulavam pelas ruas estreitas e tortuosas, espalhando o rumor de que eu estava capturando crianças e fervendo seus olhos numa poção para a barriga de minha Kodak. Ali, nas encostas de uma cadeia nevada, inundada pela rica espuma rósea de grandes rododendros (usávamos seus galhos à noite para nossas fogueiras), procurei, em maio, as larvas cinza-ardósia com manchas alaranjadas da Apollo Imperatorial e suas crisálidas, presas por um fio de seda na parte inferior de uma pedra. Nesse mesmo dia, me lembro, vislumbramos um urso-branco tibetano e descobrimos uma nova serpente: alimentava-se de camundongos, e o espécime que extraímos de seu estômago acabou se revelando também uma espécie não descrita. Dos rododendros e dos pinheiros envoltos em renda de líquen vinha um embriagador aroma de resina. Em torno de mim, alguns curandeiros com o ar preocupado e esperto de concorrentes colhiam, para suas necessidades mercenárias, ruibarbo chinês, cuja raiz guarda uma excepcional semelhança com uma lagarta, até nas patas abdominais e nos espiráculos — enquanto eu, nesse meio-tempo, encontrei debaixo de uma pedra a lagarta de uma mariposa desconhecida, que representava não de modo geral, mas com absoluta concretude, uma cópia dessa raiz, de forma que não ficava inteiramente claro quem estava mimetizando quem — ou por quê.

Todo mundo mente no Tibete: era infernalmente difícil obter nomes exatos de lugares ou orientação para as estradas certas; involuntariamente eu também os enganava: uma vez que eles são incapazes de distinguir um europeu de cabelo claro de um de cabelo branco, eles tomavam a mim, um jovem de cabelos descoloridos pelo sol, por um homem velho. Por toda parte, nas massas de granito podia-se ler a "fórmula mística", uma confusão de palavras xamânicas que certos viajantes poetas "traduzem" lindamente como: ó, joia no lótus, ó! Certos funcionários foram enviados a mim em Lhasa para me exortar a não fazer algo, ameaçando fazer alguma coisa comigo — prestei pouca atenção ao que diziam; me lembro, porém, de um idiota, particularmente cansativo, vestido de seda amarela sob um guarda-chuva vermelho; estava montado numa mula cuja aparência naturalmente tristonha era duplicada pela presença, debaixo de seus olhos, de grossos pingentes de lágrimas congeladas.

De uma grande altitude, vi uma escura depressão pantanosa toda tremulando com o jogo de inúmeras nascentes, o que me lembrou o céu noturno com estrelas espalhadas — e assim era chamado o local: a Estepe Estrelada. As trilhas subiam além das nuvens, as caminhadas eram duras. Esfregávamos as feridas dos animais de carga com uma mistura de iodo e vaselina. Às vezes, tendo acampado em ponto completamente deserto, via de repente, de manhã, que durante a noite um amplo círculo de tendas de salteadores havia se formado à nossa volta como cogumelos negros — que, no entanto, rapidamente desapareciam.

Depois de explorar as terras altas do Tibete, parti para Lob-Nor, de onde seguiria de volta para a Rússia. O Tarim, dominado pelo deserto, forma com suas últimas águas um extenso pântano de juncos, o atual Kara-Koshuk-Kul, o Lob-Nor de Przhevalsk — e Lob-Nor no tempo dos Khan, apesar do que diz Ritthofen. É margeado por pântanos salgados, mas a água só é salgada nas bordas — pois aqueles juncos não cresceriam em torno de lago salgado. Numa primavera, levei cinco dias para contorná-lo. Ali, em caniços de seis metros de altura, tive a sorte de descobrir uma notável mariposa semiaquática com um sistema de veias rudimentar. Nas moitas do pântano salgado havia conchas de moluscos espalhadas. Ao anoitecer, os sons harmoniosos, melódicos, do voo dos cisnes reverberavam pelo silêncio; o amarelo dos juncos realçava o branco sem brilho das aves. Em 1862, sessenta velhos-crentes russos com suas esposas e filhos moraram durante meio ano nessa área, depois foram para Turfan e então ninguém sabe que caminho tomaram.

Mais adiante, vem o deserto de Lob: uma planície de pedra, camadas de precipícios de barro, vidradas poças de sal; aquela pálida mancha no ar cinzento é um espécime solitário da pierídea de Roborovski, levada pelo vento. Nesse deserto, estão preservados os traços de uma antiga estrada pela qual Marco Polo viajou seis séculos antes de mim: seus marcos são pilhas de pedras. Assim como eu tinha ouvido num desfiladeiro tibetano o interessante rugido, como de um tambor, que assustara nossos primeiros peregrinos, também no deserto eu vi e ouvi durante as tempestades de neve a mesma coisa que Marco Polo: "o sussurrar de espíritos chamando" e o estranho tremor do ar, uma infindável progressão de redemoinhos, caravanas e exércitos de fantasmas que vêm ao nosso encontro, milhares de faces espectrais se impondo a nós à sua maneira incorpórea, nos atravessando e se dispersando de repente. Nos anos 1820 do século xiv, quando o grande explorador estava agonizando, seus amigos se reuniram em torno do leito de morte e imploraram que rejeitasse aquilo que, em seu livro, lhes parecia inacreditável — que diluísse seus milagres por meio de judiciosas eliminações; mas ele respondeu que não contara nem metade do que havia visto de fato.

Tudo isso se estendia de maneira fascinante, cheio de cor e ar, com vivo movimento em primeiro plano e um convincente pano de fundo; então, como fumaça numa brisa, mudava e dispersava — e Fyodor viu de novo as tulipas mortas e impossíveis de seu papel de parede, o monte despencado de pontas de cigarro no cinzeiro, o reflexo do abajur na vidraça negra. Abriu a janela. As folhas de papel escritas se agitaram em cima da mesa; uma se dobrou, outra deslizou para o chão. O quarto ficou imediatamente úmido e frio. Lá embaixo, um automóvel passou devagar na rua escura e vazia e, estranhamente, essa própria lentidão fez Fyodor se lembrar de uma porção de coisas mesquinhas, desagradáveis — o dia que acabara de passar, a aula perdida — e, quando pensou que na manhã seguinte teria de telefonar para o velho enganado, sentiu no coração o aperto de um desânimo abominável. Mas uma vez fechada a janela, já sentindo o vazio entre os dedos cerrados, ele se virou pacientemente para a luz à espera, para os rascunhos espalhados, para a caneta ainda quente que agora deslizava silenciosamente de volta a seus dedos (explicando e preenchendo o vazio) e retornou imediatamente para aquele mundo que era, para ele, tão natural como a neve para a lebre branca ou a água para Ofélia.

Lembrou com incrível vivacidade, como se tivesse conservado aquele dia ensolarado num estojo de veludo, a última volta do pai, em julho de 1912. Elizaveta Pavlovna já havia percorrido os nove quilômetros até a estação para encontrar o marido: ela sempre ia encontrá-lo sozinha, e nunca ninguém sabia com clareza de que lado eles viriam, se pela direita ou esquerda da casa, uma vez que havia duas ruas — uma mais longa e lisa que acompanhava a estrada e atravessava a aldeia; a outra mais curta e esburacada — através de Peshchanka. Fyodor vestiu o culote de montaria por precaução e mandou selar seu cavalo, mas, temendo escolher o caminho errado, não conseguiu decidir se saía para encontrar o pai. Tentou em vão se acomodar ao tempo inflado, exagerado. Uma rara borboleta capturada um ou dois dias antes entre os mirtilos de uma turfeira ainda não havia secado no esticador: ele tocava seu abdome com a ponta de um alfinete — ah, ainda estava macio, e isso queria dizer que era impossível remover as tiras de papel a cobrir inteiramente as asas que, em toda a sua beleza, tanto ansiava mostrar ao pai. Vagou pelo solar, sentindo o peso e a dor da própria agitação, e invejou a maneira como os outros atravessavam esses longos minutos vazios. Do rio, vinham os desesperados gritos de êxtase dos meninos da aldeia nadando, e esse rumor, soando constantemente no fundo do dia de verão, parecia uma ovação distante. Tanya se movia entusiasmada e com força no balanço do jardim, de pé sobre o assento; a sombra violácea da folhagem varria sua saia branca esvoaçante com tonalidades que faziam piscar, e a blusa ora voava, ora se colava em suas costas, revelando a depressão entre os ombros voltados para trás; abaixo dela, um fox terrier latia, outro perseguia uma alvéola; as cordas rangiam alegremente, e parecia que Tanya voava assim para enxergar a estrada por cima das árvores. Nossa governanta francesa, debaixo do para-sol de moiré, com rara polidez estava compartilhando suas preocupações ("o trem tinha atrasado duas horas ou então não vinha mais") com o sr. Browning, que ela detestava, enquanto este último batia nas perneiras com um chicote de montaria — ele não era nenhum poliglota. Yvonna Ivanovna visitava uma, depois a outra varanda com aquela expressão descontente no rosto pequeno com a qual saudava todos os eventos alegres. Em torno das edículas, havia uma animação especial: criados bombeavam água, rachavam lenha e o jardineiro trazia dois cestos retangulares manchados de vermelho, cheios de morangos. Zhaksybay, um velho quirguiz atarracado, cara gorda, com intrincadas rugas em torno dos olhos, que salvara a vida de Konstantin Kirillovich em 92 (ele dera um tiro numa ursa que o atacara) e que agora vivia em paz, cuidando de sua hérnia na casa de Leshino, vestiu seu casaco *beshmet* azul com bolsos em meia-lua, botas engraxadas, gorro vermelho com lantejoulas e seda, faixa com borlas, e sentou num banco perto da varanda da cozinha, onde já estava durante um bom tempo tomando sol, uma corrente de relógio prateada brilhando no peito, em calada e festiva antecipação.

De repente, correndo pesadamente pelo caminho sinuoso que levava ao rio, apareceu da sombra profunda, com um louco brilho nos olhos e uma boca que já se abria em grito embora ainda em silêncio, o velho criado grisalho com suíças, Kazimir: vinha correndo com a notícia de que, logo após a curva mais próxima, se ouviu o som de patas pela ponte (um rápido tamborilar na madeira que imediatamente cessara) — garantia de que, no próximo minuto, a caleche devia aparecer rolando na estrada de terra paralela ao parque. Fyodor correu nessa direção — entre os troncos das árvores, sobre o musgo e as bagas de mirtilo — e ali, além do caminho marginal, ao subirem acima do nível dos pinheiros novos, dava para ver a cabeça e as mangas índigo do cocheiro chegando com o ímpeto de uma visão. Ele correu de volta — e o balanço abandonado ainda sacudia no jardim, enquanto, parada junto à varanda, estava a caleche com o tapete de viagem amassado; sua mãe subia os degraus, arrastando atrás de si uma echarpe cor de fumaça — e Tanya se pendurava no pescoço do pai, que com a mão livre tirou do bolso um relógio e checou as horas, porque gostava sempre de saber quanto tempo havia levado para vir da estação.

No ano seguinte, ocupado com trabalho científico, ele não foi a parte alguma, mas na primavera de 1914 já tinha começado a preparar uma nova expedição ao Tibete, junto com o ornitologista Petrov e o botânico inglês Ross. A guerra com a Alemanha repentinamente cancelou tudo isso.

Ele via a guerra como um cansativo obstáculo que ficou mais e mais cansativo com a passagem do tempo. Por alguma razão, seus parentes tinham certeza de que Konstantin Kirillovich se alistaria e partiria à frente de um destacamento: eles o consideravam excêntrico, mas um excêntrico viril. Na verdade, Konstantin Kirillovich, que tinha então mais de cinquenta anos, mas conservava reservas ilimitadas de saúde, agilidade, frescor e força — e talvez estivesse ainda mais disposto do que antes a superar montanhas, tangutes, mau tempo e mil outros perigos impensados pelos que ficavam em casa —, não só ficou em casa como tentou não notar a guerra, e se alguma vez falava a respeito, era apenas com raivoso desprezo. "Meu pai", escreveu Fyodor, lembrando daquele tempo, "me ensinou muito e também treinou meus próprios pensamentos, assim como uma voz ou uma mão é treinada, segundo as regras de sua escola. Eu era, portanto, indiferente à crueldade da guerra; até admitia que pudesse haver algum prazer na precisão de um tiro, no perigo de uma missão de reconhecimento ou na delicadeza de uma manobra; mas esses pequenos prazeres (mais bem representados em outros ramos especiais do esporte como: caça ao tigre, jogo da velha, boxe profissional) de forma alguma compensavam o toque de desanimadora idiotice que é inerente a qualquer guerra."

No entanto, apesar da "posição antipatriótica de Kostya", como descrevia a tia Ksenia (sólida e habilmente usando "altos contatos" para esconder seu marido oficial bem longe, nas sombras da retaguarda), a casa era invadida pelos cuidados de guerra. Elizaveta Pavlovna foi atraída para o trabalho na Cruz Vermelha, o que levou as pessoas a comentarem que sua energia "compensava a ociosidade do marido", estando ele "mais preocupado com insetos asiáticos que com a glória das armas russas", conforme apontou, por sinal, um jornal exacerbado. Discos giravam no fonógrafo com a letra da canção amorosa "A gaivota" remodelada em cáqui (... eis um jovem porta-estandarte com uma divisão de infantaria...); enfermeiras reservadas apareceram na casa, com pequenos cachos de cabelo despontando de suas toucas regulamentares e um jeito hábil de bater os cigarros nas cigarreiras antes de acendê-los; o filho do porteiro fugiu para o fronte e pediram a Konstantin Kirillovich que ajudasse a trazê-lo de volta; Tanya começou a visitar o hospital militar da mãe para dar lições de gramática russa a um plácido oriental barbado, cuja perna era cortada cada vez mais para cima numa tentativa de superar a gangrena; Yvonna Ivanovna tricotou aquecedores de punho de lã; nos feriados, a artista de variedades Feona entretinha os soldados com canções de vaudeville; os funcionários do hospital encenaram *Vova tira o melhor proveito*, uma peça sobre os que fugiam do recrutamento; e os jornais publicavam versículos dedicados à guerra:

És hoje o flagelo deste país amado,
mas de alegria os olhos russos brilharão
quando o Tempo então puser, desapaixonado,
a marca da Vergonha no Átila alemão!

Na primavera de 1915, em vez de se preparar para a mudança de São Petersburgo para Leshino, que parecera sempre tão natural e inabalável quanto a sucessão de meses do calendário, fomos passar o verão em nossa propriedade na Crimeia — na costa entre Yalta e Alupka. Nos gramados em declive do jardim verde celestial, o rosto distorcido de angústia, as mãos tremendo de felicidade, Fyodor capturou borboletas sulistas; mas as genuínas raridades da Crimeia eram encontradas não ali entre as murtas, arbustos cerosos e magnólias, mas muito mais alto, nas montanhas, entre os rochedos de Ai-Petri e os platôs gramados de Yayla; mais de uma vez nesse verão seu pai o acompanhou por uma trilha da floresta de pinheiros a fim de mostrar, com um sorriso de condescendência por aquela ninharia europeia, a satírida descrita pouco antes por Kuznetsov, que voejava de pedra em pedra no lugar exato onde algum sujeito intrépido havia gravado seu nome na rocha. Esses passeios eram a única distração de Konstantin Kirillovich. Não que estivesse melancólico ou irritável (esses epítetos limitados não combinavam com seu estilo espiritual), mas, para falar simplesmente, estava inquieto — e Elizaveta Pavlovna e os filhos tinham plena consciência do que ele queria. De repente, em agosto, foi embora por um breve tempo; para onde ninguém sabia, a não ser os mais próximos; ele escondeu sua jornada tão plenamente que despertaria a inveja de qualquer terrorista viajor; era engraçado e assustador imaginar como a opinião pública russa teria esfregado as mãos se soubesse que, no auge da guerra, Godunov-Cherdyntsev tinha ido a Genebra para encontrar um professor alemão gordo, calvo, extraordinariamente jovial (um terceiro conspirador também estava presente, um velho inglês de óculos de aro fino e terno cinza largo demais), que os dois haviam se encontrado ali, no quartinho de um hotel modesto, para uma consulta científica e que, tendo discutido o necessário (o assunto era uma obra em muitos volumes, teimosamente dando continuidade à publicação em Stuttgart, com a duradoura cooperação de estrangeiros especialistas em grupos distintos de borboletas), eles se despediram pacificamente, cada um na sua direção. Mas essa viagem não o alegrou; ao contrário, o sonho constante que pesava nele até aumentou sua pressão secreta. No outono, voltaram para São Petersburgo; ele trabalhou energicamente no quinto volume de *Borboletas e mariposas do Império Russo*, saía raramente e — enfurecendo-se mais com os erros dos seus oponentes que com os seus próprios — jogava xadrez com Berg, viúvo recente. Ele olhava os jornais diários com um sorriso irônico; punha Tanya sobre os joelhos, depois ficava pensativo, e sua mão no ombro redondo de Tanya ficava pensativa também. Uma vez, em novembro, entregaram-lhe um telegrama na mesa; ele abriu o selo, leu para si mesmo, releu, a julgar pelo segundo movimento dos olhos, deixou-o de lado, bebeu seu vinho do Porto na taça de ouro em forma de concha e, imperturbável, continuou a conversa com um parente pobre nosso, um velhinho com manchas na calva que vinha jantar duas vezes por mês e, invariavelmente, trazia para Tanya balas de caramelo macias e pegajosas — *tyanushki*. Quando os hóspedes foram embora, ele afundou numa poltrona, tirou os óculos, passou a mão aberta de alto a baixo do rosto e anunciou com voz calma que tio Oleg tinha sido gravemente ferido no estômago por um fragmento de granada (enquanto trabalhava num posto de primeiros socorros sob fogo) e imediatamente destacou-se dentro da alma de Fyodor, rasgando-a com suas bordas cortantes, um dos inúmeros diálogos deliberadamente grotescos que os irmãos tinham ainda muito recentemente se permitido à mesa:

TIO OLEG (*em tom de brincadeira*)
Bom, me diga, Kostya, você por acaso viu alguma vez na reserva de *Oquê* o passarinho *Seilá*?
MEU PAI (*seco*)
Não vi, não.
TIO OLEG (*se animando*)

E Kostya, você nunca viu o cavalo-de-popovski picado pela mosca-
-de-popov?

MEU PAI (*ainda mais seco*)

Nunca.

TIO OLEG (*completamente extasiado*)

E você nunca teve ocasião, por exemplo, de observar o movimento
diagonal de enxames entópticos?

MEU PAI (*olhando diretamente nos olhos dele*)

Já tive.

Nessa mesma noite, meu pai partiu à Galícia para buscá-lo, o
trouxe de volta com extrema rapidez e facilidade, obteve os melhores
médicos, Gershenzon, Yezhov, Miller-Melnitski, e ele próprio acompanhou duas operações proteladas. No Natal, seu irmão estava bem.
E, então, alguma coisa mudou no humor de Konstantin Kirillovich:
seus olhos ganharam vida e se amaciaram, ouvia-se de novo aquele
cantarolar musical que ele emitia nas viagens quando estava particularmente satisfeito com alguma coisa, ele saía para algum lugar,
chegavam e partiam certas caixas, e na casa, em torno de toda essa
misteriosa alegria do chefe, podia-se perceber uma crescente sensação
de indefinida e expectante perplexidade — e uma vez, quando Fyodor
estava passando por acaso no salão de recepção dourado, banhado
em sol de primavera, de repente notou a maçaneta de latão da porta
branca que dava para o escritório se mexer sem girar, como se alguém
a manipulasse levemente sem abrir a porta; mas então ela se abriu
silenciosamente e mamãe saiu com um vago sorriso manso no rosto
manchado de lágrimas, fazendo um estranho gesto de impotência ao
passar por Fyodor. Ele bateu na porta do pai e entrou no escritório.
"O que você quer?", Konstantin Kirillovich perguntou, sem erguer
os olhos nem parar de escrever. "Me leve com você", Fyodor pediu.

O fato de que no momento mais alarmante, quando as fronteiras
da Rússia estavam desmoronando e sua carne interna era devorada,
Konstantin Kirillovich de repente planejava abandonar a família por
dois anos para uma expedição científica a um país remoto parecia a
toda gente um grande capricho, uma monstruosa frivolidade. Fa-
lou-se até que o governo "não ia permitir a compra de provisões",

que "o louco" não ia conseguir nem companheiros de viagem, nem animais de carga. Mas, já no Turquestão, o odor peculiar da época mal era perceptível; praticamente o único lembrete foi uma recepção organizada por alguns administradores distritais, à qual os hóspedes levaram presentes para ajudar a guerra (um pouco depois, irrompeu uma rebelião entre os quirguizes e os cossacos por causa da convocação para trabalho de guerra). Pouco antes de sua partida, em junho de 1916, Godunov-Cherdyntsev foi da cidade a Leshino para despedir-se da família. Até o último minuto, Fyodor sonhou que o pai o levaria também — uma vez dissera que o faria assim que o filho completasse quinze anos — "Em qualquer outro momento, eu levaria você", ele disse então, como se esquecesse que, para ele, qualquer momento era sempre *outro* momento.

Em si mesma, essa última despedida não foi em nada diferente das anteriores. Depois da ordenada sucessão de abraços estabelecida por costume familiar, os dois genitores, usando óculos âmbar idênticos com anteolhos de camurça, se instalaram no carro esporte vermelho; a toda volta, postavam-se os criados; apoiado em sua bengala, o velho vigia permaneceu distante junto ao álamo partido pelo raio; o motorista, um homenzinho gordo, pequeno, de uniforme veludoso e perneiras alaranjadas, nuca cor de cenoura e um topázio na mão rechonchuda, com horrível esforço, girou, girou de novo e deu partida ao motor (meu pai e minha mãe começaram a vibrar visivelmente em seus bancos), subiu depressa para trás do volante, mudou uma manivela, calçou as luvas e virou a cabeça. Konstantin Kirillovich acenou, pensativo, e o carro partiu; o fox terrier engasgou nos latidos enquanto se debatia loucamente nos braços de Tanya, virando de costas e girando a cabeça por cima do ombro dela; a traseira vermelha do carro desapareceu na curva e então, de trás dos pinheiros, no alto de uma subida íngreme, gemeu a mudança de marcha, seguida de um confortável murmúrio a se afastar; estava tudo quieto, mas poucos minutos depois da aldeia além do rio veio de novo o ronco triunfante do motor, que gradualmente foi desaparecendo — para sempre. Yvonna Ivanovna, chorando profusamente, foi buscar leite para o gato. Tanya, fingindo cantar, voltou para a casa fresca, ressoante, vazia. A sombra de Zhaksybay, que havia morrido no outono precedente, deslizou do banco da varanda e voltou a seu tranquilo e rico paraíso, repleto de rosas e carneiros.

Fyodor atravessou o parque a pé, abriu o melodioso portão de vime e atravessou a estrada onde os pneus largos tinham acabado de imprimir suas marcas. Uma beleza conhecida, preta e branca, subiu do chão mansamente e descreveu um amplo círculo, participando também da despedida. Ele virou nas árvores e seguiu por um caminho sombreado, onde moscas douradas vibravam trêmulas nos raios de sol transversais, até sua clareira favorita, pantanosa, florida, relumeando úmida ao sol quente. O sentido divino desse campo florestal era expresso por suas borboletas. Todo mundo podia encontrar alguma coisa ali. O campista em férias podia repousar num toco. O artista podia exercitar o olhar. Mas sua verdade seria testada um tanto mais fundo por um amor amplificado por conhecimento: por suas "órbitas bem abertas", parafraseando Púchkin.

Recém-nascidas e por sua coloração fresca, quase alaranjada, as alegres fritilárias Selene flutuavam com uma espécie de encantadora modéstia nas asas estendidas, relumeando de raro em raro como as barbatanas de um peixe-dourado. Uma rabo-de-andorinha já bastante gasta, mas ainda poderosa, com uma ponta de menos e batendo sua panóplia, pousou numa camomila, decolou empurrando-a para trás, e a flor se endireitou e começou a oscilar. Umas poucas Brancas de veias pretas voavam, preguiçosas; uma ou duas estavam manchadas com descargas pupais semelhantes a jatos de sangue (manchas que, nas paredes brancas das cidades, predisseram a nossos ancestrais a queda de Troia, pestes, terremotos). As primeiras argolinhas *Aphantopus* cor de chocolate já voejavam sobre a grama, com um movimento oscilante e incerto, e pálidas partículas subiam dela, caindo de novo imediatamente. Uma ziguenídea azul e vermelha com antenas azuis, parecendo um besouro em roupa de gala, estava pousada numa escabiosa na companhia de um mosquito. Deixando apressadamente o campo para pousar numa folha de amieiro, uma borboleta do repolho fêmea, por meio de uma estranha torção do abdome e um estender de asas achatadas (algo reminiscente de orelhas grudadas para trás), informava a seu muito agitado perseguidor que já estava prenhe. Duas acobreadas de tom violeta (*suas* fêmeas ainda não tinham saído) se enroscaram num voo leve em pleno ar, se aproximaram girando uma em torno da outra, se raspando furiosamente, subindo mais e mais alto — e de repente se separaram, voltando às flores. Uma Amandus azul, ao passar, incomodou uma abelha. Uma fosca fritilária Freya flutuou entre as Selenas. Uma pequena mariposa-esfinge-colibri, com corpo de mamangava e asas vítreas, batendo invisivelmente, do ar experimentou com sua longa probóscide uma flor, voou para outra e depois para uma terceira. Toda essa vida fascinante, através de cuja combinação podia-se avaliar infalivelmente tanto a idade do verão (com uma precisão de quase um dia), a localização geográfica da área e a composição vegetal da clareira — tudo aquilo que era vivo, genuíno e eternamente caro a ele, Fyodor percebeu num instante, com um olhar penetrante e experiente. De súbito, encostou o punho contra o tronco de uma bétula e, inclinando-se sobre ele, caiu em prantos.

Embora seu pai não tivesse interesse em folclore, costumava citar um notável conto de fadas quirguiz. O filho único de um grande *khan*, tendo se perdido durante uma caçada (assim começam os melhores contos de fadas e terminam as melhores vidas), vislumbrou entre as árvores algo a rebrilhar. Aproximou-se e viu que era uma moça recolhendo gravetos, com um vestido feito de escamas de peixe; no entanto, não conseguia concluir o que exatamente tanto rebrilhava, se era o rosto da moça ou o vestido. Indo com ela até sua velha mãe, o jovem príncipe ofereceu dar como dote de noivado uma pepita de ouro no tamanho de uma cabeça de cavalo. "Não", disse a moça, "mas pegue este pequeno saco — é pouco maior que um dedal, como pode ver — vá e encha-o." O príncipe, rindo ("Não cabe nem uma só", ele disse), jogou dentro uma moeda, jogou outra, uma terceira e depois tudo o que tinha consigo. Extremamente intrigado, foi falar com seu pai.

> Reunindo todas as suas riquezas,
> fundos públicos de toda grandeza,
> no saco o bom *khan* tudo jogou;
> agitou, ouviu, e de novo agitou;
> jogou o dobro ele então:
> só o vazio em sua mão!

Procuraram a velha. "Isso", disse ela, "é um olho humano: quer abarcar tudo o que existe no mundo"; então pegou uma pitada de terra e encheu o saco na hora.

A última prova confiável referente a meu pai (sem contar suas cartas) eu achei em algumas anotações do missionário francês (e experimentado botanista) Barraud, que no verão de 1917 encontrou com ele por acaso nas montanhas do Tibete, perto da aldeia de Chetu. "Fiquei surpreso de ver", escreve Barraud, (*Exploration catholique* para 1923), "um cavalo branco selado pastando num campo da montanha. Um homem de roupa ocidental apareceu, descendo das rochas; ele me cumprimentou em francês e apresentou-se como o famoso viajante russo Godunov. Eu não encontrava um europeu havia oito anos. Passamos vários minutos deliciosos na relva à sombra de um rochedo, discutindo uma fina questão de nomenclatura relacionada ao nome científico de uma minúscula íris azul-claro que crescia nas proximidades, e então, trocando uma despedida amigável, nos separamos, ele para os companheiros que o chamavam para uma ravina, eu para o padre Martin que estava morrendo numa hospedaria distante."

Para além isso, há névoa. A julgar pela última carta de meu pai, breve como sempre, mas excepcionalmente alarmada, que nos foi entregue por milagre no começo de 1918, logo depois do encontro com Barraud ele começou a se preparar para a viagem de volta. Tendo ouvido falar da revolução, ele pediu nessa carta que nos mudássemos para a Finlândia, onde nossa tia tinha uma casa de campo, e escreveu que, pelos seus cálculos, estaria em casa "com a máxima pressa" no verão. Esperamos por ele dois verões, até o inverno de 1919. Moramos parte desse tempo na Finlândia, parte em São Petersburgo. Nossa casa tinha sido saqueada havia muito tempo, mas o museu de meu pai, o coração da casa, como se retivesse a invulnerabilidade inerente a objetos sagrados, sobreviveu inteiro (passando mais tarde à jurisdição da Academia de Ciências), e essa alegria compensava inteiramente o fim das cadeiras e mesas familiares desde a infância. Em São Petersburgo, moramos em dois cômodos no apartamento de minha avó. Por uma razão ou outra, ela foi levada duas vezes para interrogatório. Pegou um resfriado e morreu. Poucos dias depois disso, em uma daquelas terríveis noites de inverno, famintas e desesperadas, que desempenharam um papel tão importante na desordem civil, recebi a visita de um jovem desconhecido, de pincenê, pouco atraente e pouco comunicativo, que me pediu para procurar imediatamente seu tio, o geógrafo Berezovski. Ele não sabia ou não queria contar o motivo, mas de repente tudo, de alguma forma, desmoronou dentro de mim e comecei a viver mecanicamente. Hoje, vários anos depois, às vezes encontro esse Misha na livraria russa de Berlim, onde ele trabalha, e cada vez que o vejo, embora falemos pouco, sinto um arrepio quente me percorrer a espinha, e todo meu ser revive nossa breve estrada lado a lado. Minha mãe não estava em casa quando esse Misha veio (esse nome eu também haverei de lembrar para sempre), mas a encontramos ao descer a escada; como não conhecia o rapaz que me acompanhava, perguntou ansiosamente para onde eu estava indo. Respondi que ia buscar uma máquina de cortar cabelo de que tínhamos falado uns dias antes. Ao longo dos anos, muitas vezes sonhei com isso, com esse inexistente cortador de cabelo, que assumia as formas mais inesperadas — montanhas, plataformas de desembarque, esquifes, realejos —, mas, com um instinto de sonhador, eu sabia que era mesmo um cortador de cabelo. "Espere", minha mãe exclamou, mas já estávamos lá embaixo. Caminhamos pela rua depressa e em silêncio, ele ligeiramente à minha frente. Olhei as máscaras das casas, as corcovas de neve, e tentei me adiantar ao destino imaginando comigo mesmo (e assim destruindo previamente sua possibilidade) a tristeza ainda incompreendida, negra, fresca que eu levaria de volta para casa. Entramos numa sala que me lembro ser inteiramente amarela, onde um velho com a barba em ponta, com jaqueta militar e botas de montaria me informou sem preâmbulos que, segundo informações ainda não comprovadas, meu pai não estava mais vivo. Minha mãe esperava por mim na rua.

Durante os seis meses seguintes (até tio Oleg nos levar quase à força para o exterior), tentamos descobrir como e onde ele havia morrido — e se realmente havia morrido. Além do fato de que acontecera na Sibéria (a Sibéria é um lugar grande!) quando voltava da Ásia Central, não descobrimos absolutamente nada. Será possível que esconderam de nós o local e as circunstâncias de sua morte misteriosa e continuam escondendo até hoje? (A biografia dele na Enciclopédia

Soviética termina simplesmente com as palavras: *Faleceu em 1919*.)
Ou as contradições das vagas provas efetivamente impedem qualquer
explicitação nas respostas? Uma vez em Berlim, soubemos de mais
uma ou duas coisas de várias fontes e várias pessoas, mas esses suple-
mentos acabaram sendo nada mais que novas camadas de incerteza
em lugar de lampejos da verdade. Duas versões vacilantes, ambas de
natureza mais ou menos dedutiva (e nada nos revelando, além disso,
sobre o ponto mais importante: como exatamente ele morreu — se
ele morreu), emaranhavam-se uma na outra e eram mutuamente con-
traditórias. Segundo uma delas, a notícia de sua morte fora trazida a
Semipalatinsk por um quirguiz; segundo a outra, foi trazida por um
cossaco a Ak-Bulat. Qual era a rota de meu pai? Ele estava indo de
Semirechie para Omsk (pela estepe de grama-pluma, com o guia em
um cavalo malhado) ou da Pamir para Orenburg através da região
de Turgay (pela estepe arenosa, com o guia num camelo, ele num
cavalo com estribo de casca de vidoeiro, de poço em poço, evitando
aldeias e ferrovias)? Como atravessou a tormenta da guerra camponesa,
como se manteve livre dos Vermelhos? Não consigo desvendar nada.
E depois, que tipo de *shapka-nevidimka*, "capa da invisibilidade",
podia servir nele, quem teria vestido até mesmo isso num ângulo
descuidado? Terá se escondido em cabanas de pescadores (como supõe
Krüger) no posto "Aralskoye more" [mar de Aral], entre os impassí-
veis velhos-crentes dos Urais? E se morreu, como morreu? "Qual é a
sua profissão?", Pugachev perguntou ao astrônomo Lowitz. "Contar
estrelas." Em seguida, o enforcaram para que ele pudesse estar mais
perto das estrelas. Ah, como ele morreu? De doença? De exposição à
intempérie? De sede? Por mão humana? E se — pela mão de alguém,
pode essa mão ainda estar viva, pegando o pão, erguendo um copo,
caçando moscas, mexendo, apontando, chamando, ficando imóvel,
apertando outras mãos? Ele rebateu o ataque durante muito tempo?
Guardou uma última bala para si mesmo? Foi levado vivo? Terá sido
transportado para o vagão Pullman no quartel-general de algum destacamento punitivo (posso ver sua horrenda locomotiva alimentada
a peixe seco), sob suspeita de ser um espião Branco (e não sem razão:
ele conhecia bem o general Branco Lavr Kornilov, com quem uma
vez, na juventude, tinha viajado pela Estepe do Desespero e que nos

últimos anos encontrara na China)? Teria sido fuzilado no banheiro feminino de alguma estação abandonada (espelho quebrado, felpa esfarrapada) ou o levaram para alguma horta de cozinha uma noite escura e esperaram a lua espiar no céu? Como será que ele esperou por eles no escuro? Com um sorriso de desdém? E se uma mariposa esbranquiçada tivesse esvoaçado entre as bardanas no escuro ele teria, mesmo naquele momento, eu *sei*, acompanhado seu voo com aquele mesmo olhar de encorajamento com que, muitas vezes após o chá da tarde, fumando seu cachimbo em nosso jardim de Leshino, ele saudava os esfingídeos rosados que experimentavam nossos lilases.

Mas às vezes tenho a impressão de que tudo isso é um rumor bobo, uma lenda cansada, criada a partir daqueles suspeitos grânulos de conhecimento aproximado que eu próprio uso quando meus sonhos se arrastam por regiões que conheço apenas por livros ou por diz que diz, de tal modo que a primeira pessoa respeitável a ver, bem na hora, os lugares mencionados se recusará a reconhecê-los, fará piada com o exotismo de meus pensamentos, as colinas de minha tristeza, os precipícios de minha imaginação, e encontrará em minhas conjeturas tanto erros topográficos como anacronismos. Tanto melhor. Uma vez que o rumor da morte de meu pai é uma ficção, não decorre, assim, que sua própria volta da Ásia esteja meramente ligada em forma de coda a essa ficção (como aquela pipa que na história de Púchkin o jovem Grinyov fez com um mapa), e que talvez, se meu pai de fato partiu nessa viagem de volta (e não foi despedaçado num abismo, nem aprisionado por monges budistas), ele tenha escolhido uma estrada completamente diferente? Cheguei a ouvir conjeturas (que soavam como alertas atrasados) de que ele podia muito bem ter procedido para o oeste até Ladakh com o intuito de seguir para o sul e entrar na Índia, ou por que não poderia ele ter forçado o rumo até a China e, de lá, até qualquer navio para qualquer porto do mundo?

"Seja de um jeito ou de outro, mãe, todo o material ligado à vida dele está agora coletado em minha casa. De pilhas de rascunhos, longos excertos manuscritos de livros, indecifráveis anotações numa miscelânea de folhas, observações a lápis espalhadas na margem de outros escritos meus; de frases cortadas pela metade, palavras inacabadas e nomes já esquecidos imprevidentemente abreviados, escondidos das vistas entre meus papéis; da frágil estática de informação irrecuperável, já destruída em alguns lugares por um movimento rápido demais de pensamento, que por sua vez se dissolve no nada; de tudo isso tenho agora de fazer um livro lúcido, organizado. Por vezes, sinto que em algum lugar ele já foi escrito por mim, que está aqui, escondido nessa selva de tinta, que tenho apenas de liberá-lo parte por parte da escuridão, e as partes se encaixarão por si mesmas... Mas de que me adianta isso quando esse trabalho de liberação agora me parece tão difícil e complicado, e quando estou com tanto medo de sujá-lo com uma frase repentina, ou esgotá-lo ao passar para o papel, que já duvido que o livro venha a ser escrito. Você mesma me escreveu sobre as exigências associadas a essa tarefa. Mas agora sou da opinião de que eu as atenderia mal. Não se zangue comigo pela fraqueza e covardia. Algum dia, lerei para você, ao acaso, excertos desconjuntados e incoerentes do que escrevi: como se parece pouco com meu sonho majestoso! Todos esses meses, enquanto fazia minha pesquisa, tomando notas, relembrando e pensando, sentia-me plenamente feliz: tinha certeza de que algo de uma beleza sem precedentes estava se formando, de que minhas notas eram apenas pequenos objetos do trabalho, marcas experimentais, cavilhas, e de que o mais importante se desenvolvia e se criava por si, mas agora vejo, como se acordasse no chão, que além dessas notas pífias não há nada. O que devo fazer? Sabe, quando leio os livros dele ou de Grum e escuto seu ritmo fascinante, quando estudo a posição das palavras que não podem ser nem substituídas nem rearranjadas, me parece um sacrilégio pegar tudo isso e diluir comigo. Se quiser, eu admito: sou mesmo um mero buscador de aventuras verbais, e me desculpe se me recuso a caçar minhas fantasias no terreno de coleta de meu próprio pai. Seria impossível, percebi, permitir que a imagem de suas viagens germinasse sem contaminá-las com uma espécie de poetização secundária, que se afasta cada vez mais daquela poesia verdadeira com a qual a experiência viva desses receptivos, notáveis e castos naturalistas dotaram sua pesquisa."

"Claro que entendo e apoio", respondeu sua mãe. "É uma pena que não consiga resolver, mas é claro que não deve forçar a si mesmo. Por outro lado, estou convencida de que você exagera um pouco. Estou convencida de que, se pensar menos em estilo, em dificuldades, no clichê do poetastro que 'com um beijo começa a morte do romance' etc., vai produzir algo muito bom, muito verdadeiro e muito interessante. Se você imaginar seu pai lendo o seu livro e se incomodando, e se isso envergonhar você, então, é claro, desista, desista. Mas sei que não seria assim, sei que diria a você: muito bem. Mais ainda: estou convencida de que algum dia você ainda irá escrever esse livro."

O estímulo externo para cancelar seu trabalho foi fornecido a Fyodor por sua mudança para outras acomodações. A favor de sua locadora, deve ser dito que ela o aguentou por muito tempo, por dois anos. Mas, quando lhe foi oferecida a chance de obter um inquilino ideal em abril — uma solteirona velhusca que se levantava às sete e meia, trabalhava num escritório até as seis, jantava com a irmã e se retirava às dez —, *frau* Stoboy solicitou a Fyodor que encontrasse outro teto dentro de um mês. Ele protelou sua procura, não só por preguiça e uma tendência otimista de dotar certo prazo com a forma arredondada da eternidade, mas também porque achava insuportavelmente desagradável invadir mundos estranhos com o propósito de descobrir um lugar para si. Mme. Chernishevski, porém, prometeu ajudar. Março estava acabando quando, uma noite, ela lhe disse:

"Acho que tenho alguma coisa para você. Uma vez você encontrou aqui Tamara Grigorievna, a dama armênia. Ela ocupava um quarto no apartamento de uma família russa, mas agora quer passá-lo para alguém."

"O que significa que é um quarto ruim se ela quer se livrar dele", Fyodor observou, descuidado.

"Não, é porque ela simplesmente vai voltar para o marido. No entanto, se você não gosta dele de antemão, não tomo nenhuma providência."

"Não tinha a intenção de ofender", disse Fyodor. "Gosto muito da ideia, gosto mesmo."

"Naturalmente, não é garantido que o quarto já não esteja prometido, mas mesmo assim aconselho você a telefonar para ela."

"Ah, claro", disse Fyodor.

"Como conheço você", continuou mme. Chernishevski, já virando as páginas de um caderno preto, "e como sei que nunca vai ligar sozinho..."

"Faço isso amanhã logo que acordar", disse Fyodor.

"... como não vai fazer isso nunca — Uhland 48-31 —, ligo eu mesma. Falo agorinha e você pergunta tudo a ela."

"Pare, espere um minuto", Fyodor disse ansioso. "Não faço ideia do que devo perguntar."

"Não se preocupe, ela mesma fala." E mme. Chernishevski, repetindo o número baixinho, rapidamente estendeu a mão para a mesinha com o telefone.

Assim que pôs o fone no ouvido, seu corpo assumiu a postura telefônica usual no sofá; de uma atitude sentada ela deslizou para uma atitude reclinada, ajustou a saia sem olhar, e os olhos azuis vagavam de cá para lá enquanto esperava a conexão. "Seria bom...", ela começou a dizer, mas a moça atendeu e mme. Chernishevski disse o número com uma espécie de exortação abstrata em seu tom, imprimindo um ritmo especial na pronúncia dos algarismos — como se 48 fosse a tese e 31 a antítese —, acrescentando, em forma de síntese: *ja wohl*.

"Seria bom", ela voltou a falar para Fyodor, "que ela fosse com você até lá. Tenho certeza de que você nunca na vida...". De repente, com um sorriso, baixando os olhos, movendo um ombro gordo e cruzando ligeiramente as pernas estendidas: "Tamara Grigorievna?", ela perguntou com outra voz, suave e convidativa. Deu um leve sorriso ao ouvir e beliscou uma dobra da saia. "Sou eu, sim, tem razão. Achei que, como sempre, você não ia me reconhecer. Tudo bem — digamos que várias vezes." Ajustando o tom ainda mais confortável: "Bom, quais as novidades?". Piscando, ouviu quais eram as novidades; como num parênteses, empurrou uma caixa de bombons de pasta de fruta na direção de Fyodor; em seguida, os artelhos de seus pés pequenos, em chinelos de veludo gastos, começaram a se esfregar suavemente uns contra os outros; pararam. "Claro, ouvi dizer, mas achei que ele tinha um consultório permanente." Ela continuou a ouvir. No silêncio, dava para distinguir o martelar infinitamente pequeno da voz do outro mundo. "Bom, isso é ridículo", disse Alexandra Yakovlevna, "ah, é ridículo". ... "Então é assim que estão as coisas para você", resmungou depois de um momento, e então, a uma pergunta rápida que para Fyodor soou como um microscópico latido, respondeu com um suspiro: "É, mais ou menos, nada de novo. Alexander Yakovlevich está bem, sempre ocupado, está num concerto agora, e eu não tenho nada para contar, nada especial. Neste momento, está aqui comigo... Bom, claro, é divertido para ele, mas você não imagina como às vezes eu sonho ir embora com ele para algum lugar, mesmo que seja só por um mês. Como disse? Ah, qualquer lugar. Em termos gerais, as coisas ficam um pouco deprimentes às vezes, mas fora isso, nada de novo". Lentamente ela inspecionou a palma da mão e ficou assim, com a mão estendida para a frente. "Tamara Grigorievna, está aqui comigo o Godunov-Cherdyntsev. A propósito, ele está procurando um quarto. Esse seu pessoal será... Ah, que maravilha! Espere um pouco, vou passar o telefone para ele..."

"Como vai?", disse Fyodor, inclinando-se para o telefone. "Alexandra Yakovlevna me disse..."

Forte, a ponto de fazer cócegas em seu ouvido médio, uma voz extraordinariamente viva e distinta dominou a conversa. "O quarto ainda não está alugado", começou a quase desconhecida Tamara Grigorievna, "e eles gostariam muito de ter um inquilino russo. Eu lhe digo quem são. O nome é Shchyogolev, o que não quer dizer nada para você, mas, na Rússia, ele era promotor público, um cavalheiro muito, muito culto e agradável... E tem a esposa dele, que também é extremamente gentil, e uma filha do primeiro casamento. Agora escute: eles moram na Agamemnonstrasse, 15, um bairro maravilhoso, num apartamento pequeno, mas *hoch-modern*, com aquecimento central, banheiro, em resumo, tudo o que você possa querer. O quarto em que você vai morar é delicioso, mas [com uma entonação retraída] dá para o pátio, o que, claro, é um pequeno defeito. Eu lhe digo quanto paguei, paguei trinta e cinco marcos por mês. É sossegado e tem um sofá-cama bom. Então, é isso. O que mais posso dizer? Fazia as refeições lá e devo confessar que a comida é excelente, excelente, mas você mesmo tem de perguntar o preço. Eu estou fazendo regime. Vamos fazer o seguinte. Tenho de estar lá amanhã, por volta de onze e meia, eu sou muito pontual, então vá você também."

"Espere um segundo", disse Fyodor (para quem levantar às dez era o equivalente a levantar às cinco para todo mundo). "Espere um segundo. Eu acho que amanhã... Talvez fosse melhor se eu..."

Ele queria dizer: "Desse uma ligada para a senhora", mas mme. Chernishevski, que estava sentada perto, lançou-lhe um tal olhar que, engolindo em seco, ele imediatamente se corrigiu: "É, acho que no geral eu posso, sim", disse, sem animação, "obrigado, estarei lá".

"Bom, então [num tom narrativo] é na Agamemnonstrasse, 15, terceiro andar, com elevador. Estamos combinados. Até amanhã, então, vai ser uma satisfação encontrar você."

"Até logo", disse Fyodor Konstantinovich.

"Espere", exclamou Alexandra Yakovlevna, "por favor, não desligue."

Na manhã seguinte, quando chegou ao endereço estipulado — irritado, com a cabeça turva e funcionando apenas pela metade (como se a outra metade ainda não estivesse aberta por ser tão cedo) —, aconteceu de Tamara Grigorievna não só não aparecer como ter ligado para avisar que não iria. Ele foi recebido por Shchyogolev em pessoa (não havia mais ninguém em casa), um homem volumoso e roliço, cuja silhueta fazia lembrar uma carpa, de uns cinquenta anos, com um daqueles rostos russos abertos cuja abertura era quase indecente. Era um rosto bem cheio e de formato oval, com um pequeno tufo preto logo abaixo do lábio inferior. Tinha um notável estilo de cabelo que também era um tanto indecente: cabelo preto fino, bem alisado e uma risca que não ficava exatamente no meio da cabeça, mas também não era de lado. Orelhas grandes, olhos masculinos simples, nariz grosso amarelado e um sorriso úmido completavam a impressão geral agradável. "Godunov-Cherdyntsev", repetiu, "claro, claro, um nome extremamente conhecido. Uma vez conheci... seu pai não é Oleg Kirillovich? Aha, tio. Onde ele está morando agora? Na Filadélfia? Hum, é bem longe. Veja só onde nós, emigrados, vamos parar! Incrível. E você tem contato com ele? Sei, sei. Bom, não deixe para amanhã o que pode fazer hoje, ha, ha! Venha. Vou mostrar o seu quarto."

À direita do corredor, havia uma curta passagem que imediatamente virava para a direita de novo, em ângulo reto, para se transformar num outro embrião de corredor que terminava na porta meio aberta da cozinha. À esquerda, havia duas portas, a primeira das quais, com uma respiração enérgica, Shchyogolev abriu. Virando a cabeça, imobilizava-se ali à frente um pequeno quarto retangular com paredes

ocre, uma mesa junto à janela, um sofá numa parede, um guarda-
-roupa na outra. Para Fyodor, pareceu odioso, hostil, completamente
"imanejável" em relação a sua vida, como se estivesse posicionado
vários graus fatais longe da verdade (com um raio de sol empoeirado
representando a linha pontilhada que marca a inclinação de uma
figura geométrica ao girar) em relação àquele retângulo imaginário,
dentro de cujos limites ele talvez conseguisse dormir, ler e pensar; mas,
mesmo se por um milagre conseguisse acomodar sua vida para caber
no ângulo daquela caixa tortuosa, mesmo assim a mobília, a cor, a
vista para o pátio asfaltado, tudo ali seria insuportável, e ele decidiu
imediatamente que não ficaria com o quarto.

"Bom, é isso", disse Shchyogolev, animado, "e aqui ao lado fica
o banheiro. Precisa de uma limpeza. Agora, se não se importa..." Ele
se chocou violentamente com Fyodor ao se virar no estreito corredor
e, emitindo um "Och!" de desculpas, agarrou-o pelo ombro. Voltaram para o hall de entrada. "Aqui é o quarto da minha filha, aqui o
nosso", disse ele, apontando duas portas, à direita e à esquerda. "E
aqui a sala de jantar", e, abrindo uma porta nos fundos, segurou-a
nessa posição durante vários segundos, como se fizesse uma foto de
exposição prolongada. Fyodor passou os olhos pela mesa, uma tigela
de nozes, um aparador... Junto à janela do lado oposto, perto de uma
mesinha de bambu, havia uma poltrona de espaldar alto: estendido
em seus braços, deitado em aéreo repouso, um vestido de gaze, azul
pálido e muito curto (como se usava então em bailes), e na mesinha
rebrilhavam uma flor prateada e uma tesoura.

"É isso", disse Shchyogolev, fechando cuidadosamente a porta,
"como vê, acolhedor, doméstico; tudo o que nós temos é pequeno,
mas temos tudo. Se quiser comer conosco, será bem-vindo, conver-
saremos com minha mulher a respeito; aqui entre nós, ela não é má
cozinheira. Como você é amigo da senhora Abramov, vamos cobrar
a mesma coisa que cobrávamos dela, não vamos maltratar você, vai
ficar mais confortável que um bebê no colo da mãe", e Shchyogolev
riu, satisfeito.

"É, acho que o quarto é bom para mim", disse Fyodor, tentando
não olhar para ele. "Na verdade, eu gostaria de me mudar na quarta-
-feira."

"Como quiser," disse Shchyogolev.

Você já sentiu, leitor, aquela tristeza sutil de se despedir de um local de que não gosta? Não parte o coração como nas despedidas de objetos queridos. O olhar úmido não vaga controlando uma lágrima, como se quisesse levar embora com ele um reflexo trêmulo do local abandonado; mas, no melhor canto de nossos corações, sentimos pena das coisas que não trazemos à vida com nosso alento, que mal notamos e agora deixamos para sempre. Esse inventário já morto não ressuscitará mais tarde na memória: a cama não nos acompanhará, se sustentando sozinha; o reflexo na penteadeira não se erguerá de seu caixão; só a vista da janela perdurará um pouco, como a fotografia desbotada, cravada numa cruz de cemitério, de um cavalheiro de cabelo bem cortado, olhos firmes, colarinho engomado. Gostaria de me despedir de você, mas você nem ouviria minha saudação. Mesmo assim, adeus. Vivi aqui exatamente dois anos, aqui pensei sobre muitas coisas, as sombras de minha caravana passaram por esse papel de parede, lírios cresceram da cinza de cigarro no tapete — mas agora a jornada terminou. As torrentes de livros voltaram ao oceano da biblioteca. Não sei se um dia lerei os rascunhos e excertos amontoados sob o forro de minha mala, mas sei que nunca mais olharei aqui dentro.

Fyodor sentou em cima da mala e fechou-a; circulou pelo quarto; deu uma conferida final nas gavetas e não encontrou nada: cadáveres não roubam. Uma mosca subiu pela vidraça, escorregou impacientemente, meio caiu, meio voou para baixo, como se sacudisse alguma coisa, e começou a subir de novo. A casa em frente, que ele encontrara com andaimes no abril anterior, agora evidentemente precisava de reparos outra vez: havia uma pilha de tábuas preparadas na calçada. Ele retirou suas coisas, foi se despedir da senhoria, pela primeira e última vez apertou sua mão, que era seca, forte e fria, devolveu as chaves e saiu. A distância da velha residência para a nova era mais ou menos a mesma que, em algum lugar da Rússia, a distância entre a avenida Púchkin e a rua Gógol.

Capítulo três

Toda manhã, logo após as oito horas, ele era guiado para fora de seu sono pelo mesmo som detrás da parede fina, a sessenta centímetros de sua têmpora. Era o tinir límpido, de fundo arredondado, de um copo sendo recolocado numa prateleira de vidro; em seguida, a filha do senhorio pigarreava. Depois vinha o espasmódico *trk-trk* de um cilindro giratório, depois o som de água da descarga, engasgado, gemido, que cessava de repente, depois o bizarro chiado interno de uma torneira de banho que, finalmente, se transformava no farfalhar de um chuveiro. Um trinco de segurança estalava e passos se afastavam diante de sua porta. Da direção oposta, vinham outros passos, escuros e pesados, ligeiramente arrastados: era Marianna Nikolavna correndo à cozinha para fazer café para a filha. Era possível ouvir o gás primeiro se recusando a acender com estouros ruidosos; domado, ardia e chiava de maneira constante. Os primeiros passos voltavam, agora de salto alto; na cozinha começava uma conversa rápida, raivosamente agitada. Do mesmo modo que algumas pessoas falam com pronúncia sulista ou de Moscou, assim mãe e filha invariavelmente falavam uma com a outra com as inflexões de uma briga. As vozes eram parecidas, ambas escuras e macias, mas uma mais áspera e um tanto espasmódica, a outra mais livre e pura. No rumor da mãe havia uma súplica, uma súplica até culpada; na da filha, respostas cada vez mais curtas que ecoavam hostilidade. Como acompanhamento dessa indistinta tempestade matinal, Fyodor Konstantinovich adormecia de novo, pacificamente.

Através do sono leve e entrecortado, distinguia sons de limpeza; a parede de repente ia cair em cima dele: isso queria dizer que o cabo de um esfregão fora encostado inseguramente em sua porta. Uma vez por semana, a esposa do zelador, gorda, respiração pesada, cheirando a suor amanhecido, vinha com um aspirador e então abriam-se as portas do inferno, o mundo era estilhaçado, um rangido infernal penetrava a própria alma, a destruía e arrancava Fyodor da cama, do quarto, da casa. Mas geralmente, por volta das dez horas, era a vez de Marianna Nikolavna usar o banheiro, e depois dela vinha, aspirando com ruído o muco nasal ao entrar, Ivan Borisovich. Ele dava a descarga até cinco vezes, mas não usava o chuveiro, contentando-se com o murmúrio da pequena pia. Por volta das dez e meia, tudo na casa se aquietava: Marianna Nikolavna saíra para as compras, Shchyogolev para seus sombrios negócios. Fyodor Konstantinovich descia por um abismo abençoado onde as remanescências calorosas de seu sono se misturavam a uma sensação de felicidade, tanto pelo dia anterior como pelo ainda por vir.

Muitas vezes agora ele começava o dia com um poema. Deitado de costas com o primeiro satisfatório, saboroso, grande e duradouro cigarro entre os lábios ressecados, ele novamente, depois de uma pausa de quase dez anos, estava compondo aquele tipo específico de poema do qual é feito um presente à noite, de forma a se refletir na onda que lhe deu origem. Comparou a estrutura desses versos com a de outros. As palavras dos outros tinham sido esquecidas. Só aqui e ali entre as letras apagadas preservaram-se algumas rimas, ricas intercaladas com pobres: beijar-celebrar, encarrilha-tília, se vai-os ais. Durante aquele décimo sexto verão de sua vida, ele havia pela primeira vez passado a escrever poesia a sério; antes disso, a não ser por maus versos entomológicos, não produzira nada. Mas uma certa atmosfera de composição era há muito conhecida e familiar a ele: em casa, todo mundo escrevia alguma coisa — Tanya num pequeno álbum com chave; minha mãe compunha despretensiosos poemas em prosa sobre a beleza da floresta nativa; meu pai e tio Oleg faziam versos ocasionais — e essas ocasiões não eram pouco frequentes; e tia Ksenya — ela escrevia poemas apenas em francês, temperamentais e "musicais", com total desdém pelas sutilezas do verso silábico; suas produções eram muito populares na sociedade de São Petersburgo, principalmente o longo poema "La femme et la Panthère" [A mulher e a pantera] e também uma tradução de Apukhtin, "Um par de baios", que tinha uma estrofe assim:

Le gros grec d'Odessa, le juif de Varsovie,
Le jeune lieutenant, le général âgé,
Tous ils cherchaient en elle un peu de folle vie,
Et sur son sein rêvait leur amour passager.

[O gordo grego de Odessa, o judeu de Varsóvia,
o jovem tenente, o general bem velho,
todos buscavam nela a louca vida que vivia
e seu amor passageiro sonhavam em seu seio.]

Tinha existido, afinal, um poeta "de verdade", o primo de minha mãe, príncipe Volkhovskoy, que publicara em papel aveludado e impressão requintada um grosso e caro volume de poemas langorosos, *Auroras e estrelas*, todos em vinhetas vinosas, com uma fotografia do autor na frente e uma monstruosa lista de erros de impressão nas costas. Os versos eram divididos em departamentos: Noturnos, Motivos outonais, Os acordes do amor. A maioria deles ornada com um lema, e abaixo de todos a data e o local exatos: *Sorrento, Ai-Todor* ou *No trem*. Não me lembro nada dessas obras, a não ser a muito repetida palavra "transporte": que mesmo na época me soava como um meio de se deslocar de um lugar a outro.

Meu pai tinha pouco interesse em poesia, abrindo uma exceção apenas para Púchkin: ele o conhecia como algumas pessoas conhecem a liturgia, e gostava de declamar seus poemas enquanto caminhava ao ar livre. Às vezes penso que um eco de "O profeta" de Púchkin vibra, ainda hoje, em algum ressonante e receptivo desfiladeiro asiático. Me lembro que ele citava também o incomparável "Borboleta", de Fet, e "Agora as vagas sombras azuis se fundem", de Tyutchev; mas aquilo de que nossos parentes gostavam, a poesia do final do século passado, aguada, fácil de memorizar, esperando avidamente ser musicada como cura para a anemia verbal, ele ignorava completamente. Quanto ao verso de vanguarda, ele considerava lixo, e em sua presença eu não externava meu entusiasmo nessa esfera. Uma vez, quando, com um sorriso de ironia já preparado, ele folheou os livros de poetas espalhados sobre minha mesa e quis a sorte que topasse com o pior exemplo do melhor deles (aquele famoso poema de Blók em que aparece um impossível, insuportável *dzhentelmen* representando Edgar Poe, e em que *kovyor*, tapete, rima com o inglês "sir" transliterado como *syor*), fiquei tão incomodado que depressa enfiei na mão dele *A taça espumante a trovejar*, de Severyanin, para que pudesse descarregar melhor sua alma a respeito. Em geral, considero que, se ele esquecesse, naquele momento, o tipo de poesia que eu tolamente chamava de "classicismo" e tentasse sem preconceito captar o que eu tanto amava, certamente entenderia o novo encanto que aparecera nos traços da poesia russa, um encanto que eu sentia mesmo em suas mais absurdas manifestações. Mas, quando hoje computo o que restou para mim dessa nova poesia, vejo que muito pouco sobreviveu, e o que ficou é precisamente uma continuação natural de Púchkin, enquanto a casca de miscelâneas, a impostura infeliz, as máscaras da mediocridade e as muletas do talento — tudo que meu amor um dia perdoou ou viu sob uma luz especial (e isso parecia a meu pai ser a verdadeira face da inovação — "a careta do modernismo", como ele expressava) é agora tão antiquado, tão esquecido como nem mesmo os versos de Karamzin são esquecidos; e, quando na estante de alguém encontro essa ou aquela coletânea de poemas que um dia viveu comigo como irmã, sinto nela apenas o que meu pai sentia então sem de fato conhecê-la. O erro dele não era descartar toda "poesia moderna" indiscriminadamente, mas se recusar a detectar nela o longo raio vivificador de seu poeta favorito.

Eu a conheci em junho de 1916. Ela estava com vinte e três anos. O marido, um parente distante nosso, estava no fronte. Ela morava em uma pequena *villa* dentro dos limites de nossa propriedade e nos visitava sempre. Por causa dela, quase esqueci as borboletas e ignorei totalmente a revolução. No inverno de 1917, ela foi embora para Novorossisk — e foi só em Berlim que eu acidentalmente soube de sua morte terrível. Ela era uma coisinha magra, com cabelo castanho num penteado alto, um ar alegre nos grandes olhos negros, covinhas nas faces pálidas e uma boca terna que maquiava com um frasco de perfumado líquido vermelho-rubi, cuja tampa de vidro passava nos lábios. Em todos os seus modos havia algo que eu considerava adorável a ponto de chorar, algo indefinível na época, mas que agora me parece uma espécie de patética despreocupação. Ela não era inteligente, era pouco instruída e banal, isto é, o seu exato oposto... não, não, não quero dizer absolutamente que a amava mais que a você, ou que aqueles encontros eram mais felizes que meus encontros noturnos com você... mas todas as limitações dela ficavam escondidas em uma tal maré de fascinação, ternura e graça, tal encanto fluía de sua mais passageira e irresponsável palavra, que eu estava disposto a olhar para ela e ouvi-la eternamente — mas o que aconteceria agora se ela agora ressuscitasse — eu não sei, você não devia fazer perguntas idiotas. À noite, eu costumava acompanhá-la até em casa. Essas caminhadas serão convenientes algum dia. Em seu quarto, havia uma pequena imagem da família do tsar e um odor turguenieviano de heliotrópio. Eu costumava voltar muito depois da meia-noite (meu tutor, felizmente, voltara para a Inglaterra), e jamais esquecerei aquela sensação de leveza, orgulho, arrebatamento e louca fome noturna (eu sentia vontade de comer principalmente coalhada com soro de leite e pão preto) enquanto caminhava por nossa avenida fiel e até lisonjeiramente sussurrante em direção à casa escura (só minha mãe estava com a luz acesa) e ouvia o latido dos cães de guarda. Foi também aí, então, que começou minha doença versificadora.

Às vezes, eu me sentava para almoçar, sem ver nada, meus lábios se movendo — e a meu vizinho que pedia o açucareiro eu passava o meu copo ou o anel de guardanapo. Apesar do desejo inexperiente de transpor em verso o murmúrio de amor que me preenchia (eu bem me lembro de tio Oleg dizendo que, se algum dia publicasse um volume de poesia, certamente teria por título *Murmúrio do coração*), eu já havia equipado a minha própria forja de palavras, embora pobre e primitiva; assim, ao selecionar adjetivos, eu já estava consciente de que "incontáveis" ou "intangível" preencheriam de maneira simples e conveniente a lacuna que ansiava por cantar, da cesura à palavra que fecha o verso ("Pois nós sonharemos incontáveis sonhos"); e também que para essa última palavra podia-se tomar mais um adjetivo, de apenas duas sílabas, para combinar com a longa peça central ("De beleza intangível e terna"), uma fórmula melódica que, por sinal, teve um efeito bastante desastroso tanto na poesia russa como na francesa. Eu sabia que adjetivos práticos de tipo anfibráquico (um trissílabo que se visualiza na forma de um sofá com três almofadas, a do meio com uma depressão) eram legião em russo — e quantos "tristônho", "catívo" e "rebélde" eu desperdicei; que tínhamos também uma quantidade de troqueus ("térno"), mas muito menos dáctilos ("tétrico"), e esses de alguma forma ficavam todos de perfil; que, afinal, adjetivos anapésticos e iâmbicos eram mais para o raro, e além disso sempre bastante sem graça e inflexíveis, como "eficáz" ou "sutíl". Eu sabia também que os grandes, longos, como "compreensível" e "infinitésimo" entrariam no tetrâmetro, trazendo com eles suas próprias orquestras, e que a combinação "afável e polido" dava uma certa qualidade moiré para o verso; vendo por um ângulo, é anfibráquico, por outro, é iâmbico. Um pouco mais tarde, a monumental pesquisa de Andrei Biéli sobre "semitônicas" (como as sílabas "i" e "ma" no verso "Desejo inimaginá- vel") me hipnotizou com seu sistema de marcar graficamente e calcular essas tônicas deslocadas, ou *scuds*, de forma que, a partir desse novo ponto de vista, imediatamente reli todos os meus velhos tetrâmetros e fiquei terrivelmente abalado pela exiguidade de modulações. Em sua construção, o diagrama mostrava-se simples e falho, sem revelar nenhum daqueles retângulos e trapézios que Biéli encontrou para os tetrâmetros de grandes poetas; diante disso, durante quase um ano — um ano mau e pecaminoso — tentei escrever com o objetivo de produzir o mais complicado e rico esquema de semitônicas possível:

Em miserável confusão,
e perfumada turbidez,
com interconversa pacatez,
rui transdespida a estação.

e assim por diante em meia dúzia de estrofes: a língua tropeçava, mas a honra estava salva. Quando graficamente expressa pela junção das "semitônicas" ("mi", "con", "per", "tur" etc.), tanto nos versos quanto de um verso para outro, essa monstruosa estrutura rítmica dá origem a algo similar àquela oscilante torre de xícaras de café, cestos, bandejas e vasos que um palhaço de circo equilibra numa vara, até ele tropeçar na cerca do picadeiro, quando tudo lentamente pende sobre os espectadores mais próximos (que gritam horrivelmente), mas, ao cair, mostra-se seguramente preso por um cordão.

Como provável resultado da pouca força motivacional de minhas pequenas ondas líricas, verbos e outras partes do discurso me interessavam menos. Não era o que ocorria com as questões de métrica e ritmo. Superando uma preferência natural por iâmbicos, oscilei em busca de métricas ternárias; mais tarde, a ausência de métrica me fascinou. Foi quando Balmont, em seu poema que começa com "Sou desatento, sou corajoso", lançou aquele artificial tetrâmetro iâmbico com um calombo numa sílaba extra após o segundo pé, no qual, por tudo que sei, nem um único poema bom jamais foi escrito. Eu daria a esse corcunda saltitante um crepúsculo para carregar ou um barco, e me surpreendi quando o primeiro se apagou e o segundo afundou. As coisas melhoraram com o sonhador tartamudear dos ritmos de Blók, mas, assim que comecei a usá-los, meu verso se viu imperceptivelmente infiltrado por uma medievalização estilizada — pajens azuis, monges, princesas —, semelhante à maneira como, numa história alemã, a sombra de Bonaparte visita o antiquário Stolz à noite para procurar o fantasma de seu tricórnio.

À medida que minha caça por elas progredia, as rimas se assentavam num sistema prático um tanto parecido com um arquivo de fichas catalográficas. Eram distribuídas em pequenas famílias: grupos de rimas, hastes de rimas. *Letuchiy* (voláteis) imediatamente agrupavam *tuchi* (nuvens) sobre os *kruchi* (declives) do *zhguchey* (ardente) deserto e do *neminuchey* (inevitável) destino. *Nebosklon* (céu) fez entrar a musa no *balkon* (balcão) e mostrou a ela um *klyon* (bordo). *Tsvety* (flores) e *ty* (tu) invocavam *mechty* (sonhos) em meio à *temnoty* (escuridão). *Svechi, plechi, vstrechi* e *rechi* (velas, ombros, reuniões e discursos) criavam a atmosfera de velho mundo de um baile no Congresso de Viena ou no aniversário do governador local. *Glaza* (olhos) brilhavam azuis na companhia de *biryuza* (turquesa), *groza* (tempestade) e *strekoza* (libélula), e era melhor não se envolver na série. *Derevya* (árvores) se encontravam devidamente emparelhadas com *kochevya* (acampamentos de nômades), como acontece no jogo em que é preciso coletar cartas com os nomes de cidades, com apenas duas representando a Suécia (porém uma dúzia no caso da França!). *Veter* (vento) não tinha par, a não ser por um não muito atraente setter correndo à distância, mas ao mudar para o genitivo era possível encontrar palavras terminadas em "meter" para esse papel (*vetra-geometra*). Havia também certas preciosas rimas aberrantes as quais, como selos raros num álbum, eram representadas por vazios. De forma que levei um longo tempo para descobrir que *ametistovyy* (ametistino) podia rimar com *perelistyvay* (virar as páginas), com *neistovyy* (intenso) e com o caso genitivo de um absolutamente inadequado *pristav* (policial). Em resumo, era uma coleção lindamente rotulada que eu tinha sempre à mão.

Não duvido que mesmo então, na época daquela feia e mutiladora escola (a qual eu dificilmente frequentaria fosse eu um típico poeta que nunca cede à adulação da prosa harmoniosa), eu conhecia a verdadeira inspiração. O frenesi que me dominava, me cobria num instante com um lençol gelado, espremia minhas juntas e estremecia em meus dedos. Um lunático vagar de meu pensamento que, por meios desconhecidos, encontrou a porta entre mil que levava à noite ruidosa do jardim, à expansão e contração do coração, ora tão vasto quanto o céu estrelado, ora tão pequeno como uma gota de mercúrio, aos braços abertos de uma espécie de abraço interno, à emoção sagrada do classicismo, murmúrios, lágrimas — tudo isso era genuíno. Mas naquele momento, numa tentativa apressada e desajeitada de resolver o frenesi, me agarrei às primeiras palavras vulgarizadas disponíveis, a seus lugares-comuns, de modo que quando embarquei no que pensei ser criação, no que deveria ser a expressão, o elo vivo entre minha divina euforia e meu mundo humano, tudo expirou em um jorro fatal de palavras, enquanto eu continuava a rodar epítetos e a ajustar rimas sem notar a cisão, o aviltamento e a traição — como um homem que relata seu sonho (como qualquer sonho infinitamente livre e complexo, mas coagulado feito sangue ao acordar), limpando-o e vestindo-o à maneira da realidade vulgarizada sem que nem ele mesmo nem seus ouvintes notem, e se ele começa assim: "Sonhei que estava sentado em meu quarto", ele banaliza monstruosamente os recursos do sonho, tomando como certo que o quarto era mobiliado exatamente do mesmo jeito que seu quarto na vida real.

Adeus para sempre: num dia de inverno, com grandes flocos de neve caindo desde a manhã, flutuando de alguma forma — verticais, diagonais, até para cima. Seus grandes árticos e pequeno regalo. Estava levando tudo com ela, absolutamente tudo — inclusive o parque onde costumavam se encontrar no verão. Restou apenas o inventário rimado, mais a pasta debaixo do braço dele, a pasta gasta de um formando que tinha fugido da escola. Uma estranha constrição, o desejo de dizer alguma coisa importante, silêncio, vagas palavras insignificantes. O amor, para falar simplesmente, repete na última despedida o tema musical da timidez que precede a primeira declaração. O toque reticulado dos lábios salgados dela através do véu. Na estação, havia uma vil agitação animal: era o momento em que as sementes pretas e brancas da flor de felicidade, sol e liberdade estavam sendo plantadas liberalmente. Agora cresceram. A Rússia está povoada de girassóis. A cara chata da maior e mais idiota das flores.

Poemas: sobre partida, sobre morte, sobre o passado. É impossível definir (mas parece que aconteceu no estrangeiro) o período exato de minha mudança de atitude ao escrever poesia, quando fiquei saturado da oficina, da classificação de palavras e da coleção de rimas. Mas como foi torturantemente difícil romper, espalhar e esquecer aquilo: maus hábitos calam fundo, palavras que costumam andar juntas não querem ser desacopladas. Em si mesmas, não são nem boas nem más, mas sua combinação em grupos, a garantia mútua de rimas, os ritmos cultivados em fileiras — tudo isso as deixa infames, odiosas e mortas. Considerar a si mesmo uma mediocridade não era nada melhor do que acreditar que era um gênio: Fyodor duvidava do primeiro e concedia ao segundo, porém, mais importante, esforçava-se por não se render ao demoníaco desespero de uma folha em branco. Havia coisas que queria expressar com tanta naturalidade e liberdade quanto os pulmões querem se expandir, logo, deviam existir palavras adequadas para respirar. As muito repetidas queixas de poetas de que, ai, não há palavras disponíveis, que palavras são cadáveres pálidos, de que palavras são incapazes de expressar nossos inexpressáveis sentimentos (e para provar isso uma torrente de hexâmetros trocaicos é liberada), lhe pareciam tão sem sentido como a firme convicção do velho habitante de um povoado montanhês de que a montanha distante nunca foi escalada por ninguém e nunca será; uma bela manhã fria, um comprido inglês magro aparece — e alegremente escala até o topo.

A primeira sensação de liberação moveu-se dentro dele quando estava trabalhando no pequeno volume *Poemas*, publicado dois anos antes. Tinha ficado em sua consciência como um exercício agradável. De uma ou duas daquelas cinquenta oitavas, verdade seja dita, ele agora se envergonhava — por exemplo, aquela da bicicleta, ou a do dentista —, mas, por outro lado, havia alguns trechos vívidos e genuínos: a bola perdida e achada, por exemplo, tinha saído muito bem e o ritmo de seus últimos dois versos ainda continuava a ressoar em seu ouvido com a mesma expressividade inspirada de antes. Ele havia publicado o livro por conta própria (tendo vendido um sobrevivente acidental de sua antiga riqueza, uma fina cigarreira de ouro com a data de uma distante noite de verão engravada — ah, o ranger de seu portão de vime molhado de orvalho!) e, dos quinhentos exemplares impressos, restavam ainda quatrocentos e vinte e nove empoeirados, sem corte, formando um bom planalto no depósito do distribuidor. Dezenove tinham sido dados de presente a diferentes pessoas, e um ele guardara para si. Às vezes, se perguntava sobre a identidade exata dos cinquenta e um que compraram seu livro. Imaginava uma sala cheia dessa gente (como uma reunião de acionistas — "leitores de Godunov-Cherdyntsev") e eram todos parecidos, com olhos pensativos e um pequeno volume branco nas mãos afetuosas. Ele só soube com certeza do destino de um exemplar: tinha sido comprado dois anos antes por Zina Mertz.

Ele se deitava e fumava, e delicadamente compunha, se deleitando com o calor quase uterino da cama, a quietude do apartamento e a preguiçosa passagem do tempo: Marianna Nikolavna não voltaria ainda por algum tempo e a refeição não era antes de uma e quinze. Durante os últimos três meses, o quarto havia sido completamente domesticado, e seus movimentos no espaço agora coincidiam exatamente com os de sua própria vida. O tinir de um martelo, o chiar de uma bomba, o ronco de um motor sendo conferido, explosões alemãs de vozes alemãs — todo esse enfadonho complexo de rugidos que vinha toda manhã da esquerda do pátio, onde havia garagens e oficinas de automóveis, tinha há muito se tornado familiar e inofensivo — um padrão quase imperceptível na quietude, e não uma violação dela. Podia tocar a mesinha da janela com a ponta do pé, se esticasse a perna por baixo do cobertor do exército, e com uma projeção lateral do braço podia alcançar o guarda-roupa da parede esquerda (que por sinal, às vezes sem razão, de repente se abria com o ar oficioso de algum tolo ator que entrara em cena na hora errada). Na mesa, havia a fotografia de Leshino, um tinteiro, um abajur sob a cúpula de vidro fosco e um pires com traços de geleia; havia revistas espalhadas, a soviética *Krasnaya Nov*, a emigrada *Sovremennye Zapiski* e um pequeno volume de versos de Koncheyev, *Comunicação*, que tinha acabado de sair. Caído no tapete ao lado do sofá estava o jornal de ontem, junto a uma edição emigrada de *Almas mortas*. Nada disso ele via no momento, mas estava tudo ali: uma pequena sociedade de objetos treinados para serem invisíveis e nisso encontrando seu propósito, que só podiam cumprir através da constância de sua miscelânea. A euforia dele permeava tudo — uma névoa pulsante que de repente começava a falar com uma voz humana. Nada no mundo podia ser melhor do que aqueles momentos. Ame exclusivamente a fantasia, que já nesse horizonte em sonho avança; que o inclemente pune e repudia. À invenção dedique confiança. É nossa hora, o cão circula errante. Como é serena a noite de verão. Um carro passa: leva, sussurrante, o último banqueiro à escuridão. À luz oblíqua, a folha verde está em vestes crisoprásias, examina. Ali se vê a sombra de Bagdá, e aquela estrela Pulkovo ilumina. Ah, jure para mim...

Do corredor veio o toque estridente do telefone. Por acordo tácito, Fyodor atendia quando os outros estavam fora. E se eu não levantar? O toque continuava e continuava, com breves pausas para ganhar fôlego. Não queria morrer; tinha de ser morto. Incapaz de resistir, com um palavrão Fyodor saiu para o corredor, rápido como um fantasma. Uma voz russa perguntou, irritada, quem estava falando. Fyodor a reconheceu imediatamente: era uma pessoa desconhecida — por capricho do destino um compatriota — que já um dia antes havia se enganado de número e agora, de novo, por causa da semelhança dos números, tinha feito a ligação errada. "Pelo amor de Deus, pare com isso", Fyodor disse e desligou com enfastiada pressa. Visitou o banheiro por um momento, tomou uma xícara de café frio na cozinha e voltou correndo para a cama. Talvez Mnemo*zina*? Chamo assim? No nome, um meio brilho posso ver. Na irreal Berlim, é estranho para mim, andar, oh, meu delírio, com você. No bosque, surge a égide carmim. Tremores reanimam-te na hora, e a embriaguez da vida raia enfim, e o brilho de sua pele vejo agora. Em honra aos lábios quando beijam os meus, eu criarei metáforas um dia: o olhar esplêndido dos Pireneus, a fonte quente, a bela grama nívea. Ah, nossa propriedade noturnal — fulgor do asfalto, viva luz da rua —, nos deixe ir no auge ficcional a fim de conquistar o primor da lua. Lá não é o sol, mas cumes da montanha; não animais — mas muitos lampiões! Ó, jure, enquanto a alma for tamanha, serás fiel às nossas invenções.

Ao meio-dia, deu-se um estalido de chave (mudamos agora para a prosa rítmica de Biéli), e a fechadura estalou de acordo: era Marianna (tac) Nikolavna chegando do mercado; com passo pesado e o chato chiar de sua capa de chuva, passou pela porta com a cesta de compras e entrou na cozinha. Musa da prosa rítmica russa! Diga adeus para sempre aos dáctilos de repolho do autor de *Moscou*. Toda sensação de conforto havia desaparecido. Da amplidão de tempo da manhã nada restava. A cama se transformara numa paródia de cama. Nos sons do jantar sendo preparado na cozinha havia uma desagradável censura, e a perspectiva de se levantar e barbear parecia tão cansativa e impossível como a perspectiva dos primeiros italianos. E disso também você terá de se despedir algum dia.

Meio-dia e quinze, meio-dia e vinte, meio-dia e meia... Ele se permitiu um último cigarro no tenaz, embora já tedioso, calor da cama. O anacronismo de seu travesseiro se tornava mais e mais óbvio. Sem terminar o cigarro, ele se levantou e passou imediatamente de um mundo de muitas dimensões interessantes para um que era apertado e exigente, com uma pressão distinta, que instantaneamente fez seu corpo se exaurir e sua cabeça doer; para um mundo de água fria: a quente não estava correndo hoje.

Uma ressaca poética, desânimo, o "animal triste"... No dia anterior, ele havia esquecido de enxaguar a lâmina de barbear, entre os dentes havia uma pedra de espuma, a lâmina enferrujara — e ele não tinha outra. Um pálido autorretrato olhou do espelho com os olhos sérios de todo autorretrato. Num ponto delicado e incômodo de seu queixo, entre os pelos que haviam crescido durante a noite (quantos metros cortei na vida?), aparecera uma espinha de cabeça amarela que instantaneamente se transformou no eixo da existência de Fyodor, um ponto de encontro de todos os sentimentos desagradáveis que agora vinham de diferentes partes de seu ser. Ele a espremeu — embora sabendo que depois ia inchar três vezes mais. Que horrível era tudo aquilo. Através da espuma de barbear fria, espiava o pequeno olho vermelho: *L'oeil regardait Caïn*. Ao mesmo tempo, a lâmina não tinha nenhum efeito sobre os pelos, cuja textura produzia uma sensação de infernal desamparo. Gotas de orvalho de sangue apareceram nas vizinhanças de seu pomo de adão, mas os pelos ainda estavam ali. A Estepe do Desespero. Ainda por cima, o banheiro era mais para o escuro e, mesmo que acendesse a luz, o amarelo-girassol da eletricidade diurna não ajudaria nada. Terminando de se barbear de qualquer forma, entrou receoso na banheira e gemeu debaixo do impacto gelado do chuveiro; depois, pegou a toalha errada e pensou, com pesar, que passaria o dia todo com o cheiro de Marianna Nikolavna. A pele de seu rosto ardia, revoltantemente arranhada, com uma brasa particularmente quente no lado do queixo. De súbito, a maçaneta vibrou vigorosamente (era Shchyogolev voltando). Fyodor Konstantinovich esperou os passos se afastarem e então passou para seu quarto.

Logo depois, entrou na sala de jantar. Marianna Nikolavna estava servindo a sopa. Ele beijou sua mão áspera. A filha, que acabara de voltar do trabalho, chegou à mesa com passos lentos, cansados, parecendo atordoada pelo serviço; sentou-se com um gracioso langor — um cigarro nos dedos longos, pó nos cílios, um suéter de seda turquesa, cabelo loiro e curto escovado para trás, amuo, silêncio, cinza. Shchyogolev engoliu um trago de vodca, enfiou o guardanapo no colarinho e começou a tomar a sopa, olhando a enteada por cima da colher, afável, mas cauteloso. Ela estava misturando lentamente um branco ponto de exclamação de creme azedo em sua borshtch, mas então, encolhendo os ombros, empurrou o prato. Marianna Nikolavna, que a observava melancolicamente, jogou o guardanapo na mesa e saiu da sala de jantar.

"Vamos, coma, Aïda", disse Shchyogolev, projetando os lábios úmidos. Sem uma palavra de resposta, como se ele não estivesse ali — só as narinas do nariz fino tremendo —, ela virou a cadeira, girou o corpo longo com facilidade e naturalidade, obteve um cinzeiro do aparador atrás dela, colocou-o ao lado do prato e bateu nele a cinza. Marianna Nikolavna, com um ar magoado a sombrear seu rosto amplo toscamente maquiado, voltou da cozinha. A filha colocou o cotovelo esquerdo na mesa e, apoiando-se ligeiramente nele, começou a tomar a sopa.

"Bom, Fyodor Konstantinovich", começou Shchyogolev, tendo satisfeito sua primeira fome, "parece que chegamos ao momento decisivo! Um rompimento completo com a Inglaterra e Hinchuk atacou! Você sabe que já está cheirando a algo sério. Lembra que outro dia falei que o tiro de Koverda era o primeiro sinal! Guerra! Precisa ser muito, muito ingênuo para negar o inevitável. Julgue você mesmo, no Extremo Oriente, o Japão não consegue suportar..."

E Shchyogolev partiu para uma discussão de política. Como muitos sabichões não remunerados, ele achava que conseguia combinar em um esquema organizado as reportagens que lia nos jornais, escritas por sabichões remunerados, que uma mente lógica, sóbria (nesse caso, a dele), podia seguir e sem esforço explicar e prever uma imensa quantidade de acontecimentos mundiais. Os nomes de países e de seus principais representantes se tornavam, nas mãos dele, algo com a natureza de rótulos para recipientes mais ou menos cheios, mas essencialmente idênticos, cujo conteúdo ele despejava para cá e para lá. A França tinha MEDO de uma coisa ou de outra, portanto nunca PERMITIRIA. A Inglaterra estava VISANDO alguma coisa. Esse estadista ANSIAVA por uma aproximação, enquanto aquele queria aumentar seu PRESTÍGIO. Alguém estava TRAMANDO e alguém se ESFORÇANDO por alguma coisa. Em resumo, o mundo que Shchyogolev criava provinha de algum tipo de coleção de valentões limitados, sem humor, sem rosto e abstratos, e quanto mais cérebro, malícia e circunspecção ele encontrava em suas mútuas atividades, mais estúpido, vulgar e simples seu mundo se tornava. Era bem assustador quando ele encontrava algum outro amante de prognósticos políticos. Por exemplo, havia um coronel Kasatkin, que costumava vir jantar às vezes, e então a Inglaterra de Shchyogolev entrava em choque não com outro país de Shchyogolev, mas com a Inglaterra de Kasatkin, igualmente inexistente, de forma que em certo sentido as guerras internacionais se transformavam em guerras civis, embora os lados guerreiros existissem em níveis diferentes que jamais poderiam entrar em contato um com o outro. Naquele momento, enquanto ouvia seu senhorio, Fyodor ficou intrigado com a semelhança familiar que havia entre os países mencionados por Shchyogolev e as várias partes do corpo de Shchyogolev: assim a "França" correspondia a suas sobrancelhas erguidas em alerta; algum tipo de "limítrofes" aos pelos de suas narinas, algum "corredor polonês" ou outro percorria seu esôfago; "Danzig" era o estalar de seus dentes; e a Rússia, o traseiro de Shchyogolev.

Ele falou ao longo dos outros pratos (goulash, kissel) e, depois disso, palitando os dentes com um fósforo lascado, foi tirar uma soneca. Marianna Nikolavna se ocupou com a louça antes de fazer a mesma coisa. A filha dela, sem ter pronunciado uma única palavra, voltou para o escritório.

Fyodor tinha acabado de tirar a roupa de cama do sofá quando chegou um aluno, filho de um dentista emigrado, um rapaz gordo, pálido, de óculos de aros de tartaruga, com uma caneta-tinteiro no bolso do peito. Frequentando, como frequentava, uma escola de ensino médio berlinense, o pobre rapaz estava tão mergulhado nos hábitos locais que até em inglês cometia os mesmos erros inerradicáveis que qualquer alemão cabeça dura cometeria. Por exemplo, não havia força na terra que conseguisse fazê-lo parar de usar o passado contínuo em vez do passado simples, e isso dotava todas as atividades incidentais do dia anterior com uma espécie de idiota permanência. Com igual teimosia ele usava o *also* [também] inglês como o *also* [então] germânico, e para superar o espinhoso final da palavra *clothes* [roupa] invariavelmente acrescentava uma supérflua sílaba sibilante, como se patinasse depois de ter superado um obstáculo. Ao mesmo tempo, expressava-se com bastante liberdade em inglês e só procurara a ajuda de um professor porque queria obter nota máxima no exame final. Era presunçoso, discursivo, obtuso e germanicamente ignorante; i.e., tratava tudo o que não conhecia com ceticismo. Acreditando firmemente que o lado humorístico das coisas tinha há muito sido posto em seu devido lugar (a última página de um semanário ilustrado de Berlim), ele nunca ria, ou se limitava a um esgar condescendente. A única coisa que conseguia ligeiramente diverti-lo era uma história sobre alguma engenhosa operação financeira. Toda a sua filosofia de vida reduzira-se à mais simples proposição: o homem pobre é infeliz, o homem rico é feliz. Essa felicidade legalizada era divertidamente acompanhada por uma música dançante de primeira classe, além de vários luxuosos itens técnicos. Para a aula, ele fazia o possível para chegar um pouco antes da hora e tentava sair um pouco depois.

Com pressa para sua provação seguinte, Fyodor saiu junto com ele, e este último, acompanhando-o até a esquina, se esforçou por coletar mais algumas expressões em inglês gratuitas, mas Fyodor, com fria animação, passou para o russo. Despediram-se no cruzamento. Era um cruzamento ventoso e feio, que não chegava ao nível de uma praça embora houvesse uma igreja, um jardim público, uma farmácia na esquina, um banheiro público cercado de tuias e até mesmo uma ilha triangular com um quiosque, no qual os motorneiros se regalavam com leite. Uma multidão de ruas partia em todas as direções, saltando de trás de esquinas e circundando os lugares de oração e refrigério mencionados acima, transformando tudo em um daqueles quadrinhos esquemáticos nos quais são representados, para a formação de motoristas principiantes, todos os elementos da cidade, todas as possibilidades de colisão. À direita, viam-se os portões da garagem de bondes com três lindas bétulas recortadas contra o fundo de cimento, e se, digamos, algum motorneiro distraído esquecesse de parar no quiosque três metros antes da parada de bondes oficial (uma mulher com pacotes invariavelmente armando uma confusão para descer, impedida por todo mundo) a fim de realizar, com a ponta de sua vara de ferro, a mudança de via (ai, essa distração quase nunca ocorria), o bonde viraria solenemente debaixo da cúpula de vidro onde passava a noite e recebia manutenção. A igreja que pairava à esquerda era cercada por uma cinta baixa de hera; no subsolo que a cercava, cresciam diversos arbustos escuros de rododendros com flores roxas, e à noite via-se ali um homem misterioso com uma lanterna misteriosa procurando vermes no gramado — para os pássaros? para pescar? Na frente da igreja, do outro lado da rua, sob a irradiação de um borrifador de gramado que, num ponto, valsava com o fantasma de um arco-íris em seus braços orvalhados, havia um retângulo verde de jardim público, com árvores jovens de ambos os lados (um pinheiro prateado entre elas) e um passeio em forma de pi, em cujo canto mais sombreado havia um tanque de areia para crianças; mas *nós* só tocamos esse tipo de areia rica quando enterramos alguém conhecido. Por trás do jardim, havia um campo de futebol abandonado, ao longo do qual Fyodor caminhou para a Kurfürstendamm. O verde das tílias, o preto do asfalto, os pneus de caminhão encostados contra a loja de acessórios para automóveis, a jovem noiva sorridente num anúncio de margarina, o azul da placa de uma taverna, o cinza das fachadas das casas que iam ficando mais velhas quanto mais próximas da avenida — tudo isso relampejou por ele pela centésima vez. Como sempre, a poucos passos da Kurfürstendamm, ele viu seu ônibus deslizando pela paisagem à sua frente: o ponto ficava imediatamente depois da esquina, mas Fyodor não chegou a tempo e foi forçado a esperar o próximo. Acima da entrada de um cinema, tinham erguido uma gigantesca silhueta recortada de papelão, com pés voltados para fora, a mancha de um bigode no rosto branco sob um chapéu-coco e uma bengala de bambu na mão. Em cadeiras de vime no terraço de um café próximo, homens de negócios relaxavam em poses idênticas com as mãos identicamente juntas na frente do corpo, todos muito semelhantes uns aos outros quanto a focinhos e gravatas, mas provavelmente variados na extensão de suas finanças; e junto à calçada um pequeno carro com uma asa pesadamente danificada, janelas quebradas e um lenço ensanguentado no estribo; meia dúzia de pessoas ainda se aglomerava para olhar. Tudo pintalgado de sol; um velho frágil com uma barbinha tingida, usando polainas de pano, tomava sol sentado num banco verde, de costas para o trânsito, enquanto à frente dele, do outro lado da calçada, uma mendiga velha com cara rosada e as pernas cortadas à altura da pelve, assentada como um busto ao pé de uma parede, vendia paradoxais cordões de sapato. Entre as casas, dava para ver um terreno baldio, e nele alguma coisa modesta e misteriosa estava em flor; mais à frente, os contínuos fundos negros de piche das casas, que pareciam ter virado para ir embora, exibiam desenhos esbranquiçados estranhos, atraentes e aparentemente autônomos, fazendo lembrar não tanto os canais de Marte e não tanto alguma coisa distante e semiesquecida, mas sim uma expressão acidental de um conto de fadas ouvido um dia, ou o velho cenário de alguma peça desconhecida.

Descendo a escada espiral do ônibus que parou, veio um encantador par de pernas sedosas: sabemos, claro, que é uma imagem surrada pelos esforços de mil escritores homens, mas mesmo assim desceram elas, essas pernas — e enganaram: o rosto era repulsivo. Fyodor embarcou e o cobrador, na plataforma de cima, bateu com a mão na lateral metálica para dizer ao motorista que podia prosseguir. Ao longo dessa lateral e ao longo do anúncio de pasta de dentes colado a ela, roçaram as pontas de macios ramos de bordo — e teria sido agradável olhar de cima a rua reluzente enobrecida pela perspectiva, não fosse o eterno pensamento de arrepiar: ali está ele, uma especial, rara, ainda não descrita nem nomeada variante de homem, e ele está ocupado sabe Deus com quê, correndo de aula em aula, desperdiçando sua juventude em tarefas vazias e tediosas, no medíocre ensino de línguas estrangeiras — quando tem sua própria língua, com a qual pode fazer tudo o que quiser — um mosquito-pólvora, um mamute, mil nuvens diferentes. O que devia estar ensinando de fato era aquela coisa misteriosa e refinada que só ele — dentre dez mil, cem mil, talvez até um milhão de homens — saberia ensinar: por exemplo, pensar em níveis múltiplos: você olha uma pessoa e a vê tão claramente como se ela fosse feita de vidro e você fosse o soprador do vidro, enquanto ao mesmo tempo, sem nada impingir a essa clareza, você nota alguma ninharia ao lado — tal como a semelhança da sombra de um gancho de telefone com uma imensa formiga ligeiramente esmagada, e (tudo isso simultaneamente) à convergência se liga um terceiro pensamento: a lembrança de um entardecer ensolarado numa pequena estação ferroviária russa; i.e., imagens sem conexão racional com a conversa que você está tendo enquanto sua mente corre pelo exterior de suas próprias palavras e pelo interior daquelas de seu interlocutor. Ou: uma compaixão penetrante — pela latinha num monte de lixo, pelo cartão dos cigarros da série *Costumes Nacionais* pisado na lama, pela pobre palavra solta repetida pela criatura bondosa, fraca, adorável que acaba de receber uma advertência por nada, por todo o luxo da vida que, por meio de uma destilação alquímica momentânea — o "experimento real" —, é transformado em algo valioso e eterno. Ou então: a sensação constante de que nossos dias aqui não passam de trocados no bolso, bagatelas tilintando no escuro, e que em algum lugar está guardada a verdadeira riqueza, da qual a vida deveria saber como obter dividendos na forma de sonhos, lágrimas de felicidade, montanhas distantes. Tudo isso e muito mais (a começar pela rara e dolorosa "sensação de céu estrelado", mencionada ao que parece em apenas um tratado [*Viagens do espírito*, de Parker] e terminando com sutilezas profissionais na esfera da literatura séria) ele teria sido capaz de ensinar, e ensinar bem, a qualquer um que quisesse, mas ninguém queria — e ninguém podia, mas era uma pena, ele teria cobrado cem marcos por hora, o mesmo que certos professores de música. E ao mesmo tempo ele achava divertido refutar a si mesmo: tudo isso era absurdo, as sombras do absurdo, sonhos presunçosos. Eu sou apenas um pobre jovem russo vendendo o excedente de uma educação de cavalheiro, enquanto rabisco versos em meu tempo livre, essa é a totalidade de minha pequena imortalidade. Mas mesmo essa sombra de pensamento multifacetado, esse jogo da mente consigo mesma, não tinha potenciais alunos.

O ônibus rodava e chegou ao destino dele, a morada de uma jovem sozinha e solitária, muito atraente apesar das sardas, sempre com um vestido preto aberto no pescoço e com lábios como o lacre de uma carta na qual não existe nada. Ela olhava Fyodor continuamente, com pensativa curiosidade, não só completamente desinteressada pelo notável romance de Stevenson que estava lendo para ela havia já três meses (e antes desse tinham lido Kipling no mesmo ritmo), como também sem entender uma única frase, anotando palavras como se anota o endereço de alguém que, sabemos, não vamos visitar nunca. Mesmo então — ou, mais exatamente, precisamente então e com mais agitação que antes, Fyodor (embora apaixonado por outra que era incomparável em fascínio e inteligência) se perguntou o que aconteceria se pusesse sua mão sobre a mãozinha ligeiramente trêmula com unhas afiadas, pousada perto dele de modo tão convidativo — e, como ele sabia o que aconteceria em seguida, seu coração de repente começou a bater forte e sentiu os lábios imediatamente secos; a essa altura, porém, ficou involuntariamente sóbrio por causa de certa entonação dela, seu pequeno riso, o aroma de um certo perfume que de alguma forma era sempre usado pelas mulheres que gostavam dele, embora para ele esse cheiro um tanto comum, marrom-adocicado, fosse insuportável. Ela era uma mulher inútil, maliciosa com uma alma preguiçosa; mas mesmo agora, quando a aula havia terminado e ele saíra para a rua, foi tomado por uma vaga sensação de aborrecimento; já era capaz de imaginar muito melhor do que antes, na presença dela, com que alegria e abandono o compacto corpinho dela teria provavelmente reagido a tudo, e com dolorosa vivacidade viu num espelho imaginário sua mão nas costas dela, o cabelo castanho e macio jogado para trás, e então o espelho ficava significativamente vazio e ele experimentava aquele mais trivial dos sentimentos sobre a terra: a pontada de uma oportunidade perdida.

Não, não era assim — ele não tinha perdido nada. A única alegria desses abraços irrealizáveis era a facilidade de serem evocados. Durante os últimos dez anos de solitária e reprimida juventude, vivendo numa escarpa onde havia sempre um pouco de neve, e de onde era um longo caminho encosta abaixo até a pequena cidade cervejeira ao pé da montanha, ele se acostumara com a ideia de que entre o engano do amor casual e a doçura de sua tentação havia um vazio, uma lacuna de vida, uma ausência de qualquer ação real de sua parte, de forma que ocasionalmente, quando olhava uma moça passar, ele imaginava ao mesmo tempo a estupenda possibilidade de felicidade e a repugnância de sua inevitável imperfeição — carregando esse instante com uma imagem romântica, mas diminuindo tal tríptico no setor intermediário. Ele sabia, portanto, que a leitura de Stevenson nunca seria interrompida por uma pausa dantesca, sabia que se tal pausa ocorresse ele não experimentaria nada, a não ser um frio devastador, porque as exigências da imaginação eram irrealizáveis e porque a vacuidade de um olhar, perdoada em prol de uns olhos belos e brilhantes, inevitavelmente corresponderia a um defeito ainda escondido — a expressão oca de seios, que era impossível perdoar. Mas às vezes ele invejava a vida amorosa simples de outros homens e o jeito como provavelmente assobiavam enquanto tiravam os sapatos.

Atravessando a praça Wittenberg onde, como num filme colorido, rosas tremulavam na brisa em torno de um antigo lance de escada que levava à estação de metrô, ele passou pela livraria russa: entre aulas havia um tantinho de tempo livre. Como sempre acontecia quando entrava nessa rua (que começava sob os auspícios de uma imensa loja de departamentos vendendo toda forma de mau gosto local e terminava vários cruzamentos depois em calmaria burguesa, com sombras de álamos no asfalto, todo riscado de jogos de amarelinha), ele encontrou um escritor de São Petersburgo, velho e morbidamente amargo, que usava sobretudo no verão para esconder o mau estado do terno, um homem horrivelmente magro, com olhos castanhos salientes, rugas de meticulosa aversão em torno da boca de macaco e um pelo comprido, curvo, crescendo de um grande poro preto em seu nariz largo — detalhe que atraía a atenção de Fyodor Konstantinovich muito mais do que a conversa desse esperto manipulador, que imediatamente, ao encontrar alguém, embarcava em algo na natureza de uma fábula, uma longa anedota improvável de antanho, que acabava sendo meramente um prelúdio para alguma saborosa intriga sobre um conhecido comum. Fyodor mal havia se livrado dele quando avistou dois outros escritores, um moscovita bem-humorado, cujo porte e aspecto eram algo reminiscentes do Napoleão da fase da ilha, e um poeta satírico do jornal emigrado russo de Berlim, um homenzinho frágil com uma vivacidade gentil e uma voz baixa e rouca. Esses dois, assim como o predecessor, invariavelmente apareciam nessa região, que usavam para caminhadas tranquilas, ricas em encontros, levando a crer que nessa rua alemã estivesse incrustado o fantasma vagabundo de um bulevar russo, ou que, ao contrário, uma rua da Rússia, com diversos nativos tomando ar, fervilhasse de pálidos fantasmas de inúmeros estrangeiros, circulando entre esses nativos como uma alucinação familiar e pouco perceptível. Conversaram sobre o escritor que ele acabara de encontrar, e Fyodor seguiu seu caminho. Depois de alguns passos, notou Koncheyev lendo no passeio o suplemento de trás do jornal russo emigrado de Paris, com um maravilhoso sorriso angélico no rosto redondo. O engenheiro Kern saiu de uma loja de alimentos russa, guardando cuidadosamente um pequeno embrulho na pasta apertada contra o peito, e, numa esquina (como a confluência de pessoas em um sonho ou no último capítulo de *Fumaça*, de Turguêniev), vislumbrou Marianna Nikolavna Shchyogolev com uma outra senhora de bigode muito corpulenta, que talvez fosse mme. Abramov. Imediatamente depois, Alexander Yakovlevich Chernishevski atravessou a rua — não, foi engano — um estranho que nem parecia com ele.

Fyodor Konstantinovich chegou à livraria. Na vitrina viu, entre zigue-zagues, engrenagens e números dos desenhos de capa soviéticos (nessa época, a moda era ter títulos como *Terceiro amor, O sexto sentido* e *Ponto dezessete*), várias novas publicações emigradas: um corpulento romance novo do general Kachurin, *A princesa vermelha, Comunicação*, de Koncheyev, o branco puro das edições em brochura de dois respeitáveis romancistas, uma antologia de poesia recitável publicada em Riga, o volume de uma jovem poetisa, tão diminuto que cabia na palma da mão, um manual *O que um motorista deve saber* e a última obra do dr. Utin, *Os fundamentos de um casamento feliz.* Havia também várias gravuras antigas de São Petersburgo — em uma das quais a impressão especular colocara a coluna rostral no lado errado dos edifícios circundantes.

O dono da loja não estava: tinha ido ao dentista, e seu lugar estava ocupado por uma moça bastante acidental que lia uma tradução russa de *O túnel*, de Kellerman, numa pose bem incômoda no canto. Fyodor Konstantinovich se aproximou da mesa onde ficavam expostos os periódicos emigrados. Abriu o número literário do jornal russo de Paris, *Notícias*, e com um calafrio de repentina excitação viu que o suplemento de Christopher Mortus era dedicado a *Comunicação*. "E se ele acabou com o livro?" Fyodor pensou com uma louca esperança, já, porém, ouvindo não a melodia da detração, mas o ronco insuportável de um ensurdecedor elogio. Começou a ler vorazmente.

"Não me lembro quem disse — talvez Rozanov tenha dito em algum lugar", Mortus começava furtivamente; e, usando primeiro essa citação não autêntica e depois uma ideia expressa por uma pessoa qualquer num café de Paris após a leitura de alguém, ele começou a fechar esses círculos artificiais em torno do *Comunicação*, de Koncheyev; mas mesmo assim, até o final não tocou no centro, apenas dirigindo de quando em quando um gesto hipnótico da circunferência na direção do centro, e tornando a voltar. O resultado era algo com a natureza daquelas espirais pretas em círculos de papelão, que giram eternamente nas vitrinas de sorveterias de Berlim em um louco esforço para transformá-las em alvos de atenção.

Era uma venenosa "admoestação" cheia de desdém, sem uma única observação objetiva, sem um único exemplo — e não tanto as palavras do crítico, mas a sua maneira geral transformava num fantasma deplorável e dúbio um livro que Mortus certamente lera com prazer, e que evitava citar para não ter problemas com a disparidade entre aquilo que escrevia e aquilo sobre o que escrevia; toda a resenha parecia uma sessão para invocar um espírito anunciado previamente como, senão uma fraude, ao menos uma ilusão dos sentidos. "Esses poemas", Mortus encerrava, "induzem no leitor uma repulsa indefinida, mas insuperável. As pessoas amigas do talento de Koncheyev provavelmente os acharão encantadores. Não vamos discutir — talvez o sejam de fato. Mas em nossos tempos difíceis, com suas novas responsabilidades, quando o próprio ar está imbuído de um sutil *angoisse* moral (cuja percepção é a marca infalível da 'genuinidade' num poeta contemporâneo), pequenas obras abstratas e melodiosas sobre visões sonhadoras são incapazes de seduzir qualquer um. E, na verdade, é com uma espécie de alegre alívio que passamos delas para qualquer tipo de 'documento humano', para algo que se possa ler 'entre as palavras' em certos escritores soviéticos (mesmo sem talento), para uma confissão triste e sem arte, para uma carta privada ditada pela emoção e pelo desespero."

De início, Fyodor Konstantinovich sentiu um prazer agudo, quase físico, com esse artigo, mas ele imediatamente se dispersou e foi substituído por uma estranha sensação, como se estivesse participando de um negócio escuso, perverso. Lembrou do sorriso de Koncheyev um momento antes — a respeito daquelas linhas, sem dúvida —, e lhe ocorreu que um sorriso semelhante podia se aplicar a ele, Godunov-Cherdyntsev, que a inveja havia ligado ao crítico. Nessa altura, se lembrou que o próprio Koncheyev em suas resenhas críticas havia mais de uma vez — do alto e, de fato, tão inescrupulosamente quanto — atacado Mortus (que era, por sinal, na vida privada, uma mulher de meia-idade, mãe de família, que na juventude publicara excelentes poemas na revista *Apollo* de São Petersburgo e que agora vivia modestamente a dois passos do túmulo de Marie Bashkirtsev, sofrendo de uma incurável doença nos olhos que dotava cada verso seu com uma espécie de trágico valor). E quando Fyodor se deu conta de como a hostilidade desse artigo era infinitamente lisonjeira, sentiu-se decepcionado de ninguém escrever assim sobre *ele*.

Olhou também um pequeno semanário ilustrado publicado por emigrados russos em Varsóvia e encontrou uma resenha sobre o mesmo assunto, mas em tom completamente diferente. Era uma *critique-bouffe*. O nativo Valentin Linyov, que de número em número costumava despejar suas impressões literárias sem forma, descuidadas e não exatamente gramaticais, era famoso não só por ser incapaz de extrair sentido de um livro que comentava, como também por, aparentemente, não ler o livro até o fim. Usando animadamente o autor como um trampolim, levado por suas próprias autocitações, extraindo frases isoladas para dar apoio a conclusões incorretas, entendendo errado as páginas iniciais e seguindo com toda energia a partir daí uma trilha falsa, ele abria caminho até o último capítulo no estado abençoado de um passageiro que ainda não sabe (e, no caso, nunca saberá) que tomou o trem errado. Acontecia invariavelmente que, tendo folheado às cegas um romance longo ou um conto (o tamanho não tinha nenhuma importância), ele dotava o livro de um final próprio — no geral exatamente contrário à intenção do autor. Em outras palavras, se, digamos, Gógol fosse um contemporâneo e Linyov escrevesse sobre ele, Linyov se apegaria com firmeza à inocente convicção de que Klestakov era de fato um inspetor geral. Mas quando, como agora, ele escrevia sobre poesia, empregava sem nenhuma arte o recurso das chamadas "passarelas de intercitações". Sua discussão do livro de Koncheyev se resumia a responder pelo autor uma espécie sugestiva de questionário pessoal (Sua flor favorita? Herói favorito? Qual virtude você mais preza?): "O poeta", Linyov escreveu sobre Koncheyev, "gosta de [vinha em seguida uma fileira de citações, forçosamente distorcidas por sua combinação e pelas exigências do caso acusativo]. Ele detesta [mais cotos de versos ensanguentados]. Ele encontra consolo em: [*même jeu*]; mas, por outro lado [três quartos da linha transformados por meio de citações em uma afirmação direta]; às vezes lhe parece que" — e aqui Linyov extricava inadvertidamente algo mais ou menos inteiro:

Dias de vinhas maduras! Nas avenidas, estátuas de sombras azuladas.
Os belos céus que repousam nos ombros nevados da terra mãe.

— e era como se a voz de um violino de repente afogasse o zumbir de um cretino patriarcal.

Em outra mesa, um pouco adiante, estavam expostas edições soviéticas, e podia-se debruçar sobre o pantanal das revistas de Moscou, sobre um inferno de tédio, e mesmo tentar desvendar a torturante constrição das abreviações em maiúsculas, conduzidas como gado condenado por toda a Rússia e lembrando horrivelmente os letreiros dos vagões de carga (o bater dos amortecedores, o clangor, o graxeiro corcunda com uma lanterna, a penetrante melancolia de estações abandonadas, o estremecer dos trilhos russos, trens de percursos infinitamente longos). Entre *A estrela* e *A luz vermelha* (tremulando em fumaça de trem), havia uma edição da revista de xadrez soviética *8x8*. Quando Fyodor a folheou, rejubilando-se com a linguagem humana dos diagramas de problemas, notou um pequeno artigo com a foto de um velho de barba rala, olhando por cima dos óculos; o artigo tinha por título "Chernishevski e xadrez". Ele achou que isso iria divertir Alexander Yakovlevich e, em parte por essa razão, em parte porque gostava de problemas de xadrez, comprou a revista; a moça, apartando-se de Kellerman, "não sabia" dizer quanto custava, mas, sabendo que Fyodor já estava, de qualquer forma, devendo à loja, deixou que fosse embora. Ele saiu com a agradável sensação de que teria alguma diversão em casa. Sendo não só um excelente solucionador de problemas, mas também dotado no mais alto grau da habilidade de compô-los, ele encontrou ali não apenas repouso de seus lavores literários, mas certas misteriosas lições. Como escritor, fruía alguma coisa com a própria esterilidade daqueles exercícios.

Um compositor de xadrez não tem necessariamente de jogar bem. Fyodor era um jogador muito indiferente e jogava sem vontade. Estava fatigado e furioso pela desarmonia entre a falta de empenho em seu pensar o xadrez e o brilhantismo digno de ponto de exclamação pelo qual batalhava. Para ele, a construção de um problema era diferente de jogar, mais ou menos da mesma forma que um soneto comprovado é diferente das polêmicas de publicistas. A feitura de um tal problema começava longe do tabuleiro (assim como a feitura de verso começava longe do papel), com o corpo em posição horizontal no sofá (i.e., quando o corpo se torna uma luz distante, azul-escura: seu próprio horizonte), quando de repente, de um impulso interior que é indistinguível da inspiração poética, ele visualizava um método bizarro de incorporar essa ou aquela ideia refinada para um problema (digamos, a combinação de dois temas, o indiano e o Bristol — ou algo completamente novo). Durante algum tempo, se deliciou com olhos fechados na pureza abstrata de um plano realizado apenas em seu olhar mental; depois apressadamente abriu seu tabuleiro Marrocos e a caixa com as peças pesadas, arranjou-as de modo descuidado, a correr, e imediatamente ficou claro que a ideia tão puramente incorporada em seu cérebro ia exigir, ali, no tabuleiro — a fim de libertá-la de sua casca grossa e entalhada —, esforços inconcebíveis, um máximo de trabalho mental, infindáveis tentativas e preocupações e acima de tudo — aquele desembaraço consistente com o qual, no sentido do xadrez, a verdade é construída. Ponderando alternativas, excluindo assim e assim construções desajeitadas, os borrões e vazios de peões de apoio, lutando com duplas, obteve aquela expressão absolutamente precisa, aquela absoluta economia de forças harmoniosas. Se não tivesse certeza (como também no caso da criação literária) de que a compreensão do esquema já existia em algum outro mundo, do qual ele o transferiria para este, então o trabalho complexo e prolongado no tabuleiro teria sido um fardo intolerável para a mente, uma vez que teria de conceder, junto com a possibilidade de compreensão, a possibilidade de sua impossibilidade. Pouco a pouco, as peças e quadrados começaram a ganhar vida e a trocar impressões. A força crua da rainha se transformava em refinado poder, restrito e dirigido por um sistema de cintilantes alavancas; os peões ficavam mais espertos; os cavalos avançavam com uma cabriola espanhola. Tudo adquirira sentido e ao mesmo tempo tudo estava escondido. Cada criador é um maquinador; e todas as peças representando suas ideias no tabuleiro ali estavam como conspiradores e feiticeiros. Só no instante final era o seu segredo espetacularmente revelado.

Um ou dois toques mais refinados, mais uma verificação — e o problema estava pronto. A chave para ele, o primeiro movimento da peça branca, era mascarada por seu aparente absurdo —, mas era precisamente pela distância entre isso e o incrível desenlace que se podia medir o mérito principal do problema; e a maneira como uma peça, como se lubrificada com óleo, ia maciamente atrás da outra depois de deslizar por todo o campo e esgueirar-se embaixo de seu braço constituía um prazer quase físico, a excitante sensação de um encaixe ideal. Ali no tabuleiro brilhava agora, como uma constelação, uma arrebatadora obra de arte, um planetário de pensamento. Tudo ali alegrava o olho do jogador: a sabedoria das ameaças e defesas, a elegância de seus movimentos interligados, a pureza dos mates (tantas balas para exatamente tantos corações); cada peça polida parecia feita sob medida para sua casa; mas talvez o mais fascinante de tudo fosse a fina trama de engano, a abundância de insidiosas tentativas (a refutação das quais tinha sua própria beleza acessória) e as trilhas falsas cuidadosamente preparadas para o leitor.

A terceira aula aquela sexta-feira era para Vasiliev. O editor do diário emigrado de Berlim tinha estabelecido relações com um obscuro periódico inglês e agora contribuía com um artigo semanal sobre a situação da Rússia soviética. Tendo um conhecimento superficial da língua, ele escrevia o artigo em rascunho, com espaços em branco e frases em russo intercaladas, e pedia a Fyodor uma tradução literal das frases usuais encontradas em artigos de fundo: só se é jovem uma vez, milagres acontecem, trata-se de um leão não de um cachorro (Krilov), problemas nunca vêm sozinhos, Pedro é pago sem roubar de Paulo, faz-tudo, mas senhor de nada, não se faz uma bolsa de seda de uma orelha de porco, a necessidade é a mãe da invenção, é só uma briga de casal, ouça o roto falando do esfarrapado, são todos farinha do mesmo saco, o pobre sempre leva a culpa, não adianta chorar sobre o leite derramado, precisamos de Reforma, não de reformas. E muitas vezes ocorria a expressão "produziu a impressão de uma bomba a explodir". A tarefa de Fyodor consistia em ditar, a partir do texto rascunhado por Vasiliev, o artigo de Vasiliev em sua forma corrigida direto para a datilografia — o que parecia extremamente prático para Vasiliev, mas na verdade o ditado se arrastava monstruosamente como resultado de pausas torturantes. Mas, estranhamente, o método de usar provérbios e fábulas se revelou uma forma condensada de comunicar algo das *moralités* peculiares a todas as manifestações conscientes das autoridades soviéticas; ao ler o artigo finalizado que parecera bobagem enquanto ditava, Fyodor detectou, por trás da tradução canhestra e dos efeitos jornalísticos do autor, o movimento de uma ideia lógica e forte, que avançava com firmeza para seu objetivo — e calmamente produzia um mate no canto.

Ao acompanhá-lo depois até a porta, Vasiliev dizia depressa, com um feroz franzir das sobrancelhas hirsutas:

"Bom, você viu o que fizeram com Koncheyev? Posso imaginar como isso o afetou, que golpe, que fracasso."

"Ele pouco se importa, disso eu sei", Fyodor replicou, e uma expressão de decepção momentânea apareceu no rosto de Vasiliev.

"Ah, ele está só fingindo", ele retorquiu, esperto, se alegrando de novo. "Tenho certeza de que na verdade ficou pasmo."

"Não creio", disse Fyodor.

"De qualquer forma, lamento sinceramente por ele", finalizou Vasiliev, com a expressão de alguém que não tinha a menor vontade de se livrar do lamento.

Um tanto cansado, mas contente por seu dia de trabalho estar encerrado, Fyodor Konstantinovich pegou o bonde e abriu sua revista (mais uma vez aquele lampejo do rosto inclinado de Chernishevski: tudo o que sei sobre ele é que era "uma seringa de ácido sulfúrico", como Rozanov diz em algum lugar, acho eu, e que escreveu o romance *O que fazer?*, que na minha cabeça se funde com *Erro de quem?*, de um outro escritor social). Ele ficou absorto num exame de problemas e logo se satisfez porque, não fosse por dois fechos de jogos geniais de um velho mestre russo, mais diversas reimpressões interessantes de publicações estrangeiras, não teria valido a pena comprar aquela *8x8*. Os exercícios conscienciosos para os jovens compositores soviéticos não eram tanto "problemas", mas "tarefas": tratavam desajeitadamente desse ou daquele tema mecânico (algum tipo de "imobilização" e "desmobilização") sem um pingo de poesia; eram como tirinhas cômicas de xadrez, nada mais que isso, e as peças em atropelos e choques faziam seu trabalho com proletária seriedade, se conformando à presença de soluções duplas nas variantes simples e à aglomeração de peões policiais.

Tendo perdido seu ponto, ele conseguiu saltar no jardim público, girando de imediato nos calcanhares como um homem faz em geral ao saltar abruptamente de um bonde, e passou pela igreja ao longo da Agamemnonstrasse. Era o fim do dia, o céu estava sem nuvens e o sol tranquilo dotava cada objeto de um pacífico e lírico ar de festa. Uma bicicleta, encostada a uma parede iluminada de amarelo, estava ligeiramente inclinada para fora, como um dos cavalos laterais de uma troika, mas ainda mais perfeita na forma era sua sombra transparente na parede. Um cavalheiro velho, atarracado, balançando o traseiro, apressava-se para o tênis, com uma camisa elegante e calça social, levando três bolas cinzentas numa rede e, ao lado dele, caminhando depressa sobre solas de borracha, uma moça alemã de tipo esportivo, com rosto alaranjado e cabelo dourado. Atrás das bombas pintadas de cores berrantes, um rádio cantava num posto de gasolina, enquanto acima de seu pavilhão letras amarelas verticais se erguiam contra o azul-claro do céu — o nome de uma empresa de carros —, e na segunda letra, no "E" (pena não ser na primeira, no "B" — teria sido uma vinheta alfabética), estava pousado um pássaro preto vivo com bico amarelo (por economia), cantando mais alto que o rádio. A casa onde Fyodor morava era de esquina e se destacava como um grande navio vermelho, carregando uma complexa e vítrea estrutura de torres na proa, como se um arquiteto sem graça, sedado, tivesse de repente enlouquecido e feito uma investida contra o céu. Em todas as pequenas sacadas, que circundavam a casa com camada após camada, havia algo verde em flor, e só a dos Shchyogolev era descuidadamente vazia, com um vaso órfão no parapeito e um pendente cadáver de peles roídas por traças a arejar.

Bem no começo de sua estada nesse apartamento, Fyodor, achando que iria precisar de paz absoluta à noite, reservou-se o direito de jantar em seu quarto. Na mesa, entre os livros, estavam à sua espera dois sanduíches cinzentos com um mosaico vítreo de salsicha, uma xícara de chá velho e um prato de kissel rosado (que sobrara da manhã). Mastigando e bebendo, abriu de novo a *8x8* (mais uma vez espionado por um intrometido N. G. Ch.) e começou a fruir silenciosamente um estudo no qual algumas peças brancas pareciam estar pendendo sobre um abismo e mesmo assim venciam. Então descobriu um encantador jogo de quatro movimentos de um mestre americano, cuja beleza consistia não apenas no recurso do mate escondido com inteligência, mas também no fato de, em resposta a um ataque tentador, mas incorreto, a preta, avançando e bloqueando as próprias peças, conseguia construir no momento certo um impasse hermético. Então, em uma das produções soviéticas (P. Mitrofanov,

Tver), apareceu um belo exemplo de como fracassar: as pretas tinham NOVE peões — tendo o nono sido evidentemente acrescentado no último minuto, a fim de remediar um furo, como se um escritor tivesse mudado apressadamente nas provas "ele certamente saberia" pelo mais correto "ele sem dúvida saberia", sem notar que o que vinha logo em seguida era: "de sua reputação duvidosa".

De repente, ele sentiu uma amarga pontada — por que tudo na Rússia ficara tão ordinário, tão vagabundo e cinzento, como ela podia ter sido tão enganada e confundida? Ou teria a velha "ânsia pela luz" escondido uma falha fatal, que no curso do avanço na direção de um objetivo se tornara mais e mais evidente, até ser revelado que essa "luz" estava queimando na janela de um carcereiro e apenas isso? Quando havia surgido essa estranha dependência entre o aguçamento da sede e o esgotamento da fonte? Nos anos 1840? nos 1860? E "o que fazer" agora? Deve-se rejeitar qualquer anseio pela terra natal, por qualquer terra natal além daquela que está comigo, dentro de mim, que está grudada como a areia prateada do mar à pele das solas de meus pés, vive em meus olhos, em meu sangue, dá profundidade e distância ao pano de fundo de toda esperança da vida? Algum dia, interrompendo minha escrita, olharei pela janela e verei um outono russo.

Alguns amigos dos Shchyogolev que foram passar o verão na Dinamarca deixaram recentemente um rádio para Boris Ivanovich. Dava para ouvi-lo mexendo com o aparelho, estralos e guinchos estrangulados, deslocando fantasmagórica mobília. Estranho passatempo!

Enquanto isso, o quarto ficara escuro; acima dos contornos enegrecidos das casas além do pátio, havia janelas já acesas, o céu tinha uma tonalidade ultramarina e nos fios negros entre as chaminés negras brilhava uma estrela — a qual, como toda estrela, só era visível mudando-se a visão, de forma que todo o resto ficasse fora de foco. Ele apoiou a face no punho e ficou ali sentado à mesa, olhando pela janela. À distância, um grande relógio (cuja posição ele estava sempre se prometendo definir, mas sempre esquecia, sobretudo porque nunca era audível debaixo da camada de sons diurnos) lentamente bateu as nove horas. Estava na hora de ir encontrar Zina.

Eles geralmente se encontravam do outro lado da ponte da ferrovia, numa rua sossegada próxima a Grunewald, onde os maciços das casas (escuras palavras cruzadas, nas quais nem tudo estava preenchido por luz amarela) eram interrompidos por terrenos baldios, hortas e depósitos de carvão ("as cifras e suspiros do escuro" — um verso de Koncheyev), onde havia, por sinal, uma notável cerca feita de uma outra que fora desmontada de algum outro lugar (talvez de outra cidade) e que previamente circundara o acampamento de um circo itinerante, só que as tábuas agora tinham sido colocadas numa ordem sem sentido, como se juntadas por um cego, de modo que os animais do circo um dia pintados nelas e embaralhados durante o trânsito se desintegraram em suas partes componentes — aqui havia a perna de uma zebra, ali o dorso de um tigre, e a anca de algum animal aparecia ao lado da pata invertida de outra criatura: a promessa da vida por uma vida futura se mantivera com respeito à cerca, mas a ruptura das imagens destruíra seu valor terreno de imortalidade; à noite, porém, pouco se podia divisar disso, enquanto as sombras exageradas das folhas (havia um poste de luz perto) pousavam nas tábuas bem logicamente, em perfeita ordem — isso servia como uma espécie de compensação, ainda mais por ser impossível transferi-las para outro lugar, com as tábuas, tendo quebrado e embaralhado o padrão: só podiam ser transferidas in totum, junto com toda a noite.

Esperando a chegada dela. Ela sempre atrasava — e sempre vinha por uma rua diferente da dele. Assim se concluía que até Berlim podia ser misteriosa. A luz da rua aclara a flor de oliva. Um mel escuro e calmo nos domina. A sombra móvel pelo chão se esquiva: em galhos sempre passa a zibelina. O céu derrete nesse além-portão e a água fulge, ali Veneza assoma. Olhai rua — leva até o Japão, e estrelas cobrem o Volga em redoma! Ah, jure para mim sempre sonhar, e acreditar na fantasia apenas. Jamais deixar a alma se apagar, e nunca ver em ti: vazias cenas.

Ela sempre vinha sem aviso algum do escuro, como sombra abandonando seu elemento afim. Seus tornozelos primeiro apareciam: sempre juntos, como se caminhasse numa corda. Vestido curto, cor igual à noite, a cor da luz das ruas e das sombras, de plantas e o chão brilhante — mais pálido que os braços, mais escuro que seu rosto. Esse tipo de verso branco Blók dedicava a Georgi Chulkov. Fyodor beijou seus lábios macios, ela encostou a cabeça em sua clavícula por um momento e depois, libertando-se depressa, caminhou ao lado dele, primeiro com tanta tristeza no rosto como se durante suas vinte horas de separação tivesse ocorrido um desastre insabido, mas depois pouco a pouco foi voltando a si e então sorriu — sorriu como nunca sorria durante o dia. O que nela mais o fascinava? Sua perfeita compreensão, a absoluta sintonia de seu instinto com tudo aquilo que ele amava? Para conversar com ela não era preciso atravessar pontes, e ele mal tinha tempo de notar algum detalhe divertido da noite antes que ela o apontasse. E Zina não só era inteligente e elegantemente feita sob medida para ele por um destino muito minucioso, como ambos, formando uma única sombra, eram feitos à medida de algo não totalmente compreensível, mas maravilhoso, benevolente, a envolvê-los continuamente.

Quando se mudara para os Shchyogolev e a vira pela primeira vez, tivera a sensação de que já sabia muita coisa sobre ela, de que mesmo seu nome lhe era há muito familiar, além de certas características da sua vida, mas, até falar com ela, não era capaz de discernir quando e como sabia disso. De início, ele a via apenas no jantar e a observava cuidadosamente, estudando cada movimento seu. Ela mal falava com ele, embora por certos indícios — não tanto pela pupilas de seus olhos como pelo brilho que pareciam tender para ele — Fyodor sentisse que ela notava cada olhar seu, e que todos os seus movimentos eram restringidos pelos mais leves fiapos da impressão mesma que estava produzindo nele; e, como lhe parecia completamente impossível ter algum papel na vida dela, ele sofria quando detectava algo particularmente encantador nela, e ficava contente e aliviado quando vislumbrava alguma falha em sua beleza. O cabelo claro que radiosa e imperceptivelmente se fundia ao ar ensolarado em torno de sua cabeça, a clara veia azulada na têmpora, outra no pescoço longo e fino, a mão delicada, o cotovelo agudo, a estreiteza dos quadris, a fraqueza dos ombros e a peculiar inclinação para a frente de seu corpo gracioso, como se o chão sobre o qual, ganhando a velocidade de um patinador, ela se apressava rumasse sempre suavemente em declive para o abrigo de uma cadeira ou mesa na qual se via o objeto que buscava — tudo isso ele percebia com torturante nitidez, e então, durante o dia, repetia uma infinidade de vezes em sua memória, voltando mais e mais preguiçoso, pálido, espasmódico, perdendo vida e se apagando como resultado das repetições automáticas da imagem, a se desintegrar em um mero esboço fragmentado e borrado, no qual nada da vida original subsistia; mas, assim que ele a via de novo, todo esse trabalho subconsciente dirigido à destruição de sua imagem, cujo poder ele temia mais e mais, caía por terra, e a beleza de novo se expandia — sua proximidade, sua assustadora acessibilidade ao olhar dele, a união reconstituída de todos os detalhes. Se, durante aqueles dias, ele tivesse de responder perante uma corte pretersensorial (lembre como Goethe disse, apontando a bengala para o céu estrelado: "Lá está minha consciência!"), dificilmente teria decidido dizer que a amava — pois há muito se dera conta de que era incapaz de dar sua alma inteiramente a alguém ou alguma coisa: seu capital funcional era necessário demais para suas próprias questões pessoais; mas, por outro lado, quando olhava para ela imediatamente atingia (só para cair de volta um minuto depois) tais píncaros de ternura, paixão e pena como poucos amantes atingem. E à noite, principalmente depois de longos períodos de trabalho mental, meio saindo do sono não por meio da razão por assim dizer, mas pela porta dos fundos do delírio, com um louco e prolongado arrebatamento, ele sentia sua presença no quarto, numa cama de campanha preparada com descuido e pressa por um contrarregra, a dois passos dele, mas enquanto aninhava sua excitação e deleitava-se na tentação, na brevidade da distância, nas possibilidades celestiais que, incidentalmente, nada tinham da carne (ou melhor, tinham alguma abençoada substituição à carne, expressa em termos semioníricos), ele era atraído de volta ao esquecimento do sono no qual desesperadamente se recolhia, pensando que ainda continuava a conservar seu prêmio. Na verdade, ela nunca aparecia nos sonhos dele, contentando-se em delegar várias representantes e confidentes, que guardavam semelhança com ela, mas que produziam sensações que o faziam de bobo — das quais o amanhecer azulado era testemunha.

E então, acordando completamente para os sons da manhã, ele imediatamente pousava no centro mesmo da felicidade que sugava seu coração, e era bom estar vivo, e cintilava na névoa algum evento especial que estava para acontecer. Porém, ao tentar imaginar Zina, tudo o que via era um tênue esboço que a voz dela do outro lado da parede era incapaz de acender com vida. E uma hora ou duas depois a encontrava à mesa e tudo se renovava, ele de novo entendia que sem ela não haveria nenhuma névoa matinal de felicidade.

Uma noite, quinze dias depois de ele ter se mudado para a casa, ela bateu em sua porta e, com passo altivo e resoluto, uma expressão quase desdenhosa no rosto, entrou, levando na mão um pequeno volume escondido numa capa rosa. "Tenho um pedido", disse, firme e direta. "Pode assinar isso para mim?" Fyodor pegou o livro e reconheceu nele um exemplar de sua coletânea de poemas agradavelmente manuseado, agradavelmente amaciado por dois anos de uso (isso era uma coisa bastante nova para ele). Começou muito devagar a destampar seu tinteiro — embora em outros momentos, quando queria escrever, a rolha espocava como numa garrafa de champanhe; nesse meio-tempo, Zina, olhando seus dedos a mexer na rolha, acrescentou depressa: "Só o seu nome, por favor, só o seu nome". F. Godunov-Cherdyntsev assinou seu nome e estava a ponto de colocar a data, mas pensou melhor, temendo que ela pudesse detectar nisso alguma ênfase vulgar. "Está bem assim, obrigada", ela disse e saiu, assoprando a página.

Dois dias depois, era domingo, e por volta das quatro horas de repente ficou claro que ela estava sozinha em casa; ele lia em seu quarto; ela estava na sala de jantar e de vez em quando fazia breves expedições a seu quarto, do outro lado do corredor, assobiando ao se deslocar, e em seus passos leves e vivos havia um enigma topográfico, uma vez que a porta da sala dava direto para o quarto dela. Mas estamos lendo e vamos continuar lendo. "Mais, mais e por tanto tempo quanto possível, estarei em um país estrangeiro. E, embora meus pensamentos, meu nome, minhas obras pertençam à Rússia, eu próprio, meu organismo mortal, será removido dela" (e ao mesmo tempo, em suas caminhadas na Suíça, o homem capaz de escrever *assim* costumava matar com a bengala os lagartos que atravessavam seu caminho — "a ninhada do diabo" — como dizia com o melindre de um ucraniano e o ódio de um fanático). Um retorno inimaginável! O regime; que me importa! Sob uma monarquia — bandeiras e tambores, sob uma república — bandeiras e eleições... Ela passou de novo. Não, ler não era possível, eufórico demais, tomado demais pela sensação de que outro em seu lugar teria avançado e se dirigido a ela com um casual *savoir-faire*; mas, quando ele imaginou a si mesmo indo a seu encontro, entrando na sala de jantar sem saber o que dizer, começou a desejar que ela saísse logo ou que os Shchyogolev voltassem para casa. E no momento exato em que decidiu parar de ouvir e dedicar sua atenção integral a Gógol, Fyodor levantou depressa e foi para a sala de jantar.

Ela estava sentada à porta da sacada, e com os lábios brilhantes semiabertos enfiava a linha numa agulha. Pela porta aberta dava para ver a pequena sacada estéril e ouvir o pequeno tinir e retinir de pingos de chuva saltitando: era uma pancada pesada e quente de abril.

"Desculpe, não sabia que estava aqui", disse Fyodor, mentindo. "Só queria dizer uma coisa sobre aquele meu livro: não é para valer, os poemas são ruins, quer dizer, não todos ruins, mas no geral. Os que tenho publicado nestes últimos dois anos na *Gazeta* são muito melhores."

"Gostei muito daquele que você recitou na noite de poesia", ela disse. "Aquele da andorinha que gritou."

"Ah, você estava lá? É. Mas tenho ainda melhores, garanto."

De repente, ela pulou da cadeira, jogou a costura no assento, e com os braços balançando inclinou-se para a frente, em passos rápidos e deslizantes foi para seu quarto e voltou com alguns recortes de jornal: poemas dele e de Koncheyev.

"Mas acho que não tenho tudo aqui", observou.

"Não sabia que essas coisas aconteciam", disse Fyodor, e acrescentou, canhestro: "Agora vou pedir para eles fazerem furinhos em volta com um perfurador, sabe, como cupons, para você poder destacar mais fácil."

Ela continuou ocupada com uma meia esticada em cima de um cogumelo de madeira, e sem erguer os olhos, mas sorrindo depressa e furtiva, disse:

"Sei também que você morava na rua Tannenberg, número sete, eu ia sempre lá."

"Ia?", Fyodor perguntou, surpreso.

"Eu conhecia a esposa do Lorentz em São Petersburgo, ela me dava aula de desenho."

"Que estranho", disse Fyodor.

"O Romanov agora está em Munique", ela continuou. "Um sujeito muito censurável, mas sempre gostei das coisas dele."

Falaram sobre Romanov e seus quadros. Ele atingira plena maturidade. Museus estavam comprando suas obras. Tendo passado por tudo, carregado com rica experiência, ele voltara para uma expressiva harmonia de linha. Conhece o "Futebolista" dele? Há uma reprodução nesta revista, olhe aqui. O rosto pálido, suado, distorcido de tensão de um jogador mostrado da cabeça aos pés, se preparando a toda velocidade para chutar a gol com força terrível. Cabelo ruivo tosado, mancha de lama na têmpora, os músculos rijos do pescoço nu. Uma camiseta amassada, encharcada, violeta, grudada em certos pontos do corpo, desce por cima do short manchado, atravessada por uma maravilhosa diagonal de uma dobra forte. Ele está no ato de chutar a bola de lado; uma mão erguida com os dedos abertos participa da tensão, do impulso geral. Mas o mais importante, claro, são as pernas: uma coxa branca brilhante, um enorme joelho com cicatrizes, chuteiras inchadas de lama escura, grossas e informes, mas mesmo assim marcadas com uma elegância extraordinariamente precisa e poderosa. A meia escorregou por uma panturrilha vigorosamente torcida, um pé enterrado na lama rica, o outro a ponto de chutar — e como! — a horrenda bola negra de piche — e tudo isso contra o fundo cinza escuro saturado de chuva e neve. Olhando esse quadro dava para *já* ouvir o chiado do míssil de couro, *já* ver o mergulho desesperado do goleiro.

"E sei de uma outra coisa", disse Zina. "Você ia me ajudar com uma tradução, o Charski falou com você a respeito, mas por alguma razão você não apareceu."

"Que estranho", Fyodor repetiu.

Ouviu-se um baque no corredor — era Marianna Nikolavna voltando — e Zina deliberadamente se levantou, recolheu a costura e foi para seu quarto — só depois Fyodor entendeu por que ela considerara necessário agir assim, mas no momento pareceu-lhe descortesia —, e quando a sra. Shchyogolev entrou na sala de jantar o resultado foi como se ele estivesse roubando açúcar do aparador.

Uma tarde, alguns dias depois, de seu quarto ele ouviu uma conversa inflamada — cujo ponto principal era que iam chegar hóspedes e que era hora de Zina descer com a chave. Ele ouviu quando ela saiu e, depois de um breve conflito interno, achou que podia dar um passeio — digamos, até a máquina do jardim público para comprar um selo. Para completar a ilusão, pôs um chapéu, embora praticamente nunca o usasse. A luz da minuteria se apagou quando ele estava descendo, mas imediatamente houve um clique e a luz acendeu de novo: ela ali embaixo é que havia apertado o botão. Ele a encontrou parada junto à porta de vidro, brincando com o chaveiro em torno do dedo, toda fortemente iluminada, tudo brilhando — a malha turquesa de seu casaco, as unhas e até os pelinhos do antebraço.

"Está destrancada", ela disse, mas ele parou e ambos começaram a olhar através do vidro a noite escura, imóvel, a luz de gás, a sombra da cerca.

"Parece que eles não chegaram", ela murmurou, tilintando as chaves suavemente.

"Faz tempo que está esperando?", ele perguntou. "Se quiser, eu fico aqui." Nesse momento a luz se apagou. "Se quiser, eu fico aqui a noite inteira", ele acrescentou no escuro.

Ela riu e depois suspirou abruptamente, como se aborrecida com a espera. Através do vidro, a luz cinzenta da rua caía sobre ambos, e a sombra da grade de ferro da porta ondulava sobre ela e continuava, oblíqua, sobre ele, como uma correia a tiracolo, enquanto um arco- -íris prismático riscava a parede. E, como sempre acontecia com ele — embora mais profundamente dessa vez do que antes —, Fyodor sentiu de repente — naquele escuro vítreo — a estranheza da vida, a estranheza de sua mágica, como se um canto dela tivesse voltado atrás um instante e ele pudesse ver de relance seu forro desusado. Próximo a seu rosto estava a macia face cinérea dela, cortada por uma sombra, e quando Zina, de repente, com um espanto misterioso e um brilho mercurial nos olhos, virou-se para ele e a sombra ficou sobre seus lábios, transformando-a estranhamente, ele se aproveitou da absoluta liberdade desse mundo de sombras para pegá-la pelos cotovelos fantasmagóricos; mas ela deslizou para fora do padrão, e com um rápido toque de dedo restaurou a luz.

"Por quê?", ele perguntou.

"Explico outra hora", Zina respondeu, sem tirar os olhos dele.

"Amanhã", disse Fyodor.

"Tudo bem, amanhã. Só quero avisar que não vai haver nenhuma conversa entre mim e você na minha casa. Isso é final e definitivo."

"Então vamos..." ele começou a dizer, mas nesse momento o atarracado coronel Kasatkin e sua esposa alta e apagada apareceram do outro lado da porta.

"Uma boa-noite para você, minha linda", disse o coronel, fendendo a noite com um só golpe. Fyodor saiu para a rua.

No dia seguinte, deu um jeito de pegá-la num canto quando voltou do trabalho. Combinaram de se encontrar depois do jantar num banco que ele tinha visto na noite anterior.

"Bom, por quê?", ele perguntou quando se sentaram.

"Por cinco razões", ela respondeu. "Em primeiro lugar, porque não sou alemã, em segundo porque só na quarta-feira passada rompi com meu noivo, em terceiro porque seria... bom, inútil, em quarto porque você não me conhece e em quinto..." Ela se calou e Fyodor cautelosamente beijou seus lábios ardentes, derretidos, tristonhos. "Por isso", ela disse, passando os dedos sobre os dele e apertando com força.

A partir de então, encontravam-se todas as noites. Marianna Nikolavna, que nunca ousava perguntar nada a ela (a mera insinuação de uma pergunta produzia uma tormenta familiar), adivinhou que sua filha estava se encontrando com alguém, ainda mais sabendo do noivo misterioso. Ele era uma pessoa estranha, doentia, desequilibrada (assim, ao menos, era como Fyodor o imaginava pela descrição de Zina — e, claro, essas pessoas *descritas* são geralmente dotadas de uma característica básica: nunca sorriem), que ela conhecera quando tinha dezesseis anos, três anos antes, ele doze anos mais velho que ela, e nessa diferença de idade havia também algo sombrio, desagradável e amargo. Além disso, segundo o relato dela, seus encontros tinham ocorrido sem nenhum sentimento de amor ser expresso, e, porque ela nunca fez referência a nem um único beijo, a impressão que dava era que tinha sido apenas uma infindável sucessão de conversas tediosas. Ela recusou resolutamente revelar o nome ou mesmo o tipo de trabalho dele (embora tenha dado a entender que ele era, em certo sentido, um homem brilhante), e Fyodor ficou secretamente agradecido por isso, entendendo que um fantasma sem nome nem ambiente se desmancharia com mais facilidade — mas mesmo assim experimentou pontadas de desagradável ciúme que tentou não questionar, mas esse ciúme estava sempre presente na esquina, e a ideia de que em algum lugar, em algum momento, pelo que sabia, podia encontrar o olhar ansioso e lamentoso desse cavalheiro fazia com que tudo em torno dele assumisse hábitos de vida noturnos, como a natureza durante um eclipse. Zina jurou que nunca o amara, que por falta de força de vontade arrastara um fatigado romance com ele e teria continuado a fazê-lo se não fosse pela chegada de Fyodor; mas ele não discernia nenhuma falta de força de vontade específica nela, ao contrário, notava uma mistura de timidez feminina e determinação pouco feminina em tudo. Apesar da complexidade da mente de Zina, uma simplicidade muito convincente lhe era natural, de forma que ela podia se permitir muita coisa de que outras seriam incapazes, e a própria velocidade de sua reunião parecia a Fyodor absolutamente natural à luz firme e direta que ela projetava.

Em casa, ela se comportava de tal maneira que era monstruoso imaginar um encontro noturno com aquela moça estranha, amuada; mas não era falsidade e sim mais uma forma idiossincrática de ser direta. Quando, uma vez, ele a deteve de brincadeira no estreito corredor, ela ficou pálida de raiva e não foi ao encontro dele essa noite, depois obrigou-o a jurar que nunca mais faria aquilo. Ele logo entendeu o porquê: a situação doméstica era de nível tão baixo que, tendo isso como pano de fundo, o toque fugidio de mãos entre um inquilino e a filha do senhorio teria se transformado simplesmente em "conduta imprópria".

O pai de Zina, Oscar Grigorievich Mertz, tinha morrido de angina pectoris em Berlim quatro anos antes, e, imediatamente depois de sua morte, Marianna Nikolavna se casara com um homem que Mertz não teria permitido entrar em sua casa, um daqueles russos salientes e vulgares que, quando a ocasião se apresenta, saboreiam a palavra *Yid* [judeu] como se fosse um figo maduro. Mas, sempre que Shchyogolev não estava em casa, simplesmente aparecia ali um daqueles seus suspeitos amigos de negócios, um esquelético barão báltico com quem Marianna Nikolavna o enganava — e Fyodor, que viu o barão uma ou duas vezes, não podia deixar de se perguntar, com um estremecimento de aversão, o que podiam ver um no outro e, se viam alguma coisa, que procedimento adotariam aquela mulher idosa, carnuda, com cara de sapo e aquele velho esqueleto de dentes podres.

Às vezes, era torturante saber que Zina estava sozinha no apartamento e seu acordo o impedia de falar com ela, era torturante de um modo completamente diferente quando Shchyogolev ficava sozinho em casa. Nada amante da solidão, Boris Ivanovich logo começava a se entediar, e de seu quarto Fyodor ouvia a crescente agitação de seu tédio, como se todo o apartamento lentamente ficasse cheio de bardanas — que já brotavam até na sua porta. Ele rezava ao destino que alguma coisa pudesse distrair Shchyogolev, mas (até ele conseguir o rádio) a salvação parecia não vir. Inevitavelmente, chegava o toque abominável, cheio de tato, e Boris Ivanovich, horrivelmente sorridente, se esgueirava de lado no quarto. "Estava dormindo? Estou incomodando?", ele perguntava, vendo Fyodor deitado de costas no sofá e então, ingressando por completo, fechava bem a porta ao passar e sentava-se aos pés de Fyodor, suspirando: "É mortalmente chato, mortalmente chato", dizia, e embarcava em algum assunto de que gostava. No reino da literatura, tinha em alta conta *L'homme qui assassina*, de Claude Farrère, e no reino da filosofia havia estudado o *Protocolos dos sábios de Sião*. Era capaz de discutir esses dois livros durante horas, e parecia não ter lido mais nada na vida. Era generoso com histórias de prática judicial nas províncias e com anedotas judaicas. Em vez de "tomamos um pouco de champanhe e partimos", ele se expressava assim: "a gente mandou ver numa garrafa de espumante — e pé na estrada". Como a maioria dos tagarelas, suas reminiscências sempre continham algum excepcional interlocutor que lhe contava infinitas coisas de interesse ("nunca encontrei alguém tão inteligente como ele em toda minha vida", observava um tanto incivilizadamente) — e, como era impossível imaginar Boris Ivanovich no papel de ouvinte silencioso, era preciso admitir que se tratava de uma forma especial de dupla personalidade.

Uma vez, quando notou algumas folhas manuscritas em cima da mesa de Fyodor, disse, adotando um tom sincero na voz: "Ah, se eu tivesse uma horinha ou duas, que romances eu não escreveria! Da vida real. Imagine uma coisa assim: um macaco velho — mas ainda dando no couro, forte, com sede de felicidade — conhece uma viúva, e ela tem uma filha, ainda bem pequena — sabe como é? — quando nada nela ainda tem forma, a menina já tem um jeito de andar que deixa a gente maluco — Um fiapinho de menina, muito loira, pálida, de olheira azulada — e, é claro, ela nem olha para o bode velho. Fazer o quê? Bom, sem pensar muito, ele pega e casa com a viúva. Tudo bem. Vão morar os três juntos. Aí dá para continuar sem fim — a tentação, o tormento eterno, o desejo, as loucas esperanças. E o desfecho — o erro de cálculo. O tempo voa, ele fica mais velho, ela desabrocha — e nada ainda. Só passa e fuzila a gente com um olhar de desprezo. Há? Percebe o tipo de tragédia dostoievskiana? Essa história, sabe, aconteceu com um grande amigo meu, era uma vez numa terra de fadas quando o Velho Rei era feliz". E Boris Ivanovich, desviando os olhos, projetou os lábios e emitiu um som explosivo e melancólico.

"Minha cara-metade", disse em outra ocasião, "foi durante vinte anos esposa de um judeu e se enrolou com um bando de parentes judeus. Eu tive de botar muito esforço para me livrar daquele fedor. Zina [ele chamava alternadamente sua enteada de Zina ou Aida, dependendo de seu humor], graças a Deus, não tem nada específico — você precisava ver a prima dela, uma dessas morenas gordinhas, sabe, com buço em cima da boca. Na verdade, me ocorreu que a minha Marianna, quando era madame Mertz, deve ter tido outros interesses — não dá para evitar, somos atraídos para nossa própria gente, sabe. Deixe que ela mesma conta para você como ficava sufocada naquele clima, os parentes que ela arrumou — ah, meu *Gott* — todo mundo matraqueando na mesa e ela servindo o chá. E pensar que a mãe dela era dama de companhia da Imperatriz e que ela própria frequentou a escola Smolny para moças — e depois foi e casou com um jacó —, até hoje ela não sabe explicar como isso aconteceu: ele era rico, ela diz, e ela era tonta, os dois se conheceram em Nice, ela fugiu para Roma com ele — ao ar livre, sabe?, tudo parecia diferente —, bom, mas logo depois o pequeno clã se fechou em volta dela, e ela viu que estava empacada."

Zina contava diferente. Em sua versão, a imagem do pai assumia algo do Swann de Proust. O casamento com sua mãe e sua vida subsequente tinham os tons de uma névoa romântica. A julgar por suas palavras e a julgar também pelas fotografias dele, tinha sido um homem refinado, nobre, inteligente e gentil — mesmo naquelas rígidas fotografias de estúdio de São Petersburgo, com o carimbo em ouro de uma assinatura no papelão duro, que ela mostrou a Fyodor à noite sob a luz do poste, o bigode loiro antiquado, luxuriante, e os colarinhos altos não conseguiam estragar os traços delicados e diretos, o olhar risonho. Zina falou de seu lenço perfumado, da paixão por corridas de cavalos e música, que em sua juventude ele tinha derrotado um grande mestre do xadrez em visita e que recitava Homero de cor: ao falar dele, selecionava coisas que tocavam a imaginação de Fyodor, uma vez que parecia detectar nele algo moroso e entediado em sua reação às reminiscências do pai, que eram das coisas mais preciosas que tinha para lhe mostrar. Ele próprio notava em si essa reação estranhamente lenta. Zina possuía uma qualidade que o embaraçava: sua vida doméstica havia desenvolvido nela um orgulho morbidamente agudo, de forma que, mesmo quando falava com Fyodor, se referia a sua raça com ênfase desafiadora, como se ressaltasse o fato de que tomava por certo (fato que a ênfase desmentia) que ele considerava os judeus sem a hostilidade presente em maior ou menor grau na maioria dos russos, e que o fazia sem o sorriso frio de boa vontade forçada. No começo, ela retesou essas cordas a tal ponto que ele, que no geral não ligava a mínima para a classificação das pessoas por raça, ou para inter-relações raciais, começou a se sentir um pouco sem jeito em relação a ela, e, por outro lado, sob a influência de seu ardente e vigilante orgulho, ele tomou consciência de uma espécie de vergonha pessoal por ouvir em silêncio as asneiras lamentáveis de Shchyogolev e seu truque de russo insincero ao imitar em tom farsesco o sotaque judeu, quando dizia, por exemplo, a um hóspede molhado que deixara marcas no tapete: "*Oy*, que *xujerra!*".

Durante algum tempo após a morte do pai, os antigos amigos e parentes do seu lado da família continuaram automaticamente a visitar Zina e a mãe; mas pouco a pouco foram rareando e se afastaram, e apenas um velho casal por longo tempo continuou vindo, com pena de Marianna Nikolavna, com pena do passado e tentando ignorar Shchyogolev, que se retirava para o quarto com uma xícara de chá e um jornal. Mas Zina continuara preservando sua ligação com o mundo que a mãe traíra, e por conta das visitas a esses antigos amigos ela mudou excepcionalmente, ficou mais suave e delicada (ela própria observou isso), ao sentar para o chá em meio à conversa sossegada dos velhos sobre doenças, casamentos e literatura russa.

Em casa, ela era infeliz e desprezava essa infelicidade. Desprezava também seu trabalho, mesmo tendo um chefe judeu, porém judeu alemão, i.e., em primeiro lugar alemão, de forma que não tinha nenhum escrúpulo em falar mal dele na presença de Fyodor. Era com tal vivacidade, tal amargura, tal repulsa que lhe contava coisas daquele escritório de advocacia, onde trabalhava havia já dois anos, que Fyodor via e sentia o cheiro de tudo como se ele próprio tivesse estado lá naquele mesmo dia. Para ele, a atmosfera do escritório lembrava um pouco Dickens (numa paráfrase alemã, é verdade) — um mundo semilouco de melancólicos homens magros e de gordos repulsivos, de subterfúgios, sombras negras, focinhos de pesadelo, poeira, fedor e lágrimas femininas. Começava numa escada escura, íngreme, incrivelmente dilapidada, que combinava perfeitamente com a sinistra decrepitude das instalações do escritório, um estado de coisas verdadeiro não apenas para a sala do advogado chefe, com suas poltronas estofadas e gigantescos móveis com vidros nos tampos. A sala principal, grande, simples, com janelas nuas que tremiam, era sufocada por um acúmulo de mobília suja, empoeirada — especialmente horrível era o sofá, de uma cor roxa sem graça, com molas saltadas, um objeto horrível, obsceno, jogado ali depois de ter passado pelas salas de todos os três diretores — Traum, Baum e Käsebier. As inúmeras estantes cobrindo cada centímetro de parede estavam tomadas por tristonhas pastas azuis, suas etiquetas compridas projetadas para fora, ao longo das quais, de quando em quando, se arrastava um faminto e litigioso percevejo. Junto às janelas, trabalhavam quatro datilógrafas: uma era uma corcunda que gastava o salário em roupas; a segunda, uma coisinha magra, fugidia, cujo pai, um açougueiro, tinha sido morto com um gancho de carne por seu filho destemperado; a terceira era uma moça indefesa que estava fazendo aos poucos o enxoval, e a quarta, uma mulher casada, uma loira sacudida, cuja alma era pouco mais que uma réplica de seu apartamento, e que contava emocionadamente como, após um dia de TRABALHO ESPIRITUAL, sentia tal sede de relaxamento com trabalho físico que, ao chegar em casa, abria todas as janelas e alegremente se punha a lavar. O gerente do escritório, Hamekke (um animal gordo, grosseiro, com pés malcheirosos e um furúnculo na nuca a purgar perpetuamente, que gostava de lembrar como, em seus dias de sargento, fizera recrutas desastrados limparem o chão do refeitório com escovas de dentes), costumava perseguir as duas últimas com especial prazer — uma porque a perda do emprego significaria não se casar, a outra porque chorava por qualquer coisinha — aquelas abundantes e ruidosas lágrimas que eram tão fáceis de provocar lhe davam um grande prazer. Praticamente iletrado, mas dotado de mão de ferro, capaz de imediatamente agarrar o aspecto menos saboroso de qualquer caso, ele era altamente valorizado por seus patrões, Traum, Baum e Käsebier (um idílio completamente alemão com mesinhas no gramado e uma bela vista). Baum era raramente visto; as donzelas do escritório achavam que ele se vestia maravilhosamente, e na verdade seu terno era rígido como uma estátua de mármore, com vincos de calça eternos e colarinho branco preso à camisa colorida. Käsebier curvava-se diante de seus clientes prósperos (na realidade os três se curvavam), mas, quando ficava zangado com Zina, acusava-a de fazer pose. O patrão, Traum, era um homem baixote, o cabelo distribuído de forma a esconder o ponto calvo, com um perfil que parecia a parte externa de uma meia-lua, mãos minúsculas e corpo informe, mais largo que gordo. Ele amava a si mesmo com um amor apaixonado e completamente recíproco, era casado com uma viúva rica e velha, e, tendo algo de ator em sua natureza, esforçava-se por fazer tudo com estilo, gastava milhares para se exibir e brigava com a secretária por causa de um tostão; exigia dos empregados que se referissem a sua mulher como "*die gnädige Frau*" ("a madame telefonou", "a madame deixou um recado") e gabava-se de uma sublime ignorância do que acontecia no escritório, embora de fato soubesse de tudo por intermédio de Hamekke, até o último borrão de tinta. Na qualidade de um dos consultores legais da embaixada francesa, viajava várias vezes a Paris e, como sua característica mais notável era uma tremenda desfaçatez na obtenção de vantagens, estabelecia energicamente relações úteis enquanto estava lá, pedindo descaradamente recomendações, atormentando, se impondo a pessoas sem sentir as censuras — sua pele era grossa como uma carapaça. A fim de conquistar popularidade na França, escrevia pequenos livros em alemão sobre temas franceses (*Três retratos*, por exemplo — da imperatriz Eugénie, de Briand e de Sarah Bernhardt) e, no curso de sua preparação, a coleta de material se transformava em coleta de contatos. Essas obras compiladas apressadamente, no terrível *estilo moderno* da república alemã (e essencialmente pouco concedendo às obras de Ludwig e dos Zweig), eram ditadas por ele a sua secretária entre negócios, quando ele de repente afetava um jorro de inspiração, cujo fluxo, incidentalmente, sempre coincidia com um momento de tempo livre. Algum professor de francês, a cuja amizade havia se insinuado, uma vez respondeu a uma epístola sua muito terna com uma crítica extremamente dura (para um francês): "O senhor escreve o nome Deschanel às vezes com um *accent aigu*, outras vezes sem. Uma vez que é preciso certa uniformidade, seria bom o senhor tomar uma firme decisão quanto ao sistema que deseja adotar e segui-lo sempre. Se por alguma razáo deseja escrever o nome corretamente, então escreva sem um *accent*". Traum logo respondeu com uma carta arrebatadamente agradecida, continuando ao mesmo tempo a pedir favores. Oh, como arredondava e amaciava bem suas cartas, quantos trinados e ruídos teutônicos havia nas infindáveis modulações de suas aberturas e conclusões, que cortesias: "*Vous avez bien voulu bien vouloir*"...

Sua secretária, Dora Wittgenstein, que trabalhava para ele havia catorze anos, ocupava ao lado de Zina uma pequena sala mofada. Essa mulher de meia-idade, com bolsas debaixo dos olhos, cheirando a carcaça em meio à água-de-colônia barata, que trabalhava em qualquer horário e havia ressecado a serviço de Traum, parecia um infeliz cavalo exausto com todo seu sistema muscular deslocado, restando apenas uns poucos tendóes férreos. Era pouco instruída, organizava sua vida de acordo com dois ou três conceitos de aceitação geral e, em seus contatos com os franceses, era conduzida por certas regras particulares. Quando Traum estava escrevendo seu "livro" periódico, ele a chamava para sua casa aos domingos, regateava seu pagamento e a mantinha por horas extras; e às vezes ela informava orgulhosamente a Zina que o motorista dele a levara para casa, ou ao menos até o ponto do bonde.

Zina tinha de trabalhar não apenas nas traduções, mas também, como todas as outras datilógrafas, na cópia de longas petições apresentadas à corte. Frequentemente precisava também anotar em taquigrafia, na presença de um cliente, as circunstâncias de um caso, muitas vezes referente a divórcio. Esses casos eram todos bastante sórdidos — grumos de todo tipo de sujeira e estupidez colados uns aos outros. Um sujeito de Kottbus divorciando-se de uma mulher que, segundo ele, era anormal, acusou-a de se consorciar com um dogue alemão; a testemunha principal era a zeladora, que dizia ter ouvido, através da porta, a esposa falando com o cachorro e expressando prazer quanto a certos detalhes de seu organismo.

"Para você só é engraçado", Zina disse zangada, "mas sinceramente não consigo continuar, não consigo, e eu abandonaria tudo isso imediatamente se não soubesse que outro escritório terá a mesma imundície, ou pior. Essa sensação de esgotamento no fim do dia é uma coisa fenomenal, nem dá para descrever. Para que eu sirvo? Minha coluna dói tanto com toda essa datilografia que me dá vontade de gritar. E o principal é que nunca vai terminar, porque se terminasse não teríamos o que comer — minha mãe não pode fazer nada, não pode nem trabalhar como cozinheira porque ia ficar suspirando na cozinha do patrão e quebrando os pratos, e o sórdido do marido dela só sabe falir, na minha opinião ele já estava falido quando nasceu. Não faz ideia do ódio que tenho dele, é um porco, um porco, um porco..."

"Podemos fazer presunto com ele", disse Fyodor. "Eu também tive um dia bem difícil. Queria escrever um poema para você, mas de alguma forma ele ainda não ficou muito claro."

"Meu querido, minha alegria", ela exclamou, "será que isso tudo é verdade — essa cerca e aquela estrela borrada? Quando eu era pequena não gostava de desenhar nada que não acabasse, então não desenhava cercas porque elas não acabam no papel; não dá para imaginar uma cerca que termina, mas eu sempre fazia alguma coisa completa, uma pirâmide, uma casa num morro."

"E eu gostava principalmente de horizontes, com traços que iam diminuindo por baixo, para representar a trilha do sol se pondo no mar. E o maior tormento quando eu era criança era um lápis sem ponta ou um giz de cera quebrado."

"Mas os apontados... Lembra do lápis branco? Sempre o mais comprido — ao contrário do vermelho e do azul — porque não tinha muita função, lembra?"

"Mas como ele queria agradar! O drama do albino, *L'inutile beauté*. De todo modo, mais tarde eu deixei ele trabalhar. Exatamente porque desenhava o invisível e podia se imaginar uma porção de coisas. No geral, existem possibilidades ilimitadas à nossa espera. Só que sem anjos, ou, se tem de ter um anjo, então que seja com uma imensa cavidade peitoral e asas como um híbrido entre uma ave-do--paraíso e um condor, e garras para levar as almas jovens embora — não 'abraçadas', como diz Lermontov."

"É, eu também não acredito que a gente acabe aqui. Não consigo imaginar que a gente pare de existir. De qualquer forma, eu não ia gostar de me transformar em outra coisa."

"Em luz difusa? O que você acha disso? Não é muito bom, eu diria. Estou convencido de que existem surpresas extraordinárias à nossa espera. É uma pena não dar para imaginar algo que não podemos comparar com nada. Genial é um africano sonhar com neve. Sabe o que mais surpreendeu os primeiros peregrinos russos quando estavam atravessando a Europa?"

"A música?"

"Não, as fontes nas cidades, as estátuas molhadas."

"Às vezes, me chateia você não ter sensibilidade para música. Meu pai tinha tanto ouvido que às vezes deitava no sofá e cantarolava uma ópera inteira, do começo ao fim. Uma vez ele estava deitado assim, alguém entrou na sala ao lado, começou a conversar com a minha mãe e ele me disse: 'Essa voz é de fulano, eu estive com ele em Carlsbad vinte anos atrás e ele prometeu que um dia ia me procurar'. Tinha ouvido a esse ponto."

"Eu encontrei Lishnevski hoje e ele mencionou um amigo que reclamou de Carlsbad, de como não é mais o que era. Naquele tempo!, ele disse: você parava com sua caneca de água e do seu lado estava o rei Eduardo... homem bonito, imponente... terno de tecido inglês de verdade... Ora, por que você se ofendeu? Qual o problema?"

"Nada. Tem coisas que você nunca vai entender."

"Não diga isso. Por que sua pele é quente aqui e fria aqui? Não está com frio? Melhor dar uma olhada naquela mariposa na luz."

"Já dei faz tempo."

"Quer que eu conte por que as mariposas voam para a luz? Ninguém sabe isso."

"E você sabe?"

"Sempre me parece que dentro de um minuto vou adivinhar, se pensar bem. Meu pai falava que parecia acima de tudo uma perda de equilíbrio, como quando alguém está aprendendo a andar de bicicleta e sente atração pela vala. A luz, comparada ao escuro, é um vazio. Olhe como ela gira! Mas tem uma coisa mais profunda aí, daqui a um minuto eu entendo."

"É uma pena você não ter escrito seu livro, afinal. Ah, eu tenho mil planos para você. Tenho uma sensação tão clara de que um dia você vai realmente deslanchar. Escrever alguma coisa grande para deixar todo mundo de boca aberta."

"Eu vou escrever", disse Fyodor Konstantinovich, brincando, "uma biografia de Chernishevski."

"O que você quiser. Mas tem de ser muito, muito genuína. Não preciso dizer o quanto eu gosto dos seus poemas, mas eles nunca ficam inteiramente à sua altura, todas as palavras são de um tamanho menor que suas palavras de verdade."

"Ou um romance. É estranho, parece que eu me lembro de palavras futuras, mesmo não sabendo sobre o que será. Vou lembrar delas completamente e escrever. Me diga, a propósito, como você tende a ver isso: vamos nos encontrar a vida inteira assim, lado a lado num banco?"

"Ah, não", ela respondeu numa voz sonhadora e musical. "No inverno, nós vamos dançar e, neste verão, quando eu estiver de férias, vou passar duas semanas na praia e mando um cartão-postal das ondas para você."

"Eu também vou passar duas semanas na praia."

"Acho que não. E depois não esqueça que nós temos de nos encontrar algum dia no roseiral do Tiergarten, onde tem a estátua da princesa com o leque de pedra."

"Lindos projetos", disse Fyodor.

Mas, alguns dias depois, ele topou com aquele exemplar da *8x8*; folheou-o, olhou os trechos inacabados e, quando todos os problemas estavam resolvidos, passou os olhos pelas duas colunas do excerto do diário de Chernishevski em sua juventude; deu uma olhada, sorriu e começou a ler de novo, com interesse. O estilo jocoso e circunstancial, os advérbios inseridos meticulosamente, a paixão pelo ponto e vírgula, o atolar do pensamento no meio da frase e as desajeitadas tentativas de extricá-lo (quando então enganchava imediatamente em alguma outra coisa, fazendo o autor se preocupar do começo com uma nova solução), o tom surrado e áspero de cada palavra, os movimentos indiretos de sentido no comentário trivial de suas mínimas ações, a viscosa inaptidão dessas ações (como se alguma cola de carpinteiro tivesse grudado nas mãos do homem e fossem ambas esquerdas), a seriedade, a frouxidão, a sinceridade, a pobreza — tudo isso agradava tanto a Fyodor, ele ficou tão intrigado e estimulado pelo fato de um autor com aquele estilo mental e verbal ser considerado influente no destino literário da Rússia que, na manhã seguinte, retirou na biblioteca estatal as obras completas de Chernishevski. E, conforme as lia, sua perplexidade só aumentava, e essa sensação continha um tipo especial de alegria.

Quando, uma semana depois, aceitou por telefone um convite de Alexandra Yakovlevna ("Por que a gente nunca vê você? Me diga, está livre hoje à noite?"), ele não levou consigo a *8x8* para mostrar aos amigos: a revistinha agora possuía um valor sentimental para ele, uma lembrança de um encontro. Entre os convidados, estavam o engenheiro Kern e um cavalheiro espaçoso, de pele muito lisa e taciturno, com o rosto gordo e antiquado, por nome Goryainov, que era conhecido por ser capaz de imitar lindamente (esticando bem a boca, fazendo sons úmidos ruminantes e falando em falsete) um certo jornalista infeliz e esquisito, de má reputação, e se acostumara com essa imagem (que assim se vingava dele) a tal ponto que não só puxava para baixo os cantos da boca ao imitar outros de seus conhecidos, como começou a parecer assim também na conversa normal. Alexander Chernishevski, mais magro e mais quieto depois de sua doença — sendo esse o preço para redimir sua saúde por algum tempo —, parecia naquela noite bastante vivo de novo, e até mesmo o seu tique nervoso havia voltado; mas o fantasma de Yasha não ficava mais sentado no canto, apoiando o cotovelo entre os livros desarrumados.

"Continua satisfeito com suas acomodações?", perguntou Alexandra Yakovlevna. "Bom, fico contente. Não flerta com a filha? Não? A propósito, outro dia me lembrei que uma época Mertz e eu tínhamos conhecidos em comum — ele era um homem maravilhoso, um cavalheiro em todos os sentidos da palavra — mas não creio que ela dê muita importância a reconhecer suas origens. Ela admite essas origens? Bom, não sei. Desconfio que você não entenda muito desses assuntos."

"De qualquer forma, é uma moça de atitude", disse o engenheiro Kern. "Uma vez a vi numa reunião do comitê de dança. Ela olhava tudo com o nariz empinado."

"E como é o nariz dela?", Alexandra Yakovlevna perguntou.

"Sabe, para dizer a verdade não olhei com muito cuidado, e no final das contas toda moça aspira a ser uma beldade. Não sejamos maldosos."

Goryainov, sentado com as mãos cruzadas sobre a barriga, estava silencioso, exceto por erguer vez ou outra o queixo carnoso com um repelão bizarro e agudamente limpar a garganta, como se chamasse alguém. "Sim, obrigado, gostaria de fato", dizia com uma inclinação de cabeça sempre que lhe ofereciam geleia ou um copo de chá; e, se queria dizer algo a seu vizinho, não se voltava para ele, mas levava a cabeça mais perto, ainda olhando à frente, e, tendo feito a observação ou a pergunta, lentamente se afastava outra vez. Numa conversa com ele havia estranhos silêncios, porque ele não reagia a suas falas de forma nenhuma e não olhava para você, mas deixava o olhar castanho de seus olhinhos de elefante passear pela sala e convulsivamente limpava a garganta. Quando falava de si mesmo, era sempre numa veia tristemente humorística. Toda a sua aparência evocava por alguma razão associações tão obsoletas como, por exemplo, departamento do interior, sopa de vegetais fria, galochas brilhantes, neve estilizada caindo fora da janela, estolidez, Stolypin, estadista.

"Bom, meu amigo", disse Chernishevski, vago, se deslocando para uma cadeira ao lado de Fyodor, "o que tem a dizer de si mesmo? Não parece muito bem."

"O senhor se lembra", disse Fyodor, "que uma vez, três anos atrás, me deu o feliz conselho de descrever a vida de seu renomado xará?"

"Não me lembro de absolutamente nada", disse Alexander Yakovlevich.

"Pena, porque agora estou pensando em fazer isso."

"É, mesmo? Está falando sério?"

"Muito sério", disse Fyodor.

"Mas quando essa ideia maluca apareceu na sua cabeça?", entoou mme. Chernishevski. "Ora, você devia escrever... não sei... digamos, a vida de Batyushkov ou Delvig, alguma coisa na órbita de Púchkin, mas qual o sentido de Chernishevski?"

"Prática de tiro", disse Fyodor.

"Resposta que é, no mínimo, enigmática", observou o engenheiro Kern, e a lente sem moldura de seu pincenê rebrilhou quando tentou quebrar uma noz com as mãos. Goryainov passou a ele o quebra-nozes, pegando-o por uma perna.

"Por que não?", perguntou Alexander Yakovlevich, saindo de um breve momento de divagação. "Estou começando a gostar da ideia. Em nossos tempos terríveis, quando o individualismo é pisoteado e o pensamento sufocado, deve ser uma grande alegria para um escritor mergulhar na era brilhante dos anos 1860. Saúdo a ideia."

"Sim, mas é tão distante dele!", disse mme. Chernishevski. "Não tem continuidade, nem tradição. Falando francamente, eu própria não estaria muito interessada em ressuscitar tudo o que senti a esse respeito quando era universitária na Rússia."

"Meu tio", disse Kern, quebrando uma noz, "foi expulso da escola por ler *O que fazer?*".

"E qual a sua opinião?", Alexandra Yakovlevna perguntou, dirigindo-se a Goryainov.

Goryainov espalmou as mãos. "Não tenho nenhuma opinião particular", ele disse com um fio de voz, como se imitasse alguém. "Nunca li Chernishevski, mas, pensando bem... Uma figura, Deus me perdoe, muito aborrecida!"

Alexander Yakovlevich inclinou-se ligeiramente em sua poltrona, piscando, contraído, o rosto alternadamente se iluminando e se apagando num sorriso, e disse:

"Mesmo assim, saúdo a ideia de Fyodor Konstantinovich. Claro que muita coisa hoje nos parece ao mesmo tempo cômica e tediosa. Mas naquela época há algo de sagrado, de eterno. Utilitarismo, negação da arte, e assim por diante — tudo isso é meramente um envoltório acidental, debaixo do qual é impossível não distinguir os traços básicos: reverência por toda a espécie humana, culto da liberdade, ideias de igualdade — igualdade de direitos. Foi uma era de grandes emancipações, os camponeses dos proprietários de terra, os cidadãos do estado, as mulheres da servidão doméstica. E não esqueça que não só os melhores princípios do movimento de liberação russo nasceram então — sede de conhecimento, firmeza de espírito, heroico autossacrifício —, mas também foi precisamente nessa era, alimentados por tudo isso de uma forma ou de outra, que gigantes como Turguêniev, Nekrasov, Tolstói e Dostoiévski estavam se desenvolvendo. Além disso, nem é preciso dizer que o próprio Nikolay Gavrilovich Chernishevski era um homem de mente vasta, versátil, com enorme força de vontade criativa, e o fato de ter suportado horríveis sofrimentos por sua ideologia, pelo bem da humanidade, pelo bem da Rússia, mais do que redime uma certa rusticidade e rigidez de suas posições críticas. Além disso, afirmo que ele era um crítico soberbo: penetrante, honesto, valente... Não, não, é maravilhoso, você deve escrever, com toda certeza!"

O engenheiro Kern já tinha se posto de pé havia algum tempo, caminhando pela sala, sacudindo a cabeça, explodindo para dizer alguma coisa.

"Do que nós estamos falando?", ele exclamou, de repente, agarrando o encosto de uma cadeira. "Quem se importa com o que Chernishevski achava de Púchkin? Rousseau era um péssimo botanista e eu não me trataria com o dr. Tchékhov por nada deste mundo. Chernishevski era em primeiro lugar um bom economista e é assim que deve ser considerado — e com todo o meu respeito pelo talento poético de Fyodor Konstantinovich, duvido um pouco que ele seja capaz de apreciar os méritos e deméritos do *Comentários de John Stuart Mill* de seu personagem."

"Sua comparação está absolutamente errada", disse Alexandra Yakovlevna. "É ridículo! Tchékhov não deixou qualquer marca na medicina, as composições musicais de Rousseau são meras curiosidades, mas nesse caso nenhuma história da literatura russa pode omitir Chernishevski. Mas tem uma outra coisa que eu não entendo", ela continuou depressa. "Que interesse Fyodor Konstantinovich tem em escrever sobre pessoas e épocas totalmente alheias a sua mentalidade? Claro que não sei qual será a abordagem dele. Mas se ele, para falar com franqueza, quer superar os críticos progressistas, não vale a pena o esforço: Volynski e Eichenwald fizeram isso há muito tempo."

"Ora, vamos, vamos", disse Alexander Yakovlevich, "*das kommt nicht in Frage*. Um jovem escritor se interessou por uma das épocas mais importantes da história russa e está para escrever uma biografia literária de uma de suas figuras principais. Não vejo nada de estranho nisso. Não é muito difícil conhecer o assunto, ele vai encontrar mais que o suficiente em livros e o resto depende de talento. Você fala de abordagem, abordagem. Mas dada uma abordagem talentosa de determinado assunto, o sarcasmo é excluído a priori, é irrelevante. Pelo menos é assim que me parece."

"Você viu como Koncheyev foi atacado semana passada?", perguntou o engenheiro Kern, e a conversa tomou outro rumo.

Na rua, quando Fyodor se despedia de Goryainov, este último reteve a mão dele na sua mão grande e macia e disse, apertando os olhos: "Permita que eu diga, meu rapaz, mas você é um grande gozador. Recentemente, morreu um social-democrata, Belenki — uma espécie de emigrado perpétuo, por assim dizer: foi exilado tanto pelo tsar como pelo proletariado, de forma que sempre que embarcava em suas reminiscências começava dizendo: '*U nas v Zheneve, chez nous à Genève...*'. Talvez você vá escrever sobre ele também?".

"Eu não entendo?, Fyodor falou, meio interrogativo.

"Não, mas, por outro lado, eu entendi perfeitamente. Você está se preparando para escrever sobre Chernishevski tanto quanto eu sobre Belenki, mas fez sua plateia de boba e levantou uma discussão interessante. Tudo de bom, boa noite", e foi embora com seu passo lento e pesado, apoiado numa bengala, um ombro ligeiramente mais alto que o outro.

O modo de vida em que se viciara enquanto estudava as atividades do pai se renovaram então para Fyodor. Era uma daquelas repetições, uma daquelas "vozes" temáticas com que, segundo todas as regras da harmonia, o destino enriquece a vida do homem observador. Mas agora, ensinado pela experiência, ele não se permitiu o desleixo anterior no uso de fontes, dotando até a menor anotação com um rótulo exato de sua origem. Na frente da biblioteca nacional, perto da piscina de pedra, pombos passeavam arrulhando entre as margaridas do gramado. Os livros a serem levados chegaram em um carrinho por trilhos em declive no fundo de um local aparentemente pequeno, onde esperavam distribuição, e onde parecia haver apenas poucos livros nas estantes quando na verdade havia um acúmulo de milhares.

Fyodor abraçava a sua parte, lutando com o peso em desintegração, e ia para o ponto de ônibus. Desde o comecinho, a imagem do livro planejado lhe pareceu excepcionalmente nítida no tom e no contorno geral, ele tinha a sensação de que já havia um lugar preparado para cada detalhe que encontrava, e que mesmo o trabalho de caçar material já estava banhado na luz do livro futuro, assim como o mar lança uma luz azul num barco de pesca, e o barco em si junto com essa luz se reflete na água. "Sabe?", ele explicou a Zina, "quero manter tudo como se estivesse no limiar da paródia. Sabe aquelas idiotas '*biographies romancées*' em que colocam Byron tendo tranquilamente um sonho extraído de um de seus próprios poemas? E por outro lado deve haver um abismo de seriedade, e tenho de abrir caminho por essa ponte estreita entre a minha própria verdade e uma caricatura dela. E o mais essencial, deve haver uma progressão única e ininterrupta de pensamento. Tenho de descascar a maçã numa tira só, sem remover a faca."

Ao estudar seu assunto, ele viu que, a fim de se saturar completamente, precisava estender seu campo de atividade duas décadas em cada direção. Dessa forma, um traço interessante da época se revelou a ele — uma coisa essencialmente corriqueira, mas provando ser uma linha mestra de valor: durante cinquenta anos de crítica utilitária, de Belinski a Mihailovski, não houve um único formador de opinião que não tenha aproveitado a oportunidade de zombar dos poemas de Fet. E em que monstros metafísicos se transformavam às vezes os mais sóbrios juízos desses materialistas sobre esse ou aquele assunto, como se a Palavra, Logos, neles se vingasse por serem menosprezados! Belinski, aquele ignorante adorável, que gostava de lírios e loureiros rosa, que enfeitava sua janela com cactos (como Emma Bovary), que guardava numa caixa descartada por Hegel cinco copeques, uma rolha e um botão, e que morreu de tuberculose com um discurso ao povo russo nos lábios manchados de sangue, agitou a imaginação de Fyodor com tais pérolas de pensamento realista, como, por exemplo: "Na natureza tudo é belo, exceto aqueles feios fenômenos que a própria natureza deixou inacabados e escondidos no escuro da terra ou da água (moluscos, vermes, infusórios etc.)". Da mesma forma, em Mihailovski era fácil descobrir uma metáfora flutuando de barriga para cima, como por exemplo: "[Dostoiévski] lutou como um peixe contra o gelo, terminando às vezes nas posições mais humilhantes"; esse *peixe humilhado* nos recompensava por esgotar todos os escritos do "repórter de questões contemporâneas". Daí havia uma transição direta para o léxico combativo dos dias de hoje, para o estilo de Steklov falando da época de Chernishevski ("O escritor vulgar que se aninhava nos poros da vida russa [...] marcou opiniões rotineiras com o aríete de suas ideias"), ou para a língua de Lênin, que em seu ardor polêmico atingiu os picos do absurdo: ("Aqui não há folha de parreira [...] e o idealista estende a mão diretamente para o agnóstico"). Prosa russa, quantos crimes são cometidos em teu nome! Um crítico contemporâneo escreveu sobre Gógol: "Suas pessoas são deformações grotescas, seus personagens, sombras de lanterna chinesa, os eventos que descreve, impossíveis e ridículos" e isso correspondia inteiramente às opiniões de Skabichevski e Mihailovski sobre Tchékhov — opiniões que, como um estopim aceso na época, vieram a explodir esses críticos.

Ele leu Pomyalovski (sinceridade no papel da paixão trágica) e descobriu nele esta salada de frutas léxica: "Pequenos lábios vermelhos-framboesa como amoras". Leu Nekrasov e, sentindo uma certa deficiência urbano-jornalística em sua poesia (muitas vezes encantadora), encontrou uma aparente explicação para os vulgarismos de seu prosaico *Mulheres russas* ("Ademais, que alegria, compartilhar cada ideia com alguém que se admira") ao descobrir que, apesar de suas caminhadas pelo país, ele confundia moscardos com mamangavas e vespas ([sobre o rebanho] "um inquieto enxame de mamangavas" e, dez linhas abaixo: os cavalos sob a fumaça da fogueira "buscam abrigo das vespas"). Leu Herzen e uma vez mais entendeu melhor a falha (um falso brilho superficial) de suas generalizações ao notar que esse autor, tendo pouco conhecimento do inglês (testemunhado pela referência autobiográfica que sobreviveu e que começa com o divertido galicismo *I am born*), confundira os sons de duas palavras inglesas, *beggar* [mendigo] e *bugger* [velhaco], e disso fizera a brilhante dedução quanto ao respeito inglês pela riqueza.

Esse método de avaliação, levado ao extremo, seria ainda mais tolo do que tratar escritores e críticos como manifestantes de ideias gerais. O que significa o Púchkin de Suhoshchokov não gostar de Baudelaire, e é justo condenar a prosa de Lermontov porque ele duas vezes se refere a algum impossível "crocodilo" (uma vez numa comparação séria, outra jocosa)? Fyodor parou a tempo, impedindo assim que a agradável sensação de que tinha descoberto um critério facilmente aplicável fosse prejudicada pelo seu uso abusivo.

Ele leu muito, mais do que jamais havia lido. Estudando os contos e romances dos homens dos anos 1860, surpreendeu-se com sua insistência nas várias maneiras de seus personagens se cumprimentarem. Meditando sobre a servidão do pensamento russo, esse eterno tributário dessa ou daquela Horda Dourada, foi levado a estranhas comparações. Assim, no parágrafo 146 do código de censura de 1826, em que os autores eram exortados a "sustentar a moral casta e não a substituir apenas pela beleza da imaginação", bastava substituir "casta" por "cívica" ou alguma palavra do tipo para se obter o código de censura privado dos críticos radicais; e de maneira semelhante, quando o reacionário Bulgarin informou o governo, numa carta confidencial, sobre a sua disposição de colorir os personagens do romance que estava escrevendo à conveniência dos censores, era impossível não se pensar na submissão a que mesmo autores como Turguêniev haviam se permitido diante do Tribunal de Opinião Pública Progressista; e o radical Shchedrin, escolhendo lutar com um eixo de carroça e ridicularizando a doença de Dostoiévski, ou Antonovich, que chamava aquele autor de "um animal chicoteado e agonizante", eram pouco diferentes do direitista Burenin, que perseguia o infeliz poeta Nadson. Nos escritos de outro crítico radical, Zaytsev, era cômico encontrar, quarenta anos depois de Freud, a teoria de que "todos esses sentimentos estéticos e ilusões semelhantes que 'nos elevam' são apenas modificações do instinto sexual..."; esse era o mesmo Zaytsev que chamava Lermontov de "idiota desiludido", criava bichos-da-seda num tranquilo exílio em Locarno (eles nunca viravam casulos) e muitas vezes caía de escadas porque era míope.

Fyodor tentou organizar a confusão de ideias filosóficas da época e lhe pareceu que, na própria lista de nomes, em sua burlesca consonância, se manifestava uma espécie de pecado e de zombaria contra o pensamento, uma mácula na época, quando alguns elogiavam extravagantemente Kant, outros *Kont* (Comte), outros Hegel ou Schlegel. E, por outro lado, começou a entender aos poucos que radicais tão intransigentes como Chernishevski, com todos os seus deslizes absurdos e horrendos, eram, independentemente do modo como se olhasse para eles, verdadeiros heróis em sua luta contra a ordem governamental das coisas (que era ainda mais perniciosa e mais vulgar do que a sua própria fatuidade no reino da crítica literária), e que outros oposicionistas, os liberais ou eslavófilos, que arriscavam menos, eram pela mesma razão menos dignos do que esses férreos lutadores.

Ele admirava sinceramente a maneira como Chernishevski, inimigo da pena capital, zombava mortalmente da proposta infamemente benigna e perversamente sublime do poeta Zhukovski de cercar execuções com um sigilo místico (uma vez que, em público, dizia ele, o homem condenado pode descaradamente assumir uma pose ousada, assim infamando a lei) de forma que aqueles que assistissem ao enforcamento não vissem, mas apenas ouvissem hinos religiosos solenes de trás de uma cortina, porque uma execução devia ser comovente. E, ao ler isso, Fyodor se lembrou de seu pai dizendo que, inato em todo homem, existe o sentimento de algo insuperavelmente anormal na pena de morte, algo como a misteriosa inversão de movimentos no espelho que torna todo mundo canhoto: não é à toa que é tudo invertido para o carrasco: a coelheira é posta de cabeça para baixo quando o ladrão Razin é levado ao cadafalso; é servido vinho ao carrasco não com um giro natural do pulso, mas com a mão virada; e se, segundo o código da Suábia, um ator insultado tinha permissão de tirar satisfações batendo na *sombra* do ofensor, na China era exatamente um ator — uma sombra — que desempenhava as funções de carrasco, sendo toda a responsabilidade, por assim dizer, removida do mundo humano e transformada em seu avesso no espelho.

Ele sentia claramente um engano em escala governamental nas ações do "tsar-liberador", que muito cedo se cansou com toda essa história de outorgar liberdades; pois era o tédio do tsar que dava o tom principal da reação. Depois do manifesto, a polícia atirou no povo na estação de Bezdna — e a veia epigramática de Fyodor foi tocada pela tentação grosseira de ver o futuro destino dos governantes russos como a corrida entre as estações de Bezdna (Sem fundo) e Dno (Fundo).

Gradualmente, em consequência de todos esses raides no passado do pensamento russo, ele desenvolveu um novo anseio pela Rússia que era menos físico que antes, um desejo perigoso (contra o qual lutou com sucesso) de confessar alguma coisa a ela e convencê-la de algo. E, enquanto acumulava conhecimento, enquanto extraía sua criação acabada dessa montanha, lembrou de outra coisa: uma pilha de pedras numa passagem asiática; cada guerreiro que partia em campanha colocava ali uma pedra; no caminho de volta, cada um tirava uma pedra da pilha; as restantes representavam para sempre o número dos mortos em batalha. Assim, numa pilha de pedras, Tamerlão previa um monumento.

No inverno, ele já havia começado a escrever, passando imperceptivelmente do acúmulo para a criação. O inverno, como a maioria dos invernos memoráveis e como todos os invernos introduzidos em função de uma frase narrativa, revelou-se (eles sempre "se revelam" nesses casos) muito frio. Em seus encontros amorosos com Zina, num pequeno café vazio com balcão pintado de índigo, onde luzes azul-escuras, parecendo gnomos, posavam miseravelmente como invólucros de aconchego, a brilhar sobre seis ou sete mesas, ele lia para ela o que havia escrito durante o dia e ela ouvia, baixando os cílios maquiados, apoiada num cotovelo, brincando com uma luva ou uma cigarreira. Às vezes, o cachorro do proprietário vinha, uma gorda cadela vira-lata com tetas pendentes, pousava a cabeça no joelho de Zina e, debaixo da mão sorridente que acariciava o pelo sedoso da testa redonda, os olhos da cachorra assumiam uma inclinação chinesa e, quando ganhava um cubo de açúcar, ela o pegava, caminhava tranquilamente para um canto, rolava e começava a mastigar com muito ruído. "Maravilhoso, mas não sei se você pode dizer isso assim em russo", Zina dizia às vezes, e depois de uma discussão ele corrigia a expressão indicada. Ela chamava Chernishevski de Chernish, para abreviar, e se acostumou de tal forma a considerá-lo pertencente a Fyodor e em parte a ela que sua vida real no passado lhe parecia algo como um plágio. A ideia de Fyodor de compor sua biografia na forma de um anel, encerrada com o fecho de um soneto apócrifo (de modo que o resultado seria não o modelo de um livro, que por sua finitude é o oposto da natureza circular de tudo o que existe, mas uma frase continuamente curva e, portanto, infinita) pareceu a Zina, de início, impossível de se concretizar num papel chato e retangular — e tão mais eufórica ficou ao perceber que, mesmo assim, um círculo estava se formando. Ela não se preocupava em absoluto se o autor era ou não sempre fiel à verdade histórica — levou a questão na confiança, pois, se assim não fosse, simplesmente não valeria a pena escrever o livro. Uma verdade mais profunda, por outro lado, pela qual só ele era responsável e que só ele podia encontrar, era para ela tão importante que a menor deselegância ou nebulosidade em suas palavras parecia o germe de uma falsidade que tinha de ser imediatamente exterminada. Dotada de memória extremamente flexível, que se enrolava como hera em torno de suas percepções, Zina, ao repetir certas combinações de palavras de que havia gostado especialmente, as enobrecia com sua própria torção secreta, e sempre que Fyodor, por alguma razão, mudava uma frase de que ela se lembrava, as ruínas do pórtico perduravam por um longo tempo no horizonte dourado, relutando em desaparecer. Havia uma graça extraordinária em sua sensibilidade, que, imperceptivelmente, servia a ele como um regulador, ou até como um guia. E, às vezes, quando havia ao menos três clientes, uma velha pianista com pincenê sentava-se ao piano de armário no canto e tocava a Barcarola de Offenbach como se fosse uma marcha.

Ele já estava chegando ao fim de seu trabalho (ao nascimento do herói, para ser preciso) quando Zina disse que não lhe faria mal descansar e, portanto, no sábado iriam juntos a um baile de máscaras na casa de um amigo artista plástico. Fyodor era mau dançarino, não suportava boêmios alemães e, além disso, se recusou terminantemente a *investir fantasia num uniforme*, que era o efeito dos bailes de máscaras. Eles concederam que ele usasse uma meia máscara e um smoking confeccionado quatro anos antes, que não fora usado mais de quatro vezes nesse ínterim. "E eu vou de..." ela começou a dizer, sonhadora, mas se interrompeu. "Tudo menos donzela boiarda e colombina, eu suplico", disse Fyodor. "Seria bem do meu feitio", ela disse, desdenhosa. "Ah, garanto que vai ser muito divertido", acrescentou com ternura, para dissipar a tristeza dele. "Ora, afinal nós vamos estar completamente sozinhos na multidão. Quero tanto ir! Vamos passar a noite inteira juntos e ninguém vai saber quem você é, e eu pensei numa fantasia especial para você." Conscienciosamente ele a imaginou com as costas macias, nuas, e pálidos braços azulados — mas aí todo tipo de rostos bestiais excitados interfeririam ilegalmente, a grosseria das ruidosas festas alemãs; a bebida ruim inflamou seu estômago e ele arrotou os ovos picados do sanduíche; mas voltou a concentrar seus pensamentos, retornando à música, na veia transparente da têmpora de Zina. "Claro que vai ser divertido, claro que vamos", ele disse com convicção.

Ficou decidido que ela sairia às nove e ele uma hora depois. Pressionado pelo limite de tempo, ele não sentou para trabalhar depois do jantar, mas ficou folheando uma nova revista emigrada na qual Koncheyev era mencionado de passagem duas vezes, e essas referências casuais, que revelavam o reconhecimento geral do poeta, foram mais valiosas que mesmo a mais favorável das críticas: apenas seis meses antes, isso teria provocado nele o que o invejoso Salieri de Púchkin sentia, mas agora ele próprio se surpreendia com sua indiferença à fama do outro. Olhou no relógio e lentamente começou a se vestir. Desenterrou seu smoking sonolento e perdeu-se em devaneios. Ainda meditando, pegou uma camisa engomada, pôs no lugar seus evasivos botões de colarinho, mergulhou dentro dela, estremecendo com sua frieza rígida. De novo parou por um momento, então puxou automaticamente a calça preta com uma listra, e, lembrando que tinha resolvido naquela manhã riscar a última sentença que escrevera no dia anterior, curvou-se sobre a página já pesadamente corrigida. Ao reler a frase, ele se perguntou — devia deixá-la intacta, afinal?, fez uma marca de inserção, escreveu um adjetivo a mais, paralisou-se em cima dele — e rapidamente riscou a frase toda. Mas deixar o parágrafo naquelas condições, i.e., sua estrutura pendendo sobre um precipício com uma janela de pranchas e uma varanda a desmoronar, era uma impossibilidade física. Ele examinou suas anotações para essa parte, e de repente o lápis se mexeu e começou a voar. Quando olhou o relógio de novo eram três da manhã, ele estava tremendo, e tudo na sala envolvia-se numa penumbra de fumaça de cigarro. Simultaneamente, ouviu o clique da chave americana. Sua porta estava entreaberta e, ao passar pelo corredor, Zina o viu, pálido, a boca aberta, com uma camisa engomada desabotoada e suspensórios arrastando no chão, caneta na mão, a meia máscara em cima da mesa negra contra a brancura do papel. Ela se trancou no próprio quarto batendo a porta, e novamente tudo se aquietou. "Que bela confusão", Fyodor disse em voz baixa. "O que foi que eu fiz?" Assim, nunca descobriu com que roupa Zina tinha ido ao baile; mas o livro estava terminado.

Um mês depois, numa segunda-feira, levou uma cópia limpa para Vasiliev, que já no outono passado, sabendo de suas pesquisas, havia indiretamente oferecido que a *Vida de Chernishevski* fosse publicado pela editora ligada à *Gazeta*. Na quarta-feira seguinte, Fyodor lá estava de novo, conversando tranquilamente com o velho Stupishin, que costumava usar chinelos de casa no escritório. De repente, a porta do estúdio se abriu e o vulto de Vasiliev a preencheu, olhou negramente para Fyodor um momento e depois disse, impassível: "Tenha a bondade de entrar", e deu um passo de lado para abrir caminho.

"E então, você leu?", Fyodor perguntou ao se sentar do outro lado da mesa.

"Li", Vasiliev replicou num tom baixo sombrio.

"De minha parte", Fyodor disse, firme, "gostaria que fosse publicado na primavera."

"Aqui está seu manuscrito", Vasiliev disse, de repente, franzindo as sobrancelhas e entregando a ele a pasta. "Leve. Está fora de questão eu fazer parte dessa publicação. Achei que era um trabalho sério, mas não passa de uma improvisação descuidada, antissocial, maliciosa. Estou surpreso com você."

"Bom, isso não faz sentido", disse Fyodor.

"Não, meu caro senhor, faz todo o sentido", Vasiliev rugiu, remexendo iradamente os objetos sobre a mesa, rolando um carimbo, mudando de posição os mansos livros "a criticar", ligados acidentalmente, sem esperança de felicidade permanente. "Não, meu caro senhor! Certas tradições da vida pública russa nenhum escritor honrado ousa submeter ao ridículo. Me é absolutamente indiferente se você tem talento ou não, só sei que satirizar um homem cujas obras e sofrimentos deram sustento a milhões de intelectuais russos é indigno de qualquer talento. Sei que não vai me dar ouvidos, mas mesmo assim [e Vasiliev, com uma careta de dor, apertou o coração] imploro a você, como amigo, que não tente publicar esse negócio, vai arruinar sua carreira literária, grave as minhas palavras, todo mundo vai virar as costas a você."

"Prefiro a nuca dessas pessoas", disse Fyodor.

Nessa noite, ele foi convidado para a casa dos Chernishevski, mas Alexandra Yakovlevna o dispensou no último minuto: seu marido estava "com gripe" e "queimava de febre". Zina fora ao cinema com alguém, de forma que ele só a encontrou na noite seguinte. "'*Kaput* na primeira tentativa', como seu padrasto diria", ele falou, respondendo à sua pergunta sobre o manuscrito e (como costumavam escrever antigamente) relatou brevemente sua conversa no escritório editorial. Indignação, ternura por ele, a urgência em ajudá-lo imediatamente encontraram expressão em Zina numa explosão de energia empreendedora. "Ah, então é *assim*!", exclamou. "Tudo bem. Vou arrumar o dinheiro para publicar, isso é que eu vou fazer."

"Para o bebê uma refeição, para o pai um caixão", ele disse (transpondo as palavras de um poema de Nekrasov sobre uma esposa heroica que vende o corpo para comprar o jantar do marido), e em outro momento ela teria se ofendido com essa piada ousada.

Em algum lugar, ela arrumou cento e cinquenta marcos emprestados e acrescentou setenta que havia economizado para o inverno, mas essa soma era insuficiente, e Fyodor resolveu escrever ao tio Oleg nos Estados Unidos, que ajudava regularmente sua mãe e de vez em quando também mandava alguns dólares para ele. A composição dessa carta foi, porém, protelada dia a dia, assim como ele protelou, apesar das exortações de Zina, qualquer tentativa de publicar seu livro em capítulos em uma revista literária emigrada em Paris, ou de interessar a editora que havia comprado os versos de Koncheyev. Em seu tempo livre, ela se empenhou em datilografar o manuscrito no escritório de um parente, e com ele conseguiu mais cinquenta marcos. Ficou furiosa com a inércia de Fyodor — consequência de seu horror a qualquer questão prática. Nesse meio-tempo, ele se ocupou tranquilamente em compor problemas de xadrez, cumprindo suas aulas sonhadoramente e telefonando todos os dias para mme. Chernishevski: a gripe de Alexander Yakovlevich tinha se transformado em uma inflamação aguda dos rins. Um dia, na livraria russa, ele notou um cavalheiro alto, imponente, com um rosto de traços grandes, usando chapéu de feltro preto (uma mecha de cabelo castanha aparecendo despontando), que olhou para ele afavelmente e até com certo encorajamento. Onde o conheci? Fyodor pensou depressa, tentando não olhar. O outro se aproximou e estendeu a mão, generosamente, ingenuamente, abrindo-a sem nenhuma defesa, falou... e Fyodor se lembrou: era Busch, que dois anos e meio antes havia lido sua peça teatral naquele círculo literário. Recentemente ele a publicara, e agora, empurrando Fyodor com o quadril, cutucando-o com o cotovelo, um sorriso infantil tremendo no rosto nobre, sempre ligeiramente suado, ele pegou a carteira, de dentro da carteira tirou um envelope, e do envelope um recorte — uma pobre criticazinha que aparecera no jornal emigrado de Riga.

"Agora", ele disse com um peso assombroso, "essa Coisa vai sair também em alemão. Além disso, estou trabalhando num Romance."

Fyodor tentou se afastar, mas ele também saiu da loja, sugeriu que caminhassem juntos e, como Fyodor estava indo para uma aula e via-se preso a determinada rota, tudo o que podia fazer para se livrar de Busch era apressar o passo, mas isso acelerou de tal forma o discurso do companheiro que ele diminuiu o passo de novo, horrorizado.

"Meu Romance", disse Busch, olhando ao longe e estendendo a mão para o lado, um punho barulhento aparecendo sob a manga do sobretudo preto para deter Fyodor Konstantinovich (o sobretudo, o chapéu preto e a mecha de cabelo lhe davam a aparência de um hipnotizador, um mestre de xadrez ou um músico), "meu Romance é a tragédia de um filósofo que descobriu a fórmula absoluta. Ele começa falando e fala assim [Busch, como um prestidigitador, pegou um caderno do ar e começou a ler no movimento]: 'É preciso ser um asno completo para não deduzir, do fato do átomo, que o universo inteiro é meramente um átomo ou, seria mais verdadeiro dizer, algum tipo de trilionésimo de um átomo. Isso já foi entendido com sua intuição por aquele gênio Blaise Pascal. Mas vamos prosseguir, Louisa! [Ao som desse nome, Fyodor se sobressaltou e ouviu claramente os sons da marcha dos granadeiros alemães: "A-deus, Louisa! enxugue os olhos, não chore desse jeito; nem toda bala mata um bom sujeito!, e isso continuou em seguida a soar como se passasse sob a janela das palavras seguintes de Busch.] Preste atenção, minha querida. Primeiro, deixe que lhe dê um exemplo perfeito. Vamos supor que um certo físico tenha conseguido identificar, de toda a absolutamente inimaginável soma de átomos de que o Todo é composto, aquele átomo fatal a que se refere o nosso raciocínio. Vamos supor que ele tenha levado sua divisão até a essência mínima daquele mesmo átomo, no momento em que a Sombra de uma Mão [a mão do físico!] cai sobre nosso universo com catastróficos resultados, pois o universo não é senão a fração final de um átomo central, creio, daqueles que o consistem. Não é fácil de entender, mas se entender isso entenderá tudo. Fora da prisão da matemática! O todo é igual à menor parte do todo, a soma das partes é igual a uma parte da soma. Esse é o segredo do mundo, a fórmula da absoluta infinidade, mas, tendo feito tal descoberta, a personalidade humana não pode continuar caminhando e falando. Feche a boca, Louisa!' Esse é ele, falando para uma belezinha, amiga dele", acrescentou Busch com bondosa indulgência, encolhendo um ombro forte.

"Se estiver interessado, posso ler para você desde o começo algum dia", continuou. "O tema é colossal. E você, posso perguntar o que anda fazendo?"

"Eu?", Fyodor perguntou com um ligeiro sorriso. "Eu também escrevi um livro, um livro sobre o crítico Chernishevski, só que não consigo encontrar editor para ele."

"Ah! O popularizador do materialismo germânico — dos difamadores de Hegel, dos filósofos grosseiros! Muito honrado. Estou convencido de que meu editor vai aceitar seu trabalho com prazer. Ele é uma personalidade cômica, e para ele a literatura é um livro fechado. Mas exerço a função de conselheiro e ele vai me ouvir. Me dê seu telefone. Vou estar com ele amanhã e, se ele concordar em princípio, dou uma olhada no seu manuscrito e ouso ter a esperança de recomendar seu livro da maneira mais lisonjeira."

Que conversa fiada, Fyodor pensou, e portanto ficou extremamente surpreso quando, no dia seguinte, a boa alma de fato telefonou. O editor era um homem gorducho com um nariz triste, que lembrava um pouco Alexandre Yakovlevich, com as mesmas orelhas vermelhas e um pontilhado de cabelos pretos em cada lado da calva brilhante. Sua lista de livros publicados era pequena, mas incrivelmente eclética: traduções de alguns romances psicanalíticos alemães feitas por um tio de Busch; *O envenenador*, de Adelaida Svetozarov; uma coletânea de histórias engraçadas; um poema anônimo intitulado "Eu"; mas, no meio desse lixo, havia dois ou três livros genuínos, como, por exemplo, o maravilhoso *Escada para as nuvens,* de Hermann Lande, e também seu *Metamorfoses de pensamento.* Busch reagiu à *Vida de Chernishevski* como a uma boa bofetada no marxismo (ao qual Fyodor não havia dedicado o menor pensamento ao escrever sua obra) e, na segunda reunião, o editor, evidentemente o melhor dos homens, prometeu publicar o livro na Páscoa; i.e., dentro de um mês. Não deu nenhum adiantamento e ofereceu cinco por cento dos primeiros mil exemplares, mas, por outro lado, subiu a porcentagem do autor para trinta no segundo milheiro, o que pareceu a Fyodor tanto justo como generoso. No entanto, ele era completamente indiferente a esse lado do negócio (e ao fato de que as vendas de escritores emigrados raramente chegavam a quinhentos exemplares). Outras emoções o dominaram. Tendo apertado a mão úmida do radiante Busch, saiu para a rua como uma bailarina voando para o palco fluorescente. A garoa parecia um orvalho ofuscante, a felicidade estava em sua garganta, nuvens de arco-íris tremiam em volta das luzes da rua, e o livro que tinha escrito lhe falava no pico da voz, acompanhando-o o tempo todo como uma torrente do outro lado da parede. Ele seguiu para o escritório onde Zina trabalhava; na frente do prédio negro, com janelas de aspecto benevolente inclinadas para ele, achou o bar onde marcaram o encontro.

"Bom, qual a novidade?", ela perguntou, entrando depressa.

"Não, ele não aceitou", disse Fyodor, e observou com deliciada atenção o rosto dela se nublar, brincando com seu poder sobre cada expressão e antecipando a linda luz que estava a ponto de despertar.

Capítulo quatro

O historiador que indague ou então conteste;
sopra um só vento, e em sua viva veste
espia as mãos cerradas a verdade;

Com um riso de mulher, primor infante,
Estuda sua posse em um instante
e a oculta a toda curiosidade.

Um soneto, aparentemente atrapalhando o caminho, mas talvez, ao contrário, fornecendo um elo secreto que explicaria tudo — se ao menos a mente humana pudesse suportar essa explicação. A alma cai num sonho momentâneo — e agora, com a peculiar vivacidade dos que se ergueram dos mortos, vêm ao nosso encontro: padre Gavriil, longo cajado na mão, usando casula de seda vermelho-granada, com cinto bordado sobre a barriga grande; e com ele, já iluminado pelo sol, um menino pequeno, extremamente atraente — rosado, estranho, delicado. Aproximam-se. Tire o chapéu, Nikolay. Cabelo com brilho avermelhado, sardas na testa pequena, e nos olhos a clareza angelical característica das crianças míopes. Depois (na quietude de suas paróquias pobres e distantes) padres com nomes derivados de Cipreste, Paraíso e Tosão Dourado relembraram sua tímida beleza com alguma surpresa: o querubim, ai, mostrou ser a cobertura de um biscoito duro demais para muitos morderem.

Tendo nos cumprimentado, Nikolay põe o chapéu de novo, uma cartola cinzenta aveludada, e discretamente se retira, muito doce em seu casaquinho e calça curta de nanquim feitos em casa, enquanto o pai, um bom clérigo envolvido com horticultura, nos entretém com conversas sobre cerejas, ameixas e peras de Saratov. Um redemoinho de poeira tórrida vela o quadro.

Como sempre se observa no começo de absolutamente toda biografia literária, o menininho era um glutão de livros. Destaca-se nos estudos. Em seu primeiro exercício de escrita, reproduziu empenhadamente: "Obedeça e honre a seu soberano e submeta-se a suas leis", e assim a ponta comprimida do indicador ficou manchada de tinta para sempre. Agora, os anos 1830 terminaram e começaram os 1840.

Aos dezesseis anos, ele conhecia línguas o suficiente para ler Byron, Eugène Sue e Goethe (envergonhado até o fim de seus dias por sua pronúncia bárbara) e já tinha domínio do latim de seminário, por ser seu pai um homem culto. Além disso, estudou polonês com um certo Sokolovski, enquanto um comerciante local lhe ensinava persa — e também o tentava com o uso do tabaco.

Ao entrar no seminário de Saratov, lá se revelou um aluno manso e nem uma vez foi chicoteado. Seu apelido era "o pequeno dândi", embora, na verdade, não fosse avesso a brincadeiras e jogos em geral. No verão, brincava de jogo das pedrinhas e gostava de entrar na água; nunca aprendeu a nadar, porém, nem a modelar pardais de barro, nem a fazer redes para pegar lambaris: os espaços saíam irregulares e os fios embaraçavam — peixes são mais difíceis de pegar do que almas humanas (mas mesmo as almas depois escapavam através das aberturas). No inverno, na escuridão nevada, o bando barulhento costumava descer a encosta num imenso trenó chato, puxado a cavalo, trovejando hexâmetros dáctilos — e o chefe de polícia, com seu gorro de dormir, puxava a cortina e sorria, estimulando, contente porque as loucuras dos seminaristas assustavam qualquer ladrão noturno.

Ele teria sido padre, como seu pai, e teria atingido, muito provavelmente, uma alta posição — não fosse o lamentável incidente com o major Protopopov. Tratava-se de um proprietário de terras local, um bon-vivant, mulherengo, que adorava cachorros: foi o filho dele que o padre Gavriil, apressado demais, anotou como ilegítimo no registro paroquial; nesse meio-tempo, veio à tona que o casamento havia sido celebrado — sem estardalhaço, é verdade, mas honrosamente — quarenta dias antes de a criança nascer. Dispensado de seu posto no consistório, o padre Gavriil caiu em tal depressão que ficou de cabelo branco. "É assim que retribuem o trabalho dos pobres padres", ele repetia à esposa, cheio de raiva, e ficou decidido que se daria a Nikolay uma educação secular. O que aconteceu depois com o jovem Protopopov — ele um dia descobriu que por causa dele...? ele foi tomado por uma emoção sagrada...? ou, cansando-se rapidamente dos fervilhantes prazeres da juventude... retirando-se...?

A propósito: a paisagem que não muito antes havia, com maravilhoso langor, se desdobrado durante a passagem da imortal carruagem *brichka*; todo aquele saber viático russo, tão desimpedido a ponto de trazer lágrimas aos olhos; toda a humildade que espreita do campo, de um morro, do intervalo entre nuvens retangulares; aquela beleza suplicante, expectante, que está pronta a correr a seu encontro ao menor suspiro e compartilhar suas lágrimas; em resumo, a paisagem cantada por Gógol passava despercebida ao olhos de Nikolay Gavrilovich aos dezoito anos, ele que viajava com sua mãe numa carruagem puxada por seus cavalos próprios de Saratov a São Petersburgo. Passou o dia inteiro lendo um livro. Nem é preciso dizer que preferia sua "guerra de palavras" às "espigas de trigo curvadas no pó".

Aqui o autor observou que, em algumas linhas já compostas por ele, continuava a haver, sem seu conhecimento, uma fermentação, um crescimento, um inchaço, ou, mais precisamente: em um ou outro ponto o desenvolvimento futuro de um determinado tema tornava-se manifesto — o tema dos "exercícios de escrita", por exemplo: já durante seus dias de estudante, Nikolay Gavrilovich copiava, para seu próprio benefício, "O homem é aquilo que come" de Feuerbach (em alemão fica melhor, e ainda melhor com a ajuda da ortografia agora aceita em russo: *chelovek est' to chto est*). Observamos também que o tema da "miopia" se desenvolve, começando com o fato de que, em criança, ele só reconhecia os rostos que beijava e só conseguia enxergar quatro das sete estrelas da Ursa Maior. Seus primeiros óculos — de cobre — vieram aos vinte anos. Uns óculos de prata de professor comprados por seis rublos, para distinguir seus alunos na escola de cadetes. Os óculos de ouro de um formador da opinião pública usados quando *O Contemporâneo* penetrava as mais fabulosas profundidades do campo russo. De novo, óculos de cobre, comprados num pequeno posto comercial além do lago Baikal, onde vendiam também botas de feltro e vodca. A ânsia por óculos em uma carta a seus filhos, escrita desde o território yakutsk, pedindo lentes para tal e tal visão (com uma

linha marcando a distância à qual ele conseguia distinguir a escrita).
Aqui o tema dos óculos diminui por um momento... Vamos acompanhar outro tema — o da "clareza angelical". Assim ela se desenvolve
posteriormente: Cristo morreu pela humanidade porque amava a
humanidade, que eu também amo, pela qual eu também morrerei.
"Seja um segundo Salvador", seu melhor amigo o aconselhou — e
como ele brilha — oh, tímido! Oh, fraco! (um ponto de exclamação
quase gogoliano aparece fugazmente em seu diário de estudante).
Mas o "Espírito Santo" tem de ser substituído por "Senso Comum".
Não é a pobreza a mãe do vício? Cristo devia ter calçado todo mundo
e coroado todos de flores e só então pregado moralidade. Cristo, o
Segundo, começaria pondo fim à carência material (ajudado aqui pela
máquina que inventamos). E, estranho dizer, mas... algo veio a ser
verdade — sim, foi como se algo se tornasse verdade. Seus biógrafos
sinalizam seu caminho espinhoso com marcos evangélicos (é bem
sabido que, quanto mais de esquerda o comentarista russo, maior sua
fraqueza por expressões como "o Gólgota da revolução"). As paixões
de Chernishevski começaram quando ele atingiu a idade de Cristo.
Aqui o papel de Judas foi desempenhado por Vsevolod Kostomarov;
o papel de Pedro, pelo famoso poeta Nekrasov, que se recusou a visitar o homem preso. O corpulento Herzen, recolhido em Londres,
chamou o pelourinho de Chernishevski de "Obra parceira de cruz". E
no famoso iâmbico de Nekrasov havia mais sobre a crucifixão, sobre
o fato de Chernishevski ter sido "enviado a lembrarem de Cristo os
reis mortais". Por fim, quando estava completamente morto e lavavam
seu corpo, aquela magreza, aquelas escarpas de costelas, aquela *escura*
palidez da pele e aqueles artelhos compridos lembraram vagamente
um dos seus íntimos de "A remoção da cruz" — de Rembrandt, certo?
Mas nem isso é o final do tema: há ainda o ultraje póstumo, sem o
qual nenhuma vida sagrada está completa. Neste caso, a coroa prateada
com a fita inscrita AO APÓSTOLO DA VERDADE A HOMENAGEM DAS
INSTITUIÇÕES DE EDUCAÇÃO SUPERIOR DA CIDADE DE KHARKOV
foi roubada cinco anos depois da capela gradeada de ferro; além disso,
o alegre sacrílego quebrou o vidro vermelho escuro e, com um caco,
riscou seu nome e a data na moldura. E então um terceiro tema está
pronto para se desdobrar — e se desdobrar bem fantasticamente se

não ficarmos de olhos abertos: o tema de "viagem", que pode levar sabe Deus aonde — a uma carruagem *tarantass* com um policial de farda azulão e, mais ainda — a um trenó yakutsk atrelado a meia dúzia de cães. Nossa, aquele capitão Vilyuisk da polícia também se chama Protopopov! Mas, de momento, tudo está muito pacífico. A carruagem confortável viaja, a mãe de Nikolay, Eugenia Egorovna, cochila com um lenço estendido sobre o rosto, enquanto o filho, reclinado a seu lado, lê um livro — e um buraco na estrada perde o sentido de buraco, tornando-se meramente uma irregularidade tipográfica, um pulo na linha — e de vez em quando as palavras passam regularmente, as árvores passam e sua sombra passa sobre as páginas. E aqui, afinal, está São Petersburgo.

Ele gostava do azul e da transparência do Neva — que abundância de água na capital, que pura era a água (ele logo estragou o estômago com ela); mas gostava particularmente da distribuição ordenada da água, dos canais inteligentes: como é agradável quando se consegue juntar isso com aquilo e aquilo com isso; e deduzir uma ideia de bem dessa conjunção. De manhã, ele abria a janela com uma reverência ainda enfatizada por um lado cultural generalizado do espetáculo, fazia o sinal da cruz diante do brilho cintilante das cúpulas: a de santo Isaque, em processo de construção, estava toda cercada de andaimes — vamos escrever uma carta para papai sobre a "folha de ouro incendiada" das cúpulas, e uma para vovó sobre a locomotiva... Sim, ele tinha visto de verdade um trem, que o pobre Belinski (predecessor de nosso herói) pouco tempo atrás queria tanto ver quando, com os pulmões arruinados, espectral, trêmulo, tinha o costume de passar horas contemplando, através de lágrimas de alegria cívica, a construção da primeira estação ferroviária — a mesma estação, por sinal, em cuja plataforma, poucos anos depois, o semidemente Pisarev (sucessor de nosso herói), de máscara preta e luvas verdes, viria a retalhar o rosto de um rival bonito com um chicote de equitação.

Em minha obra (disse o autor), ideias e temas continuam a crescer sem meu conhecimento ou consentimento — algumas bem tortuosas —, e sei o que está errado: "a máquina" está se pondo no caminho; tenho de pescar essa vareta desajeitada da frase já composta. Um grande alívio. O assunto é moto-perpétuo.

A perda de tempo com moto-perpétuo durou cerca de cinco anos, até 1853, quando — já professor e homem comprometido — ele queimou a carta com diagramas que havia preparado um dia, temendo que fosse morrer (daquela doença da moda, aneurisma) antes de dotar o mundo com a bênção de movimento eterno e extremamente barato. Nas descrições desses absurdos experimentos e em seus comentários a respeito, nessa mistura de ignorância e raciocínio, pode-se já detectar aquela falha quase imperceptível, mas fatal, que deu a seus últimos pronunciamentos algo como um indício de charlatanismo; um indício imaginário, pois devemos ter em mente que o homem era tão reto e firme como um tronco de carvalho, "o mais honesto dos honestos" (expressão de sua esposa); mas tal era o fado de Chernishevski que tudo se voltava contra ele: em qualquer conteúdo que tocasse, vinha à luz — insidiosamente e com a mais insultuosa inevitabilidade — algo que era completamente oposto a seu conceito daquilo. Ele era, por exemplo, a favor da síntese, da força de atração, do elo vivo (lendo um romance, beijava a página em que o autor apelava ao leitor) e que resposta recebia? Desintegração, solidão, alienação. Pregava solidez e senso comum em tudo — e, como se em resposta à invocação zombeteira de alguém, seu destino estava coalhado de cabeças-duras, desequilibrados e loucos. Tudo lhe voltava "cem vezes negativamente", na frase feliz de Strannolyubski, tudo em sua dialética ricocheteava, de tudo os deuses dele se vingavam; de sua sóbria visão sobre as rosas irreais dos poetas, de fazer o bem por meio da escrita de um romance, de sua crença no conhecimento — e que formas inesperadas, maliciosas, essa vingança assumia! Que tal, ele divaga em 1848, se prendessem um lápis a um termômetro de mercúrio, de forma que ele se movesse de acordo com a temperatura? Começando com a premissa de que a temperatura é algo eterno — Mas desculpe, quem é esse, quem é esse fazendo laboriosas notas em código de suas laboriosas especulações? Um jovem inventor, sem dúvida, com um olho infalível, com uma habilidade inata de prender, ligar, soldar partes inertes, fazendo-as dar à luz, como resultado, o milagre do movimento — e vejam! um tear já está ronronando, ou um motor com uma alta chaminé e um motorista de cartola ultrapassa um trotador puro-sangue. Bem aqui está a brecha no foco da vingança, pois esse jovem sensato, que — não esqueçamos — só está interessado no bem de toda a humanidade, tem os olhos de uma toupeira, enquanto suas mãos cegas, brancas, se movimentam num plano diferente de sua mente imperfeita, mas obstinada e forte. Tudo o que ele toca cai aos pedaços. É triste ler em seu diário sobre os utensílios que tenta usar — braços de balança, pêndulos, rolhas, bacias — e nada dá certo, ou, se dá, é de acordo com leis indesejadas, na direção oposta à que ele quer: um motor eterno funcionando a ré — ora, é um pesadelo absoluto, a abstração que encerra todas as abstrações, o infinito com sinal de menos, e de quebra mais uma jarra estilhaçada.

Nós — conscientemente — voamos à frente; vamos voltar àquele trote lento, àquele ritmo da vida de Nikolay ao qual nosso ouvido já está sintonizado.

Ele escolheu a faculdade filológica. A mãe foi prestar seus respeitos aos professores a fim de bajulá-los: sua voz adquiria tons elogiosos, e gradualmente ela começava a ficar chorosa e a assoar o nariz. De todos os produtos de São Petersburgo, o que mais a impressionou foram os artigos feitos de cristal. Por fim, "elas" (o pronome respeitoso que ele usava para falar de sua mãe — aquele maravilhoso plural russo que, assim como posteriormente sua própria estética, "tenta expressar qualidade pela quantidade") voltaram para Saratov. Para a viagem, ela comprou para comer um enorme rabanete.

De início, Nikolay Gavrilovich foi morar com um amigo, mas em seguida dividiu um apartamento com uma prima e seu marido. As plantas desses apartamentos, assim como de todas as suas outras residências, eram traçadas em detalhes em suas cartas. A definição exata das relações entre objetos sempre o fascinou, e portanto ele adorava plantas, colunas de números e representações visuais de coisas, ainda mais porque seu estilo torturantemente circunstancial não conseguia de forma alguma compensar a arte do retrato literário, que para ele era inatingível. Suas cartas aos parentes são cartas de um jovem exemplar: não era a imaginação que o motivava, mas sua servil boa natureza quando ao que o outro gostaria. O reverendo gostava de todo tipo de eventos — humorísticos ou horríveis acidentes — e seu filho cuidadosamente o alimentou com eles durante um período de vários anos. Encontramos aí mencionados os divertimentos de

Izler, suas réplicas de Carlsbad — *minerashki* (spas miniaturas) nos quais as aventureiras damas de São Petersburgo costumavam subir em balões cativos; o caso trágico do barco a remo afundado por um vapor no Neva, sendo uma das vítimas um coronel com uma grande família; o arsênico destinado a camundongos que foi parar na farinha e envenenou mais de cem pessoas; e, é claro, é claro, a nova moda de consultar espíritos — toda ingenuidade e fraude na opinião de ambos os correspondentes.

Assim como nos anos sombrios da Sibéria, um de seus principais acordes epistolares foi a garantia dirigida à sua esposa e seus filhos — sempre no mesmo tom positivo, mas não inteiramente correto — de que tinha dinheiro o bastante, por favor, não mandem dinheiro, então, em sua juventude, ele suplica aos pais que não se preocupem com ele e consegue viver com vinte rublos por mês; desse tanto, dois rublos e meio iam para pão branco e bolos (ele não suportava só chá, assim como não suportava ler sozinho; i.e., invariavelmente mastigava alguma coisa com um livro: leu *The Pickwick Papers* com biscoitos de polvilho, com torradas o *Journal des Débats*), enquanto velas e canetas, graxa de sapato e sabão se acabavam: ele era, notemos, pouco limpo de hábitos, desarrumado, e ao mesmo tempo havia amadurecido grosseiramente; acrescente-se a isso má alimentação, cólicas permanentes, mais uma luta irregular com os desejos da carne, terminando por uma concessão secreta — e o resultado foi que parecia doentio, os olhos apagados, e da beleza juvenil nada restara exceto talvez aquela expressão de uma espécie de maravilhoso desamparo que, fugidiamente, iluminava seu rosto quando um homem que respeitava o tratava bem ("ele foi bom para mim — um jovem tímido e submisso", escreveu depois sobre o acadêmico Irinarch Vvedenski, com uma patética entonação latina: *animula vagula, blandula...*); ele próprio nunca duvidou que era desprovido de atração, aceitando a ideia, mas temendo espelhos: mesmo assim, quando se preparava para fazer uma visita, principalmente a seus melhores amigos, os Lobodovski, ou desejando se certificar da causa de um olhar rude, ele observava melancolicamente seu reflexo, via a penugem vermelha que parecia colada a suas faces, contava os cravos maduros — e então começava a apertá-los, tão brutalmente que depois não ousava aparecer a ninguém.

Os Lobodovski! O casamento de seu amigo havia produzido em nosso herói de vinte anos uma daquelas impressões extraordinárias que fazem um jovem se levantar no meio da noite, vestido apenas com a roupa de baixo, para escrever em seu diário. O casamento estimulante foi celebrado em 19 de maio de 1848; nesse mesmo dia, dezesseis anos mais tarde, ocorreu a execução civil de Chernishevski. Uma coincidência de aniversários, um arquivo de datas. É assim que a sorte os organiza antecipando as necessidades do pesquisador; uma louvável economia de esforço.

Ele se sentiu alegre no casamento. Ademais, obteve uma alegria secundária a partir dessa outra, básica ("Quer dizer que sou capaz de manter uma ligação pura com uma mulher") — sim, ele estava sempre fazendo o máximo que lhe era possível para virar seu coração de forma que um lado ficasse refletido no espelho da razão, ou, como descreve Strannolyubski, seu melhor biógrafo: "Ele destilou seus sentimentos no alambique da lógica". Mas quem poderia dizer que, naquele momento, ele estava ocupado com ideias de amor? Muitos anos depois, em seu floreado *Esboços da vida*, esse mesmo Vasiliy Lobodovski cometeu um erro descuidado ao dizer que seu padrinho no casamento, o estudante "Krushedolin", parecia tão sério "como se estivesse sujeitando mentalmente a uma exaustiva análise certos livros cultos da Inglaterra que tinha acabado de ler".

O romantismo francês nos deu a poesia amorosa, o romantismo alemão, a poesia da amizade. O sentimentalismo do jovem Chernishevski era uma concessão a uma época em que a amizade era magnânima e úmida. Chernishevski chorava com vontade e com frequência. "Três lágrimas rolaram", ele anota com característica precisão em seu diário — e o leitor fica momentaneamente atormentado com a ideia involuntária, alguém pode ter um número ímpar de lágrimas, ou é só a natureza dupla da fonte que nos faz exigir um número par? "Não me lembre de minhas tolas lágrimas que muitas vezes derramei, ai, quando meu repouso era opressivo", escreve Nikolay Gavrilovich em seu diário, dirigindo-se a seu desditoso jovem, e ao som da rima plebeia de Nekrasov ele realmente derrama uma lágrima: "Neste ponto do manuscrito existe o vestígio de uma lágrima", comenta seu filho Mihail em nota de rodapé. O traço de outra lágrima, bem mais ardente, amarga e mais preciosa, foi preservado em sua famosa carta da fortaleza; mas a descrição de Steklov de sua segunda lágrima contém, segundo Strannolyubski, certas inexatidões, que serão discutidas mais tarde. Então, nos dias de seu exílio e especialmente no calabouço de Vilyuisk — Mas pare! o tema das lágrimas está se expandindo além do razoável... vamos voltar ao ponto de partida. Agora, por exemplo, está se realizando um funeral por um estudante. No caixão azul-claro jaz um jovem pálido. Outro estudante, Tatarinov (que cuidou dele quando estava doente, mas que mal o conhecera antes), se despede: "Ele o olha longamente, o beija e olha de novo, infindavelmente..." O estudante Chernishevski, ao anotar isso, está ele próprio tonto de ternura; e Strannolyubski, ao comentar essas linhas, sugere um paralelo entre elas e o triste fragmento de Gógol, "Noites numa *villa*".

Mas para dizer a verdade... os sonhos do jovem Chernishevski em relação a amor e amizade não se distinguem por seu refinamento — e quanto mais cede a eles, mais claramente se revela seu defeito —, por sua racionalidade; ele era capaz de torcer a mais tola divagação em uma forma de ferradura lógica. Refletindo em detalhes sobre o fato de Lobodovski, que admira sinceramente, estar desenvolvendo tuberculose e que, em consequência disso, Nadezhda Yegorovna se tornará uma viúva jovem, desamparada e empobrecida, ele persegue um objetivo definido. Precisa de uma imagem simulada para justificar o fato de se apaixonar por ela, de modo que substitui isso pela ajuda à pobre mulher, ou, em outras palavras, põe seu amor sobre uma base utilitária. Pois de outra maneira as palpitações de um coração terno não podem ser explicadas pelos meios limitados daquele materialismo de corte áspero, àqueles carinhos aos quais ele já sucumbira inevitavelmente. E então, ontem mesmo, quando Nadezhda Yegorovna "estava sentada sem um xale e, é claro, seu 'missionário' [um vestido simples] estava um pouco aberto na frente, de forma que se vê certa parte logo abaixo do pescoço" (um fraseado que guarda invulgar semelhança com o idioma de personagens literários de Zoshchenko, que representam simplórios ignorantes de formação russa), ele perguntou a si próprio, com honesta ansiedade, se teria olhado "aquela parte" nos primeiros dias depois do casamento de seu amigo. E assim, gradualmente enterrando o amigo em seus sonhos, com um suspiro, com um ar de relutância e como se acatasse um dever, ele se vê decidindo casar com a jovem viúva, uma união melancólica, uma união casta (e todas essas imagens simuladas são repetidas, ainda mais completas, em seu diário quando ele posteriormente obtém a mão de Olga Sokratovna). A beleza real da pobre mulher ainda estava em dúvida, e o método que Chernishevski escolheu a fim de verificar seus encantos predeterminou o todo de sua atitude posterior quanto ao conceito de beleza.

De início, depositou o melhor espécime de elegância em Nadezhda Yegorovna: o acaso lhe forneceu uma imagem viva em veia idílica, embora um tanto dificultosa. "Vasiliy Petrovich se ajoelhou numa cadeira de frente para o encosto; ela se aproximou e começou a inclinar a cadeira; inclinou-a um pouco e então pousou o rostinho contra o peito dele... Havia uma vela na mesa de chá... e a luz lhe atingia em cheio; i.e., uma meia-luz, porque estava na sombra do marido, mas clara". Nikolay Gavrilovich olhou de perto, tentando encontrar alguma coisa que não estivesse de todo certa; não encontrou nenhum traço grosseiro, mas mesmo assim hesitou.

O que se devia fazer em seguida? Ele estava constantemente comparando os traços dela com os traços de outras mulheres, mas sua dificuldade de visão impedia o acúmulo de espécimes vivos essenciais para uma análise comparativa. Vacilante, ele foi forçado a recorrer à beleza apreendida e registrada por outros; i.e., a retratos de mulheres. Assim, desde o começo o conceito de arte se tornou para ele — um materialista míope (o que já por si é uma combinação absurda) — algo subsidiário e aplicado, e ele estava agora apto, por meios experimentais, a testar algo que o amor lhe sugeria: a superioridade da beleza de Nadezhda Yegorovna (seu marido a chamava de "queridinha" e "boneca"), isto é, Vida, à beleza de todas as outras "cabeças femininas", isto é, Arte ("Arte"!).

Na avenida Nevski, expunham quadros poéticos nas vitrinas da Junker e da Daziaro. Tendo estudado os quadros cuidadosamente, ele voltou para casa e anotou suas observações. Ah, que milagre! O método comparativo sempre fornecia o resultado necessário. O nariz da encantadora calabresa na gravura era assim-assim: "Particularmente malsucedida era a glabela tal como as partes próximas ao nariz de ambos os lados da ponte". Uma semana depois, ainda incerto se a verdade fora testada o suficiente, ou então desejando se deliciar ainda uma vez com a já conhecida aquiescência do experimento, ele voltou à Nevski para ver se não havia alguma nova beldade na vitrina da loja. De joelhos numa caverna, Maria Madalena orava diante de um crânio e uma cruz, e evidentemente seu rosto à luz de um lampião era muito doce, mas como era muito melhor o rosto semi-iluminado de Nadezhda Yegorovna! No terraço branco sobre o mar, havia duas moças: uma loira graciosa sentada num banco de pedra com um rapaz; estavam se beijando, enquanto uma graciosa morena espiava, levantando uma cortina carmesim "que separava o terraço das demais partes da casa", como observamos em nosso diário, pois gostamos sempre de estabelecer qual relação um determinado detalhe guarda com seu ambiente especulativo. Naturalmente, o pescoço pequeno de Nadezhda Yegorovna é muito mais agradável. Por isso, vem uma importante conclusão: a vida é mais agradável (e portanto melhor) que a pintura, pois o que é a pintura, a poesia, de fato toda a arte, em sua forma mais pura? É um "sol carmesim mergulhando num mar azul"; é o panejamento pictórico de um vestido; é "a nuance rosada que um escritor raso desperdiça iluminando seus capítulos ostensivos"; é guirlandas de flores, fadas, faunos, Frineia... Quanto mais longe vai, mais enevoado fica: a ideia tola cresce. O luxo de formas femininas agora abrange o luxo em sentido econômico. O conceito de "fantasia" aparece em Nikolay Gavrilovich como uma sílfide transparente, de peito largo, sem corpete e praticamente nua, que, brincando com um véu leve, desce voando para o poeta poeticamente poetando. Duas colunas, duas árvores — não bem ciprestes e não bem álamos —, algum tipo de urna que exerce pouca atração sobre Nikolay Gavrilovich — e o admirador da arte pura aplaude com certeza. Sujeito desprezível! Sujeito inútil! E de fato, em vez de todo esse lixo, como é possível alguém não preferir uma descrição honesta de maneiras contemporâneas, indignação cívica, rimas íntimas e francas?

Pode-se presumir, com segurança, que durante os minutos em que ficou grudado à vitrina da loja sua insincera dissertação de mestrado, "As relações estéticas entre arte e realidade", foi composta em sua totalidade (não é de admirar que depois a tenha escrito de começo a fim em três noites; mas é mais incrível ainda como, mesmo depois de uma espera de seis anos, acabou recebendo seu diploma de mestre por ela).

Havia noites langorosas e penumbrosas quando ele se deitava de costas em seu horrível sofá de couro — uma coisa de saliências e reentrâncias com um inesgotável (basta puxar) suprimento de crina de cavalo — e "meu coração batia de alguma forma maravilhado com a primeira página de Michelet, com as visões de Guizot, com lembranças de Nadezhda Yegorovna, e tudo isso junto", e ele então começava a cantar desafinado, com voz ululante — cantava "a canção de Marguerite", pensando simultaneamente na relação dos Lobodovski um com o outro — e "suavemente rolavam lágrimas de meus olhos". De repente, se levantava de seu sofá com a determinação de vê-la imediatamente; era, imaginamos, um fim de tarde de outubro, nuvens voavam no alto, um fedor acre vinha das oficinas dos seleiros, e fabricantes de carruagens no térreo de casas de um amarelo horroroso, junto a comerciantes de guarda-pó e casacos de pele de carneiro, chaves na mão, já estavam fechando suas lojas. Alguém se chocou com ele, mas ele passou depressa. Um esfarrapado acendedor de lampiões, o carrinho trepidando em cima das pedras, trazia óleo de lâmpada para a luz turva de um poste de madeira; ele enxugou os óculos com um trapo oleoso e seguiu guinchando para o próximo — bem mais adiante. Estava começando a garoar. Nikolay Gavrilovich passou voando com o passo rápido de um pobre personagem gogoliano.

À noite, ele não conseguiu dormir durante um longo tempo, atormentado por questões: será que Vasiliy Petrovich Lobodovski consegue educar sua mulher o suficiente para ela ser uma ajudante; e a fim de estimular os sentimentos de seu amigo, ele não deveria mandar, por exemplo, uma carta anônima que inflamasse de ciúmes seu marido? Isso já predizia os métodos usados pelos heróis dos romances de Chernishevski. Esquemas similares, muito cuidadosamente calculados, mas infantilmente absurdos, eram criados pelo exilado Chernishevski, o velho Chernishevski, a fim de alcançar os objetivos mais tocantes. Veja como este tema tira vantagem de uma momentânea falta de atenção e floresce. Alto, rolemos de volta. Não existe, de fato, necessidade de avançar tanto. No diário de estudante, se pode encontrar o seguinte exemplo de calculismo: imprimir um falso manifesto (proclamando o fim da convocação militar) para agitar os camponeses por meio de um truque; mas então ele mesmo abjurava disso, sabendo, como diletante e cristão, que uma podridão interna roeria a totalidade da estrutura criada e que um bom fim, justificando meios maus, só revelaria seu fatal parentesco com eles. Dessa forma, política, literatura, pintura, até mesmo a arte vocal, estavam agradavelmente entrelaçadas com as emoções amorosas de Nikolay Gavrilovich (voltamos ao ponto de partida).

Como ele era pobre, como era sujo e desleixado, como estava distante da atração do luxo... Atenção! Não se trata tanto de castidade proletária, mas sim do natural descaso com o qual um asceta trata o pinicar de uma permanente camisa de crina ou a picada de pulgas sedentárias. Mesmo uma camisa de crina, porém, tem às vezes de ser consertada. Estamos presentes quando o inventivo Nikolay Gavrilovich pensa cerzir sua velha calça: mas acabou não tendo linha preta, então a que possuía ele mergulhou na tinta; havia por ali uma antologia de versos alemã, aberta no começo de *Guilherme Tell*. Como resultado de ele sacudir a linha (a fim de secá-la), várias gotas de tinta caíram na página; o livro não pertencia a ele. Encontrou um limão dentro de um saco de papel atrás da janela e tentou remover as manchas, mas só conseguiu sujar o limão, como também o peitoril da janela onde havia deixado a linha perniciosa. Então, buscou a ajuda de uma faca e começou a raspar (esse livro, com os poemas perfurados, está agora na biblioteca da universidade de Leipzig; infelizmente não foi possível saber como foi parar lá). Tinta era, de fato, o elemento natural de Chernishevski (ele literalmente se banhava em tinta), com a qual costumava esfregar as rachaduras de seus sapatos na ausência de graxa; ou então, a fim de disfarçar um buraco no sapato, enrolava o pé numa gravata preta. Ele quebrava a louça, sujava e estragava tudo. Seu amor pela materialidade não era recíproco. Posteriormente, enquanto cumpria pena, não só acabou se revelando incapaz de fazer qualquer das tarefas especiais de um presidiário, mas também era famoso por sua inépcia de fazer qualquer coisa com as mãos (ao mesmo tempo, estava constantemente interferindo para ajudar os companheiros: "Não se meta no que não é da sua conta, seu pilar de virtudes", diziam os outros detentos, mal-humorados). Já tivemos um relance do confuso jovem apressado levando um empurrão na rua. Raramente se zangava; uma vez, porém, não sem orgulho, notou como havia se vingado de um jovem condutor de táxi que lhe dera um golpe com sua bengala: sem dizer uma palavra, enfiou seu trenó entre as pernas de dois perplexos comerciantes e arrancou um tufo de cabelo. Em geral, porém, era manso e aberto a insultos, mas secretamente se sentia capaz dos atos "mais desesperados e loucos". Paralelamente, começou a se envolver com propaganda, conversando com mujiques, com um ocasional barqueiro do Neva ou um atento confeiteiro.

Entra o tema das confeitarias. Elas viram muita coisa em sua época. Foi lá que Púchkin bebeu um copo de limonada antes de seu duelo; lá que Sofia Perovski e suas companheiras comeram uma porção cada uma (de quê? a história não conseguiu exatamente...) antes de seguirem até o cais do Canal para assassinar Alexandre II. A juventude de nosso herói foi enfeitiçada por docerias, de forma que, mais tarde, quando a fome assolou a fortaleza, ele — em *O que fazer?* — preencheu esse ou aquele discurso com um involuntário uivo de lirismo gástrico: "Existe uma doceria nas proximidades de sua casa? Imagino se tem tortas de nozes já prontas — para mim são as melhores tortas, Maria Alexeyevna". Mas, contradizendo sua futura lembrança, as docerias e cafés não o seduziam absolutamente por suas vitualhas, nem por suas massas feitas com manteiga rançosa, nem mesmo pelas rosquinhas de geleia de cereja; jornais, cavalheiros, jornais eram seus meios de sedução! Ele experimentou vários cafés, escolhendo aqueles que tinham mais jornais, ou lugares que fossem mais simples e livres. Assim, no Wolf, "nas duas últimas vezes, em lugar do pão branco dele [leia-se: de Wolf], tomei café com uma [leia-se: minha] rosca de cinco copeques, sem esconder isso da última vez" — i.e., na primeira dessas últimas duas vezes (o meticuloso detalhe de seu diário provoca uma coceira no cerebelo), ele escondeu, sem saber como iriam aceitar um doce trazido de fora. O lugar era quente e tranquilo, e só de vez em quando um pequeno vento sudoeste que soprava das páginas do jornal fazia tremerem as chamas das velas ("perturbações já tocaram a Rússia que nos foi confiada", como dizia o tsar). "Posso ver o *In-dépendence belge*? Obrigado." As chamas das velas endireitam, está sossegado (mas soam tiros no Boulevard des Capucines, a *révolution* está se aproximando das Tulherias, e agora Louis Philippe foge: pela avenue de Neuilly, num fiacre).

E depois ele era atormentado por azia. Em geral, comia todo tipo de coisa, sendo indigente e pouco prático. O poemeto de Nekrasov é adequado aqui:

A mais pesada iguaria
eu comia com prazer
e tamanhas cólicas sofria
que era mais doce morrer.
Milhas seguia assim atormentado,
e lia até que o dia raiava.
Meu quarto, teto baixo, abafado,
e nossa! como eu fumava!

A propósito, Nikolay Gavrilovich não fumava sem motivo — eram precisamente cigarros Zhukov que usava para aliviar a indigestão (e também dor de dentes). Seu diário, principalmente do verão e outono de 1849, contém uma porção de referências muito exatas sobre como e onde ele vomitou. Além de fumar, ele se tratava com rum e água, óleo quente, sal amargo, centáurea com folhas de laranja azeda, e constantemente, conscienciosamente, com uma espécie de estranho prazer, empregava o método romano — e provavelmente acabaria morrendo de exaustão se (graduado como candidato e permanecendo na universidade para trabalho avançado) não tivesse ido para Saratov.

E então, em Saratov... No entanto, por mais que queiramos não perder tempo saindo desse desvio, ao qual a questão das docerias nos levou, para atravessar até o lado ensolarado da vida de Nikolay Gavrilovich, ainda assim (por força de uma certa continuidade oculta) devemos permanecer aqui mais algum tempo. Uma vez, em grande necessidade, ele entrou correndo num cortiço na Gorohovaya (segue-se uma palavrosa descrição — com reflexões tardias — sobre a localização do cortiço) e já estava arrumando a roupa quando "uma moça de vermelho" abriu a porta. Ao ver a mão dele, que tentava segurar a porta, ela soltou um grito "como é sempre o caso". O ranger pesado da porta, o fecho solto, enferrujado, o fedor, o frio de gelar — tudo isso é horrível... e no entanto o estranho sujeito está bem disposto a debater consigo mesmo sobre a verdadeira pureza, observando com satisfação que "nem tentei descobrir se ela era bonita". Quando sonhava, por outro lado, observava com um olhar mais atento, e a contingência do sono era mais branda com ele do que seu destino público — mas mesmo aqui, como fica deliciado quando, em seu sonho, ao beijar três vezes a mão enluvada de "uma dama de cabelo extremamente claro" (mãe de um pressuposto aluno protegendo-o no sonho, tudo isso no estilo de Jean-Jacques), se mostra incapaz de censurar a si mesmo por qualquer pensamento carnal. Sua memória também revelou uma visão aguda quando ele relembrou esse indireto anseio juvenil por beleza. Aos cinquenta anos, em uma carta da Sibéria, evoca a angélica imagem de uma moça que notara uma vez na juventude, em uma exposição de Indústria e Agricultura. "Ora, havia uma certa família aristocrática passeando", ele narra em seu lento estilo bíblico posterior. "Ela me atraiu, essa moça, verdadeiramente me atraiu... Eles pertenciam evidentemente à alta sociedade. Todo mundo percebia por suas maneiras excepcionais [há um pequeno toque dickensiano nesse páthos meloso, como Strannolyubski viria a observar, mas mesmo assim não devemos esquecer que isso foi escrito por um velho semiesmagado pela servidão penal, como Steklov observaria justamente]. A multidão abria alas para eles... tive total liberdade para acompanhá-los à distância de uns três passos sem tirar os olhos da moça [pobre satélite!]. E isso durou uma hora ou mais." (Estranhamente, as exposições em geral, por exemplo, a de Londres de 1862 e a de Paris em 1889, tiveram um forte efeito em seu destino; Bouvard e Pécuchet, ao se empenharem na descrição da vida do duque de Angoulême, ficaram surpresos com o papel desempenhado... por pontes.)

Disso tudo, segue que, ao chegar em Saratov, ele não conseguiu evitar apaixonar-se pela filha de vinte anos do dr. Sokrat Vasiliev, uma moça acigananada com brincos pendentes dos longos lóbulos das orelhas, meio escondidas por dobras de cabelo escuro. Uma criatura provocante, dissimulada, "centro das atrações e ornamento dos bailes provincianos" (nas palavras de um contemporâneo anônimo), seduziu e estupidificou nosso desajeitado virgem com o farfalhar de seus *choux* azul-céu e a melodia de sua fala. "Olhe, que lindo bracinho", ela dizia, estendendo o braço para os óculos embaçados dele — um braço nu, moreno, com uma penugem brilhante. Ele se perfumava com essência de rosas e barbeava-se até sangrar. E que elogios sérios imaginava! "Você devia estar vivendo em Paris", dizia com sinceridade, tendo descoberto, em algum lugar, que ela era uma "democrata"; Paris para ela, porém, significava não o lar da ciência, mas o reino das prostitutas, de forma que se ofendeu.

À nossa frente está "O diário de minhas relações com aquela que constitui agora a minha felicidade". O muito influenciável Steklov se refere a essa produção de caráter único (fazendo lembrar um relatório de negócios extremamente consciencioso) como "um exultante hino de amor". O realizador do relatório cria um projeto para declarar seu amor (que é precisamente colocado em ação em fevereiro de 1853 e aprovado sem demora) com pontos a favor e contra o casamento (ele temia, por exemplo, que sua esposa inquieta pudesse cismar em usar roupas masculinas — à maneira de George Sand) e com uma estimativa de despesas quando casado, que contém absolutamente tudo — duas velas de estearina para noites de inverno, leite no valor de dois copeques, o teatro; e, ao mesmo tempo, notifica sua noiva de que, em vista desse modo de pensar ("não me assusto nem com sujeira, nem em [soltar] camponeses bêbados com paus, nem com assassinato"), ele tem certeza de que mais cedo ou mais tarde "será pego", e para ser mais honesto conta a ela que a esposa de Iskander (Herzen), estando grávida ("perdoe por entrar nesses detalhes"), ao ouvir a notícia de que seu marido havia sido preso na Itália e mandado para a Rússia, "caiu morta". Olga Sokratovna, como Aldanov poderia acrescentar nessa altura, não cairia morta.

"Se algum dia", ele escreveu ainda, "seu nome for manchado por rumores, de forma que você não possa esperar ter um marido... eu estarei sempre pronto, a uma palavra sua, a ser seu marido." Uma posição cavalheiresca, mas baseada em premissas cavalheirescas demais, e essa tendência característica nos leva de volta, imediatamente, ao caminho familiar daquelas primeiras quase fantasias de amor, com sua detalhada sede de autossacrifício e o colorido protecionismo de sua compaixão; que não o impediu de ter o orgulho ferido quando sua noiva avisou que não estava apaixonada por ele. Seu período de noivado teve um toque germânico, com canções de Schiller, com uma contabilidade de carícias: "Eu desabotoei primeiro dois e depois três botões de sua mantilha...". Ele queria urgentemente que ela colocasse o pé (com seu borzeguim cinzento de bico chato, costurado com seda colorida) em cima de sua cabeça: a voluptuosidade dele se alimentava de símbolos. Às vezes, lia Lermontov ou Koltsov para ela; lia poesia com o tom monocórdico de um leitor de salmos.

Mas o que ocupava o lugar de honra em seu diário e que é especialmente importante para entender grande parte do destino de Nikolay Gavrilovich é seu relato minucioso de cerimônias cômicas, com as quais as noites de Saratov eram ricamente adornadas. Ele não conseguia dançar bem a polca e era um mau dançarino da *Grossvater*, mas, por outro lado, adorava palhaçadas, pois nem mesmo um pinguim está acima de certa jocosidade quando cerca a fêmea que corteja com um círculo de pedrinhas. Como diz o ditado, gente jovem se atrai e, pondo em ação um estilo de moda coquete daquela época e entre aquelas pessoas, Olga Sokratovna alimentava um ou outro convidado à mesa com um pires, como criança, enquanto Nikolay Gavrilovich, fingindo ciúmes, apertava um guardanapo ao peito e ameaçava furar o coração com um garfo. Por sua vez, ela fingia ficar zangada com ele. Ele então implorava perdão (tudo isso é horrivelmente sem graça) e beijava as partes expostas de seus braços, que ela tentava esconder, dizendo: "Como ousa!". O pinguim assumia "um ar sério e lamentoso, porque de fato era possível que eu tivesse dito algo ofensivo a outra moça (i.e., menos ousada) no lugar dela". Nos feriados, inventava brincadeiras no Templo de Deus, divertindo sua futura noiva — mas o comentador marxista (i.e., Steklov) erra ao ver nisso "uma saudável blasfêmia". Sendo filho de padre, Nikolay se sentia muito à vontade na igreja (assim como o jovem príncipe que coroa um gato com a coroa do pai decididamente não está expressando nenhuma simpatia por um governo popular). Muito menos se pode censurá-lo por imitar os cruzados porque riscava uma cruz com giz nas costas de todo mundo: a marca dos admiradores apaixonados por Olga Sokratovna. E, depois de mais alguma brincadeira bruta do mesmo tipo, acontece — não esqueçamos — um duelo fingido com varetas.

Ora, alguns anos depois, quando ele foi preso, a polícia confiscou seu velho diário, que estava escrito em caligrafia regular com pequenos garranchos e em códigos domésticos, com abreviações como *frqza! tlce!* (fraqueza, tolice), *lbrdd,* =*dd* (liberdade, igualdade) e *ch-k* (*chelovek*, homem — não Cheka, a polícia de Lênin).

Foi decifrado por pessoas evidentemente incompetentes, uma vez que cometeram uma série de erros: por exemplo, leram *dzrya* como *druzya* (amigos) em vez de *podozreniya* (suspeitas), o que distorcia a frase "devo levantar fortes suspeitas" para "tenho amigos fortes". Chernishevski apegou-se a isso e começou a afirmar que todo o diário era o esboço de um romance, uma invenção de escritor, pois ele, conforme disse, "não tinha na época nenhum amigo influente, enquanto aquele era obviamente um personagem com amigos poderosos no governo". Não é importante (embora a questão seja interessante em si) saber se ele lembrava as palavras exatas de seu diário; o importante é que, posteriormente, essas palavras receberam um álibi curioso em *O que fazer?*, no qual seu "esboço" de ritmo interno é plenamente realizado (por exemplo, na canção de uma das moças no piquenique: "Oh, donzela, vivo em sombria floresta, sou um amigo perverso, perigosa a minha vida e meu fim será adverso"). Preso e sabendo que o perigoso diário estava sendo decifrado, ele se apressou a mandar ao Senado "exemplos de esboços manuscritos"; i.e., coisas que havia escrito exclusivamente para justificar seu diário, transformando-o também *ex post facto* em algum esboço de algum romance. (Strannolyubski faz a suposição direta de que foi isso que o impeliu a escrever na cadeia *O que fazer?* — dedicado, por sinal, a sua esposa e iniciado no dia de santa Olga.) Dessa forma, ele podia expressar sua indignação pelo fato de conferirem um sentido judicial a cenas que havia inventado. "Coloco a mim e a outros em várias posições e as desenvolvo bem caprichosamente... Um 'eu' fala da possibilidade de prisão, outro 'eu' é espancado com um pau na frente de sua noiva." Ele esperava, ao lembrar essa parte de seu velho diário, que o relato detalhado de todo tipo de jogos de salão fosse visto em si como "capricho", uma vez que uma pessoa séria dificilmente... Naqueles círculos oficiais, o triste era não ser considerado uma pessoa séria, mas precisamente um bufão, e nesse aspecto burlesco de seus recursos jornalísticos em *O Contempo-*

râneo foi que detectaram uma demoníaca infiltração de ideias nocivas. E, para uma conclusão completa do tema dos *petits-jeux* de Saratov, vamos avançar ainda mais, até a servidão penal, onde seu eco ainda vive nas pecinhas que compõe para seus camaradas, e especialmente no romance *O prólogo* (escrito na fábrica Alexandrov, em 1866), onde há tanto um estudante que se faz de bobo sem nenhuma graça como uma jovem beldade alimentando seus admiradores. Se acrescentarmos a isso que o protagonista (Volgin), ao falar a sua mulher sobre o perigo que o ameaça, se refere a um alerta que lhe deu antes do casamento, então fica impossível não concluir que aqui, finalmente, temos um tardio exemplo de verdade inserido por Chernishevski para sustentar sua antiga afirmativa de que seu diário era meramente um esboço de autor... porque a própria carne de *O prólogo*, através de todo o supérfluo de frouxa invenção, parece agora, de fato, ser uma continuação romanceada das anotações de Saratov.

Lá, ele estava envolvido em ensinar gramática e literatura no ginásio e provou ser um professor extremamente popular: na classificação não escrita que os meninos aplicam com rapidez e exatidão a todos os instrutores, ele era colocado no tipo nervoso, distraído, bom sujeito que perdia o controle com facilidade, mas com igual facilidade era desviado do assunto — para logo cair nas garras macias do virtuoso da classe (Fioletov filho, neste caso): no momento crítico, quando o desastre já parecia inevitável para aqueles que não sabiam a lição, e havia apenas um breve tempo até o bedel tocar a sineta, ele fazia uma pergunta salvadora para atrasar: "Nikolay Gavrilovich, tem uma coisa aqui sobre a Convenção..." e imediatamente Nikolay Gavrilovich amansava, ia para o quadro-negro e, esmagando o giz, desenhava uma planta do salão onde a Convenção Nacional de 1792-95 fazia suas reuniões (ele era, como sabemos, um grande perito em plantas) e então, animando-se mais e mais, apontava também os lugares onde se sentavam os membros de todos os partidos.

Durante esses anos nas províncias, ele evidentemente se comportou com muita imprudência, assustando pessoas moderadas e jovens tementes a Deus com a aspereza de seus pontos de vista e a impetuosidade de suas maneiras. Uma história ligeiramente retocada se conservou, contando que o caixão mal havia sido baixado no funeral de sua mãe quando ele acendeu um cigarro e saiu de braço dado com Olga Sokratovna, com quem se casaria dez dias depois. Mas os formandos ficaram fascinados com ele; alguns posteriormente se ligaram a ele com aquele ardor arrebatado com que os jovens dessa era didática se agarravam ao professor que estava a ponto de se tornar um líder; em termos de "gramática", é preciso dizer em sã consciência que seus alunos nunca aprenderam a usar vírgulas. Eram muitos deles os que lá estavam quarenta anos depois, em seu funeral? Segundo algumas fontes, havia dois, segundo outras, nenhum. E, quando o cortejo funerário estava prestes a parar na escola de Saratov para entoar uma litania, o diretor mandou informar o padre que isso, bem, era indesejável, e, acompanhado por um vento manco e rasteiro de outubro, o cortejo prosseguiu.

Muito menos auspiciosa que sua carreira em Saratov foi seu ensino depois da transferência para São Petersburgo, onde durante vários meses, ao longo de 1854, deu aula no Segundo Corpo de Cadetes. Os cadetes se comportavam tumultuosamente em suas aulas. Gritar de modo estridente com os malditos só servia para aumentar a confusão. Não dava para se entusiasmar muito com Montagnards ali! Uma vez, durante um intervalo, armou-se um barulho em uma das salas, o oficial de guarda entrou, latiu, e deixou a turma em relativa ordem ao sair; nesse meio-tempo, irrompeu um barulho em outra sala onde (o intervalo havia acabado) Chernishevski acabara de entrar com sua pasta debaixo do braço. Voltando-se para o oficial, ele o deteve com um toque de mão e disse com irritação contida, olhando por cima dos óculos: "Não, o senhor não pode entrar aqui agora". O oficial se sentiu ofendido; o professor se recusou a pedir desculpas e saiu. Assim começou o tema de "oficiais".

A preocupação com esclarecimento, porém, nesse momento se formara nele pelo resto da vida, e, de 1853 a 1862, suas atividades jornalísticas foram profundamente imbuídas da aspiração de alimentar o magro leitor russo com uma dieta da mais variegada informação: as porções eram imensas, o suprimento de pão inexaurível, e aos domingos havia nozes; pois, ao enfatizar o quanto eram importantes os pratos de carne da política e da filosofia, Nikolay Gavrilovich jamais se esqueceu dos doces também. Em sua crítica de *Magia interna*, de

Amarantov, fica claro que ele experimentou essa divertida física em casa, e para um dos melhores truques, especificamente "carregar água numa peneira", ele acrescentou sua própria emenda: como todos os popularizadores, ele tinha um fraco por essa *Kunststücke*; tampouco devemos esquecer que mal havia se passado um ano desde que, por acordo com o pai, ele finalmente abandonara a ideia de moto-perpétuo.

Ele adorava ler almanaques, anotando, para a informação geral dos assinantes de *O Contemporâneo* (1855): "Um guinéu é seis rublos e 47,5 copeques; o dólar norte-americano é um rublo de prata e trinta e um copeques"; ou então os informava que "as torres de telégrafo entre Odessa e Ochakov foram construídas com doações". Genuíno enciclopedista, uma espécie de Voltaire — com a tônica, é verdade, na primeira sílaba —, ele copiou generosamente milhares de páginas (estava sempre pronto a aceitar o tapete enrolado de qualquer assunto e a desenrolá-lo inteiro diante do leitor), traduziu toda uma biblioteca, cultivou todos os gêneros até a poesia e sonhou até o fim da vida em compor "um dicionário crítico de ideias e fatos" (que lembra a caricatura de Flaubert, aquele *Dictionnaire des idées reçues*, cuja epígrafe irônica — "a maioria sempre tem razão" — Chernishevski teria adotado com toda seriedade). Sobre esse assunto, ele escreve da fortaleza a sua esposa, contando com paixão, tristeza, amargura sobre todas as obras titânicas que ainda vai produzir. Mais tarde, durante todos os vinte anos de seu isolamento na Sibéria, buscou consolo nesse sonho; mas então, um ano antes de sua morte, quando soube do dicionário de Brockhaus, viu nele a sua realização. Então quis traduzi-lo (senão "vão enterrá-lo junto com todo tipo de porcaria, como artistas menores alemães"), julgando que esse trabalho iria coroar toda sua vida; acontece que isso também já estava sendo realizado.

No começo de suas atividades jornalísticas, escrevendo sobre Lessing (que nascera exatos cem anos antes dele e com o qual admitia ter certa semelhança), disse: "Para tais naturezas, existe um trabalho mais doce do que servir à sua ciência favorita — é servir ao desenvolvimento de seu povo". Assim como Lessing, ele estava acostumado a formular ideias gerais com base em casos particulares. E, lembrando que a esposa de Lessing havia morrido no parto, ele temeu por Olga

Sokratovna, sobre cuja primeira gravidez escreveu a seu pai em latim, assim como, cem anos antes, Lessing havia feito.

Lancemos um pouco de luz aqui: em 21 de dezembro de 1853, Nikolay Gavrilovich sugeriu que, segundo mulheres de confiança, sua esposa havia concebido. O trabalho de parto foi difícil. Era um menino. "Meu passarinhozinho", Olga Sokratovna arrulhou para seu primogênito — logo, porém, se desencantando com o pequeno Sasha. Os médicos a alertaram que um segundo filho ia matá-la. Mesmo assim, ficou grávida outra vez — "de alguma forma, em expiação por nossos pecados e contra a minha vontade", ele escreveu lamentoso, em surda angústia, a Nekrasov... Não, era alguma outra coisa que o oprimia, mais forte que o medo por sua esposa. Segundo algumas fontes, Chernishevski considerou o suicídio durante os anos 1850; ele parece até ter bebido — que visão assombrosa: um bêbado Chernishevski! Não adiantava esconder — seu casamento se revelara infeliz, três vezes infeliz, e, mesmo em anos posteriores, quando ele conseguiu, com a ajuda de suas reminiscências, "congelar seu passado em um estado de felicidade estática" (Strannolyubski), mesmo assim ainda trazia as marcas daquela fatal, mortal dor no coração — feita de pena, ciúme e orgulho ferido — que um marido de corte bem diferente havia experimentado e lidado de jeito bem diferente: Púchkin.

Tanto sua esposa como o bebê Victor sobreviveram; e, em dezembro de 1858, ela de novo quase morreu ao dar à luz um terceiro filho, Misha. Tempos incríveis — heroicos, prolíficos, usando crinolina — aquele símbolo de fertilidade.

"Eles são inteligentes, educados, bondosos, eu sei, enquanto eu sou burra, mal-educada, ruim", Olga Sokratovna diria (não sem aquele espasmo da alma chamado *nadryv*) em relação às parentas do marido, as irmãs Pypin, que com toda a sua bondade não pouparam "essa histérica, essa vagabunda desequilibrada com seu temperamento insuportável". Como ela atirava pratos para todo lado! Qual biógrafo consegue juntar os cacos? E aquela paixão por mudar-se... Aquelas estranhas indisposições... Na velhice, ela adorava recordar como, em um entardecer ensolarado, empoeirado, em Pavlovsk, num fáeton com um trotador, ela ultrapassara o grão-duque Konstantin, jogando fora de repente o véu azul e lançando a ele um olhar feroz, ou como havia enganado seu marido com o emigrado polonês Ivan Fyodoro-vich Savitski, um homem famoso pelo comprimento de seus bigodes: "Raffy [*Kanashka*, um apelido vulgar] sabia de tudo... Ivan Fyodo-rovich e eu estávamos na alcova, enquanto ele continuava a escrever em sua mesa junto à janela". Sente-se pena de Raffy; deve ter sido amargamente atormentado pelos jovens que cercavam sua esposa e mantiveram com ela diferentes níveis de intimidade amorosa. As festas de mme. Chernishevski eram particularmente animadas por um bando de estudantes caucasianos. Nikolay Gavrilovich raramente saía para juntar-se a eles na sala. Uma vez, na noite de Ano-Novo, os georgianos, liderados por Gogoberidze, às gargalhadas, irromperam em seu estúdio, arrastaram-no para fora, e Olga Sokratovna jogou uma mantilha em cima dele e o forçou a dançar.

Sim, dá pena dele — e no entanto... Bom, ele podia ter lhe dado uma boa surra com uma correia, mandá-la para o inferno; ou mes-mo retratá-la com todos os seus pecados, lamúrias, perambulações e inúmeras traições em um daqueles romances com que ocupava seu tempo livre na prisão. Mas não! Em *O prólogo* (e em parte em *O que fazer?*), ficamos tocados com suas tentativas de reabilitar a esposa. Não há amantes em torno, apenas admiradores reverentes; não há também aquela coqueteria barata que levava os homens (que ela chamava de *mushchinki*, um horrendo diminutivo) a considerá-la ainda mais acessível do que realmente era, e tudo o que se encontra é a vitalidade de uma mulher bonita, inteligente. A dissipação se transforma em emancipação, e o respeito por seu marido batalhador (algum respeito ela de fato sentia por ele, mas de nada adiantava) chega a dominar todos os outros sentimentos dela. Em *O prólogo*, o estudante Mironov, a fim de enganar um amigo, lhe diz que a esposa de Volgin é viúva. Isso perturba de tal forma mme. Volgin que ela cai em prantos — e da mesma forma a heroína de *O que fazer?*, representando a mesma mulher, em meio a tontos clichês, anseia por seu marido preso. Vol-gin deixa o escritório da gráfica e corre para a ópera, onde, com seus binóculos, examina cuidadosamente um lado da plateia, depois o outro; com isso, lágrimas de ternura jorram debaixo das lentes. Ele veio a constatar que sua esposa, sentada em seu camarote, era mais atraente e mais elegante que todo mundo — do mesmíssimo modo que o próprio Chernishevski, em sua juventude, havia comparado Nadezhda Lobodovski com "cabeças femininas".

E aqui nos vemos de novo cercados pelas vozes de sua estética — porque os temas da vida de Chernishevski agora são obedientes a mim —, eu domei esses temas, eles se acostumaram à minha caneta; com um sorriso, os deixo fluir: no curso do desenvolvimento, meramente descrevem um círculo, como um falcão ou um bumerangue, a fim de terminar voltando a minha mão; e, mesmo que algum venha a voar para longe, além do horizonte de minha página, isso não me perturba; ele voará de volta, assim como este o fez.

E então: em 10 de maio de 1855, Chernishevski defendia, na universidade de São Petersburgo, a dissertação com a qual já estamos familiarizados, "As relações entre arte e realidade", escrita em três noites de agosto de 1853; i.e., precisamente na época em que "as vagas, líricas emoções de sua juventude, que lhe sugeriram considerar a arte em termos do retrato de uma moça bonita, finalmente amadureceram e agora produziam essa fruta polpuda em natural correlação com a apoteose de sua paixão marital" (Strannolyubski). Nesse debate público, foi "a tendência intelectual dos anos 1860" proclamada pela primeira vez, como o velho Shelgunov lembrou mais tarde, observando com desencorajadora inocência que o presidente da universidade, Pletnyov, não se comoveu com o discurso do jovem acadêmico cujo gênio não conseguia perceber... A plateia, por outro lado, ficou em êxtase. Tanta gente havia se amontoado que algumas tiveram de ficar em pé nas janelas. "Baixaram como moscas na carniça", rosnou Turguêniev, que deve ter se sentido ferido em sua capacidade confessa de esteta, embora ele próprio não fosse adverso a agradar as moscas.

Como acontece tantas vezes com ideias pouco sólidas que não se libertaram da carne ou foram dominadas por ela, pode-se detectar, nas noções estéticas do "jovem acadêmico", seu próprio estilo físico, o som mesmo de sua voz aguda, didática. "Beleza é vida. Aquilo que nos agrada é belo; a vida nos agrada em suas boas manifestações... Falem da vida e só da vida [assim prossegue esse som, tão bem aceito pela acústica do século], e, se humanos não vivem humanamente — ora, ensinem-nos a viver, retratem para eles a vida de homens exemplares e sociedades bem organizadas". A arte é, portanto, um substituto ou um veredicto, mas de maneira alguma igual à vida, assim como "uma gravura é artisticamente muito inferior ao quadro" do qual foi copiada (uma ideia particularmente encantadora). "A única coisa, porém", pronunciara antes o discursista, "em que a poesia pode ficar mais alta que a realidade é no embelezamento de eventos pelo acréscimo de efeitos acessórios e fazendo o caráter dos personagens descritos corresponderem aos eventos de que participam."

Denunciando assim a "arte pura", os homens dos anos 1860 e a boa gente russa que veio depois até os 1890 estavam denunciando — como resultado de desinformação — sua falsa concepção dela, pois, assim como vinte anos depois o escritor social Garshin viu "arte pura" nas pinturas de Semiradski (um acadêmico extremado) — ou como um asceta pode sonhar com um festim que deixaria enjoado um epicurista —, assim também Chernishevski, não tendo a menor noção da verdadeira natureza da arte, viu sua coroa na arte convencional, lustrosa (i.e., antiarte), que tentou combater — atacando o nada. Ao mesmo tempo, não se pode esquecer que o outro campo, o campo dos "estetas" — o crítico Druzhinin, com seu pedantismo e agilidade sem gosto, ou Turguêniev, com suas "visões" elegantes demais e mau uso da Itália —, fornecia ao inimigo exatamente aquele farto material que era tão fácil de condenar.

Nikolay Gavrilovich castigava a "poesia pura" onde quer que a encontrasse, nos mais inesperados desvios. Criticando um livro de referência nas páginas de *O Contemporâneo* (1854), citou uma lista de verbetes que, em sua opinião, era longa demais: Labirinto, Louros, Lenclos (Ninon de) — e uma lista de verbetes que era muito curta: Laboratório, Lafayette, Linho, Lessing. Uma eloquente cavilação! Um lema que serve para a totalidade de sua vida intelectual! As ondas oleográficas de "poesia" deram origem (como vimos) a uma "luxúria" de peito cheio; o "fantástico" adquiriu um austero tom econômico. "Iluminação... confete caindo de balões sobre as ruas", ele enumera (o assunto é festividades e presentes por ocasião do batizado do filho de Luís Napoleão), "colossais *bonbonnières* descendo de paraquedas..." E as coisas que os ricos possuem: "Camas de pau-rosa... guarda-roupas articulados com espelhos deslizantes... cortinas de damasco... E ali o pobre trabalhador..." O elo foi encontrado, a antítese obtida; com tremenda força acusatória e uma abundância de artigos de mobília, Nikolay Gavrilovich expõe toda a imoralidade deles. "Será surpreendente que a costureira dotada de boa aparência, pouco a pouco, relaxe seus princípios morais?... Será surpreendente que, tendo trocado seu vestido barato de musselina, lavado cem vezes, por renda de Alençon, e as noites de trabalho sem dormir, à luz de uma vela gotejante, por outras noites insones numa mascarada pública ou numa orgia suburbana, ela... rodando..." etc. (e, tendo pensado e repensado, ele põe abaixo o poeta Nikitin, não porque este versifique mal, mas porque, sendo um habitante dos sertões de Voronezh, não tem nenhum direito de falar de colunatas de mármore e velas de barcos).

O pedagogo alemão Kampe, cruzando as mãozinhas na barriga, disse um dia: "Pfiar um quilo de lãm é mais útil que escrefer um folume de ferssos". Nós também, com seriedade igualmente impassível, estamos aborrecidos com poetas, com sujeitos saudáveis que melhor seria não fazerem nada, mas que se ocupam recortando bobagens "de lindo papel colorido". Entenda bem, malandro, entenda bem, ornamentador, "o poder da arte é o poder de seus lugares-comuns" e nada mais. O que deveria mais interessar um crítico é a convicção expressa no trabalho do escritor. Volinski e Strannolyubski ambos observam uma certa estranha inconsistência aqui (uma daquelas fatais contradições internas que são reveladas ao longo de toda a trajetória de nosso herói): o dualismo da estética do monista Chernishevski — no qual "forma" e "conteúdo" são distintos, com preeminência do "conteúdo" — ou, mais exatamente, com a "forma" desempenhando o papel da alma e o "conteúdo", o papel do corpo; e a confusão aumenta com o fato de essa "alma" consistir em componentes mecânicos, pois Chernishevski acreditava que o valor de um trabalho não era um conceito qualitativo, mas quantitativo, e que, "se alguém pegasse algum romance miserável, esquecido, e cuidadosamente separasse todos os seus relances de observação, recolheria um bom número de frases semelhantes, em valor, daquelas que constituem as páginas das obras que admiramos". Mais ainda: "Basta dar uma olhada nas bugigangas fabricadas em Paris, naqueles elegantes artigos de bronze, porcelana e madeira, para entender o quanto é hoje impossível traçar uma linha entre um produto artístico e um não artístico" (esse bronze elegante explica muita coisa).

Assim como as palavras, as coisas também têm seus casos. Chernishevski via tudo no nominativo. Na realidade, claro, qualquer tendência genuinamente nova é um movimento do cavalo, uma mudança de sombras, uma ação que desloca o espelho. Um homem sério, moderado, que respeita educação, arte e ofícios, um homem que acumulou uma profusão de valores na esfera do pensamento — que talvez tenha demonstrado um discernimento inteiramente progressivo durante o período de seu acúmulo, mas agora não tem nenhuma vontade de repentinamente reconsiderá-los — esse homem se enraivece muito mais pela inovação irracional do que pelas trevas da ignorância antiquada. Dessa forma, Chernishevski, que, assim como a maioria dos revolucionários, era um burguês completo em seus gostos artísticos e científicos, se enraivecia com "o quadrado de botas" ou "a extração da raiz cúbica de cano de botas". "Kazan inteira conhecia Lobachevski", ele escreveu da Sibéria a seus filhos nos anos 1870, "Kazan inteira tinha a opinião unânime de que o sujeito era um idiota total... O que significa 'a curvatura de um raio' ou 'o espaço curvo'? O que é 'geometria sem o axioma de linhas paralelas'? É possível escrever em russo sem verbos? Sim, é — de piada. Sussurros, respiração tímida, trinos de rouxinol. Escritos por um certo Fet, um poeta bem conhecido em seu tempo. Um idiota quase sem igual. Ele escrevia isso a sério, e as pessoas riam dele até ficarem com a barriga doendo." (Ele detestava Fet, assim como detestava Tolstói; em 1856, enquanto amaciava Turguêniev — que ele queria para *O Contemporâneo* —, escreveu a ele "que nenhum 'Juventude' [*Infância e adolescência*, de Tolstói], como nem mesmo a poesia de Fet... consegue vulgarizar o suficiente o público, pois não é capaz de..." — segue-se um cumprimento vulgar.)

Uma vez, em 1855, quando discorria sobre Púchkin e queria dar um exemplo de "uma combinação de palavras sem sentido", citou apressadamente um "som azul" de sua própria invenção, atraindo profeticamente sobre si próprio a "hora que soa azul" de Blók, que viria a soar meio século depois. "Uma análise científica demonstra o absurdo de tais combinações", ele escreveu, ignorando o fato fisiológico da "audição colorida". "Não é tudo a mesma coisa", perguntou (ao leitor em Bakhmuchansk ou Novomirgorod, que alegremente concordou com ele), "se temos peixe azul nas barbatanas [como num poema de Derzhavin] ou um peixe com barbatanas azuis [claro que, sobre o segundo, *nós* teríamos exclamado: desse jeito está melhor, de perfil!], já que o pensador genuíno não tem tempo de se preocupar com essas questões, principalmente se fica na praça pública do que em seu estúdio?" O "traçado geral" é outra questão. Foi um amor por generalidade (enciclopédias) e um ódio desdenhoso por particularidades (monografias) que o levaram a censurar Darwin por ser pueril e Wallace por ser inapto (..."todas essas especialidades cultas, do estudo das asas de borboletas ao estudo de dialetos kaffir"). Chernishevski tinha, ao contrário, um alcance perigosamente amplo, uma certa atitude descuidada e confiante de "qualquer coisa serve", que lançava uma sombra duvidosa sobre seu próprio trabalho especializado. "O interesse geral", porém, recebia sua própria interpretação: sua premissa era que o leitor estava interessado sobretudo no lado "produtivo" das coisas. Resenhando uma revista (em 1855), ele elogia elementos como "A condição termométrica da Terra" e "Campos de carvão russos" enquanto rejeita categoricamente, classificando como especial demais, o único artigo que dava vontade de ler, "A distribuição geográfica do camelo".

Um extraordinário indicativo a respeito de tudo isso é a tentativa de Chernishevski de provar (*O Contemporâneo* de 1856) que a métrica ternária (anapesto, dáctilo) é mais natural ao russo do que a binária (iambo, troqueu). A primeira (exceto quando usada na feitura do nobre, "sagrado" — e portanto odioso — hexâmetro dactílico) parece a Chernishevski "mais inteira", do mesmo jeito que, para um mau cavaleiro, um galope é "mais simples" que o trote. A questão, porém, não estava tanto nisso como naquela "regra geral" à qual ele sujeitava tudo e todos. Confundido pelo verso de Nekrasov, com sua emancipação rítmica e seu andamento largo, e pelos anapestos elementares de Koltsov ("A dormir, *muzhichyók?*"), Chernishevski farejou algo democrático na métrica ternária, algo que encantou seu coração, algo "livre", mas também didático, em oposição ao ar aristocrático do iambo: ele acreditava que poetas que queriam convencer deviam usar o anapesto. No entanto, isso não é tudo: no verso ternário de Nekrasov, acontece com especial frequência de palavras de uma ou duas sílabas ocorrerem na parte fraca do pé, perdendo sua individualidade tônica, enquanto, por outro lado, o ritmo coletivo é acentuado: as partes são sacrificadas pelo todo (como por exemplo no verso anapesto "Volga, Vólga, na álma transbórda" onde o primeiro "Volga" ocupa as duas depressões do primeiro pé: Volga Vól). Tudo o que acabo de dizer não é em nenhum lugar, claro, examinado pelo próprio Chernishevski, mas é curioso que em seus próprios versos, produzidos durante as noites siberianas, naquela terrível métrica ternária cuja própria grosseria tem um toque de loucura, Chernishevski involuntariamente parodie o recurso de Nekrasov e o leve ao absurdo, amontoando nas depressões dissílabos nos quais a tonicidade normalmente recai não sobre a primeira sílaba (como "Volga"), mas sobre a segunda, e o faz três vezes num mesmo verso — sem dúvida um recorde: "Feroz vál, feroz flôr, feliz lúz desse súl" (versos a sua esposa, 1875). Vamos repetir: toda essa tendência para um verso criado à imagem e semelhança de deuses socioeconômicos definidos era inconsciente da parte de Chernishevski, mas só tornando clara essa tendência se pode entender o verdadeiro pano de fundo de sua estranha teoria. Com tudo isso, ele não tem nenhum entendimento da essência real, violinística do anapesto; tampouco entende o iambo, a mais flexível de todas as métricas quando se trata de transformar as tônicas em semitônicas, naqueles desvios rítmicos da métrica que, segundo suas memórias do seminário, pareciam ilegais a Chernishevski; por fim, não entendia o ritmo da prosa russa; é apenas natural, portanto, que o próprio método que aplicou para comprovar sua teoria tenha se vingado dele: nas passagens de prosa que citou, ele dividiu o número de sílabas pelo número de tônicas e obteve três como resultado, não as duas que obteria, ele disse, fosse a métrica binária mais adequada à língua russa; mas não levou em consideração o principal: os peônios! Pois nas próprias passagens que cita, trechos inteiros de frases seguem o ritmo semitônico do verso branco, a métrica de sangue mais azul; i.e., precisamente o iambo!

Temo que o sapateiro que visitou o estúdio de Apeles e criticou aquilo que não entendia era um sapateiro medíocre. Será que tudo está realmente bem do ponto de vista matemático naqueles seus cultos trabalhos econômicos, cuja análise exige uma curiosidade quase sobre-humana da parte do pesquisador? Serão realmente profundos aqueles comentários dele sobre Mill (nos quais se esforçou por reconstruir certas teorias "em conformidade com o novo elemento plebeu no pensamento e na vida")? Será que todos os calçados que fez realmente servem? Ou será simplesmente a coqueteria de um velho que o leva, vinte anos depois, a relembrar com complacência os erros de seus cálculos logarítmicos sobre o efeito de certas melhorias agrícolas na colheita de grão? Triste, tudo isso, muito triste. Nossa impressão geral é que materialistas desse tipo cometeram um erro fatal: negligenciando a natureza da coisa em si, continuaram aplicando seu método mais materialista meramente nas relações entre os objetos, no vazio entre objetos, e não nos próprios objetos: i.e., foram os mais ingênuos dos metafísicos precisamente no ponto onde mais queriam manter os pés no chão.

Em sua juventude, houve uma manhã infeliz: ele foi chamado por um comerciante de livros que conhecia, o velho Vasiliy Trofimovich de nariz comprido, curvado como uma Baba Yaga sob o peso de um imenso saco de lona, cheio de livros proibidos e semiproibidos. Não conhecendo línguas estrangeiras, mal conseguindo soletrar letras romanas e pronunciando estranhamente os títulos com um pesado jeito camponês, ele adivinhava instintivamente o grau de sedição desse ou daquele alemão. Nessa manhã, vendeu a Nikolay Gavrilovich (ambos acocorados ao lado de uma pilha de livros) um exemplar ainda sem corte de Feuerbach.

Naquela época, preferia-se Andrey Ivanovich Feuerbach a Egor Fyodorovich Hegel. *Homo feuerbachi* é um músculo cogitativo. Andrey Ivanovich descobriu que o homem difere do macaco apenas desse ponto de vista; dificilmente, porém, teria estudado os macacos. Meio século depois dele, Lênin refutou a teoria de que "a terra é a soma das sensações humanas" com "a terra existia antes do homem"; e, a seu especializado comentário "Nós hoje transformamos a incognoscível 'coisa em si' de Kant em uma 'coisa para nós' por meio de química orgânica", acrescentou bem a sério que, "uma vez que existia alizarina no carvão sem nosso conhecimento, então as coisas devem existir independente de nossa cognição". De maneira semelhante, Chernishevski explicou: "Vemos uma árvore; outro homem olha o mesmo objeto. Vemos pelo reflexo em seus olhos que sua imagem da árvore é exatamente igual à nossa árvore. Portanto todos nós vemos os objetos como eles realmente existem". Toda essa louca tolice tem seu toque hilariante: o apelo constante dos "materialistas" a árvores é especialmente divertido, pois todos eles percebem tão pouco da natureza, sobretudo das árvores. Esse objeto tangível que, segundo Chernishevski, "age com muito mais força do que o conceito abstrato dela" (o Princípio Antropológico em Filosofia) está simplesmente além do seu alcance. Vejam que terrível abstração resultou, em última análise, do "materialismo"! Chernishevski não sabia a diferença entre um arado e uma *soha* de madeira; confundia cerveja com vinho Madeira; era incapaz de dar o nome de uma única flor, exceto a rosa silvestre; e é característico que essa deficiência de conhecimento botânico imediatamente desse origem a uma "generalização" quando afirmava, com a certeza de um ignorante, que "elas [as flores da taiga siberiana] são todas as mesmas que florescem por toda a Rússia!". Existe uma vingança secreta no fato de que aquele que construiu sua filosofia com base no conhecimento do mundo acabou colocado, nu e sozinho, em meio à natureza encantada, estranhamente luxuriante e ainda incompletamente descrita do nordeste da Sibéria: um castigo elementar, mitológico, que não foi levado em conta por seus juízes humanos.

Apenas poucos anos antes, o cheiro do Petrushka de Gógol havia sido explicado pelo fato de que tudo quanto existe é racional. Mas o momento para o vigoroso hegelianismo russo já havia passado. Os formadores de opinião eram incapazes de entender a verdade vital de Hegel: uma verdade que não era estagnada, como água rasa, mas fluía como sangue através do processo mesmo de cognição. O simplório Feuerbach era mais ao gosto de Chernishevski. Há sempre o risco, porém, de que uma letra caia fora do cósmico, e Chernishevski não evitou esse risco em seu artigo "Propriedade comunitária", quando começou a operar com a tríade tentadora de Hegel, dando exemplos como: a gaseiformidade do mundo é a tese, enquanto a maciez do cérebro é a síntese; ou, ainda mais idiota: um porrete se transformando em carabina. "Escondida na tríade", diz Strannolyubski, "existe a vaga imagem da circunferência controlando toda a vida da mente, e a mente é inescapavelmente confinada dentro dela. Isso constitui um carrossel da verdade, pois a verdade é sempre redonda; consequentemente, no desenvolvimento das formas de vida, é possível uma certa curvatura perdoável: a corcova da verdade; mas não mais."

A filosofia de Chernishevski recua, através de Feuerbach, até os enciclopedistas. Por outro lado, o hegelianismo aplicado, funcionando gradualmente à esquerda através do mesmo Feuerbach, foi se juntar a Marx, que em seu *Sagrada família* se expressa assim:

... nenhuma grande inteligência
é necessária para ver o elo
entre ensinar, assim, materialismo
quanto à tendência inata para o bem;
e a igualdade de capacidades...
capacidades tantas vezes vistas
como mentais; a grande influência
que exerce o lado externo sobre o homem;
experiência onipotente; hábito
e criação; a extrema importância
da indústria; garantir lazer,
e o comunismo.

Coloquei em versos brancos para ficar menos maçante.

Steklov é da opinião de que, com todo seu gênio, Chernishevski não consegue se igualar a Marx, diante do qual ele se impõe como o artesão Polzunov de Barnaul se impõe a Watt. O próprio Marx ("aquele mesquinho burguês até os ossos" segundo testemunho de Bakunin, que não suportava alemães) se refere uma ou duas vezes aos "notáveis" escritos de Chernishevski, mas deixou algumas anotações desdenhosas nas margens de sua obra mais importante sobre economia, "*des grossen russischen Gelehrten*" (no geral, Marx não gostava de russos). Chernishevski devolveu na mesma moeda. Já nos anos 1870, tratava tudo que era novo com negligência, com malevolência. Estava particularmente aborrecido com a economia, que tinha deixado de ser uma arma para ele, e, por essa razão, assumiu em sua mente o aspecto de um brinquedo vazio, de "ciência pura". Lyatsky está bem errado quando — com uma paixão por analogias náuticas comum a muitos — compara o exilado Chernishevski a um homem que "observa de uma praia deserta a passagem de um navio gigante (o navio de Marx) a caminho de descobrir novas terras"; a expressão é particularmente infeliz em vista do fato de que o próprio Chernishevski, como se previsse a analogia e desejando refutá-la precisamente, dissera sobre *Das Kapital* (enviado a ele em 1872): "Dei uma olhada, mas não li o livro; arranquei as páginas uma a uma e fiz com elas *barquinhos* [grifo meu], e os lancei no rio Vilyui".

Lênin considerava Chernishevski "o único escritor realmente grande que conseguiu permanecer num nível íntegro de materialismo dos anos 1850 até 1888" (ele tirou um ano). Uma vez, num dia ventoso, Krupskaya voltou-se para Lunacharski e disse com suave tristeza: "Não existe praticamente ninguém de quem Vladimir Ilyich gostasse tanto... acho que ele tinha muita coisa em comum com Chernishevski". "Sim, eles sem dúvida tinham muito em comum", acrescenta Lunacharski, que de início tendera a ver essa observação com ceticismo. "Tinham em comum tanto a clareza de estilo como a mobilidade de discurso... amplidão e profundidade de julgamento, fogo revolucionário... essa combinação de enorme talento com um interior modesto e, por fim, sua conjunta constituição moral." Steklov chama o artigo de Chernishevski, "O princípio antropológico em Filosofia", de "primeiro manifesto filosófico do comunismo russo"; é significativo que esse primeiro manifesto fosse uma versão escolar, uma avaliação infantil das questões morais mais difíceis. "A teoria europeia de materialismo", diz Strannolyubski, repetindo Volynski de certa maneira, "assumiu em Chernishevski uma forma simplificada, confusa e grotesca. Fazendo um juízo desdenhoso e impertinente de Schopenhauer, sob cujo dedo crítico seu pensamento redentor não teria sobrevivido nem um segundo, ele reconhecia dentre todos os pensadores anteriores, por uma estranha associação de ideias e de acordo com lembranças equivocadas, apenas Espinoza e Aristóteles, dos quais imaginava ser continuador."

Chernishevski martelava silogismos imperfeitos; assim que virava as costas, os silogismos desmoronavam e sobravam apenas os pregos. Ao eliminar o dualismo metafísico, ele caiu no dualismo gnosiológico, e, tendo tomado com superficialidade a matéria como o princípio primeiro, ficou absolutamente perdido entre conceitos, pressupondo alguma coisa que cria nossa percepção do próprio mundo externo. O filósofo profissional Yurkevich não teve nenhum problema em acabar com ele. Yurkevich se perguntava, como Chernishevski explicava o movimento espacial dos nervos se transformando em sensação não espacial? Em vez de responder ao artigo detalhado do pobre professor, Chernishevski reproduziu exatamente um terço dele em *O Contemporâneo* (i.e., o tanto que era permitido por lei) e interrompeu o texto no meio de uma palavra, sem nenhum comentário. Definitivamente não dava a mínima para a opinião de especialistas, e não via nenhum problema em desconhecer os detalhes de um assunto que estava examinando: detalhes eram, para ele, meramente um elemento aristocrático na nação de suas ideias gerais.

"Sua cabeça pensa sobre problemas da humanidade... enquanto sua mão realiza um trabalho inábil", ele escreveu de seu "operário socialmente consciente" (e não podemos deixar de lembrar aquelas gravuras dos antigos atlas anatômicos, em que um jovem de rosto agradável se apoia a uma coluna e mostra ao mundo culto todas as suas vísceras). Mas o regime político que devia aparecer como a síntese no silogismo, no qual a tese era a comuna, não parecia tanto a Rússia soviética como as Utopias de sua época. O mundo de Fourier, a harmonia das doze paixões, a felicidade da vida coletiva, os operários com guirlandas de rosas, tudo isso não deixava de agradar Chernishevski, que estava sempre em busca de "coerência". Vamos sonhar com o falanstério vivendo num palácio: 1800 almas — e todas felizes! Música, bandeiras, bolos. O mundo é governado pela matemática, e bem governado; a correspondência que Fourier estabelece entre nossos desejos e a gravidade de Newton era particularmente cativante; definiu a atitude de Chernishevski em relação a Newton por toda a sua vida, e é agradável comparar a maçã deste com a maçã de Fourier, que custava ao viajante comercial catorze *sous* num restaurante de Paris, fato que levou Fourier a ponderar sobre a desordem básica do mecanismo industrial, assim como Marx foi levado a se familiarizar com problemas econômicos pela questão dos gnomos ("pequenos camponeses") fabricantes de vinho no vale de Moselle: uma origem graciosa para ideias grandiosas.

Embora defendesse a propriedade comunal da terra por simplificar a organização de associações na Rússia, Chernishevski estava disposto a concordar com a emancipação dos camponeses sem terra, cuja propriedade teria levado a novos embaraços no longo prazo. Nessa altura, saem faíscas de nossa caneta. A liberação dos servos! A era das grandes reformas! Não é de admirar que, numa explosão de viva presciência, o jovem Chernishevski anotasse em seu diário em 1848 (ano que alguém chamou de "a abertura do século"): "E se estivermos de fato vivendo na época de Cícero e César, quando *seculorum novus nascitur ordo*, e vem um novo Messias, uma nova religião, um novo mundo?...".

Os anos 1850 estão agora a pleno vapor. É permitido fumar nas ruas. Pode-se usar barba. O prelúdio de *Guilherme Tell* ribomba em todas as ocasiões musicais. Correm rumores de que a capital vai mudar para Moscou; de que o calendário antigo será substituído pelo novo. Debaixo dessa capa, a Rússia está ocupada recolhendo material para a sátira de Saltikov, primitiva, mas provocante. "Gostaria de saber que conversa é essa de um novo espírito no ar", disse o general Zubatov, "só os lacaios ficaram rudes, o resto continua do jeito que estava." Proprietários de terras e principalmente suas esposas começaram a ter sonhos terríveis que não constavam dos livros de sonhos. Apareceu uma nova heresia: o niilismo. "Uma doutrina escandalosa e imoral que rejeita tudo que não possa ser tocado", diz Dahl com um estremecimento, em sua definição dessa estranha palavra (na qual "nihil", nada, corresponde, por assim dizer, a "material"). Pessoas de ordens religiosas tiveram uma visão: um enorme Chernishevski passeia pela avenida Nevski usando chapéu de aba larga e carregando um bastão.

E aquele primeiro decreto em nome do governador de Vilno, Nazimov! E a assinatura do tsar, tão bonita, tão robusta, com dois floreios poderosos, fortes, que depois seria rasgada por uma bomba! E o êxtase de Nikolay Gavrilovich: "A bênção prometida aos humildes e aos pacificadores coroa Alexandre, o Segundo, com uma felicidade que nenhum outro soberano da Europa jamais conheceu...".

Mas logo depois que se formaram os comitês provinciais o ardor de Chernishevski esfriou: ele se exasperou com o egoísmo dos nobres na maioria dos grupos. Sua desilusão final veio na segunda metade de 1858. O tamanho da recompensa! A pequenez do rateio! O tom de *O Contemporâneo* ficou duro e franco; as expressões "infame" e "infâmia" começaram a animar agradavelmente as páginas dessa revista sem graça.

A vida de seu diretor não era rica de acontecimentos. Durante longo tempo, o público não conheceu seu rosto. Não era visto em parte alguma. Já famoso, permanecia, por assim dizer, nas asas de seu falante e ocupado pensamento.

Sempre de roupão (manchado com sebo de vela até nas costas), como era costume na época, ele ficava o dia inteiro sentado em seu pequeno estúdio com o papel de parede azul — bom para os olhos — e a janela que dava para o pátio (uma vista da pilha de lenha coberta de neve), na grande mesa com pilhas de livros, provas de impressão e recortes. Ele trabalhava com tanto afinco, fumava tanto e dormia tão pouco que dava uma impressão quase assustadora: magro, nervoso, o olhar ao mesmo tempo baço e penetrante, as mãos trêmulas, a fala entrecortada e distraída (por outro lado, nunca sofreu dor de cabeça, e ingenuamente se vangloriava disso como sinal de mente saudável). Sua capacidade de trabalho era monstruosa, assim como, a propósito, a da maioria dos críticos russos do último século. A seu secretário, Studentski, ex-seminarista de Saratov, ditou uma tradução da história de Schlosser e, nos intervalos, enquanto o rapaz anotava, ele próprio continuava escrevendo um artigo para *O Contemporâneo* ou lia alguma coisa, anotando nas margens. Era atormentado por visitantes. Sem saber como escapar de um hóspede inoportuno, ele, para sua própria tristeza, ia se envolvendo mais e mais nas conversas. Com um cotovelo apoiado no aparador e mexendo com alguma coisa, falava com voz aguda e guinchada, mas, sempre que seus pensamentos divagavam, ele resmungava e mascava monotonamente, com uma abundância de "bem...". Tinha uma risada sossegada característica (que fazia Leon Tolstói suar), mas quando ria alto explodia num acesso e trovejava ensurdecedoramente (diante do quê Turguêniev, ouvindo o ruído de longe, girava nos calcanhares).

Métodos de conhecimento como o materialismo dialético se parecem curiosamente com anúncios inescrupulosos de remédios patenteados, que curam todas as doenças de uma vez. Mesmo assim, um tal expediente pode ocasionalmente ajudar num resfriado. Definitivamente, havia um traço de arrogância na atitude de escritores contemporâneos e bem-nascidos com o plebeu Chernishevski. Turguêniev, Grigorovich e Tolstói o chamavam de "o cavalheiro com cheiro de percevejo", e entre si caçoavam dele de todas as maneiras. Uma vez, na casa de campo de Turguêniev, os dois primeiros, ao lado de Botkin e Druzhinin, compuseram e representaram uma farsa doméstica. Numa cena em que um sofá deveria pegar fogo, Turguêniev tinha de sair correndo com o grito... aqui os esforços comuns de seus amigos o convenceram a pronunciar as infelizes palavras que, na juventude, supostamente dirigiu a um marinheiro durante um incêndio a bordo: "Socorro, me salve, sou filho único de minha mãe". A partir dessa farsa, Grigorovich, com sua absoluta falta de talento, posteriormente inventou sua completamente medíocre *Escola de hospitalidade*, em que dotava um dos personagens, o rabugento escritor Chernushin, com os traços de Nikolay Gavrilovich: olhos de toupeira estranhamente desconfiados, lábios finos, rosto achatado, enrugado, cabelo ruivo armado na têmpora esquerda e um eufemístico fedor de rum queimado. É curioso que o notório gemido ("Socorro" etc.) seja aqui atribuído a Chernushin, o que dá colorido à ideia de Strannolyubski sobre uma espécie de ligação mística entre Turguêniev e Chernishevski. "Li seu livro repulsivo [a dissertação]", escreve o primeiro em uma carta a seus colegas gozadores. "*Raca! Raca! Raca!* Vocês sabem que não existe nada no mundo mais terrível que essa imprecação judia."

"Esse 'raca' ou 'racá', observa o biógrafo supersticiosamente, "resultou, sete anos mais tarde, em Rakeev (o coronel de polícia que prendeu o homem anatemizado), e a carta em si foi escrita por Turguêniev justamente no dia 12 de julho, *aniversário* de Chernishevski..." (parece-nos que Strannolyubski vai um pouco longe demais).

Nesse mesmo ano, apareceu o *Rudin* de Turguêniev, mas Chernishevski o atacou (por sua caricatura de Bakunin) apenas em 1860, quando Turguêniev não era mais necessário para *O Contemporâneo*, que ele deixara em consequência de Dobrolyubov ter dirigido um silvo de serpente a seu "Na noite". Tolstói não suportava nosso herói: "Fica-se ouvindo", escreveu, "ouvindo aquela vozinha fina, desagradável dele, dizendo coisas obtusas, perversas... enquanto ele tagarela indignado em seu canto, até alguém dizer 'cale a boca' e olhar direto nos olhos dele". "Os aristocratas transformavam-se em grosseiros rufiões", observa Steklov a respeito, "quando falavam com inferiores ou sobre pessoas que eram inferiores socialmente." "O inferior", porém, não ficava devendo em nada; sabendo o quanto Turguêniev valorizava cada palavra dita contra Tolstói, Chernishevski, nos anos 1850, se estendeu livremente sobre a *poshlost* (vulgaridade) e a *hvastovstvo* (o gabar-se) de Tolstói — "um pavão cabeçudo gabando-se de uma cauda que nem mesmo cobre seu traseiro vulgar" etc. "Você não é nenhum Ostrovski, nenhum Tolstói", acrescentava Nikolay Gavrilovich, "você é uma honra para nós" (e *Rudin* já havia saído — publicado dois anos antes).

As outras revistas literárias o espicaçavam o quanto podiam. O crítico Dudyshkin (em *O Comentador Nacional*) apontava raivosamente seu cachimbo para ele: "Poesia para você é meramente capítulos de economia política transpostos em versos". Seus desafetos no campo místico falavam da "atração pelo mal" de Chernishevski, de sua semelhança com o diabo (por exemplo, o prof. Kostomarov). Outros jornalistas, de molde mais comum, como Blagosvetlov (que se considerava um dândi e, apesar de seu radicalismo, tinha como criado um negro verdadeiro, não pintado), falavam das galochas sujas de Chernishevski e de seu estilo sacristão-alemão nas roupas. Nekrasov defendeu o "sujeito sensato" (que havia levado a *O Contemporâneo*) com um sorriso murcho, admitindo que ele carimbara com monotonia a revista ao enchê-la com suas histórias medíocres de denúncia a propinas e policiais; mas elogiou seu colega pelo trabalho frutífero: graças a ele, a revista tinha 4700 assinantes em 1858 e, três anos depois, 7000. As relações de Nikolay Gavrilovich com Nekrasov eram amigáveis, mas nada além disso; há indícios de algum arranjo financeiro que o desagradava. Em 1883, a fim de distrair o velho, seu primo Pypin sugeriu que ele escrevesse alguns "retratos do passado". Chernishevski descreveu seu primeiro encontro com Nekrasov com a meticulosidade e o empenho que já nos são familiares (fornecendo um plano complexo de todos os seus movimentos mútuos pela sala, abrangendo praticamente o número de passos), um detalhismo que soava como um insulto ao Pai Tempo e seu honesto trabalho, se nos lembrarmos que trinta anos haviam se passado desde que essas manobras ocorreram. Ele colocava Nekrasov, o poeta, acima de todos os outros (acima de Púchkin, acima de Lermontov e Koltsov). *La traviata* fez Lênin chorar; da mesma forma,

Chernishevski, que confessava que a poesia do coração lhe era ainda mais querida que a poesia de ideias, caía em prantos diante daqueles versos de Nekrasov (mesmo os iâmbicos!), que expressavam algo que ele próprio havia experimentado, todos os tormentos de sua juventude, todas as fases de seu amor pela esposa. E não é de admirar: os pentâmetros iâmbicos de Nekrasov nos encantam particularmente por sua força exortativa, suplicante e profética, e por uma cesura muito individual depois do segundo pé, uma cesura que em Púchkin, digamos, é um órgão rudimentar na medida em que controla a melodia de um verso, mas que em Nekrasov se torna um genuíno órgão de respiração, como se virasse de uma divisão em um fosso, ou como se a parte de dois pés do verso e a parte de três pés tivessem se separado, deixando, depois do segundo pé, um intervalo cheio de música. Ao ouvir esses versos arquejantes, essa articulação gutural, soluçada...

A sua luz jamais será banal,
Prisão não traz a imagem do morrer!
A mim voltou a Noite desleal.
O Amor abriu os braços a você.

Eu sei que há um mais querido agora,
Te faz irar a espera importuna.
Ah, não temais! É quase a minha hora,
Que se conclua o plano da Fortuna!

... Chernishevski não podia deixar de pensar que sua mulher não se apressaria a enganá-lo; não podia deixar de identificar a proximidade do fim com a sombra da prisão já se estendendo para ele. E isso não foi tudo: evidentemente essa conexão foi sentida, não no aspecto racional, mas no aspecto órfico, também pelo poeta que escreveu esses versos, pois é precisamente seu ritmo ("A sua luz") que ecoou, com uma bizarra qualidade de assombro, no poema que ele escreveu posteriormente sobre Chernishevski:

A sua paz precisa ser honrada,
Mas confessai: tecestes seu destino.

Os sons de Nekrasov eram, assim, *agradáveis* a Chernishevski; i.e., vinham a satisfazer aquela estética elementar pela qual ele sempre tomava equivocadamente sua própria sentimentalidade circunstancial. Tendo descrito um grande círculo, tendo analisado várias questões relativas à atitude de Chernishevski quanto a diversos ramos de conhecimento, sem, no entanto, comprometer nem por um momento nossa lisa curva, voltamos agora com novas forças a sua filosofia da arte. Chegou a hora de resumir.

Tendo, como todo o resto de nossos críticos radicais, uma fraqueza pelo ganho fácil, ele se absteve de cumprimentos corteses a damas escritoras e energicamente demoliu Evdokia Rastopchin ou Avdotia Glinka. "Um tagarelar incorreto e descuidado" (como fala Púchkin) o deixava indiferente. Tanto ele como Dobrolyubov castigavam com gosto coquetes literárias — mas na vida real... Bem, vejam o que fizeram com elas, vejam como foram distorcidas e torturadas com ondas de gargalhadas (ninfas d'água riam assim ao longo de ribeirões que correm perto de eremitérios e outros locais de salvação) pelas filhas do dr. Vasiliev.

Os gostos dele eram eminentemente sólidos. Ele ficava *épaté* com Hugo. Impressionado com Swinburne (o que não é nada estranho, pensando bem). Na lista de livros que leu na fortaleza, o nome de Flaubert está grafado com "o" — e, de fato, ele o colocava abaixo de Zacher-Masoch e Spielhagen. Ele adorava Béranger do jeito que os franceses médios o adoram. "Pelo amor de Deus", exclama Steklov, "você diz que esse homem não era poético? Ora, você não sabe que ele declamava Béranger e Ryleyev com lágrimas de arrebatamento?!" Seus gostos só se consolidaram na Sibéria — e, por uma estranha delicadeza do destino histórico, a Rússia não produziu durante os vinte anos de seu banimento um único escritor genuíno (até Tchékhov) cujo começo ele não tivesse visto por si mesmo no período ativo de sua vida. De conversas com ele nos anos 1880 em Astracá, fica claro que: "Sim, senhor, foi o título de conde que fez Tolstói ser considerado 'um grande escritor da terra russa'"; e, quando visitantes incômodos lhe perguntavam quem ele considerava o melhor escritor vivo, citava uma nulidade completa: Maxim Belinski.

Na juventude, ele anotou em seu diário: "A literatura política é a mais elevada literatura". Nos anos 1850, quando discutia extensamente Belinski (Vissarion, claro), algo que o governo não aprovava, ele o seguia dizendo que "a literatura não pode deixar de ser a criada de uma ou outra tendência ideológica", e que escritores "indiferentes àquilo que está sendo conquistado em torno de nós por força do movimento histórico... nunca, em nenhuma circunstância, produzem qualquer coisa de grande", pois "a história não reconhece nenhuma obra de arte que tenha sido criada exclusivamente a partir da ideia de beleza". Nos anos 1840, Belinski afirmou que "George Sand pode ser incondicionalmente incluída no rol dos poetas europeus (no sentido alemão de *Dichter*), enquanto a justaposição do nome de Gógol aos de Homero e Shakespeare ofende tanto a decência como o senso comum", e que "nem só Cervantes, Walter Scott e Cooper, como artistas de destaque, mas também Swift, Sterne, Voltaire e Rousseau possuem significação incomparavelmente e inestimavelmente maior do que Gógol em toda a história da literatura". Belinski foi secundado décadas depois por Chernishevski (quando, é verdade, George Sand já havia subido para o sótão e Cooper descido para a creche), que disse que "Gógol é uma figura muito menor em comparação, por exemplo, com Dickens, Fielding ou Sterne".

Pobre Gógol! Sua exclamação (como a de Púchkin) "Rus!" é repetida com vontade por homens dos anos 1860, mas agora a troika precisa de estradas pavimentadas, pois mesmo a *toska* ("aspiração") da Rússia se tornou utilitária. Pobre Gógol! Considerando o seminarista no crítico Nadezhdin (que costumava escrever "literatura" com três "t"), Chernishevski descobriu que sua influência sobre Gógol teria sido mais benéfica que a de Púchkin, e lamentava que Gógol não tivesse consciência disso como um princípio. Pobre Gógol! Ora, aquele melancólico bufão padre Matvey também o exortara a renunciar a Púchkin...

Lermontov deu mais sorte. Sua prosa arrancou de Belinski (que tinha um fraco por conquistas de tecnologia) a surpreendente e muito encantadora comparação de Pechorin com um motor a vapor, abalando todos aqueles que eram suficientemente descuidados para cair debaixo de suas rodas. Em sua poesia, os intelectuais de classe média sentiam algo da pressão sociolírica que, mais tarde, veio a ser chamada de "nadsonismo". Nesse sentido, Lermontov foi o primeiro

Nadson da literatura russa. O ritmo, o tom, o idioma pálido, diluído em lágrimas do verso "cívico", até e inclusive "como vítimas caíram no fatídico conflito" (a famosa canção revolucionária dos primeiros anos de nosso século), tudo isso remonta a versos de Lermontov como:

Adeus, querido camarada nosso! Ai, nesta terra,
cantor de olhos azuis, não foi longa a sua estada!
Simples cruz de madeira você mereceu, e entre nós
sua memória será sempre celebrada...

A verdadeira magia de Lermontov, os panoramas enternecedores de sua poesia, seu pitoresco paradisíaco e o transparente aroma penetrante do celestial em seu verso úmido — isso tudo, claro, era completamente inacessível ao entendimento de homens da cepa de Chernishevski.

Agora estamos chegando ao ponto mais vulnerável; pois há muito se tornou costume medir o grau de desenvoltura, inteligência e talento de um crítico russo por sua atitude em relação a Púchkin. E assim será até que a crítica literária russa se desfaça de seus manuais sociológicos, religiosos, filosóficos e outros, que só ajudam a mediocridade a admirar a si mesma. Só então você terá liberdade para dizer o que quer: então poderá criticar Púchkin pelas traições a sua musa exigente e, ao mesmo tempo, preservar tanto seu próprio talento como sua honra. Censure-no por deixar que um hexâmetro se infiltre entre os pentâmetros de *Boris Godunov* (cena 9), por um erro de métrica na vigésima primeira linha de "O festim durante a peste", por repetir a frase "cada minuto" (*pominutno*) cinco vezes em dezesseis linhas de "A tempestade", mas, pelo amor de Deus, parem com essa tagarelice irrelevante.

Com sagacidade, Strannolyubski compara as manifestações críticas dos anos 1860 sobre Púchkin com a atitude em relação a ele, trinta anos antes, do chefe de polícia conde Benckerdorff ou do diretor do terceiro setor, Von Fock. Na verdade, o maior elogio de Chernishevski a um escritor, como o do governante Nicolau I ou do radical Belinski, era: sensato. Quando Chernishevski ou Pisarev chamavam a poesia de Púchkin de "lixo e luxo" estavam apenas repetindo Tolmachyov, autor de *Eloquência militar*, que nos anos 1830 havia qualificado o mesmo assunto de "bagatelas e bugigangas". Quando Chernishevski disse que Púchkin era "apenas um pobre imitador de Byron" ele reproduziu com monstruosa precisão a definição dada pelo conde Vorontsov (patrão de Púchkin em Odessa): "Um pobre imitador de lorde Byron". A ideia favorita de Dobrolyubov de que "faltava a Púchkin uma educação sólida, profunda" ressoa amigavelmente a observação de Vorontsov: "Não é possível ser um poeta genuíno sem trabalhar constantemente para ampliar o próprio conhecimento, e o dele é insuficiente". "Para ser um gênio, não basta ter confeccionado *Eugene Onegin*", escreveu o progressista Nadezhdin, comparando Púchkin a um alfaiate, inventor de padrões de coletes e fechando assim um pacto intelectual com o reacionário conde Uvarov, ministro da Educação, que observou por ocasião da morte de Púchkin: "Escrever rimas não significa ter realizado uma grande carreira".

Chernishevski equacionava gênio com senso comum. Se Púchkin era um gênio, argumentava, perplexo, como se podia interpretar a profusão de correções em seus rascunhos? Dá para entender "retoques" numa cópia limpa, mas aquilo era o trabalho bruto em si. Devia ter fluído sem esforço, uma vez que o senso comum se expressa de imediato, porque *sabe* o que quer dizer. Além disso, como uma pessoa ridiculamente alheia à criação artística, ele supunha que "retocar" ocorria no papel, enquanto o "trabalho de verdade" — i.e., "a tarefa de dar forma ao plano geral" — ocorria "na mente" —, outro indício daquele perigoso dualismo que irrompe em seu "materialismo", razão pela qual mais de uma cobra silvaria para ele e o morderia durante sua vida. A originalidade de Púchkin o enchia de medos. "As obras poéticas são boas quando *todo mundo* [grifo meu] fala depois de lê-las: sim, isto aqui não é apenas verossímil como também não poderia ser de outro jeito, porque é assim que sempre foi."

Púchkin não figura na lista de livros enviados a Chernishevski na fortaleza, e não é de admirar: apesar dos serviços de Púchkin ("ele inventou a poesia russa e ensinou a sociedade a lê-la" — duas afirmativas completamente falsas), ele era, acima de tudo, um escritor de versinhos inteligentes sobre pezinhos de mulheres — e "pezinhos" na entonação dos anos 1860 — quando a totalidade da natureza havia sido vulgarizada em *travka* (diminutivo de "grama") e *pichuzhki* (diminutivo de "aves") — já significava algo bem diferente dos *petits pieds* de Púchkin, algo que então se tornara mais próximo do enjoativo *Füsschen*. Ele considerava particularmente surpreendente (assim como Belinski) que Púchkin tivesse se tornado tão "alheio" no final da vida. "Acabadas estavam aquelas relações de amizade cujo monumento continua sendo o poema 'Arion'," explica Chernishevski de passagem, mas como essa referência casual ao assunto proibido do dezembrismo era cheia de significado sagrado para o leitor de *O Contemporâneo* (que, de repente, imaginamos distraído e esfaimado mordendo uma maçã — transferindo a fome de sua leitura para a maçã e de novo comendo as palavras com os olhos). Portanto Nikolay Gavrilovich deve ter ficado mais que irritado com uma rubrica na penúltima cena de *Boris Godunov*, uma rubrica que parece uma maliciosa insinuação e uma usurpação de louros cívicos imerecidos pelo autor de "tolice vulgar" (veja as observações de Chernishevski ao poema "Istambul é pelos giaurs agora louvada"): "Púchkin vem cercado pelo povo".

"Ao ler os críticos mais abusivos", Púchkin escreveu durante um outono em Boldino, "acho-os tão divertidos que não entendo como pude me zangar; parece-me, se quisesse caçoar deles, que não poderia pensar em nada melhor que reeditá-los sem nenhum comentário." Curiosamente, foi exatamente isso o que Chernishevski fez com o artigo do professor Yurkevich: uma grotesca repetição! E então "um grão de poeira esvoaçante foi capturado por um raio de luz de Púchkin, que penetrou entre as persianas do pensamento crítico russo", para usar a cáustica metáfora de Strannolyubski. Temos em mente a seguinte escala mágica do destino: em seu diário de Saratov, Chernishevski aplicou dois versos de "As noites egípcias" de Púchkin a sua corte, citando de modo completamente errado o segundo, com uma distorção característica (dele, que não tinha ouvido): "Cumpri [ele cumpriu] o repto do prazer/ Como com os de guerra o faria (em vez de "Como ele cumpriria na guerra/ o repto de uma luta atroz"). Por esse "o faria", o destino, aliado das musas (e ele próprio um perito em formas condicionais), vingou-se dele — e com que refinada dissimulação na evolução do castigo!

Que relação pode existir entre essa malfadada citação e a fala de Chernishevski dez anos depois (em 1862): "Se as pessoas pudessem anunciar todas as suas ideias referentes a questões públicas [...] em reuniões, não haveria necessidade de fazer artigos de revista"? No entanto, a essa altura, Nêmesis já está acordando. "Em vez de escrever, podia-se falar", continua Chernishevski, "e, se essas ideias tivessem de atingir a todos que não participaram da reunião, podiam ser anotadas por um estenógrafo." E a vingança se desenrola: na Sibéria, onde seus únicos ouvintes eram as lárices e os iacutos, ele foi assombrado pela imagem de uma "plataforma" e de uma "sala de conferências", na qual era *tão* conveniente para o público ali se reunir e onde este podia reagir *tão* livremente, pois, em última análise, assim como o *Improvvisatore* de Púchkin (o de "Noites egípcias"), mas sendo um versificador pobre, ele havia escolhido por profissão — e depois como ideal irrealizável — variações sobre um dado tema; no ocaso de sua vida, compôs uma obra na qual incorpora esse sonho: de Astracá, não muito antes da morte, envia a Lavrov seu "Noites com a princesa Starobelski" para a revista literária *Pensamento Russo* (que achou impossível publicá-lo), e acompanha isso com "Uma inserção" — dirigida diretamente ao impressor:

Na parte que diz que as pessoas foram do salão de jantar para o salão propriamente dito, preparado para elas ouvirem o conto de fadas de Vyazovski, e existe uma descrição do arranjo do auditório [...] a distribuição de estenógrafos homens e mulheres em dois setores, em duas mesas, ou não está indicada, ou não está indicada satisfatoriamente. Em meu rascunho, essa parte está assim: "Ao longo das laterais da plataforma, havia duas mesas para estenógrafos [...] Vyazovski foi até eles, apertou sua mão e iniciou uma conversa enquanto o grupo tomava seus lugares". As linhas do texto final, cujo sentido corresponde à passagem citada de meu rascunho, devem ser substituídas agora pelas seguintes linhas: "Os homens, formando um quadro apertado, estavam perto do palco e ao longo da parede atrás das últimas cadeiras; os músicos, com suas estantes para partituras, ocupavam ambas as laterais do palco [...] O *improvvisatore*, saudado por um ensurdecedor aplauso que se ergueu de todos os lados..."

Perdão, perdão, misturamos tudo — pegamos um excerto de "Noite egípcias" de Púchkin. Vamos consertar a situação: "Entre a plataforma e o semicírculo mais à frente do auditório [escreve Chernishevski a um impressor inexistente], um pouco à direita e à esquerda da plataforma, havia duas mesas; na que estava à esquerda na frente da plataforma, se olharmos do meio dos semicírculos para a plataforma..." etc. etc. — com muito mais palavras do mesmo tipo, nenhuma delas realmente expressando nada.

"Aqui está um tema para você", disse Charski ao *improvvisatore*. "O próprio poeta escolhe os assuntos de seus poemas; a multidão não tem o direito de dirigir sua inspiração."

Fomos levados muito longe pelo ímpeto e a revolução do tema Púchkin na vida de Chernishevski; enquanto isso, outro personagem, cujo nome já explodiu impaciente uma ou duas vezes em nosso discurso, está esperando para entrar. Agora é o momento certo para aparecer — e aqui vem ele no casaco regulamentar bem abotoado, com colarinho azul de estudante universitário, recendendo ligeiramente a *chestnost'* ("princípio progressista"), canhestro, com olhinhos míopes e uma escassa penugem no queixo (aquela *barbe en collier* que parecia tão sintomática a Flaubert); oferece a mão como uma estocada; i.e., projetando-a estranhamente para a frente com o polegar para fora, e se apresenta com uma voz grave confidencial e rouca: Dobrolyubov.

O primeiro encontro deles (verão de 1856) foi lembrado quase trinta anos depois por Chernishevski (quando ele também escreveu sobre Nekrasov) com sua familiar riqueza de detalhes, essencialmente enjoativa e impotente, mas pretendendo estabelecer a irrepreensibilidade de pensamento em suas transações com o tempo. A amizade reuniu esses dois homens em uma união monogramática que cem séculos não conseguem desmanchar (ao contrário: fica ainda mais sólida na consciência da posteridade). Aqui não é o lugar para discorrer sobre as atividades literárias do homem mais jovem. Digamos apenas que ele era asperamente cru e asperamente ingênuo; que na revista satírica *O Apito* cutucou humoristicamente o notável dr. Pirogov ao parodiar Lermontov (o uso de alguns poemas líricos de Lermontov como pano de fundo para piadas jornalísticas sobre pessoas e eventos era tão difundido no geral que, a longo prazo, se tornou uma caricatura da própria arte da paródia); digamos também, nas palavras de Strannolyubski, que, "a partir do empurrão dado por Dobrolyubov, a literatura rolou plano inclinado abaixo, com o resultado inevitável, uma vez que rolou para zero, de ser posta entre aspas: o estudante trouxe alguma 'literatura'" (querendo dizer folhetos de propaganda). O que mais se pode acrescentar? O humor de Dobrolyubov? Ah, aquela época abençoada em que "mosquito" era *em si* engraçado, um mosquito pousando no nariz de alguém duplamente engraçado, e um mosquito que entra voando num escritório governamental e pica um funcionário público fazia os ouvintes gemerem e se dobrarem de rir!

Muito mais envolvente que a crítica obtusa e pesada de Dobrolyubov (toda essa plêiade de críticos radicais na verdade escrevia com os *pés*) é o lado frívolo de sua vida, aquela febril, romântica esportividade que posteriormente forneceu a Chernishevski material para as "intrigas amorosas" de Levitski (em *O prólogo*). Dobrolyubov era excepcionalmente propenso a se apaixonar (aqui o vislumbramos jogando assiduamente *durachki*, um jogo de cartas simples, com um general muito condecorado, cuja filha ele corteja). Ele teve uma moça alemã em Staraya Russa, uma ligação forte e onerosa. De visitas imorais a ela, Chernishevski o impediu no sentido pleno da palavra: por um longo tempo eles lutaram, ambos moles, magros e suados — rolando pelo chão, se chocando com a mobília —, o tempo todo em silêncio, tudo o que se ouvia era sua respiração ruidosa; então, se chocando um com o outro, ambos procuraram seus óculos debaixo das cadeiras tombadas. No começo de 1859, chegou a Chernishevski o rumor de que Dobrolyubov (bem como d'Anthès), a fim de acobertar sua "intriga" com Olga Sokratovna, queria casar com a irmã dela (que já tinha um noivo). As duas jovens pregavam peças absurdas em Dobrolyubov; levavam-no a bailes de máscaras vestido como um frade capuchinho ou um vendedor de sorvetes e lhe confiavam todos os seus segredos. Passeios com Olga Sokratovna o deixavam "completamente tonto". "Sei que não tenho nada a ganhar aqui", ele escreveu a um amigo, "porque não conversamos nem uma vez sem que ela mencione que, embora eu seja um bom homem, sou desajeitado demais e quase repulsivo. Entendo que não devia tentar ganhar nada de qualquer forma,, pois gosto mais de Nikolay Gavrilovich do que dela. Mas ao mesmo tempo não consigo deixá-la." Quando ouviu o rumor, Nikolay Gavrilovich, que não tinha ilusões quanto à moral da esposa, mesmo assim sentiu algum ressentimento; era uma dupla traição; ele e Dobrolyubov se explicaram com franqueza e logo depois ele partiu para Londres a fim de "atacar Herzen" (como expressou depois); i.e., a fim de lhe passar um bom sermão por seus ataques àquele mesmo Dobrolyubov no *Kolokol* (*O Sino*), um periódico liberal publicado no exterior, mas com posições menos radicais do que o endêmico *O Contemporâneo*.

Talvez, porém, o objetivo desse encontro não fosse apenas interceder por seu amigo: Chernishevski manipulou muito habilmente o nome de Dobrolyubov (principalmente depois, com relação à sua morte) como "uma questão de tática revolucionária". De acordo com certos relatos do passado, seu principal objetivo ao visitar Herzen era discutir a publicação de *O Contemporâneo* no exterior: todo mundo tinha uma premonição de que a revista logo seria fechada. Mas, no geral, essa viagem é envolta numa tal névoa e deixou tão poucos traços nos escritos de Chernishevski que seria quase preferível, apesar de certos fatos, considerá-la apócrifa. Ele, que sempre fora tão interessado na Inglaterra, ele, que alimentara sua alma com Dickens e sua mente com o *Times* — com que avidez tragaria tudo, quantas impressões devia ter recolhido, com quanta insistência devia ficar revirando isso na memória! Na verdade, Chernishevski nunca falou dessa viagem, e sempre que alguém realmente o pressionava, respondia brevemente: "Bem, falar do quê: havia fog, o navio balançava, o que mais pode haver?" Assim a própria vida (como tantas vezes) refutava seu axioma: "O objeto tangível age com muito mais força que seu conceito abstrato".

De qualquer maneira, no dia 26 de junho (novo calendário) de 1859, Chernishevski chegou a Londres (todo mundo achava que ele estava em Saratov) e ficou lá até o dia 30. Um raio de luz oblíquo perfura o fog desses quatro dias: mme. Tuchkov-Ogaryov atravessa uma saleta e entra num jardim ensolarado, carregando nos braços uma bebezinha de um ano com uma pequena pelerine de renda. Na sala (a ação tem lugar em Putney, na casa de Herzen), Alexander Ivanovich está andando de um lado para outro (essas caminhadas internas estavam muito em moda na época) com um cavalheiro de porte médio, cujo rosto é feio, "mas iluminado por um maravilhoso ar de abnegação e submissão ao destino" (o que mais provavelmente deve ter sido um mero truque da memória do memorialista, lembrando aquele rosto através do prisma de um destino já cumprido). Herzen apresentou seu companheiro a ela. Chernishevski afagou o cabelo do bebê e disse em voz baixa: "Eu também tenho alguns assim, mas quase nunca estou com eles". (Ele costumava confundir os nomes de seus filhos: o pequeno Victor estava em Saratov, onde morreu cedo, pois o destino das crianças não perdoa esses deslizes da caneta — mas ele mandou um beijo para "o pequeno Sasha", que já havia sido levado de volta a São Petersburgo.) "Cumprimente, estenda a mão", Herzen disse depressa e imediatamente começou a responder a algum comentário de Chernishevski: "Sim, exatamente — por isso é que eles são mandados para as minas siberianas"; enquanto mme. Tuchkov flutuava no jardim e o raio de luz oblíquo se apagava para sempre.

Diabetes e nefrite somados à tuberculose logo deram fim a Dobrolyubov. Ele estava morrendo no final do outono de 1861; Chernishevski o visitou durante o dia e de lá foi para seus negócios conspiratórios, que eram surpreendentemente bem escondidos dos espiões da polícia. É crença geral que ele foi o autor da proclamação "Aos servos dos proprietários de terras". "Não se comentou muito", relembra Shelgunov (que escreveu aquele "Aos soldados"); e evidentemente nem mesmo Vladislav Kostomarov, que imprimiu esses apelos, sabia com qualquer certeza da autoria de Chernishevski. O estilo lembra o dos vulgares cartazes do conde Rastopchin contra a invasão de Napoleão: "Então é a isso que se resume, essa liberdade integral... E que as cortes sejam justas e que todos sejam iguais perante a lei... E qual o sentido de provocar bulha em uma cidade apenas?". Se isso foi escrito por Chernishevski (a propósito, *bulga*, "bulha", é uma palavra do Volga), foi, de qualquer forma, retocado por alguma outra pessoa.

Segundo uma informação originada na organização Liberdade do Povo, Chernishevski sugeriu a Sleptsov e seus amigos, em julho de 1861, formarem uma célula básica de cinco membros — o núcleo de uma sociedade "clandestina". O sistema consistia em cada membro formar, além disso, sua própria célula, e assim conhecer apenas oito pessoas. Só o centro conhecia todos os membros. Todos os membros só eram conhecidos por Chernishevski. Esse relato não parece desprovido de certa estilização.

Mas vamos repetir: ele era idealmente cauteloso. Após as desordens estudantis de outubro de 1861, foi posto sob vigilância permanente, mas o trabalho dos agentes não se distinguia pela sutileza: Nikolay Gavrilovich tinha como cozinheira a mulher do zelador da casa, uma velha alta, de faces vermelhas, com um nome algo inesperado: Musa. Ela era subornada sem nenhum problema — cinco rublos para o café, no qual era muito viciada. Em troca, Musa fornecia à polícia o conteúdo do cesto de lixo do patrão.

Nesse meio-tempo, em 17 de novembro de 1861, Dobrolyubov morria, aos vinte e cinco anos. Foi enterrado no cemitério de Volkov, "num caixão simples de carvalho" (o caixão nesses casos é sempre simples), ao lado de Belinski. "De repente, um cavalheiro enérgico, de rosto escanhoado, deu um passo à frente", lembra uma testemunha (a aparência de Chernishevski ainda não era familiar), e como havia poucas pessoas, e isso o irritou, começou a falar do assunto com detalhada ironia. Enquanto falava, Olga Sokratovna se sacudia em lágrimas, apoiada ao braço de um daqueles devotados estudantes que estavam sempre com ela: um outro, além do boné regulamentar, segurava o boné de racum do "chefe", que, com o casaco de pele desabotoado — apesar da geada — tirou um caderno e começou a ler com voz zangada, didática, os grumosos poemas cinzentos de Dobrolyubov sobre princípios honestos e a proximidade da morte; a geada brilhava nas bétulas; e um pouco afastado, ao lado da cambaleante mãe de um dos coveiros, com botas novas de feltro e cheio de humildade, encontrava-se um agente da polícia secreta. "Sim", concluiu Chernishevski, "não estamos interessados aqui no fato de a censura, ao retalhar seus artigos, ter levado Dobrolyubov a uma doença dos rins. Para sua própria glória, ele fez o bastante. Para sua própria tranquilidade, não tinha razão para viver mais. Para homens desse jaez e com tais aspirações, a vida não tem nada a oferecer além de ardente sofrimento. Princípios honestos — essa foi sua doença fatal", e, apontando com o caderno enrolado um lugar vazio, vizinho, Chernishevski exclamou: "Não existe na Rússia nenhum homem digno de ocupar esse túmulo!". (Existia: foi ocupado logo depois por Pisarev.)

É difícil evitar a impressão de Chernishevski, que na juventude sonhara ser o líder de um levante nacional, estar agora saboreando o ar rarefeito de perigo à sua volta. Essa significação na vida secreta de seu país ele adquiriu inevitavelmente, uma identificação com sua época, uma semelhança familiar que ele próprio constatava. Aparentemente, agora só precisava de um dia, apenas uma hora de sorte no jogo da história, de um momento de união apaixonada entre o acaso e o destino, a fim de voar. Em 1863, esperavam uma revolução, e no gabinete do futuro governo constitucional ele estava na lista de possíveis primeiros-ministros. Como ele nutriu esse precioso ardor dentro de si! Aquele "algo" misterioso de que Steklov fala apesar de seu marxismo e que se extinguiu na Sibéria (embora "aprendizado", "lógica" e até "implacabilidade" tenham permanecido) sem dúvida existia em Chernishevski e se manifestou com força desusada pouco antes de ele ser banido para a Sibéria. Magnético e perigoso, era isso o que assustava o governo bem mais do que qualquer proclamação. "Esse bando demente tem sede de sangue, de ultrajes", diziam excitadamente os relatos. "Livrai-nos de Chernishevski..."

"Desolação... Cordilheiras solitárias... Uma miríade de lagos e pântanos... Uma falta de todas as coisas mais essenciais... Correios ineficientes... [Tudo isso] exaure a paciência até de gênios." (Isso foi o que ele copiou em *O Contemporâneo* do livro do geógrafo Selski sobre a província Yakutsk — pensando em certas coisas, suprimindo certas coisas —, talvez tendo um pressentimento.)

Na Rússia, o departamento de censura surgiu antes da literatura; sua fatídica ancianidade sempre esteve em evidência: e que vontade de dar-lhe uma cutucada! As atividades de Chernishevski em *O Contemporâneo* se transformaram numa voluptuosa caçoada da censura, que inquestionavelmente era uma das instituições mais notáveis de nosso país. E justamente então, numa época em que as autoridades temiam, por exemplo, que "notas musicais pudessem esconder escritos antigovernamentais em código" (e por isso contratou peritos bem pagos para decodificá-los), Chernishevski, em sua revista, sob o disfarce de elaborada palhaçada, estava promovendo freneticamente Feuerbach. Sempre que, em artigos sobre Garibaldi ou Cavour (dá arrepios pensar em computar os quilômetros de letras miúdas que esse homem incansável traduziu do *Times*), em seus comentários sobre acontecimentos italianos, ele acrescentava entre colchetes com muita insistência, depois de praticamente cada duas frases: "Itália", "na Itália", "estou falando da Itália" — o leitor já corrompido sabia que ele queria dizer, na realidade, que estava falando da Rússia e da questão camponesa. Ou então: Chernishevski fingia estar falando sobre qualquer coisa que lhe viesse à cabeça, só pelo prazer do tagarelar incoerente e vazio, mas de repente, nua e pintalgada com palavras, vestida em camuflagem verbal, deslizava a ideia importante que ele queria comunicar. Posteriormente, toda a gama dessa "palhaçada" foi cuidadosamente recolhida por Vladislav Kostomarov para a informação da polícia secreta; o trabalho era perverso, mas dá essencialmente uma imagem verdadeira dos "recursos especiais de Chernishevski".

Outro Kostomarov, um professor, diz em algum lugar que Chernishevski era um jogador de xadrez de primeira classe. Na verdade, nem Kostomarov nem Chernishevski sabiam muito sobre xadrez. De fato, na juventude, Nikolay Gavrilovich um dia comprou um jogo, tentou mesmo dominar um manual, conseguiu aprender mais ou menos os movimentos e mexeu com aquilo durante um bom tempo (fazendo anotações detalhadas sobre essa distração); por fim, cansado do passatempo vazio, deu tudo de presente a um amigo. Quinze anos depois (lembrando que Lessing havia conhecido Mendelssohn junto a um tabuleiro de xadrez), fundou o Clube de Xadrez em São Petersburgo, que abriu as portas em janeiro de 1862, existiu durante a primavera, declinando gradualmente, e teria acabado por si mesmo não fosse fechado devido aos "incêndios de São Petersburgo". Tratava-se simplesmente de um círculo literário e político situado na chamada Casa Ruadze. Chernishevski ia, sentava a uma mesa, batia nela com uma torre (que ele chamava de "castelo") e relatava anedotas inócuas. O radical Serno-Solovievich chegava — (esse é um travessão turgueneviano) e puxava conversa com alguém num canto isolado. Era bem vazio. A fraternidade bebedora — os escritores menores Pomyalovski, Kurochkin, Krol — vociferava no bar. O primeiro, a propósito, fez uma pequena pregação própria, promovendo a ideia de uma obra literária comum — "Vamos organizar", disse ele, "uma sociedade de trabalhadores-escritores para investigar os vários aspectos de nossa vida social, tais como: mendigos, vendedores de armarinho, acendedores de lampião, bombeiros — e juntar numa revista especial todo o material que obtivermos". Chernishevski o ridicularizou, e correu um tolo rumor de que Pomyalovski havia "quebrado sua caneca". "É tudo mentira, eu respeito você demais para isso", Pomyalovski escreveu a ele.

No grande auditório situado nessa mesma Casa Ruadze, teve lugar em 2 de março de 1862 o primeiro discurso público de Chernishevski (se não contarmos sua defesa de dissertação e o discurso à beira do túmulo na geada). Oficialmente, a renda do evento deveria ser destinada a estudantes necessitados; mas na verdade foi em auxílio dos prisioneiros políticos Mihailov e Obruchev, que tinham sido presos havia pouco tempo. Rubinstein tocou brilhantemente uma marcha extremamente motivadora, o professor Pavlov falou sobre o milênio russo — e acrescentou, ambiguamente, que, se o governo se detivesse no primeiro passo (a emancipação dos camponeses), "pararia à beira do abismo — quem tem ouvidos ouça". (Ouviram-no de fato; ele foi imediatamente expulso.) Nekrasov leu alguns versos pobres, mas "poderosos", dedicados à memória de Dobrolyubov, e Kurochkin leu uma tradução de "O passarinho", de Béranger (o desfalecimento do cativo e o arrebatamento da súbita liberdade); o discurso de Chernishevski também foi sobre Dobrolyubov.

Saudado com aplauso maciço (os jovens daquela época tinham o costume de manter as palmas das mãos em concha quando aplaudiam, de forma que o resultado parecia uma salva de canhões), ele ficou parado um momento, piscando, sorrindo. Ah, sua aparência não agradou as damas que esperavam ansiosamente o *tribuno* — cujo retrato não se podia obter. Um rosto interessante, disseram, cabelo *à la moujik* e por alguma razão usando não casaca, mas um paletó curto com galões e uma gravata horrível — "uma catástrofe colorida" (Olga Ryzhkov, *Uma mulher dos anos 1860: memórias*). Além disso, ele foi de alguma forma despreparado, a oratória era algo novo para ele e, tentando esconder a agitação, adotou um tom de conversa que pareceu modesto demais a seus amigos, e familiar demais a seus desafetos. Começou falando sobre sua pasta (da qual tirou um caderno), explicando que sua parte mais notável era o fecho com uma pequena roda dentada: "Olhem, damos um giro e a pasta está trancada, e, se quisermos trancar mais ainda, ela gira de outro jeito e sai, cabendo no bolso, e no lugar onde estava, aqui nesta placa, há arabescos gravados: muito, muito bonito". Então, com voz alta, edificante, começou a ler um artigo de Dobrolyubov que todo mundo conhecia, mas de repente se interrompeu e (como nas digressões autorais de *O que fazer?*), confidenciando com intimidade à plateia, começou a explicar em grande detalhe que não tinha sido o guia de Dobrolyubov; enquanto falava, brincava sem parar com a corrente do relógio — coisa que ficou gravada na cabeça de todos os memorialistas e que forneceria tema para jornalistas escarnecedores; mas, pensando bem, ele podia estar mexendo no relógio porque de fato lhe restava muito pouco tempo de liberdade (quatro meses ao todo!). Seu tom de voz, "*négligé* com espírito*", como costumavam dizer no seminário, e a completa ausência de insinuações revolucionárias incomodaram a plateia; não fez nenhum sucesso, enquanto Pavlov foi quase carregado em triunfo. O memorialista Nikoladze observa que, assim que Pavlov foi banido de São Petersburgo, as pessoas entenderam e apreciaram a cautela de Chernishevski; ele próprio — posteriormente, em seu sertão siberiano, onde um auditório vivo e ávido lhe aparecia às vezes apenas em sonhos febris — lamentou profundamente aquele discurso fraco, aquele fiasco, inconformado por ter perdido aquela oportunidade única (uma vez que estava, de qualquer maneira, condenado à ruína!) e por não ter pronunciado naquele púlpito da Casa Ruadze um discurso de ferro e fogo, o discurso mesmo que o herói de seu romance estava para dar, muito provavelmente, quando, ao voltar à liberdade, embarcou numa *droshki* e gritou para o condutor: "As Galerias!".

Os acontecimentos foram muito rápidos naquela primavera ventosa. Irromperam incêndios aqui e ali. E, de repente — contra esse fundo alaranjado e preto —, uma visão. Correndo e segurando o chapéu, Dostoiévski passa: para onde?

Na segunda-feira depois de Pentecostes (28 de maio de 1862), soprava um forte vento; uma conflagração havia começado na Ligovka, e então os arruaceiros tocaram fogo no mercado Apraxin. Dostoiévski está correndo, bombeiros cavalgando "e em vitrinas de farmácia, em vistosos globos de vidro, de cabeça para baixo ao passar são refletidos" (conforme viu Nekrasov). E mais adiante, densa fumaça sobe sobre o canal Fontanka na direção da rua Chernyshyov, onde então uma nova coluna negra se ergue... Enquanto isso, Dostoiévski chegou. Chegou ao coração do *negrume*, no lugar de Chernishevski, e começa a implorar a ele, histericamente, que *ponha um fim* naquilo. Dois aspectos são interessantes aqui: a confiança nos poderes satânicos de Nikolay Gavrilovich e os rumores de que os incêndios criminosos eram realizados seguindo o mesmo plano que os petrashevskianos traçaram já em 1849.

Agentes secretos, em tons também não desprovidos de horror místico, relataram que, durante a noite do auge do desastre, "ouviram-se risos vindos da janela de Chernishevski". A polícia o dotou de diabólicos recursos e farejava um truque em cada movimento seu. A família de Nikolay Gavrilovich foi passar o verão em Pavlovsk, a poucos quilômetros de São Petersburgo, e lá, poucos dias depois dos incêndios, em 10 de junho para ser preciso (anoitecer, mosquitos, música), um certo Lyubetski, major adjunto do regimento ulano dos Guardas, um sujeito ousado, com um nome que parecia um beijo, notou ao sair do "vauxhall" duas damas brincando como loucas e, na simploriedade de seu coração, tomando-as por jovens Camélias (mulheres de vida livre), fez "uma tentativa de segurar as duas pela cintura". Os quatro estudantes que estavam com elas o cercaram e ameaçaram revidar, anunciando que uma das damas era a esposa do escritor Chernishevski e a outra, sua irmã. Qual é, na opinião da polícia, o plano do marido? Ele tenta fazer com que o caso seja apresentado à corte da associação de oficiais — não por questões de honra, mas simplesmente pelo propósito clandestino de aproximar militares e estudantes universitários. Em 5 de julho, teve de visitar o Departamento da Polícia Secreta com relação a sua queixa. Potapov, o chefe, recusou sua petição, dizendo que, de acordo com sua informação, o ulano estava disposto a se desculpar. Chernishevski renunciou secamente a qualquer queixa e, mudando de assunto, perguntou: "Diga, outro dia mandei minha família a Saratov e estou me preparando para ir até lá para um descanso [*O Contemporâneo* já havia fechado]; mas, se precisar levar minha esposa ao exterior, a um spa — sabe, ela sofre de dores nervosas —, poderia sair sem problemas?" "Claro que sim", respondeu Potapov, bondoso; e dois dias depois ocorreu a prisão.

Tudo isso foi precedido pelo seguinte evento: uma "exposição universal" tinha acabado de abrir em Londres (o século XIX era excepcionalmente propenso a exibir sua riqueza — um dote opulento e de mau gosto que o século presente dissipou); lá reunidos estavam turistas e comerciantes, correspondentes e espiões; um dia, num enorme banquete, Herzen, num gesto pouco cuidadoso, entregou à vista de todo mundo a um certo Vetoshnikov, que se preparava para partir em direção à Rússia, uma carta ao jornalista radical Serno-Solovievich, pedindo que chamasse a atenção de Chernishevski para o anúncio feito em *O Sino* sobre a sua disposição de publicar *O Contemporâneo* no exterior. O pé ágil do mensageiro mal teve tempo de tocar as areias da Rússia quando ele foi preso.

Chernishevski estava então vivendo perto da igreja de são Vladimir (mais tarde, seus endereços em Astracã também eram definidos pela proximidade com esse ou aquele edifício sagrado) numa casa em que, antes dele, havia morado Muravyov (mais tarde ministro de gabinete), que ele viria a representar com tamanha aversão em *O prólogo*. Em 7 de julho, dois amigos foram vê-lo: o doutor Bokov (que posteriormente lhe mandaria conselhos médicos no exílio) e Antonovich (membro do "Terra e liberdade", que, apesar da amizade próxima com Chernishevski, não suspeitava que este tivesse ligações com aquela sociedade). Estavam sentados na sala, onde a eles se juntou o coronel Rakeev, um oficial de polícia atarracado de farda preta com um perfil desagradável, lupino. Ele se sentou com ar de convidado; na verdade, tinha vindo prender Chernishevski. Mais uma vez, padrões históricos entram naquele estranho contato "que excita o espírito de jogo de um historiador" (Strannolyubski): tratava-se do mesmo Rakeev que, como encarnação da desprezível pressa do governo, havia despachado o caixão de Púchkin para fora da capital em exílio póstumo. Após conversar alguns minutos em função do decoro, Rakeev informou, com um sorriso polido (o que levou o doutor Bokov a "sentir um frio por dentro"), que gostaria de trocar uma palavra a sós com ele. "Então vamos para meu estúdio", respondeu Chernishevski, e foi para lá tão precipitadamente que Rakeev, embora não exatamente desconcertado — era experiente demais para isso —, não considerou possível, em seu papel de hóspede, acompanhá-lo com igual pressa.

Mas Chernishevski logo voltou, o pomo de adão se movimentando convulsamente enquanto engolia alguma coisa com chá frio (*engoliu papéis*, sugere sinistramente Antonovich) e, olhando por cima dos óculos, deixou seu hóspede entrar primeiro. Os amigos, não tendo nada melhor a fazer (esperar na sala, onde a maior parte da mobília estava envolta em capas contra a poeira, parecia excepcionalmente desolador), saíram para andar ("Não pode ser... não acredito", Bokov ficava repetindo), e, quando voltaram à casa, a quarta da rua Bolshoy Moskovski, ficaram alarmados ao ver que agora estava parado na porta — numa espécie de mansa e, por isso mesmo, mais repugnante expectativa — um carro de presos. Bokov entrou primeiro para se despedir de Chernishevski, depois — Antonovich. Nikolay Gavrilovich estava sentado à sua mesa, brincando com uma tesoura, enquanto o coronel sentado a seu lado tinha uma perna cruzada sobre a outra; analisavam — ainda em função do decoro — as vantagens de Pavlovsk sobre outras áreas de recreação. "E a companhia lá é excelente," disse o coronel com uma leve tosse.

"O quê? Você também vai sem esperar por mim?", disse Chernishevski, virando-se para seu apóstolo. "Infelizmente, preciso ir...", respondeu Antonovich em profunda confusão. "Bom, então até logo", disse Nikolay Gavrilovich num tom de voz espirituoso e, erguendo alto a mão, baixou-a de um golpe à de Antonovich: uma espécie de despedida camarada que posteriormente se popularizou entre revolucionários russos.

"E então", exclama Strannolyubski no começo do maior capítulo de sua incomparável monografia, "Chernishevski foi preso!" Nessa noite, a notícia da prisão voa por toda a cidade. Muitos peitos se incham de ressonante indignação. Muitos punhos se fecham... Mas não foram poucos os sorrisos malignos: ahá, trancafiaram o rufião, removeram o "desavergonhado rústico gritalhão", como expressou a romancista Kokhanovski (ligeiramente desequilibrada, por sinal). Em seguida, Strannolyubski dá uma notável descrição do trabalho complexo que as autoridades tiveram de realizar para criar provas "as quais deveriam estar ali, mas não estavam", pois surgira uma situação muito curiosa: judicialmente falando, não havia nada a que se apegar, e tiveram de construir um andaime para a lei escalar e agir. De forma que trabalharam com "quantidades substitutas", calculando remover cuidadosamente todos os substitutos apenas quando o vazio encerrado pela lei fosse preenchido com algo real. A acusação levantada contra Chernishevski era um fantasma; mas era o fantasma da culpa genuína; e então — de fora, artificialmente, por uma rota indireta —, conseguiram encontrar uma certa solução para o problema que quase coincidia com o verdadeiro.

Temos três pontos: C, K, P. Desenha-se um cateto, CK. Para deslocar Chernishevski, as autoridades pegaram um suboficial ulano aposentado, Vladislav Dmitrievich Kostomarov, que no agosto anterior, em Moscou, havia sido rebaixado por imprimir publicações sediciosas — um homem com um toque de loucura e uma pitada de pechorinismo, também fazedor de versos: ele deixou uma trilha de centopeia na literatura como tradutor de poetas estrangeiros. Desenha-se outro cateto, KP. O crítico Pisarev, no periódico *O Mundo Russo*, escreve sobre essas traduções, repreende o autor por "O magnífico coruscar da tiara como um farol" [de Hugo], elogia sua "simples e sensível" versão de alguns versos de Burns (que saíram como "E antes de tudo, e antes de tudo/ que todo homem honesto seja/ oremos para que todo homem para cada homem seja/ um irmão antes de tudo... etc.) e, com relação ao relato de Kostomarov a seus leitores de que Heine morrera como pecador não arrependido, o crítico maliciosamente aconselha o "duro delator" a "dar uma boa olhada em suas próprias atividades públicas". A perturbação de Kostomarov fica evidenciada em sua floreada grafomania, na composição sonambúlica sem sentido (muito embora feita por encomenda) de cartas falsificadas crivadas de expressões francesas; e finalmente em sua macabra jocosidade: ele assinava seus relatórios a Putilin (um detetive) como: *Feofan Otchenashenko* (Teófano Nossopaifilho) ou *Ventseslav Lyutyy* (Venceslau o Demônio). E, de fato, era demoníaco em sua taciturnidade, funesta e falsa, gabola e servil. Dotado de curiosas habilidades, era capaz de escrever com caligrafia feminina, explicando ele mesmo que isso se dava porque era "visitado à lua cheia pelo espírito da rainha Tamara". A pluralidade de caligrafias que sabia imitar, além da circunstância (mais uma ainda das piadas do destino) de que sua escrita normal lembrava a de Chernishevski, enfatizava consideravelmente o valor desse hipnótico traidor. Por prova indireta de que a apelação proclamatória "Aos servos dos proprietários de terra" havia sido escrita por Chernishevski, Kostomarov recebeu, em primeiro lugar, a tarefa de fabricar uma nota, pretensamente de Chernishevski, contendo um pedido para alterar uma palavra na apelação; e, em segundo lugar, de preparar uma carta (a "Aleksey Nikolaevich") que forneceria prova da ativa participação de Chernishevski no movimento revolucionário. Tanto uma como a outra foram imediatamente confeccionadas por Kostomarov. A falsificação da caligrafia é bastante evidente: no começo, o falsificador ainda se esforça, mas então parece se entediar com o trabalho e ter pressa em acabar: tomemos apenas a palavra "eu", *ya* (que, no alfabeto russo, tem a forma algo semelhante a um deleatur de revisor de textos). Nos manuscritos genuínos de Chernishevski, o caractere termina com um traço para fora, reto e forte — que até se curva um pouco para a direita —, enquanto aqui, na falsificação, esse traço se curva com uma espécie de estranha leveza para a esquerda, na direção da cabeça, como se o *ya* estivesse batendo continência.

Enquanto ocorriam esses preparativos, Nikolay Gavrilovich era mantido no revelim Alekseevski da fortaleza Pedro e Paulo, muito próximo de Pisarev, de vinte e dois anos, que havia sido preso quatro dias antes: desenha-se a hipotenusa, CP, e está consolidado o fatídico triângulo CPK. De início, a vida na prisão não oprimiu Chernishevski: a ausência de visitantes inoportunos era até restauradora... mas a quietude do desconhecido logo começou a irritá-lo. Um capacho alto engolia sem deixar vestígio os passos dos sentinelas andando pelos corredores... O único som que vinha de fora era o clássico toque de um relógio que reverberava longamente no ouvido... Era uma vida cujo retrato exigia do escritor uma abundância de pontos... Era aquele isolamento russo grosseiro do qual brota o sonho russo de uma multidão gentil. Ao erguer uma ponta da baeta verde da cortina, o sentinela podia ver, pelo orifício na porta, o prisioneiro sentado em sua cama de madeira verde ou numa cadeira verde, usando uma camisola de lã grosseira e um boné pontudo — era permitido conservar o próprio chapéu contanto que não fosse uma cartola —, o que fala a favor do senso de harmonia do governo, mas cria pela lei de negativas uma imagem bastante tenaz (quanto a Pisarev, ele usava um fez). Era-lhe permitido ter uma pena de ganso e era possível escrever a uma pequena mesa verde com gaveta, "cujo fundo, como o calcanhar de Aquiles, ficara sem pintar" (Strannolyubski).

O outono passou. Uma pequena sorveira cresceu no pátio da prisão. O prisioneiro número nove não gostava de andar; no começo, porém, saía todos os dias, pensando (um tipo de pensamento extremamente característico dele) que durante esse tempo sua cela era revistada — consequentemente, uma recusa a sair faria a administração desconfiar que estava escondendo alguma coisa ali; mas, quando se convenceu de que não era assim (deixando fios como marcas aqui e ali), sentou-se para escrever com o coração leve: no inverno, tinha acabado a tradução de Schlosser e começado a traduzir Gervinus e T. B. Macaulay. Escreveu também uma ou duas coisas próprias. Lembremos do "Diário" — e, de um de nossos parágrafos muito anteriores, peguemos as pontas soltas de algumas frases que tratam previamente de seus escritos na fortaleza... — ou não, voltemos, se quiserem, ainda mais até o "tema lacrimatório", que começou a rodar nas páginas iniciais de nossa misteriosa história circular.

Diante de nós está a famosa carta de Chernishevski a sua esposa, datada de 5 de dezembro de 1862: um diamante amarelo entre a poeira de suas obras numerosas. Examinamos essa caligrafia de aspecto áspero e feio, mas surpreendentemente legível, com seus traços resolutos no fim das palavras, com Rs e Ps em elo e as cruzes largas, ardentes, dos "sinais duros" — e nossos pulmões se dilatam com uma pura emoção como não experimentamos há longo tempo. Strannolyubski considera justamente essa carta o começo do breve florescer de Chernishevski. Todo o fogo, toda a força de vontade e mental a ele outorgada, tudo o que devia explodir na hora de um levante nacional, explodir e agarrar, mesmo que por um breve tempo, o supremo poder... sacudir violentamente a rédea e talvez avermelhar o lábio da Rússia, o garanhão empinado, com sangue — tudo isso encontrou então um doentio meio de expressão em sua correspondência. Pode-se dizer, aliás, que aí estão o objetivo e a coroa de toda a sua vida dialética, que há muito vinha se acumulando nas profundezas abafadas — essas epístolas de ferro, movidas a fúria, à comissão que examinava seu caso, as quais incluía nas cartas à esposa, a raiva exultante de seus argumentos e essa megalomania trepidante. "Os homens se lembrarão de nós com gratidão", ele escreveu a Olga Sokratovna, e estava certo: foi precisamente *esse* som que ecoou e se espalhou por todo o espaço remanescente do século, fazendo o coração de milhões de intelectuais provincianos bater com sincera e nobre ternura. Já nos referimos à parte da carta em que ele fala de seus planos de compilar dicionários. Depois das palavras "como Aristóteles" vêm as palavras: "Comecei a contar, no entanto, meus pensamentos: eles são um segredo; você não deve falar com ninguém sobre o que digo só para você". "Aqui", comenta Steklov, "nessas duas linhas caiu uma lágrima, e Chernishevski teve de repetir as letras borradas." Isso não é bem certo. A lágrima caiu (perto da dobra da página) *antes* de ele escrever essas duas linhas; Chernishevski teve de reescrever duas palavras, "segredo" e "sobre" (uma no começo da primeira linha, a outra no começo da segunda), palavras que havia começado a traçar no ponto molhado e que ficaram, portanto, inacabadas.

Dois dias depois, mais e mais zangado e acreditando mais e mais em sua invulnerabilidade, começou a "malhar" seus juízes. Essa segunda carta à esposa pode ser dividida em pontos: 1) Falei para você, quanto aos rumores de minha possível prisão, que eu não estava envolvido em nada e que o governo seria forçado a se desculpar caso me prendesse. 2) Supus isso porque sabia que estavam me seguindo — gabavam-se de estar fazendo isso muito bem, e eu me aproveitei de sua bazófia, pois calculei que, sabendo como eu vivia e o que fazia, eles saberiam que suas suspeitas eram infundadas. 3) Foi uma conclusão idiota. Porque eu sabia também que, em nosso país, as pessoas são incapazes de fazer qualquer coisa direito. 4) De forma que, com minha prisão, eles comprometeram o governo. 5) O que "nós" podemos fazer? Pedir desculpas? Mas e se "ele" não aceitar as desculpas e disser: você comprometeu o governo, é meu dever explicar isso ao governo". 6) Portanto "nós" devemos postergar o aborrecimento. 7) Mas o governo pergunta de quando em quando se Chernishevski é culpado — e por fim o governo obterá uma resposta. 8) É essa resposta que estou esperando.

"A cópia de uma carta bastante curiosa de Chernishevski", acrescentou Potapov a lápis. "Mas ele está enganado: ninguém terá de se desculpar."

Poucos dias depois disso, ele começou a escrever seu romance *O que fazer?* — e em 15 de janeiro enviou o primeiro bloco a Pypin; uma semana depois enviou o segundo, e Pypin entregou ambos a Nekrasov para *O Contemporâneo*, que tinha sido permitido outra vez (a partir de fevereiro). Ao mesmo tempo, *O Mundo Russo* também fora liberado depois de uma suspensão semelhante de oito meses; e, na impaciente expectativa de rendimentos jornalísticos, o perigoso vizinho de fez na cabeça já havia molhado a pena na tinta.

É gratificante poder afirmar que, a essa altura, uma força misteriosa tentou salvar Chernishevski pelo menos *dessa* confusão. Ele estava passando por um momento particularmente difícil — como não sentir compaixão? No dia 28, como o governo, exasperado por seus ataques, havia lhe recusado permissão para ver a esposa, ele começou uma greve de fome: a greve de fome era então uma novidade na Rússia, e o representante que ela encontrou era desastrado. Os guardas notaram que ele estava emagrecendo, mas a comida parecia ser ingerida... Quando, porém, quatro dias depois, alertados pelo cheiro pútrido da cela, os carcereiros a revistaram, descobriram que a comida sólida tinha sido escondida entre os livros, enquanto a sopa de repolho fora despejada nas frestas. No domingo, 3 de fevereiro, por volta de uma hora da tarde, o médico militar ligado à fortaleza examinou o prisioneiro e descobriu que estava pálido, a língua bastante clara, o pulso um pouco fraco — e, no mesmo dia, na mesma hora, Nekrasov, a caminho de sua casa (esquina das ruas Lyteynaya e Basseynaya), em um trenó puxado a cavalo, perdeu o embrulho em papel cor-de-rosa que continha dois manuscritos, cada um costurado nos cantos e intitulado *O que fazer?*. Embora lembrasse com lucidez do desespero durante toda sua viagem, não se lembrava do fato de, já perto de casa, ter posto o pacote a seu lado a fim de pegar a bolsa — e justamente nesse momento o trenó virou... um crepitar ao deslizar... e *O que fazer?* rolou sem que ele percebesse: essa foi a tentativa de uma força misteriosa — no caso centrífuga— de confiscar o livro cujo sucesso estava destinado a ter efeito tão desastroso sobre o destino de seu autor. Mas a tentativa fracassou: na neve perto do hospital Maryinski, o pacote rosa foi encontrado por um pobre escriturário sobrecarregado com uma grande família. Caminhando na neve até sua casa, pôs os óculos e examinou seu achado... viu que era o começo de algum tipo de obra literária e sem medo, e sem queimar os dedos preguiçosos, o pôs de lado. "Destrua isso!", implorou uma voz desesperada: em vão. Na *Gazeta Policial* de São Petersburgo, apareceu um aviso de perda. O escriturário levou o pacote ao endereço indicado, pelo qual recebeu a recompensa prometida: cinquenta rublos de prata.

Enquanto isso, os carcereiros tinham começado a dar a Nikolay Gavrilovich pastilhas estimulantes do apetite; ele as tomou duas vezes e, em seguida, sofrendo muito, anunciou que não tomaria mais, pois estava se recusando a comer não por falta de apetite, mas por determinação. Na manhã do dia 6, "devido à falta de experiência em identificar os sintomas de sofrimento", encerrou a greve de fome e comeu o desjejum. No dia 12, Potapov informou ao comandante que a comissão não podia permitir que Chernishevski visse sua mulher até ele estar completamente recuperado. No dia seguinte, o comandante informou que Chernishevski estava bem e escrevendo a todo vapor. Olga Sokratovna chegou com ruidosas reclamações — de sua saúde, de Pypin, de falta de dinheiro, e através das lágrimas começou a rir da barbinha que o marido havia cultivado, ficando então ainda mais perturbada, e se pôs a abraçá-lo.

"Já basta, minha querida, já basta", falou com muita calma — usando o tom tépido que mantinha invariavelmente nas relações com ela: na verdade a amava apaixonadamente, desesperadamente. "Nem eu, nem mais ninguém tem base para achar que não serei libertado", disse a ela ao se despedirem, com particular ênfase.

Passou-se mais um mês. No dia 23 de março, houve o confronto com Kostomarov. Vladislav Dmitrievich se enfureceu e evidentemente se emaranhou nas próprias mentiras. Chernishevski, com um ligeiro sorriso de aversão, respondeu com rispidez e desdém. Sua superioridade era incrível. "E pensar", exclama Steklov, "que nessa época ele estava escrevendo o esperançoso *O que fazer?*."

Ah! Escrever *O que fazer?* na fortaleza não era tanto surpreendente como descuidado — até porque as autoridades usaram o livro para montar o caso. No geral, a história do surgimento desse romance é extremamente interessante. A censura permitiu que fosse publicado em *O Contemporâneo*, avaliando que um romance que era "algo no mais alto grau antiartístico" certamente derrubaria a autoridade de Chernishevski, que ele seria simplesmente alvo de risadas. E de fato, que valor têm, por exemplo, as cenas "leves" do romance? "Veroshka devia tomar meio copo por seu casamento, meio copo por sua loja, meio copo pela saúde de Julie [uma prostituta parisiense redimida que era agora amiga de um dos personagens!] Ela e Julie começaram uma algazarra, com grito e clamor... Começaram a lutar e ambas caíram no sofá... e não queriam mais se levantar, apenas continuaram gritando, rindo, e ambas adormeceram." Às vezes, o fraseado lembra tradições populares de quartel, às vezes... Zoshchenko: "Depois do chá... ela foi a seu quarto e deitou. Então, ali está ela, lendo em sua cama confortável, mas o livro desaparece de seus olhos e agora Vera Pavlovna está pensando: por que será que de alguma forma ultimamente me sinto às vezes um tanto sem graça?". Há também muitos solecismos encantadores — eis um exemplo: quando um dos personagens, um médico, tem pneumonia e chama um colega: "Durante longo tempo eles palparam a lateral de um deles".

Mas ninguém riu. Nem mesmo os grandes escritores russos riram. Mesmo Herzen, que o considerou "pessimamente escrito", imediatamente o qualificou com: "Por outro lado, há nele muita coisa boa e saudável". Ainda assim, não pôde deixar de observar que o romance termina não simplesmente com um falanstério, mas com "um falanstério num bordel". Porque é claro que o inevitável aconteceu: o eminentemente puro Chernishevski (que nunca tinha ido a um bordel), em sua nada artística aspiração de equipar o amor comunal com decoração especialmente bonita, de modo involuntário e inconsciente, pelo simplório de sua imaginação, abriu caminho por aqueles mesmos ideais que tinham evoluído, por tradição e rotina, nas casas de má fama; seu alegre "baile noturno", baseado na liberdade e igualdade de relações entre os sexos (primeiro um e depois outro casal desaparece e volta outra vez), é extremamente semelhante às danças que concluem *A pensão Tellier*.

E no entanto é impossível manusear essa velha revista (março de 1863), contendo o primeiro episódio do romance, sem uma certa emoção; nela há também o poema de Nekrasov "Ruído verde" ("Suporte enquanto ainda pode suportar..."), e a irônica represensão do romance de Aleksey Tolstói, *Príncipe Serebryanyy*... Em vez do escárnio esperado, criou-se em torno de *O que fazer?* uma atmosfera de piedosa e generalizada adoração. Ele era lido como são lidos os livros litúrgicos — nem uma única obra de Turguêniev ou Tolstói produziu impressão tão poderosa. O leitor russo inspirado entendeu o bem que o romancista sem talento tentara inutilmente expressar. Seria de esperar que, tendo percebido seu equívoco, o governo devesse interromper os fascículos de *O que fazer?*. Mas seu comportamento foi muito mais esperto.

O vizinho de Chernishevski havia também escrito alguma coisa. Ele vinha recebendo *O contemporâneo* e, em 8 de outubro, mandou da fortaleza um artigo para *O Mundo Russo*, "Reflexões sobre romances russos", diante do qual o Senado informou ao governador-geral que não era nada além de uma análise do romance de Chernishevski, com elogios a seu trabalho e uma detalhada exposição de suas ideias materialistas. A fim de caracterizar Pisarev, indicou-se que ele era sujeito a "demência melancólica", pela qual havia sido tratado: em 1859, passara quatro meses em um asilo de loucos.

Assim como na infância encapara todos os seus cadernos com capas de arco-íris, quando adulto Pisarev de repente abandonava trabalho mais urgente a fim de colorir laboriosamente gravuras de livros, ou, quando ia ao campo, encomendava um terno de calicô a seu alfaiate. Essa professa doença mental utilitária era marcada por uma espécie de esteticismo pervertido. Uma vez, numa reunião de estudantes, ele se levantou de repente, ergueu o braço curvado graciosamente, como se pedisse permissão para falar, e nessa pose escultural caiu desmaiado. Uma outra vez, para alarme de seu anfitrião e de outros convidados, começou a se despir, arrancando com alegre animação o paletó de veludo, o colete colorido, a calça xadrez — nesse ponto, usaram a força para controlá-lo. Por divertido que seja, há comentadores que chamam Pisarev de "epicuro", referindo-se, por exemplo, às cartas a sua mãe — insuportáveis, mal-humoradas, com frases entre dentes sobre a beleza da vida; ou então: para ilustrar seu "sóbrio realismo", citam sua carta aparentemente sensata e clara — mas na verdade completamente louca — da fortaleza para uma donzela desconhecida, com uma proposta de casamento: "A mulher que aceitar iluminar e aquecer minha vida receberá de mim todo o amor que foi desprezado por Raissa quando ela se atirou ao pescoço de sua linda águia".

Agora, condenado a quatro anos de prisão por sua pequena participação nas perturbações gerais do período (que eram baseadas, de certa forma, numa crença cega na palavra impressa, principalmente a palavra impressa secreta), Pisarev escreveu a respeito de *O que fazer?* para *O Mundo Russo*, analisando o romance passo a passo, à medida que os fascículos apareciam em *O Contemporâneo*. Embora no começo o Senado ficasse confuso com o fato de o romance ser louvado por suas ideias e não ridicularizado por seu estilo, e expressasse o temor de que os elogios pudessem ter um efeito deletério na geração mais jovem, as autoridades logo se deram conta do quanto era importante, para o presente caso, obter por esse método um quadro completo da perniciosidade de Chernishevski, que Kostomarov havia apenas delineado na lista de seus "recursos especiais". "O governo", diz Strannolyubski, "permitindo por um lado que Chernishevski produzisse um romance na fortaleza, e por outro permitindo que Pisarev, seu colega de prisão, produzisse artigos explicando suas intenções com esse romance, agiu com total consciência, esperando curiosamente que Chernishevski falasse demais e observando o que viria dali — em conexão com as abundantes atividades de seu vizinho incubador."

A coisa corria tranquila e prometia muito, mas era necessário pressionar Kostomarov, visto que precisavam de uma ou duas provas definitivas, enquanto Chernishevski continuava a atacar e zombar em grandes detalhes, qualificando a comissão de "palhaços" e "um charco incoerente completamente estúpido". Portanto, Kostomarov foi levado a Moscou e lá o cidadão Yakovlev, seu antigo copista, um bêbado e desordeiro, deu um importante testemunho (pelo qual recebeu um sobretudo que transformou em bebida tão ruidosamente em Tver que foi posto em uma camisa de força): enquanto realizava sua cópia, "num pavilhão de jardim por causa do calor do verão", ele disse ter ouvido Nikolay Gavrilovich e Vladislav Dmitrievich, que passeavam de braços dados (detalhe não implausível), conversando sobre saudações de simpatizantes dos servos (é difícil encontrar um rumo nessa mistura de verdade e induções). Num segundo interrogatório, na presença de um Kostomarov reabastecido, Chernishevski disse, um tanto desafortunadamente, que o havia visitado apenas uma vez e não o encontrara em casa; e acrescentou, vigoroso: "Vou ficar de cabelo branco, vou morrer, mas não vou mudar meu testemunho". O testemunho de que não era o autor da proclamação foi escrito por ele com mão trêmula — trêmula de raiva mais que de medo.

Fosse como fosse, o caso estava chegando ao fim. Seguiu-se a "definição" do Senado: muito nobremente ele considerou não comprovados os atos ilegais de Chernishevski com Herzen (para uma "definição" do Senado feita por Herzen, veja abaixo, no final deste parágrafo). Quanto à apelação "Aos servos dos proprietários de terras"... aqui o fruto já havia amadurecido nas espaldeiras da falsidade e das propinas: a convicção moral absoluta dos senadores de que Chernishevski era o autor foi transformada em prova judicial por meio de uma carta a "Aleksey Nikolaevich" (querendo dizer, ao que parece, A. N. Pleshcheiev, um poeta pacífico, chamado por Dostoiévski de "loiro total" — mas por alguma razão ninguém insistiu muito no papel de Pleshcheiev no assunto, se é que havia algum). Então, na pessoa de Chernishevski, condenavam um fantasma muito parecido com ele; uma culpa inventada estava muito bem armada para parecer uma culpa real. A sentença foi comparativamente leve — comparada à que, no geral, se imagina nesse contexto: ele seria exilado para cumprir catorze anos de servidão penal e depois morar na Sibéria para sempre. A "definição" seguiu dos "selvagens ignorantes" do Senado para os "vilões grisalhos" do Conselho de Estado, que a aceitaram inteiramente, e depois seguiu para o soberano, que a confirmou, mas reduziu o termo de servidão penal à metade. Em 4 de maio de 1864, a sentença foi anunciada a Chernishevski, e no dia 19, às oito da manhã, na praça Mytninski, ele foi executado.

Chuviscava, guarda-chuvas ondulavam, a praça estava coberta de neve derretida e tudo estava molhado; fardas de guardas, a madeira escura do cadafalso, o liso pilar negro com correntes, brilhando da chuva. De repente, o carro da prisão apareceu. Dele saiu, com excepcional rapidez, como se rolassem para fora, Chernishevski de sobretudo e dois carrascos de aparência camponesa; os três avançaram com passos rápidos por uma fila de soldados até o cadafalso. A multidão pressionava e os guardas empurravam as primeiras fileiras; gritos contidos soavam aqui e ali: "Fechem os guarda-chuvas!". Enquanto um oficial lia a sentença, Chernishevski, que já a conhecia, olhava em torno, amuado; cofiou a barba, ajustou os óculos e cuspiu várias vezes. Quando o leitor titubeou e mal pronunciou "ideias soshialistas", Chernishevski sorriu e então, reconhecendo alguém na multidão, acenou com a cabeça, tossiu, mudou a postura: debaixo do sobretudo, a calça preta ficava sanfonada sobre as galochas. As pessoas paradas perto puderam ver, em seu peito, uma placa retangular com a inscrição em branco: CRIMINOSO DO ESTA (a última sílaba não coube). Na conclusão da leitura, os carrascos fizeram-no ajoelhar; o mais velho, com um tapão, arrancou o boné de seu cabelo ruivo claro e comprido, penteado para trás. O rosto, que se afilava para o queixo, a testa alta brilhando, estava agora abaixado, e com um sonoro estalo conseguiram quebrar uma espada insuficientemente afiada em cima dele. Depois pegaram suas mãos, que pareciam excepcionalmente brancas e fracas, e as puseram em ferros pretos presos ao pilar: ele teve de ficar de pé assim durante um quarto de hora. A chuva aumentou: o carrasco mais jovem ergueu o boné de Chernishevski e enfiou-o em sua cabeça inclinada — e devagar, com dificuldade, as correntes atrapalhando, Chernishevski o endireitou. Além de uma cerca, à esquerda, dava para ver os andaimes de uma casa em construção; operários treparam na cerca do outro lado, dava para ouvir o raspar de suas botas; subiram, ali se penduraram e ofenderam o criminoso de longe. A chuva caía; o carrasco mais velho consultou seu relógio de prata. Chernishevski ficava girando os pulsos ligeiramente sem erguer os olhos. De repente, da parte mais abonada da multidão, começaram a voar buquês. Os guardas saltavam tentando interceptá-los no ar. As rosas explodiam; por um segundo, podia-se ver uma rara combinação: um policial com uma guirlanda. Damas de cabelos curtos em albornozes negros jogavam cachos de lilases. Enquanto isso, Chernishevski foi rapidamente solto das correntes, e seu corpo morto levado embora. Não — um deslize da caneta; ai, ele estava vivo, estava até alegre! Estudantes corriam ao lado da carruagem aos gritos de "Adeus, Chernishevski! *Au revoir!*". Ele pôs a cabeça para fora da janela, riu e sacudiu o dedo aos corredores mais empenhados.

"Vivo, que pena", nós exclamamos, pois como pode alguém não preferir a pena de morte, as convulsões do homem enforcado em seu odioso casulo, àquele funeral que vinte e cinco insípidos anos depois foi o que coube a Chernishevski. A pata do esquecimento começou lentamente a recolher sua imagem viva assim que ele foi removido para a Sibéria. Ah, sim, ah, sim, sem dúvida os estudantes cantaram por muitos anos a canção: "Vamos beber àquele que escreveu *O que fazer?...*" Mas era ao passado que bebiam, ao passado encanto e escândalo, à grande sombra... mas quem iria beber a um trêmulo velhinho com um tique, fazendo desajeitados barcos de papel para as crianças de Yakut em algum lugar daqueles fabulosos sertões? Afirmamos que seu livro absorveu e reuniu em si todo o calor de sua personalidade — um calor que não se encontra em suas estruturas inapelavelmente racionais, mas que está escondido, por assim dizer, entre as palavras (como só o pão é quente) e estava inevitavelmente condenado a se dispersar com o tempo (como só o pão sabe o jeito de ficar amanhecido e duro). Hoje em dia, ao que parece, só marxistas ainda são capazes de se interessar pela fantasmagórica ética contida nesse livrinho morto. Para acompanhar com facilidade, com liberdade, o imperativo categórico do bem geral, eis aqui o "egoísmo racional" que pesquisadores encontraram em *O que fazer?*. Vamos lembrar, para um alívio cômico, a conjetura de Kautski de que a ideia de egoísmo está ligada ao desenvolvimento da produção de utilitários, e também a conclusão de Plekhanov de que Chernishevski era mesmo assim um "idealista", pois se depreende de seu livro que as massas devem alcançar a intelligentsia por determinação — e determinação é uma opinião. Mas a questão é mais simples que isso: a ideia de que determinação é o fundamento de toda ação (ou conquista heroica) leva ao absurdo: em si mesma a determinação pode ser heroica! Qualquer coisa que entre no foco do pensamento humano é espiritualizada. Dessa forma, a "determinação" dos materialistas se enobrecia; dessa forma, para aqueles que sabem, a matéria se torna um jogo incorpóreo de forças misteriosas. As estruturas éticas de Chernishevski são, à sua própria maneira, uma tentativa de construir a mesma velha máquina de "moto-perpétuo", na qual matéria move outra matéria. Nós gostaríamos muito de ver isso girar: egoísmo-altruísmo-egoísmo-altruísmo... mas a roda para por causa da fricção. O que fazer? Viver, ler, pensar. O que fazer? Trabalhar no próprio desenvolvimento a fim de alcançar o propósito da vida, que é a felicidade. O que fazer? (Mas o destino de Chernishevski mudou a questão objetiva para uma exclamação irônica.)

Chernishevski seria transferido para um domicílio privado muito antes, não fosse o caso dos karakozovitas (seguidores de Karakozov, que tentou assassinar Alexandre II em 1866): no julgamento deles, ficou claro que queriam dar a Chernishevski a oportunidade de escapar da Sibéria e partir para o movimento revolucionário — ou pelo menos publicar uma revista política em Genebra; e, conferindo as datas, os juízes descobriram em *O que fazer?* uma previsão para o ataque à vida do tsar. O protagonista Rakhmetov, a caminho do estrangeiro, "disse, entre outras coisas, que três anos depois voltaria à Rússia, pois parecia que não então, mas três anos depois [uma repetição típica altamente significativa do autor] ele seria necessário na Rússia". Nesse meio--tempo, a última parte do romance foi publicada, em 4 de abril de 1863, e exatos três anos depois ocorreu o atentado. Dessa forma, os números pares, favoritos de Chernishevski, o levaram à ruína.

Rakhmetov está hoje esquecido; mas, naqueles anos, criou toda uma escola de vida. Com que devoção os leitores imbuíam o elemento esportivo e revolucionário do romance: Rakhmetov, que "adotou uma dieta de boxeador", seguia também um regime dialético: "Portanto se era servida fruta, ele certamente comia maçãs e certamente não comia abricós (uma vez que os pobres não os consumiam); laranjas ele comia em São Petersburgo, mas não no interior, porque, você sabe, em São Petersburgo as pessoas comuns a comiam, enquanto no interior não".

De onde surgiu aquele rosto jovem, redondo, pequeno, com sua testa proeminente, grande, infantil, e faces como duas taças? Quem é essa moça que parece uma enfermeira de hospital, usando um vestido preto com gola branca virada para baixo e um pequeno relógio numa corrente? É Sofia Perovski, que será enforcada pelo assassinato do tsar em 1881. Voltando para Sebastopol em 1872, ela visitou as aldeias próximas a pé a fim de se familiarizar com a vida dos camponeses: estava na sua fase de rakhmetovismo — dormindo na palha, vivendo de leite e mingaus. E, voltando a nossa posição inicial, repetimos: o destino instantâneo de Sofia Perovski é cem vezes mais invejado do que a glória decadente de um reformador! À medida que os exempla-res de *O Contemporâneo* com o romance, passando de mão em mão, ficavam mais e mais rasgados, também o encanto de Chernishevski se apagava; e a estima por ele, que havia muito se tornara uma convenção sentimental, não era mais capaz de fazer corações se acenderem quando ele morreu em 1889. O funeral passou discretamente. Houve poucos comentários nos jornais. No réquiem celebrado para ele em São Petersburgo, os operários com roupas de domingo, que os amigos do morto haviam trazido para criar um clima, foram confundidos por um grupo de estudantes com policiais à paisana e insultados — o que restaurou um certo equilíbrio: não foram os pais desses trabalhadores que, de cima da cerca, ofenderam Chernishevski ajoelhado?

No dia seguinte à falsa execução, ao entardecer, "com grilhões nos pés e a cabeça cheia de pensamentos", Chernishevski deixou São Petersburgo para sempre. Viajou de carruagem e, como "ler livros no caminho" só era permitido depois de Irkutsk, ficou extremamente entediado durante o primeiro mês e meio de viagem. Em 23 de julho, o levaram finalmente às minas do distrito montanhoso de Nerchin em Kadaya: a quinze quilômetros da China, a sete mil e quatrocentos quilômetros de São Petersburgo. Não o fizeram trabalhar muito. Vivia num chalé mal calafetado e sofria com o reumatismo. Passaram-se dois anos. De repente, um milagre aconteceu: Olga Sokratovna se preparou para juntar-se a ele na Sibéria.

Durante a maior parte de sua prisão na fortaleza, ela, dizem, percorrera as províncias tão pouco preocupada com o destino do marido que os parentes chegaram até a pensar se não estaria louca. Na noite da desgraça pública, ela teve de voltar às pressas para São Petersburgo e, na manhã do dia 20, saiu correndo outra vez. Nunca imaginaríamos que fosse capaz de viajar até Kadaya se não soubéssemos de sua habilidade em se movimentar fácil e agitadamente de um lugar para outro. Como ele a esperou! A partir do começo do verão de 1866, com Misha, de sete anos, e um dr. Pavlinov (dr. Pavão — entramos de novo na esfera dos nomes bonitos), ela chegou até Irkutsk, onde ficou detida dois meses; ali, ficaram hospedados num hotel com um nome encantadoramente idiota (possivelmente distorcido por biógrafos, porém mais provavelmente escolhido com particular cuidado pelo destino ardiloso): Hotel de Amour et Co. Não permitiram que o dr. Pavlinov prosseguisse viagem: ele foi substituído por um capitão da guarda, Hmelevski (uma edição aperfeiçoada do ousado herói Pavlovsk), apaixonado, bêbado e atrevido. Chegaram em 23 de agosto. A fim de celebrar o encontro de marido e mulher, um dos poloneses exilados, antigo cozinheiro do conde di Cavour, estadista italiano sobre quem Chernishevski certa vez escrevera tanto e tão causticamente, preparou um daqueles doces com os quais seu falecido patrão costumava se empanturrar. Mas o encontro não foi um sucesso: é surpreendente como tudo de amargo e heroico que a vida preparou para Chernishevski vinha invariavelmente acompanhado por um sabor de farsa vil. Hmelevski ficou rondando e não deixava Olga Sokratovna sozinha; em seus olhos ciganos luzia algo perseguido, mas também atraente — contra a sua vontade, talvez. Afirma-se que em troca dos favores dela ele até se ofereceu para arranjar a fuga de seu marido, mas este se recusou terminantemente. Em resumo, a presença constante do sem-vergonha tornou tão difíceis as coisas (e quantos planos tínhamos feito!) que o próprio Chernishevski convenceu sua mulher a partir na viagem de volta, e foi o que ela fez em 27 de agosto, tendo assim ficado apenas quatro dias depois de uma viagem de três meses — quatro dias, leitor! — com o marido que ela estava agora deixando por dezessete anos. Nekrasov dedicou a ela o "Crianças camponesas". Pena que não tenha dedicado a ela seu "Mulheres russas".

Durante os últimos dias de setembro, Chernishevski foi transferido para Alexandrovski Zavod, um assentamento a 32 quilômetros de Kadaya. Lá passou o inverno na prisão, junto com alguns karakozovitas e poloneses rebeldes. O calabouço estava equipado com uma especialidade mongólica — "estacas": postes enterrados verticalmente no solo, cercando a prisão com um anel sólido. Em junho do ano seguinte, tendo completado sua pena, Chernishevski foi posto em liberdade condicional e alugou um quarto na casa de um sacristão, um homem que parecia muito com ele: olhos cinzentos peticegos, barba esparsa, cabelo comprido, emaranhado... Sempre um pouco bêbado, sempre suspirando, ele respondia tristemente às perguntas do curioso com "o coitado fica escrevendo, escrevendo!". Mas Chernishevski não ficou ali mais de dois meses. Seu nome era tomado em vão em julgamentos políticos. O artesão idiota Rozanov testemunhou que os revolucionários queriam pegar e prender "um pássaro com sangue real a fim de resgatar Chernishevski". O conde Shuvalov mandou ao governador-geral de Irkutsk um telegrama: O OBJETIVO DOS EMIGRADOS É LIBERTAR CHERNISHEVSKI (STOP) POR FAVOR TOME TODAS MEDIDAS POSSÍVEIS QUANTO A ELE. Enquanto isso, o exilado Krasovski, que tinha sido transferido ao mesmo tempo que ele, fugira (e perecera na taiga, depois de ser roubado), de forma que havia toda razão para prender o perigoso Chernishevski outra vez e privá-lo por um mês do direito de correspondência.

Sofrendo intoleravelmente com os ventos, ele nunca tirava nem sua camisola forrada de pele nem a *shapka* de pelo de carneiro. Circulava como uma folha soprada pelo vento, com um passo nervoso e oscilante, e sua voz aguda podia ser ouvida ora aqui, ora ali. Seu truque de pensamento lógico se intensificou — "à maneira do xará de seu sogro", como Strannolyubski coloca tão extravagantemente. Ele vivia no "escritório": uma sala espaçosa dividida por um biombo; ao longo da parede inteira, na maior parte do espaço, havia uma "estante de dormir", semelhante a uma plataforma; ali, como num palco (ou como zoológicos exibem uma fera melancólica entre suas rochas nativas), ficavam uma cama e uma mesa, que eram essencialmente a mobília natural de toda a sua vida. Ele costumava se levantar depois do meio-dia, tomava chá o dia inteiro e lia deitado o tempo todo; sentava-se para escrever alguma coisa de fato só à meia-noite, pois durante o dia seus vizinhos imediatos, alguns poloneses nacionalistas que eram completamente indiferentes a ele, permitiam-se tocar violino e torturá-lo com sua música pouco lubrificada: eram por profissão mecânicos de rodas. Nas noites de inverno, costumava ler para os outros exilados. Uma vez, notaram que, apesar de estar lendo calma e tranquilamente uma história enrolada, com muitas "digressões" científicas, ele olhava um caderno em branco. Um horrível símbolo!

Foi então que escreveu um novo romance. Ainda satisfeito com o sucesso de *O que fazer?*, tinha grandes expectativas — acima de tudo esperava o dinheiro que, uma vez publicado no exterior, o romance devia de um jeito ou de outro render à sua família. *O prólogo* é extremamente autobiográfico. Ao nos referirmos a ele certa vez, falamos de sua peculiar tentativa de reabilitar Olga Sokratovna; na opinião de

Strannolyubski, ele esconde uma tentativa semelhante de reabilitar a pessoa do próprio escritor, pois, ao frisar por um lado a influência de Volgin, até o ponto em que "altos dignitários procuravam seu favor através de sua esposa" (porque achavam que ele tinha conexões em Londres; i.e., com Herzen, de quem os liberais de última hora tinham medo mortal), o autor, por outro lado, insiste obstinadamente que Volgin era suspeito, tímido e inativo: "Esperar e esperar o máximo possível, esperar o mais discretamente possível". Tem-se a impressão de que o teimoso Chernishevski quer ter a última palavra nessa disputa, registrando com firmeza o que dissera repetidamente aos juízes: "Devo ser julgado com base em minhas ações, e não houve ações nem poderia haver nenhuma".

Quanto às cenas "leves" de *O prólogo*, melhor mantermos silêncio. Através de seu erotismo morbidamente circunstancial, pode-se discernir tal pulsante ternura por sua esposa que a menor citação desses trechos poderia parecer um menosprezo exagerado. Em vez disso, ouçamos este som puro, em suas cartas para ela durante esses anos: "Minha mais querida, agradeço por você ser a luz de minha vida" ... "Mesmo aqui, eu seria um dos homens mais felizes do mundo se não me ocorresse que este fado, que é em grande parte pessoalmente vantajoso para mim, é duro demais nos efeitos sobre sua vida, cara amiga."... "Pode me perdoar a dor a que a sujeitei?"

A esperança de rendimentos literários não se concretizou para Chernishevski: os emigrados não só usaram seu nome indevidamente, como piratearam suas obras. E totalmente fatais para ele foram as tentativas de libertá-lo, tentativas que eram em si mesmas corajosas, mas que a nós parecem sem sentido, nós que podemos ver do alto da montanha do tempo a disparidade entre a imagem de um "gigante agrilhoado" e a do Chernishevski real, a quem esses esforços de pretensos salvadores apenas enfureciam: "Esses cavalheiros" ele disse, depois, "nem sabem que eu não sei montar a cavalo." Essa contradição interna resultou em tolice (um tom especial de tolice, já conhecido por nós há muito). Dizem que Ippolit Myshkin, disfarçado de oficial da guarda, foi até Vilyuisk, onde solicitou ao chefe de polícia do distrito que o prisioneiro fosse entregue a ele, mas estragou a coisa toda ao colocar o talabarte do lado esquerdo em vez do lado direito.

Antes disso, especificamente em 1871, houve a tentativa de Lopatin na qual tudo foi absurdo: a maneira como abandonou subitamente a tradução para o russo de *Das Kapital* que estava fazendo em Londres, a fim de obter para Marx, que tinha aprendido a ler russo, "*den grossen russischen Gelehrten*"; sua viagem a Irkutsk disfarçado de membro da Sociedade Geográfica (com os residentes siberianos o tomando por um inspetor do governo incógnito); sua prisão depois de uma denúncia da Suíça; sua fuga e captura; e a carta que escreveu ao governador-geral da Sibéria Oriental, na qual contou tudo sobre o projeto com inexplicável franqueza. Tudo isso só piorava a situação de Chernishevski. Legalmente, seu assentamento deveria começar em 10 de agosto de 1870. Mas só em 2 de dezembro ele foi removido para outro lugar, um lugar que se revelou muito pior do que a servidão penal — Vilyuisk.

"Abandonado por Deus num beco sem saída da Ásia", diz Strannolyubski, "nas profundezas da região de Yakutsk, bem para o nordeste, Vilyuisk não era mais que um povoado no alto de um imenso monte de areia trazida pelo rio e cercado por um charco sem fim, coberto com a vegetação rasteira da taiga." Os habitantes (quinhentas pessoas) eram: cossacos, yakuts semisselvagens e um pequeno número de cidadãos de classe média (que Steklov descreve muito pitorescamente: "A sociedade local consistia em um par de oficiais, um par de clérigos e um par de comerciantes" — como se estivesse falando da Arca). Ali Chernishevski foi instalado na melhor casa, e a melhor casa acabou sendo a cadeia. A porta de sua cela úmida era forrada de impermeável preto; as duas janelas, que de qualquer forma davam para a paliçada, estavam lacradas. Na ausência de outros exilados, ele se viu em completa solidão. Desespero, desamparo, a consciência de ter sido enganado, uma atordoante sensação de injustiça, as feias dificuldades da vida ártica, tudo isso quase o enlouqueceu. Na manhã de 10 de julho de 1872, ele de repente começou a quebrar o fecho da porta com uma tenaz, o corpo todo tremendo, resmungando, gritando: "Se vier o soberano ou um ministro, o sargento de polícia ousa trancar a porta à noite?". No inverno, ele tinha se acalmado um pouco, mas de quando em quando havia certos relatos... e aqui nos é dada uma daquelas raras correlações que constituem o orgulho do pesquisador.

Uma vez (em 1853), seu pai havia lhe escrito (a respeito de seu *Um léxico experimental da crônica de Hipátia*): "O melhor era você escrever uma história ou outra... histórias ainda estão na moda na boa sociedade". Muitos anos depois, Chernishevski informa a sua esposa que pensou na prisão e quer escrever "uma historinha engenhosa" na qual irá retratá-la na forma de duas moças: "Vai ser uma boa historinha [repetindo o ritmo do pai]. Se você ao menos soubesse o quanto eu ri sozinho com as várias travessuras ruidosas da mais nova, como chorei de ternura ao descrever as patéticas meditações da mais velha!". "À noite", relataram seus carcereiros, "Chernishevski às vezes canta, às vezes dança, às vezes chora e soluça."

O correio saía de Yakutsk uma vez por mês. O número de janeiro de uma revista de São Petersburgo só era recebido em maio. Ele tentou curar a doença que havia desenvolvido (bócio) com a ajuda de um manual. O exaustivo catarro do estômago, que conhecera quando estudante, voltou com novas peculiaridades. "Sinto náusea com a questão dos 'camponeses' e da 'posse da terra pelos camponeses'", escreveu a seu filho, que pensara interessá-lo mandando-lhe alguns livros de economia. A comida era repulsiva. Ele não comia quase nada, mas cozinhava cereais: direto da panela — com uma colher de prata, da qual quase um quarto se desgastara nas laterais do pote de cerâmica, durante os vinte anos em que ele próprio estava se desgastando. Em dias quentes de verão, ficava horas com a calça enrolada perna acima dentro de um riacho raso (o que dificilmente seria benéfico); ou então, com a cabeça coberta por uma toalha contra os mosquitos, que o fazia parecer uma camponesa russa, passeava pelas trilhas da floresta com seu cesto trançado para cogumelos, sem nunca entrar na parte mais densa. Ele esqueceu a cigarreira debaixo de um lariço, que levou bastante tempo para distinguir de um pinheiro. As flores que colhia (cujos nomes não sabia), embrulhava em papel de cigarro e mandava a seu filho Misha, que dessa forma adquiriu "um pequeno herbário da flora de Vilyuisk": também a princesa Volkonski, no poema de Nekrasov sobre as esposas dos dezembristas, deixava de herança a seus netos "uma coleção de borboletas, plantas do distrito de Chita". Uma vez, uma águia apareceu em seu jardim... "tinha vindo bicar seu fígado", observa Strannolyubski, "mas não reconheceu nele Prometeu".

O prazer que experimentou em sua juventude com a disposição ordenada das águas de São Petersburgo recebeu, então, um eco tardio: sem nada para fazer, cavou canais — e quase inundou uma das estradas favoritas dos residentes de Vilyuisk. Ele saciava sua sede de espalhar cultura ensinando boas maneiras aos yakuts, mas, assim como antes, o nativo tirava o chapéu à distância de vinte passos e nessa posição mansamente se imobilizava. A praticidade e o bom senso que costumava advogar se reduziam, agora, a aconselhar o portador de água a substituir por uma canga normal de madeira o bastão de crina que cortava suas mãos; mas o yakut não mudou sua rotina. Na cidadezinha onde a única coisa que faziam era jogar baralho e entabular apaixonadas discussões sobre o preço do algodão chinês, sua ânsia por atividades públicas o levou aos velhos-crentes, sobre cuja situação Chernishevski escreveu memórias excepcionalmente longas e detalhadas (inclusive até mesmo intrigas de Vilyuisk) e tranquilamente as enviou ao tsar, com a amigável sugestão de que os perdoasse porque "o estimam como um santo".

Ele escreveu bastante, mas queimou quase tudo. Informou aos parentes que o resultado de seu "trabalho erudito" sem dúvida seria aceito com simpatia; esse trabalho era cinzas e uma miragem. De todo o amontoado de escritos que produziu na Sibéria, além de *O prólogo*, apenas dois ou três contos e um "ciclo" de "novelas" inacabadas foram preservados... Ele escreveu poemas também. Na textura, não são diferentes daquelas tarefas versificadoras que recebera um dia no seminário, quando rearranjara um salmo de Davi da seguinte maneira:

A mim cabia um só dever:
cuidar dos bandos de meu pai
e hinos cedo fui cantar
para exaltar nosso Senhor.

Em 1875 (para Pypin) e de novo em 1888 (para Lavrov), envia "um antigo poema persa": uma coisa horrorosa! Em uma das estrofes, os pronomes "sua", "suas" são repetidos *sete* vezes ("Sua terra é estéril, suas figuras descarnadas, e entre suas roupas em farrapos suas costelas se pode entrever. Suas faces são largas, achatadas suas feições; em suas chatas feições a alma não pode viver"), enquanto na monstruosa cadeia de caso genitivo ("De uivos de dor de sua fome de sangue"), no rompimento com a literatura, sob um sol muito baixo, há provas da tendência familiar do autor para a congruência, para ligações. A Pypin ele escreve cartas doloridas, expressando seu insistente desejo de contrariar a administração e se ocupar de literatura: "Essa coisa [*A academia de montanhas Azuis*, assinada por Denzil Elliot — pretendendo ser do inglês] é de alto mérito literário... sou paciente, mas — espero que ninguém pretenda me impedir de trabalhar para minha família... sou famoso na literatura russa pelo descuido de meu estilo... quando quero, também posso escrever todo tipo de estilos bons".

Chora, Oh! por Lilybaeum;
junto contigo choramos.
Chora, Oh! por Agrigentum;
Por reforços esperamos.

"O que é [esse] hino à Donzela dos Céus? Um episódio da história em prosa do neto de Empédocles... E o que é essa história do neto de Empédocles? Uma das inúmeras histórias de *A academia das montanhas Azuis*. A duquesa de Cantershire partiu em companhia de amigos modernos, num iate pelo canal de Suez às Índias Orientais, a fim de visitar seu minúsculo reino no sopé das montanhas Azuis, perto de Golconda. Lá fazem o que boas e inteligentes pessoas da moda fazem: contam histórias — histórias que seguirão nos próximos pacotes de Denzil Elliot para o editor de *O mensageiro da Europa* (Stasyulevich — que não publicou nada disso).

Ficamos tontos, as cartas flutuam e se apagam diante dos nossos olhos — e aqui retomamos o tema dos óculos de Chernishevski. Ele pediu a seus parentes que lhe enviassem óculos novos, mas, apesar de seus esforços para explicar de maneira especialmente gráfica, fez uma confusão e, seis meses depois, recebe deles óculos "quatro e meio em vez de cinco ou cinco e um quarto".

Achou uma válvula de escape para seu amor por instrução escrevendo a Sasha sobre o matemático Fermat, para Misha sobre a luta entre papas e imperadores, e para sua esposa sobre medicina, Carlsbad e a Itália... Acabou como tinha de acabar: as autoridades pediram que parasse de escrever "cartas cultas". Isso o ofendeu e abalou a tal ponto que durante mais de seis meses não escreveu carta nenhuma (as autoridades nunca viram o dia em que receberiam dele aquelas humildes petições que, por exemplo, Dostoiévski despachava de Semipalatinsk para os poderosos deste mundo). "Nenhuma notícia de papai", escreveu Olga Sokratovna a seu filho em 1879. "Eu me pergunto, querido, se ele ainda está vivo", e ela pode ser perdoada por essa entonação.

No entanto, mais um biltre com nome terminado em "ski" de repente aparece como figurante: em 5 de março de 1881, "seu aluno desconhecido Vitevski", conforme ele mesmo se recomenda, mas um médico beberrão do hospital distrital de Stavropol segundo informações da polícia, envia um telegrama a Vilyuisk, protestando com ardor completamente supérfluo contra uma opinião anônima de que Chernishevski seria responsável pelo assassinato do tsar: "Suas obras estão cheias de paz e amor. Você nunca desejou isso (i.e., o assassinato)". Fosse por causa dessas palavras desprovidas de arte ou por alguma outra coisa, o governo amoleceu, e em meados de junho demonstrou ao morador de sua cadeia um pouco de bondade e consideração: mandou empapelar as paredes de seu domicílio de "cinza *perle* com uma borda" e cobrir o teto com tecido de algodão, o que no total custou ao erário público quarenta rublos e noventa e nove copeques; i.e., um tanto mais que o sobretudo de Yakovlev e o café de Musa. E já no ano seguinte a disputa sobre o fantasma de Chernishevski foi concluída, depois de negociações entre os Guardas de Segurança Voluntários (a polícia secreta) e o comitê executivo do marginal Liberdade do Povo, referente à preservação da lei e da ordem durante a coroação de Alexandre III, quando se decidiu que, caso tudo corresse bem nesse evento, Chernishevski seria libertado: assim era ele regateado em troca de tsares — e vice-versa (um processo que mais tarde encontrou sua expressão material quando as autoridades soviéticas substituíram em Saratov a sua estátua pela de Alexandre II). Um ano depois, em maio, foi apresentada uma petição em nome de seus filhos (ele, claro, nada sabia disso), no mais floreado e emocional estilo imaginável. O ministro da Justiça, Nabokov, fez o devido relatório e "Sua Majestade se digna permitir a transferência de Chernishevski para Astracã".

No final de fevereiro de 1883 (o tempo sobrecarregado já estava apresentando dificuldades para arrastar seu destino), os guardas, sem nem uma palavra a respeito da resolução, de repente o levaram para Irkutsk. Não importava: sair de Vilyuisk já era, em si, um acontecimento feliz, e mais de uma vez durante a viagem de verão pelo longo rio Leva (que revelava tamanho parentesco com o Volga em seus meandros) o velho se pôs a dançar, cantando hexâmetros dactílicos. Mas em setembro a viagem terminou, e com ela a sensação de liberdade. Logo na primeira noite, Irkutsk pareceu o mesmo tipo de casamata nas profundezas do sertão provinciano. Nikolay Gavrilovich sentou com os cotovelos sobre a mesa e não respondeu de pronto. "O Imperador perdoou você", disse Keller, e repetiu ainda mais alto, vendo que o outro estava aparentemente semiadormecido ou obnubilado. "Eu?", perguntou o velho de repente, então levantou-se, pôs as mãos nos ombros do mensageiro e, sacudindo a cabeça, caiu em pranto. À noite, sentindo como se convalescesse depois de uma longa doença, mas ainda fraco, com uma névoa deliciosa permeando seu ser, tomou chá com os Keller, falando sem parar, contando aos filhos destes "mais e mais contos de fada persas — sobre burros, rosas, ladrões...", como se lembrou um dos ouvintes. Cinco dias depois, foi levado a Krasnoyarsk, de lá para Orenburg e, no fim de outono, entre seis e sete da noite, seguiu com os cavalos de correio para Saratov. Lá, no pátio de uma hospedaria junto ao quartel, na movimentada escuridão, uma pobre lampadazinha oscilava a tal ponto no vento que simplesmente não dava para distinguir com clareza o rosto mutável, jovem, velho, jovem de Olga Sokratovna coberto com um lenço de lá — ela correra precipitadamente para aquele encontro que já não esperava mais; e, nessa mesma noite, Chernishevski (quem pode saber seus pensamentos?) foi enviado para mais longe.

Com grande mestria e a mais absoluta vivacidade de exposição (que pode quase ser tomada por compaixão), Strannolyubski descreve sua estadia na residência de Astracã. Ninguém o recebeu de braços abertos, ele não foi convidado por ninguém, e logo entendeu que todos os planos grandiosos que tinham sido seu único apoio no exílio iriam agora se dissolver numa quietude lucidamente inane e bastante imperturbável.

Às suas doenças siberianas, Astracã acrescentou a febre amarela. Ele se resfriava com frequência. Sofria agudas palpitações do coração. Fumava pesadamente e com descuido. Mas, o pior de tudo, estava extremamente nervoso. Tinha um jeito estranho de dar um salto no meio da conversa — um movimento abrupto que nasceu, por assim dizer, no dia de sua prisão, quando ele correu para seu estúdio atrasando o funesto Rakeyev. Na rua, ele podia ser tomado por um pequeno artesão: ombros caídos, terno barato e chapéu amassado. "Mas me diga..." "Mas não acha que..." "Mas...": bisbilhoteiros casuais o incomodavam com perguntas absurdas. O ator Syroboyarski ficava perguntando: "devo casar ou não?". Houve duas ou três pequenas denúncias que falharam como fogos de artifício molhados. Sua companhia consistia em alguns armênios — quitandeiros e vendedores de miudezas. Pessoas educadas se surpreendiam pelo fato de ele, de alguma forma, não se interessar muito por questões públicas. "Bom, o que você quer?", replicava, sem alegria, "o que eu posso entender disso tudo? Ora, nem uma única vez assisti a um tribunal do júri, nem uma vez estive numa reunião do *zemstvo*..."

Cabelo bem repartido, com orelhas descobertas grandes demais para ela e um "ninho de pássaro" logo abaixo da coroa da cabeça — cá está de novo conosco (ela trouxe doces e gatinhos de Saratov); há, em seus lábios longos, aquele mesmo meio sorriso de mofa, a ruga martirizada da sobrancelha está ainda mais marcada e as mangas do vestido agora são bufantes acima dos ombros. Ela já passa dos cinquenta (1833-1918), mas seu caráter continua o mesmo, neuroticamente altivo; seus ataques histéricos culminam às vezes em convulsões.

Durante esses últimos seis anos de sua vida, pobre, velho, indesejado, Nikolay Gavrilovich traduz, com uma constância de máquina, volume após volume da *História universal* de Georg Weber para o editor Soldatenkov — e ao mesmo tempo, movido por sua antiga e irreprimível necessidade de manifestar suas opiniões, tenta aos poucos introduzir clandestinamente, através de Weber, algumas de suas próprias ideias. Ele assina a tradução como "Andreyev"; e na resenha do primeiro volume (em *O Examinador*, fevereiro de 1884), um crítico observa que isso "é uma espécie de pseudônimo, uma vez que na Rússia existem tantos Andreyevs quanto Ivanovs e Petrovs";

em seguida, vêm maldosas alusões ao estilo pesado e uma pequena reprimenda: "Não há necessidade de o sr. Andreyev se estender em seu Prólogo sobre os méritos e deméritos de Weber, que há muito é conhecido do leitor russo. Seu manual foi publicado já nos anos 1850 e simultaneamente três volumes de seu *Curso de história universal,* em tradução de E. e V. Korsh... Seria aconselhável que ele não ignorasse o trabalho de seus predecessores".

E. Korsh, um amante de terminologia arquirrussa em vez daquela aceita pelo filósofos alemães, era agora um homem de oitenta anos, assistente de Soldatenkov, e nessa posição revisou o "tradutor de Astracã", introduzindo correções que enfureceram Chernishevski, o qual, em cartas ao editor, passou a "malhar" Evgeniy Fyodorovich de acordo com seu velho sistema, de início exigindo furiosamente que a revisão fosse dada a outra pessoa "que entendesse melhor como não existe, na Rússia, outro homem mais conhecedor do que eu da língua literária russa", e então, quando conseguiu o que queria, empregou outro recurso: "Posso estar realmente interessado nessas ninharias? No entanto, se Korsh quer continuar a revisão, peça que não faça correções, elas são de fato ridículas". Com prazer não menor, atacou também Zaharyin, que por bondade de coração falara com Soldatenkov a respeito de um pagamento mensal (de 200 rublos) a Chernishevski, em vista da extravagância de Olga Sokratovna. "Você foi enganado pela insolência de um homem cuja mente está abafada pela embriaguez", Chernishevski escreveu a Soldatenkov, e, pondo em movimento todo o aparelho de sua lógica — enferrujado, rangendo, mas ainda tortuoso como sempre, ele primeiro justificou sua ira com o fato de estar sendo tomado por um ladrão que queria adquirir capital, e depois explicou que sua raiva era, na verdade, apenas uma cena para Olga Sokratovna: "Graças ao fato de ela ficar sabendo da própria extravagância por minha carta a você, e eu não ceder quando ela pediu que eu abrandasse minha expressão, não houve convulsões". Nessa altura (final de 1888), outra breve resenha apareceu — então já no décimo volume de Weber. Seu terrível estado mental, o orgulho ferido, a ranzinzice de velho e as últimas, desesperançadas tentativas de calar o silêncio (um feito ainda mais difícil que a tentativa de Lear de calar a tempestade), tudo isso deve ser lembrado quando se lê, por seus óculos, a resenha na página interna da capa rosada de *O mensageiro da Europa*:

> ... Infelizmente, pelo Prefácio parece que o tradutor russo se manteve fiel a seus simples deveres de tradutor apenas nos primeiros seis volumes, mas, a começar do sétimo volume, assumiu para si outro dever... "limpar" Weber. É bem difícil ser grato a ele pelo tipo de tradução em que o autor é "renovado", ainda mais um autor tão competente como Weber.

"Parece", Strannolyubski observa aqui (misturando um pouco suas metáforas), "que, com esse chute descuidado, o destino deu o último toque adequado à cadeia de punições que havia forjado para ele." Mas não é assim. Ainda resta à nossa inspeção um castigo final, mais terrível, mais completo.

De todos os loucos que deixaram em farrapos a vida de Chernishevski, o pior foi seu filho; não o mais novo, claro, Mihail (Misha), que levou uma vida sossegada, trabalhando amorosamente em questões de tarifa (era empregado do departamento de ferrovias): ele evoluíra do "lado positivo" de seu pai e era um bom filho, pois na época (1896-98) em que seu irmão pródigo (coisa que compõe um quadro moralista) estava publicando seu *Contos fantásticos* e uma coletânea de poemas fúteis ele estava devotamente começando sua monumental edição das obras do pai falecido, praticamente concluída quando morreu, em 1924, cercado pela estima geral — dez anos depois de Alexander (Sasha) ter morrido repentinamente na pecaminosa Roma, em um quartinho com piso de pedra, declarando seu amor sobre-humano à arte italiana e gritando, no calor de louca inspiração, que se as pessoas o ouvissem a vida seria diferente, diferente! Criado aparentemente com tudo o que seu pai não suportava, Sasha, mal saído da infância, desenvolveu uma paixão por tudo o que era estranho, quimérico e incompreensível a seus contemporâneos — se perdeu em E.T.A. Hoffmann e Edgar Poe, era fascinado por matemática pura, e um pouco mais tarde foi um dos primeiros na Rússia a apreciar os *poètes maudits* franceses. O pai, vegetando na Sibéria, não tinha como zelar pelo desenvolvimento do filho (que foi criado pelos Pypin) e o que ficava sabendo interpretava à sua maneira, mais ainda quando esconderam dele a doença mental de Sasha. Aos poucos, porém, a pureza dessa matemática começou a irritar Chernishevski — e é fácil imaginar com quais sentimentos o jovem costumava ler aquelas longas cartas do pai, começando com uma piada deliberadamente alegre e depois (como as conversas daquele personagem de Tchékhov, que sempre começavam tão bem — "um ex-aluno, sabe, um incurável idealista...") concluindo com ofensa irada; essa paixão pela matemática o enraivecia não apenas como manifestação de algo não utilitário: ao caçoar de tudo o que era moderno, Chernishevski, a quem a vida havia superado, descarregava em cima de todos os inovadores, excêntricos e fracassados deste mundo.

Seu primo de bom coração, Pypin, em janeiro de 1875, envia-lhe em Vilyuisk uma descrição embelezada de seu filho estudante, informando o que poderia agradar ao criador de Rakhmetov (Sasha, escreveu ele, havia encomendado uma bola metálica de nove quilos para fazer ginástica) e o que devia ser lisonjeiro para qualquer pai: com ternura contida, Pypin, lembrando a amizade de juventude com Nikolay Gavrilovich (a quem muito devia), relata que Sasha é tão desajeitado, tão angular quanto era seu pai e também ri alto com os mesmos tons agudos... De repente, no outono de 1877, Sasha alistou-se no regimento de infantaria Nevski, mas antes que chegasse ao exército ativo (a guerra russo-turca estava em curso) contraiu tifo (em seu constante infortúnio tem-se noção do legado de seu pai, que costumava quebrar tudo e largar tudo). Volta a São Petersburgo e mora sozinho, dando aulas e publicando artigos sobre a teoria da probabilidade. Depois de 1882, seu sofrimento mental se agravou e, mais de uma vez, precisou ser posto num hospital. Tinha medo de espaço, ou, mais exatamente, tinha medo de deslizar para outra dimensão, e a fim de evitar perecer se agarrava continuamente às seguras, sólidas — com pregas euclidianas — saias de Pelageya Nikolaevna Fanderflit (*née* Pypin).

Continuavam a esconder isso de Chernishevski, que se mudara para Astracá. Com uma espécie de sádica obstinação, com pedante insensibilidade comparável à de qualquer burguês próspero em Dickens ou Balzac, chamava o filho em suas cartas de "um grande esquisito ridículo" e um "pobre excêntrico", e o acusava de um desejo de "permanecer mendigo". Por fim, Pypin não aguentou mais e explicou a seu primo, com certa ternura, que, embora Sasha não tivesse se tornado "um frio e calculista homem de negócios", havia, em compensação, "adquirido uma alma pura e honrada".

E então Sasha foi a Astracá. Nikolay Gavrilovich viu aqueles olhos radiantes, saltados, ouviu aquela fala estranha, evasiva... Tendo passado a trabalhar para o produtor de petróleo Nobel, e sendo-lhe confiado o acompanhamento de uma barca carregada pelo Volga, Sasha, no trajeto, num meio-dia satânico, abafado, encharcado de petróleo, derrubou o boné do contador, jogou as chaves na água irisada e foi embora para Astracá. Nesse mesmo verão, quatro de seus poemas apareceram em *O mensageiro da Europa*; eles revelam um laivo de talento:

Se as horas da vida são cruéis,
jamais reclame dela, o melhor
é aceitar a culpa de nascer
com coração um tanto afetuoso.
E se você não quer reconhecer
mesmo um defeito evidente assim...

(Incidentalmente, notemos o fantasma de uma sílaba adicional em "ho-o-ras da vida" equivalendo a *zhiz-en'*, em vez de *zhizn'*, que é extremamente característico de poetas russos desequilibrados do tipo deprimido: uma falha que corresponde, ao que parece, a algo que falta em suas vidas, algo que poderia ter transformado a vida em canção. O último verso citado, no entanto, tem um toque autenticamente poético.)

A vida conjunta de pai e filho foi um inferno conjunto. Chernishevski levou Sasha a uma torturante insônia com suas incessantes admoestações (como "materialista", ele tinha a fanática presunção de achar que a causa principal da perturbação de Sasha era sua "lamentável condição material"), e ele próprio sofria de um jeito que nunca havia sofrido mesmo na Sibéria. Os dois respiraram aliviados quando Sasha foi embora naquele inverno — primeiro para Heidelberg com a família na qual foi tutor, depois para São Petersburgo "devido à necessidade de aconselhamento médico". Desgraças mesquinhas, falsamente engraçadas, continuaram a respingar sobre ele. Através de uma carta a sua mãe (1888), ficamos sabendo que, enquanto "Sasha saía satisfeito para um passeio, a casa em que estava morando pegou fogo" e tudo o que ele possuía também foi queimado; e então, absolutamente desprovido, mudou-se para a casa de campo de Strannolyubski (pai do crítico?).

Em 1889, Chernishevski recebeu permissão de ir a Saratov. Quaisquer que tenham sido as emoções que isso despertou nele, foram, em todo caso, envenenadas por uma intolerável preocupação familiar: Sasha, que sempre tivera uma paixão patológica por exposições, de repente fez a mais extravagante e feliz viagem à notória *Exposition universelle* em Paris — primeiro ficou detido em Berlim, para onde foi preciso lhe mandar dinheiro em nome do cônsul, com um pedido de despachá-lo de volta; mas não: ao receber o dinheiro, Sasha tomou o rumo de Paris, fartou-se "com a maravilhosa roda, com a gigantesca torre filigranada" — e novamente estava sem vintém.

O trabalho febril de Chernishevski nas imensas massas de Weber (que transformaram seu cérebro em uma fábrica de trabalho forçado e representava, de fato, a maior zombaria do pensamento humano) não cobria gastos imprevistos — e dia após dia ditando, ditando, ditando, ele sentia que não podia continuar, não podia continuar transformando a história do mundo em rublos — e, nesse meio-tempo, era atormentado também pelo pânico de que, de Paris, Sasha despencasse em Saratov. Em 11 de outubro, escreveu a Sasha que sua mãe ia lhe mandar dinheiro para que voltasse a São Petersburgo e, pela milionésima vez, o aconselhou a arrumar qualquer trabalho e fazer tudo o que os superiores mandassem: "Seus sermões ignorantes, ridículos a seus superiores não podem ser tolerados por nenhum superior" (assim termina o "tema de exercícios escritos"). Ainda se retorcendo e resmungando, ele selou o envelope e foi em pessoa à estação para enviar a carta. Pela cidade soprava um vento cruel, que na primeira esquina gelou o velho apressado e furioso com seu casaco leve. No dia seguinte, apesar de uma febre, traduziu *dezoito* páginas de tipo miúdo; no dia 13, queria continuar, mas foi persuadido a desistir; no dia 14, instalou-se o delírio: "Inga, *inc* [palavras sem sentido, seguidas de um suspiro] estou bem inquieto... Parágrafo... Se uns trinta mil soldados suecos pudessem ser mandados para Schleswig-Holstein, poderiam facilmente derrotar as forças dinamarquesas e arrasar... todas as ilhas, exceto, talvez, Copenhague, que resistirá teimosamente, mas em novembro, entre parênteses ponha dia nove, Copenhague também se rendeu, ponto e vírgula; os suecos transformaram toda a população da capital dinamarquesa em cintilante prata, baniram para o Egito os homens ativos dos partidos patrióticos... Sim, sim, onde eu estava... Outro parágrafo..." Assim ele perambulou durante longo tempo, saltando de um Weber imaginário para memórias imaginárias dele próprio, laboriosamente discursando sobre o fato de que "até o menor destino deste homem já foi decidido, não há salvação para ele... Embora microscópica, uma minúscula partícula de pus foi encontrada em seu sangue, sua sorte está decidida...". Será que estava falando de si mesmo, era em si mesmo que sentia essa minúscula partícula que ficava, misteriosamente, comprometendo tudo o que fazia e experimentava na vida? Um pensador, um trabalhador, uma mente lúcida, povoando suas utopias com exércitos de estenógrafos — ele agora vivera para ver seu delirium anotado por uma secretária. Na noite de 16, teve um ataque — sentiu a língua um tanto grossa na boca; logo depois morreu. Suas últimas palavras (às três da manhã do 17) foram: "Uma coisa estranha: neste livro não há nem uma única menção a Deus". É uma pena não sabermos precisamente *qual* livro estava lendo para si mesmo.

Ele estava cercado dos volumes mortos de Weber; uns óculos dentro de seu estojo ficavam atrapalhando todo mundo.

Sessenta e um anos haviam se passado desde aquele ano de 1828, em que os primeiros ônibus apareceram em Paris e um sacerdote em Saratov anotou em seu livro de orações: "12 de julho, à terceira hora da manhã, nasceu um filho. Nikolay... Batizado esta manhã do dia 13 antes da missa. Padrinho: arcebispo Fyod. Stef. Vyazovski...". Esse nome foi posteriormente dado por Chernishevski ao protagonista e narrador de suas novelas siberianas — e por uma estranha coincidência foi assim, ou quase assim (F.V...ski) que um poeta desconhecido assinou, na revista *Século* (novembro de 1909), catorze versos dedicados, segundo informações que possuímos, à memória de N.

G. Chernishevski — um soneto medíocre, mas curioso, que aqui transcrevemos completo:

Seus nobres descendentes — que dirão?
sua vida hão de louvar ou arrasar:
que foi horrenda? E outra em seu lugar
seria doce? Assim foi só opção?

Que sua ação triunfa, e logo acende
a obra com poéticas do Bem,
coroa as cãs de um martírio além
com um anel que luz e assim transcende?

Capítulo cinco

Cerca de quinze dias depois do lançamento, *A vida de Chernishevski* foi saudado com o primeiro eco sem arte. Valentin Linyov (no jornal emigrado russo publicado em Varsóvia) escreveu o seguinte:

"O novo livro de Boris Cherdyntsev começa com seis versos que o autor, por alguma razão, chama de soneto (?), e a isso se segue uma descrição caprichosamente pretensiosa da vida do bem conhecido Chernishevski.

"Chernishevski, diz o autor, era filho de um 'um bom clérigo' (mas não menciona quando e onde nasceu); terminou o seminário, e quando seu pai, tendo levado uma vida santa que inspirou até mesmo Nekrasov, morreu, sua mãe mandou o rapaz estudar em São Petersburgo, onde de imediato, praticamente na estação, tornou-se íntimo dos 'formadores de opinião', como eram chamados na época Pisarev e Belinski. O jovem entrou para a universidade e dedicou-se a invenções técnicas, trabalhando muito duro e vivendo sua primeira aventura romântica com Lyubov Yegorovna Lobachevski, que o contaminou com o amor pela arte. Porém, depois de um choque por razões românticas com algum oficial de Pavlovsk, foi forçado a voltar a Saratov, onde pediu sua futura esposa em casamento e logo depois oficializou a união.

"Retornando a Moscou, dedicou-se à filosofia, escreveu muito (o romance *O que devemos fazer?*) e fez amizade com os escritores de destaque de sua época. Gradualmente foi atraído para o trabalho revolucionário e, após uma reunião turbulenta, onde falou ao lado de Dobrolyubov e do bem conhecido professor Pavlov, que ainda era bastante jovem, Chernishevski foi forçado a ir para o exterior. Morou algum tempo em Londres, colaborando com Herzen, mas então voltou à Rússia e foi preso imediatamente. Acusado de planejar o assassinato de Alexandre II, Chernishevski foi sentenciado à morte e executado publicamente.

"Essa é, em resumo, a vida de Chernishevski, e tudo estaria bem se o autor não achasse necessário equipar seu relato com uma chusma de detalhes desnecessários que obscurecem o sentido, e com todo tipo de longas digressões sobre os mais diversos temas. E o pior de tudo é que, tendo descrito a cena do enforcamento e dado fim a seu herói, ele não se satisfaz e, pelo espaço de ainda muitas páginas ilegíveis, rumina o que teria acontecido 'se' — se Chernishevski, por exemplo, não tivesse sido executado, mas sim exilado para a Sibéria, como Dostoiévski.

"O autor escreve numa língua que tem pouco em comum com o russo. Gosta de inventar palavras. Gosta de longas frases enroladas, como por exemplo: 'É assim que a sorte os organiza (?) antecipando (?) as necessidades do pesquisador (?)'! ou então coloca aforismos não totalmente gramaticais na boca de seus personagens, como: 'O próprio poeta escolhe os assuntos de seus poemas; a multidão não tem o direito de dirigir sua inspiração'."

Quase simultânea a essa interessante resenha, apareceu a de Christopher Mortus (Paris) — que despertou a indignação de Zina a tal ponto que, a partir desse momento, seus olhos fuzilavam e suas narinas se dilatavam à mera menção desse nome.

"Ao falar de um novo jovem autor [escreveu Mortus pacificamente] em geral se experimenta a sensação de uma certa estranheza: não vamos abalá-lo, não vamos injuriá-lo com uma observação 'penetrante' demais? Parece-me que, no caso presente, não há razão para tais temores. Godunov-Cherdyntsev é novato, é verdade, mas um novato dotado de extrema segurança, e abalá-lo provavelmente não será fácil. Não sei se seu livro pressagia ou não quaisquer futuras 'realizações', mas, se este é um começo, não pode ser chamado de especialmente promissor.

"Vamos qualificar. Estritamente falando, é completamente sem importância se o esforço de Godunov-Cherdyntsev é crível ou não. Um homem escreve bem, outro mal, e todo mundo é esperado ao fim da estrada pelo Tema 'a que ninguém pode escapar'. Trata-se, acredito, de algo bem diferente. Passou irrecuperavelmente aquela época dourada em que o crítico ou o leitor podia se interessar, acima de tudo, pela qualidade 'artística' ou pelo grau exato de talento de um livro. Nossa literatura emigrada — falo da literatura genuína, 'indubitável' — pessoas de gosto impecável me entenderão — se tornou mais simples, mais séria, mais seca — à custa da arte, talvez, mas em compensação produzindo (em certos poemas de Tsypovich e Boris Barski e na prosa de Koridonov...) sons de tamanha tristeza, tamanha musicalidade e tamanho encanto 'desesperançado' e celestial que na verdade não vale a pena lamentar o que Lermontov chamou de 'baças canções da terra'.

"Em si mesma, a ideia de escrever um livro sobre uma figura pública notável dos anos 1860 nada contém de repreensível. Alguém senta e o escreve — tudo bem; ele é publicado — tudo bem; livros piores que esse já foram lançados. Mas o espírito geral do autor, a 'atmosfera' de seu pensamento, nos preenche de estranhas e desagradáveis apreensões. Vou me abster de discutir a questão: quão apropriado é o surgimento de tal livro no momento atual? Afinal de contas, ninguém pode proibir uma pessoa de escrever o que bem entende! Mas me parece — e não estou sozinho ao sentir isso — que, no fundo do livro de Godunov-Cherdyntsev, existe algo que é, em essência, profundamente sem tato, algo perturbador e ofensivo... É direito dele, claro (embora até isso pudesse ser questionado), tomar essa ou aquela atitude em relação aos 'homens dos anos 1860', mas 'ridicularizá-los' só pode despertar surpresa e aversão em qualquer leitor sensível. Como tudo isso é irrelevante! Como é inoportuno! Permitam que eu defina o que quero dizer. O fato de ser precisamente agora, precisamente hoje, que essa operação de mau gosto seja realizada é em si uma afronta àquele algo significativo, amargo, palpitante que está amadurecendo nas catacumbas de nossa era. Oh, claro, os 'homens dos anos 1860', e sobretudo Chernishevski, expressavam em seus juízos literários muita coisa errada e talvez ridícula. Quem não cometeu esse pecado? E afinal será um pecado tão grande? Mas, na 'entonação' geral de sua crítica, transpirava um certo tipo de verdade — uma verdade que, por mais paradoxal que pareça, se tornou próxima e compreensível para nós precisamente hoje, precisamente agora. Estou falando não de seus ataques aos que aceitam propinas, nem da emancipação das mulheres... Essa, claro, não é a questão! Acho que serei devidamente entendido (na medida em que alguém pode ser entendido) se disser que, em algum sentido final e infalível, as necessidades deles e as nossas coincidem. Oh, eu sei, nós somos mais sensíveis, mais espirituais, mais 'musicais' que eles foram, e nosso objetivo final — debaixo desse resplandecente céu negro sob o qual a vida segue seu curso — não é simplesmente 'a comunidade' ou a 'derrubada do déspota'. Mas de nós, assim como deles, Nekrasov e Lermontov, principalmente o último, estão mais próximos do que Púchkin. Usarei apenas o mais simples dos exemplos, pois ele esclarece de imediato nossa afinidade — se não parentesco — com eles. Aquela frieza, aquele desleixo, aquela qualidade 'irresponsável' que sentiam em certa parte da poesia de Púchkin nos são perceptíveis também. Pode-se objetar que somos mais inteligentes, mais receptivos... Tudo bem, concordo; mas essencialmente não se trata do 'racionalismo' de Chernishevski (ou de Belinski, ou de Dobrolyubov, nomes e datas não importam), mas do fato de que então, como agora, pessoas espiritualmente progressistas entendiam que a mera 'arte' e a 'lira' não eram alimento suficiente. Nós, os netos refinados e cansados, também queremos alguma coisa que esteja acima de todo o humano; exigimos os valores que são essenciais para a alma. Esse 'utilitarismo' é mais elevado, talvez, do que o deles, mas, sob certos aspectos, é mais urgente ainda do que o pregado por esses homens.

"Eu me afastei do tema imediato de meu artigo. Mas às vezes expressamos nossas opiniões com mais exatidão e autenticidade divagando 'em torno do tema', em seus férteis arredores... Na realidade, a análise de *qualquer* livro é estranha e sem sentido e, além disso, estamos interessados não na maneira como o autor executou sua 'tarefa', nem mesmo na 'tarefa' em si, mas apenas na atitude do autor em relação a ela.

"E permitam que acrescente o seguinte: são realmente tão necessárias essas excursões aos reinos do passado, com seus conflitos estilizados e modos de vida artificialmente vivificados? Quem quer saber das relações de Chernishevski com mulheres? Em nossos tempos amargos, ternos, ascéticos, não há lugar para esse tipo de pesquisa maliciosa, para essa literatura ociosa — que, de qualquer forma, não é desprovida de certa audácia arrogante que tende a repelir até mesmo o mais bem-disposto dos leitores."

Depois disso, choveram resenhas. O professor Anuchin, da Universidade de Praga (figura pública bem conhecida, homem de rutilante pureza moral e grande coragem pessoal — o mesmo professor Anuchin que, em 1922, não muito antes de ser deportado da Rússia, quando uns jaquetas de couro com revólveres foram prendê-lo, mas ficaram interessados em sua coleção de moedas antigas e demoraram para levá-lo embora, havia dito calmamente, apontando o relógio: "Cavalheiros, a história não espera"), publicou uma análise detalhada de *A vida de Chernishevski* numa revista emigrada publicada em Paris.

"No ano passado [ele escreveu], foi lançado um livro notável do professor Otto Lederer, da Universidade de Bonn, *Três déspotas* (Alexandre, o Nebuloso, Nicolau, o Frio, e Nicolau, o Aborrecido). Motivado por um apaixonado amor pelo espírito humano e um ardente ódio a seus supressores, o dr. Lederer em algumas de suas avaliações foi injusto — não levando absolutamente em conta, por exemplo, aquele fervor nacional russo que tão poderosamente deu corpo ao símbolo do trono; mas zelo excessivo, e até mesmo cegueira, no processo de expor o mal é sempre mais compreensível e perdoável que a mínima zombaria — por mais espirituosa que seja ela — daquilo que a opinião pública sente ser objetivamente bom. Porém é precisamente este segundo caminho, o caminho da mordacidade eclética, que foi escolhido pelo sr. Godunov-Cherdyntsev em sua interpretação da vida e obra de N. G. Chernishevski.

"O autor sem dúvida se familiarizou totalmente e, à sua própria maneira, conscienciosamente, com o seu assunto; sem dúvida, também, ele tem uma escrita talentosa — certas ideias e justaposições de ideias que veicula são, sem dúvida, atiladas; mas, com tudo isso, seu livro é repelente. Vamos tentar examinar com calma essa impressão.

"Uma certa época foi selecionada e um de seus representantes, escolhido. Mas o autor assimilou o conceito de 'época'? Não. Em primeiro lugar, não se sente nele nenhuma consciência dessa *classificação de tempo*, sem a qual a história se torna um puro giro arbitrário de pontos multicoloridos, algum tipo de quadro impressionista com uma figura que caminha de cabeça para baixo contra um céu verde que não existe na natureza. Mas esse recurso (que destrói, por sinal, qualquer valor acadêmico da obra em questão, apesar de sua vaidosa erudição) não constitui, mesmo assim, a principal falha do autor. Sua principal falha é a maneira como retrata Chernishevski.

"É completamente irrelevante que Chernishevski entendesse menos sobre questões de poesia do que um jovem esteta de hoje em dia. É completamente irrelevante que, em suas concepções filosóficas, Chernishevski se mantivesse alheio às sutilezas transcendentais que agradam ao sr. Godunov-Cherdyntsev. O que importa é que, independente de quais tenham sido as posições de Chernishevski a respeito de arte e ciência, elas representavam a *Weltanschauung* dos homens mais progressistas de seu tempo e estavam, além disso, indissoluvelmente ligadas ao desenvolvimento de ideias sociais, com sua força ardente, benéfica, ativadora. É nesse aspecto, só sob essa luz verdadeira, que o sistema de pensamento de Chernishevski adquire significação que tanto transcende o sentido daqueles argumentos infundados — de qualquer forma desconectados com a época dos 1860 — que o sr. Godunov-Cherdyntsev utiliza para ridicularizar venenosamente seu herói.

"Mas ele caçoa não apenas de seu herói: caçoa também de seu leitor. De que outra maneira se pode qualificar o fato de que, entre as conhecidas autoridades sobre Chernishevski, uma autoridade não existente é citada, a quem o autor finge recorrer? Em certo sentido, seria possível se não perdoar, ao menos entender cientificamente o escárnio com Chernishevski, se o sr. Godunov-Cherdyntsev fosse um defensor ferrenho daqueles que Chernishevski atacava. Seria ao menos um ponto de vista e, ao ler o livro, o leitor faria um ajuste constante à abordagem tendenciosa do autor, chegando dessa forma à verdade. Mas o lamentável é que, no caso do sr. Godunov-Cherdyntsev, não há nada a que se ajustar, e o ponto de vista está 'em toda parte e em nenhuma parte'; não só isso, mas assim que o leitor, ao percorrer o trajeto de uma frase, acha que finalmente chegou a águas mais tranquilas, a um reino de ideias que podem ser contrárias às de Chernishevski, mas são aparentemente compartilhadas pelo autor — e podem portanto servir como base para o juízo ou orientação do leitor —, o autor lhe dá um golpe inesperado e derruba seu apoio, de forma que fica novamente sem saber para que lado o sr. Godunov-Cherdyntsev pende em sua campanha contra Chernishevski — se está do lado dos advogados da arte pela arte, ou do governo, ou de algum dos outros inimigos de Chernishevski que o leitor não conhece. Quanto a ridicularizar o próprio herói, aí o autor supera todos os limites. Não existe detalhe que seja repulsivo demais para ele recusar. Provavelmente responderá que todos esses detalhes se encontram no 'Diário' do jovem Chernishevski; mas lá eles estão em seu lugar, em seu devido ambiente, em sua ordem e perspectiva corretas, em meio a muitos outros pensamentos e sentimentos que são muito mais valiosos. Mas o autor fisgou e juntou precisamente esses, como se alguém tentasse restaurar a imagem de uma pessoa fazendo uma elaborada coleção de seus penteados, suas aparas de unhas e seus excrementos corporais.

"Em outras palavras, ao longo de todo seu livro, o autor está escarnecendo da personalidade de um dos mais puros e mais valorosos filhos da Rússia liberal — para não falar dos chutes circunstanciais com que premia outros pensadores russos progressistas, para os quais o respeito é, em nossa consciência, parte tão imanente de sua essência histórica. Em seu livro, que se situa totalmente fora da tradição humanitária da literatura russa e portanto da literatura em geral, não existem inverdades factuais (se não contarmos o fictício 'Strannolyubski' já mencionado, dois ou três detalhes duvidosos e alguns deslizes da caneta), mas essa 'verdade' que o livro contém é pior que a mentira mais preconceituosa, pois tal verdade vai em contradição direta àquela nobre e casta verdade (cuja ausência priva a história do que os grandes gregos chamavam de '*tropotos*') que é um dos tesouros inalienáveis do pensamento social russo. Em nossos dias, graças a Deus, livros não são queimados na fogueira, mas devo confessar que, se tal costume ainda existisse, o livro do sr. Godunov-Cherdyntsev poderia com toda justiça ser considerado o primeiro candidato a queimar em praça pública."

Depois disso, Koncheyev teve a sua vez no anuário literário *A Torre*. Começou traçando um quadro de fuga durante uma invasão ou um terremoto, quando os retirantes levam consigo tudo o que conseguem carregar, alguém se sobrecarregando com um grande retrato emoldurado de algum parente há muito esquecido. "Esse retrato [escreveu Koncheyev] é, para a intelligentsia russa, a imagem de Chernishevski, espontaneamente, mas acidentalmente levado para o estrangeiro com os emigrados, ao lado de outras coisas mais úteis", e assim Koncheyev explicou a estupefação provocada pelo lançamento do livro de Fyodor Konstantinovich: "Alguém de repente confiscou o retrato". Mais adiante, tendo terminado de uma vez por todas as considerações de natureza ideológica e embarcado num exame do livro enquanto obra de arte, Koncheyev começou a elogiá-lo de tal forma que, ao ler a resenha, Fyodor sentiu irradiar-se um calor em torno de seu rosto e correr mercúrio por suas veias. O artigo terminava com o seguinte: "Ah! Dentre os emigrados, dificilmente será possível juntar uma dúzia de pessoas capazes de apreciar o fogo e o fascínio dessa composição fabulosamente engenhosa; e afirmaria que na Rússia de hoje não se encontraria nem um que a apreciasse, se acaso não soubesse da existência de duas pessoas assim, uma vivendo na margem norte do Neva e a outra em algum lugar no distante exílio siberiano".

O órgão monarquista *O Trono* dedicou a *A vida de Chernishevski* umas poucas linhas, nas quais apontou que qualquer senso de valor no desmascaramento de "um dos mentores ideológicos do bolchevismo" ficava completamente solapado pela "vulgar liberalização do autor, que tende inteiramente para o lado de seu sofredor mas pernicioso herói, assim que o mui tolerante tsar russo finalmente o afasta para lugar seguro. E no geral", acrescentou o resenhador, Pyotr Levchenko, "já está na hora de se parar de escrever sobre as pretensas crueldades do regime tsarista' com as 'almas puras' que não interessam a ninguém. A maçonaria vermelha vai apenas se rejubilar com a obra do conde Godunov-Cherdyntsev. É lamentável que o portador desse nome se empenhe em tecer loas a 'ideais sociais' que há muito se tornaram ídolos baratos".

O diário pró-comunista em língua russa de Berlim, *Acima!* (este é aquele que a *Gazeta* de Vasiliev invariavelmente chamava de "o réptil"), publicou um artigo dedicado à celebração do centenário de nascimento de Chernishevski e concluiu assim: "Também nossa emigração se agitou: um certo Godunov-Cherdyntsev com descarada fanfarronice se apressou a preparar um livreto — para o qual recolheu material de todas as partes — e publicou sua vil difamação, *A vida de Chernishevski*. Algum professor de Praga apressou-se a considerar esse trabalho 'talentoso e conscencioso', e todo mundo amigavelmente concordou. É escrito com ousadia e em nada difere em seu estilo interno dos artigos de fundo de Vasiliev sobre 'O fim iminente do bolchevismo'". O último cutucão foi particularmente divertido, já que, em sua *Gazeta*, Vasiliev resolutamente se opôs à mais mínima referência ao livro de Fyodor, dizendo-lhe sinceramente (embora o outro não tivesse perguntado) que, se não mantivesse com ele relações de amizade, teria publicado uma resenha devastadora — "não restaria nem um ponto incólume" do autor de *A vida de Chernishevski*. Em resumo, o livro se viu cercado de uma boa e tempestuosa atmosfera de escândalo que ajudou nas vendas; e, ao mesmo tempo, apesar dos ataques, o nome de Godunov-Cherdyntsev imediatamente passou a primeiro plano, erguendo-se acima da variegada tempestade de opiniões críticas, a plena vista de todos, com vivacidade e firmeza. Mas havia um homem cuja opinião Fyodor não tinha mais como descobrir. Alexander Yakovlevich Chernishevski morrera pouco antes de o livro ser lançado.

Quando, no funeral de alguém, perguntaram ao pensador francês Delalande por que não se revelava (*ne se découvre pas*), ele respondeu: "Estou esperando que a morte faça isso primeiro" (*qu'elle se découvre la première*). Há uma falta de galanteria metafísica nessa atitude, mas a morte não merece mais que isso. O medo dá origem ao assombro sagrado, o assombro sagrado constrói um altar sacrificial, sua fumaça sobe ao céu, lá assume a forma de asas e o medo curvado dirige a elas uma prece. A religião se relaciona com a condição celestial do homem do mesmo modo que a matemática com a terrena: tanto uma quanto a outra são apenas as regras do jogo. A crença em Deus e a crença nos números: a verdade local e a verdade da localidade. Sei que a morte em si não está de forma alguma ligada à topografia do além, pois uma porta é meramente a saída da casa e não parte de suas cercanias, como uma árvore ou um monte. É preciso sair de alguma maneira, "mas me recuso a ver numa porta mais do que um buraco e um trabalho de carpinteiro" (Delalande, *Discours sur le ombres*, p. 45). E mais uma vez: a imagem infeliz de uma "estrada" à qual a mente humana se acostumou (a vida como uma espécie de jornada) é uma ilusão idiota: não vamos a lugar algum, estamos sentados em casa. O outro mundo nos cerca sempre e definitivamente não está no fim de alguma peregrinação. Em nossa casa terrena, janelas são substituídas por espelhos; a porta, até um determinado momento, está fechada; mas o ar entra pelas frestas. "Para nossos sentidos domésticos, a imagem mais acessível de nosso futuro entendimento sobre as cercanias que, com a desintegração do corpo, deverão nos ser reveladas é a liberação da alma das órbitas oculares da carne e nossa transformação em um olho completo e livre, que pode simultaneamente ver em todas as direções, ou, para colocar de outro modo: uma percepção supersensorial do mundo acompanhado por nossa participação interna". (Ibid., p. 64). Mas tudo é apenas símbolos — símbolos que se tornam um peso para a mente assim que ela os olha de perto...

Não será possível entender com mais simplicidade, de uma forma mais satisfatória para o espírito, sem a ajuda desse elegante ateu e igualmente sem a ajuda de fés populares? Pois a religião compreende uma suspeita facilidade de acesso geral que destrói o valor de suas revelações. Se o pobre de espírito entra no reino do céu, posso imaginar como deve ser alegre lá. Já vi suficientes deles na terra. Quem mais constitui a população do céu? Hordas de passadistas gritalhões, monges imundos, montes de almas míopes, alegres, de manufatura mais ou menos protestante — que tédio mortal! Estou com febre alta pelo quarto dia agora, e não consigo mais ler. Estranho — eu pensava antes que Yasha estava sempre perto de mim, que eu tinha aprendido a me comunicar com fantasmas, mas agora, quando talvez esteja morrendo, essa crença em fantasmas me parece algo terreno, ligado às mais baixas sensações terrenas e em nada à descoberta da América celestial.

De alguma forma mais simples. De alguma forma mais simples. De alguma forma já! Um esforço — e vou entender tudo. A busca por Deus: o anseio de qualquer cão por um dono; dê-me um chefe e ajoelharei a seus enormes pés. Tudo isso é terreno. Pai, diretor, reitor, presidente da junta, tsar, Deus. Números, números — e deseja-se tanto encontrar o maior dos números, de modo que todo o resto possa significar alguma coisa e levar a algum lugar. Não, assim se termina em acolchoados becos sem saída — e tudo deixa de ser interessante.

Claro que estou morrendo. Essas pinçadas atrás e essa dor de aço são bem compreensíveis. A morte nos rouba por trás e nos pega pelos lados. Engraçado que pensei na morte a vida inteira, e se vivi, vivi apenas à margem de um livro que nunca fui capaz de ler. Ora quem era? Oh, anos atrás, em Kiev... Nossa!, como era o nome dele? Pegava na biblioteca um livro numa língua que não conhecia, anotava nele e o deixava por ali para que os visitantes pensassem: ele sabe português, aramaico. *Ich habe dasselbe getan.* Felicidade, tristeza — pontos de exclamação *en marge*, enquanto o contexto é absolutamente desconhecido. Um caso interessante.

É terrivelmente doloroso deixar o útero da vida. O horror mortal do nascimento. *L'enfant qui naît ressent les affres de sa mère.* Meu pobre pequeno Yasha! É muito estranho que morrendo eu me afaste mais dele, quando o oposto é que devia ser verdadeiro — sempre mais perto, mais perto... Sua primeira palavra foi *muha*, mosca. E imediatamente depois veio um telefonema da polícia: venha identificar o corpo. Como o deixar agora? Nestas salas... Ele não terá ninguém a quem assombrar... Porque *ela* não vai notar... Pobre moça. Quanto? Cinco mil e oitocentos... mais aquele outro dinheiro... que dá, vamos ver... E depois? David pode ajudar — mas talvez não.

... Em geral, não existe nada na vida além de se aprontar para um exame — para o qual, por outro lado, ninguém nunca está preparado. "Terrível é a morte tanto para o homem como para o ácaro." Todos os meus amigos passarão por isso? Incrível! *Eine alte Geschichte*: o nome de um filme que eu e Sandra fomos ver na véspera da morte dele.

Oh, não. De maneira nenhuma. Ela pode continuar falando disso o quanto quiser. Foi ontem que ela falou a respeito? Ou milênios atrás? Não, não vão me levar para nenhum hospital. Vou ficar deitado aqui. Já basta de hospitais. Significaria enlouquecer de novo justamente antes do fim. Não, ficarei aqui. Como é difícil revirar os próprios pensamentos: como troncos. Me sinto doente demais para morrer.

"Sobre o que é o livro, Sandra? Bem, me diga, você deve lembrar! Conversamos sobre isso uma vez. Sobre algum padre — não? Ah, você nunca... nada... Ruim, difícil..."

Depois disso, ele mal falava, tendo caído num estado crepuscular; deixaram que Fyodor entrasse para vê-lo, e ele lembraria para sempre da barba branca crescida nas faces encovadas, a sombra neutra da cabeça calva, e a mão com uma crosta de eczema cinzenta, mexendo como um caranguejo no lençol. No dia seguinte ele morreu, mas antes teve um momento de lucidez, reclamou de dores e depois disse (estava meio escuro no quarto por causa das persianas abaixadas): "Que bobagem. É claro que não existe nada depois". Suspirou, ouviu o gotejar e tamborilar fora da janela e repetiu com extrema clareza: "Não existe nada. Tão claro como o fato de estar chovendo".

E no entanto lá fora o sol de primavera brincava nas telhas dos telhados, o céu estava sonhador e sem nuvens, o inquilino de cima estava molhando as flores na beira do balcão e a água escorria com um tamborilar.

Na janela do agente funerário, na esquina da Kaiserallee, estava exposto como atração (assim como a Cook expunha um vagão Pullman) uma miniatura do interior de um crematório: fileiras de cadeirinhas diante de um pequeno púlpito, bonequinhas sentadas do tamanho de um dedo mínimo dobrado, e na frente, um tanto afastado, podia-se reconhecer a pequena viúva pelo lenço minúsculo que levava ao rosto. A sedução dessa miniatura sempre divertira Fyodor, de forma que agora era um tanto desagradável entrar num crematório real, onde, debaixo dos louros sobre tubos, um caixão real com um corpo real era baixado ao som pesado de música de órgão para as exemplares regiões do além, direto para o incinerador. Mme. Chernishevski não tinha um lenço na mão, mas estava imóvel e ereta, os olhos cintilando debaixo do véu preto de crepe. Os rostos de amigos e conhecidos tinham as expressões contidas comuns nesses casos: uma mobilidade de pupilas acompanhada por uma certa tensão nos músculos do pescoço. O advogado Charski assoou sinceramente o nariz; Vasiliev, que como figura pública tinha uma grande experiência em funerais, acompanhou cuidadosamente os passos do pároco (no último minuto, Alexander Yakovlevich revelara-se protestante). O engenheiro Kern lampejava impassivelmente as lentes de seu pincenê. Goryainov repetidamente liberava o pescoço gordo do colarinho, mas não chegava ao ponto de pigarrear; as damas que costumavam visitar os Chernishevski sentaram todas juntas; os escritores também sentaram juntos — Lishnevski, Shahmatov e Shirin; havia muita gente que Fyodor não conhecia — por exemplo, um cavalheiro caprichado com uma barbinha loira e lábios excepcionalmente vermelhos (aparentemente um primo do morto) e também alguns alemães com cartolas sobre os joelhos que, com todo tato, sentaram-se na fileira de trás.

Ao final do serviço os enlutados, segundo o esquema do mestre de cerimônias do crematório, deviam ir até a viúva um de cada vez e oferecer palavras de condolência, mas Fyodor resolveu evitar isso e saiu para a rua. Estava tudo molhado, ensolarado e de alguma forma nuamente luminoso; num campo de futebol negro com grama nova aparada, as estudantes de shorts faziam ginástica. Atrás da cúpula de guta-percha cinzenta e brilhante do crematório, dava para ver os minaretes turquesa de uma mesquita, e do outro lado da praça brilhavam cúpulas verdes de uma igreja branca tipo *pskovan*, que surgira recentemente no lugar da casa de esquina e que graças à camuflagem parecia quase isolada. Num terraço junto à entrada do parque, dois boxeadores de ferro mal fundido, também construídos recentemente, tinham se congelado em atitudes que contrastavam completamente com a harmonia recíproca do pugilismo: em vez da graça controlada e recolhida de músculos redondos, havia dois soldados brigando numa casa de banhos. Uma pipa empinada num espaço aberto atrás de algumas árvores era um pequeno losango vermelho no alto do céu azul. Com surpresa e irritação, Fyodor notou que era incapaz de manter o pensamento na imagem do homem que acabara de ser reduzido a cinzas e subir em fumaça; tentou se concentrar, imaginar para si mesmo o calor de seu vivo relacionamento, mas sua alma se recusava a sair do lugar e lá ficava, olhos sonolentos fechados, contente em sua jaula. O verso sincopado de *Rei Lear*, consistindo inteiramente em cinco "nuncas", era tudo o que conseguia pensar. "E então nunca o verei de novo", disse a si mesmo, sem originalidade, mas esse ralo estímulo estalou sem deslocar sua alma. Tentou pensar na morte, mas em vez disso refletiu que o céu macio, limitado de um lado por uma longa nuvem como uma borda pálida e macia de gordura, teria parecido uma fatia de presunto se o azul fosse rosa. Tentou imaginar algum tipo de extensão de Alexander Yakovlevich além da esquina da vida — mas ao mesmo tempo não conseguiu deixar de notar, através da vitrina de uma lavanderia perto da igreja ortodoxa, um trabalhador com diabólica energia e um excesso de vapor, como se estivesse no inferno, torturando uma calça gorda. Tentou confessar algo a Alexander Yakovlevich, e se arrepender pelo menos dos pensamentos maldosos que tivera fugazmente (relativos à desagradável surpresa que estava preparando para ele com seu livro) —, e de repente se lembrou de uma vulgar trivialidade: como Shchyogolev havia dito uma vez a respeito de uma coisa ou outra: "Quando morrem bons amigos meus, sempre penso que lá em cima vão fazer alguma coisa para melhorar meu destino aqui, ho, ho, ho!". Estava em um estado de espírito perturbado e obscuro que era incompreensível para ele, assim como tudo era incompreensível, do céu àquele bonde amarelo ribombando pelo trilho limpo da Hohenzollerdamm (ao longo da qual Yasha um dia seguira para sua morte), mas gradualmente seu aborrecimento consigo mesmo passou e, com uma espécie de alívio — como se a responsabilidade por sua alma pertencesse não a ele, mas a alguém que entendia aquilo tudo —, sentiu que essa mistura de pensamentos fortuitos, como todo o resto também — significava a fenda e a esqualidez do dia de primavera, o movimento do ar, os ásperos e variados fios entrecruzados de sons confusos — era apenas o avesso de um tecido magnífico, em cujo lado direito gradualmente se formaram e se tornaram vivas imagens invisíveis para ele.

Viu-se junto aos boxeadores de bronze; nos canteiros em torno deles, amadureciam pálidos amores-perfeitos manchados de preto (um tanto parecidos facialmente com Charlie Chaplin); sentou num banco onde uma ou duas vezes, à noite, se sentara com Zina — pois ultimamente uma espécie de inquietação os levava muito mais longe que os limites da alameda sossegada e escura onde primeiro se abrigaram. Perto, uma mulher sentada tricotava; ao lado dela, uma criança pequena, inteiramente vestida de lá azul-clara, terminando no alto com o pompom da touca e abaixo nos cadarços do pé, alisava o banco com um tanque de brinquedo; pardais piavam nos arbustos e de quando em quando faziam raides organizados no gramado, nas estátuas; um cheiro pegajoso vinha das flores do álamo, e muito além da praça a cúpula do crematório tinha agora um ar saciado, limpo a lambidas. De longe, Fyodor podia ver figurinhas se dispersando... podia até discernir alguém levando Alexandra Yakovlevna a um automóvel de brinquedo (amanhã teria de visitá-la) e um grupo de amigos dela se reunindo na parada do bonde; viu quando ficaram escondidos pelo bonde parado um momento e depois, com magia de prestidigitador, desapareceram logo que o obturador foi removido.

Fyodor estava a ponto de ir para casa quando uma voz ceceada o chamou de trás: pertencia a Shirin, autor do romance *O abismo secular* (com uma epígrafe do livro de Jó), que havia sido recebido com muita simpatia pelos críticos emigrados. ("Oh, Senhor, nosso Pai! Pela Broadway, numa febril agitação de dólares, hetairas e empresários de polainas, se empurrando, caindo, resfolegando, corriam atrás do bezerro de ouro, que abria caminho, raspando nas paredes entre arranha-céus, depois voltava sua face emaciada para o céu elétrico e uivava. Em Paris, num antro de classe baixa, o velho Lachaise, que um dia foi pioneiro da aviação, mas agora era um decrépito vagabundo, pisoteou com as botas uma prostituta antiga, Boule de Suif. Oh, Senhor, por quê...? De um porão de Moscou saiu um assassino, acocorou-se junto a um canil e chamou um filhote peludo: pequenino, ele repetia, pequenino... Em Londres, lordes e ladies dançavam o *jimmie* e tomavam coquetéis, olhando de quando em quando para uma plataforma onde, ao final do décimo oitavo round, um negro imenso nocauteou seu oponente de cabelo loiro. Em meio a neves árticas, o explorador Ericson sentou-se numa caixa de sabão vazia e pensou tristemente: o polo ou não o polo? ... Ivan Chervyakov aparou cuidadosamente a franja de sua única calça. Oh, Senhor, por que permitis tais coisas?") Shirin era um homem atarracado com cabelo avermelhado curto, sempre mal barbeado e com grandes óculos, detrás dos quais, como em dois aquários, nadavam dois olhos minúsculos e transparentes, completamente impermeáveis a impressões visuais. Ele era cego como Milton, surdo como Beethoven e burro como uma porta. Uma abençoada incapacidade de observação (e portanto uma completa desinformação a respeito do mundo circundante — além de uma completa inabilidade em dar nome a qualquer coisa) é uma qualidade encontrada com bastante frequência entre os literatos russos médios, como se um destino benéfico agisse para recusar a bênção de cognição sensorial ao não talentoso para que não estragasse temerariamente o material. Acontece, claro, de uma pessoa assim ignorante ter alguma lampadazinha própria brilhando lá dentro — sem falar daqueles exemplos conhecidos em que, por um capricho da generosa natureza que adora ajustes surpreendentes e substituições, uma tal luz interna revela-se incrivelmente brilhante — o suficiente para fazer inveja ao mais sadio talento. Mas mesmo Dostoiévski sempre traz à mente, de alguma forma, uma sala onde uma luz cintila durante o dia.

Ao atravessar agora o parque com Shirin, Fyodor fruiu desinteressado prazer com a ideia divertida de que tinha por companheiro um homem surdo e cego de narinas tapadas, que via esse estado com completa indiferença, embora não fosse avesso às vezes a suspirar ingenuamente diante da alienação do intelectual à natureza: recentemente Lishnevski havia relatado que Shirin combinara de encontrá-lo por alguma razão no jardim zoológico e quando, depois de uma hora de conversa, Lishnevski casualmente chamou sua atenção para uma hiena na jaula, veio à tona que Shirin mal se dera conta de que mantinham animais no jardim zoológico e, olhando brevemente a jaula, observara automaticamente: "É, gente como nós não sabe muita coisa do mundo animal", e imediatamente continuara a discutir aquilo que o perturbava particularmente na vida: as atividades e a composição do Comitê da Sociedade de Escritores Russos na Alemanha. E agora estava extremamente agitado, visto que "certo evento chegara a um momento decisivo".

O presidente do Comitê era Georgiy Ivanovich Vasiliev, e havia, claro, boas razões para isso: sua reputação pré-soviética, seus muitos anos de atividade editorial e, mais importante, aquela inexorável, quase assombrosa honestidade pela qual seu nome era famoso. Por outro lado, o mau humor, a polêmica aspereza e (apesar de grande experiência pública) a completa ignorância às pessoas não só não afetavam essa honestidade como, ao contrário, atribuíam a ela certo sabor. A insatisfação de Shirin dirigia-se não diretamente a ele, mas aos outros cinco membros do Comitê, primeiro porque nenhum deles (incidentalmente, assim como dois terços de todos os membros da sociedade) era escritor profissional, e em segundo lugar porque três deles (inclusive o tesoureiro e o vice-presidente) eram, se não malandros como o tendencioso Shirin afirmava — ao menos amigos das sombras em suas atividades tímidas, mas habilidosas. Já por algum tempo, um caso bastante cômico (na opinião de Fyodor) e absolutamente indigno (na terminologia de Shirin) vinha ocorrendo com os fundos da União. Cada vez que um membro pedia um empréstimo ou uma bolsa (a diferença entre eles era a mesma que existe entre uma cessão por noventa e nove anos e a propriedade vitalícia), era preciso rastrear esses fundos que, à menor tentativa de serem localizados, tornavam-se surpreendentemente fluidos e etéreos, como se estivessem sempre equidistantes entre três pontos representados pelo tesoureiro e por dois membros do Comitê. A busca era complicada ainda pelo fato de, há já longo tempo, Vasiliev não falar com esses três membros, recusando-se até mesmo a se comunicar com eles por escrito, e em tempos recentes ter distribuído empréstimos e subvenções de seu próprio bolso, forçando os outros a conseguirem dinheiro da União para pagá-lo. No fim, o dinheiro era extraído em pequenas porções, mas no geral concluía-se que o tesoureiro pegara empréstimo de alguém de fora, e assim as transações nunca modificavam em nada o estado fantasmagórico do erário. Ultimamente, membros da Sociedade que solicitavam ajuda com muita frequência começaram a ficar visivelmente nervosos. Uma reunião geral havia sido convocada para o mês seguinte, e Shirin preparara para ela um plano de ação resoluta.

"Houve o tempo", ele disse, seguindo um caminho no parque ao lado de Fyodor e acompanhando automaticamente suas curvas habilmente desimpedidas, "houve o tempo em que todas as pessoas que iam de nossa União para o Comitê eram altamente respeitáveis, como Podtyagin, Ivan Luzhin, Zilanov, mas alguns morreram e outros estão em Paris. De alguma forma, Gurman se infiltrou e gradualmente foi levando com ele seus amigos. Para esse trio, a participação passiva dos extremamente decentes — não estou dizendo nada — mas completamente inertes Kern e Goryainov é um acobertamento conveniente, uma espécie de camuflagem. E as relações estremecidas de Gurman com Georgiy Ivanovich são uma garantia de inatividade da parte dele também. Os culpados por tudo isso somos nós, os membros da União. Se não fosse por nossa ociosidade, descuido, falta de organização, atitude indiferente quanto à União e flagrante incapacidade no trabalho social, nunca teria acontecido de Gurman e seus capangas elegerem, ano após ano, a si mesmos ou a pessoas chegadas. É hora de pôr um fim nisso. A lista deles como sempre estará articulada na próxima eleição... Mas nós vamos lançar a nossa, cem por cento profissional: presidente — Vasiliev, vice-presidente — Getz, membros do conselho: Lishnevski, Shahmatov, Vladimirov, você e eu — e então vamos reativar o Comitê de Inspeção, ainda mais agora que Belenki e Chernishevski saíram."

"Ah, não, por favor", disse Fyodor (admirando de passagem a definição da morte de Shirin), "não conte comigo. Nunca fiz parte de nenhum comitê e nunca farei."

"Pare com isso!", Shirin exclamou, franzindo a testa. "Não é justo."

"Ao contrário, é muito justo. E de qualquer forma... se sou membro da União, é só por distração. Para falar a verdade, Koncheiev está certo em ficar fora disso tudo."

"Koncheyev!", Shirin disse, zangado. "Koncheyev é um artesão inútil que trabalha sozinho, completamente desprovido de quaisquer interesses gerais. Mas você deve se interessar pelo destino da União, mesmo que só porque você — desculpe ser tão direto — toma dinheiro emprestado de lá."

"Exatamente. Você pode entender que, se eu fizer parte do Comitê, não vou poder dar dinheiro a mim mesmo."

"Bobagem. Por que não? É um procedimento totalmente legal. Você vai simplesmente levantar, ir ao banheiro e virar por um momento, por assim dizer, um membro ordinário, enquanto seus colegas discutem seu pedido. Tudo isso não passa de desculpas vazias que você acabou de inventar."

"Como vai seu romance novo?", Fyodor perguntou. "Já está quase pronto?"

"Não vamos falar do meu romance agora. Peço com muita seriedade que você concorde. Precisamos de sangue novo. Lishnevski e eu pensamos muito nessa lista."

"De jeito nenhum", disse Fyodor. "Não quero fazer papel de bobo."

"Bom, se você chama seu dever público de fazer papel de bobo..."

"Se eu for para o Comitê, com certeza vou fazer papel de bobo, de forma que estou recusando precisamente por respeito ao dever."

"Muito triste", disse Shirin. "Vamos mesmo ter de ficar com Rostislav Strannyy em vez de você?"

"Claro! Maravilha! Eu adoro Rostislav!"

"Na verdade, eu tinha reservado Rostislav para o Comitê de Inspeção. Tem também Busch, claro... Mas por favor pense melhor. Não é uma coisa sem importância. Vamos ter uma batalha e tanto com esses gângsteres. Estou preparando um discurso que vai realmente surpreendê-los. Pense bem, pense, ainda tem um mês inteiro."

Durante esse mês, o livro de Fyodor foi lançado e deu tempo de dois ou três comentários aparecerem, de modo que ele foi para a reunião geral com a agradável sensação de que ia encontrar mais de um leitor inimigo. A reunião como sempre foi no andar de cima de um grande café, e quando ele chegou todo mundo já estava lá. Um garçom de habilidade fenomenal e olhos penetrantes estava servindo cerveja e café. Os escritores criativos formavam um grupo unido e já se ouvia o enérgico "*psiu, psiu*" de Shahmatov, que tinha recebido a bebida errada. Nos fundos, o Comitê estava sentado a uma longa mesa: o volumoso, extremamente melancólico Vasiliev, com Goryainov e o engenheiro Kern à direita, e três outros à esquerda. Kern, cujo interesse principal era turbinas, mas que um dia fora amigo de Alexander Blók, e o ex-funcionário de um ex-departamento de governo, Goryainov, que era capaz de recitar maravilhosamente *Desgraças da sagacidade* assim como o diálogo de Ivan, o Terrível, com o embaixador lituano (quando ele fazia uma esplêndida imitação do sotaque polonês), portavam-se com serena distinção: tinham traído havia muito seus três colegas injustos. Desses, Gurman era um homem gordo, com a cabeça calva tomada por uma marca de nascença cor de café, maciços ombros caídos e uma expressão de desdém ofendido nos lábios grossos e arroxeados. Sua relação com a literatura limitava-se a um contato breve e inteiramente comercial com algum editor alemão de guias técnicos; o tema principal de sua personalidade, o cerne de sua existência, era a especulação — ele gostava particularmente das letras de câmbio soviéticas. A seu lado, sentava-se um advogado pequeno, mas vigorosamente jovial, de queixo proeminente, brilho voraz no olho direito (o esquerdo era semifechado por natureza) e todo um estoque de metal na boca — homem alerta, feroz, algo valentão à sua maneira, sempre desafiando pessoas ao arbitramento, e falava disso (eu o chamei, ele recusou) com a precisa severidade de um endurecido duelista. O outro amigo de Gurman, de carnes frouxas, pele cinzenta, lânguido, usando óculos de tartaruga, todo o aspecto parecendo um sapo pacífico que só quer saber de uma coisa — ser deixado em completa paz em um lugar úmido —, havia em algum momento, em algum lugar, escrito notas sobre questões econômicas, embora o venenoso Lishnevski lhe negasse até isso, jurando que seu único esforço impresso era uma carta dos dias pré-revolução ao editor de um jornal de Odessa, na qual indignadamente se dissociava de um vil homônimo, que posteriormente se revelou seu parente, depois seu duplo, e por fim ele mesmo, como se aí estivesse agindo a irrevocável lei da atração capilar e da fusão.

Fyodor sentou-se entre os romancistas Shahmatov e Vladimirov, junto a uma ampla janela onde a noite rebrilhava negra e molhada, com cartazes luminosos em dois tons (a imaginação berlinense não ia muito além) — azul ozônio e vermelho Porto — e sacolejantes trens elétricos, com interiores rápidos e nitidamente iluminados deslizando acima da praça por um viaduto, contra cujos arcos abaixo bondes lentos, chiantes, pareciam mirar sem encontrar um alvo.

Enquanto isso, o presidente da mesa se levantara e propusera a eleição de um presidente da reunião. De vários lugares soou: "Kraevich, chamem Kraevich...", e o professor Kraevich (sem nenhuma relação com o autor do manual de física — ele era professor de direito internacional), um homem flexível, angular, de colete tricotado e paletó desabotoado, subiu ao estrado de forma excepcionalmente rápida, com a mão esquerda no bolso da calça e sacudindo o pincenê na ponta do cordão com a direita; sentou-se entre Vasiliev e Gurman (que encaixava, devagar e melancólico, um cigarro numa cigarreira de âmbar), imediatamente se levantou de novo e declarou aberta a reunião.

Eu me pergunto, Fyodor pensou, olhando de lado para Vladimirov, eu me pergunto se ele leu meu livro. Vladimirov pôs os óculos e olhou para Fyodor, mas não disse nada. Debaixo do paletó, usava um suéter esportivo inglês, com borda preta e laranja no decote em V; a linha do cabelo que recuava de ambos os lados da testa exagerava o tamanho desta, o nariz grande tinha osso forte, os dentes cinza-amarelados brilhavam desagradavelmente sob o lábio superior ligeiramente erguido, e o olhar era de inteligência e indiferença — parecia haver estudado em uma universidade inglesa e ostentava maneiras pseudobritânicas. Aos vinte e nove anos, já era autor de dois romances — notáveis pela força e rapidez de seu estilo de espelho —, o que irritava Fyodor talvez pela simples razão de que sentia certa afinidade com ele. A conversa de Vladimirov era especialmente pouco atraente. Diziam que era irônico, arrogante, frio, incapaz do calor de discussões amigáveis — mas isso se dizia também de Koncheyev e do próprio Fyodor, e de qualquer pessoa cujas ideias vivessem na privacidade de sua própria casa e não na caserna ou num bar.

Quando um secretário havia sido eleito também, o professor Kraevich propôs que todos se levantassem em memória dos dois membros falecidos da Sociedade; e durante esses cinco segundos de petrificação, o garçom excomungado varreu as mesas com o olhar, tendo esquecido quem pedira o sanduíche de presunto que acabara de trazer numa bandeja. Todo mundo se levantou como pôde. Gurman, por exemplo, com a cabeça calva abaixada, apoiava a mão com a palma para cima na mesa, como se tivesse jogado dados e congelado de perplexidade ao perder.

"Allo! Hier!", exclamou Shahmatov, que esperava ansiosamente o momento em que, com um estrépito de alívio, a vida voltaria a sentar — e então o garçom ergueu depressa o indicador (havia lembrado), deslizou até ele e com um tinido pôs o prato na imitação de mármore. Shahmatov começou imediatamente a comer o sanduíche, segurando o garfo e a faca cruzados; na borda do prato, uma bolha de mostarda amarela projetava, como é sempre o caso, um chifre amarelo. O rosto napoleonicamente afável de Shahmatov, com sua mecha de cabelo azul-aço descendo para a têmpora, era particularmente atraente a Fyodor nesses momentos gastronômicos. A seu lado, tomando chá com limão, e ele próprio muito azedo, com sobrancelhas tristemente arqueadas, sentava-se o satirista da *Gazeta*, cujo pseudônimo, Foma Mur, continha segundo sua própria afirmação "um romance francês completo (*femme, amour*), uma página de literatura inglesa (Thomas Moore) e um toque de ceticismo judaico (Tomas, o apóstolo)". Shirin apontava um lápis sobre um cinzeiro: estava muito ofendido por Fyodor ter-se recusado a "figurar" na lista da eleição. Dos escritores,

havia também: Rostislav Strannyy — uma pessoa horrível com um bracelete no pulso peludo; a poetisa pálida como pergaminho, cabelos negros como corvo, Anna Aptekar; um crítico teatral — um jovem magro, especialmente calado, com algo fugidio que fazia lembrar um daguerreótipo dos anos 1840 na Rússia; e, claro, o gentil Busch, os olhos pousados paternalmente em Fyodor, que, com parte do ouvido voltada para o relatório do presidente da Sociedade, transferira agora o olhar de Busch, Lishnevski, Shirin e os outros escritores para a massa dos presentes, dentre os quais havia diversos jornalistas, como por exemplo o velho Stupishin, cuja colher abria caminho por uma cunha de bolo de café, muitos repórteres e — sentada sozinha e admitida sabe Deus com base em quê — Lyubov Markovna com seu timorato pincenê cintilando; e no geral havia um grande número daqueles que Shirin chamara severamente de "elemento externo": o imponente advogado Charski, segurando o quarto cigarro da noite com a mão branca, sempre trêmula; um comerciantezinho barbudo que um dia publicara uma nota obituária num jornal bundista; um velho pálido e delicado provando a pasta de maçã, que entusiasticamente havia deixado seu posto de regente de um coro na igreja; um enorme homem gordo, enigmático, que vivia como eremita numa floresta de pinheiros perto de Berlim, ou numa caverna segundo alguns diziam, e que havia compilado uma coleção de anedotas soviéticas; um grupo separado de fracassados arruaceiros e convencidos; um jovem agradável de meios e posição desconhecidos ("um agente soviético", disse Shirin simplesmente em tom sombrio); outra dama, ex-secretária de alguém; o marido dela, irmão de um conhecido editor; e toda essa gente, do vagabundo iletrado com olhar pesado e bêbado, que escreveu versos místicos denunciatórios que nem um único jornal concordara publicar, ao advogado repulsivo, quase portável, Pochkin, que quando falava com as pessoas dizia "eu pôs" em vez de "eu pus" e "docha" em vez de "ducha", como se estabelecesse um álibi para seu nome; todos esses, na opinião de Shirin, prejudicavam a dignidade da Sociedade e mereciam expulsão imediata.

"E agora", disse Vasiliev, depois de terminar seu relatório, "apresento à atenção dos presentes que renuncio ao cargo de presidente da Sociedade e não me candidatarei à reeleição."

Ele se sentou. Um pequeno arrepio percorreu a plateia. Debaixo do fardo da tristeza, Gurman fechou as pálpebras pesadas. Um trem elétrico passou deslizando como um arco sobre a corda de um contrabaixo.

"Em seguida temos...", disse o professor Kraevich, levando o pincenê aos olhos e checando a agenda, "o relatório do tesoureiro. Por favor."

O vizinho jovial de Gurman adotou imediatamente um tom de voz desafiador, lampejando o olho bom e torcendo poderosamente a boca recheada de valores, começou a ler... foram emitidos números como fagulhas, palavras metálicas saltaram... "entrada no ano atual"... "debitada"... "revisada"... enquanto Shirin, nesse meio-tempo, rapidamente começou a anotar alguma coisa nas costas do maço de cigarros, somou e trocou olhares triunfais com Lishnevski.

Tendo lido até o fim, o tesoureiro calou a boca com um clique, enquanto a alguma distância um membro do Comitê de Auditoria já se levantara, um socialista georgiano com o rosto marcado de varíola, cabelo preto como graxa de sapato, e brevemente enumerou suas impressões favoráveis. Depois disso, Shirin pediu a palavra e imediatamente produziu-se um sopro de algo alegre, alarmante e impróprio.

Ele começou atacando o fato de os gastos, com o baile beneficente de Ano-Novo, serem inexplicavelmente altos; Gurman quis responder... o presidente, com o lápis apontado para Shirin, perguntou se ele já tinha terminado... "Deixe ele falar, sem cortá-lo!", Shahmatov gritou de seu lugar — e o lápis do presidente, tremendo como língua de serpente, apontou para ele antes de voltar a Shirin, que no entanto curvou-se e sentou. Gurman se levantou pesadamente, carregando seu triste fardo com desdém e resignação, e começou a falar... mas Shirin logo o interrompeu e Kraevich pegou sua campainha. Gurman terminou, depois do que o tesoureiro instantaneamente pediu a palavra, mas Shirin já estava de pé, continuando: "A explicação do honrado cavalheiro da bolsa de valores...". O presidente tocou sua campainha e pediu mais moderação, ameaçando recusar permissão para falar. Shirin curvou-se mais uma vez e disse que tinha apenas uma pergunta: nos fundos, segundo as palavras do tesoureiro, havia três mil e setenta e seis marcos e quinze *pfennigs* — será que ele podia ver o dinheiro agora mesmo?

"Bravo", exclamou Shahmatov — e o membro menos atraente da União, o poeta místico, riu, aplaudiu e quase caiu da cadeira. O tesoureiro, empalidecendo com um brilho de neve, começou a falar num resmungo rápido... Enquanto falava e era interrompido por exclamações impossíveis da plateia, um certo Shuf, magro, bem barbeado, parecendo um pouco um índio pele-vermelha, saiu de seu canto, foi até a mesa do comitê sem ser notado com suas solas de borracha, e de repente bateu o punho vermelho na mesa, de tal forma que até a campainha deu um pulo. "Você está mentindo", berrou, e voltou para o seu lugar.

Estava irrompendo um tumulto por todos os lados quando, para tristeza de Shirin, veio à tona que havia ainda outra facção querendo tomar o poder — exatamente o grupo que era sempre deixado de fora, e que incluía tanto o místico como o pele-vermelha, assim como o sujeitinho barbudo e vários indivíduos abatidos e desequilibrados, um dos quais de repente começou a ler um pedaço de papel com a lista de candidatos à eleição do comitê, todos eles completamente inaceitáveis. A batalha tomou um novo rumo, suficientemente emaranhado agora que havia três lados em guerra. Voavam expressões como "mercado negro", "você não vale um duelo" e "você já levou uma surra". Até Busch falou, tentando abafar expressões insultuosas, mas, devido à natural obscuridade de seu estilo, ninguém entendeu o que estava dizendo até que, sentando-se, explicou que estava totalmente de acordo com o orador anterior. Gurman, as narinas apenas expressando sarcasmo, ocupou-se com a piteira. Vasiliev deixou seu lugar e retirou-se para um canto, onde fingiu ler o jornal. Lishnevski fez um discurso esmagador sobretudo para o membro da mesa parecido com um sapo pacífico, que meramente estendeu as mãos e dirigiu um olhar desamparado a Gurman e ao tesoureiro, ambos os quais tentaram não olhar para ele. Por fim, quando o poeta místico se levantou, oscilando, trêmulo, e, com um sorriso altamente promissor no rosto suado, coriáceo, começou a falar em versos, o presidente tocou furiosamente a campainha e anunciou um intervalo, depois do qual seria realizada a eleição. Shirin voou para Vasiliev e começou a falar com ele, persuasivo, enquanto Fyodor, sentindo-se repentinamente entediado, encontrou sua capa e saiu para a rua.

Estava furioso consigo mesmo: imagine sacrificar, por esse ridículo divertimento, a estrela fixa de seu encontro de toda noite com Zina! O desejo de vê-la logo o torturou com sua paradoxal impossibilidade: se ela não dormisse a seis metros da cabeceira dele, o acesso a ela seria muito mais fácil. Um trem se esticou em cima do viaduto: o bocejo começado por uma mulher na janela iluminada do primeiro vagão foi completado por outra mulher — no último. Fyodor Konstantinovich caminhou devagar até o ponto do bonde pela rua estridente e de um negrume oleoso. A placa brilhante de um teatro de variedades subiu a escada das letras dispostas verticalmente, elas todas se apagaram e a luz de novo escalou: qual palavra babilônica chegaria até o céu? ... um nome composto por um trilhão de tonalidades: diamantênelualilithlilassafíreoviolentovioleta e assim por diante — e quantas mais! Talvez ele devesse tentar telefonar? Tinha só uma moeda no bolso e precisava decidir: telefonar significava perder o bonde, mas telefonar para nada, ou seja, não conseguir falar com a própria Zina (chamá-la através da mãe não era permitido pelo código) e voltar a pé seria um pouco irritante demais. Vou arriscar. Entrou numa cervejaria, ligou e tudo se acabou num piscar de olhos! número errado, exatamente o número que o russo anônimo estava sempre tentando conectar e sempre caía nos Shchyogolev. Dane-se — ele ia ter de gramar a pé, como diria Boris Ivanovich.

Na esquina seguinte, sua aproximação automaticamente disparou o mecanismo de boneca das prostitutas que sempre patrulhavam por ali. Uma delas até tentou parecer alguém que olhava a vitrina de uma loja, e era triste pensar que aqueles corpetes nos manequins dourados ela conhecia de cor, de cor... "Benzinho", disse outra com um sorriso interrogativo. A noite estava quente com uma poeira de estrelas. Ele caminhou a passos rápidos e sua cabeça descoberta se sentia leve com o narcótico ar noturno — e mais adiante, quando passou pelos jardins — vieram voando para ele fantasmas de lilases, o escuro da folhagem, e odores maravilhosamente nus se espalharam nos gramados.

Estava acalorado, a testa queimando, quando por fim, silenciosamente, fechou a porta ao passar e viu-se no corredor escuro. O vidro fosco da parte superior da porta de Zina parecia um mar radioso: ela devia estar lendo na cama, ele pensou, mas, enquanto estava ali parado, olhando o vidro misterioso, ela tossiu, farfalhou e a luz se apagou. Que tortura absurda. Entrar ali, entrar... Quem saberia? Pessoas como a mãe e o padrasto dela dormiam com o insensível sono cem por cento dos camponeses. A meticulosidade de Zina: ela nunca abriria a porta ao toque de uma unha. Mas sabia que ele estava parado no corredor e sufocando. Esse quarto proibido, durante os meses recentes, se tornara uma doença, um fardo, uma parte dele mesmo, mas inflado e selado: o pneumotórax da noite.

Ele esperou mais um momento — e na ponta dos pés foi para seu quarto. Afinal, emoções francesas. Fama Mour. Dormir, dormir — o peso da primavera é absolutamente sem talento. Oferecer uma mão a si mesmo: um jogo de palavras monástico. E agora? O que exatamente estava esperando? Em todo caso, não vou encontrar esposa melhor. Mas será que preciso de uma esposa? "Deixa de lado essa lira, não tenho espaço para me mexer..." Não, eu nunca ouviria isso dela — essa é a questão.

E uns dias depois, simplesmente e mesmo um tanto tolamente, foi indicada uma solução para um problema que parecia tão complexo que era impossível não pensar se não haveria um erro em sua construção. Boris Ivanovich, cujos negócios em anos recentes vinham piorando e piorando, recebeu muito inesperadamente de uma firma de Berlim a oferta de um posto muito respeitável de representante em Copenhague. Dentro de dois meses, até primeiro de julho, ele teria de se mudar para passar no mínimo um ano e talvez ficar para sempre se tudo fosse bem. Marianna Nikolavna, que por alguma razão adorava Berlim (fantasmas familiares, excelentes arranjos sanitários — ela própria, porém, era imunda), ficou triste de ir embora, mas, quando pensou na melhoria de vida à sua espera, a tristeza se dispersou. Ficou então decidido que, a partir de julho, Zina ficaria sozinha em Berlim, continuaria a trabalhar para Traum até Shchyogolev "encontrar para ela um emprego" em Copenhague, para onde Zina iria "ao primeiro chamado" (i.e., isso era o que os Shchyogolev pensavam — Zina tinha resolvido coisa muito, muito diferente). Faltava resolver a questão do apartamento. Os Shchyogolev não queriam vendê-lo, então começaram a procurar alguém para alugá-lo. Encontraram essa pessoa. Um jovem alemão com grande futuro comercial, acompanhado de sua noiva — uma moça comum, sem maquiagem, domesticamente vigorosa, de casaco verde —, inspecionou o apartamento — sala de jantar, quarto, cozinha, Fyodor na cama — e ficou satisfeito. No entanto, ele só ia ocupar o apartamento em agosto, de forma que durante um mês depois da partida dos Shchyogolev Zina e o inquilino poderiam ficar ali. Eles contaram os dias: cinquenta, quarenta e nove, trinta, vinte e cinco — cada número desses tinha seu próprio rosto: uma colmeia, uma gralha numa árvore, a silhueta de um cavaleiro, um rapaz. Desde a primavera, seus encontros noturnos tinham ido além das margens de sua rua inicial (poste, limoeiro, cerca), e agora suas incansáveis caminhadas os levavam em círculos cada vez mais largos a cantos distantes e sempre novos da cidade. Ora uma ponte sobre um canal, depois um bosque gradeado em um parque, atrás do qual as luzes passavam correndo, depois uma rua sem calçamento entre resíduos fumarentos onde havia peruas estacionadas, depois umas estranhas arcadas impossíveis de encontrar durante o dia. A mudança de hábitos antes da migração; a excitação; a dor langorosa nos ombros.

Os jornais diagnosticavam que o verão ainda jovem seria excepcionalmente quente e, de fato, houve uma longa linha pontilhada de lindos dias, interrompidos de quando em quando pela interjeição de uma tempestade. De manhã, enquanto Zina definhava pelo calor fétido no escritório (as axilas suadas do paletó de Hamekke eram mais que suficientes... e o que dizer do pescoço das datilógrafas derretendo como cera, e do pegajoso negrume do papel-carbono?), Fyodor ia passar o dia inteiro em Grunewald, abandonando suas aulas e tentando não pensar no pagamento do quarto há muito atrasado. Nunca antes se levantara às sete horas, isso teria parecido monstruoso, mas agora, à nova luz da vida (sob a qual se fundiam de alguma forma o amadurecimento de seu dom, uma premonição de novos trabalhos e a chegada de felicidade completa com Zina), experimentava um prazer direto com a velocidade e leveza desse levantar cedo, com aquela explosão de movimento, com aquela simplicidade ideal de se vestir em três segundos: camisa, calça e tênis nos pés nus — depois do quê punha uma toalha debaixo do braço, na qual estava enrolado seu calção de banho, a caminho do corredor enfiava no bolso uma laranja e um sanduíche, e já estava correndo escada abaixo.

Um capacho enrolado segurava a porta escancarada enquanto o zelador batia energicamente o pó de outro capacho com golpes no tronco de um inocente limoeiro: o que eu fiz para merecer isso? O asfalto ainda estava à sombra azul-escura das casas. Na calçada, brilhava o primeiro excremento fresco de um cachorro. Um carro funerário preto, que ontem estava estacionado diante de uma oficina de consertos, rolou cuidadosamente para fora de um portão, virou na rua vazia e dentro dele, atrás do vidro e entre rosas artificiais brancas, em lugar de um caixão, havia uma bicicleta: de quem? Por quê? A leiteria já estava aberta, mas o tabaqueiro ainda estava dormindo. O sol brincava em vários objetos do lado direito da rua, como uma gralha bicando apenas as pequenas coisas que cintilavam; e no fim, onde a rua cruzava com a larga ravina de uma ferrovia, uma nuvem de vapor de locomotiva apareceu de repente à direita da ponte, desintegrou-se contra suas costelas metálicas, depois imediatamente voltou a assomar do outro lado e seguiu ondulando através dos espaços entre as árvores. Atravessando a ponte depois disso, Fyodor, como sempre, alegrou-se com a maravilhosa poesia das margens da ferrovia, com sua natureza livre e diversificada: um aglomerado de salgueiros e grilos, relva silvestre, abelhas, borboletas — tudo isso vivia em isolamento, sem se preocupar com a rústica proximidade da poeira de carvão que brilhava ali embaixo entre os cinco fluxos de trilhos, e em abençoado alheamento das coxias da cidade acima, das paredes descascadas de casas velhas tostando suas costas tatuadas ao sol da manhã. Além da ponte, perto de um pequeno jardim público, dois velhos trabalhadores postais, tendo completado sua verificação da máquina de selos e com um repentino impulso brincalhão, se esgueiravam por trás do jasmineiro, um atrás do outro, um imitando os gestos do outro, em direção a um terceiro — que, de olhos fechados, estava humildemente relaxando num banco antes de seu dia de trabalho — a fim de fazer cócegas em seu nariz com uma flor. Onde porei todos esses dons com que a manhã de verão me presenteia — e só a mim? Devo economizá-los para futuros livros? Usá-los de imediato para um manual prático: *Como ser feliz?*. Ou ir mais fundo, à raiz das coisas: entender o que está escondido por trás de tudo isso, atrás da brincadeira, do brilho, atrás da maquiagem da folhagem? Porque existe realmente alguma coisa, existe alguma coisa! E dá vontade de fazer um agradecimento, mas não há ninguém a quem agradecer. A lista de doações já está feita: dez mil dias — de Um Desconhecido.

Ele foi mais longe, além de cercas de ferro, além dos profundos jardins em mansões de banqueiros com suas grutas de sombras, buchinho, hera e varandas peroladas pela irrigação — e ali, entre olmos e limoeiros, os primeiros pinheiros já apareciam, enviados bem à frente pelo pinheiral de Grunewald (ou, ao contrário: retardatários atrás do regimento?). Assobiando alto e em pé nos pedais (ladeira acima) de seu triciclo, o entregador de pão passou; um carro irrigador rastejou devagar com um som chiado e úmido — uma baleia sobre rodas generosamente encharcando o asfalto. Alguém com uma pasta bateu o portão pintado de vermelho de um jardim e partiu para um escritório desconhecido. Atrás dele, Fyodor emergiu em um bulevar (ainda a mesma Hohenzollerdamm em cujo início haviam queimado o pobre Alexander Yakovlevich) e ali, com o fecho rebrilhando, a pasta correu para um bonde. Agora não estava longe da floresta e apressou o passo, já sentindo a máscara quente do sol no rosto voltado para cima. As estacas de uma cerca passaram, recortando sua visão. No terreno ontem baldio, construíram uma pequena mansão, e como o céu espiava por entre as aberturas das futuras janelas, e como bardanas e sol haviam tirado proveito da lentidão do trabalho e se acomodado confortavelmente dentro das paredes brancas inacabadas, essas adquiriam o jeito pensativo de ruínas, a exemplo da expressão "algum dia", que serve tanto para o passado quanto para o futuro. Na direção de Fyodor, veio uma moça com um litro de leite; tinha alguma semelhança com Zina — ou melhor, continha uma partícula daquele fascínio, ao mesmo tempo especial e vago, que ele encontrava em muitas moças, mas com particular plenitude em Zina, de forma que todas possuíam algum misterioso parentesco com Zina que só ele conhecia, embora fosse absolutamente incapaz de formular os indícios desse parentesco (sem o qual as mulheres evocavam nele uma dolorosa repulsa) — e agora, ao virar a cabeça para olhá-la e ver seu longo contorno familiar, dourado, fugidio, que logo desapareceu para sempre, sentiu por um momento o impacto de um desejo desesperado, cujo encanto e riqueza residiam em sua qualidade insaciável. Oh, trivial demônio de emoções baratas, não me tente com o lugar-comum "meu tipo". Isso não, isso não, mas algo além disso. Definição é sempre finita, mas fico me concentrando no distante; procuro o infinito além das barricadas (de palavras, de sentidos, do mundo), onde todas, todas as linhas se encontram.

No fim do bulevar, avistava-se a margem verde da floresta de pinheiros, com o pórtico espalhafatoso de um pavilhão recém-construído (em cujo átrio se encontrava uma variedade de banheiros — para homens, mulheres e crianças), através do qual — segundo o esquema do Le Nôtre da região, passava-se para entrar primeiro em um jardim de pedra recém-instalado, com flora alpina ao longo de caminhos geométricos, que servia — segundo aquele mesmo esquema — como um agradável limiar para a floresta. Mas Fyodor virou à esquerda, evitando o limiar: era mais perto por ali. A borda ainda selvagem da floresta se estendia sem fim ao longo de uma avenida para automóveis, mas o passo seguinte por parte dos pais da cidade era inevitável: envolver todo o acesso livre com cercas infindáveis, de forma que o pórtico se tornasse a entrada de *necessidade* (no sentido mais literal, elementar). Construí esta coisa ornamental para você, mas você não se atraiu: então agora, por favor: é ornamental e regimental. Mas (por um salto mental de volta outra vez: f3 — g1) dificilmente terá sido melhor quando esta floresta — agora recuada, agora lotada em torno do lago (e como nós, em nosso afastamento de ancestrais peludos, tendo mantido apenas a vegetação marginal) — se estendia até o coração mesmo da cidade atual, e uma turba ruidosa, principesca, galopava entre suas matas com chifres, cachorros e batedores.

A floresta que encontrei ainda estava viva, rica, cheia de aves. Ocorriam papa-figos, pombos e gaios; um corvo passou voando, as asas ofegando: *kshu, kshu, kshu*; um pica-pau de cabeça vermelha batia contra o tronco de um pinheiro — e às vezes, suponho, imitava a própria batida vocalmente, quando então ficava particularmente alta e convincente (para benefício da fêmea); pois não há nada na natureza mais feiticeiramente divino que seus engenhosos enganos surgidos em lugares inesperados: assim um grilo da floresta (dando partida em seu motorzinho, mas nunca capaz de fazê-lo pegar: *tsig, tsig, tsig* — e para), tendo saltado e pousado, imediatamente reajusta a posição do corpo, virando de modo a fazer as listras escuras de seu corpo coincidirem com as das agulhas de pinheiros caídas (ou com suas sombras!). Mas cuidado: gosto de lembrar o que meu pai escreveu: "Ao observar eventos da natureza de perto — não importa o quão de perto — devemos, no próprio processo de observação, tomar o cuidado de não deixar nossa razão — esse gárrulo dragomano que sempre corre na frente — nos levar a explicações que então começam imperceptivelmente a influenciar o próprio curso da observação e a distorcê-la: dessa forma, a sombra do instrumento cai sobre a verdade".

Me dê a mão, caro leitor, e vamos entrar juntos na floresta. Olhe: primeiro — essas clareiras com retalhos de cardos, urtigas ou epilóbios, em meio aos quais se encontra todo tipo de lixo: às vezes até um colchão rasgado com molas enferrujadas, quebradas; não desdenhe! Aqui está um bosquete de pequenos pinheiros onde encontrei, uma vez, um buraco que havia sido cuidadosamente escavado antes de morrer pela criatura que ali jazia, um jovem cão com focinho afilado de origem lupina, dobrado numa curva maravilhosamente graciosa, patas com patas. E agora vêm morretes nus sem vegetação — meramente um tapete de agulhas marrons debaixo de pinheiros simplistas, com uma rede estendida entre eles tomada pelo corpo relaxado de alguém — e o esqueleto de arame de uma cúpula de abajur também está aqui, caído no chão. Mais adiante, temos um trecho estéril, cercado de robínias — e ali na areia cinza, quente, pegajosa, uma mulher sentada em roupa de baixo, as horríveis pernas estendidas, costurando uma meia, enquanto a seu lado engatinha uma criança com as virilhas pretas de areia. Daqui ainda dá para ver a estrada e o cintilar dos radiadores dos automóveis que passam — mas basta penetrar um pouco mais e a floresta se reafirma, os pinheiros ficam mais nobres, o musgo crepita sob os pés, e algum vagabundo está invariavelmente dormindo por aqui, um jornal cobrindo o rosto: o filósofo prefere musgo a rosas. Este é o ponto exato onde um pequeno aeroplano caiu outro dia: alguém que estava levando a namorada para um passeio matinal no azul ficou exuberante demais, perdeu o controle do manche e mergulhou com um guincho e um estalo direto nos pinheiros. Eu, infelizmente, cheguei tarde demais: tiveram tempo de limpar os destroços e dois policiais cavalgavam por um caminho em direção à estrada — mas ainda dava para ver a marca de uma morte ousada debaixo dos pinheiros, um dos quais havia sido raspado de alto abaixo por uma asa, e o arquiteto Stockschmeisser, passeando com seu cachorro, explicava a uma babá e criança o que tinha acontecido; mas poucos dias depois, todos os traços desapareceram (havia apenas a ferida amarela no pinheiro), e já em completa ignorância um velho e sua velha se olhavam — ela com seu corpete, ele de cueca —, fazendo ginástica pouco complicada no mesmo lugar.

Mais adiante, ficava realmente bonito: os pinheiros atingiram seu ápice, e entre seus troncos rosados, escamosos a penugem das folhas de sorveira e o vigoroso verdor de carvalhos rompiam a nudez do sol florestal num animado pintalgar. Na densidade de um carvalho, quando se olhava de baixo, a sobreposição de folhas sombreadas e iluminadas, verde-escuro e esmeralda brilhante, parecia um quebra-cabeça encaixando suas bordas ondulantes, e nessas folhas, ora deixando o sol acariciar sua seda marrom-amarelada, ora fechando firme as asas, pousou uma borboleta poligônia com um colchete branco em sua parte inferior manchada; voando de repente, pousou em meu peito nu, atraída pelo suor humano. E ainda mais alto, acima de meu rosto voltado para o céu, os picos e troncos dos pinheiros participavam de uma complexa troca de sombras, sua folhagem lembrando algas oscilando em água transparente. E, se eu inclinava a cabeça ainda mais, de forma que a grama atrás (verde, inexpressiva, primeva, desse ponto de vista invertido) parecia crescer para baixo, para a luz vazia e transparente, experimentava algo semelhante àquilo que deve afetar um homem que voou a outro planeta (com gravidade diferente, densidade diferente e um peso diferente nos sentidos) — principalmente quando uma família que saiu para um passeio passou de cabeça para baixo, cada passo que davam tornando-se um estranho, elástico espasmo, e uma bola em voo parecia estar caindo — cada vez mais devagar — em um tonto abismo.

Avançando ainda mais — não para a esquerda onde a floresta se estendia sem fim, e não para a direita onde era interrompida por uma capoeira de bétulas, com um cheiro fresco e infantil de Rússia —, a floresta ficava mais rala outra vez, perdia a vegetação rasteira e descia por encostas de areia, ao pé das quais o grande lago rosado se erguia em colunas de luz. O sol cambiante iluminava a margem oposta, e quando da passagem de uma nuvem o próprio ar parecia se fechar, como um grande olho azul, para então se abrir de novo, uma margem sempre ficava atrás da outra no processo de gradualmente se apagar e acender. Não havia praticamente nenhuma areia na margem oposta, e as árvores desciam todas juntas até os densos caniços, enquanto mais acima encontravam-se encostas quentes, secas, cobertas de trevos, azedas e eufórbio, e debruadas com o rico verde-escuro de carvalhos e faias que iam tremendo até os úmidos baixios, em um dos quais Yasha Chernishevski se suicidara com um tiro.

Quando de manhã eu entrava nesse mundo da floresta, cuja imagem eu havia elevado, como se por meu próprio esforço, acima do nível daquelas impressões dominicais nada artísticas (lixo de papel, uma multidão de gente fazendo piquenique) de que se compunha a concepção de "Grunewald" para os berlinenses; quando nesses dias de semana quentes no verão eu ia até o lado sul, às profundezas, a selvagens pontos secretos, sentia tanto prazer como se aquilo fosse um paraíso primevo a três quilômetros da Agamemnonstrasse. Chegando a um dos meus recantos favoritos, que magicamente combinava o livre fluxo do sol com a proteção dos arbustos, eu me despia inteiramente e deitava de costas na toalha, colocando meu calção de banho desnecessário debaixo da cabeça. Graças ao bronzeado de sol que coloria todo meu corpo (de forma que só as solas, as palmas e as linhas raiadas em torno dos olhos conservavam sua cor original), eu me sentia um atleta, um Tarzan, um Adão, o que quiserem, só não um homem urbano nu. A estranheza que geralmente acompanha a nudez depende da consciência de nossa brancura indefesa, que há muito perdeu toda ligação com as cores do mundo circundante, e por essa razão se encontra em desarmonia artificial com ele. Mas o impacto do sol restaura a deficiência, nos torna iguais à natureza em nossos nus direitos, e o corpo bronzeado não sente mais vergonha. Tudo isso soa como um folheto de nudista — mas a própria verdade de alguém não tem culpa se coincide com a verdade que algum pobre sujeito tomou emprestada.

O sol pesava. O sol me lambia inteiro como uma grande língua lisa. Gradualmente senti que estava ficando diluidamente transparente, que a chama me permeava, e que eu só existia na medida em que ela existia. Como um livro é traduzido para um idioma exótico, assim eu era traduzido em sol. O esquelético, frio, invernal Fyodor Godunov--Cherdyntsev era agora tão remoto a mim como quando o exilei na província de Yakutsk. Ele era uma pálida cópia de mim, enquanto este estival era uma réplica de bronze ampliada. Meu eu pessoal, aquele que escrevia livros, aquele que amava palavras, cores, fogos de artifício mentais, Rússia, chocolate e Zina — havia se desintegrado e dissolvido de alguma forma; depois de ficar transparente pela força da luz, era agora assimilado ao tremular da floresta de verão com suas sedosas agulhas de pinheiros e as folhas verde-celestiais, com suas formigas correndo por cima da tonalidade mais radiante da toalha, com suas aves, cheiros, hálito quente de urtigas e o odor seminal da grama aquecida pelo sol, com seu céu azul onde zumbia um avião voando alto que parecia coberto com uma película de poeira azul, a essência azul do firmamento: o avião estava azulado, assim como o peixe fica molhado na água.

É possível se dissolver inteiramente desse jeito. Fyodor se ergueu e sentou. Um riacho de suor correu pelo peito depilado e caiu no reservatório de seu umbigo. A barriga plana tinha um reflexo marrom e madrepérola. Por cima dos caracóis pretos dos pelos púbicos, uma formiga perdida se equilibrava nervosa. As canelas brilhavam lisas. Agulhas de pinheiro haviam grudado entre os artelhos. Com o calção de banho, enxugou o cabelo curto, a nuca pegajosa, o pescoço. Um esquilo com as costas em arco saltou pela relva, de uma árvore a outra, num curso ondulado e quase desajeitado. Os carvalhos pequenos, os arbustos mais velhos, troncos de pinheiros — tudo estava incrivelmente pintalgado, e uma pequena nuvem, que de forma alguma maculava a face do dia de verão, tateou lentamente seu caminho passando pelo sol.

Ele se levantou, deu um passo — e imediatamente a pata sem peso de uma sombra da folhagem baixou sobre seu ombro esquerdo; ela deslizou de novo com o passo seguinte. Fyodor consultou a posição do sol e arrastou sua toalha um metro e tanto, impedindo que a sombra das folhas o encobrisse. Movimentar-se nu era uma plenitude assombrosa — a liberdade em torno do quadril o agradava especialmente. Caminhou entre os arbustos, ouvindo a vibração de insetos e o farfalhar de aves. Uma corruíra apareceu como um camundongo entre a folhagem de um carvalho pequeno; uma vespa da areia passou voando baixo, levando uma lagarta entorpecida. O esquilo que acabara de ver subiu pela casca de uma árvore com um som espasmódico, raspado. Em algum lugar próximo soaram vozes de moças, e ele parou num retalho de sombra, que ficou imóvel ao longo de seu braço, mas palpitou ritmadamente no lado esquerdo do corpo, entre as costelas. Uma borboletinha dourada e gorda, equipada com duas vírgulas pretas, pousou em uma folha de carvalho, semiabrindo as asas oblíquas, e de repente voou como uma mosca dourada. E como sempre ocorria nesses dias de floresta, principalmente quando avistava borboletas conhecidas, Fyodor imaginou o isolamento de seu pai em outras florestas — gigantescas, infinitamente distantes, em comparação com as quais aquela era apenas uma moita, um toco, entulho. E no entanto ele experimentou algo próximo daquela liberdade asiática que se expandiu nos mapas, daquele espírito das peregrinações de seu pai — e então era mais difícil que nunca acreditar que, apesar da liberdade, apesar do verde e da escura sombra feliz manchada de sol, seu pai estava mesmo morto.

As vozes soaram mais próximas e depois recuaram. Uma mutuca que pousara em sua coxa sem ser notada conseguiu picá-lo com a probóscide rombuda. Musgo, relva, areia, cada coisa à sua maneira se comunicava com as solas de seus pés nus, e o sol e a sombra, cada um à sua maneira, alisavam a seda quente de seu corpo. Seus sentidos aguçados pelo calor irrestrito sentiram-se provocados pela possibilidade de encontros silvestres, de míticos sequestros. *Le sanglot dont j'étais encore ivre.* Ele daria um ano de sua vida, até mesmo um ano bissexto, para que Zina estivesse ali — ou qualquer uma de seu *corps de ballet.*

Mais uma vez se deitou, e de novo se levantou; com o coração aos saltos, ouviu ruídos sorrateiros, vagos, vagamente promissores; então, vestindo apenas o calção de banho e escondendo a toalha e as roupas debaixo de um arbusto, saiu para vagar pela floresta em torno do lago.

Aqui e ali, raros em dias de semana, ocorriam corpos mais ou menos alaranjados. Ele evitou olhar com atenção, temendo mudar de Pan a Polichinelo. Mas às vezes, perto de uma mochila de escola e ao lado de sua bicicleta brilhante apoiada no tronco de uma árvore, uma ninfa solitária se espreguiçava, as pernas nuas até as virilhas e macias como camurça aos olhos, e os cotovelos para trás, com o pelo das axilas brilhando ao sol; a flecha da tentação mal teve tempo de cantar e perfurá-lo quando ele notou, a pouca distância em três pontos equidistantes, formando um triângulo mágico (em torno de qual presa?) e estranhos um ao outro, três imóveis caçadores visíveis entre os troncos das árvores: dois jovens (um deitado de bruços, o outro de lado) e um homem mais velho, sem paletó, com elásticos nas mangas da camisa, sentado solidamente na relva, imóvel e eterno, com olhos tristes, mas pacientes; e parecia que esses três pares de olhos fixando o mesmo ponto iriam finalmente, com a ajuda do sol, queimar um buraco no maiô preto da pobre menina alemã, que em nenhum momento ergueu as pálpebras cobertas de unguento.

Ele desceu até a margem arenosa do lago e ali, no bramido de vozes, o tecido encantado que ele próprio urdira com tanto cuidado caiu aos pedaços completamente, e ele viu com repulsa os corpos amassados, retorcidos, deformados pelo furacão da vida, mais ou menos nus ou mais ou menos vestidos — os últimos eram os mais terríveis — dos banhistas (pequenos-burgueses, trabalhadores ociosos) agitando-se na areia cinza-sujo. No ponto em que a estrada costeira acompanhava o lábio estreito do lago, este era cercado com estacas sustentando os restos de aspecto torturado de arames caídos, e o lugar junto a essas estacas era especialmente valorizado pelos habitués da praia — em parte porque suas calças podiam ser convenientemente penduradas pelos suspensórios (enquanto a roupa de baixo era estendida nas urtigas empoeiradas), e em parte por causa da vaga sensação de segurança de ter uma cerca às costas.

Pernas de velhos cinzentas, cobertas com protuberâncias e veias inchadas; pés chatos; a crosta amarelada de calos; rosadas panças porcinas; adolescentes molhados, trêmulos, pálidos, roucos; os globos de seios; traseiros volumosos; coxas frouxas; varizes azuladas; arrepios; as escápulas com espinhas de moças de pernas arqueadas; os pescoços e as nádegas fortes de valentões musculosos; o vazio sem esperança, sem Deus, de rostos satisfeitos; travessuras, gargalhadas, mergulhos turbulentos — tudo isso formava a apoteose daquele renomado bom humor alemão, que tão facilmente pode se transformar a qualquer momento em frenético apupo. E por cima de tudo isso, principalmente aos domingos, quando o amontoar-se era mais vil, dominava um cheiro inesquecível, o cheiro de poeira, de suor, de lodo aquático, de roupa de baixo suja, de pobreza arejada e seca, o cheiro de almas secas, enfumaçadas, enlatadas, valendo um tostão cada uma. Mas o lago em si, com vívidos grupos verdes de árvores do outro lado e a trilha ondulada de sol no meio, conservava sua dignidade.

Tendo escolhido uma enseadazinha entre os juncos, Fyodor foi para a água. Sua morna opacidade o envolveu, fagulhas de sol dançaram diante de seus olhos. Ele nadou durante longo tempo, meia hora, cinco horas, vinte e quatro, uma semana, outra. Por fim, em 28 de junho, por volta das três da tarde, saiu do outro lado.

Tendo aberto caminho pelo espinafre da margem, ele logo se viu em um bosque e dali subiu para uma encosta quente onde rapidamente secou-se ao sol. À direita, havia uma ravina coberta de carvalhos pequenos e amoras-silvestres. E nesse dia, assim como em todas as outras vezes em que estivera ali, Fyodor desceu àquele baixio que sempre o atraía, como se ele fosse, de alguma forma, culpado pela morte do jovem desconhecido que se matara com um tiro — precisamente ali. Refletiu que Alexandra Yakovlevna costumava ir ali também, revistando decididamente os arbustos com suas mãozinhas de luvas pretas... Não a conhecia então e não tinha como saber — mas, por seu relato de múltiplas peregrinações, sentia que fora exatamente assim: a busca por alguma coisa, o farfalhar das folhas, o guarda-chuva espetando, os olhos radiosos, os lábios tremendo em soluços. Ele se lembrou de como a tinha encontrado essa primavera — pela última vez — depois da morte do marido, e a estranha sensação que o dominara ao olhar para seu rosto abaixado com um ingênuo franzido, como se nunca a houvesse visto de verdade e estivesse agora percebendo em seu rosto a semelhança com o marido falecido, cuja morte era expressa através de alguma relação sanguínea fúnebre, até então oculta. Um dia depois, ela foi embora para a casa de alguns parentes em Riga, e já seu rosto, as histórias sobre o filho, as noites literárias em sua casa e a doença mental de Alexander Yakovlevich — tudo isso cumprira sua pena — se embrulharam por conta própria e se encerraram, como um pacote de vida amarrado em viés, que será guardado por muito tempo, mas que nunca mais será aberto por nossas mãos preguiçosas, procrastinadoras, ingratas. Ele foi tomado pelo desejo temeroso de não permitir que o pacote se fechasse e se perdesse num canto do depósito de sua alma, um desejo de aplicar tudo aquilo a si mesmo, à sua eternidade, à sua verdade, de forma a fazê-los brotar de um novo jeito. Existe um jeito — o único jeito.

Ele subiu outra encosta e lá no alto, num caminho que tornava a descer, sentado em um banco debaixo de um carvalho, e devagar, pensativamente desenhando na areia com sua bengala, havia um rapaz de ombros redondos e terno preto. Que calor ele deve estar sentindo, pensou o nu Fyodor. O jovem sentado levantou a cabeça... O sol girou e ergueu seu rosto ligeiramente com o gesto delicado de um fotógrafo, um rosto exangue de olhos cinzentos, míopes, bem separados. Entre as pontas do colarinho engomado (do tipo que um dia se chamou na Rússia de "deleite de cão"), brilhou um botão acima do nó frouxo da gravata.

"Como você está queimado de sol", disse Koncheyev, "não pode ser bom para você. E onde, pelo amor de Deus, está sua roupa?"

"Lá do outro lado", disse Fyodor, "na floresta."

"Alguém pode roubar", observou Koncheyev. "Não é por acaso que existe o provérbio: "russo mão aberta, prussiano dedo leve".

Fyodor sentou-se e disse: "Não existe esse provérbio. A propósito, você sabe onde nós estamos? Atrás daqueles arbustos de amora-preta, mais embaixo, é o lugar onde o rapaz dos Chernishevski, o poeta, se matou".

"Ah, foi aqui?", disse Koncheyev, sem nenhum interesse especial. "A Olga dele casou recentemente com um peleteiro e foi embora para os Estados Unidos. Nada parecido com o lanceiro com quem a Olga de Púchkin se casou, mas mesmo assim..."

"Não está com calor?", Fyodor perguntou.

"Nem um pouco. Sou fraco do peito e sempre sinto frio. Quando a gente senta ao lado de um homem nu, fica fisicamente consciente de que existem lojas de roupas e o corpo parece cego. Por outro lado, tenho a impressão de que qualquer trabalho mental fica completamente impossível nesse estado de nudez."

"Tem razão", Fyodor sorriu. "Parece que a vida fica mais superficial — na superfície da pele..."

"É isso. Tudo o que preocupa a pessoa é patrulhar o corpo e seguir o sol. Mas o pensamento gosta de cortinas e de câmara escura. O sol é bom na medida em que enfatiza o valor da sombra. Uma prisão sem carcereiro e um jardim sem jardineiro — esse, penso eu, é o arranjo ideal. Me diga, você leu o que eu escrevi sobre seu livro?"

"Li", Fyodor replicou, observando uma pequena lagarta geometrídea medindo o número de centímetros entre os dois escritores. "Li, de fato. Primeiro, quis escrever para você uma carta de agradecimento — com uma fala tocante sobre não merecimento e tal —, mas depois pensei que isso introduziria um intolerável odor humano no domínio da livre opinião. E, além disso — se eu produzi um bom livro, tenho de agradecer a mim mesmo, não a você, assim como você tem de agradecer a si mesmo e não a mim por entender que era bom — não é verdade? Se começamos a nos curvar uns aos outros, assim que um de nós parar o outro vai ficar magoado e irá embora com raiva.

"Não esperava truísmos de você", disse Koncheyev com um sorriso. "É, é assim mesmo. Uma vez na vida, só uma vez, eu agradeci a um crítico e ele respondeu: 'Bom, para falar a verdade, eu gostei de fato do seu livro!' e esse "de fato" me despertou para sempre. A propósito, eu não falei tudo que poderia dizer sobre você... Você já se censurou tanto por defeitos inexistentes que eu não quis insistir nos que eram óbvios para mim. Além disso, em seu próximo trabalho você ou se livra deles ou eles vão se desenvolver em virtudes especiais suas, do jeito que uma mancha num embrião se transforma em um olho. Você é zoólogo, não é?"

"De certa forma — como um amador. Mas que defeitos são esses? Eu me pergunto se coincidem com os que conheço."

"Primeiro, uma confiança excessiva nas palavras. Às vezes acontece de suas palavras, a fim de apresentar o pensamento necessário, terem de contrabandeá-lo. A frase pode ser excelente, mas ainda assim é contrabandeada, e, além disso, contrabando gratuito, uma vez que a via legal está aberta. Mas seus contrabandistas, sob a capa de um estilo obscuro, importam com todo tipo de criações complicadas, bens que já são livres de impostos. Em segundo lugar, existe uma certa estranheza no retrabalhar as fontes: você parece indeciso entre impor seu estilo a discursos ou acontecimentos passados ou fazer com que os estilos já existentes fiquem mais visíveis. Me dei ao trabalho de cotejar uma ou duas passagens do seu livro com o contexto nas obras completas de Chernishevski, mesmo exemplar que você deve ter usado: encontrei sua cinza de cigarro entre as páginas. Em terceiro lugar, você às vezes leva a paródia a um tal grau de naturalidade que ela se transforma num pensamento sério genuíno, mas *nesse* nível de repente falha, caindo num maneirismo que é seu e não a paródia de um maneirismo, embora seja precisamente o tipo de coisa que você está ridicularizando: como se alguém, parodiando a leitura desleixada que um ator faz de Shakespeare, se deixasse levar, começasse a trovejar de verdade, mas acidentalmente pulasse uma fala. Em quarto lugar, em uma ou duas transições dá para notar alguma coisa mecânica, se não automática, o que sugere que você está procurando levar vantagem *pessoal* e seguir o caminho mais fácil. Em uma passagem, por exemplo, um mero jogo de palavras serve como uma transição dessas. Em quinto e último, você às vezes diz coisas calculadas para provocar seus contemporâneos, mas qualquer mulher pode lhe dizer que nada se perde com mais facilidade do que um grampo de cabelo — sem falar que a menor oscilação da moda pode tornar os grampos obsoletos: pense em todos os pequenos objetos que já foram desenterrados e cujo uso nenhum arqueólogo sabe definir! O escritor de verdade deve ignorar todos os leitores, menos um, aquele do futuro, que por sua vez é meramente o autor refletido no tempo. Esse, eu acho, é o resumo de minhas reclamações a você e em termos gerais são trivais. Completamente eclipsadas pelo brilhantismo da sua realização — sobre a qual eu poderia falar ainda um bom bocado."

"Ah, isso é menos interessante", disse Fyodor, *que ao longo dessa tirada* (como Turguêniev, Goncharov, conde Salias, Grigorovich e Boborykin costumavam escrever), ficara balançando a cabeça com ar de aprovação. "Você diagnosticou muito bem minhas limitações", e elas correspondem a minhas próprias queixas comigo mesmo, embora, claro, eu as ponha em outra ordem — alguns desses pontos seguem juntos, enquanto outros são subdivididos ainda mais. Mas, além dos defeitos que você notou em meu livro, tenho consciência de ao menos três outros — estes talvez sejam os mais importantes. Só que eu nunca vou contar para você — e eles não estarão lá no meu próximo livro. Quer falar da sua poesia agora?

"Não, obrigado, prefiro não falar", disse Koncheyev, temeroso. "Tenho razões para pensar que você gosta do meu trabalho, mas sou organicamente avesso a discuti-lo. Quando era pequeno, antes de dormir eu fazia uma longa e obscura oração que minha falecida mãe — uma mulher devota e muito infeliz — tinha me ensinado (claro que ela teria dito que essas duas coisas são incompatíveis, mas mesmo assim a felicidade não é uma freira). Eu lembrava dessa oração e a fiz durante anos quase até a adolescência, mas um dia investiguei seu sentido, entendi todas as palavras — e assim que entendi imediatamente a esqueci, como se tivesse rompido um encantamento irreparável. Me parece que a mesma coisa pode acontecer com meus poemas — que se eu tentar racionalizá-los perco imediatamente a capacidade de escrevê-los. Você, eu sei, corrompeu sua poesia há muito tempo com palavras e significado — e dificilmente vai continuar escrevendo versos agora. Você é rico demais, ambicioso demais. O encanto da Musa está na pobreza dela."

"Sabe, é estranho", disse Fyodor, "uma vez, uns três anos atrás, imaginei muito vividamente uma conversa com você sobre esses assuntos. E sabe que era bem parecida! Embora, claro, você me lisonjeasse desavergonhadamente e tudo. O fato de eu conhecer você tão bem sem conhecer você me deixa inacreditavelmente feliz, pois quer dizer que existem uniões no mundo que não dependem de grande amizade, afinidades asininas ou do 'espírito da época', nem de nenhuma organização mística ou associação de poetas onde uma dúzia de mediocridades muito unidas 'brilha' por seus esforços comuns."

"De todo modo quero alertar você", disse Koncheyev francamente, "a não se gabar com a nossa semelhança: você e eu somos diferentes em muitas coisas, tenho gostos diferentes, hábitos diferentes dos seus; o seu Fet, por exemplo, eu não suporto e, por outro lado, sou um ardente admirador do autor de *O duplo* e *Os demônios,* que você tende a desprezar... Não gosto de muitas coisas a seu respeito — seu espírito de São Petersburgo, seu tom gaulês, seu neovoltairianismo, seu fraco por Flaubert — e acho, me desculpe, sua obscena exibição de nudismo simplesmente ofensiva. Porém, mesmo com essas reservas provavelmente se possa dizer com verdade que em algum lugar — não aqui, mas em algum outro plano, de cujo ângulo, por sinal, você tem uma ideia ainda mais vaga que eu — em algum lugar nos arredores de nossa existência, muito distante, muito misterioso e inexpressável, existe um elo bastante divino crescendo entre nós. Mas talvez você sinta e diga tudo isso porque eu elogiei seu livro por escrito — isso também acontece, você sabe."

"Sei, sim. Eu próprio pensei nisso. Principalmente porque eu costumava ter inveja da sua fama. Mas em sã consciência..."

"Fama!", Koncheyev interrompeu. "Não me faça rir. Quem conhece meus poemas? Mil, mil e quinhentas pessoas, no máximo dois mil expatriados inteligentes, dos quais também noventa por cento não entendem os poemas. Dois mil de três milhões de refugiados! É um sucesso provinciano, não é fama. No futuro talvez eu me recupere, mas muito tempo há de passar antes que os tungues e os calmucos do *Exegi monumentum* comecem a arrancar uns das mãos dos outros meu "Comunicações", enquanto os finlandeses olham com inveja."

"Mas existe uma sensação reconfortante", disse Fyodor, meditativo. "Pode-se tomar emprestado da herança. Você não se diverte pensando que um dia, neste mesmo lugar, à margem deste lago, debaixo deste carvalho, um sonhador poderá vir, sentar e imaginar por sua vez que um dia eu e você sentamos aqui?

"E o historiador dirá a ele secamente que nós nunca passeamos juntos, que nós mal nos conhecíamos e que se nos encontramos de fato conversamos apenas sobre bobagens rotineiras."

"Mas mesmo assim, tente! Tente experimentar esse estranho futuro, essa emoção retrospectiva... Todos os pelinhos de sua alma arrepiados! Seria uma boa coisa, no geral, pôr um fim a nossa bárbara percepção de tempo; acho particularmente encantador quando as pessoas falam que a terra vai congelar dentro de um trilhão de anos e tudo vai desaparecer a não ser que mudem nossas gráficas a tempo para uma estrela vizinha. Ou o disparate sobre a eternidade: tanto tempo foi atribuído ao universo que a data de seu fim *já* devia ter chegado, assim como é impossível, em um único segmento de tempo, imaginar *inteiro* um ovo posto numa estrada onde está marchando infindavelmente um exército. Que besteira! Nossa percepção errada do tempo como uma espécie de crescimento é consequência de nossa finitude que, estando sempre no nível do presente, traz implícita a sua constante emersão do abismo líquido do passado para o abismo aéreo do futuro. A existência é, portanto, uma eterna transformação do futuro em passado — um processo essencialmente fantasmagórico —, um mero reflexo das metamorfoses materiais que ocorrem dentro de nós. Nessas circunstâncias, a tentativa de entender o mundo fica reduzida a uma tentativa de compreender aquilo que nós mesmos deliberadamente tornamos incompreensível. O absurdo a que a busca mental chega é apenas um sinal natural, genérico, de que pertence ao homem, e lutar para obter uma resposta é a mesma coisa que pedir que uma canja de galinha comece a cacarejar. A teoria que eu acho mais tentadora — de que o tempo não existe, de que tudo é o presente situado como uma irradiação fora da nossa cegueira — é apenas uma hipótese finita tão impossível quanto todas as outras. "Você vai entender quando crescer" são as palavras mais sábias que eu conheço. E se acrescentarmos a isso que a natureza estava com visão dupla quando nos criou (ah, esse maldito emparelhamento do qual é impossível escapar: vaca-cavalo, gato-cachorro, rato-camundongo, pulga-percevejo), que a simetria na estrutura de corpos vivos é uma consequência da rotação dos mundos (um pião que roda durante tempo suficiente começa, talvez, a viver, crescer e multiplicar-se) e que em nosso esforço para a assimetria, para a desigualdade, posso detectar um uivo por genuína liberdade, uma urgência em romper o círculo..."

"*Herrliches Wetter — in der Zeitung steht es aber, dass es morgen bestimmt regnen wird*", disse, finalmente, o jovem alemão que estava sentado ao lado de Fyodor no banco e que ele achara parecido com Koncheyev.

Imaginação de novo — mas que pena! Eu tinha até inventado uma mãe morta para ele a fim de enganar a verdade... Por que uma conversa com ele nunca desabrocha em realidade, nunca irrompe em concretude? Ou isso é uma concretude e não é preciso mais nada...

visto que uma conversa real seria apenas decepcionante — com os cotos de gagueira, a troça do pigarro e da hesitação, o entulho de palavras pequenas?

"*Da kommen die Wolken schon*", continuou o alemão koncheyevoide, apontando o dedo para uma nuvem de peito cheio no oeste. (Um estudante, muito provavelmente. Talvez com uma veia filosófica ou musical. Onde está o amigo de Yasha agora? Dificilmente ele viria até aqui.)

"*Halb fünf ungefähr*", ele acrescentou em resposta à pergunta de Fyodor, e, pegando sua bengala, saiu do banco. Sua figura escura, curvada, afastou-se pelo caminho sombreado. (Talvez um poeta? Afinal deve haver poetas na Alemanha. Insignificantes, locais — mas mesmo assim não açougueiros. Ou apenas um acompanhamento para a carne?)

Ele estava com preguiça demais para nadar até o outro lado; seguiu devagar a trilha que circundava o lago pelo lado norte. No ponto onde um largo declive arenoso chegava até a água, com as raízes expostas de pinheiros apreensivos sustentando a margem a desabar, havia mais algumas pessoas, e numa faixa de grama embaixo jaziam três corpos nus, branco, rosa e marrom, como uma amostra tripla da ação do sol. Mais adiante na curva do lago havia um trecho pantanoso, e o solo escuro, quase preto, da trilha pareceu reconfortante a seus calcanhares nus. Ele subiu de novo uma elevação cheia de agulhas e atravessou a floresta pintalgada até seu antro. Era tudo alegre, triste, ensolarado, sombreado — ele não sentia vontade de voltar para casa, mas estava na hora. Durante um momento, deitou-se junto a uma velha árvore que parecia tê-lo atraído — "Vou lhe mostrar algo interessante". Uma pequena canção soou entre as árvores, e então apareceram, andando a passos rápidos, cinco freiras — rostos redondos, usando roupas pretas e toucas brancas —, e a pequena canção, meio de meninas de escola, meio angélica, pairou em torno delas o tempo todo, enquanto primeiro uma, depois outra, se curvava no caminho para colher uma flor modesta (invisível para Fyodor, embora ele estivesse próximo) e depois se endireitava muito agilmente, se nivelando ao mesmo tempo com as outras, retomando o ritmo e acrescentando essa flor fantasma a um buquê fantasma com um gesto idílico (o polegar e o indicador se tocando por um instante, os outros dedos delicadamente curvados)

— e tudo parecia tanto uma cena num palco — e quanta habilidade havia em todas as coisas, que infinidade de graça e arte, que diretor espreitava atrás dos pinheiros, como tudo era bem calculado — a caminhada delas, ligeiramente fora de ordem, depois se organizando de novo, três na frente e duas atrás, e o fato de uma das moças de trás rir brevemente (um senso de humor muito claustral) porque de repente uma das que estavam na frente havia, com um toque de expansividade, feito um gesto efusivo a uma nota particularmente celestial, e a maneira como a canção diminuiu ao se afastar, enquanto um ombro continuava a baixar e dedos procuravam uma haste de relva (mas esta, oscilando apenas, ali permaneceu para rebrilhar ao sol... onde isso havia acontecido antes — o que havia endireitado e começado a oscilar?...) — e então elas todas partiram entre as árvores com pés ligeiros em sapatos de abotoar, e algum menininho seminu, fingindo procurar uma bola na grama, de modo rude e automático repetia um trecho da canção delas (no que os músicos chamam de "refrão palhaçada"). Como aquilo foi bem montado! Quanto trabalho envolvido naquela cena leve, rápida, naquela hábil passagem, quantos músculos havia debaixo daquele pano preto de aspecto pesado, que seria trocado depois do intervalo pelas saias de balé de gaze!

Uma nuvem bloqueou o sol, a luz da floresta deslizou e gradualmente diminuiu. Fyodor foi até a clareira onde havia deixado sua roupa. No buraco debaixo do arbusto que sempre a protegera tão gentilmente encontrou então apenas um pé do tênis: a toalha, a camisa, a calça tinham desaparecido. Há uma história em que um passageiro, tendo inadvertidamente derrubado uma luva pela janela do trem, prontamente jogou a outra para que ao menos a pessoa que as encontrasse ficasse com um par. Nesse caso, o ladrão tinha agido ao contrário: os tênis velhos, muito usados, provavelmente não tinham uso para ele, mas a fim de brincar com sua vítima separara o par. Além disso, o larápio deixara um pedaço de jornal com uma inscrição a lápis: "*Vielen Dank*".

Fyodor andou por todo lado sem encontrar ninguém nem nada. A camisa estava puída e ele não se importava de perdê-la, mas ficou um tanto chateado por causa do cobertor xadrez (trazido da Rússia) e da boa calça de flanela comprada recentemente. Junto com a calça tinham ido embora vinte marcos, obtidos dois dias antes para ao menos parte do pagamento do quarto. Também perdidos estavam um lápis pequeno, um lenço e um molho de chaves. Este último era de alguma forma o pior de todos. Se acontecesse de não haver ninguém em casa, o que podia muito bem ser o caso, seria impossível entrar no apartamento.

A borda de uma nuvem se incendiou, ofuscante, e o sol apareceu. Emitia tal força quente, abençoada, que, esquecendo sua amolação, Fyodor deitou no musgo e começou a observar o próximo colosso nevado a se aproximar, comendo o azul em seu avanço: o sol deslizou para dentro dele suavemente, sua borda de fogo funéreo tremulando e se fendendo ao escorregar através do cúmulo branco — e então, encontrando a saída, primeiro emitiu três raios, depois se expandiu enchendo os olhos com fogo manchado, projetando bolas pretas (de forma que, independente de onde se olhasse, deslizavam padrões de dominó) — e, quando a luz ficava mais forte ou morria, todas as sombras da floresta respiravam e faziam flexões.

Um pequeno alívio incidental era o fato de que, como os Shchyo-golev se mudariam para a Dinamarca no dia seguinte, haveria um conjunto de chaves novo, o que significava que ele poderia calar sobre a perda do seu chaveiro. Se mudariam, se mudariam, se mudariam! Ele imaginou o que vinha imaginando constantemente ao longo dos dois meses anteriores — o começo (amanhã à noite!) de sua vida plena com Zina — o alívio, a saciedade — e nesse ínterim uma nuvem carregada de sol, se inflando, crescendo, com veias turquesa, inchadas, com uma vibração ígnea em sua raiz trovejante, se ergueu com toda a sua túrgida, volumosa magnificência e ofereceu um abraço a ele, ao céu, à floresta, e parecia uma monstruosa alegria dissolver essa tensão impossível de ser suportada pelo homem. Uma rajada de vento soprou em seu peito, a excitação aos poucos cedeu, o ar ficou escuro e abafado, era preciso voltar depressa para casa. Ele procurou mais uma vez nos arbustos, depois deu de ombros, apertou mais o cinto elástico do calção de banho e partiu no caminho de volta.

Quando saiu da floresta e começou a atravessar a rua, o asfalto pegajoso debaixo de seus pés descalços revelou-se uma novidade agra-dável. Era interessante também andar pela calçada. Leveza de sonho. Um velho que passou com chapéu de feltro preto parou, olhou para trás e lhe fez uma observação grosseira — mas imediatamente, como uma feliz compensação, um cego, sentado com sua concertina junto a um muro de pedra, resmungou seu pequeno pedido de esmolas e espremeu um polígono de música como se não houvesse nada fora de rumo (era estranho, porém — sem dúvida deve ter ouvido que eu estava descalço). Dois colegiais gritaram ao transeunte despido ao passarem pendurados na parte de trás de um bonde, e em seguida os pardais voltaram ao gramado entre os trilhos de onde foram espantados pelo veículo amarelo e barulhento. Gotas de chuva começaram a cair, e era como se alguém estivesse aplicando uma moeda de prata a diferentes partes de seu corpo. Um jovem policial desprendeu-se da banca de revista e foi até ele.

"É proibido andar assim na cidade", disse, olhando o umbigo de Fyodor.

"Roubaram tudo", Fyodor explicou com brevidade.

"Isso não pode acontecer", disse o policial.

"É, mas aconteceu mesmo assim", disse Fyodor, balançando a cabeça (várias pessoas tinham já parado junto deles e acompanhavam o diálogo com curiosidade).

"Roubado ou não, não pode sair na rua nu", disse o policial, começando a ficar zangado.

"Certo, mas tenho de chegar até o ponto de táxi de algum jeito, entende?"

"Não pode ir nesse estado."

"Infelizmente não sou capaz de virar fumaça ou fazer um terno crescer em mim."

"Estou dizendo que não pode andar por aí assim", disse o policial. ("Uma vergonha que nunca se viu", comentou a voz grossa de alguém atrás.)

"Nesse caso", disse Fyodor, "só me resta o senhor pegar um táxi para mim enquanto espero aqui."

"Ficar parado nu também é impossível", disse o policial.

"Eu tiro o calção e imito uma estátua", Fyodor sugeriu.

O policial pegou seu caderno e tirou o lápis do estojo com tanta fúria que o derrubou na calçada. Algum operário ou outro o pegou servilmente.

"Nome e endereço", disse o policial, fervendo.

"Conde Fyodor Godunov-Cherdyntsev", disse Fyodor.

"Pare de brincadeira e me diga seu nome", rugiu o policial.

Veio um outro, de patente superior, e perguntou qual era o problema.

"Roubaram minha roupa na floresta", Fyodor disse pacientemente, e de repente sentiu que estava completamente molhado de chuva. Um ou dois transeuntes tinham corrido para debaixo do abrigo de um toldo, e uma velha parada junto a ele abriu o guarda-chuva, quase arrancando seu olho.

"Quem roubou?", perguntou o sargento.

"Não sei e além disso não me importa", disse Fyodor. "Agora eu quero ir para casa e vocês estão me impedindo."

A chuva de repente ficou mais pesada e varreu o asfalto; toda a sua superfície parecia coberta de pequenas velas saltitantes. O policial (todo manchado e enegrecido pela água) provavelmente considerou a chuvarada um elemento em que calção de banho era, se não apropriado, ao menos permissível. O mais jovem tentou de novo obter o endereço de Fyodor, mas o mais velho abanou a mão e os dois, apressando ligeiramente o passo calmo, se retiraram para debaixo do toldo de uma quitanda. O reluzente Fyodor Konstantinovich correu pela ruidosa pancada de chuva, virou a esquina e entrou num automóvel.

Chegou em casa, disse ao motorista para esperar, apertou o botão que até as oito da noite abria automaticamente a porta da frente e correu escada acima. Marianna Nikolavna abriu a porta para ele; o corredor estava cheio de pessoas e coisas: Shchyogolev de camiseta e dois sujeitos lutando com uma caixa (na qual, aparentemente, estava o rádio), um respeitável chapeleiro com uma caixa de chapéus, um rolo de arame, uma pilha de roupas de cama da lavanderia...

"Está maluco!", Marianna Nikolavna exclamou.

"Pelo amor de Deus, pague o táxi", Fyodor disse, passando seu corpo frio entre as pessoas e coisas — e por fim, por cima da barricada de baús, tropeçou até seu quarto.

Jantaram juntos essa noite e mais tarde viriam os Kasatkin, o barão báltico, mais uma ou duas pessoas... À mesa, Fyodor fez um relato melhorado de sua desventura e Shchyogolev riu com vontade, enquanto Marianna Nikolavna quis saber (não sem razão) quanto dinheiro havia na calça. Zina apenas deu de ombros e, com rara franqueza, insistiu que Fyodor tomasse a vodca, evidentemente temendo que ele pegasse um resfriado.

"Bem — nossa última noite", disse Boris Ivanovich, depois de rir até se fartar. "Que possa prosperar, *signor*. Alguém me disse outro dia que você escreveu um artigo bem duro sobre Petrashevski. Muito louvável. Escute, mama, tem outra garrafa ali, não faz sentido levar com a gente, dê para os Kasatkin."

"... então você vai ficar órfão [ele continuou, começando a salada italiana que devorou com a mais absoluta falta de jeito]. Acho que a Zinaida Oscarovna não vai cuidar de você direito. Hein, princesa?"

"... é, é isso aí, meu caro, uma virada do destino e o rei está em xeque. Nunca pensei que a sorte fosse me sorrir, bate na madeira, bate na madeira. Ora, no inverno passado mesmo eu estava pensando o que fazer: apertar o cinto ou vender Marianna Nikolavna para o ferro-velho. Você e eu coabitamos um ano e meio, se me perdoa a expressão, e amanhã nos separamos — talvez para sempre. O homem é um brinquedo do destino. Hoje se ri, amanhã se chora."

Quando terminou o jantar e Zina desceu para abrir a porta para os hóspedes, Fyodor retirou-se silenciosamente para seu quarto, onde estava tudo animado pela chuva e pelo vento. Tinha fechado até a metade o caixilho da janela, mas um momento depois a noite disse: "não", e com uma espécie de insistência de olhos arregalados, desdenhosamente soprou e entrou de novo. "Fiquei tão animado de saber que Tanya tem uma menininha, fiquei muito contente por ela e por você. Outro dia escrevi para Tanya uma carta longa, lírica, mas tenho a incômoda sensação de que pus o endereço errado: em vez de '122' pus algum outro número, sem pensar, como fiz uma vez antes, não sei por que isso acontece — a gente escreve um endereço uma porção de vezes certo, automaticamente, e de repente hesita, olha para ele conscientemente e vê que não tem certeza, que parece desconhecido — muito estranho... Sabe, é como pegar uma palavra simples, "celeste", digamos, e ver nela 'se leste' ou 'sele este' até ela ficar completamente estranha e bruta, algo como 'peste' ou 'estele'. Acho que, *um dia*, isso vai acontecer com a totalidade da vida. De qualquer modo, deseje a

Tanya em meu nome tudo de alegre, verde e verão-Leshino. Amanhã meu locador e locadora vão embora e estou transbordando de alegria: *transbordando* — uma situação muito agradável, como um terraço à noite. Vou ficar na Agamemnonstrasse mais um mês e depois me mudo. Não sei como as coisas vão funcionar. A propósito, meu Chernishevski está vendendo bastante bem. Quem exatamente disse a vocês que Búnin o elogiou? Agora já parecem antigos para mim, todo o meu esforço sobre o livro, todas aquelas pequenas tempestades de ideias, aqueles cuidados com a escrita — e agora estou completamente vazio, pronto para receber novos inquilinos. Sabe, estou preto como um cigano do sol de Grunewald. Alguma coisa está começando a tomar forma — acho que vou escrever um romance clássico, com 'tipos', amor, destino, conversas..."

A porta se abriu de repente, Zina entrou parcialmente e, sem soltar a maçaneta da porta, atirou alguma coisa em cima da mesa.

"Pague a mamãe com isso aqui", ela disse; olhou para ele com olhos entrecerrados e desapareceu.

Ele desdobrou a cédula. Duzentos marcos. O valor lhe pareceu colossal, mas um momento de cálculo demonstrou que seria apenas o bastante para os dois meses anteriores — oitenta mais oitenta, e trinta e cinco pelo mês vindouro, de agora em diante sem alimentação. Mas ficou tudo confuso quando ele começou a ponderar que durante o último mês não havia almoçado, mas que por outro lado viera recebendo jantares maiores; além do quê ele havia contribuído durante esse período com dez (ou quinze?) marcos e, por outro lado, devia as conversas por telefone e uma ou duas coisinhas, como o táxi de hoje. A solução do problema estava além de seu alcance, o deixava aborrecido; ele jogou o dinheiro debaixo de um dicionário.

"... e com descrições da natureza. Estou muito contente que esteja lendo de novo meu livro, mas agora está na hora de esquecer dele — foi apenas um exercício, uma experiência, um ensaio antes das férias escolares. Tenho sentido muita saudade de você e talvez (repito, não sei se vai acontecer...) vá visitá-la em Paris. Em termos gerais, eu abandonaria amanhã este país, opressivo como uma dor de cabeça — onde tudo me é alheio e repulsivo, onde um romance sobre incesto ou algum lixo indecoroso, alguma história retórica enjoativa, pseudobrutal sobre a guerra é considerada a joia da literatura; onde de fato não há literatura e não tem havido durante um longo tempo; onde, projetando-se para fora da mais monótona umidade democrática — também pseudo — se encontram os mesmos velhos tacão e capacete; onde nossa forte intenção social nativa na literatura foi substituída pela oportunidade social — e tal e coisa... eu poderia continuar durante muito tempo — e é engraçado como, cinquenta anos atrás, todo pensador russo com uma pasta escrevia exatamente a mesma coisa — uma acusação tão óbvia a ponto de se tornar até banal. Antes, porém, nos meados dourados do século passado, nossa, que arrebatamentos! 'A pequena *gemütlich* Alemanha' — *ach*, chalés de tijolo, *ach*, as crianças na escola, *ach*, o camponês não bate com a vara no cavalo!... Claro — ele tem seu próprio jeito alemão de torturá-lo, num cantinho aconchegante, com ferro em brasa. Sim, eu teria ido embora há muito tempo, mas há certas circunstâncias pessoais (sem falar em minha maravilhosa privacidade neste país, o maravilhoso, benéfico contraste entre meus hábitos internos e o mundo terrivelmente frio à minha volta; você sabe, em países frios as casas são mais quentes que no sul, maisa bem isoladas e aquecidas), mas mesmo essas circunstâncias pessoais são capazes de tomar tal rumo que logo, talvez, eu abandone a Terra da Servidão e as leve comigo. E quando vamos voltar à Rússia? Que idiota sentimentalidade, que gemido voraz nossa inocente esperança deve transmitir ao povo da Rússia. Mas nossa nostalgia não é histórica — apenas humana — como podemos explicar isso a eles? É mais fácil para mim, claro, do que para outro viver fora da Rússia, porque eu sei com certeza que voltarei — primeiro porque levei embora as chaves dela, e segundo porque, não importa quando, dentro de cem, duzentos anos — eu viverei lá em meus livros — ou pelo menos em alguma nota de rodapé de um pesquisador. Pronto; agora você tem uma esperança histórica, uma esperança histórico-literária... 'Anseio por imortalidade — mesmo a sua sombra terrena!' Hoje estou escrevendo a você bobagens expressas (fluxos de pensamento expressos) porque estou bem e feliz — e, além do mais, tudo isso tem algo a ver, de uma forma circular, com o bebê de Tanya.

"A revista literária sobre a qual perguntou se chama *A Torre*. Não a tenho, mas acho que você pode encontrar em qualquer livraria russa. Não veio nada do tio Oleg. Quando ele mandou? Acho que você confundiu alguma coisa. Bem, é isso. Fique bem, *je t'embrace*. Noite, chuva caindo de mansinho — ela encontrou seu ritmo noturno e agora pode continuar até o infinito".

Ele ouviu o corredor se encher de vozes se despedindo, ouviu cair o guarda-chuva de alguém e o elevador chamado por Zina roncar e parar. Ficou tudo calmo de novo. Fyodor foi à sala onde Shchyogolev quebrava as últimas nozes, mastigando de um lado, e Marianna Nikolavna tirava a mesa. Seu rosto gordo, rosa escuro, as abas brilhantes do nariz, as sobrancelhas violeta, o cabelo cor de abricó virando um tom azulado na nuca gorda raspada, o olho azul com o rímel borrado no canto, mergulhando momentaneamente o olhar nos detritos da infusão no fundo da chaleira, seus anéis, o broche de granadina, o xale florido sobre os ombros — tudo isso junto constituía um retrato borrado, cruel, mas rico de algum estilo vulgar. Ela colocava os óculos e pegava uma folha com números anotados quando Fyodor perguntou quanto devia a ela. Diante disso, Shchyogolev ergueu as sobrancelhas, surpreso: tinha certeza de que não receberia nem um centavo de seu inquilino, e, sendo essencialmente um homem bom, havia aconselhado a esposa ainda ontem a não pressionar Fyodor, mas sim escrever a ele de Copenhague uma ou duas semanas depois, ameaçando entrar em contato com seus parentes. Depois de acertar, Fyodor guardou três marcos e meio dos duzentos e foi para a cama. No corredor, encontrou Zina voltando de baixo. "E então?", ela perguntou, com o dedo no interruptor, uma interjeição meio interrogativa, meio de insistência, que queria dizer aproximadamente: "Está vindo para cá? Vou apagar a luz aqui, então venha depressa". A pinta em seu braço nu, as pernas vestidas com seda clara, chinelos de veludo, rosto baixo. Escuro.

Ele foi para a cama e começou a adormecer com o sussurro da chuva. Como sempre no limiar entre a consciência e o sono, todo tipo de dejetos verbais, cintilantes, tilintantes, irromperam: "O cristal crepitante da noite cristã sob a estrela crisolítica"... e seu pensamento, ouvindo por um momento, aspirou a reuni-los, usá-los, e começou a acrescentar por si mesmo: extinta, de Yasnaya Polyana a luz, e Púchkin morto e a Rússia longe... mas como isso não era bom, a escalada de rimas se estendeu: "Uma estrela cadente, um crisólito cruzador, um avatar de aviador..." Sua mente mergulhou mais e mais fundo em um inferno de aliterações aligátores, em infernais cooperativas de palavras. Através de seu acúmulo sem sentido, um botão redondo na fronha cutucou sua face; virou-se para o outro lado e, contra um fundo escuro, pessoas nuas corriam para dentro do lago Grunewald, e um monograma de luz parecendo um infusório deslizou diagonalmente do canto mais alto de seu campo de visão subpalpebral. Por trás de certa porta fechada em seu cérebro, segurando na maçaneta, mas voltada para longe dela, sua mente começou a discutir com alguém um segredo complicado e importante, mas, quando a porta se abriu por um minuto, viu-se que estavam falando sobre cadeiras, mesas, estábulos. De repente, na névoa que se adensava, no último pedágio da razão, veio a vibração prateada de um toque de telefone, e Fyodor rolou de bruços, caindo... A vibração ficou em seus dedos, como se uma urtiga o tivesse furado. No corredor, tendo já devolvido o receptor a sua caixa preta, estava Zina — ela parecia assustada. "Era para você", ela disse em voz baixa. "Sua antiga senhoria, *frau* Stoboy. Ela quer que você vá até lá imediatamente. Tem alguém esperando você na casa dela. Depressa." Ele enfiou uma calça de flanela e, ofegante, seguiu pela rua. Nessa época do ano, Berlim era algo semelhante às noites brancas de São Petersburgo; o ar era cinza transparente, as casas passavam nadando como uma miragem de sabão. Alguns trabalhadores noturnos haviam quebrado o pavimento na esquina, e era preciso se esgueirar pelas estreitas passagens entre as placas, todos recebendo na entrada uma pequena lâmpada que deveria ser deixada na saída em um gancho parafusado a um poste, ou simplesmente na calçada ao lado de algumas garrafas de leite vazias. Deixando sua garrafa também, ele correu mais adiante pelas ruas opacas, e a premonição de algo incrível, de alguma surpresa sobre-humana impossível, salpicou seu coração com uma mistura nevada de felicidade e horror. Na neblina cinzenta, crianças cegas usando óculos escuros saíram aos pares de um prédio escolar e passaram por ele; elas estudavam à noite (em escolas economicamente escuras que, durante o dia, abrigavam crianças que enxergavam) e o clérigo que as acompanhava parecia o professor da aldeia de Leshino, Bychkov. Encostado a um poste de luz, a cabeça tosada pendente, as pernas em tesoura com calças listradas bem abertas e as mãos enfiadas nos bolsos, estava um bêbado magro como se saído diretamente das páginas de uma velha sátira russa. Ainda havia luz na livraria russa — estavam servindo livros aos motoristas de táxi noturnos, e através da opacidade amarela do vidro ele notou a silhueta de Misha Berezovski, que entregava o atlas preto de Petrie a alguém. Deve ser duro trabalhar à noite! A excitação o tomou de novo assim que chegou a seus antigos arredores. Estava sem fôlego por causa da corrida, e o cobertor enrolado pesava em seu braço — tinha de correr, mas não lembrava o desenho das ruas e a noite cinzenta confundia tudo, mudando como numa imagem negativa a relação entre as partes claras e escuras, e não havia a quem perguntar, todo mundo estava dormindo. De repente apareceu um álamo, e atrás dele, uma alta igreja com janela vermelho--arroxeada dividida em losangos arlequinais de luz colorida: dentro, o serviço noturno estava em curso, e uma velha de luto com algodão sob a ponte dos óculos subia depressa os degraus. Ele encontrou sua rua, mas no fim dela um poste com uma mão enluvada indicava que era preciso entrar pela outra extremidade, onde ficava o correio, pois naquela ponta uma pilha de bandeiras havia sido preparada para o festival de amanhã. Estava com medo de perdê-la em um desvio e além disso o correio — que viria depois — se mamãe não tivesse *já* recebido um telegrama. Ele passou com dificuldade por tábuas, caixas e um granadeiro de brinquedo encaracolado e avistou a casa conhecida, onde os trabalhadores já haviam estendido na calçada uma faixa de tapete vermelho da porta até a sarjeta, como costumava ser feito na frente de sua casa no Aterro Neva em noites de baile. Subiu a escada correndo e *frau* Stoboy o recebeu imediatamente. Ela estava com as faces brilhantes e usava um jaleco branco hospitalar — havia praticado medicina antigamente. "Só não fique todo agitado", ela disse. "Vá até seu quarto e espere lá. Tem de estar preparado para tudo", acrescentou com uma nota vibrante na voz e o empurrou para dentro do quarto no qual achara que nunca mais ia entrar. Ele a agarrou pelo cotovelo, perdendo o controle, mas ela se soltou com um movimento brusco. "Alguém veio ver você", disse Stoboy, "ele está descansando... Espere uns minutos." — A porta bateu com ruído. O quarto estava exatamente como se ele ainda morasse ali: os mesmos cisnes e lírios no papel de parede, o mesmo teto pintado maravilhosamente ornamentado com borboletas tibetanas (ali estava, por exemplo a *Thecla bieti*). Expectativa, assombro, o frio da felicidade, o surto de soluços fundiam-se numa única agitação ofuscante enquanto ele esperava ali no meio do quarto, incapaz de se mexer, ouvindo e olhando para a porta. Ele sabia *quem* ia entrar dentro de um momento, e ficou perplexo então que tivesse duvidado de seu retorno: duvidar agora lhe parecia a obtusa obstinação de um tolo, a desconfiança do bárbaro, a autossatisfação do ignorante. Seu coração estava explodindo como o de um homem antes da execução, mas ao mesmo tempo essa execução era tamanha alegria que a vida se apagava diante dela, e ele não conseguia entender a aversão que experimentara quando, em sonhos construídos às pressas, havia evocado o que estava agora acontecendo na vida real. De repente, a porta estremeceu (uma outra, remota, se abriu em algum lugar além dela) e ele ouviu um passo familiar, um passo interno acolchoado de couro marroquino. Silenciosamente, mas com força terrível, a porta se abriu e na soleira estava seu pai. Usava um gorro bordado de ouro e casaco de cheviote com bolsos peitorais para cigarreira e lupa; as faces marrons com dois vincos nítidos descendo de ambos os lados do nariz estavam particularmente bem barbeadas; pelos brancos brilhavam como sal na barba escura; cálidos, veludosos, seus olhos sorriram numa rede de rugas. Mas Fyodor ficou parado, incapaz de dar um passo. Seu pai disse alguma coisa, mas tão baixo que era impossível entender, embora se soubesse que era relativo à sua volta, incólume, inteiro, humano e real. E mesmo assim era terrível chegar mais perto — tão terrível que Fyodor sentiu que ia morrer se aquele que entrou avançasse para ele. De algum lugar nos quartos dos fundos soou o alerta do riso arrebatado de sua mãe, enquanto seu pai fazia sons macios na garganta mal abrindo os lábios, como costumava fazer quando tomava uma decisão ou procurava algo nas páginas de um livro... então ele falou de novo — e isso de novo queria dizer que estava tudo certo e simples, que aquilo era uma verdadeira ressurreição, que não podia ser de outro jeito e também: que ele estava satisfeito — satisfeito com suas capturas, com sua volta, com o livro do filho sobre ele — então, por fim tudo ficou fácil, a luz irrompeu e seu pai, com alegre confiança, abriu os braços. Com um gemido e um soluço, Fyodor deu um passo para ele e, na sensação coletiva de paletó de lá, mãos grandes e enternecedor pinicar do bigode aparado, cresceu um calor feliz, vivo, enorme, paradisíaco, no qual seu coração de gelo derreteu e dissolveu.

De início, a sobreposição de uma coisa noutra coisa e a pálida faixa palpitante que subia foram absolutamente incompreensíveis, como palavras de uma língua esquecida ou partes de um motor desmontado — e esse emaranhado sem sentido fez um arrepio de pânico percorrer seu corpo: acordei no túmulo, na lua, num calabouço de esquálido não ser. Mas algo em seu cérebro virou, seus pensamentos assentaram e apressaram-se a pintar a verdade — e ele se deu conta de que estava olhando a cortina da janela semiaberta, a mesa em frente da janela: tal é o tratado com a razão — o teatro do hábito terreno, a farda da substância temporária. Ele baixou a cabeça no travesseiro e tentou alcançar a sensação fugidia — caloroso, maravilhoso, que tudo explica —, mas o novo sonho que sonhou era uma compilação pouco inspirada, costurada a partir dos restos da vida diurna e adaptada a ela.

A manhã estava encoberta e fria, com poças cinza-negras no asfalto do pátio, e dava para ouvir o desagradável som surdo de tapetes sendo batidos. Os Shchyogolev tinham acabado de fazer as malas; Zina saíra para trabalhar e à uma hora ia encontrar a mãe para almoçarem no Vaterland. Por sorte, não haviam sugerido que Fyodor os acompanhasse — ao contrário, enquanto esquentava um café para ele, sentado na cozinha de roupão, Marianna Nikolavna, desconcertada pela atmosfera de acampamento do apartamento, avisou que havia deixado para o almoço um pouco de salada italiana e presunto na despensa. Incidentalmente, a pessoa azarada que vinha ligando para o número deles por engano ligara na noite anterior: dessa vez, estava tremendamente agitado, algo havia acontecido, algo que permanecia um mistério.

Pela décima vez, Boris Ivanovich transferiu de uma valise para outra um par de sapatos com suas formas, limpos e brilhantes — ele era excepcionalmente meticuloso com calçados.

Eles então se vestiram e saíram, enquanto Fyodor fazia a barba, realizava longas e bem-sucedidas abluções e cortava as unhas dos pés — era especialmente agradável pegar um cantinho apertado e *clip!* — as aparas voaram por todo o banheiro. O zelador bateu, mas não pôde entrar porque os Shchyogolev tinham trancado a porta do corredor com a chave americana e as chaves de Fyodor estavam perdidas para sempre. Através da fenda do correio, batendo a tampa, o carteiro jogou o jornal de Belgrado *Pelo Tsar e pela Igreja*, que Boris Ivanovich assinava, e mais tarde alguém jogou (deixando espetado como um barco) um folheto anunciando um novo salão de beleza. Às onze e meia exatamente, veio um som forte de latidos na escada e a agitada descida do alsaciano que era levado para andar a essa hora. Com um pente na mão, ele saiu à sacada para ver se o tempo estava abrindo, mas, embora não chovesse, o céu continuava irremediavelmente branco e desanimador — nem dava para acreditar que ontem fora possível ficar deitado na floresta. O quarto dos Shchyogolev estava atulhado de lixo de papel, e uma das malas, aberta com um objeto de madeira em forma de pera apoiado sobre uma toalha de piquê. Um bigode itinerante entrou no pátio com címbalos, um tambor, um saxofone — completamente pendurado com música metálica, com música brilhante na cabeça e um macaco de roupa vermelha, e cantou durante longo tempo, batendo o pé, dissonante — sem, porém, conseguir abafar o bater de tapetes em seus cavaletes. Empurrando cuidadosamente a porta, Fyodor visitou o quarto de Zina, onde nunca havia entrado antes e, com a bizarra sensação de um alegre mudar-se, olhou por longo tempo o despertador de toque forte, a rosa num copo com o caule todo cheio de bolhas, o divã que virava cama à noite e as meias secando no radiador. Comeu alguma coisa, sentou-se a sua mesa, molhou a pena e se imobilizou sobre uma folha em branco. Os Shchyogolev voltaram, o zelador chegou, Marianna Nikolavna quebrou um vidro de perfume — e ele continuava olhando a folha, e só voltou a si quando os Shchyogolev estavam se aprontando para se dirigir à estação. Faltavam ainda duas horas para a partida do trem, mas a estação ficava longe. "Confesso que gosto de chegar com o canto do galo", disse Boris Ivanovich bem-humorado, enquanto segurava o punho da camisa e a manga para entrar no sobretudo. Fyodor tentou ajudar (o outro, com uma exclamação polida, ainda meio vestido, afastou-se e de repente, num canto, se transformou em um horrível corcunda), e depois foi se despedir de Marianna Nikolavna, que com uma expressão estranhamente alterada (como se estivesse apagando e ajeitando seu reflexo) colocava um chapéu azul com véu azul diante do espelho do guarda-roupa. Naquele momento, Fyodor se sentiu estranhamente compungido por ela e, depois de pensar um momento, se ofereceu para chamar um táxi. "Por favor", disse Marianna Niko-lavna, e foi depressa e pesada até o sofá pegar as luvas.

Porém não havia táxis no ponto, estavam todos ocupados, e ele teve de atravessar a praça e procurar lá. Quando finalmente conduziu o carro até a casa, os Shchyogolev já estavam parados embaixo, tendo descido as malas sozinhos (a "bagagem pesada" tinha sido despachada no dia anterior).

"Bem, Deus o proteja", disse Marianna Nikolavna, e com lábios de guta-percha beijou a testa dele.

"Sarotska, Sarotska, mande um telegramotska!", exclamou Boris, o gozador, acenando com a mão, e o táxi virou e foi embora.

Para sempre, Fyodor pensou aliviado, e subiu a escada assobiando.

Só então se deu conta de que não tinha como entrar no aparta-mento. Foi especialmente perturbador levantar a tampa da fenda do correio e ver, através dela, um molho de chaves caído em estrela no chão do corredor: Marianna Nikolavna as havia jogado para dentro depois de trancar a porta ao sair. Ele desceu a escada muito mais devagar do que havia subido. Zina, ele sabia, estava planejando ir do trabalho para a estação: considerando que o trem estaria partindo dentro de umas duas horas, e o trajeto do ônibus levaria uma hora, ela (e as chaves) não voltaria antes de três horas. As ruas estavam ventosas e cinzentas: ele não tinha para onde ir e nunca entrava sozinho em bares ou cafés, detestava-os violentamente. Trazia no bolso três marcos e meio; comprou cigarros e, como a urgência de ver Zina (agora que tudo era permitido) era realmente o que roubava toda a luz e senti-do da rua, do céu e do ar, ele se apressou até a esquina onde parava o ônibus necessário. O fato de estar usando chinelos de casa e um velho terno amassado, manchado na frente, com um botão faltando na braguilha da calça, bolsas nos joelhos e um remendo feito por sua mãe no traseiro não o perturbava nada. Seu bronzeado e o colarinho da camisa aberto lhe davam certa agradável imunidade.

Era algum tipo de feriado nacional. Das janelas das casas pendiam três tipos de bandeiras: preta-amarela-vermelha, preta-branca-vermelha, e vermelho simples; cada uma queria dizer alguma coisa, e o mais engraçado era que essa alguma coisa pudesse despertar orgulho ou ódio em alguém. Havia bandeiras grandes e bandeiras pequenas, em mastros curtos e longos, mas nada desse exibicionismo de animação cívica fazia a cidade mais atraente. Na Tauentzienstrasse o ônibus foi detido por uma tristonha procissão; policiais de perneiras pretas compunham a retaguarda num caminhão lento, e entre as faixas havia uma com a inscrição em russo contendo dois erros: *serb* em lugar de *serp* (foice) e *molt* em lugar de *molot* (martelo). De repente, imaginou festas oficiais na Rússia, soldados com sobretudos compridos, o culto dos queixos firmes, um cartaz gigante com um clichê vociferante no paletó e no boné de Lênin, e, em meio a uma trovoada de idiotices, a tambores do tédio e a esplendores para agradar escravos — um pequeno guincho de verdade barata. Ali está, eternizada, ainda mais monstruosa em seu vigor, a repetição das festividades de coroação de Hodynka com seus pacotes de balas grátis — olhe o tamanho deles (tão maiores do que os originais) — e com sua remoção de corpos mortos soberbamente organizada... Oh, que tudo passe e seja esquecido — e de novo, dentro de duzentos anos, um ambicioso fracasso expandirá sua frustração sobre os simplórios que sonham com uma vida boa (isto é, se não chegar o *meu* reinado, em que todos mantêm sua reserva, não existe igualdade, nem autoridade — mas se você não quer isso, não insisto e nem me importo).

A praça Potsdam, sempre desfigurada por trabalho urbano (ah, aqueles velhos cartões-postais de sua imagem, nos quais tudo era espaçoso, com os cocheiros de *droshki* parecendo tão contentes e damas de cintura fina arrastando as caudas na poeira — mas com as mesmas floristas gordas). O caráter pseudoparisiense do Unter-den-Linden. A estreiteza das ruas comerciais mais além. Ponte, balsa, gaivotas. Os olhos mortos de velhos hotéis de segunda, terceira, centésima classe. Uns poucos minutos de viagem e lá estava a estação.

Ele viu Zina com um vestido bege de georgette e um chapeuzinho branco subindo depressa a escada. Corria com os cotovelos rosados junto ao corpo, segurando a bolsa debaixo do braço e, quando ele a alcançou e lhe deu um meio abraço, ela virou com aquele sorriso terno, fora de foco, com aquela alegre tristeza nos olhos com que sempre o recebia quando se encontravam a sós. "Escute", ela disse, com voz nervosa, "estou atrasada, vamos correr." Mas ele respondeu que já havia se despedido deles e ficaria esperando do lado de fora.

O sol baixo se pondo por trás dos telhados parecia cair de dentro das nuvens que cobriam o resto do céu (mas que eram agora bem macias e distantes, como se pintadas em dissolvidas ondulações sobre um teto esverdeado); lá, naquela estreita abertura, o céu estava incendiado, e, do lado oposto, uma janela ou algum letreiro metálico brilhava como cobre. A longa sombra de um carregador, empurrando a sombra de um carrinho, sugou aquela sombra, mas na esquina salientou-se de novo num ângulo agudo.

"Vamos sentir sua falta, Zina", disse Marianna Nikolavna da janela do vagão. "Mas, de qualquer jeito, tire férias em agosto e venha — vamos ver se, quem sabe, você fica para sempre."

"Acho que não", disse Zina. "Ah, sim, deixei minhas chaves com a senhora hoje. Por favor não levem com vocês."

"Deixei no corredor... E as do Boris estão na escrivaninha... Não se preocupe: Godunov abre para você", Marianna Nikolavna acrescentou, tranquilizadora.

"Bem, bem. Boa sorte", disse Boris Ivanovich por trás do ombro roliço da esposa e rolou os olhos. "Ah, Zinka, Zinka, você venha e vai andar de bicicleta e beber leite — isso é que é vida!"

O trem deu um solavanco e começou a rodar. Marianna Nikolavna acenou por longo tempo. Shchyogolev recolheu a cabeça como uma tartaruga (e, tendo sentado, provavelmente emitiu um grunhido russo).

Ela desceu a escada — a bolsa agora pendurada nos dedos, e os últimos raios do sol fizeram um brilho de bronze dançar em seus olhos quando ela correu para Fyodor. Beijaram-se com tamanho ardor como se ela tivesse acabado de chegar de longe, depois de uma longa separação.

"E agora vamos voltar e jantar", ela disse, pegando o braço dele. "Você deve estar morrendo de fome."

Ele fez que sim. Agora, como explicar aquilo? Por que este estranho embaraço — em vez da liberdade exultante, falante, que eu esperava tanto? Era como se eu tivesse me desacostumado dela, ou então fosse incapaz de ajustar a mim e a ela, seu eu anterior, a essa liberdade.

"O que você tem? Parece que está fora do ar", ela perguntou, observando-o depois de um silêncio (eles estavam indo para o ponto de ônibus).

"É triste me despedir de Boris, o Brusco", ele respondeu, tentando ver se uma piada podia dissolver sua contenção emocional.

"E eu acho que foi a aventura de ontem", disse Zina, sorrindo, e ele detectou em seu tom de voz um toque tenso, que à sua maneira correspondia à sua própria confusão e assim, ao mesmo tempo, a enfatizava e aumentava.

"Bobagem. A chuva estava quente. Estou ótimo."

O ônibus parou, eles embarcaram. Fyodor pagou os dois bilhetes com as moedas na palma. Zina disse: "Eu só recebo meu pagamento amanhã, então agora só tenho dois marcos. Quanto você tem?".

"Muito pouco. Dos seus duzentos eu fiquei só com três e cinquenta e gastei mais da metade disso."

"Mas é suficiente para o jantar", disse Zina.

"Tem certeza de que gosta da ideia de um restaurante? Porque eu não gosto muito."

"Não interessa, conforme-se. Em termos gerais, acabou-se a comida saudável feita em casa. Eu não sei fazer nem uma omelete. Temos de pensar como vamos fazer. Mas para agora eu conheço um lugar excelente."

Vários minutos de silêncio. As luzes da rua e as vitrinas estavam começando a se acender; as ruas tinham ficado aflitas e cinzentas com aquela luz imatura, mas o céu estava radiante e aberto, as nuvenzinhas do crepúsculo debruadas de penugem rosada.

"Olhe, as fotos ficaram prontas."

Ele as pegou da mão dela com dedos frios. Zina parada na rua na frente do escritório, as pernas bem juntas e a sombra de um tronco de limoeiro atravessando a calçada, como uma haste caída à sua frente; Zina sentada de lado no peitoril de uma janela, com uma coroa de sol em torno da cabeça; Zinha trabalhando, mal tirada, o rosto escuro — mas, para compensar isso, sua régia máquina de escrever entronizada em primeiro plano com uma cintilação na alavanca.

Ela as jogou de volta na bolsa, tirou seu passe mensal de bonde e tornou a guardá-lo na capa de celofane, pegou um espelhinho, olhou, expondo a obturação do dente da frente, guardou o espelho de volta e fechou a bolsa, pôs sobre os joelhos, olhou o próprio ombro, tirou um fiapo, calçou as luvas, virou a cabeça para a janela — fez tudo isso numa rápida sucessão, com os traços em movimento, os olhos piscando e uma espécie de mordida interna e sucção nas faces. Mas então ficou imóvel, olhando ao longe, os tendões do pescoço pálido tensos e as mãos de luvas brancas pousadas no couro brilhante da bolsa.

O *defilé* do Portão de Brandenburgo.

Depois da praça Potsdam, quando estavam se aproximando do canal, uma velha de malares salientes (onde eu a vira antes?), com um cachorrinho de olho esbugalhado tremendo debaixo do braço, mergulhou para a saída, oscilando e lutando com fantasmas, e Zina deu a ela um olhar celestial e rápido.

"Você reconheceu?", ela perguntou. "Era Lorentz. Acho que está zangada comigo porque eu nunca telefono. Uma mulher bem excessiva, na verdade."

"Tem um pozinho no seu rosto", disse Fyodor. "Cuidado, não espalhe."

Mais uma vez a bolsa, o lenço, o espelho.

"Temos de descer logo", ela disse. "O quê?"

"Nada. Eu concordo. Vamos aonde você quiser."

"Aqui", ela falou, duas paradas depois, pegando o cotovelo dele, sentando de novo com um solavanco, levantando-se afinal e pescando dentro da bolsa como se na água.

As luzes já tinham tomado forma; o céu estava bem pálido. Um caminhão passou com uma carga de jovens voltando de alguma orgia cívica, acenando uma coisa ou outra e gritando uma coisa ou outra. No meio do jardim público sem árvores, que consistia em um grande canteiro de flores retangular contornado por um caminho, um exército de rosas havia desabrochado. O ambiente aberto e pequeno (seis mesinhas) do restaurante na frente desse jardim era separado da calçada por uma barreira caiada encimada por petúnias.

Ao lado deles, um porco e uma porca estavam se alimentando, a unha preta do garçom mergulhada no molho, e ontem um lábio com uma ferida havia bebido na borda dourada do meu copo de cerveja... A névoa de alguma tristeza envolvera Zina — suas faces, os olhos semicerrados, o fundo do pescoço, a clavícula frágil — e isso era realçado de alguma forma pela fumaça pálida de seu cigarro. Os passos dos transeuntes pareciam agitar a crescente escuridão.

De repente, no franco céu do entardecer, muito alto...

"Olhe", ele disse, "que beleza!"

Um broche com três rubis cintilava no veludo negro, tão alto que nem o zumbido do motor se ouvia.

Ela sorriu, separando os lábios, erguendo os olhos.

"Hoje à noite?", ele perguntou, também olhando para cima.

Só agora ele havia entrado na ordem de sensações que prometia a si mesmo, quando formalmente imaginava como escapariam juntos de uma servidão que gradualmente se afirmara no curso de seus encontros e se tornara costumeira, muito embora fosse baseada em algo artificial, algo indigno, de fato, da significação que tinha adquirido: agora parecia incompreensível por que, em algum daqueles quatrocentos e cinquenta e cinco dias, ela e ele não haviam simplesmente se mudado do apartamento dos Shchyogolev para morarem juntos; mas, ao mesmo tempo, ele sabia sub-racionalmente que esse obstáculo externo era meramente um pretexto, meramente um recurso ostentoso da parte do destino, que apressadamente erguera a primeira barreira a fim de abordar nesse ínterim a questão importante, complicada, que secretamente requeria a própria demora no desenvolvimento que parecera depender de uma obstrução natural.

Ponderando agora sobre os métodos do destino (neste abrigo branco, iluminado, na presença dourada de Zina e com a participação do escuro quente, côncavo, imediatamente atrás do resplendor entalhado das petúnias), ele finalmente encontrou certo fio, um espírito oculto, uma ideia de xadrez para seu ainda pouco planejado "romance", ao qual havia se referido de relance ontem na carta a sua mãe. Foi disso que falou agora, falou como se fosse a melhor e mais normal expressão de sua felicidade — que era também expressa em uma edição mais acessível por coisas como o aveludado do ar, as três folhas de limoeiro esmeralda que tinham se introduzido na lâmpada, a cerveja gelada, os vulcões lunares do purê de batatas, as vozes vagas, os passos, as estrelas entre as ruínas de nuvens...

"Veja o que eu quero fazer", ele disse. "Algo semelhante à mão do destino quanto a nós dois. Pense como o destino começou tudo há três anos e pouco... A primeira tentativa de nos aproximar foi crua e pesada! Aquela mudança de móveis, por exemplo: eu vejo alguma coisa extravagante ali, uma coisa 'ilimitada', porque era um esforço e tanto mudar os Lorentz e todos os pertences deles para a casa onde eu tinha acabado de alugar um quarto! A ideia não tinha nenhuma sutileza: fazer nós nos encontrarmos através da esposa do Lorentz. Querendo apressar as coisas, o destino recorreu ao Romanov, que me telefonou e convidou para uma festa na casa dele. Mas nessa altura o destino falou: o meio escolhido estava errado, eu não gostei do sujeito e o resultado foi inverso: por causa dele, comecei a evitar um relacionamento com os Lorentz — de forma que todo esse arranjo desajeitado desmoronou, o destino ficou com a caminhonete da mobília nas mãos e não recuperou as despesas."

"Cuidado", disse Zina, "ele pode se ofender com essa crítica agora e se vingar."

"Escute mais. O destino fez uma segunda tentativa, mais simples dessa vez, mas prometendo mais sucesso, porque eu estava precisando de dinheiro e ia agarrar a oferta de trabalho — ajudar uma moça russa desconhecida a traduzir alguns documentos; mas isso também falhou. Primeiro porque o advogado Charski também se revelou um alcoviteiro inadequado, e segundo porque eu detesto trabalhar em traduções para o alemão — então isso também foi descartado. Aí, finalmente, depois desse fracasso, o destino resolveu não arriscar, me instalar diretamente no lugar onde você vivia. Como intermediário, ele escolheu não a primeira pessoa que apareceu, mas alguém de quem eu gostava que energicamente tomou o controle da situação e não permitiu que eu hesitasse. No último minuto, é verdade, surgiu um obstáculo que quase arruinou tudo: em sua pressa — ou por mesquinharia — o destino não apresentou você na hora da minha visita; claro, depois de conversar cinco minutos com seu padrasto — que o destino descuidado deixara escapar da jaula — eu resolvi não ficar com o quarto pouco atraente que tinha olhado de soslaio. E então, no fim da corda, incapaz de me mostrar você imediatamente, o destino me mostrou, como última manobra desesperada, seu vestido de baile azulado em cima da cadeira — e é estranho dizer, eu mesmo não sei como, mas a manobra funcionou, e posso imaginar o suspiro de alívio que o destino deve ter dado."

"Só que não era meu vestido, era da minha prima Raissa — ela é muito boazinha, mas é horrorosa — acho que tinha deixado o vestido para eu tirar ou aplicar alguma coisa."

"Então foi ainda mais engenhoso. Que astúcia! As coisas mais encantadoras da natureza e da arte são baseadas no engano. Olhe, está vendo: começou com uma impetuosidade desajeitada e terminou com o mais perfeito toque final. Ora, pois não é a trama para um romance incrível? Que tema! Mas tem de ser construído, envolto, cercado de densa vida — minha vida, minhas paixões e interesses profissionais."

"É, mas o resultado vai ser uma autobiografia com execução em massa de bons relacionamentos."

"Bom, suponhamos que eu embaralhe, retorça, misture, rumine e regurgite tudo, acrescente temperos próprios e impregne as coisas comigo mesmo a tal ponto que não reste nada da autobiografia além de poeira — o tipo de poeira, claro, que fez o mais alaranjado dos céus. E não devo escrever agora, vai levar um longo tempo de preparação, anos, talvez... De qualquer modo, vou fazer outra coisa primeiro — quero traduzir à minha maneira algo de um velho sábio francês — a fim de atingir uma ditadura final sobre as palavras, porque em meu *Chernishevski* elas ainda estão tentando votar."

"Isso tudo é maravilhoso", disse Zina. "Eu já gosto imensamente. Acho que você vai ser um escritor como nunca existiu antes e a Rússia vai simplesmente se consumir por você — quando ela recuperar a razão tarde demais... Mas você me ama?"

"O que eu estou dizendo é, na verdade, uma espécie de declaração de amor", Fyodor replicou.

"'Uma espécie de' não basta. Você sabe que às vezes eu provavelmente vou ficar loucamente infeliz com você. Mas no geral isso não importa, estou pronta para encarar."

Ela sorriu, abriu bem os olhos erguendo as sobrancelhas, e então reclinou ligeiramente para trás na cadeira e começou a empoar o queixo e o nariz.

"Ah, tenho de contar para você — é magnífico — ele tem uma passagem famosa que acho que sou capaz de dizer de cor se for até o fim, então não me interrompa, é uma tradução aproximada: era uma vez um homem... ele vivia como um cristão verdadeiro; praticava o bem às vezes por palavras, às vezes por atos e às vezes por silêncio; observava os jejuns; bebia a água dos vales da montanha (isso é ótimo, não é?); alimentava o espírito de contemplação e vigilância; vivia uma vida pura, difícil, sábia; mas, quando sentiu a chegada da morte, em vez de pensar sobre isso, em vez de lágrimas de arrependimento e tristes despedidas, em vez de monges e de um notário de preto, convidou para uma festa acrobatas, atores, poetas, uma multidão de dançarinas, três mágicos, alegres estudantes de Tollenburg, um viajante da Taprobana, e, em meio a versos melodiosos, máscaras e música, bebeu um cálice de vinho e morreu, com um sorriso despreocupado no rosto... Magnífico, não é? Se eu tiver de morrer um dia, é exatamente assim que eu gostaria que fosse."

"Só tirando as dançarinas", disse Zina.

"Bom, elas são só um símbolo de boa companhia... Talvez agora a gente possa ir embora?"

"Temos de pagar", disse Zina. "Chame o garçom."

Depois disso, ficaram com onze *pfennigs*, contando a moeda enegrecida que ela havia pegado um ou dois dias antes da calçada: que traria sorte. Ao seguirem pela rua, ele sentiu um rápido tremor percorrer sua espinha e, de novo, a constrição emocional, mas agora de um jeito diferente, lânguido. Era uma caminhada lenta de vinte minutos até a casa, e o ar, o escuro, o aroma melífero das tílias florindo provocaram a sucção de uma dor na base de seu peito. Esse aroma evanescia no espaço entre tília e tília, sendo substituído por um negro frescor, e então, de novo, debaixo do dossel seguinte, uma nuvem opressiva e embriagadora se acumulava, e Zina disse, tensionando as narinas: "Ah, sinta o perfume", e de novo o escuro era drenado de sabor e novamente ficava pesado de mel. Será que vai mesmo acontecer esta noite? Vai acontecer agora? O peso e a ameaça da plenitude. Quando caminho com você assim, bem devagar, e seguro em seu ombro, tudo oscila suavemente, minha cabeça sussurra e sinto que arrasto os pés; meu chinelo esquerdo escapa do calcanhar, rastejamos, vagamos, minguamos numa névoa — agora estamos quase completamente dissolvidos... E um dia lembraremos disso tudo: as tílias, as sombras na parede e as unhas não cortadas do poodle batendo nas lajes da noite. E a estrela, a estrela. E ali estão a praça e a igreja escura com a luz amarela do relógio. E ali, na esquina, a casa.

Adeus, meu livro! O olho vivo se cerra, e o inventado imita. Onegin voltará altivo — mas seu feitor o longe habita. Porém o ouvido já não quebra a melodia nem tolera silêncios; o tear da sorte não cessa, desconhece a morte; ao sábio não existe véu no ponto em que meu Fim aparece: a sombra do meu mundo cresce para além da folha que é céu, azul tal névoa do amanhã — da frase eterna guardiã.

Fim

ESTA OBRA FOI COMPOSTA PELA ABREU'S SYSTEM EM ADOBE GARAMOND
E IMPRESSA EM OFSETE PELA LIS GRÁFICA SOBRE PAPEL PÓLEN SOFT DA SUZANO
PAPEL E CELULOSE PARA A EDITORA SCHWARCZ EM OUTUBRO DE 2017

A marca FSC® é a garantia de que a madeira utilizada na fabricação do papel deste livro provém de florestas que foram gerenciadas de maneira ambientalmente correta, socialmente justa e economicamente viável, além de outras fontes de origem controlada.